Kira Licht

Kaleidra – Wer das Dunkel ruft

Weitere Titel der Autorin:

Gold & Schatten – Das erste Buch der Götter
Staub & Flammen – Das zweite Buch der Götter

Über die Autorin:

Kira Licht ist in Japan und Deutschland aufgewachsen. In Japan besuchte sie eine internationale Schule, überlebte ein Erdbeben und machte ein deutsches Abitur. Danach studierte sie Biologie und Humanmedizin. Sie lebt, liebt und schreibt in Bochum, reist aber gerne um die Welt und besucht Freunde. Für News zu Büchern, Gewinnspielen und Leserunden folgen Sie der Autorin auf Instagram (@*kiralicht*) und Facebook.

KIRA LICHT

KALEIDRA

WER DAS DUNKEL RUFT

one

Dieser Titel ist auch als Hörbuch-Download und E-Book erschienen

FSC
www.fsc.org
MIX
Papier aus verantwortungsvollen Quellen
FSC® C014496

Originalausgabe

Dieses Werk wurde vermittelt durch die Michael Meller Literary Agency GmbH, München

Textredaktion: Annika Grave
Umschlaggestaltung: Sandra Taufer, München unter Verwendung von Motiven von © IChaikova / shutterstock; IChaikova / shutterstock; run4it / shutterstock; Bokeh Blur Background / shutterstock; Phatthanit / shutterstock; elyomys / shutterstock
Satz: 3w+p GmbH, Rimpar
Gesetzt aus der Caslon
Druck und Einband: GGP Media GmbH, Pößneck

Printed in Germany
ISBN 978-3-8466-0108-2

5 4 3 2 1

Sie finden uns im Internet unter: one-verlag.de
Bitte beachten Sie auch luebbe.de

Für Lena.
Im nächsten Leben finde ich dich früher.

»In meine Hand nahm ich das Schwert, das mir gegeben,
und ich lernte, es zu benutzen.«
– Ägyptisches Totenbuch

PLAYLIST

THIRTY SECONDS TO MARS – CLOSER TO THE EDGE
WITHIN TEMPTATION – LOST
2WEI – SURVIVOR (TOMB RAIDER 2)
SVRCINA – MEET ME ON THE BATTLEFIELD
BREAKING BENJAMIN – THE DIARY OF JANE
CHIARA – PAINT IT, BLACK
FALL OUT BOY – MY SONGS KNOW
WHAT YOU DID IN THE DARK (LIGHT EM UP)
BETH CROWLEY – WARRIOR
CHVRCHES – MIRACLE
RUELLE – LIVE LIKE LEGENDS

Prolog

Die Zeit hatte keine Bedeutung in dieser Einöde. Hier gab es keinen Tag, keine Nacht, keine Jahreszeiten. Licht und Dunkelheit schienen gleichberechtigt, und das Leben besaß keinen Rhythmus.

Doch sie hatte ihren eigenen Takt gefunden und der Monotonie den Schrecken genommen. Sie lauschte dem Wispern der Elemente in der Luft, spazierte zwischen Seen aus Quecksilber und brutal zerklüfteten Landschaften aus Blei und Gold. Sie badete in heißen Quellen aus Brom, die Luft geschwängert von Neon und Rhodium, und das tobende Firmament schien einen Moment lang atemlos innezuhalten, wenn sie sich einer Königin gleich aus den Wellen erhob. Blitzende Späne aus Lithium schmückten ihr langes schwarzes Haar. Das hier war ihr Zuhause geworden. Wunderschön, einsam, tödlich.

Ein regenbogenbunter Schimmer jagte über ihr Gesicht, wenn sie ihr Spiegelbild in einem Splitter aus Bismut betrachtete. Sie hatte sich nicht verändert. Ihre Haut war makellos, ihr Körper jugendlich und straff, ihre Haltung aufrecht und ungebrochen. Es waren ihre Augen, die sie verrieten. Zu viel war passiert. Zu viel war verloren.

Sie hatte getobt, getrauert, gehofft. Vergeblich. Ihr Hass saß tief, so tief, dass sogar die Zeit machtlos dagegen schien. Sie würde nicht vergessen.

Also zehrte sie von den Erinnerungen und spann ihre Geschichte weiter, füllte die Zukunft, die sie nie gehabt hatte, mit Bildern und Leben. Sie mochte die Königin dieser Einöde sein, doch die Macht der Fantasie war der heimliche Herrscher.

Also stellte sie sich vor, wie es sein würde, wieder zu sprechen, zu atmen, zu leben. Sie träumte davon zu entkommen, und wenn sie sich ausmalte, wie allumfassend sie sich rächen würde, dann schlich sich ein fast vergessenes Lächeln auf ihre Züge. Früher sagte man: *Irgendwann ist auch ein Traum zu lange her.*

Doch sie träumte noch immer.

Kapitel 1

Rom, Museo Nazionale Romano

»... und dann meinte mein Paparino: Ich kann meiner kleinen Principessa doch nichts abschlagen. Also sind wir zu Tiffany gefahren, und er hat mir den Ring gekauft. Ist er nicht süß?«

Mariagrazia Visconti hielt mir einen Klunker vor die Nase, der aussah, als sei eine Edelsteinmine auf ihrem Zeigefinger explodiert. Saphire, Rubine, Smaragde, Peridots und Turmaline, mit scheinbar letzter Kraft gebändigt von einer breiten Schiene aus Roségold.

Ich, die immer noch überlegte, wer jetzt »süß« war – der Ring oder ihr Vater – nickte nur vage. Die grünen Smaragde gefielen mir, aber der Rest ließ mich eher schaudern. Ich konnte mich nur wenig für Schmuck begeistern, und noch weniger mochte ich Gold. Ich war unbewusst sogar ein Stück zurückgewichen, als sie mir den Ring so nah vor das Gesicht gehalten hatte. Aber vermutlich hatte ich mich einfach nur erschrocken. Trotzdem. Meine Wahl war und würde immer auf Silberschmuck fallen. Ich mochte sein kühles, fast geheimnisvolles

Schimmern. Die zurückgenommene Eleganz, die – ganz anders als Gold – niemals *Hallo, bin ich nicht toll?* zu rufen schien.

»Das ist eine limited Edition.«

»Hübsch.« Ich war eine grottenschlechte Lügnerin.

Gemurmel wurde lauter, als sich eine Gruppe Mitschüler an uns vorbeischob. Die meisten wirkten gelangweilt, genervt oder beides. Kein Wunder. Das Wetter war herrlich, all unsere Abschlussklausuren waren geschrieben und benotet und das hier nur noch ein Alibi-Beaufsichtigungsprogramm, das sich die Schuldirektion ausgedacht hatte.

»Er heißt ›Endless Summer‹«, fügte Mariagrazia noch hinzu, als würde mich das endlich zu Begeisterungsstürmen bewegen.

Ich betrachtete den Ring erneut. *Bist du sicher, dass er nicht »Schlechtes Gewissen« heißt?* Das war der einzig adäquate Titel, der mir für diesen gemmologischen Overkill einfiel.

»Oh Mann, dein Vater kommt nicht zu unserer Abschlussfeier?« Meine beste Freundin Laetitia »Tizi« Farnese hatte sich zwischen uns gedrängt und je einen Arm um uns gelegt. »Das tut mir aber leid, Marigra.«

Touché. Mariagrazia schnappte nach Luft. Sie löste sich aus der unfreiwilligen Umarmung und funkelte uns böse an. »Wer hat euch das erzählt? Und nenn mich nicht so.«

»Niemand, Marigra.« Tizi zuckte mit der linken Schulter und betonte den ungeliebten Spitznamen. »Aber die roten Flecken, die da gerade auf deinen Wangen glühen, sprechen eine deutliche Sprache.«

Beide Familien, die Viscontis und die Farneses, waren wohlhabend. Doch im Gegensatz zu Tizi, deren Sandalen genauso wie meine von einem günstigen Marktstand stammten, gab Mariagrazia mit allem an, das man mit Geld kaufen konnte. Ich hatte genug Zeit gehabt, mich an ihr großspuriges Gehabe zu gewöhnen. Tizi war immer noch allergisch dagegen. Jetzt deutete sie mit dem Kopf auf Mariagrazias Taille.

»Das sieht übrigens ziemlich ungesund aus.«

»Das ist vintage Gucci.«

Ich betrachtete ihr Outfit nun genauer. Mariagrazia trug eine weiße Highwaist Jeans, die knapp unter ihrem Busen endete. Um ihre ohnehin schon superschlanke Mitte hatte sie einen breiten Gürtel geschnallt, der vermuten ließ, dass Mariagrazia Kiemen besaß, durch die sie atmete. Denn ihr Lungenvolumen hatte sie dank des Korsettersatzes von »vintage Gucci« so ziemlich halbiert.

»Ihr könnt mich mal.« Mariagrazia ließ uns stehen und schloss eilig zu dem Schülergrüppchen auf, das sich inzwischen versammelt hatte.

Tizi legte den Kopf schief und sah ihr hinterher. »Die hat sich in den Osterferien doch das untere Rippenpaar entfernen lassen. Los, lass uns wetten.«

Ich stöhnte. »Erstens: Du bist ein böser Mensch. Zweitens: Sorry, aber ich bin erst mal bedient.«

Tizi drehte sich zu mir, grinste und griff dann nach meinem linken Handgelenk. »Aber sie steht dir doch ganz ausgezeichnet.«

»Ja, total super.« Ich entzog ihr meine Hand wieder. »Erinnere mich daran, nie wieder mit dir zu wetten.« Ich würde in zwei Monaten meinen achtzehnten Geburtstag feiern und bis dahin eine Kinderuhr tragen dürfen, die sich aus einem Armband mit Tigermuster und einem Gehäuse mit Katzenohren zusammensetzte. Ohren! Und sie standen spitz von dem Gehäuse ab und waren absolut nicht zu übersehen. Das freundlich lächelnde Katzengesicht samt Brille auf dem Ziffernblatt war noch das Harmloseste daran.

Tizi sah schon nicht mehr hin. »Und da kommt auch endlich unser Pferdeflüsterer!«

Der dritte im Bunde, unser bester Kumpel Matteo Giordano, erschien. Ein neongrünes Scrunchie, bunt bedruckt mit glitzernden Einhörnern, leuchtete in seinem goldblonden Man Bun.

Die Schultern meiner besten Freundin bebten lautlos.

Matti hob warnend den Zeigefinger. »Kein Wort dazu.« Dann glitt sein Blick zu mir, wohl um den Grad meines Leidens herauszufinden. Ich zog ein gequältes Gesicht. Er nickte wissend.

Tizi hatte nach einem Eiscreme-und-Netflix-Marathon behauptet, ihre fünf Lieblingslippenstifte am Geschmack erkennen zu können. Matti lag am Boden vor Lachen, ich schob es auf ihren Zuckerschock. Natürlich mogelten wir, indem wir ihr meinen Lipbalm unterjubelten. Und natürlich hatte sie es bemerkt und die Zeit unseres Leidens von zwei Wochen auf zwei Monate verlängert. Seit heute war ich also stolze Trägerin einer lächelnden Uhr mit Ohren und Matti Besitzer eines Glitzereinhorn-Scrunchies. Tizi hatte beide Schrecklichkeiten in einem ihrer Lieblings-Asia-Shops erstanden. Für uns beide, die wir, im Gegensatz zu ihr, lieber gedeckte Farben und unauffälligere Looks bevorzugten, eindeutig Höchststrafe. Aber Wettschulden waren nun mal Ehrenschulden.

»Liebste Emilia, lieber Matti, ihr seht beide so niedlich aus!« Tizi hüpfte einmal auf und ab und strahlte. Ich seufzte wieder lautlos, Matti brummte irgendwas Unverständliches. So war das bei uns. Tizi war die kleine Laute, ich die große Ruhige und Matti irgendwas dazwischen.

»Weitergehen, Herrschaften«, erschallte Signore Badescus Stimme hinter uns. »Wir wollen alle nach Hause.« Unser betagter Geschichtslehrer ging an uns vorbei, ohne uns weiter zu beachten.

»Da widerspreche ich nicht«, murmelte Matti, dann stupste er Tizi an, als er loslief. »Hey Zwerg, wie weit bist du mit deinen Bewerbungsunterlagen?«

»Gestern kam der Sprachnachweis von TOEFL. Das heißt, heute Abend kann ich endlich-»

Ich sah meinen beiden Freunden hinterher. Matti, so groß und blond, neben Tizi, klein und dunkelhaarig, und doch wirkten sie beide in ihren Jeans und Shirts so vertraut wie Geschwister. Für einen Moment umfing mich ein Gefühl von Traurigkeit. Unsere Schulzeit war so gut wie vorbei. Danach würden uns unsere Zukunftspläne in alle Winde zerstreuen. Matti würde zu einem Jahr Work & Travel in die USA aufbrechen. Tizi würde Regie an der renommierten »University of the Arts« in London studieren. Uns blieben noch drei Monate. Drei Monate, die sich jetzt, im Gegensatz zu unserer gemeinsamen Kindheit, anfühlten wie ein Wimpernschlag. Tizi fing sofort an zu reden und gestikulierte wild, Matti hörte zu und nickte nur kurz.

Drei Monate. Und was aus mir werden würde, stand noch in den Sternen.

In diesem Moment drehten sie sich zu mir um.

»Komm schon, Schnarchnase«, rief Matti, wofür er rundherum böse Blicke von den anderen Ausstellungsbesuchern erntete. Tizi verbeugte sich gespielt in diverse Richtungen, bis die Leute sich wieder abwandten. Ein Grinsen umspielte meine Lippen, als ich auf sie zuging.

Drei Monate. Wir würden das Beste daraus machen.

»Also für heute habe ich genug altes Papier gesehen.« Mattis Unterkiefer knackte, als er ein Gähnen unterdrückte. »Was geht denn heute Abend noch?« Er scrollte mit dem Daumen seinen Instagram-Feed herunter.

Tizi legte gespielt entsetzt eine Hand auf ihr Herz. »Ist das etwa einer der seltenen Abende, an denen du kein Date hast?«

Ich stieg sofort mit ein. »Oder hat man dich abserviert?«

Matti schenkte mir daraufhin nur einen verkniffenen Blick. »Haha.«

»Oh Mann. Sie hat dich tatsächlich abserviert.«

»Hat sie nicht. Sie-«

»So, Herrschaften.« Signore Badescus Stimme war trotz des Flüstertons penetrant wie ein Nebelhorn. »Augen nach vorn und zugehört. Wir kommen jetzt zum letzten Exponat.« Um uns herum stöhnten unsere Mitschüler simultan auf.

»Jaja, schon gut, danach sind Sie entlassen.« Er wedelte mit der Hand, als könne er es gar nicht erwarten, uns wie einen Schwarm lästiger Moskitos aus dem Raum zu verscheuchen.

»Das Voynich-Manuskript trägt den Namen eines seiner letzten Besitzer, Wilfrid Voynich, der von 1865 bis 1930 lebte, es datiert aber vermutlich in die Frührenaissance Norditaliens, also circa um 1500. Es ist das wertvollste Stück dieser Wanderausstellung und wurde von der Universität von Yale zur Verfügung gestellt. Das handschriftlich verfasste Werk ist nicht gebunden, bestand ursprünglich vermutlich aus 116 Seiten, von denen noch 102 erhalten sind – und wir haben hier das Glück, das Manuskript mittels beigefügter Scans komplett vor uns zu haben. Sie sehen hier vorrangig Zeichnungen von Gewächsen, bei denen es sich um Heilkräuter handeln soll, außerdem soll es um Astronomie gehen. Dann sind da noch ein paar Bilder, die als eine Art Anleitung zur Körperpflege interpretiert werden könnten.«

Ich betrachtete die sicher hinter dem Glas verborgenen Papierbogen, die fast den gesamten letzten Teil des Raumes einnahmen. Die jeweiligen Rückseiten waren digital hinzugefügt, sodass man sie betrachten konnte, ohne das sehr brüchig aussehende Material berühren zu müssen.

Die Bilder schienen jeder Realität zu trotzen. Kolorierte Zeichnungen von Heilkräutern, die ich noch nie gesehen hatte, mit überdimensional großen Wurzeln und geradezu kunstvoll verschlungenen Blättern. Schaubilder von Regelkreisläufen, die in ihrer fragmentierten Darstellung fast wie ein Blick durch ein Kaleidoskop wirkten. Frauen, die in Zubern badeten, die nicht geometrisch und kantig, sondern rund und anmutig geformt schienen, sodass sie fast wie Lebewesen aussahen. Eine lebendige Badewanne. Mir lief ein kalter Schauer die Wirbelsäule hinab. Wie gruselig …

Ich überflog eine Seite, die nur aus Text bestand:

Wenn der Drache den Mond verschlingt und der Löwe durch den Wolf gereinigt wird … leuchtet klar wie ein Kristall und ist rund wie eine Himmelskugel … und der Pelikan seine toten Jungen durch sein eigenes Blut wiederbelebt …

»Es gilt bis heute als einer der mysteriösesten Texte überhaupt, denn seine Schrift ist von Wissenschaftlern nicht zu entschlüsseln. Im Mai dieses Jahres behauptete ein Forscher, den Text als ›Protoromanisch‹, also als Vorläufer der romanischen Sprachen identifiziert zu haben, doch das erwies sich als falsch.«

… ist es notwendig, dass das Gefäß von gekrümmter Gestalt ist, damit der Meister das Firmament und die Schädeldecke verwandeln kann und …

Moment.

»Sogar Computer können es nicht dekodieren.«

Was. Zur. Hölle?

… benötigen die sechs Planeten die Berührung von Mond und Sonne. Kein Zweifel. Die Buchstaben waren klar und deutlich, der Stil zwar altmodisch, aber unverkennbar in meiner Muttersprache Italienisch. Ich hob die Hand wie zu einer Wortmeldung, ließ sie dann aber schnell wieder sinken.

Tizi kicherte leise. «Was war das denn für ein Reflex?«

»Äh, …« Ich sah zur Sicherheit nochmal hin. *… treibt sie aus dem begrenzten Gesichtskreis der Retorte und zertrümmert sie, wenn der Lapis vollendet ist.*

»Kneif mich mal«, wisperte ich in ihre Richtung, ohne sie anzusehen.

»Was?« Jetzt schwang in ihrer Stimme ein Lachen mit.

Matti sprang ein. Er zog mich am Haar, so, wie er es schon als Sechsjähriger getan hatte.

»Autsch, Blödmann.« Ich schubste ihn halbherzig. »Geht's noch?«

»Aber du wolltest doch-»

»Hey, du bist ja ganz blass.« Tizi musterte mich und legte besorgt eine Hand auf meine Schulter »Ist dir nicht gut?«

»Doch …«

Sie runzelte skeptisch die Stirn. »Wirklich?«

Vorsichtig löste ich ihre Hand von mir, damit ich mich wieder dem Exponat zuwenden konnte, und las den erstbesten Satz mit gedämpfter Stimme vor. »Nur der Tria obliegt es, den Gesetzen der Materie zu folgen, so die Sonne im Widder ist, und das Leben gleich der Schöpfung zu bewahren.«

Matti gab ein amüsiertes Glucksen von sich. »Erde an Emilia. Alles okay bei dir?«

Mein Mund war ganz trocken. »Das steht da.« Fahrig deutete ich auf das Manuskript.

»Da steht nichts als unleserliches Geschnörkel.«

»Habe ich gerade vorgelesen, was dort steht, oder nicht?«

»Ich glaube, ich muss sie noch mal an den Haaren ziehen«, sagte Matti über meinen Kopf hinweg zu Tizi. »Das hat früher immer Wunder gewirkt.«

»Untersteh dich.« Ich wandte meinen Blick nicht von dem Text. Die Buchstaben wirkten harmlos, vielleicht etwas zu verschnörkelt für eine hübsche Handschrift, und die Sätze ergaben nicht wirklich Sinn. Doch die einzelnen Worte waren eindeutig richtig geschrieben ... Löwe, Kristall, Materie, Schöpfung. Wo also war das Problem?

»Und damit sind Sie entlassen. Wir sehen uns ein letztes Mal morgen, Herrschaften. Kommen Sie gut nach Hause.«

Ein erleichtertes Raunen erklang, dann begannen unsere Mitschüler sich zu zerstreuen. Doch Matti, der normalerweise immer der Erste war, der bei dem Stichwort »schulfrei« wie ein zu groß geratener Welpe über Tische und Bänke ins Freie stürzte, rührte sich nicht. »Emilia?«

Ich sah kurz zu ihm, doch dann wandte ich den Blick wieder ab. Ein Gedanke hatte mein Bewusstsein gestreift, ganz flüchtig. Ich jagte ihm hinterher, griff danach, hielt ihn fest und ließ zu, dass er in meinem Kopf Gestalt annahm: Es war ein Code. Mein Herz begann wie wild zu klopfen. Dieser Text in Geheimschrift war nichts anderes als ein Code. Es musste einer sein, da war ich mir sicher. Ich liebte Rätsel, und sofort war mein Interesse geweckt.

Ich ließ meine Freunde stehen und ging an den vielen Seiten des Manuskripts entlang. *Wenn der Drache den Mond verschlingt und der Löwe durch den Wolf gereinigt wird ... leuchtete klar wie ein Kristall und ist rund wie eine Himmelskugel … benötigen die sechs Planeten die Berührung von Mond und Sonne.*

Ich ging bis zum Ende des Raums. Die Zeichnungen waren alle unterschiedlich, aber der Text wiederholte sich immer wieder.

Entweder hatte der Verfasser nie vorgehabt, einen Text mit Sinn und Verstand zu verfassen, oder ich irrte mich. Warum sonst sollte man ständig diese kryptischen Sätze wiederholen?

»Was soll denn das?«, murmelte ich.

Tizi und Matti hatten mich eingeholt. Meine beste Freundin drängte sich zwischen mich und die Glaskästen. Sie verschränkte die Arme über der Brust. »Du kannst einem echt Angst machen. Was ist nur los mit dir?«

»Da steht etwas von toten Pelikanen.« Meine Stimme überschlug sich fast. »Und was bitte ist eine Retorte?«

Die beiden sahen mich mit großen Augen an. Erst da fiel mir wieder ein, was Matti vorhin gesagt hatte. Unleserliches Geschnörkel.

»Lest es vor, bitte.« Ich deutete über Tizis Schulter auf eine der Seiten. Matti verdrehte die Augen, als bete er um Geduld.

Tizi zuckte etwas hilflos mit den Schultern. »Wie soll das funktionieren? Da stehen doch gar keine Buchstaben.«

»Aber-« Ich brach ab. Was war hier eigentlich los?

Matti, der der Überzeugung war, dass es sich für einen echten Kerl gehörte, immer ein Feuerzeug, einen Flaschenöffner und ein Schreibgerät parat zu haben, zog einen Kuli aus der Tasche seiner Jeans.

Er griff nach meinem Arm und malte ein paar seltsam verschlungene Zeichen auf die Haut.

»Keine Ahnung, was du dort siehst, aber so ungefähr sieht das für uns aus.«

Ich betrachtete meinen Arm. Das sah tatsächlich wie das »unleserliche Geschnörkel« aus, von dem Matti gesprochen hatte.

»Machen wir 'nen Abflug, Hase?« Aleandro Medici tauchte neben Matti auf und boxte ihm mit zärtlicher Brutalität die Faust gegen den Oberarm. Die beiden hatten sich – wie Tizi und ich es spaßeshalber nannten – »gesucht und gefunden«, seit sie herausgefunden hatten, dass die Pubertät ihnen, anders als vielen anderen, gnädig gesonnen schien. Matti war als Kind ein Moppel gewesen, Aleandro so mager, dass man jede Rippe zählen konnte. Dann waren sie in der neunten Klasse gemeinsam der Ruder-AG beigetreten – und hatten sich innerhalb von zwei Jahren in absolute Sportskanonen verwandelt. Beide hatten die für Ruderer typischen breiten Schultern bekommen, die trainierten Oberarme und die sexy Brustmuskeln ... und sie schleppten so viele Mädchen ab, dass Tizi und ich es irgendwann aufgegeben hatten, ihre Eroberungen zu zählen. Bei Aleandro half außerdem noch der geschichtsträchtige Nachname und die Tatsache, dass seine Familie einen Zweitwohnsitz in Venedig besaß. Ein Stadtpalais, einst bewohnt von der High Society der Renaissance. Jetzt halb verfault, aber trotz des absplitternden Blattgoldes immer noch eine grandiose Kulisse für Instagram-Fotos.

»Moment noch«, murmelte Matti, der unter dem Hieb nicht mal gezuckt hatte.

Ich starrte immer noch auf meinen Arm. Matti hatte geschwungene Zeichen darauf gemalt. Das war es also, was dort stand? Daraus konnte ich nichts lesen. Wieso sah ich jedoch die Buchstaben auf dem Papier ganz deutlich? Wieso konnte ich etwas lesen, das niemand sonst entziffern konnte?

»Emilia?«

Tizis Stimme ließ mich den Kopf heben. Ich betrachtete meine drei Freunde und überlegte, ob sie sich einen Scherz mit mir erlaubten, während ich mir die Kulireste vom Arm wischte. Aleandro strich sich mit der linken Hand durch das dichte dunkle Haar, das sich im Nacken sanft lockte. »Was ist los? Krisensitzung? Muss ich Händchen halten?« Er sah fragend zwischen uns hin und her.

»Nein, es ist nichts.« Ich sah eindringlich zu Tizi. Ich wollte nicht weiter darüber sprechen. »Reingefallen!« Ich stupste Matti an und grinste. Der schien erst alles andere als überzeugt, doch dann lachte er auf.

»Oh Mann, ich habe echt schon gedacht, die vielen schlaflosen Nächte in letzter Zeit hätten dir zugesetzt.«

»Dann los.« Aleandro warf einen irritierten Blick auf Mattis Einhorn-Scrunchie, sagte aber nichts. »Ich muss nachher noch kurz im Laden vorbei.«

Aleandros Eltern gehörten ein paar Edelboutiquen im Zentrum. Reiche Römerinnen und wohlhabende Touristinnen tauschten hier ihr Geld gegen glitzernde Abendroben, teure Handtaschen und schwindelerregend hohe Schuhe. Obwohl Aleandro regelmäßig seine »Ein Medici arbeitet nicht, dafür hat man Personal«-Attitüde vor sich hertrug, half er öfter in den Läden seiner Eltern aus. Bevorzugt in der Boutique, die hippe Couture Labels führte und ein eher junges weibliches Publikum anzog.

Von der Seite spürte ich Tizis bohrenden Blick, als wir den Jungs zum Ausgang des Museums folgten. Aleandro besaß zwar ein Auto, aber heute waren beide mit ihren aufgemotzten Rädern da. Im Stadtverkehr Roms war das eine der schnellsten Fortbewegungsmöglichkeiten. Tizi würde mich auf ihrem Roller mitnehmen. Mamma und ich besaßen zwar auch einen, aber heute hatte sie ihn gebraucht.

»Arrivederci.« Wir umarmten Matti und Aleandro kurz.

Tizi klimperte ungeduldig mit ihrem Schlüsselbund.

Wir sahen den Jungs nach, die lässig in Richtung der Fahrradständer schlenderten. Beide waren um die 1,85 m groß, durchtrainiert und besaßen den für Sportler typisch geschmeidigen Gang, der ihr gutes Körpergefühl verriet. Frauen im Umkreis von 30 Metern reckten interessiert die Köpfe.

Tizi seufzte wehmütig. »Es könnte so einfach sein. Such dir einen aus, und ich nehme den anderen. Wir könnten bis an unser Lebensende glücklich sein, zu viert ein altes Haus kaufen und es renovieren, unsere Kinder zusammen aufziehen, wenn nicht-« Sie brach ab und sah dann zu mir.

Ich nickte und stimmte so ihren Worten zu, die sie nicht ausgesprochen hatte. Matti und ich waren wie Geschwister, und Aleandro, trotz der charmanten Mischung aus elitärem Snob und herzensgutem Kerl, einfach nicht mein Typ. Tizi empfand ähnlich, und auch von Aleandro wusste ich, dass wir nur gute Freunde für ihn waren.

Matti hob noch einmal kurz die Hand, als sie über den Vorplatz an uns vorbeiradelten. Da wir getrödelt hatten, waren auch unsere anderen Mitschüler schon in Richtung Freizeit verschwunden.

»Erinnerungs-Selfie«, flötete Tizi nun, und ich schrak kurz zusammen. Lachend drängten wir uns nebeneinander und lächelten in die Kamera ihres Handys. Ich musste immer ein bisschen die Knie beugen, weil Tizi mit ihren 1,63 m fast fünfzehn Zentimeter kleiner war als ich. Tizi machte ein Foto, dann sahen wir uns die Aufnahme gemeinsam an.

»Perfekt«, meinte Tizi. Ich nickte und betrachtete unsere

Gesichter auf dem Bild. Tizis Haare waren gewellt und etwas heller als meine Dunkelbraunen. Sie ließen sich überhaupt nicht bändigen und Tizi beneidete mich offen um meine – wie sie es nannte – »spiegelglatte« Mähne, die mir weich über die Schultern fiel. Dafür besaß Tizi die prägnanten Wangenknochen und den Schmollmund eines Models, während mein Gesicht herzförmig und meine Lippen eher unspektakulär waren. Meine Augen waren Braungrün, ihre vom gleichen warmen Karamellton wie ihre Haare.

»Also, was war da los?« Tizi hatte das Foto bei Instagram gepostet, und jetzt verriet ihre Stimme, dass sie keine Ausreden dulden würde. Gemeinsam gingen wir zu ihrem Roller, der etwas seitlich am Museum geparkt war.

»Es ist ein Code.« Wie automatisch flüsterte ich. »Dieses ›Geschnörkel‹ wie Matti es nannte. Es ist irgendeine logische Verschlüsselung, die mein verdrehtes Gehirn automatisch zu dekodieren scheint.«

Da ich keine Geheimnisse vor Tizi hatte, wusste sie von meiner Schwäche für mathematische Rätsel. Trotzdem schien sie skeptisch. »Aber das, was du vorgelesen hast, ergab keinen Sinn.«

»Ich weiß. Das macht es ja so merkwürdig. Warum verschlüsselt man Satzfragmente, die wie aus einem Horrorroman klingen? Warum wiederholt man sie immer wieder?«

»Willst du es irgendwo melden?« Tizi hob den Sitz des Rollers an und verstaute ihre Umhängetasche. »Es scheint ja wirklich niemand außer dir lesen zu können. Du könntest zur Aufklärung eines uralten Rätsels beitragen. Willst du das echt für dich behalten?«

Das hatte ich mich auch schon gefragt.

»Wir könnten ja nochmal rein gehen und du-»

»Nein, ich glaube, ich muss erst mal-« Ich hatte Angst, mich lächerlich zu machen. Zuerst würde ich selbst versuchen, etwas mehr über dieses Voynich-Manuskript herauszufinden. Die Ausstellung war noch etwas über zwei Wochen in der Stadt. Bis dahin würde mir genug Zeit bleiben.

»Wir können auch morgen noch mal herkommen«, bot Tizi an. Sie kannte mich einfach zu gut. Ich lächelte dankbar.

Doch als ich dem Museum endgültig den Rücken zuwandte, überkam mich der Drang, wieder umzukehren. Das hier war eindeutig etwas Großes. Es fühlte sich fast an, als würde es nach mir rufen, mich locken ... *komm her, messe dich mit mir, zeige mir, wie gut du wirklich bist.*

Gerade als Tizi sich auf den Roller geschwungen hatte, änderte sich das Gefühl. Ruckartig drehte ich den Kopf in Richtung Museum. Jetzt war da ein unangenehmes Prickeln in meinem Nacken, kalt, ja fast stechend. Mein Herz überschlug sich. Ich war nervös, regelrecht angespannt, und dennoch wusste ich plötzlich, dass ich nicht so einfach gehen konnte. Das hier würde mich nicht loslassen.

»Ich gehe noch mal rein«, sagte ich just in dem Moment, in dem Tizi sich zu mir umdrehte. Sie wollte gerade den Helm aufsetzen, hielt aber dann in ihrer Bewegung inne.

»Was? Jetzt doch?«

»Ja, es lässt mich irgendwie nicht los.« Noch mal drehte ich mich kurz zum Museum um. »Fahr ruhig. Ich laufe oder nehme den Bus, wenn grad einer kommt.«

»Woher der plötzliche Meinungswechsel?« Sie wirkte etwas überrumpelt und skeptisch zugleich.

Ich zuckte mit den Schultern. Das Gefühl war unerklärbar und doch so intensiv, dass ich es nicht ignorieren konnte. »Fahr einfach. Ich gucke mal, ob ich mit jemandem sprechen kann, der vielleicht mehr über dieses Manuskript weiß. Mehr als man im Internet findet und so …«

»Okay.« Sie klang ein wenig vor den Kopf gestoßen. So als hätte ich bis zur letzten Sekunde gewartet, um ihr dann durch die Blume klarzumachen, dass ich sie nicht dabeihaben wollte.

Noch bevor ich etwas erwidern konnte, hatte sie sich den Helm aufgesetzt.

»Bis später!«, rief ich extra laut. Sie nickte knapp.

Erst nachdem Tizi Gas gegeben und über die Piazza di Sant' Apollinare davongebraust war, konnte ich das seltsame Gefühl von vorhin genau bestimmen: Ich hatte mich beobachtet gefühlt.

Kapitel 2

Die Suche nach einem Mitarbeiter entpuppte sich als aussichtslos. Einer der Sicherheitsleute schickte mich in einen schmalen Gang, von dem rechts und links Türen zu verschiedenen Büros abgingen. Als ich das Schild »Wissenschaftliche Mitarbeiter« entdeckte, hatte ich an die entsprechende Tür geklopft. Doch niemand öffnete. Ich warf einen kurzen Blick auf meine Katzenuhr. Es war kurz nach zwölf – vielleicht machten die Mitarbeiter gerade Mittagspause? Auch hinter den anderen Türen hörte ich keine Geräusche. Der gesamte Gang schien wie verlassen. Gerade als ich mich enttäuscht abwenden wollte, stand jemand vor mir. Sehr nah vor mir. War ich tatsächlich so abgelenkt gewesen, dass ich seine Schritte nicht gehört hatte?

»Hallo.«

Okay … ich war nicht klein, aber er war definitiv groß. Mein Blick glitt an dem piekfeinen Stoff seines Shirts entlang bis hoch in sein Gesicht. Markantes Kinn, gerade arrogante Nase, Wangenknochen, die jedes Contouring zu einem Witz degradierten. Dunkle Haare, dunkle Augen, finsterer Blick.

Interessant.

Ich wich trotzdem einen großzügigen Schritt zurück. «Hi.« Ein kühler Schauer rieselte meine Wirbelsäule hinab.

»Wir müssen uns unterhalten.«

Wenn *das* sein Anmachspruch war, brauchte er dringend Nachhilfe.

Etwas blitzte zwischen seinen Fingern auf. Es war rund, schimmerte bläulich grau, und zuerst dachte ich, es wäre eine Münze. Doch dann erkannte ich, dass es sich um eine Art kreisrundes Amulett handelte, das wie eine Schlange aussah. Der Typ hielt es so, dass ich es nicht übersehen konnte. Fast so, als wolle er mir damit etwas sagen. Er stand auf Schlangen? Kitschige Amulette? Fingerakrobatik?

Freak.

Noch einmal ließ er die Schlange so auffällig zwischen seinen Fingern tanzen.

Ich konnte mich eben noch beherrschen, nicht bedauernd aufzuseufzen. Hübsches Gesicht, aber definitiv nicht alle Zacken an der Krone.

Schade.

»Ich muss dann mal weiter.« Ich wollte mich abwenden und zückte alibimäßig mein Telefon.

Er machte einen Schritt zur Seite und versperrte mir so den schmalen Weg.

»Ähm, entschuldige?« Ich wedelte mit meiner Hand samt Telefon vor seiner Nase. »War ich irgendwie nicht deutlich genug? Unsere Unterhaltung ist beendet.«

Er sah kurz, aber eindringlich auf mein Telefon. Instinktiv umfasste ich es fester, weil ich einen Moment lang befürchtete, er wolle es mir abnehmen. Doch er schien schon wieder das Interesse daran verloren zu haben. Sein Blick ruhte auf mir, als er den letzten Abstand zwischen uns erneut überwand. »Das hier ist wichtig.«

»Was? Dass du mir beweist, dass du das Wort ›Intimdistanz‹ nur aus dem Wörterbuch kennst?« Ich musste den Kopf leicht in den Nacken legen, um ihm ins Gesicht zu sehen. Herrgott, was frühstückte dieser Kerl? »Geh mir aus dem Weg, sofort.« Ich empfand keine Angst, nicht wirklich, trotzdem klopfte mir das Herz bis zum Hals.

»Es ist nicht schlimm, wenn du nicht registriert bist. Die Bürokratie ist kein Problem, und wir werden keine Fragen stellen.«

Registriert? Ich sollte dringend zusehen, dass ich Land gewann. Zum Glück war ich in einem der miesesten Viertel von Rom groß geworden und hatte gelernt, dass Angriff die beste Verteidigung sein konnte. »Soso, wir werden also keine Fragen stellen. Perfekt. Wenn wir dann auch noch den Weg freigeben könnten, könnte ich das einzig Richtige tun: Vergessen, dass du mich so bedrängt hast und dir nicht meine Gang auf den Hals hetzen, die dich vierteilen wird.«

Sein Blick wurde noch finsterer. »Hör zu, Mädchen.« Statt zurückzuweichen, beugte er sich dreist noch ein Stück näher zu mir. »Es kostet mich ein Blinzeln, und du steckst in gewaltigen Schwierigkeiten.«

Mädchen? Er war höchstens zwei Jahre älter als ich. Und drohte er mir etwa? Ich schnaubte. »Ernsthaft, Junge?« Erneut wich ich ein Stück von ihm zurück und wedelte dann wieder mit meinem Handy. »Noch einen Schritt weiter, und ich rufe die Polizei. Keine Ahnung, für wen du dich hältst, aber lebe den ›mystischen Magier‹, oder was auch immer du darstellst, auf der nächsten Roleplay Convention aus, okay?«

Er lächelte.

Es war definitiv das Unheimlichste, das ich an diesem Tag gesehen hatte. Und wir sprachen hier von Katzenuhren, Einhorn-Scrunchies und einem gar nicht so geheimen Geheimdokument mit einer Vorliebe für tote Pelikane und Schädeldecken.

Das Handy in meiner Hand vibrierte, doch ich beachtete es gar nicht. Stattdessen starrte ich wie gebannt auf den tiefgoldenen Schimmer, der sich in diesem Moment von rechts und links über seiner Hornhaut schloss wie ein zweites durchsichtiges Paar Augenlider.

Hilfe.

In diesem Moment wünschte ich, Matti würde mich noch mal an den Haaren ziehen.

Hitze. Ich ließ das Telefon fallen. Es zuckte auf den Bodenfliesen hin und her, als schien seine Elektronik zu schmelzen und von innen heraus zu brodeln. War *er* dafür verantwortlich?

»Die Polizei wird dir nicht helfen können.«

Klar, er hatte ja auch mein Handy geschmolzen. Die eine Hälfte meines Verstandes verpasste der anderen Hälfte eine Ohrfeige. *Komm mal klar.* Niemand schmilzt irgendwas, wir sind hier nicht bei Marvel. Mein Telefon war alt, und vermutlich hatte es spontan entschlossen, sich selbst mittels eines überhitzten Akkus ins Handy-Nirwana zu katapultieren. Ich warf noch mal einen Blick darauf. Eine schmale dunkle Rauchfahne quoll aus dem Anschluss des Kopfhörers. Hm. Respekt für diese Akkuleistung. Warum war es bei mir dann immer so schnell leer gewesen?

Klatsch. Noch eine Ohrfeige. Der Typ hatte zwei Paar Augenlider!

Ich riss den Kopf hoch. Das konnte nicht sein, ich hatte mich getäuscht, es war das spärliche Licht in dem Gang, gruselige Kontaktlinsen, meine überbordende Fantasie. Ich sah ihm in die schwarzen Augen und da war … nichts. Das Gold war verschwunden.

»Das hier ist wichtig.« Sein Blick war ernst, seine Stimme seltsam endgültig.

Mein Herz raste noch schneller, trotzdem arbeitete mein Verstand auf Hochtouren. »Wenn das hier wieder so ein Prank-Video von Matti wird, dann richte ihm aus, dass ich seinen kindischen Hintern persönlich-»

»Wer ist Matti?«

»Jetzt tu nicht so.«

Er zuckte die Schultern. »Nie von ihm gehört.«

Er stellte sich stur. *Von mir aus.* »Du bist schuld, dass ich mein Telefon habe fallenlassen.« Ich zeigte mit dem Finger auf ihn. »Also schulden Matti und du mir ein Handy. Ganz einfache Rechnung. Und ich werde noch heute Abend einen Hacker engagieren, der Mattis dämlichen YouTube-Kanal dem virtuellen Erdboden gleichmacht.«

Der Typ verschränkte die Arme vor seiner Brust und legte den Kopf leicht schief. Er besaß das Talent, keine Miene zu verziehen und trotzdem irgendwie amüsiert zu wirken.

Na warte. »Gib mir dein Handy.«

Seine rechte Braue hob sich leicht.

Ich schnippte mit den Fingern meiner ausgestreckten Hand. »Los, her damit. *Auge um Auge, Handy um Handy.* Steht schon in der Bibel.«

»Der Tora.«

»Hm?«

»Es stand zuerst in der Tora. So sollst du geben Leben für Leben, Auge für Auge, Zahn für Zahn, Hand für Hand, Fuß für Fuß, Brandmal für Brandmal, Wunde für Wunde, Strieme für Strieme.«

Besserwisser. »Wahnsinn. Na los, rück es raus und bestell' dem Blödmann schöne Grüße.«

Mit geradezu filmreifer Gleichgültigkeit fischte er ein Smartphone aus der linken Tasche seiner Jeans und legte es in meine offene Handfläche. Obwohl ich selbst das älteste Telefon der Welt besaß, erkannte ich dieses Modell sofort.

»Das kommt doch erst in drei Monaten raus.« Und kostet gefühlt zwölf Trillionen Euro.

»Dann hast du ja Glück, dass du einen der wenigen Prototypen in der Hand hältst.«

Ich unterdrückte den Impuls, ihm das Ding an den Kopf zu werfen. Stattdessen schloss ich die Finger schützend darum. Es war zu schön, um an seinem Schädel zu zerschellen. »Ist es geklaut?«

Er schüttelte den Kopf.

»Vom Laster gefallen?«

»Spar dir weitere Unterstellungen.«

Ich zuckte die Schultern. »Wie du willst. Sobald ich von Matti ein neues habe, bekommst du das hier wieder.« *Vielleicht.*

»Du kannst es behalten.«

Er hatte gerade nicht wirklich gesagt, was er gesagt hatte. Oder hatte er doch? »Was?«

»Behalte es.«

»Oh, verstehe, es ist eine Attrappe.« Ich drückte einen seitlichen Knopf, und das Display erwachte in all seiner Pracht zum Leben. Einen Moment lang war ich sprachlos.

»Hübsch, nicht wahr?«

Nur mühsam löste ich meinen Blick. »Geht so.« Ich ließ das

Handy in meine Beuteltasche fallen, als wäre es ein Paket Taschentücher.

Der Typ verzog mal wieder keine Miene. »Dann können wir uns jetzt unterhalten.«

»Nein, immer noch nicht.« Schnell bückte ich mich und klaubte mein altes Telefon vom Boden. Es fühlte sich immer noch warm an.

»Muss das Spielchen mit dem Weglaufen jetzt wirklich sein?« Seine Stimme klang genervt, was ihn noch arroganter wirken ließ. »Du könntest uns beiden eine Menge Zeit sparen, wenn wir zwei uns einfach ein ruhiges Plätzchen suchen und …«

Weg von hier.

»Du spinnst ja«, unterbrach ich ihn und drängte mich ohne einen weiteren Blick an ihm vorbei. »Auf Nimmerwiedersehen.« Irgendetwas stimmte hier nicht. Mein Verstand bäumte sich protestierend auf, und mein Instinkt zwang mich zur Flucht. Meine Beine bewegten sich wie ferngesteuert.

Weg von hier, schnell.

Ich sollte Matti anrufen, ich würde das klären, ich musste … egal. Erst mal weg von hier. Was war da gerade passiert? Hatten meine Augen mich getäuscht?

Ich holte erst wieder Luft, als ich durch die breiten Türen des Museums ins Freie stürzte. So. Jetzt würde ich mir Matti vorknöpfen. Ich war gerade in der richtigen Stimmung dafür. Mein altes Telefon war unübersehbar hinüber, also griff ich widerwillig nach dem neuen Handy in meiner Tasche. Das Display sprang an, und noch mal bewunderte ich die umeinander wirbelnden Farben. Eine SIM-Karte war offenbar aktiv, denn ich sah das Kürzel eines Mobilfunkanbieters.

Ich öffnete kurz prüfend das Telefonbuch, doch das Handy

schien gänzlich unbenutzt. Ich fand keine Kontakte, keine Apps und keine Mailkonten. Ob der mysteriöse Typ immer ein nagelneues Ersatzhandy bei sich trug? Ich kannte Mattis Nummer auswendig, was in meiner jetzigen Lage absolutes Glück war.

Er ging schon nach dem zweiten Klingeln dran, um ihn herum hörte ich Stimmengewirr.

»Hallo?« Er klang ein wenig außer Atem.

»Pfeif deinen Kumpel zurück, Witzbold. Der Spaß ist vorbei«, sagte ich betont lässig.

Einen ewigen Moment lang war es still am anderen Ende der Leitung. Dann prustete Matti los. »Emilia? Was stimmt bei dir nicht? Und was ist das für eine Handynummer?«

Ich ging nicht auf seine Fragen ein. »Beende diese Show, bitte.« Jetzt war meine Stimme ernst geworden. »Wegen dem Typen habe ich mein Handy geschrottet. Du hattest deinen Spaß, jetzt ist Schluss damit. Okay?«

»Schluss mit was?« In seiner Stimme schwang ein Lachen mit.

Ich stöhnte. *Ernsthaft? Er wollte das weiter durchziehen?* Im Hintergrund wurde das Stimmengewirr noch mal lauter. »Du schuldest mir ein Handy.« Ich hoffte, dass ihn diese Ansage wieder zur Vernunft brachte.

Doch jetzt lachte er so laut, dass ich den Hörer sogar etwas von meinem Ohr weghalten musste.

»Irgendwie bist du heute komisch. Hast du bei Davine irgendeine Tablette gefunden und geschluckt? Du weißt, so was soll man nicht machen. Denk daran, wie es Newton ging, als er das mal gemacht hat.«

Ich war ein wenig fassungslos. »Der Typ hat mich fast zu Tode erschreckt, wie er so aus dem Nichts vor mir stand. Ich weiß, ich hätte ihm vielleicht nicht unbedingt sein Handy abnehmen sollen, aber immerhin habe ich wegen ihm meines fallen lassen und er …«

»Du, lass uns später reden …« Matti klang eindeutig so, als würde er mich gerne abwürgen wollen. »Sind grad beim Training angekommen.« Im Hintergrund hörte ich Aleandro irgendwas rufen.

»Herzlichen Dank.« Ich konnte immer noch nicht glauben, dass er mich so dreist abbügelte. »Die zwei Sekunden, um diese dämliche Aktion abzublasen, wirst du ja wohl noch finden.«

»Was für eine Aktion? Ich verstehe kein Wort von dem, was du sagst. Spring doch einfach ne Runde vor YouTube herum. Ich glaube, der ganze Prüfungstress schlägt dir aufs Gemüt. Ich melde mich später noch mal!«

»Was? Das ist ja wohl-« Ich wollte gerade etwas erwidern, da hatte er bereits aufgelegt.

Ich schnaubte und steckte das Handy wieder weg. Nicht nur, dass er die Ballettübungen, die ich anhand von YouTube-Tutorials in meinem Zimmer machte, als »Herumspringerei« bezeichnete, er trieb es mit diesem Spielchen eindeutig zu weit. Jetzt wäre ein guter Zeitpunkt gewesen, die ganze Aktion aufzulösen. Wie weit wollte er es denn noch treiben? Stirnrunzelnd blickte ich auf das Telefon in meiner Hand.

»Mit Weglaufen löst man keine Probleme.« Und wieder hatte er kein Geräusch gemacht.

Ich schrak zusammen, als ich ihn dicht hinter mir spürte.

Ganz in der Nähe gab es eine Bushaltestelle. Ohne ihn zu beachten sprang ich die Stufen hinunter. Ich war in der Öffentlichkeit, hier waren Dutzende Menschen, es konnte mir nichts passieren. Trotzdem raste mein Herz. *Nicht umdrehen.*

Geh weiter und behalte die Bushaltestelle fest im Blick. Wenige Meter … es sind nur noch wenige Meter.

»Also gut. Du willst die Nummer mit dem Weglaufen durchziehen. Von mir aus.« Schon wieder er. »Wie lange wird das dauern? Ich habe nachher noch Termine.«

»Verschwinde endlich!« Meine Stimme ging in dem Rattern der Reifen eines kleinen Lkws fast unter. Das Kopfsteinpflaster schien jedes kleinste Geräusch zu verdreifachen. Um uns herum drehten die ersten Passanten interessiert die Köpfe in meine Richtung. Ich wurde noch mal schneller, obwohl ich mir immer wieder sagte, dass mir hier vor aller Augen nichts passieren konnte. Meine Tasche schien mich bei jedem Schritt bleischwer nach unten zu ziehen. Doch das würde bald ein Ende haben. Ich würde in den Bus steigen und diesen Typen stehen lassen. Endlich erreichte ich die Bushaltestelle und blieb direkt an der Haltebucht stehen. Ein gutes Dutzend Menschen wartete dort bereits. *Mir konnte gar nichts passieren. Es war absolut …*

»Ich werde uns einen Wagen rufen.«

Es war nicht zu fassen. Wann hörte er endlich mit dieser dämlichen Show auf? »Du hast echt nen Knall, und Matti kann was erleben.«

Er lachte dunkel. »Es ist meine Aufgabe, für die Sicherheit derer zu sorgen, die mir anvertraut werden. Du musst auf mich hören, weil ich es besser weiß und weil ich deinen Hintern retten werde, wenn es nötig ist. Ganz einfach.«

Ich schnaubte. »Wahnsinn, das klingt echt, als ob du wirklich glaubst, was du da erzählst. *Anvertraut.* Bin ich ein herrenloses Waisenkind?«

»In meiner Welt schon.«

Ich erstarrte. In seiner Welt? Im nächsten Moment erblickte ich meinen Bus in der Ferne. Endlich.

»Man sieht sich.« Ich drehte mich von ihm weg und machte den letzten schmalen Schritt in Richtung der Bordsteinkante. Der Bus würde mir den Staub von den Schuhspitzen fahren, aber das war mir egal.

»Was lässt dich glauben, dass du in diesen Bus einsteigst?« Er klang völlig ruhig, ja regelrecht tiefenentspannt.

Da war es wieder. Dieses dumpfe Gefühl von Angst, das mich vorhin schon mehr oder weniger kopflos hatte flüchten lassen. Einem inneren Impuls folgend, schwang ich herum.

Geschickt ließ er etwas um seine Finger tanzen. Ich holte erschrocken Luft. Es war schon wieder eines der kleinen Schlangen-Amulette, doch dieses Mal schien es fast durchsichtig zu sein. Er hatte mehrere davon dabei?

Schon schnippte er es in die Luft.

»Nein!« Ich hörte mein eigenes erstickt hervorgestoßenes Wort. Um mich herum drehten die Leute wieder neugierig den Kopf in meine Richtung, doch niemand außer mir schien das Amulett sehen zu können. Wie konnte das sein? Der Typ wedelte fast genervt mit der Hand, und das Amulett schoss vorwärts. Zuerst dachte ich, es sollte mich treffen, doch dann hob es noch weiter ab und glitt hoch über meinen Kopf hinweg. Ich folgte seinem Weg und erkannte mit Schrecken, dass es direkt auf den Bus zuflog.

»Mein Gott«, flüsterte ich, als die Schlange sich im Flug entrollte und zersprang. Ihr Inhalt schien ein durchsichtiges Gas zu sein, das umringt von den Splittern des Amuletts vorwärts schoss.

»Reiner Sauerstoff ist eines meiner Astralelemente.« Er klang, als würde er über etwas völlig Alltägliches reden. »Unsere Luft besteht jedoch nur zu etwa 20 Prozent aus reinem Sauerstoff.«

Die Gaswolke prallte auf die untere Front des Busses, und ich rechnete mit dem Schlimmsten. Doch nichts geschah.

»Führt man einem Verbrennungsmotor reinen Sauerstoff zu, benötigt er die fünffache Menge Benzin.«

Der Bus beschleunigte, obwohl er doch eigentlich langsamer werden sollte.

»Dies führt zu einer kurzen Leistungssteigerung.«

Der Bus wurde wieder langsamer.

»Doch anders als bei dem Gasgemisch, das unsere Luft ausmacht, fehlt bei reinem Sauerstoff die Kühlwirkung der anderen Gase. Der Motor überhitzt sehr schnell.«

Ich trat einen Schritt zurück, als der Bus mit scheinbar letztem Schwung an der Haltestelle ausrollte.

»Und das bedeutet: Ende der Reise.«

Er war nah hinter mir und sprach ruhig und leise, flüsterte fast in mein Ohr, doch ich war immer noch zu schockiert, um zu reagieren.

Die Tür schwang auf. »Motorschaden«, sagte der Fahrer. »Scusi, signore e signori.« Im nächsten Moment griff er nach dem Mikro über sich. »Bitte steigen Sie alle aus. Der Motor ist überhitzt. Der nächste Bus kommt in zehn Minuten. Vielen Dank für Ihr Verständnis.«

Erst als die Fahrgäste protestierten und sich aus dem Bus drängten, erwachte ich unfreiwillig aus meiner Starre, weil ich komplett im Weg stand. Ich stieß gegen den fremden Typen, und als ich mich zu ihm umdrehte und wir gemeinsam zur Seite wichen, fehlten mir immer noch die Worte.

Sein Blick glitt über meinen Kopf hinweg. »Das ging ja schnell, sehr schön.«

Eine dunkle Limousine hielt in der Bucht der Haltestelle direkt hinter dem Bus.

Der Typ lächelte knapp. »Wenn ich sage, wir unterhalten uns …«, er nickte dem Fahrer kurz grüßend zu und beugte sich wieder zu mir, »dann unterhalten wir uns.«

»Du bist ja vollkommen irre.« Der Wagen war mehr oder weniger aus dem Nichts aufgetaucht, auf Hochglanz poliert und schien die Manifestation des Wortes »Luxusschlitten« zu sein. Breite Räder, aufwendig gestaltete Felgen, getönte Scheiben. Sofort war der rauchende Bus für die meisten Passanten nur noch halb so interessant. Mir hingegen lief es schon wieder kalt den Rücken hinunter. Der nachtschwarze Wagen sah aus wie das Flaggschiff der Mafia. Wie etwas, aus dem man garantiert nicht mehr lebend aussteigen würde … Und der Typ hatte mein Handy gekocht! Er hatte einen Bus außer Gefecht gesetzt. Er warf mit irgendwelchen Amuletten um sich. Zu was war er noch alles fähig? Ich war immer noch schockiert von dem, was ich gesehen hatte. Einen Bus! Er hatte einen Bus gestoppt. Ein leicht hysterisches Kichern entkam meinen Lungen. «Vollkommen irre.«

Er ignorierte mich, während der Fahrer der Limousine aus dem Wagen sprang, die Beifahrertür aufriss und sich salutierend an die Mütze seiner Uniform tippte.

»Es ist mir vollkommen egal, für was du mich hältst, solange du dich in diesen Wagen setzt und wir in die Loge fahren. Dort ist es sicher, und wir können alles klären. Bitte sei jetzt einfach mal vernünftig.«

Loge? Waren wir bei Hofe, oder was? Erst da realisierte ich, was gerade vor sich ging. *Wollte er mich entführen?* »Sag mal, geht's noch? Wenn du mich noch länger belästigst, rufe ich lautstark nach der Polizei.«

Er legte den Kopf schräg, und sein Blick sagte sehr deutlich: *Ach, wirklich?*

Als jedoch wie aufs Stichwort zwei Schutzpolizisten auftauchten, wurde sein Blick plötzlich wachsam. Zwar widmeten die beiden Männer sich eher dem dampfenden Bus als uns zwei streitenden Teenagern, doch seine Haltung hatte sich merklich verändert. Ich deutete mit dem Kopf auf die beiden Polizisten. »Na? Möchtest du mich immer noch entführen?«

Der Typ beachtete mich gar nicht, stattdessen machte er ein unauffälliges Handzeichen in Richtung der Limousine. Der Fahrer nickte knapp und glitt geschmeidig zurück in den Wagen. Dann sprang der Motor an, und die Limousine glitt so lautlos davon, wie sie erschienen war. Ich glaubte zwar jetzt irgendwie nicht mehr so wirklich, dass Matti hinter all dem hier steckte, aber derjenige, der mich hochnehmen wollte, hatte sich echt Mühe gegeben. Allein so einen Wagen für einen Tag zu mieten, musste doch mehrere hundert Euro kosten. Und dann diese ganzen Spezialeffekte …

Meine Glückssträhne schien anzudauern, denn im nächsten Moment hielt ein zweiter Bus in der Haltebucht. Die Linie fuhr nicht in die Richtung, in die ich wollte, doch ich würde dort einsteigen, selbst wenn der nächste Halt erst die Antarktis wäre. Hauptsache weg von hier. Weg von ihm.

Der Typ schien Gedanken lesen zu können. «Muss ich noch ein öffentliches Verkehrsmittel lahmlegen?«

Ich warf ihm einen knappen Blick zu, und obwohl mein Herz schon wieder vor Aufregung klopfte, straffte ich die Schultern. »Ich werde jetzt in diesen Bus einsteigen, und solltest du auch nur einen halben Schritt hinter mir her machen, schwöre ich, dass ich ganz Rom zusammenschreien werde. Ich werde dafür sorgen, dass man dich verhaftet. Möchtest du das?«, fragte ich und imitierte damit seinen Tonfall.

Etwas in seinem Blick veränderte sich, und ich erkannte so etwas wie Resignation darin. Vielleicht auch noch mehr, doch ich konnte es nicht genau deuten, in der halben Sekunde, in der wir uns direkt in die Augen gesehen hatten.

»Dann geh.« Mehr kam von ihm nicht. Er stand sehr aufrecht, die breiten Schultern angespannt, die dunklen Augen so ernst, als stünde er vor einem Richter.

Irgendetwas in mir, irgendetwas, das sich leise zu regen begann, zögerte für den Bruchteil einer Sekunde. Da war dieses Kribbeln, wenn ich an die fremdartigen Amulette zurückdachte. Da war dieses Gefühl von Erkenntnis, das sich tief in mir regte. Da war diese zarte kleine Stimme, die flüsterte: Was, wenn doch?

Doch dann schwang ich endgültig herum und betrat den Bus, gerade als die Türen sich quietschend öffneten. Zum Glück fand ich einen Sitzplatz. Meine Knie fühlten sich wie Pudding an. Der Typ war echt so was von unheimlich. Keine Ahnung, was das für Tricks waren oder wie er das gemacht hatte. Jedenfalls hatte er es eindeutig auf mich abgesehen, und irgendetwas an ihm stimmte so ganz und gar nicht. Ich sah starr geradeaus, als der Bus langsam beschleunigte. Ein Gedanke hatte sich in meinem Unterbewusstsein festgebissen: Zu was war er noch fähig?

Kapitel 3

Theoretisch hätte ich auch nach Hause laufen können. Das Museum lag unweit des Hauptbahnhofs, der wiederum ganz in der Nähe unserer Wohnung lag. Jetzt war ich drei Stationen in Richtung Kolosseum gefahren, um ganz sicherzugehen, dass der Typ mir nicht folgte. Ich lief den Weg zurück, weil ich mich nicht traute, einen anderen Bus zu nehmen. Zum Glück lagen die Stationen relativ nah beieinander, und der knapp fünfzehnminütige Fußweg sorgte dafür, dass sich meine Nerven wieder etwas beruhigten. Ich hatte die Zeit genutzt und mir mein altes Handy noch mal genauer angesehen. Doch da schien man leider nicht mehr viel machen zu können. Das Gehäuse hatte sich gekrümmt, und das Display war gesplittert. Ich hoffte inständig, dass ich wenigstens die SIM-Karte würde retten können.

Auch das ungute Gefühl blieb. Ich hatte mich ein paar Mal umgedreht, aber mir war niemand aufgefallen.

Ich passierte den Blumenladen auf dem Bahnhofsvorplatz, und die fröhlichen Farben der Pflanzen, die in mehreren Etagen vor dem Geschäft aufgebaut waren, ließen mich kurz stehenbleiben. In einem hohen Eimer leuchteten große gelbe

Sonnenblumen um die Wette. Ihre Kerne in dem Kranz aus Blütenblättern schimmerten tief dunkelbraun wie Bitterschokolade. Auch ohne es vorher zu wissen, hätte ich die besondere Art ihrer Anordnung sofort erkannt. Die Kerne lagen spiralförmig in ihrem Kelch, links- und rechtsdrehend, und wirkten doch ungeordnet und willkürlich. Trotzdem erkannte ich das Muster darin im Bruchteil einer Sekunde – die Fibonacci-Zahlenfolge. Viele Muster in der Natur basierten auf dieser Reihe, so auch die Anordnung der Sonnenblumenkerne. Die linksdrehenden und die rechtsdrehenden Spiralen stellten immer aufeinanderfolgende Fibonaccizahlen dar, und ich konnte sie so deutlich sehen, als habe sie jemand in zwei neonleuchtenden Farben für mich markiert. So war es immer. Meine Augen schienen mehr als die üblichen zwei Arten von Sinneszellen zu besitzen. So, als hätte ich zusätzlich zum Farben- und Hell-Dunkel-Sehen eine dritte Art von Zellen im Auge. Ich hatte sie irgendwann mal »Musterzellen« getauft – und Muster waren nichts anderes als Codes. Wie automatisch glitten meine Gedanken zurück zum Voynich-Manuskript. Jemand hatte Monate damit verbracht, jede einzelne Zeichnung anzufertigen. Die Fülle an Text war zu groß und raffiniert verschlüsselt, um nur sinnlose Satzfragmente zu enthalten. Und das ließ für mich nur einen Schluss zu: Es musste sich um eine Fälschung handeln. Das ungute Gefühl breitete sich noch weiter in meinem Magen aus, doch dieses Mal bezog es sich nicht auf den unheimlichen Typen von vorhin. Es war eher eine Mischung aus wachsamer Neugier und unguter Vorahnung. Warum schickte man ein uraltes kodiertes Buch auf eine Wanderausstellung rund um die Welt, wenn es sich so offensichtlich um eine Fälschung handeln musste?

Gemeinsam mit Touristen und Einheimischen überquerte

ich die Via Giovanni Giolitti, passierte einen McDonald's und bog wenig später in die Via Daniele Manin ab. Das Bahnhofsviertel war vor einigen Jahren aus touristischen Gründen etwas verschönert worden. Die Häuserfronten, an denen die Besucher der Stadt in ihren Taxen entlang zu den Hotels kutschiert wurden, hatte man neu gestrichen, kleine Cafés eröffnet und die von den Touris so geliebten Stehpizzerien modernisiert. Die Gastronomie hatte diese Finanzspritze gefreut, ebenso wie die Immobilienbesitzer. Nur die, die schon seit Jahrzehnten hier wohnten, hatten nichts davon abbekommen. Und so glich das Viertel einer bunt gemischten Parade von Fassaden, hinter denen sich das wahre Rom verbarg. Hier lebten jene auf kleinstem Raum, die die Stadt antrieben wie ein Uhrwerk. Kellner, Touristenführer, Hotelpersonal und all die, die selbst an Feiertagen dafür sorgten, dass Rom so lebendig schien, wie in den Reiseprospekten versprochen wurde.

Ich bog in eine der vielen namenlosen Hinterhausgassen ab. Hier war es schummrig, denn Wäscheleinen waren von Haus zu Haus gespannt, und die tiefhängenden Kleidungsstücke sperrten einen Großteil des Tageslichtes aus. Fahrräder und Vespas standen kreuz und quer vor den Kellereingängen, Musik hallte aus weit geöffneten Fenstern, und irgendwie war es auf eine chaotische Art gemütlich hier, obwohl vor vielen Kellertüren schwere Schlösser hingen und die unteren Fenster vergittert waren. Das hier war das Bahnhofsviertel, und wie überall auf der Welt war diese Gegend auch immer ein Ort, der die anzog, die eher im Schatten lebten. Ich kannte diese Straßen wie meine Westentasche und hatte keine Angst vor denen, die hier in Bahnhofsnähe strandeten. Ich bahnte mir meinen Weg, bis ich vor einem niedrigen Fenster stehen blieb. Der Sims davor war schon lange abgebrochen, und niemand hatte ihn je ersetzt. Vor mir lag ein unordentliches Büro mit einem zum Bersten überladenen Schreibtisch. An den Wänden hingen Fotos berühmter Inszenierungen, und über allen prangte der Schriftzug »Studio Aurora Bottega«. Ich rückte noch etwas näher. Die Scheibe war verschmiert und staubig, doch das störte mich nicht. Durch die geöffnete Tür des Büros konnte ich über den Flur in den Saal sehen. Tänzer probten eine Choreographie, und ihre schlanken anmutigen Körper wirkten schwerelos und erhaben. Ich liebte das Tanzen. Jene Kombinationen aus Ordnung und Chaos, Takt und Improvisation, die so federleicht schienen und dennoch fast jeden Muskel des Körpers forderten. Ich legte meine Hand an die Scheibe und fühlte mich – mal wieder – wie ein Stalker. Signora Aurora war eine Legende. Und weil sie Diva und Bohème zugleich war, lebte sie absichtlich in einem der einfachsten Viertel Roms. All die vielen reichen Töchter wurden in abgedunkelten Limousinen hier abgesetzt. Tänzer aus aller Welt besuchten ihre Meisterklassen. Choreographen erarbeiteten Neuinterpretationen der berühmtesten Ballette mit ihr. So gerne hätte ich einen Grundkurs besucht, doch ihre Preise waren sehr hoch, und niemals wäre ich Mamma gegenüber so egoistisch gewesen. Ich begnügte mich mit dem Traum, der wunderschön und melancholisch zugleich war. Irgendwann …

Ich wandte den Blick ab, drehte mich von dem Fenster weg und wollte schon weitergehen, als eine Gestalt hinter einer Mülltonne unweit vor mir hervortrat. Sein Haar war kurz und leuchtend silbern gefärbt. Ein merkwürdiger kühler Schauer rieselte meine Wirbelsäule hinab, ein seltsames Kribbeln, das ich vorhin schon bei dem Typen im Museum gefühlt hatte.

»Wir sollten uns mal unterhalten.«

Déjà-vu. War das irgendwie ein neuer Trend, den ich verpasst hatte? Frauen mit diesem Spruch und todernster Eindringlichkeit in der Stimme anzuquatschen?

Wieder dachte ich an Matti. Wir kannten uns lange genug, um schon so ziemlich jeden Streich am anderen ausprobiert zu haben. Aber von genau so einem *epischen* Prank hatte er vor Kurzem gesprochen, und es war einfach ein bisschen zu viel Zufall, gleich zweimal an einem Tag von einem wildfremden Kerl angequatscht zu werden.

»Bist du auch ein Freund von Matti?« Ich versuchte, gelangweilt zu klingen.

»Nie von ihm gehört.« Der Typ lächelte, indem er nur kurz den linken Mundwinkel nach hinten zog. Es wirkte anzüglich und herablassend zugleich. »Ich heiße Dariano. Aber für meine Freunde bin ich Dario.« Beim Stichwort »Freunde« tauchten vier weitere Gestalten aus den Schatten auf, als hätten sie sich eben erst daraus manifestiert. »Wie heißt du?«

Ich antwortete nicht. Stattdessen wich ich zurück und betrachtete die vier Gestalten hinter Dario. Drei Männer und eine Frau, alle in dunkelgrauen Klamotten und hoch geschnürten Boots. Erst bei genauerem Hinsehen stellte ich fest, dass sie alle etwa in meinem Alter sein mussten. Einer der Jungs besaß flammend tiefrotes Haar, das in weichen Wellen um seinen Kopf lag. Das Mädchen trug ein ärmelloses Shirt, und die Muskeln an ihren Armen traten dezent hervor, als sie sich bewegte. Sie hatte ihr schwarzes Haar zu einem straffen Dutt oben auf dem Kopf frisiert. Bei den anderen beiden Jungs handelte es sich um Zwillinge. Mit den breiten Schultern und den kantigen Gesichtern wirkten sie wie die perfekte Besetzung einer kitschigen High-School-Romanze mit dem Titel »Double Trouble: Hilfe, ich liebe Zwillinge!«.

Plötzlich hob Dario den Kopf und fixierte etwas hinter mir,

aber bevor ich mich umdrehen konnte, erklang eine dunkle Stimme. »Da bist du ja.«

Ich erstarrte. Diese Stimme hätte ich überall wiedererkannt. *Wie hatte er mich gefunden?*

Der ominöse Typ kam neben mir zum Stehen. »Du sollst doch nicht immer wegrennen. Die Leute werden noch denken, du magst mich nicht.«

Mir fehlten nicht oft die Worte, aber jetzt gerade war genau so ein seltener Moment. Ich sah völlig perplex zu ihm hoch, absolut unfähig, mich zu rühren. *Was zur Hölle passierte hier?*

Er lächelte so liebenswürdig, wie ich es ihm niemals zugetraut hätte.

»Und jetzt musst du sagen«, fuhr er fort. »Tut mir leid, mein lieber Ben, es kommt nicht wieder vor. Natürlich mag ich dich.«

Es hätte nicht viel gefehlt und mir wäre die Kinnlade auf die Brust geklappt.

Vor uns klatschte Dario affektiert Beifall. »Wie niedlich. Können wir jetzt zum Geschäftlichen kommen?«

Der Typ, Ben, machte einen halben Schritt an mir vorbei und stellte sich nun fast schützend vor mich. »Aber gerne doch.« Jetzt hatte seine Stimme alle Freundlichkeit verloren. »Was kann ich für dich tun, Dario?«

»Oh, wir waren nur neugierig ... wollten mal Hallo sagen und fragen, wer sie denn ist.« Dario machte eine großartige Geste. »Und an den Gerüchten muss ja definitiv was dran sein, wenn der Orden seine Kampfmaschine losschickt.«

An Bens Kinn zuckte ein Muskel. Es war offensichtlich, dass er diesen Spitznamen nicht mochte.

»Verschwindet einfach.« Seine Stimme war nur noch ein tiefes Grollen.

Dario tat entsetzt. »So unhöflich, Lord Hastings? Hast du die guten englischen Manieren zu Hause gelassen?«

Dario kam näher, besser gesagt: Er schlenderte betont lässig in unsere Richtung. »Da ist doch nichts dabei. Wir quatschen ein wenig über die gute alte Zeit, tauschen Geschichten aus dem Krieg aus …« Er grinste böse. »Du stellst mir deine kleine Freundin vor.«

Aus Bens Kehle erklang ein dunkler Laut, der fast wie ein Knurren klang. »Keinen Schritt weiter, Sekundant.«

»Oder was? Lass sie mich doch mal ansehen. Ist so gar nicht dein Typ, oder? Steht eure Lordschaft nicht auf Blondinen?«

Ich warf Ben einen kurzen Seitenblick zu. Schon wieder zuckte besagter Muskel an seinem Kinn.

»Wir gehen jetzt.«

Dario gab ein missbilligendes Schnalzen von sich. »Es ist mir schon fast peinlich, einen Hardliner wie dich an den *Gläsernen Pakt* erinnern zu müssen. Aber hiermit weise ich dich offiziell auf Paragraf drei hin.« Er beugte sich unverschämt nah zu Ben. »Parley, du Arsch.«

Die Stille danach konnte man fast schneiden. Ben, halb vor mir, schien noch ein paar Zentimeter größer zu werden. Ich hielt schon wieder die Luft an.

»Was ist denn, Rosso?«, blaffte Dario. Ich schreckte kurz zusammen. Der Typ mit dem kastanienroten Haar ließ sich jedoch nicht beirren, als er neben Dario Stellung bezog. Sein Lächeln war so falsch wie bedrohlich. »Was mein Bruder hier in Kurzform zitiert hat, wiederhole ich der Richtigkeit halber noch mal im Originalwortlaut. Nicht, dass es zu Missverständnissen kommt.« Er räusperte sich und guckte dann so förmlich, als stünde er unter Eid bei Gericht. »Ich zitiere Paragraf drei des ›Gläsernen Pakts‹. Das Recht auf ›Parley‹. Die Parteien zweier Orden haben jederzeit das Recht, sich zum Parley zu bitten, einer gewaltfreien Unterhaltung im Sinne des Informationsaustausches. Die zum Parley aufgeforderte Partei darf der auffordernden Partei verlangte Informationen nicht verweigern, es sei denn, es handelt sich hierbei um vertrauliche Informationen, die den aufgeforderten Orden diffamieren oder ihm schaden könnten. Wir fordern euch hiermit also zum Parley auf.«

Wie bitte? Was war hier eigentlich los? War ich durch ein schwarzes Loch in eine andere Realität gerutscht und hatte es einfach nicht bemerkt?

»Er weiß genau, wovon ich rede, Rosso. Mach dich nicht zum Affen«, zischte Dario, während er Rosso unsanft den Ellbogen in die Seite stieß. Sein Blick glitt wieder zu Ben, der jedoch eiskalt blieb.

»Du sprichst den Falschen an. Mach die Augen auf. Du siehst doch, was sie ist. Wenn du Informationen zu ihrer Person willst, erweise ihrem Orden und ihr selbst die Ehre, die das Parley ihr gebührt.«

Ich hatte die ganze Zeit überlegt, woher mir das Prinzip des »Parley« so bekannt vorkam – war das nicht aus den »Fluch der Karibik«-Filmen? – als mein Gehirn endlich verarbeitete, was Ben gerade angedeutet hatte. Erschrocken sah ich zu ihm hoch.

»Ich?« Meine Stimme klang erstickt.

Dario fixierte mich wie ein unter Glas gefangenes Insekt. Einen ewigen Moment lang war es totenstill in der Gasse. »Das gibt's doch nicht«, wisperte er schließlich. Rosso und seine Spießgesellen rückten etwas näher. Das Mädchen flüsterte einem der Zwillinge etwas ins Ohr.

Der nickte daraufhin knapp, Ben lächelte selbstzufrieden, und ich verstand nur Bahnhof.

»Könnte mich mal jemand einweihen?« Ich wich zurück. »Und so angestarrt zu werden, ist echt unangenehm.«

Natürlich bekam ich keine Antwort. Stattdessen duellierten Dario und Ben sich schon wieder mit Blicken.

Dario zog etwas Schwarzes aus der Bauchtasche seines Hoodies und drehte es fast nachdenklich zwischen den Fingern. Es war kreisrund und besaß einen leicht irisierenden Schimmer. »Ich habe das dringende Gefühl, ihr zwei verkauft uns für dumm. Allen voran du, Fechtmeister.«

»Was andere uns zutrauen, ist meist bezeichnender für sie als für uns.«

Dario schnaubte verächtlich. »Pack den Romantiker wieder ein, Großmaul, du bist nicht mein Typ.« Er sah zu mir. »Du bist doch sicherlich registriert, Süße?«

Schon wieder dieses Wort. Wo waren wir hier? Im Feriencamp? Auf einer Tagung? »Nein, das bin ich immer noch nicht, tut mir leid. Hast du einen Vordruck dabei?«

Die Zwillinge hinter Dario grinsten hämisch von einem Ohr zum anderen. Nicht mal das konnte sie entstellen. Das Mädchen hatte die vollen Lippen zu einem spöttischen Lächeln verzogen.

Darios suchender Blick glitt von mir zurück zu Ben. Ich fand sein Starren so unhöflich wie einschüchternd. »Warum interessiert ihr euch für sie?«, zischte Dario. »Sie ist bloß eine minder begabte Streunerin.«

»Entschuldige mal, *wie* hast du mich genannt?« Was zu weit ging, ging zu weit. »Keine Ahnung, was ihr hier für ein LARP veranstaltet … WoW, HdR, GoT, aber ich bin raus. Sayonara, ihr Spinner.« Ich hob die Hand, dann drehte ich mich um und lief los. Wieder in die falsche Richtung, aber ich würde einfach noch einen weiteren Umweg machen. Hauptsache weg von hier. Ich hatte zwar große Zweifel, dass Matti so etwas hier auf die Beine stellen konnte, aber wenn das tatsächlich der *legendäre Abschlussstreich* war, mit dem er – laut eigener Aussage – in die Geschichte der Schule eingehen wollte, würde ich ihm im Schlaf die Augenbrauen abrasieren. Und er würde noch seinen Enkeln das bescheuertste Abschlussfoto ever zeigen müssen.

»Hey, Silberling …«

»Dario …«, hörte ich Ben knurren, und es klang eindeutig wie eine allerletzte Warnung.

»Beherrsch dich.« Das war Rossos Stimme. »Das ist sie nicht wert.«

Meine Neugier siegte. Ich schwang herum, ging aber rückwärts. Dann tippte ich auf meine Katzenuhr. »Ich muss leider los. Wichtige Termine … Weltfrieden und so … sorry.«

Dario hielt seinen Blick fest auf mich gerichtet. »Wenn ich ein Spinner bin, Silberling …« Er schnippte das kreisrunde Ding in die Luft. Es blitzte in einem Sonnenstrahl auf, der in die schattige Gasse drang.

Mir blieb fast das Herz stehen, als ich die zum Kreis geformte Schlange erkannte. Dasselbe Amulett, das ich schon bei Ben gesehen hatte, nur … dunkler? Nein, nicht dunkler. Jetzt schien es, als wäre es gelblich grün und … etwas bewegte sich in seinem Inneren.

Dann ging alles ganz schnell. Ben stürzte sich auf Dario, doch der ging blitzschnell in eine Art geduckte Kampfhaltung. Dann machte Dario eine fast schon lässige Geste mit der Hand, und das in der Luft schwebende Amulett flog direkt auf mich zu. Ich erstarrte gleichermaßen vor Angst und Faszination. Die Augen der Schlange glühten auf, plötzlich bewegte und entrollte sie sich, bevor das Amulett dann auf halbem Wege zu mir zersprang und ein Nebel daraus entwich, der mit der Kraft einer Welle weiter auf mich zuraste.

Es fühlte sich an, als würde ich mich selbst aus weiter Ferne beobachten.

Ich hörte die Geräusche des Kampfgetümmels, sah Dario, der mit der Faust ausholte, um Ben direkt am Kopf zu treffen. Ich hörte die Zwillinge wütend aufbrüllen und den scharfen Befehl von Rosso, der ihre Stimmen übertönte. Ich sah mich selbst und wie die Nebelwolke direkt auf mich zuschoss. Ein beißender Gestank eilte ihr voraus. Ich roch Chlor. *Hallo?* Ich keuchte. Das war tödlich! Ich würde …

Mein Körper verselbstständigte sich, und ich sah atemlos dabei zu. Ein unbändiger Schmerz flammte in meinem Inneren auf und jagte dann meine Arme hinunter. Ich hob beide Hände und hielt sie etwa drei Handbreit auseinander. Die Handflächen waren einander zugewandt, als würde ich Fäden dazwischen spinnen wollen. Ich wollte mich unter dem Schmerz krümmen, doch meine Wirbelsäule schien plötzlich wie aus Beton. Ich stand aufrecht und wich nicht zurück. Der Schmerz erreichte seinen Höhepunkt, und auf einmal schoss etwas gleißend Helles aus meinen beiden Handflächen. Ich wäre gerne ohnmächtig geworden, um dem Schmerz zu entfliehen, doch stattdessen riss ich die Augen nur noch weiter auf. Aus meiner rechten Hand tauchte der riesige Kopf einer silbernen Schlange auf, während zeitgleich aus meiner linken ihr schuppenbesetzter Schwanz erschien. Sie bewegten sich in einem perfekten Kreis aufeinander zu. Die Schlange besaß schimmernde tiefblaue Augen, facettiert wie Edelsteine, die triumphierend aufblitzten, als sie ihr Maul öffnete. Nadelspitze

Giftzähne zeigten sich, während sie in der Position erstarrte, als wolle sie gleich den eigenen Schwanz verschlingen. Es war genau jene Form, die ich auch schon bei Bens und Darios Amuletten gesehen hatte, nur größer und sehr viel lebendiger. Für einen ewigen Moment schien die Zeit stillzustehen. Die Schlange drehte sich wie ein perfekt runder Kreis zwischen meinen ausgestreckten Händen. Ihre irisierenden Schuppen schienen tanzende Lichtpunkte bis in die Schatten zwischen den Mülltonen zu werfen.

Der ätzende Nebel hatte mich nun erreicht. Die Schlange fauchte, und der beißende Geruch von Chlor hüllte mich ein. Im nächsten Moment zerriss eine gleißende Helligkeit die Gasse. Ich schrie auf, duckte mich und schützte meinen Kopf mit den Händen, als Wärme mich durchflutete. Genau jetzt würde ich sterben. Ich hatte keine Chance.

Kapitel 4

Die Gasse lag voller … Salz? Ich schmeckte die Partikel sogar in meinem Mund. Wie ein weißer Überzug aus Neuschnee bedeckte es Boden, Mülltonnen, ja sogar einen Teil der Häuserwände.

Wieso war ich nicht tot? Und wohin war diese riesige Schlange verschwunden? Mühsam blinzelte ich, fühlte den harten Boden, auf dem ich kniete, hörte das Geräusch eines Handgemenges irgendwo vor mir.

Wieso hatte ich keine Schmerzen? Nicht mal in den … Ich keuchte auf, als ich mich vollständig erinnerte. Da war eine Schlange aus meinen Händen gekommen. Ich sah nach unten, drehte die Handflächen nach oben. Keine Verletzungen, etwas Dreck unter meinen Nägeln, aber ansonsten … Ich riss den Kopf hoch, als ein heiseres Lachen erklang.

Darios Zähne glänzten rot von seinem Blut, seine Augen schillerten wie Quecksilber. Trotzdem zwinkerte er mir zu. «Wenn ich ein Spinner bin, dann bist du es auch. Willkommen im Club.«

Ben packte ihn mit einer Art Todesgriff im Nacken, und im

nächsten Moment verdrehte Dario die Augen und sackte bewusstlos zu Boden.

»Ihr macht jetzt nen Abflug.« Ben schien nicht im Mindesten schockiert von den Geschehnissen, seine Augen leuchteten strahlend golden. Helle Salzkristalle hatten sich in seinem Haar und den Aufschlägen seiner Jeans verfangen. »In einer Minute ist meine Verstärkung hier, und das wollt ihr nicht erleben.«

Rosso starrte Ben hasserfüllt an, und dann fischte er eins der kleinen Schlangenamulette aus den Taschen seiner Hose. Es schwebte über seiner Handfläche und blitzte gelblich auf. »Das hier fängt gerade erst an, Fechtmeister.« Trotz seiner hageren Statur drehte er die bulligen Zwillinge in meine Richtung, als wären sie zwei bockige Kleinkinder. Das kleine Amulett folgte jeder seiner Bewegungen und drehte sich dabei um sich selbst. »Lapo, Vito, ihr nehmt den Silberling. Los, hebt sie auf.«

Einer der Zwillinge knackte martialisch mit den Fingerköcheln. »Aber gerne doch.«

Fasziniert beobachtete ich, dass sie alle dieses seltsam irisierende Leuchten in den Augen hatten.

Als ich im nächsten Moment auf die Füße sprang, kam der Schmerz dann doch. Meine Handflächen brannten wie Feuer.

»Nicht so schnell.« Die Stimme erklang gerade, als ich prüfend meine Finger bewegte. Es fühlte sich an, als hätte ich eine Feuerqualle gestreichelt.

Ich drehte mich um. Hinter uns in der Gasse waren zwei Personen aufgetaucht. Wieder spürte ich dieses Kribbeln im Nacken. Die Stimme gehörte zu einer schlanken jungen Frau mit auffallend goldblondem Haar.

Sie wirkte ernst und erinnerte eher an eine Musterstudentin einer Privatuni als an eine hippe YouTuberin. Sie war ein wenig älter als ich, und die gestärkte weiße Bluse mit den kurzen Ärmeln ließ sie erwachsener aussehen, als sie vermutlich war. Dazu trug sie Jeans und weiße Sneakers. Ihre Fingernägel waren leuchtend tomatenrot lackiert. Es war genau der Ton ihrer Handtasche, die sie nun fast beiläufig auf dem Boden abstellte. Ein wenig hinter ihr ging ein junger Mann, der fast eineinhalb Köpfe größer war als sie. Sein Schädel war kahl rasiert, und seine Haut besaß einen kühlen Ockerton. Er trug eine Jeans und ein Halbarmoberhemd, das akkurat gebügelt war. Anders als bei Matti, der immer ging, als wüsste er nicht so recht, wohin er wollte, war sein Gang fest und geschmeidig zugleich und passte gut zu seiner schlanken, sehnigen Gestalt. Sein Blick ruhte auf mir, interessiert und wachsam zugleich. Erst als Ben ein »Na endlich« rief, wandte er den Kopf kurz ab.

»Alles okay?« Seine Stimme war kühl, die Frage sachlich.

Ich nickte knapp. Vermutlich hatte ich einen leichten Schock erlitten, denn meine Kniescheiben zitterten immer noch wie Espenlaub.

»Annmary!«, rief Rosso. »Was für eine Freude! Wir möchten den kleinen Silberling zu einem Kaffee einladen. Aber komischerweise macht dein Schießhund einen riesengroßen Aufstand.« Er pustete gegen das gelb schillernde Amulett, und es begann, sich um sich selbst zu drehen. »Lasst sie uns mitnehmen, und alles ist gut.«

Die junge Frau, Annmary, lachte auf. Auch über ihrer Handfläche erschien wie von Zauberhand eins der kleinen Schlangenamulette. Über ihre Augen glitt der gleiche goldene Schimmer wie bei Ben. »Träum weiter, Rosso.«

Der Angriff von Rosso kam aus dem Nichts. Sein grüngelblich schimmerndes Schlangenamulett schoss durch die

Luft, zersprang – und wieder war da dieser ätzende Chlorgeruch in der Luft.

»Pass auf, Anni«, rief Ben.

»Bleib, wo du bist.« Der junge Mann, der neben mir stehengeblieben war, sah mich eindringlich an. Auch in seinen Augen erkannte ich den goldenen Schimmer. »Wir kümmern uns darum.«

Nun warf auch er ein Schlangenamulett in Richtung unserer Angreifer, sodass es gegen die Chlorgaswolke prallte. Es hatte dieselbe Farbe wie das Amulett, dass Ben gegen den Bus geworfen hatte. »Chloroxid«, sagte er leichthin. »Gibt einen hübschen Knall. Los, wir müssen uns ducken.« Ich imitierte reflexartig seine Bewegungen und während er sich ein kleines Stückchen über mich beugte, sah ich, wie auch Anni auf dem Asphalt in Deckung ging. Es klang, als habe jemand einen Chinaböller gezündet. Mir klingelten die Ohren. Schon bald würde irgendeiner der Anwohner hier garantiert die Polizei rufen.

Rosso, die junge Frau und einer der Zwillinge wurden von den Beinen gefegt. Ich hörte ihre wütenden Schreie, gerade als Dario wieder zu sich kam. Ben musste sich irgendwo geduckt haben, denn plötzlich tauchte er unweit neben uns auf. Ich sprang zurück auf die Füße, Oliver klopfte sich ein wenig Dreck von der Hose, während Annmary sich wieder zu uns stellte.

»Verschwinden wir. Wo ist der Wagen, Oliver?«

»Direkt am Ende der Gasse.«

»Huhu, ihr Hübschen!« Dario klang beiläufig. Und dumm wie ich war, sah ich direkt zu ihm, gerade als ein kleines Schlangenamulett über seinem Kopf explodierte. In der rechten Hand hielt er etwas Dunkles, zwischen dem … etwas zündelte?

War das etwa ein Taser? Die Gaswolke bündelte sich und wanderte in dessen Richtung.

Auch Annmary und Oliver hatten sich reflexartig zu ihm umgedreht.

»Augen zu«, brüllte Ben, doch da war es schon zu spät. Dario setzte die Gaswolke über sich unter Strom, und ein gleißend helles Licht, das mich von der Intensität her an diese modernen Autoscheinwerfer erinnerte, schien die gesamte Gasse zu erleuchten. Die Helligkeit brannte sich in meine Pupillen, so stark, dass ich den Schmerz spürte, als sie sich schlagartig zusammenzogen. Xenon, schoss es mir durch den Kopf. Er hatte mit Xenon, einem durchsichtigen Gas, und Strom einen gleißend hellen Lichtblitz erzeugt. Wie krank war das denn bitte?

Ich hörte noch, wie sie sich auf uns stürzten, doch sehen konnte ich fast nichts mehr. Ich sank auf die Knie und schützte den Kopf mit den Händen.

Irgendwo über mir bekam jemand einen brutalen Faustschlag verpasst. Irgendetwas spritzte in mein Haar, und ich schrie auf.

»Ganz ruhig.« Es war Ben. Jetzt hatte er sich halb über mich gekniet, nachdem ich völlig orientierungslos auf den Asphalt gesunken war. Ich blinzelte, versuchte, wieder etwas zu sehen, und bekam schemenhaft mit, wie Ben ein weiteres Amulett in Rossos Richtung warf. Die Schlange entrollte sich in der Luft, zersprang, und graues Metall floss aus ihrem Inneren. Noch im Fallen schien es wie von selbst immer mehr zu werden, bis es Rosso an der linken Schulter traf. Er taumelte wie unter einer schweren Last, dann knickten ihm die Beine weg. Er fluchte laut, als er zur Seite fiel wie ein gefällter Baum. Das Metall musste unglaublich schwer sein. Ben warf ein weiteres Amulett mit der gleichen grauen Farbe, doch er verfehlte Dario, und das flüssige Metall tropfte in eine Mülltonne, die prompt umfiel. Von den Zwillingen und der jungen Frau schien jede Spur zu fehlen.

Von irgendwoher hörte ich Annmary wütend etwas rufen. Ben sprang auf die Füße und brachte sich vor mir in Position. Ich stützte mich mit beiden Händen auf dem immer noch mit Streusalz bedeckten Asphalt der Gasse ab und versuchte an seinem Körper vorbeizuschauen. Ich erhaschte einen Blick auf die Zwillinge. Dario und Vito standen nah nebeneinander, den Blick fest auf uns geheftet. Jeder ließ ein Amulett vor sich schweben. Die bulligen Typen schienen fast an ihren Schultern zu verschmelzen. In der nächsten Sekunde prallten ihre beiden Amulette funkensprühend aufeinander, und ein Teppich aus rotbraunen, edelsteingleichen Kristallen jagte auf uns zu. Sie schienen in jeder Sekunde zu wachsen, in der sie sich über den Asphalt in unsere Richtung fraßen. Noch bevor ich mich ganz auf die Füße kämpfen konnte, war Dario da und hielt seinen Taser an den Kristallteppich. Offenbar hatten die Zwillinge eine Art kristallinen Stromleiter erschaffen. Ich hatte davon im Chemieunterricht gehört, hätte aber nie geahnt, dass es in solchen Dimensionen überhaupt möglich war.

»Schwarzes Arsen!«, rief Ben. Er, Annmary und Oliver beugten gleichzeitig ein Knie und pressten ihre rechten Handflächen auf den Boden, während der vor Energie knisternde Kristallteppich uns schon so gut wie erreicht hatte. Ich sah atemlos zu, wie die drei ein nadelspitzes, schwarz-metallisch glänzendes Gestein aus dem Boden zogen. Es fügte sich unter unseren Füßen sofort zusammen, und der neue Untergrund erhob sich wie eine Art Plattform, die uns vor den unter Strom gesetzten Kristallen schützte. *Sie bauen aus schwarzem Arsen eine Plattform?* Ich schwankte leicht, als wir plötzlich ein Stückchen über dem Boden schwebten, und verzog das Gesicht, weil sich einige Spitzen durch die dünnen Sohlen meiner Sandalen drückten. Die Kristalle des schwarzen Arsens waren wirklich spitz.

»Ganz ruhig. Schwarzes Arsen leitet keinen Strom. Uns wird nichts passieren.« Das war Annmarys Stimme.

Sie hatte gut reden …

Die schützende Plattform zerbrach und zerstörte den Kristallteppich darunter. Ich taumelte in der Bemühung, mein Gleichgewicht nicht zu verlieren.

Schon wieder flog uns eine Gaswolke entgegen.

»Nicht bewegen!« Das war Oliver. Er und Annmary standen rechts und links von mir und Ben, als wollten sie uns beschützen. Gerade als die Gaswolke uns erreichte, hoben sie jeweils eine Hand, und zwischen ihnen spannte sich ein ähnlich goldener, fast durchsichtiger Schimmer, wie er schon über Bens Augen im Museum geglitten war.

»Und jetzt werden wir den Spaß mal beenden.« Ben trat aus dem goldenen Schutzschild heraus und legte seine Hand an eine der Hauswände.

»Du kannst doch nicht das Haus zum Einstürzen bringen!«, rief ich voller Panik.

»In alten Häusern wie diesen finden sich häufig noch Arsenverbindungen in einer der vielen Schichten alter Wandfarbe«, raunte Oliver mir zu. »Wir brauchen mehr, als wir dabeihaben, um aus dieser Nummer rauszukommen.«

Wieder ging alles blitzschnell. Es war ein schmutzig-grünes flockiges Pulver, das Ben mit aller Kraft aus der Hauswand zu zerren schien. In der nächsten Sekunde hatte er es auf unsere Angreifer geschleudert. Doch Rosso und Dario griffen gleichzeitig auch uns an. Ein in allen Regenbogenfarben schillerndes Gas riss große Löcher in unseren goldglänzenden Schutzschild. Doch dann waren unsere Angreifer plötzlich gänzlich umhüllt von dem grünen Nebel.

»Pass auf, Marcesa!«, rief Rosso der jungen Frau zu. Marcesa, die uns am nächsten stand, fluchte laut und wollte sich wegdrehen, doch nur Nanosekunden später brachen sie alle zusammen. Die Zwillinge krümmten sich auf dem Boden, als hätten sie Bauchkrämpfe, und schienen ebenso nach Luft zu schnappen wie jetzt auch Dario und Rosso. Mittlerweile hatte Marcesa das Bewusstsein verloren und war wortlos in sich zusammengesackt.

»Abflug!«, rief Ben, während unser Schild in sich zusammenbrach. Von der Chemikalienschlacht war nicht mehr viel zu sehen. Reste der rotbraunen Kristalle zerfielen und lösten sich auf, und auch von der Streusalzexplosion fehlte jetzt jede Spur. Von irgendwoher ertönten Sirenen. Jemand schien an einem geöffneten Fenster zu telefonieren und erzählte lautstark etwas von sich prügelnden Jugendlichen.

»Beeilung.« Bens Stimme klang autoritär. Annmary wartete auf mich, bis ich aufgeholt hatte, und so schnell es ging, verschwanden wir aus der Gasse.

Gerade als wir die nächstgrößere Hauptstraße erreicht hatten, fuhr wieder diese dunkle Mafia-Limousine vor. Ben riss die hintere Tür auf, und Annmary sprang hinein. Ich wusste nicht so recht, was ich machen sollte, und war vor Schock und Überforderung wie erstarrt. Ben deutete auffordernd auf die Rückbank. Ich rutschte neben Annmary, dann ließ Ben sich neben mir nieder. Oliver nahm auf dem Beifahrersitz Platz, und sofort gab der Fahrer Gas.

»Das wird nicht allzu lange vorhalten. Wir müssen zusehen,

dass wir sie abhängen.« Ben warf einen kurzen Blick in den Rückspiegel, indem er sich ein Stück zu mir in die Mitte des Innenraums lehnte. In diesem Moment rasteten alle Türsicherungen gleichzeitig ein. Ich bekam vor Panik kaum noch Luft.

»Was machen wir jetzt? Wo fahren wir hin? Und wieso verfolgen sie uns?« Meine Stimme klang schrill.

»Dass sie dich mitnehmen wollen, haben sie doch oft genug gesagt, oder?« Ben klang fast ein wenig genervt.

»Ja, aber ...« Ich wusste nicht weiter. Das war alles komplett zu viel für mich und mein Gehirn. »Und jetzt hast du sie umgebracht?«

Er schüttelte den Kopf. »Schnall dich an.«

»Was?« Ich brauchte einen Moment, bis mein Gehirn seine Worte verarbeitet hatte. Kein Wunder, ich hatte in der letzten Viertelstunde so viel Chemie abbekommen wie noch nie in meinem ganzen Leben. Und an so etwas Banales, wie mich anzuschnallen, hatte ich überhaupt nicht gedacht.

»Komm, ich helfe dir.« Annmary beugte sich zu mir. Mein Blick glitt in den Fußraum, und erstaunt stellte ich fest, dass sie trotz des gesamten Chaos sogar an ihre Handtasche gedacht hatte. Wer zur Hölle waren diese Leute? Ob sie von einem Geheimdienst waren? CIA? SISMI? FBI?

»Sie sind nicht tot«, erklärte Ben dann. »Dafür war die Arsenkonzentration nicht hoch genug.«

Ich sah ihn fassungslos an. »Gibst du jetzt dem Haus die Schuld, dass du sie nicht umbringen konntest?« *Herrgott, wie abstrus das alles klang. Sie zogen irgendwelche Chemikalien aus Böden und Wänden, und ich fragte ihn so einen Unsinn.* »Was sind das für kleine fliegende Dinger? Warum sind alle wie eine Schlange geformt? Und was befindet sich darin? Und warum schweben sie über euren Händen?«

Ben sah mir eine Weile schweigend zu, wie ich Fragen auf ihn abschoss, dann glitt sein Blick an mir vorbei durch die Seitenscheibe hinaus. »Später«, war alles, was er sagte.

»*Was?* Aber entschuldige mal, ich würde wirklich gerne wissen, was …« Der Wagen machte eine scharfe Kurve, und mir wurde so sehr die Luft aus den Lungen gepresst, dass ich nicht mehr protestieren konnte.

Ben beugte sich wieder in meine Richtung und sah erneut in den Seitenspiegel. »Bis jetzt keine Verfolger. Sehr schön.«

Ich warf Ben einen kurzen Blick zu, als er sich wieder in die Sitzpolster zurücklehnte. Das dunkle Haar war an den Schläfen etwas feucht, die Wangen etwas gerötet und der Hauch eines frischen Deos wehte zu mir herüber. Er wirkte völlig ruhig. Wie konnte er in so einer Situation so entspannt sein?

Noch einmal fuhr der Wagen um eine scharfe Kurve. Auch Annmary wirkte so adrett, als habe sie nicht gerade mehr oder weniger um ihr Leben gekämpft. Machten sie so etwas öfter? Ich zweifelte immer noch, ob ich es mit geschickten Zauberkünstlern zu tun hatte, mit Profis, die in TV-Shows auftraten, und ich mich gerade inmitten des größten YouTube-Pranks meines Lebens befand – oder ob meine Realität sich tatsächlich gerade um 180 Grad gedreht hatte. So wirklich konnte und wollte ich noch nicht daran glauben. Ich drehte mich auf meinem Sitz um, soweit der Gurt um meine Hüfte das zuließ, um über die Rückbank hinweg durch die Heckscheibe zu sehen. Als hätte ich es geahnt. Mein Herz setzte einen Moment lang aus. Nur wenige Wagen hinter uns machte ich auf einem hochmodernen silbergrauen Motorrad Dario aus. Rechts unweit neben ihm saß Marcesa auf einer ähnlichen Maschine. Ich erkannte die beiden zweifelsfrei, weil sie von der geltenden Helmpflicht nicht viel zu halten schienen.

»Da sind sie«, rief ich. Wenn sie unseren Wagen ausbremsten, genauso wie Ben vorhin den Bus zum Stehen gebracht hatte, wie sollten wir ihnen dann noch entkommen? »Werden sie uns umbringen?«

»Gar nichts werden sie«, brummte Ben, der sich mühelos zu mir drehen konnte, weil er sich im Gegensatz zu mir gar nicht erst angeschnallt hatte.

»Stufe 2«, sagte Oliver knapp, und der Fahrer gab ein kurzes Geräusch der Zustimmung von sich, bevor er den Wagen zur Seite riss. Wir rasten ein gutes Stückchen über eine Busspur, bevor wir uns weiter vorne in den Verkehr einfädeln konnten. Es gab ein wahnsinniges Hupkonzert und vom Gehweg aus brüllten die Passanten uns an. Aber niemand kam zu Schaden, und wir hatten ein paar Meter gewonnen. Wieder siegte meine Neugier, und ich drehte mich um, gerade als Dario und Marcesa versuchten, sich an den nur langsam vorankommenden Autos vorbeizuschlängeln.

»Sie holen auf!«

Ben ließ das Fenster herunterfahren. »Dann wollen wir noch mal Guten Tag sagen.« Er streckte die Hand aus, und ich sah ihm atemlos dabei zu. Dort, wo sich die Motorräder von Dario und Marcesa befanden, schien der Asphalt plötzlich Blasen zu werfen. Marcesa kippte gegen einen Wagen neben sich, was sofort zu Tumult führte. Dario schien sich nur mit Mühe auf seinem Zweirad halten zu können.

»In den meisten Asphaltmischungen finden sich Kalziumeinschlüsse. Bringt man diese ein bisschen ›in Schwung‹, kann es zu unerwünschten Bodenbewegungen kommen.« Das war Annmarys Stimme zu meiner anderen Seite. Auch sie hatte sich umgedreht, um mehr zu sehen.

Doch dann schien Dario sein Motorrad wieder im Griff zu

haben. Er ließ den Motor aufheulen, sodass wir es bis zu uns hören konnten. Gott sei Dank löste sich in diesem Moment der Verkehr etwas auf. Unser Fahrer, ein Mann mittleren Alters, mit dunkler Uniform und Mütze, gab routiniert Gas und schien den großen Wagen perfekt im Griff zu haben.

Doch das Jaulen des Motors hinter uns kam immer näher.

»Verdammt«, knurrte Ben. »Die können doch nicht ernsthaft am helllichten Tag so ein Fass aufmachen. Die PR-Abteilung wird uns den Hals umdrehen, wenn ich sie jetzt vor fünfzig Zivilisten von der Bahn puste.«

»Und Emmett erst …«, flötete Annmary. »Das wird ein Spaß.« Dann verzog sie das Gesicht und rieb sich über eine gerötete Stelle an ihrem Unterarm. Offenbar war sie bei dem Kampf leicht verletzt worden.

Dann erklangen wieder Sirenen. Zuerst dachte ich, man würde unseren Wagen verfolgen, doch dann erkannte ich, wen die zwei Streifenpolizisten im Visier hatten. Sie waren ebenfalls auf Motorrädern unterwegs und hatten Rosso und Marcesa gerade überholt und so zum Halt gezwungen. Der eine Polizist deutete sogar mit dem Finger sehr deutlich auf Darios Kopf.

Annmary brach in ein schallendes Gelächter aus. »Na, sieh mal einer an, wer von Recht und Gesetz ausgebremst wurde.«

Ben gab ein Geräusch von sich, das entfernt an ein dunkles Lachen erinnerte. Oliver sagte gar nichts, doch sein Blick wirkte ziemlich amüsiert, als er sich kurz zu uns umdrehte.

»Wenn den drei anderen Idioten immer noch zu schlecht zum Fahren ist, haben wir sie vermutlich abgehängt. Außerdem werden sie es nicht noch mal riskieren, mitten in der Öffentlichkeit so ein Feuerwerk aufzuführen. Es ist nicht nur gegen jedes Gesetz und jede Regel, sondern auch absolut fahrlässig. Zivilisten hätten dabei verletzt werden können.«

Zivilisten so wie ich?, schoss mir durch den Kopf. Doch bevor ich fragen konnte, hatte sich Ben erneut ein Stückchen zu mir gedreht und betrachtete mich nun eingehend. »Nun scheint der richtige Zeitpunkt, dir zwei Mitglieder meiner Loge offiziell vorzustellen.« Er deutete über mich hinweg auf die junge Frau, die er ›Anni‹ genannt hatte. »Das ist Annmary Cavendish, sie ist unsere Pionierin.«

Annmary nickte mir lächelnd zu. »Hallo, es freut mich, dich kennenzulernen, Emilia.«

Woher wussten sie meinen Namen?

»Und das ist Oliver Buhari, der Sekundant der Loge. Er ist die rechte Hand des Meisters.«

Oliver hatte sich wieder zu uns umgedreht, jetzt nickte er mir knapp zu. »Es freut mich.« Er wirkte nett, aber ähnlich distanziert wie Ben. Nach einem kurzen Blick drehte er sich wieder nach vorn.

Pionierin? Sekundant der Loge? Meister? Konnte mich mal jemand kneifen?

Ich wand mich unbehaglich. »Ich will euch nicht zu nahetreten, aber warum sollte ich euch all das glauben?«

Annmary und Ben wechselten einen Blick.

»Weil sich ein riesiger Ouroboros aus deinen Händen manifestiert hat, und du Chlor mit Natrium, einem deiner Astralelemente, in harmloses Streusalz verwandeln kannst?«

»Ben …«, wisperte Annmary leise, aber eindringlich. »Gib ihr etwas Zeit. Vielleicht kann man es auch anders erklären?«

Er gab ein unbestimmtes Brummen von sich, bevor er sich wieder mir zuwandte. »Wir sind Alchemisten.« Er sah mich eindringlich an. »Und du bist eine von uns. Eine Loge ist eine Arbeitsgemeinschaft, ein Orden so was wie deine Nationalität. Man ist entweder Silber, Gold oder Quecksilber. Wir sind

Gold, und mit Silber ist alles kuschlig, mit Quecksilber bekriegen wir uns, weil sie die Weltherrschaft wollen. Klingt wie ein billiger Actionfilm, heißt bei uns aber Realität. Willkommen in der Welt der unbegrenzten Möglichkeiten. Ich hoffe, du bist gut in Chemie.«

»Ben«, sagte Annmary nun scharf. »Das reicht. Es bringt niemandem etwas, wenn sie ab jetzt in Todesangst lebt.«

»Ich … äh.« Meine Stimme brach. »Chemie?« *War das sein Ernst?*

Ben schnaubte. »Gut, dann Versuch Nummer drei: Du musst uns glauben, weil wir die Guten sind und du ein Talent besitzt, dass wir dringend benötigen.«

Ich sah immer noch ziemlich überfordert zu ihm hoch. Die Limousine hielt gerade an einer Ampel, und deshalb fiel das Licht direkt in sein Gesicht. Blau. Seine Augen waren gar nicht dunkelbraun. Sie waren so tiefblau, dass sich kaum das Licht darin zu brechen schien.

Schnell wandte ich den Kopf ab. Sie hatten mir die verrücktesten Dinge erklärt, und es war ganz sicher ein Anzeichen meines schwindenden Verstands, dass ich stattdessen über Augenfarben nachdachte. Ich setzte mich unbehaglich in meinem Sitz zurecht. »Ich möchte nicht unhöflich sein und …« Ich schluckte. »Und es ist ja auch echt viel krasses Zeug passiert in der Gasse, aber ich glaube, wenn ihr mir jetzt sagt, dass ihr Zauberer seid …«

»Alchemisten«, unterbrach Ben mich. »Das ist ein himmelweiter Unterschied. Zauberer gibt es in Büchern, Alchemisten gibt es wirklich.«

»Ach ja?«, gab ich matt zurück. *Meinte er das ernst?*

»Wie wäre es dann mit ein paar Zahlen und Fakten?« Annmary lächelte mich aufmunternd an und beugte sich dann zu ihrer roten Handtasche, die sie im Fußraum abgestellt hatte. Hervor zog sie einen Bogen, den sie auf meinen Knien ablegte.

»Was ist das?«

»Lies es vor, bitte.«

Was kam denn nun? Ich zögerte, beugte mich aber dann doch darüber. Zuerst ergaben die Wörter auf dem Papier keinen Sinn. Buchstabensalat mit einigen Leerzeichen dazwischen. Doch dann vertiefte sich mein Blick, und wie immer, wenn ich mich ganz auf ein Rätsel einließ, schienen sich alle Muskeln in meinem Körper zu entspannen. Nur Sekunden später erschienen neue Buchstaben, und die anderen verblassten. Es war ein Code, verschlüsselte Zeilen, die plötzlich Sinn ergaben:

Bitte lass uns erklären, warum wir deine Hilfe brauchen. Unsere Absichten sind nur gut, aber wir sind auf dich angewiesen. Bitte höre uns zu.

Ich hatte den Text leise vorgelesen, und als ich den Kopf hob, erhaschte ich noch einen Blick auf das triumphierende Lächeln, das Ben Annmary und Oliver zuwarf.

»Du hast erst andere Buchstaben gesehen, richtig?«, wollte er dann von mir wissen.

Ich nickte, immer noch wachsam.

»Sie ist echt gut.« Oliver klang gelassen wie immer, aber ich spürte die leichte Aufregung in seiner Stimme.

»Das ist eine Caesar-Verschlüsselung«, fügte ich noch hinzu. »Jeder Buchstabe des Alphabets wird durch einen anderen ersetzt. Dadurch ergeben die Wörter erst mal keinen Sinn, doch weiß man, welchen Buchstaben man durch den anderen Buchstaben ersetzen muss, kann man den Text lesen. Nicht besonders kompliziert, nicht besonders elegant, aber es erfüllt seinen Zweck.«

Annmary lachte kurz auf, aber auch sie schien ein klein wenig … enthusiastischer? Hoffnungsvoller? Die Stimmung im Wagen hatte sich merklich verändert. Plötzlich wirkte es, als hätten sie nach langem Suchen doch endlich einen Wegweiser entdeckt. Und dieser Wegweiser … war *ich?* Ich bekam eine Gänsehaut.

»Beeindruckend, dass du das mal eben so im Kopf machst.« Sie angelte sich das Blatt und zog dann ein weiteres aus ihrer Tasche. »Und jetzt lies doch bitte mal das hier vor.«

Die Zeichen auf dem Blatt kamen mir schmerzlich bekannt vor. Das hier war eindeutig viel zu viel Zufall. Fast wäre mir der Bogen aus der Hand gerutscht.

Mir wurde heiß und kalt zugleich.

Mein Magen krampfte sich zusammen, und sofort war mein Mund wieder ganz trocken.

»Wenn der Drache den Mond verschlingt und der Pelikan seine Kinder mit seinem eigenen Blut …« Ich brach abrupt ab. Panik machte sich in mir breit. »Woher habt ihr das?«

Kapitel 5

Mir war plötzlich schwindelig und viel zu warm. Wie in aller Welt sollten sie an eine Seite des Voynich-Manuskripts gelangt sein?

»Es gehört uns.« Annmary berührte das vergilbte Papier so vorsichtig, dass es sich kaum bewegte, als sie einmal kurz über die Schrift strich. »Es ist eine der Seiten des Voynich-Manuskripts, die offiziell als verschollenen gilt.«

Meine Stimme war kaum mehr als ein Flüstern, als ich die Puzzleteile zusammenfügte. »Dann habt ihr mich bereits im Museum beobachtet?«

»Da hatten wir tatsächlich Kameras«, erwiderte Oliver leichthin, woraufhin mir noch schlechter wurde.

»Ihr habt mich mit Kameras beobachtet?« *Also wussten sie daher meinen Namen?*

»Wir haben das Museum überwacht.« Annmary klang, als wolle sie mich beruhigen, gerade als der Wagen erneut rasant beschleunigte. »Uns blieb keine andere Wahl. Das Manuskript ist seit gut einem Jahr auf Wanderausstellung in der ganzen Welt, und bisher hatten wir einfach keinen Treffer. Wir hatten die Hoffnung schon fast aufgegeben. Deine Familie scheint in alle Winde zerstreut, und die meisten von ihnen sind irgendwann nach Amerika gezogen. Deshalb war es so schwierig, dich …«

»Meine Familie?«, unterbrach ich sie scharf. »Es gibt nur meine Mutter und mich. Ich habe keine Familie. Mamma hat keine Geschwister, und ihre Eltern sind bei einem Autounfall ums Leben gekommen.«

Wieder kommunizierten die drei stumm über meinen Kopf hinweg.

»Was hat meine Familie damit zu tun?« Sofort machte ich mir Sorgen um Mamma. Was hatten sie mit uns vor?

Oliver räusperte sich und schürzte dann nachdenklich die vollen Lippen. »Vielleicht sollten wir mit dem Rest warten, bis alle anderen anwesend sind.« Er sah fragend zu Ben.

»Sie kriegt den Crash-Kurs. Wenn sie mit Stress nicht umgehen kann, ist sie sowieso raus«, erwiderte dieser.

Wieder schenkte ich ihm einen fassungslosen Blick. »Und *sie* sitzt übrigens direkt neben dir.«

»Ich habe dir doch gerade schon von den Orden erzählt.« Ben schien sich nun um einen etwas verbindlicheren Tonfall zu bemühen. »Alchemisten-Familien sind weit verzweigt, und ihre Kräfte werden über Generationen weitergegeben. Du entstammst einer Linie mächtiger Kryptografen des Silberordens, die viele Tria Principia gestellt haben und …«

»Die viele was?«

»Warte, Ben«, unterbrach ihn Annmary. »Lass es uns so einfach wie möglich halten. Emilia, du kannst das lesen, weil du ein großes Talent für Kryptografie besitzt. Die kompliziertesten Verschlüsselungen löst du automatisch im Kopf. Du brauchst weder Papier, noch Stift, noch Computer. Diese Gabe wirst du bei dir doch schon festgestellt haben?« Ich nickte vage. Meine Gänsehaut schien zu einem Dauerzustand zu werden.

»Genau wie Maria di Luca«, mischte Ben sich nun wieder ein. »Deine berühmte Vorfahrin. Dazu werden wir dir später mehr erzählen. Jedenfalls haben wir das Voynich-Manuskript auf die Reise geschickt, in der Hoffnung, dass wir irgendwann jemanden finden, der es lesen kann.«

»Aber wenn ich das richtig verstanden habe, gehört ihr zum Goldorden. Wenn ich zum Silberorden gehöre, warum sucht ihr dann nach mir und nicht der Silberorden?«

»Erstens gehört uns das Voynich-Manuskript, und zweitens hat dein Orden im Moment ganz andere Probleme.«

Okay … Ben hatte wirklich das Talent, Fragen so zu beantworten, dass sie nur noch mehr Fragen aufwarfen.

»Das Wichtigste ist, dass du es lesen kannst. Nur das sollte uns jetzt interessieren«, fügte er noch hinzu.

»Aber in dem Voynich-Manuskript stand immer wieder dasselbe, und es war unverständliches Kauderwelsch. Pelikane, Drachen und so was.«

Ben sah kurz auf sein Handy. »Das Manuskript selbst täuscht dem Betrachter einen anderen Inhalt vor.«

Annmary lächelte liebenswürdig. »Es ist in drei Teile unterteilt. Der dritte Abschnitt soll eine Art Lexikon oder Anleitung sein, hat aber mit dem eigentlichen Manuskript überhaupt nichts zu tun. Es ist der aufwendigste Teil und doch nur ein geschicktes Ablenkungsmanöver. Wir wussten um die Unwichtigkeit dieses dritten Teils, um den Platz, den er darstellt. Also haben wir ihn geopfert und die Scans des Voynich-Manuskripts damit ausgestattet. Die Textpassagen, die du gelesen hast, waren alles originale Textteile, die den dritten Abschnitt ausgemacht haben. Da es in einer unleserlichen Geheimschrift verfasst ist, ist es natürlich niemandem aufgefallen. Die meisten können nicht mal einzelne Buchstaben differenzieren. Nur einem Alchemisten mit einem seltenen Talent wie deinem ist dies möglich. Nur so konnten wir sicher sein, dass wir den Richtigen finden. Jemanden, der die Schrift intuitiv entziffern kann.«

Konnte sie mir das noch mal schriftlich geben? Ich hatte gefühlt nur die Hälfte verstanden. »Aber die Worte ergaben keinen Sinn.« Mehr fiel mir dazu nicht ein. *Ich hatte eine berühmte Vorfahrin? Ich?* Mamma hatte nie von Verwandten erzählt, und ich konnte mir nicht vorstellen, dass sie mich ein Leben lang angelogen hatte.

»Es ist eine Anleitung. So wie es zum Beispiel juristische Fachtermini gibt oder medizinische Spezialausdrücke, so haben auch wir Alchemisten eine eigene Sprache. Wir benutzen andere Begriffe für ganz geläufige Dinge. Das lässt es unverständlich und antiquiert wirken, doch sie sind sehr genau.«

Ich konnte Annmarys Worte kaum fassen. »Ihr habt mich also gesucht, weil ihr der Überzeugung seid, dass ich Nachfahrin einer berühmten Kryptografin bin, richtig?«

Annmary nickte. »Du sollst für uns den Rest des Voynich-Manuskripts übersetzen.«

»Okay …« Ich legte den Kopf schief und blickte sie argwöhnisch an. »Und dafür macht ihr so einen Aufstand? Gebt mir das Manuskript einfach, und wir treffen uns in einer Woche wieder. Ich übersetze es für euch, und fertig. Dann könnt ihr damit machen, was auch immer ihr damit machen wollt. Warum habt ihr mich nicht einfach gefragt? Und wollen diese anderen, die uns angegriffen haben, auch, dass ich etwas für sie übersetze?«

Ben ließ das Handy sinken. »Erstens weißt du nicht, was du

tust und bist zu mächtig, um es nicht zu wissen. Und zweitens: Nein, das Voynich-Manuskript gibt es nur einmal. Sie wollten einfach abchecken, warum wir uns für dich interessieren und ein bisschen Unruhe stiften. Und ja, es gibt noch andere Alchemisten. Gefährliche Alchemisten wie die Quecks zum Beispiel. *Quecks* ist kurz für Quecksilberalchemisten, und das sind die, die dir gerade begegnet sind. Weißt du, was Navy SEALs sind? Oder CIA-Agenten? Diese fünf sind beides. Zusammen mit ihrem Meister bilden sie die Quecksilberloge von Rom. Dario ist ihr Sekundant, er ist dem Meister direkt unterstellt. Rosso, sein Bruder, ist der Hüter des Protokolls. Lapo und Vito sind der Fechtmeister und der Pionier, und Marcesa ist ihr Scriptor. Was nicht bedeutet, dass sie nicht genauso gut kämpfen kann wie die Jungs. Sie sind eine Elite-Einsatztruppe, und sie sind genauso wenig menschlich wie du oder ich es sind. Sie sind darauf trainiert, nur zum Wohle ihres eigenen Ordens zu handeln. Sie zitieren zwar den »Gläsernen Pakt«, doch sie sind es, die ihn erst nötig gemacht haben. Sie sind Bluthunde, und sie haben deine Fährte aufgenommen. Sie werden dich nicht in Ruhe lassen, und sie haben kein Problem damit, erst Informationen aus dir herauszukitzeln und dich danach tot im nächsten Straßengraben abzuladen, wenn …«

In meinem Kopf drehte sich alles. Das waren viel zu viele Informationen auf einmal.

»Ben«, Annmary bremste ihn scharf aus. »Ich sage es noch mal: Wir haben nichts davon, wenn Emilia ab jetzt in Angst lebt. Denk nach, bevor du sprichst.«

Gänsehaut. Immer wieder Gänsehaut. Dieses Mal vor Angst. Schwebe ich wirklich in Lebensgefahr?

Annmary lächelte, doch jetzt wirkte es selbst bei ihr bemüht und aufgesetzt. »Bitte mache dir keine Sorgen. Ab jetzt bist du in Sicherheit. Wir werden gut auf dich aufpassen.«

Dass sie sich gut prügeln konnten, hatten sie ja schon bewiesen. Aber würde das reichen?

»Fakt ist, du hast eine Gabe, die sehr selten ist. Und deshalb bist du interessant für *alle* Orden. Du kannst dich selbst nicht schützen, weil du keine Ausbildung bekommen hast. Dein stärkstes Astralelement ist dein größter Schutzschild. Erinnerst du dich an die silberne Schlange?«

»Die, die aus meinen Händen kam?« Meine Stimme zitterte. *Ja, daran erinnerte ich mich lebhaft. Ebenso wie an den Schmerz, der mich fast zerrissen hätte.* »Und was ist ein Astralelement?«

»Silber ist das stärkste deiner fünf Astralelemente. Die silberne Schlange ist so etwas wie dein persönliches Sternzeichen, dein Schutzelement. Es ist das Silber, das sich in deinem Kreislauf befindet. Wenn du unter extrem hohem Stress stehst und nicht trainierst, kann es sein, dass sie sich verselbstständigt. Vor allem, wenn du von Natur aus sehr mächtig bist. Dann bricht sie hervor, um dich zu schützen, genauso wie sie es vorhin getan hat. Sie hat eines deiner anderen Astralelemente aktiviert, Natrium. Natrium reagiert mit Chlor zu weißen Kristallen, zu harmlosem Streusalz. Deine Schlange hat dir das Leben gerettet, aber …«

Astralelement? Natrium? Streusalz? Das war schon wieder viel zu viel an Informationen. »Ihr habt nicht zufällig ein Merkblatt oder so?«

»Aber«, Annmary hob die Hand und redete weiter. »Wenn man nicht gelernt hat, sein Schutzelement zu kontrollieren, verursacht es große Schmerzen.«

»Das habe ich auch schon bemerkt.« Wieder sah ich auf meine Handinnenflächen. *Keine Spuren.*

»Und nein, wir haben kein Merkblatt«, sagte Ben. »Das ist jetzt alles viel Info für dich, aber uns läuft die Zeit davon. Wenn du etwas nicht verstehst, frag immer wieder nach, so lange, bis alles geklärt ist.« Er sah mich auffordernd an.

Mein Kopf war völlig leer. Ich war sogar zu verwirrt zum Nachfragen. *Super.*

»Jedenfalls …«, sprach Annmary weiter und ersparte mir so eine weitere unangenehme Stille. Sie griff nach der Handtasche. »… möchte ich dich um Stillschweigen bitten. Nicht nur in unserem Namen, sondern auch im Namen deines Ordens, dem Silberorden. Wir bringen dich jetzt in unsere Loge. Der Begriff Loge bezeichnet einerseits eine Gruppe von Menschen, die den Orden in einer bestimmten Region repräsentiert. Inoffiziell bezeichnen wir aber auch unser jeweiliges Hauptquartier als Loge. Das ist am Anfang sicherlich verwirrend und ein wenig irreführend. Wir …«, sie machte eine Geste, die die anderen wohl einschließen sollte, »repräsentieren zurzeit die Goldloge von Rom. Wir haben unsere Positionen mit unseren italienischen Kollegen getauscht, da wir für unsere Mission, jemanden zu finden, der das Voynich-Manuskript lesen kann, das Land wechseln wollten, um hier zeitgleich aktiv nach einem passenden Kandidaten zu suchen. Eigentlich sind wir Engländer und bilden somit die Goldloge von London. Dort führen die italienischen Kollegen momentan unsere Geschäfte und halten die Ordnung aufrecht. Das ist nichts Ungewöhnliches und wird hin und wieder veranlasst, wenn eine Angelegenheit sich als besonders dringlich erweist und eine Anwesenheit vor Ort von Vorteil ist. Die Loge, beziehungsweise das Hauptquartier, ist dabei mehr oder weniger eine Art Einsatzzentrale. Hier koordinieren wir unsere Geschäfte, unsere Einsätze und kümmern uns um die Belange unserer Mitglieder. Es gibt in jeder Großstadt der Welt je eine Loge des Goldordens, des Silberordens und des Quecksilberordens. Also eine Gruppe von sechs Alchemisten, die den Orden offiziell repräsentieren. In Rom, in Berlin, in Paris, New York und so weiter …« Sie zählte die Städte an den Fingern auf.

»Habe ich das richtig verstanden? Ihr bezeichnet euch selbst als Loge? So als wärt ihr sechs eine Band, und euer Bandname wäre *Loge?*«

»Genau.« Sie lächelte erfreut. Wäre all das hier nicht immer noch so surreal, hätte ich mir fast vorstellen können, in Annmary eine neue Freundin zu finden. Ich wollte sie noch mal auf den so gefährlichen Quecksilberorden ansprechen, aber dann fiel mein Blick auf die Katzenuhr an meinem Handgelenk. Es war bereits kurz vor 13 Uhr. Mamma würde so gegen 15 Uhr mit Davine zurück sein, und sie rechnete mit mir.

»Ich muss spätestens um 15 Uhr wieder zu Hause sein.« *Und diesen Termin durfte ich nicht absagen.* Aber da ich darüber nicht reden wollte, sagte ich: »Meine Mutter wird nicht wissen, wo ich bin, obwohl ich dann längst wieder da sein sollte.«

»Hast du kein Handy?« Annmarys Augen wurden groß. »Echt jetzt?«

»Ich *hatte* bis heute Mittag ein Handy, bevor ein gewisser Jemand mich derartig durcheinandergebracht hat, dass ich es aus Versehen habe fallen lassen.«

»Sie hat es fallen gelassen, weil ich die Elektronik geschmolzen habe«, erklang es neben mir.

Ich richtete mich in meinem Sitz auf wie eine Sprungfeder. »Also doch. Ich wusste es.« Ich funkelte Ben an. Er grinste träge.

»War das nötig?«, fragte Oliver von vorn.

»Sie hat mich provoziert.«

Ich schnappte nach Luft. »Wer hat hier wohl wen provoziert? *Wir müssen uns unterhalten.*« Ich imitierte seine dunkle Stimme. »Du klingst wie ein Psychopath und guckst, als wolltest du mich fressen, und glaubst dann allen Ernstes, das würde mich dazu verleiten, mit dir mitzugehen?«

»Hat doch funktioniert.« Schon wieder so ein unverschämtes Grinsen. »Jetzt sitzt du in meinem Wagen.«

»Du …« Ich war nicht gut im Fluchen oder Beschimpfen, deshalb fiel mir natürlich nichts Passendes ein. Oder mein Gehirn war doch von einer Chemikalie gegrillt worden. Zurzeit war ich mir bei gar nichts mehr sicher. Ich presste meine geballten Fäuste in die Lederpolster. Ben warf einen kurzen Blick darauf.

»Du weißt nicht, wohin mit deiner Kraft, weder mit deiner alchemistischen noch mit deiner körperlichen. Es wird höchste Zeit, dass man dich mal ein bisschen ins Schwitzen bringt.« Er beugte sich frecherweise noch ein Stückchen näher zu mir. »Das soll ja ausgleichend aufs Gemüt wirken.«

Auch ich kam ihm ein Stück entgegen. »Wenn wir aussteigen, werde ich dir mal zeigen, was ausgleichend auf mein Gemüt wirkt.« Unsere Gesichter waren einander so nah, dass sich unsere Nasen fast berührten.

»Wirklich amüsant.« Oliver hatte sich an Annmary gewandt, und er klang so förmlich, als würde er vor Gericht einen Eid ablegen. »Nicht wahr?«

Annmary nickte. »Jeder, der Ben ohne mit der Wimper zu zucken droht, ist amüsant und zauberhaft.«

Ben wandte sich entschlossen von mir ab. »Ich kann euch hören.«

Annmary wackelte mit den Augenbrauen. »Und das ist das Schöne daran, mein Lieber.«

Oliver tippte auf seinem Smartphone herum, dann zog er die Stirn kraus, als er zu mir sah. »Wir führen dich ein wenig herum und zeigen dir genug, damit du uns glaubst. Wir werden dir schon beweisen, dass wir keine Verrückten sind, die sich irgendetwas ausdenken.« Er sah nochmal auf sein Smartphone. »Musst du jemandem Bescheid sagen, wenn du später nach Hause kommst?«

»Ja, meiner Mutter«, sagte ich erneut. »Sie ist immer etwas ängstlich und wird sich wundern, wenn ich von einer fremden Nummer anrufe. Sie ist mit einem Nachbarn von uns beim Arzt. Davine sitzt im Rollstuhl, und weil er kein Auto besitzt, ist die Anreise mit dem Bus sehr kräftezehrend für ihn. Mamma begleitet ihn und hilft ihm dabei. Ich will ihr keine Sorgen machen.«

»Das mit dem Handy war überflüssig.« Oliver sah zu Ben. »Es macht uns jetzt nur Probleme.«

»Herrgott …«, brummte dieser. »Es tut mir leid, okay? Ich habe es einfach nicht mehr ertragen, dass sie mir mit diesem Fossil im Gesicht herumgefuchtelt hat.«

Oliver verdrehte die Augen, sagte aber nichts mehr.

»Und außerdem hat sie ein Handy. Eins von unseren. Wie hätte ich sie sonst aufspüren …«, er drehte sich zu mir, »und retten können. So wie versprochen.«

Versprochen? Angedroht passte wohl besser. Und überhaupt. Er hatte mich mittels dieses Handys geortet? Das war schon wieder so … creepy! «Du möchtest jetzt aber nicht, dass ich mich bedanke, dass du mein Handy geschrottet hast? Hältst du das für einen Gefallen?«

»Nicht für einen Gefallen, für einen Akt der Gnade.« Schon

wieder so ein Blick von oben herab. »Das arme Plastikding war kurz vor hundert.«

Ich richtete mich kerzengerade in meinem Sitz auf und hielt seinem Blick stand. »Das *arme Ding* hat vorher schon x anderen Leuten gehört, bevor meine Mamma es für mich in einem Secondhandshop gekauft hat. Meine Mutter hat meistens die Spätschicht. Wenn das Restaurant schließt, putzt sie dort auch noch – und arbeitet damit fast jeden Tag zwölf Stunden. Sie hat keine Ausbildung, und mit dem Kellnerinnen-Job bei Giovanni verdient sie nicht annähernd genug, um all unsere Ausgaben zu decken. Ich habe nur einen Nebenjob, der um die hundertfünfzig Euro im Monat beisteuert. Giovanni trickst mit dem Mindestlohn, denn sie hat immer noch Abzüge auf ihrer Abrechnung, die garantiert nicht legal sind. Aber Mamma möchte nicht, dass ich mich einmische. Während der Klausurphasen konnte ich ihr nicht helfen, aber jetzt, da ich kaum noch Schule habe, helfe ich ihr jeden zweiten Tag beim Putzen. Zusammen brauchen wir nicht so lange, bekommen aber die volle Zeit bezahlt, weil Giovanni nichts davon ahnt. Und dennoch schämt sie sich jedes Mal, wenn wir das machen, obwohl dieser Typ so ein grabschender Mistkerl ist. Sie arbeitet so hart für ihr Geld, und trotzdem sind wir arm, aber dieses Handy hat mir gute Dienste erwiesen. Und wenn du noch *ein* Wort über dieses Geschenk von meiner Mutter verlierst, dann schwöre ich dir, steige ich hier und jetzt aus diesem Wagen aus, und du kannst dein kostbares Voynich-Manuskript eigenhändig ins Altpapier werfen.«

Eine Weile sagte niemand etwas. Annmary verknotete ihre Hände und betrachtete eingehend ihre rote Tasche. Oliver schien noch stiller als sonst, und zwischen seinen dunklen Augenbrauen hatte sich eine steile Falte gebildet.

Ben und ich starrten uns immer noch an. »Das tut mir leid«, sagte er schließlich. »Es war nicht meine Absicht, etwas zu zerstören, das für dich so wichtig ist. Die Familie geht über alles.«

Ich nickte. »Danke.«

Annmary räusperte sich. »Besitzt deine Mutter wirklich keine ähnlichen Kräfte wie du? Vielleicht ist sie doch registriert? Der Orden kümmert sich um seine Leute. Sie könnte eine Beihilfe beantragen oder sich für einen Job bei den Firmen des Ordens bewerben. So müsstet ihr nicht leben.« Sie klang ehrlich betroffen. »Für genau so etwas ist der Orden da. Genau deshalb ist die Registrierung in eurem Orden so wichtig.«

»Ich glaube, Mamma hat keine Kräfte. Ich kenne meinen Vater nicht, aber vielleicht war er ein Alchemist?«

»Das muss nicht sein. Manchmal treten die Kräfte über Generationen hinweg nur sehr schwach ausgeprägt auf. Dann geht die Erinnerung an das alchemistische Erbe in den Wirren der Geschichte verloren.« Oliver musterte mich nachdenklich. »Gerade das Talent für die Kryptografie ist in der weiblichen Linie oftmals stärker ausgeprägt. Hast du Erinnerungen an deinen Vater? Vielleicht einen Namen? Oder ein Foto?«

Ich schüttelte den Kopf. »Ich habe Mammas Nachnamen. Ich weiß nur, dass er Matrose war. Sie redet nie über ihn.«

»Schade, das wäre ein guter Hinweis gewesen.«

Ich wollte nicht weiter über Mamma reden, denn ich hatte schon genug Persönliches erzählt. Ich wusste, dass meine Mamma nach dem Abitur gerne studiert hätte. Sie hatte immer davon geträumt, Juristin zu werden. Doch dann wurde sie schwanger, und ihre Eltern schmissen sie aus dem Haus. Allein mit einem Baby hatte Mamma eine Weile von Sozialhilfe gelebt, bevor man sie mehr oder weniger dazu gezwungen hatte, den nächstbesten Job anzunehmen, als ich alt genug für die

Kita war. Doch so ganz ohne Ausbildung waren die Angebote begrenzt und das Leben zu teuer für einen Halbtagsjob. Sie hatte immer mal wieder überlegt, sich bei einer Fernuni einzuschreiben, aber stattdessen hatte sie stets das Geld für mich zur Seite gelegt. Unser Lebensstil war zwar bescheiden, doch wir fühlten uns dabei nie arm. Das hatte zum größten Teil an Mamma gelegen, an ihrer immer optimistischen und liebevollen Art, und dafür liebte ich sie abgöttisch.

Das unangenehme Schweigen im Auto hielt an, und wie automatisch glitt mein Blick nach draußen. Überrascht stellte ich fest, dass wir bereits eins der Randgebiete von Rom erreicht hatten. Wir befanden uns im Stadtteil »Esposizione Universale di Roma«, kurz EUR. Das moderne Banken- und Geschäftsviertel lag ein gutes Stück außerhalb des Zentrums und war mit seinem Mix aus Glaspalästen und aufwendiger Art-déco-Architektur atemberaubend und einschüchternd zugleich.

Ich staunte nicht schlecht, als wir vor dem Richmond Gebäude, einem der größten und luxuriösesten Bauwerke in dieser Gegend hielten. Der Firma gehörten mehrere Luxusschmuck-Hersteller sowie einige Technikfirmen und hochmoderne Start-ups, und der Konzern galt als einer der mächtigsten der Welt. Und das hier war also die Goldloge von Rom?

*

Nachdem wir aus der Limousine ausgestiegen waren, blieb ich unschlüssig vor dem Haupteingang stehen und betrachtete das imposante Bürogebäude, das vor mir aufragte. Was wollten wir hier?

»*Hier* ist die … Loge?« Das Wort kann mir immer noch schwer über die Lippen.

»Genau.« Annmary lächelte mich freundlich an. »Keine Angst, wir beißen nicht.«

Ben und Oliver waren bereits vorausgegangen. Nachdem wir die breiten Treppenstufen erklommen hatten, hielt Oliver uns die Tür auf, und wir betraten eine moderne Eingangshalle, in der reges Treiben herrschte. Ein Informationsschalter, an dem man sich für Termine anmelden konnte, Sitzgruppen, in denen Geschäftsleute zusammensaßen, ja sogar eine schmale Theke aus hochglänzendem schwarzem Lack gab es, an der Kaffeespezialitäten serviert wurden. Die Atmosphäre war alles andere als kühl und unpersönlich – und damit genau das Gegenteil dessen, was ich hier erwartet hätte. Obwohl es wirkte, als wäre ich in eine Hightech-Unternehmensberatung gestolpert, so waberte doch ein angenehmer Kaffeeduft durch die Luft, und die Leute grüßten einander freundlich, wenn sie sich entgegenkamen.

Ben, der nicht auf uns gewartet hatte, nickte einigen anderen Mitarbeitern zu, bevor er um eine Ecke bog. Als Oliver zu uns aufschloss, hielt er sein Handy in der Hand.

»Annmary«, er legte ihr eine Hand in den Rücken. »Ich bin gerade wegen einer wichtigen Sache angesprochen worden und bräuchte dich als Beraterin.«

Diskretion – dein Name war Oliver. Ich warf ihm einen bewundernden Blick zu. So viel – und doch gleichzeitig nichts zu sagen, war wirklich eine Kunst.

»Emilia, Ben wird dich mit nach oben nehmen.«

»Okay.« Ich war immer noch ein wenig eingeschüchtert von dieser pompösen Umgebung und blieb stehen.

Annmary lächelte. »Es wird nicht lange dauern. Fahrt doch schon mal hoch.«

»Okay.« Ich wiederholte mich, aber dieses Mal setzte ich

mich tatsächlich in Bewegung. Als ich um die Ecke bog, stand Ben vor drei großen Aufzügen. Keiner der Rufknöpfe leuchtete.

Er wirkte ungeduldig. »Na endlich.«

Und warum rief er dann keinen Aufzug, wenn wir es so eilig hatten? Zu meiner Überraschung sah er kurz über seine Schulter, fast so, als wolle er überprüfen, ob wir allein wären.

»Komm mit.« Er drehte sich um und ging direkt auf eine Tür zu, auf der in großen Buchstaben das Wort ›Wartung‹ geschrieben stand.

Was kam denn nun?

Gespannt blieb ich neben ihm stehen, als Ben konzentriert auf die Tür sah.

»Ich bin mir sicher, dass das kein Aufzug ist. Verbirgt sich hinter der Tür ein Treppenhaus?«

»Sieh genauer hin.«

»Ja, habe ich schon, da steht …« Ich stockte. Es fühlte sich an, als würde jemand auf meiner Netzhaut ein Bild malen. Ganz langsam setzten sich die Konturen zusammen, und das, was ich eben noch gesehen hatte, schien einfach überpinselt zu werden.

Jetzt war da plötzlich ein weiterer Aufzug, und die Tür war verschwunden.

»Die meisten Menschen können Wellenlängen von circa 400–700 Nanometer wahrnehmen, die bestimmen, was wir sehen. Doch Alchemisten haben ein breiteres Spektrum. Gewöhnliche Menschen sehen hier eine optische Täuschung, in diesem Fall die Tür mit dem Schriftzug ›Wartung‹. Das, was *du* siehst, befindet sich aber wirklich hier, nämlich der Aufzug.«

Ich war ziemlich beeindruckt. Es war das perfekte Versteck.

Denn es war ein Versteck vor aller Augen. Hinter dem, was wie die Tür zu einem gewöhnlichen Wartungsraum aussah, verbarg sich wirklich, auf den zweiten – alchemistischen – Blick, ein Aufzug.

»Das darf ja wohl nicht wahr sein«, flüsterte ich. »Habt ihr noch mehr Superkräfte?«

Er grinste ein wenig überheblich. »Darauf kannst du wetten.«

Das klang mehr wie eine Drohung als ein Versprechen.

Der Aufzug sah jetzt aus wie die drei übrigen, doch als die Türen aufglitten, zögerte ich erneut. War der Aufzug wirklich real oder handelte es sich um ein weiteres Trugbild?

»Kommst du?« Ben stand schon in der Kabine.

Ich gab mir einen Ruck und folgte ihm. Ich spürte die Änderung der Wellenlänge auf meiner Haut wie ein sanftes Prickeln. Ich strich mir kurz über meine Arme.

»Das geht gleich weg«, hörte ich Ben neben mir. Mehr Erklärung bekam ich nicht. Und ich war viel zu aufgeregt, um ihn nach Details zu fragen. Jetzt würden wir vermutlich nicht mehr zu sehen sein. Das war irgendwie cool. Ich sah mich um. Der Aufzug sah wirklich ganz normal aus. Ich hatte diesen Gedanken gerade zu Ende gebracht, als mir auffiel, dass es keine Wahltasten für die Etagen gab. Ben legte die rechte Hand flach an eine der Innenwände. Er neigte den Kopf, und mit einem Mal war der komplette Aufzug mit strahlend goldenen Adern durchzogen. Erst dann erschienen wie von Zauberhand Zahlen an einer Seite.

Mir stand mal wieder der Mund offen. Ben löste seine Hand von der Oberfläche, und die Adern verschwanden im gleichen Moment. Der Aufzug gab eine Art zufriedenes Klicken von sich. Doch im nächsten Moment war die gesamte

Kabine in rotes Licht getaucht, und Elektrizität schien funkensprühend über die Innenwände zu jagen.

Kapitel 6

Mein Herz setzte vor Schreck einen Schlag aus. Die Türen schlossen sich mit einem Knall, jedenfalls sehr viel schneller, als normale Aufzugtüren es tun würden. Das Licht flackerte, als die elektrischen Blitze erloschen. »Silber«, ertönte eine monotone Stimme vom Band. »Achtung, Silber.«

Ich rechnete schon damit, dass der Aufzug mich im nächsten Moment entweder fressen oder ausspucken würde, da tippte Ben auf eine Stelle der Innenverkleidung, und wieder erschienen goldene Adern im Metall. Eine kleine Tür öffnete sich, die vorher nahtlos mit der Wand verschmolzen schien. Das flache Display eines Handscanners fuhr daraus hervor.

»Leg deine Hand darauf. Schnell.«

Ich machte hastig einen halben Schritt nach vorn, und das Herz klopfte mir bis zum Hals, als ich meine Finger spreizte und sie auf den Scanner presste.

Der Aufzug schien nicht gerade begeistert. Es ertönte ein Quietschen, als wolle er protestieren.

»Genehmigt«, sagte Ben und klang in etwa so neutral wie die Stimme vom Band. Er bedeutete mir, meine Hand wieder vom Scanner zu nehmen und legte dann seine eigene auf das Display. »Genehmigt«, wiederholte er ein zweites Mal.

Erst da schien der Aufzug sich zu ›beruhigen‹ – was schon unheimlich genug war – und das rote Licht erlosch.

Ben wählte irgendeine Etage aus, doch ich sah mich immer noch verunsichert um.

»Keine Angst. Du darfst jetzt damit fahren. Ich habe dich autorisiert.«

»Was wäre passiert, wenn du es nicht getan hättest?« Der Aufzug setzte sich lautlos in Bewegung.

»Er hätte dich getötet.« Mal wieder klang er, als rede er übers Wetter.

Ich verschluckte mich fast vor Schreck.

»Und wie ist das, wenn ihr sonst Gäste habt? Ich meine, wenn jemand anderes zu Besuch kommt, der ein wenig älter ist. Gibt es da nicht zu viele Kollateralschäden, die vor Schreck am plötzlichen Herztod versterben?«

»Gäste und offiziell genehmigte Besucher werden vorher angemeldet.«

»Du sagst also gerade, es gibt eine weitaus angenehmere Möglichkeit, dieser Maschine zu erklären, dass man Freund und nicht Feind ist?«

Ben nickte knapp. »Aber dafür hatten wir heute keine Zeit.«

»Das Ding hätte mich umgebracht, wenn irgendetwas schiefgelaufen wäre.«

»Da läuft nichts schief, glaub mir.«

»Menschliches Versagen?«

Wieder so ein überhebliches Lächeln. »Netter Versuch.«

Mein Blick fiel auf die Innenseite der Tür. Dort war ein Zeichen in das Metall graviert. Ein Kreis mit einem Punkt darin.

Ben war meinem Blick gefolgt. »Das ist das alchemistische Zeichen für Gold. Und das hier …«, er machte einen Schritt vor und malte mit dem Zeigefinger etwas auf die Tür, »ist das Zeichen für Silber.« Goldene Linien erschienen, und es bildete sich ein Halbmond. Das Zeichen meines Ordens war ein Halbmond? Das gefiel mir. »Während das hier«, die Linien verblassten und wieder malte Ben etwas mit seinem Zeigefinger, »das Zeichen für Quecksilber ist. Wenn du es irgendwo siehst, sieh zu, dass du von dort wegkommst.«

Ich betrachtete das Zeichen. Ein Kreuz, auf dessen Spitze ein Kreis thronte und darüber noch mal ein Halbkreis. »Sieht fast aus wie ein gehörntes Strichmännchen.«

Ben nickte. »Stimmt.« Wieder verblassten die Linien.

Wie er das wohl gemacht hatte?

Der Aufzug stoppte, und schon öffneten sich die Türen. Ich zuckte zusammen, doch nichts geschah.

Ben ging voraus und ließ mich in dem Ungetüm von Fahrstuhl allein zurück. Schnell folgte ich ihm, doch wie von selbst verlangsamten sich meine Schritte wieder, als ich die Umgebung um mich herum wahrnahm. Ich legte den Kopf in den Nacken, höher und noch höher. Der Raum, den wir betreten hatten, sah aus wie die Vorhalle einer Kathedrale. Über zehn Meter hohe Decken, beeindruckende Stuckverzierungen und ein Boden aus schwarzem Marmor, durchzogen mit Adern aus Opal, der glänzte wie ein Spiegel.

Die gläserne Kuppel, die als Dach diente, zierte eine riesige Schlange, die nach dem eigenen Schwanz schnappte. Ich hatte noch nie so aufwendig gestaltete Glasarbeiten gesehen. Der Raum, nein, die Halle war so raffiniert beleuchtet, dass es sich fast wie Tageslicht anfühlte – und doch konnte ich die Lichtquellen nirgends entdecken.

Als ich den Kopf sinken ließ, brach sich ein Lichtstrahl auf einem der goldenen Geländer, die eine Galerie umrahmten, die wiederum die gesamte Halle einzurahmen schien und so ein weiteres Geschoss erschuf. Wieder stockte mir der Atem. Goldpartikel schienen durch die Luft zu flirren, und ihr sanftes Funkeln erweckte den Eindruck, als würde man durch eine Galaxie von tausend Sternen spazieren. Ich konnte sie auf der Zunge schmecken, metallisch und süßlich zugleich.

Rechts von uns befand sich eine Sitzgruppe, die mit ihrem schwarzen Holz und dunkelblauen Bezügen so raffiniert designt war, dass sie optisch fast mit dem Marmor unter sich zu verschmelzen schien.

»Kommst du?« Ben hatte sich zu mir umgedreht.

Ich riss mich von dem Anblick los und sah ihn an. »Wow.« Mehr brachte ich nicht zustande.

Bens angespannte Schultern lockerten sich merklich, als auch er den Blick kurz über die Einrichtung gleiten ließ. »Diese Loge hier ist eine der ältesten der Welt. Italien war viele Jahrhunderte lang eine Hochburg der Alchemie und Rom der Nabel der Welt. Unsere Loge in London dagegen ist nur halb so schön.«

Noch einmal drehte ich mich um mich selbst, denn ich konnte mich kaum sattsehen. »Ich suche immer noch nach dem passenden Wort, das all dies beschreibt, aber mir fällt einfach nichts ein, was auch nur annähernd an diese Pracht hier herankäme.«

Er lachte leise. Es klang dunkel und warm, aber als ich verdutzt zu ihm herübersah, war sein Blick wieder ernst geworden. Doch er hatte so anders geklungen. Ich hatte die Hingabe gehört, den Stolz und noch so viel mehr. So unendlich viel mehr. Ich hatte es nicht nur gehört, sondern regelrecht *gefühlt*, was all das hier ihm bedeuten musste.

*

»Links befinden sich ein paar offizielle Räumlichkeiten für Veranstaltungen mit Gästen.« Bens geschäftsmäßiger Tonfall war zurück. Ich folgte seinem Kopfnicken und sah zwei breite Doppeltüren, die ein Stückchen entfernt voneinander die steinerne Wand durchbrachen. »Rechts geht es zu ein paar Büros, Laboren …« Ben wedelte mit der Hand. »Das Übliche.«

Leider hatte ich keine Ahnung, was *das Übliche* in einer Alchemistenloge bedeutete.

Ich wollte gerade nachfragen, da sprach Ben schon weiter. »Wir gehen jetzt zur Bibliothek.«

Ausgerechnet die Bibliothek wollte er mir zeigen? Aber, na gut, die Loge schien ja sehr groß zu sein, und so bewunderte ich schweigend weiter die Einrichtung. Zu meiner Rechten waren einige antik wirkende Gerätschaften ausgestellt, die aussahen, als gehörten sie allesamt in ein Museum für Laborgeschichte. Verschnörkelte Kolbenhalter, kompliziert wirkende Versuchsaufbauten aus Glas und Gold. In einem der milchig gewordenen Bechergläser schien tatsächlich noch eine Art Rauch umeinander zu wirbeln. Es wirkte so echt, fast schon lebendig. In jedes einzelne Glasgefäß war wieder der rundliche Umriss der Schlange eingraviert. Jedes Stück Metall schien mit einem Muster aus Schuppen verziert.

»Voilà«, sagte Ben in diesem Moment, und ich musste eine Vollbremsung machen, um nicht in ihn hineinzurennen. Er stieß eine schwere Doppeltür auf, die, wie alles andere hier, mit

Schlangen und fremdartig geometrisch wirkenden Mustern verziert war.

Ich hatte nicht mit einer weiteren Steigerung gerechnet, doch dieser Raum war sogar noch höher als der vorangegangene. Tausende, nein Zehntausende Bücher schienen fast bis hinauf in den Himmel aneinandergereiht, in turmhohen Regalen ordentlich sortiert zu sein. Die Gänge dazwischen schienen dagegen schmal. In Richtung Decke befanden sich mehrere Galerien, gefertigt aus dunklem Holz und mit Intarsien aus Gold, die durch schmale Treppen miteinander verbunden waren. Ihre Handläufe erinnerten an die Leiber von Schlangen – wie so vieles zuvor in diesem Gebäude. So konnte man in Dutzenden Etagen an den Büchern entlangspazieren. Die Steinplatten des Bodens schimmerten in einer ähnlich warmen Farbe wie das Holz der Regale und Galerien. Als Kind hatte ich mich eine Zeit lang für Halbedelsteine interessiert und vermutete deshalb, dass es sich um Bodenplatten aus purem Katzenauge handeln musste. Er glänzte wie frisch poliert. Im Gegensatz zur Eingangshalle bestand das Dach hier aus einem lang gezogenen spitzen Giebel, der wie ein längs gefaltetes Blatt Papier über dem Abschluss der Regalreihen thronte. Es waren wieder die geometrischen Symbole in das Glas graviert, und ihre Schatten spiegelten sich auf den unzähligen Buchrücken in übergroßen Proportionen wider. Der mittlere Gang war der breiteste, und er lag beinahe im Dunkeln, da die fast bis zum Glasdach reichenden Regale das Sonnenlicht abschirmten. Doch trotz ihrer beeindruckenden Höhe und dem wenigen Licht wirkte die Bibliothek nicht ungemütlich oder gar einschüchternd. Ich mochte diesen Ort auf Anhieb. Hier mischte sich der metallische Geschmack des flirrenden Goldes mit dem angenehm staubigen Geruch von uraltem Papier und dem herben Aroma der Ledereinbände.

Dann registrierte mein Gehirn eine Bewegung. Ich hatte nur Augen für die riesigen Bücherregale rechts und links vor mir gehabt und für die beeindruckenden Verzierungen und Schnitzereien überall, sodass ich gar nicht erst nach vorn gesehen hatte.

»Darf ich dir unseren Bibliothekar vorstellen?«, sagte Ben. »Larkin Haynes, Scriptor der Goldloge von London.«

*

Er war barfuß. Das war das Erste, was mir auffiel. Er schien völlig vertieft in das aufgeschlagene Buch in seinen Händen, und dennoch wirkte er, als wäre er mit dem Boden zu seinen Füßen verwachsen. Als wäre er ein Teil dieses Ortes. Ein schlankes, biegsames Gewächs mit tiefen Wurzeln, das diese magisch wirkenden Hallen hervorgebracht und geformt hatte. Dann sah ich die Tätowierungen. Die Ärmel des schlichten schwarzen T-Shirts waren ein wenig aufgekrempelt, sodass ich seine beeindruckend verzierte Haut betrachten konnte. Schlangen, alchemistische Symbole, Formeln und andere exotische Zeichen, Tiere, die ich noch nie zuvor gesehen hatte, Pflanzen, die mich in ihrer detailverliebten Genauigkeit an die Bilder im Voynich-Manuskript erinnerten, durchwirkt mit harten breiten Linien, die einen interessanten Bruch zu den vielen weichen Formen bildeten.

Als Larkin den Kopf zu uns drehte, sprang wie von Zauberhand ein kleines goldenes Licht irgendwo über ihm an. Jetzt sah ich, dass er vermutlich ungefähr so alt wie Annmary und Oliver sein musste. Irgendwie zwischen Anfang bis allerhöchstens Mitte zwanzig. Sein rabenschwarzes Haar war am Oberkopf deutlich länger, und die Seiten waren so millimeterkurz abrasiert, dass man die helle Kopfhaut sah. Seine dunklen Augen wurden von breiten geraden Brauen und auffallend langen Wimpern umrahmt. Ein kräftiges Kinn bildete einen geradezu lachhaft perfekten Kontrast zu dem sinnlichen Schwung seiner Oberlippe. Eine zarte, silbrig schimmernde Narbe zog sich von seiner rechten Braue bis knapp zum Augenwinkel hinab. Sie entstellte ihn nicht, sondern gab ihm den nötigen rauen Schliff, der sein Gesicht erst interessant machte.

Mein Blick glitt seinen Hals entlang und dann weiter hinab bis zum Ausschnitt seines Shirts. Er hatte den Kragen abgeschnitten, sodass der weiche Stoff sich nach innen rollte. *Interessant.*

»Larkin, das ist Emilia.«

Ich war so beeindruckt von ihm, dass meine Zunge sich verselbstständigte. »Er ist Bibliothekar?«, hauchte ich in Richtung Ben.

Larkin ließ den zentnerschweren Wälzer mit einem Knall zuschnappen, und sein Lächeln war messerscharf. »Halbtags.«

Ich spürte Bens Blick auf mir, und auch ohne, dass er etwas sagen musste, wusste ich, dass er meine Frage als unhöflich empfand.

»Ich mache gerade meinen Master in Wirtschaftsgeschichte und Informatik. Das schluckt leider eine Menge Zeit«, sprach Larkin weiter und wirkte nicht im Geringsten beleidigt. Er schob den Wälzer zurück ins Regal neben sich.

»Entschuldige«, sagte ich trotzdem. »Das war auf gar keinen Fall böse gemeint. Es freut mich, dich kennenzulernen.«

»Freut mich ebenfalls«, sagte er mit tiefem Bass und baute dieses gefährliche Lächeln noch weiter aus.

»Ja, wir alle freuen uns riesig«, murmelte Ben und betonte die Worte so, dass sie wie das genaue Gegenteil klangen. Larkins Lächeln verzog sich zu einem haifischähnlichen Grinsen. Amüsiert verschränkte er die Arme vor der Brust, und wie automatisch fiel mein Blick wieder auf die vielen Tätowierungen.

»Wir alle sollten uns in Nachsicht üben«, sagte Larkin mit seiner tiefen, melodischen Stimme. »Ich bin mir sicher, Emilia erweist sich als Bereicherung unserer Gesellschaft.« Ich hörte Ben gerade irgendetwas von »naiver Optimismus« brummen, als es hinter uns laut wurde.

»Wir sind zurück.« Ich erkannte Annmary an ihrer Stimme, noch bevor ich mich zu ihr umdrehte. Sie hatte einen Arm nach oben gerissen wie ein Olympiasieger. Neben ihr lief Oliver, der gerade ein Telefonat beendete. Ben und ich hatten uns zu ihnen umgedreht, und Larkin hatte sich fast unbemerkt zwischen uns gestellt.

»Du hast den Aufzug überlebt!«, rief Annmary, noch bevor sie uns erreicht hatten.

Ich lächelte und nickte.

Annmary hingegen sah aus, als müsse sie sich bremsen, mir nicht um den Hals zu fallen. Sie stupste Larkin an, der ihr daraufhin grinsend vor die Schulter knuffte.

»Was für ein Tag«, plauderte Annmary weiter. »Es ist so unterhaltsam, die ganze Zeit italienisch zu sprechen.« Diese Meinung schienen nicht alle zu teilen, denn weder Ben noch Oliver verzogen eine Miene. Nur Larkin nickte begeistert.

»Es ist faszinierend, wie viel Latein immer noch in allem steckt. Selbst aus dem Altlatein finden sich noch viele Anlehnungen an das moderne Italienisch. Ich habe vorhin in dieser Monografie …«

»Wir sollten uns besprechen.« Olivers Stimme ließ Larkin

verstummen. »Es ist wichtig, dass Emilia genug weiß, um all unsere Bemühungen nicht direkt wieder zunichte zu machen.«

Na, herzlichen Dank, dachte ich, behielt aber mein unverbindliches Lächeln eisern bei. Sie hatten mir den Hintern gerettet. Nein, nicht nur den Hintern, sondern das Leben. Ich würde freundlich bleiben, und wenn Oliver sich als ›Ben 2.0‹ entpuppte, würde ich mit ihm genauso klarkommen.

»Das ist sehr nett«, erwiderte ich. »Danke.« Ich spürte Bens überraschten Seitenblick.

»Wir sollten uns in der Vorhalle besprechen, das ist ein neutraler Ort«, sagte Oliver gerade zu ihm. Ben nickte.

Die beiden gingen voraus, als wären wir anderen gar nicht anwesend und schienen sofort in ein vertrautes Gespräch verstrickt.

»Ich gucke mal, wo Murphy steckt.« Annmary kramte umständlich das Handy aus ihrer Handtasche.

Ich lief derweil neben Larkin her. Er war größer als ich, aber nicht so riesig wie Ben oder Oliver.

Er lächelte mir kurz zu, blieb aber sonst stumm.

»Ich mag deine Arme.« Oh Mann, hatte ich das wirklich gerade gesagt? »Ich meine, ich …«

»Dankeschön.« Sein Lächeln war offen und ehrlich.

»Bist du noch woanders …?« Himmel, konnte mir mal jemand den Mund zukleben?

Wieder dieses messerscharfe Grinsen. »Fragst du mich gerade, ob ich noch an irgendwelchen anderen Körperstellen tätowiert bin?«

»Ich … äh.« Auf einmal geriet ich ins Stocken. Der Typ sah aus wie eine Mischung aus Rockstar und Auftragskiller, war hübsch genug, um zu modeln, und ich fragte ihn nach irgendwelchen »Körperstellen«.

Ben drehte sich im Gehen kurz zu uns um. Er musste das Gehör einer Fledermaus besitzen. »Emilia, lass Larkin in Ruhe.«

»Ich mache doch gar nichts.«

Annmary, die hinter uns ging, kicherte leise.

»Sie hat bloß gefragt, ob sie mich mal nackt sehen kann. Da ist doch nichts dabei.«

Oh Himmel.

Larkins Grinsen bewies, dass er das total lustig fand, ich hingegen war mir sicher, dass ich mein gesamtes Leben noch niemals so knallrot geworden war.

Wieder drehte Ben sich zu uns um. »Wir fliegen hochkant raus, wenn du dich wieder überall ausziehst.«

»In London hängt extra ein Schild: In der Bibliothek nicht ausziehen«, raunte Annmary mir über die Schulter zu.

»Und ich weiß auch genau, wer das aufgehängt hat«, rief Larkin in Richtung Ben und Oliver. Dann sah er zu mir. »Spielverderber.«

Meine Wangen glühten. Davine hatte mir mal erklärt, wenn man in einer Konferenz nicht wusste, was man sagen sollte, sagte man einfach »so so«. Ich beherzigte seinen Rat. »So so.«

»War das jetzt ein Ja oder ein Nein?«

»Larkin, lass Emilia in Ruhe.«

Déjà-vu. Nur mit getauschten Namen.

Larkin machte halbherzig ein Handzeichen in Bens Richtung, ich senkte beschämt den Blick, und hinter mir kicherte Annmary schon wieder. Dann endlich hatten wir die breite Doppeltür erreicht. Larkin bückte sich nach einem Paar lederner Flip-Flops, die er am Eingang abgestellt haben musste. Ich schloss währenddessen schnell zu Oliver und Ben auf, die sofort verstummten, als sie meine Anwesenheit bemerkten. Sie hätten Brüder sein können. Der gleiche leicht genervte Gesichtsausdruck, der gleiche stumme Vorwurf im Blick.

Ich wollte zurückweichen, doch da hob Oliver demonstrativ einen Arm, als solle ich darunter schlüpfen. »Komm zu uns, Emilia.« Dennoch berührte er mich nicht, als ich direkt neben ihm stand. Er roch nach Oud, Sternanis und Zedernholz. Ein stolzer, schwerer Duft, der in ihm ein ebenbürtiges Pendant gefunden zu haben schien.

Ich schnupperte unauffällig noch einmal.

Als Ben die Augen verdrehte, wurde mir klar, dass es wohl doch nicht so unauffällig gewesen sein musste. Ich imitierte Larkins Handzeichen in deutlich abgeschwächter Form.

Sofort glomm in Bens Augen der goldene Schimmer auf. Er legte den Kopf schief und fixierte mich wie ein Raubtier.

»Wow, was sind das denn hier für explosive Vibes.« Larkin drängte sich zwischen uns und unterbrach so unseren Blickkontakt. »Vertragt euch, ihr werdet schließlich noch sehr viel Zeit miteinander verbringen.«

Mein ratloser Blick ließ ihn auflachen. »Oh du süßes kleines Mädchen. Du hast keine Ahnung, was?«

Ich ließ meinen Blick an ihm vorbei zu Ben gleiten. Der guckte, als würde er gerne irgendetwas erwürgen. Oder aus dem Fenster schmeißen. Jede Faser seines Körpers schien angespannt, und ich sah, wie seine angespannten Oberarme die Bündchen seiner Ärmel dehnten.

Annmary steckte gerade ihr Handy wieder weg. »Zeigen wir Emilia jetzt das Voynich-Manuskript, oder worauf warten wir?«

Kapitel 7

Daraufhin entbrannte eine heiße Diskussion, von der ich weitestgehend ausgeschlossen wurde. Oliver war dagegen, mir ohne eine offizielle Registrierung so ein wertvolles Dokument zu zeigen. Annmary war vom Gegenteil überzeugt, schließlich sei das Voynich-Manuskript der eigentliche Grund, warum ich überhaupt hier war. Larkin schlug vor, trotz später Stunde noch zur Silberloge zu fahren, um die Formalitäten zu klären. Ben war der Meinung, dass es am wichtigsten wäre, als Erstes für meine Sicherheit zu sorgen, da der Quecksilberorden bereits auf mich aufmerksam geworden war.

Und ich? Ich wusste auch nicht so richtig, was ich denken sollte. Jeder Vorschlag klang auf seine Art plausibel – soweit ich überhaupt verstand, wovon sie redeten. Ich warf einen unauffälligen Blick auf meine Katzenuhr. Mir blieb kaum noch Zeit.

Die fünf redeten immer noch alle wild durcheinander, als ich die Hand hob und laut mit dem Finger schnipste, als säße ich im Unterricht. Und es funktionierte. Sie verstummten und blickten mich irritiert an.

»Wir hatten da vorhin schon drüber gesprochen, aber ich

wollte nur noch mal kurz sagen, dass ich um kurz vor drei zu Hause sein muss.«

»Solltest du nicht lieber noch länger bleiben?« Annmary warf Ben einen prüfenden Blick zu. »Außerdem habe ich nicht genug Material, um den Feuerkreis um ihr Haus sofort zu legen. Das klappt vielleicht erst heute Abend.«

Feuerkreis? Was sollte das denn nun schon wieder sein?

Sie drehte sich zu ihren Mitstreitern um. »Glaubt ihr, sie ist trotzdem sicher?«

»Nein.« Bens Miene wirkte mal wieder unergründlich. Er fixierte mich wie etwas, das er vermutlich gerne zum Frühstück verspeist hätte. »Du wirst warten müssen, bis wir den Schutzkreis legen können.«

»Das geht nicht.«

»Wie bitte?« Seine Stimme war eine Nuance tiefer geworden.

Ich hielt seinem Blick stand. »Ich habe doch gerade extra im Auto gesagt, wann ich nach Hause muss.«

»Und jetzt müssen wir umdisponieren.«

»Nein, das geht nicht.«

Wir starrten uns an.

»Aber wäre es-«, begann Larkin. Ben hob die Hand, und er verstummte.

»Ich bin hier der Mann für die Sicherheit. *Ich* koordiniere das hier. Emilia wird sich zu Hause verspäten müssen.« In seinen Augen blitzte es gefährlich auf. »Ich bin mir sicher, ihre Mutter hat Verständnis dafür.«

»Das war aber so nicht abgemacht. Unter diesen Umständen wäre ich niemals …«

»Du hättest dich also von der Quecksilberloge entführen lassen?«

Die Stimmung heizte sich gefährlich auf zwischen uns. Wenn er nur einen Hauch freundlicher, irgendwie verbindlicher gewesen wäre … wäre dieser Streit nie aufgekommen.

Oliver ging dazwischen. «Wo steckt Murphy eigentlich?«

Wir beide sahen ihn verständnislos an.

»Er ist im Kontrollraum beschäftigt, hat er gerade getextet.« Das war Annmary.

Oliver wirkte erleichtert. »Dann gehen wir jetzt zuerst einmal dahin, führen Emilia noch etwas herum, und das Problem mit ihrer Sicherheit besprechen wir, wenn die Stimmung nicht mehr ganz so gereizt ist.«

Larkin grinste und wackelte mit beiden Augenbrauen. »Ihr zwei seid ja explosiver als Sprengstoff, das wird ein Spaß.«

Oliver warf ihm einen strengen Blick zu. Ben schnaubte nur ungehalten.

Larkin zuckte die Schultern und spazierte dann voraus, dicht gefolgt von den anderen beiden Männern.

Wieder war es Annmary, die an meiner Seite blieb. »Ben nimmt das sehr ernst«, raunte sie mir zu. »Und du hast ja gesehen, wozu die Quecksilberalchemisten fähig sind. Möchtest du es dir wirklich nicht noch mal überlegen? Ich beeile mich und arbeite so schnell wie ich kann. Wir wollen für deine Sicherheit sorgen, aber es bedarf ein paar Vorbereitungen.«

Ich sah sie eindringlich an. »Bitte, Annmary. Ich muss nach Hause. Es ist wirklich wichtig.«

Sie musterte mich und schien jede Regung in meinem Gesicht zu analysieren. Schließlich nickte sie. »Gut. Ich beeile mich und werde sehen, wie schnell ich bin.«

Ich wollte sie fragen, was es mit diesem Feuerkreis auf sich hatte, als Oliver an meiner Seite auftauchte und in den Gang deutete, den auch Ben mir schon zuvor gezeigt hatte. »Hier befinden sich unsere Kontrollräume, und wenn Kryptografie dein Steckenpferd ist, dann wirst du dich sicherlich auch für Computer begeistern können.«

Ich nickte vage.

Der Gang war sehr modern gehalten – ganz im Gegensatz zu der pompösen Eingangshalle. Es roch nach einem exotischen Gewürz, das ich nicht so recht einordnen konnte. Es hatte etwas von brennendem Feuer und einer tiefen erdigen Note. Der Geruch war mir völlig fremd, und doch schien er auf geradezu unheimliche Weise vertraut. Oliver stieß eine Tür auf, und dahinter lag ein Raum, der nur schwach beleuchtet war. Die Sonnenblenden waren heruntergelassen, und die Lamellen teilten das Tageslicht in feine weiße Streifen, die ein Muster auf den dunklen Fliesenboden malten. Es roch nach süßem Kaugummi und ausgedrucktem Papier. Neben einer kabellosen Tastatur lag ein grauer Gameboy der ersten Generation, der eindeutig mit allerlei technischen Spielereien gepimpt war. Vor einer Wand aus sechs Monitoren saß eine Person mit blondem Haarschopf, umringt von einem Bataillon von Energiedrinks. Der bequem aussehende Drehstuhl schwang herum, kaum dass wir den Raum betraten.

»Darf ich dir Murphy McCarthy vorstellen«, sagte Oliver. »Hüter des Protokolls der Goldloge von London.«

Protokoll wie »Computer-Protokoll«? Was für seltsame Titel sie alle haben.

Murphy musste ungefähr in meinem Alter sein, doch die roten Bermudashorts und das sorgsam gebügelte Polohemd ließen ihn noch jünger wirken. Sein wuscheliges blondes Haar stand zu allen Seiten ab.

Flink wie ein Wiesel sprang er aus dem Stuhl und deutete

eine kleine Verbeugung an. »Ihr habt unseren Silberschatz mitgebracht. Wie schön.«

Dieses Wort gefiel mir auf Anhieb. Ich lächelte ihn an. »Hallo, ich bin Emilia.«

»Ich bin sehr erfreut.« Noch einmal deutete Murphy eine kleine Verbeugung an. Doch es wirkte nicht unterwürfig oder gar schleimig, sondern irgendwie reizend ... und auf eine charmante Art und Weise auch ein wenig altmodisch. Er war mir direkt sympathisch.

»Wir wollen Emilia das Voynich-Manuskript zeigen.«

»Ich weiß. Annmary hatte mich schon informiert«, sagte Murphy zu Oliver und kaute dann nachdenklich auf seinem Kaugummi. Sofort zog das künstlich süße Aroma bis zu mir. »Ich wollte gerade noch etwas fertig machen, dauert nur zwei Sekunden.« Er lächelte mir noch mal zu, dann stürzte er zurück zu seinem Drehstuhl. Doch er nahm nicht Platz, sondern stützte sich mit seinem Knie auf das Polster, um sich wie ein aufgeregter Junge am Weihnachtsabend hin und her zu drehen. »Ich muss gerade noch dieser japanischen Walfänger-Flotte ein paar falsche Koordinaten schicken.« Er kicherte.

Oliver schnalzte missbilligend mit der Zunge. »Murphy ...«

»Lass ihm den Spaß«, brummte Ben. »Bei so einem Thema setzt bei mir auch jede Rationalität aus.«

Ich pflichtete ihm stumm bei. Walfang war ein unnötiges, blutiges Spektakel, das in unserer so zivilisierten Welt absolut überflüssig war.

Ich machte neugierig einen Schritt auf die vielen Computerbildschirme zu, und als niemand protestierte, ging ich zu Murphy. Annmary und Ben folgten mir. In Murphys Nacken teilten sich seine Haare, und ich sah ein Tattoo. Der kleine Fliegenpilz aus ›Super Mario‹. Ich schmunzelte. Auf den anderen Bildschirmen erkannte ich Aktienkurse und Börsendaten. »Und was machst du hier genau?«

»Entschuldige«, sagte Murphy und sah kurz hoch. »Ich habe vergessen, dass du dich ja gar nicht auskennst. Wir machen eine Menge Geld mit dem Handel von Gold und Luxusobjekten, die aus diesem gemacht werden. Doch wir bereichern uns nicht daran, sondern nutzen den Gewinn für Forschung und Projekte, die der gesamten Menschheit helfen sollen.« Er zählte an seinen Fingern auf: »Bakterien, die Trinkwasser produzieren können, thermische Nebel mit Mikroeiskristallen gegen Waldbrände, plastikfressende Käfer. Wir sind Historiker, haben dabei aber einen großen naturwissenschaftlichen Schwerpunkt. Und gerade die Umwelt und der Tierschutz liegen uns sehr am Herzen.« Er deutete mit dem Kopf auf den Bildschirm. »Deshalb habe ich mich auch zum Spaß in deren System gehackt. Jetzt schippern sie bestimmt einen halben Tag komplett auf falschem Kurs. Wenn wir Glück haben, kehren sie dann um und brechen die Jagd ab.«

»Das ist ja cool«, sagte ich und sah mich dabei unauffällig in dem Büro um. »Und das passiert alles hier?«

»Nein«, sprang nun Oliver ein. »Das wirst du auch noch in deiner eigenen Loge lernen. Wir hier koordinieren das alles. Deshalb haben unsere Positionen auch so schöne klangvolle Namen. Dass ich die rechte Hand unseres Meisters bin, weißt du ja schon. Deshalb heiße ich Sekundant, ich bin der zweite Mann, sein Assistent. Ben hat die Position des Fechtmeisters in unserer Loge. Er ist für die Sicherheit aller Ordensmitglieder verantwortlich. Er koordiniert Sicherheitsdienste, Wachteams und die Jagd auf …«

»Entschuldige, Sekundant«, warf Ben ein. »Unsere Zeit

drängt. Sollten wir nicht erst die Formalitäten klären, bevor wir Emilia endgültig in alles einweihen?«

Ich sah ihn an. Es war offensichtlich, dass er mir nicht traute.

Annmary sah ihn mit tadelndem Blick an, den er gekonnt ignorierte.

Ich beschloss, mich von ihm nicht einschüchtern zu lassen, und drehte mich wieder Murphy zu. »Und was ist deine Aufgabe hier?« Alles, was er bisher erzählt hatte, klang nach so viel Verantwortung, dafür, dass sie alle kaum älter schienen als ich.

»Ich behalte sozusagen den Überblick über das gesamte Vermögen und das, was im Orden finanziell gerade so passiert oder entschieden wird. Kapital für Start-ups, Forschungsgelder, Spenden. Bei mir laufen die allermeisten Fäden zusammen, die ich dann an die entsprechenden Abteilungen weiterleite, und ich bin für die virtuelle Sicherheit verantwortlich.«

Jetzt war ich wirklich beeindruckt. »Wow.«

Murphy strahlte mich an. »Man wächst mit seinen Aufgaben. Und wir werden ein Leben lang darauf vorbereitet. Ich habe mich von Anfang an für diese Position interessiert, und es macht mir wirklich Spaß.«

Oliver sah auf seine goldene Uhr mit dem schlichten dunklen Lederarmband. »Gut. Wenn das geklärt wäre, sollten wir uns jetzt noch kurz das Manuskript ansehen, um das es hier eigentlich geht.«

Oliver ging wieder mit Ben voraus, Annmary gesellte sich zu mir.

»Bist du aufgeregt?« In Annmarys Augen blitzte so etwas wie Vorfreude auf.

Ich nickte zögernd. »Aber um ehrlich zu sein, habe ich das meiste Adrenalin für heute schon verbraucht.«

»Das kann ich gut verstehen.« Sie klang ehrlich mitfühlend, und wieder mal dachte ich darüber nach, wie es wäre, sie als eine neue Freundin zu gewinnen.

Wir schwenkten nach links, zwischen den kunstvoll arrangierten Versuchsaufbauten hindurch und auf eine der breiten Doppeltüren zu, die sich in der rechten Wand der Halle befand.

»Ich gehe dann gleich noch ins Labor und stelle genug Material für den Feuerkreis her.«

Annmarys Stimme ließ mich den Blick von den seltsamen Apparaturen nehmen. »Du bist dafür verantwortlich?«

»Als Pionierin bin ich auch für den Schutz der Menschen verantwortlich. Ebenso wie Ben arbeite ich eher im ›Außendienst‹. Du hast zwar selbst Alchemistengene in dir, aber im Moment läufst du bei uns noch unter schutzbedürftig, da du keine Ausbildung genossen hast. Bens Spezialität sind die körperlichen Auseinandersetzungen, meine sind die Waffen.«

Ich warf ihr einen interessierten Seitenblick zu. Das klang beeindruckend.

»Weißt du, was ein Ouroboros ist?«

Ich schüttelte den Kopf.

»Du findest ihn eigentlich überall hier bei uns. Außerdem kämpfen wir auch damit. Es ist dieses kreisrunde Symbol einer Schlange, die nach dem eigenen Schwanz schnappt. Der Name bedeutet so viel wie ›Selbstverzehrer‹.« Sie lachte kurz auf. »Klingt ziemlich martialisch, ich weiß. Im Labor gestalten wir sie als hohles Miniaturformat und füllen sie mit unseren Astralelementen.«

»Und diese kleinen … Ouro … ehm … ihr werft sie, richtig?«

»Ouroboroi in der Mehrzahl.« Sie lachte. »Es ist etwas kompliziert, aber genau, wir werfen sie.«

Larkin stürmte an uns vorbei, um uns eine der schweren Doppeltüren aufzuhalten. Dabei deutete er eine sehr charmante Verbeugung an.

Ich lächelte ihm kurz zu, doch die Aussicht, von Annmary noch ein paar mehr brisante Informationen zu bekommen, war einfach zu verlockend.

»Also sind diese kreisrunden Schlangen hohl von innen und da drinnen befindet sich dann … was?«

»Chemikalien, ganz grob erklärt. Wir kämpfen vorrangig mit Elementen. Unsere fünf Astralelemente sind – allen voran natürlich – Gold und dann noch Blei, Kalzium, Arsen und Sauerstoff. Deine Astralelemente sind Silber, Lithium, Schwefel, Natrium und Stickstoff. Sie alle befinden sich in erhöhter Konzentration in unseren Körpern – aber wenn wir uns an diesen Vorräten bedienen, leeren sie sich auch entsprechend schnell. Deshalb führen wir sie in diesen kleinen Gefäßen noch zusätzlich mit uns.«

»Sind es immer die gleichen Elemente?«

Annmary nickte. Wir gingen derweil einen langen, erstaunlich simpel gestalteten Gang entlang. Der Boden war immer noch so spektakulär wie in der Eingangshalle, aber die Wände waren kahl, und nur hin und wieder gingen einige schlichte weiße Türen davon ab. Im Vorbeigehen las ich die Schilder daran: Labor sieben, Labor acht, Destillierraum, Kühlkammer, Reinstoffe, Werkstatt.

Als Annmary weitersprach, wandte ich den Blick wieder ab. »Die Astralelemente sind bezeichnend für unsere Orden. Alle Alchemisten des Silberordens beherrschen schwerpunktmäßig die gleichen fünf Elemente. Ebenso wie der Goldorden seine eigenen fünf Elemente hat – und der Quecksilberorden ebenfalls.«

Das klang alles so sachlich und naturwissenschaftlich. Und dennoch schienen die kleinen runden Schlangen-Amulette zum Leben zu erwachen, kurz bevor sie zersprangen. »Ist es eine optische Täuschung?«

»Was denn?«

Ben und Oliver waren weiter vorne im Gang bereits vor einer Tür stehen geblieben.

Ich musste mich beeilen, wenn ich noch weitere Infos aus Annmary herausbekommen wollte.

»Dass die Schlangen lebendig werden. Dass ihr sie in die Luft werft und dann einfach nur schnippt und sie sich von alleine weiterbewegen.«

Annmarys Lächeln wirkte nun geheimnisvoll. »Nein.«

Ich wollte noch schnell eine weitere Frage stellen, doch da hatten wir die Männer bereits erreicht.

Dieses Mal legte Oliver seine Hände an die Tür. Zunächst geschah nichts. Doch dann begannen sich von seinen Händen aus wieder diese goldenen Adern in der Tür zu erstrecken. Schließlich klickte es, und sie sprang auf. Ich bemerkte die auffallend kühle Luft, noch bevor die sanften Lichter an der Decke ansprangen und den Raum erhellten.

Das Zimmer, das wir nun betraten, war steril in Weiß gehalten, mit pflegeleichtem Linoleumboden und genau zwei Tischen darin. Einer war quadratisch geformt und von einer kleinen eckigen Kuppel aus Glas überdacht. Der zweite war lang und schmal, mit einer Reihe Stühlen davor. Selbst das Leder der Stühle war schneeweiß.

Wir umringten den Tisch, der den Deckel aus Glas trug. Ich erkannte sofort, was sich darunter befand. Das Voynich-

Manuskript. Doch dieses Mal war es eindeutig das Original. Mein Herz begann vor Aufregung schneller zu schlagen. Murphy strich in einer fast zärtlichen Geste über das dicke Glas. Plötzlich schien die Oberfläche vor meinen Augen zu erzittern wie Wellen im Meer.

»Die übrigen Astralelemente nach Gold sind bei jedem von uns unterschiedlich stark ausgeprägt. Murphys zweitstärkstes Element ist Blei, und das hier ist Bleiglas«, flüsterte Annmary mir ins Ohr.

Ein weiteres Mal ließ Murphy seine Finger zärtlich über die wogende Oberfläche gleiten. Dann hob er die Hand, und das Glas folgte ihm, als wäre es eine flüssige zähe Masse und wie unwiderstehlich von ihm angezogen. Er drehte seine Handfläche nach oben, und der riesige Glasklumpen formte sich zu einer runden Kugel.

Mir stand schon wieder der Mund offen. Fasziniert glitt mein Blick zu Murphys Gesicht. Seine Wangen glühten rot vor Begeisterung, und seine grünen Augen schimmerten golden. Murphy stupste die Kugel an, und sie glitt ein Stückchen von uns weg. Dort verharrte sie in der Luft und drehte sich weiter um sich selbst. Sie war so perfekt, so durchsichtig, dass ich die raue Wand dahinter erkennen konnte.

»Danke, Hüter des Protokolls.« Olivers Stimme klang dunkel und förmlich in der Stille.

Murphy nickte kurz, bevor er die Hand schließlich sinken ließ.

»Nun«, sprach Oliver weiter. »Das ist es. Emilia, möchtest du dich versichern, dass es sich bei dem Text um das Original handelt?«

Etwas überfordert sah ich ihn an.

Larkin, der zu meiner Linken stand, flüsterte: »Soll heißen, er will den Beweis von dir, dass du es tatsächlich dekodieren kannst.«

Innerlich zog ich den Hut vor Olivers so perfekt höflicher Formulierung, nahm aber die Herausforderung an.

»Sehr gern.«

Als hätten sie es geprobt, zauberten Oliver und Ben jeder ein paar weiche weiße Handschuhe aus ihren Hosentaschen.

»Das Manuskript besteht aus vielen ehemals gebundenen Seiten. Wir haben sie gelöst, weil wir wissen, dass das gesamte Manuskript gebraucht wird.«

Das klang kryptisch. »Zum Lesen müsst ihr es nicht auseinandernehmen«, warf ich ein.

»Mit dem Lesen hat das nichts zu tun.« Mehr Erklärung bekam ich von Ben nicht.

Ich drehte mich erst zu Annmary und dann zu Larkin, doch beide senkten den Kopf. Da hatte wohl jemand klare Anweisungen erteilt.

Das Manuskript war großformatig und wirkte in dem kleinen Raum noch beeindruckender als in dem Museum. Oliver und Ben trugen es behutsam zu dem langen schmalen Tisch und breiteten dann einige der Pergamentbogen dort aus.

»Der Raum ist extra heruntergekühlt, um den Verfall so gut es geht aufzuhalten«, erklärte Oliver, als er wieder zu mir hochsah. Erst da fielen mir die dunklen Stellen auf, kleine Löcher, die das Papier zersetzten. Es sah fast aus wie ein Pilz, der die Pflanzenfasern langsam, aber stetig auffraß. Diese Beschädigungen hatte die Kopie im Museum natürlich nicht besessen. Der Anblick machte mich betroffener, als ich vermutet hätte.

»Ist es … krank?«

Olivers Miene wurde undurchdringlich. »Wir wissen es nicht genau. Fakt ist, trotz all unserer Vorsichtsmaßnahmen zerfällt es jeden Tag schneller. Wir haben es zeitweise steril gelagert, doch nicht mal das konnte es aufhalten. Und jetzt, für eine Bearbeitung durch dich, müssen wir noch weitere Abstriche machen, was die Konservierung angeht. Wenn das hier eine Sackgasse ist, dann …«

Er brach ab und deutete mit einer steifen Geste auf den ersten der großen Pergamentbogen. »Bitte.«

Ich atmete noch einmal tief durch, dann folgte ich ihnen zu dem langen Tisch. Jetzt hieß es alles oder nichts.

Würden sie mein Gehirn löschen und mich vor meiner Haustür abladen, wenn sich herausstellte, dass es doch nur ein Trugschluss gewesen war?

Doch schon während ich mich dem Text näherte, begann ich ruhiger zu werden. Ich brauchte keine Angst zu haben. Ich konnte das hier. Ich würde das, was dort geschrieben stand, lesen und so für die Nachwelt bewahren. Also streifte ich meine Sorge ab wie eine Schlange ihre Haut. Ich nahm auf dem Stuhl davor Platz und begann zu lesen.

»Wisset um dieses Geschenk, meine Tochter. Dies Werk sei ein Kelch gefüllt mit Möglichkeiten. Bewahret es und teilt es weise.« Meine Stimme schnitt durch die angespannte Stille.

»Mein Gott«, hörte ich Annmary flüstern. »Sie spricht dich direkt an.«

»Wer spricht mich direkt an?« Ich sah zu ihnen hoch.

»Maria di Luca.« In Bens Stimme schwang Ehrfurcht mit. »Die Frau, die diesen Text verschlüsselt hat. Deine Vorfahrin. Sie war eine berühmte Alchemistin des Silberordens, eine sogenannte *intuitive Kryptografin.* Wenn sich bestätigt, was wir vermuten, entstammst du direkt ihrer Blutlinie. Einer Blutlinie, die sich über dreitausend Jahre vor Christus zurückdatieren lässt, direkt zur ersten Silberalchemistin dieser Welt.«

Nun hatte es auch mir die Sprache verschlagen. Wieder sah ich auf die erste Seite, die vor mir lag. Sie bestand nur aus Text und war nicht bis ganz unten beschrieben. Ob es tatsächlich ein Grußwort war? Das Papier schimmerte gelblich verfärbt und so transparent, dass man die Pflanze, die auf der anderen Seite gemalt war, durchschimmern sah. Links oben befand sich eine Art Vogel aus braunroter Tinte. Etwas weiter darunter, in der gleichen Farbe, entdeckte ich eine zierliche Schlange, die sich schwebend über einem Kelch wand. Die Zeichnungen waren simpel, schienen hastig gezeichnet, aber in ihrer Ausdruckskraft doch so gewaltig, dass ich wieder eine Gänsehaut bekam. Ich *wusste*, was sie bedeuteten.

Ich sah mich selbst. Sah mich selbst in der Gasse, wie der riesige silbrige Ouroboros sich aus meinem Körper heraus manifestierte. Ich war der Kelch, das Gefäß, und die Schlange, die darüber schwebte, war mein Ouroboros. Der Vogel ein paar Zentimeter weiter oben, die Schwingen weit ausgebreitet, zeigte meine Zukunft. Meine Gabe würde mir Flügel verleihen. Sie würde mich weit hinaus in die Welt tragen. Sie würde mich in die Luft heben, über alle Widrigkeiten hinweg und zu neuen Ufern bringen. Ich würde davonfliegen können, wenn Gefahr drohte.

Mein Blick glitt zu Ben. Seine Haltung war zwar immer noch aufrecht, die Schultern gereckt, aber seine Augen glänzten.

»Bitte, lies weiter.«

Ich nickte Oliver kurz zu, dann senkte ich wieder den Blick.

»Was wahr ist, zeigt sich auf den zweiten Blick. Was verloren scheint, will nur gefunden werden. Unmöglich ist es nur für die, die aufgeben. Dies Werk hier zeigt die Kraft der Orden. Verborgen durch die Macht der Tria …«

»Verdammt«, entfuhr es Oliver.

Als ich hochsah, tauschten er und Ben gerade einen angespannten Blick.

»Habe ich es falsch übersetzt?«

Ben schüttelte den Kopf. Oliver sah erst ausweichend zur Seite, doch als er sich mir wieder zuwandte, erkannte ich die Enttäuschung in seinem Blick. »Wir haben nun den Beweis, dass es für eine Tria gemacht wurde. Wir hatten so gehofft, wir könnten es …«

»Wir werden es versuchen«, fiel Ben ihm ins Wort. »Wir können es trotz des Gläsernen Pakts nicht riskieren, ihnen so eine Macht vor die Nase zu halten.«

Ich verstand nur Bahnhof.

»Zumal sie Emilia schon auf dem Kieker haben«, erklang Murphys Stimme irgendwo hinter mir.

»Seien wir mal ehrlich. Sie ahnen sowieso schon, dass irgendetwas abgeht, seit wir London verlassen haben.« In Larkins angenehm melodischer Stimme schwang leichte Aggression mit. »Die Sache mit der Wanderausstellung haben wir gut tarnen können. Aber wenn eine *ganze Loge* umzieht und den Platz tauscht mit einer anderen, dann ist das ungefähr so unauffällig wie eine riesige blinkende Plakatwand mitten am Hauptbahnhof. Was habt ihr erwartet?«

Schon wieder tauschten Oliver und Ben einen Blick, dann seufzte letzterer.

»Wir sollten sie eine Passage aus den Anleitungen anlesen lassen.«

Oliver nickte. »Nur um ganz sicherzugehen.«

»Könnte mich mal jemand aufklären? Immerhin hänge ich ja auch irgendwie mit drin?«

Es war faszinierend mit anzusehen, wie sehr sich Olivers

Haltung mir gegenüber verändert hatte, seit ich bewiesen hatte, dass ich diesen Text tatsächlich lesen konnte. Er wirkte nicht mehr ganz so herablassend und skeptisch. Gerade probierte er sich sogar an einem kleinen Lächeln.

»Verzeih, aber die Zeit ist heute zu knapp für weitere Erklärungen.« Er deutete auf das Manuskript. »Bitte blättere eine Seite um und lies kurz etwas von dem Text, der neben der Pflanze steht. Nur um ganz sicherzugehen«, fügte er noch hinzu. Wieder versuchte er es mit einem Lächeln, das in seinem ernsten Gesicht so fehl am Platz wirkte wie Fische in der Wüste.

Ich seufzte innerlich, aber senkte wieder den Kopf. Natürlich brannte ich auf Erklärungen, aber wenn sie weitere Beweise brauchten, dann würde ich sie ihnen liefern. »Wenn das Rabenhaupt im Verborgenen einen leuchtenden Punkt hervorbringt, damit sich das Empyreum entfalten kann und …«

Alle im Raum stöhnten simultan auf, was mich erneut stoppen ließ. Ich heftete meinen fragenden Blick auf Oliver. Der strich sich über den Kopf und wirkte ehrlich deprimiert.

»Wir hatten gehofft, wir könnten diese Mission mehr oder weniger allein bestreiten. Schließlich befindet sich dieses Manuskript seit Jahrhunderten in unserem Besitz. Der Silberorden weiß natürlich davon. Wir haben einen Antrag dort eingereicht und einen Kryptografen angefordert. Erfolglos, wie du ja bereits weißt. Aber die Zeit drängt und diese … Expedition könnte uns an unsere Grenzen bringen.«

»Expedition? Das klingt so, als wollten wir in den Dschungel reisen. Wenn ich es richtig verstanden habe, soll ich doch nur einen Text lesen.«

»Darum geht es auch primär. Dennoch hast du sicherlich

das Wort ›Tria‹ in dem Grußwort bemerkt. Es ist die Kurzform für *Tria Principia.* Sie bezeichnet eine Art Arbeitsgemeinschaft, an der jeweils ein Mitglied einer Loge beteiligt ist. Um heute eine Tria bilden zu können, müssen sich ein Silberalchemist, ein Quecksilberalchemist und ein Goldalchemist zusammentun. Dafür müssen sie eine Art Schwur leisten, der auf Loyalität und Vertrauen beruht und sie ein Leben lang aneinanderbindet. Man trägt einen Teil des anderen für immer in sich.« Oliver wedelte mit der Hand. »So wie eine Art Blutsbrüderschaft. Doch wir sind mit dem Quecksilberorden verfeindet. Sie verfolgen kapitalistische und egoistische Ziele, von denen sich Gold- und Silberorden distanzieren. Ihnen ist nicht zu trauen.«

»Aber das Triabündnis ist etwas anderes als dieser ›Gläserne Pakt‹, von dem Rosso und Dario gesprochen haben?«, hakte ich nach.

»Richtig. Der ›Gläserne Pakt‹ ist eine Art Vertrag, den Gold- und Silberorden mit dem Quecksilberorden geschlossen haben.«

»Und reicht es nicht, wenn ich diesen Text einfach nur übersetze? Die Seiten sind sogar nummeriert. Ich kann mich morgen einen Tag lang hier einschließen und alles übersetzen. So habt ihr den Text und niemand kommt durcheinander. Wofür braucht man dann eine Tria und warum heißt das Voynich-Manuskript dann nicht ›Tria-Manuskript‹?«

»So einfach ist das nicht. Und das Voynich-Manuskript wurde einfach nach seinem letzten Besitzer benannt. Es besaß keinen Namen. Wir haben die Bezeichnung der Menschen für diese Anleitung einfach übernommen.« Oliver strich zart über den Rand einer Seite. »Doch nun zurück zum Wichtigen. Für uns war nicht nur interessant, *ob* du den Text lesen kannst, sondern auch, ob die Anleitungen neben den Pflanzenzeichnungen in einem gewissen Stil geschrieben sind. Die Orden pflegen ihre Geheimnisse, jeder für sich. Und dieser Text enthält teilweise geheime Formulierungen, die der Goldorden und der Silberorden nicht entschlüsseln können.«

Ich kombinierte messerscharf. »Und dafür braucht ihr den Quecksilberorden, richtig?«

Ben nickte. »Wir werden es trotzdem versuchen. Das Manuskript ist die Gemeinschaftsarbeit einer Tria. Es ist eigentlich eine Rückversicherung, dass kein einzelner Orden diese Macht für sich allein beanspruchen kann. Aber uns bleibt keine Wahl. Wir werden es versuchen.«

Irgendetwas an der Art, wie er das »wir« aussprach ließ mich aufhorchen.

»Was meinst du damit?«, fragte ich lauernd.

Bens Gesicht blieb eine undurchschaubare Maske. »Wir beide. Wir werden zwei Drittel dieser Tria bilden. Der Goldalchemist, der die vielen Zeichnungen angefertigt hat, ist *mein* direkter Vorfahre.«

»Aber ich lese doch den Text.« Ich klang, als hätte mir jemand spontan das Gehirn amputiert.

Doch diesmal blieb Ben überraschenderweise geduldig. »Du, als Silberalchemistin, übernimmst den Text. Ich, als Goldalchemist, bin für die Bergung der Bausteine verantwortlich.«

Ich kam endgültig nicht mehr mit. »Bergung der … Bausteine? Was bauen wir denn?«

Bens Stimme schien jede Klangfarbe verloren. »Das Wasser des Lebens. Einen Trank, der alle Krankheiten heilt und unsterblich macht.«

Kapitel 8

Ich war mir nicht mehr ganz sicher, wie ich in diese große schwarze Limousine gelangt war. *Wasser des Lebens? Ein Trank, der alle Krankheiten heilte? Das war doch nicht möglich.* Erst als Ben neben mich glitt, bemerkte ich, dass eine Trennscheibe hochgefahren war, die Vorder- und Rücksitze räumlich trennte. Wir würden also weiter ungestört darüber diskutieren können, warum ich unbedingt jetzt nach Hause musste. *Juhu.*

Der Wagen beschleunigte, während ich etwas umständlich nach meinem Sicherheitsgurt suchte. Während ich ihn einrasten ließ, warf ich Ben einen kurzen Seitenblick zu. Er sah auf sein Handy, den Kiefer angespannt, den Blick etwas zu starr aufs Display gerichtet.

Ich fühlte mich nicht gut, denn ich hatte sie alle belogen. Mamma war nicht der Grund, warum ich nach Hause wollte. Fakt war, dass wir von einer Sozialarbeiterin betreut wurden. Eine Lehrerin, die sich in der zweiten Klasse Sorgen um mich machte, hatte damals dafür gesorgt. Mamma hatte Elternsprechtage vergessen, und manchmal hatte ich kein Pausenbrot dabeigehabt. Mamma hat mich nie vernachlässigt, aber sie hatte sich von Job zu Job gehangelt und war noch so unglaublich jung gewesen. Unsere Sozialarbeiterin Natalia war zehn Jahre älter als Mamma, und sie war die Sorte Frau, die unglaublich liebenswürdig war – bei der man gleichzeitig aber genau wusste, wie weit man gehen durfte. Sie war nachsichtig, wenn es darum ging, dass in der Wohnung mal wieder Chaos herrschte, ließ es jedoch absolut nicht zu, wenn man die Termine mit ihr verpasste. Zuerst war sie alle zwei Wochen vorbeigekommen, dann monatlich, und jetzt kam sie nur noch einmal im Vierteljahr vorbei. Heute war ihr vorletzter Termin bei uns, vor ihrem Abschlussbesuch und bevor ich volljährig wurde. Ihr Auftrag war so gut wie erfüllt, dennoch traute ich mich nicht, diesen Termin sausen zu lassen. Oder vielleicht genau deswegen. Mamma hatte mir extra eingebläut, zu Hause zu sein, weil sie nicht wusste, ob sie sich mit Davine nicht vielleicht ein klein wenig verspäten würde. Und Termine mit Natalia verschob man nicht. Und noch weniger sagte man sie ab. So war es einfach. Mamma hatte mehr Respekt vor ihr als ich, und ihr zuliebe würde ich keine Schwierigkeiten machen. Also *musste* ich zu Hause sein. Komme, was wolle. Doch das konnte ich Ben und den anderen unmöglich erzählen. Sie wirkten alle so vornehm, und in der Loge war alles so luxuriös und teuer. Sie würden mich für arm halten und mich bemitleiden. Darauf konnte ich absolut verzichten. Nein, das hier ging sie nichts an.

Noch einmal sah ich kurz zu Ben herüber. Ich sollte höflich sein, vielleicht ein wenig Small Talk machen und ihm so beweisen, dass ich nicht das bockige Kleinkind war, für das er mich hielt.

»Das ist wirklich angenehm, so herumgefahren zu werden.«

»Wenn man sich in einer Stadt nicht gut auskennt, ja.« Er sah nicht mal von dem Display hoch.

»Und in London? Werdet ihr da auch immer herumkutschiert?«

Endlich hob er den Kopf. »Was wird das?«

Es war nicht nur sein unfreundlicher Tonfall, der mich zurückweichen ließ. »Ich wollte nur …« Ich brach ab.

»Du hast deine Entscheidung getroffen, deine Prioritäten gesetzt.« In seinen schwarzblauen Augen schienen eisige Kälte und funkensprühendes Temperament wie zwei Gewitterfronten aufeinanderzutreffen. »Ich habe zu arbeiten.«

Mit diesen Worten hatte er mich abserviert. Während ich ihn noch anstarrte, öffnete er sein Mailprogramm und ignorierte mich fortan.

Irgendwann wandte ich mich ab. Wir bogen gerade auf eine der breiten Hauptstraßen ab, die ins Zentrum führten. Ein kurzer Blick auf meine Uhr ließ mich aufatmen: Ich würde den Termin mit Natalia halten und Mamma noch sehen können, bevor sie zur Arbeit ging. Ich musste sie einfach kurz in den Arm nehmen. Denn auch wenn ich siebzehn Jahre alt war, selbstständig und mich meist sehr erwachsen fühlte – wenn es hart auf hart kam, war Mamma alles, was ich hatte. So war es immer gewesen und so würde es auch immer sein.

Wieder ergriff ich das Wort. Ich konnte diese Stille nicht ertragen. »Warum fährst du eigentlich mit?« Ich deutete in Richtung der Trennwand. »Der freundliche Mensch, der diesen Wagen lenkt, hätte mich einfach bei mir absetzen können. Was machst du hier?«

Ben sah mich immer noch nicht an, aber seine Augen weiteten sich einen kurzen Moment, als ich meine Frage stellte.

»Wir müssen keinen Smalltalk führen, aber kannst du mir noch eine Frage beantworten?«

Ben sah zu mir rüber. »Du hast deine Entscheidung getroffen. Jetzt stehe dazu. Das müssen wir alle.« Mehr sagte er nicht.

Wir duellierten uns mit Blicken, genau wie in der Eingangshalle vorhin. Meine Atmung beschleunigte sich, und an seinem Hals begann eine zarte Ader wild zu pochen.

»Das war keine Antwort auf meine Frage.« Ich versuchte, verbindlich zu klingen.

Er versuchte es nicht. »Ich bin dir keine Rechenschaft schuldig.«

»Es war doch bloß eine Frage.«

Er knallte das Handy auf den Sitz neben sich, sagte aber nichts.

»Parley«, platzte es aus mir hervor, bevor ich mich stoppen konnte. Rosso hatte gesagt, dass man so jemandem zum Informationsaustausch auffordern konnte. Dann sollte es doch wohl auch bei ihm funktionieren.

Ben schnaubte und als er mich jetzt ansah, konnte ich gar nichts mehr in seinem Blick deuten. »*Ja*, es gab auch Alchemisten unter den Piraten. Allen voran Blackbeard, dieser Angeber. Du lernst schnell.«

»Heißt das, du beantwortest mir jetzt meine Frage?«

Noch so ein Blick. Ein Feuerwerk an Emotionen, so viele Gefühle, so viel Unergründliches. »Weißt du, Emilia ...«

Es war das erste Mal, dass er meinen Namen sagte, ohne dass es wie eine Aufforderung oder ein Befehl klang. Jetzt hörte man den leichten Akzent darin, und trotz unserer Differenzen gefiel es mir.

Jetzt war seine Stimme leise, fast sanft. »... ich hätte mit allem gerechnet, aber nicht mit so etwas wie *dir.*«

Ich starrte ihn an. Als ich bemerkte, wie mir vor Schreck der Mund offenstand, schloss ich ihn schnell wieder. Konnte

Ben eigentlich irgendetwas anderes, als mich zu beleidigen? Warum hatten sie nicht einfach Annmary geschickt? Warum er? Warum immer wieder er?

»So etwas wie mir?«, wiederholte ich. »Wenn das ein Versuch sein soll, mich weiter für eure Zwecke zu gewinnen, kann ich dir versichern, dass das gewaltig schiefgelaufen ist.«

Er lachte dunkel. »Und das ist genau das, wovon ich rede. Wir haben gar keine Zeit, irgendjemanden zu ›gewinnen‹. Ich hatte wirklich gehofft, wir müssten einfach nur einen Antrag beim Silberorden stellen und sie würden uns irgendeine kultivierte junge Frau an die Seite stellen, die sich über ihre Pflicht und die Ehre dieser Mission im Klaren ist. Jemand mit einer jahrelangen Ausbildung, mit angemessenem Benehmen und sicherem Tritt auf internationalem Parkett. Jemand, der sich selbst verteidigen kann und keinen Babysitter braucht. Jemand, der seine Gaben bereits geschliffen hat wie die Facetten eines Diamanten.«

Ich hatte ihm fassungslos zugehört. Jedes einzelne seiner Worte beleidigte mich, jeder verdammte Satz war ein persönlicher Angriff auf mich und meine Familie. »Es *reicht.* Ich steige jetzt aus. Lass den Wagen anhalten.«

Ben gab ein Geräusch von sich, das amüsiert und abschätzig zugleich klang.

»*Sofort*« Meine Stimme wurde lauter, als ich spürte, wie sich Wut in mir breitmachte. Doch seine Beleidigungen machten mich nicht klein, sie ließen mich stärker werden.

Ein paar ewige Sekunden lang starrten wir uns erneut in Grund und Boden.

»Na los«, wisperte ich.

Im nächsten Moment schob sich wieder dieser goldene

Schimmer über seine Augen, von rechts und links, genau wie das letzte Mal. »Du willst dich nicht mit mir anlegen.«

Wieder imitierte ich ihn, indem ich meinen Mundwinkel genauso abschätzig nach hinten zog. »Warum denn nicht?«

Als er nichts erwiderte, legte ich noch einen drauf. »Du magst vielleicht deine Tricks abziehen, aber der Ernstfall hat gezeigt, dass ich ganz ähnliche Tricks auf Lager habe. Was sagt dir, dass ich sie nicht nur an Dario, sondern auch an dir ausprobiere?«

»Provoziere mich nicht weiter.« Er rutschte noch etwas näher heran. Unsere Umgebung hatten wir völlig vergessen. »Ich bin ein Profi und kenne meine Waffen in- und auswendig. *Du* hingegen bist ein Kind, das wahllos mit seinem Spielzeug wirft.«

»Ich glaube, dafür werfe ich aber ziemlich gut.« Dass er nicht reagierte, war Antwort genug. »Und jetzt, *Lord Hastings*«, ich betonte seinen Titel extra abschätzig, »wünsche ich, dass Ihr den Wagen anhaltet. Ein Gentleman wie Ihr werdet doch sicherlich die Wünsche einer Dame respektieren.«

»Einer *Dame* schon.«

Ich lächelte. »Das zeigt wiederum, dass du gar nichts über mich weißt.«

Er schloss für einen kurzen Moment die Augen. Ob aus Resignation oder dem stummen Flehen um Geduld, konnte ich nur raten. »Warum musst du so stur sein?«, knurrte er, als er mich wieder ansah.

»Warum klingt alles, was du sagst, wie ein Befehl?«

Er kniff sich in den Nasenrücken, als reize ihn schon der Klang meiner Stimme zur Weißglut. »Ich bin ein Fechtmeister. Das bedeutet, ich bin einer der besten Kämpfer unseres Ordens.« Der goldene Schimmer in Bens Augen verschwand.

»Und jemand wie du ist im besten Falle eine Gefahr für sich selbst und im schlimmsten Falle eine Gefahr für unbeteiligte Zivilisten.«

Schon wieder so eine überflüssige Beleidigung.

»Na, herzlichen Dank.« Ich drehte mich von ihm weg. Er würde den Wagen nicht anhalten lassen. Von mir aus. »Lass mich einfach in Ruhe. Ich habe keine Lust mehr, mit dir zu reden. Du bist in etwa so freundlich wie ein Vorschlaghammer.«

Ich spürte seinen Blick auf mir, doch dann knarzte das Leder, als er sich abwandte.

Wir wechselten die ganze Fahrt kein Wort mehr miteinander.

*

Als Ben mich schließlich aussteigen ließ, verabschiedete er sich nur knapp und erzählte mir auch nicht, wie es nun weitergehen würde. Ob sich die Loge mit mir in Verbindung setzen würde und wann. Nichts. Keinerlei Infos.

Ich ging mit gesenktem Kopf davon, eine Mischung aus Scham und Ärger wand sich mit spitzen Stacheln in meinem Bauch.

Ich erreichte unser Haus und atmete erst auf, als ich die Wohnungstür hinter mir zuwerfen konnte. Mamma war noch nicht da, sehr gut. Newton kam angerast und katapultierte sich in meine Arme. »Hey, alles gut, Schnuff.« Ich drückte den kleinen Mischling an mich, bevor ich ihn wieder runterließ, weil das Festnetz klingelte.

»Hey, wieso antwortest du nicht?«, sagte Tizi zur Begrüßung. »Ich habe dir schon dreimal getextet.«

»Tut mir leid, ich …«

»Und hast du noch was rausgekriegt?«, unterbrach sie mich.

Ich brauchte einen Moment, bis mir klar wurde, dass sie von dem Voynich-Manuskript redete.

»Du bist echt spät …«

»Tizi, lass mich doch erst mal zu Wort kommen«, lachte ich.

Sie schnaufte zustimmend, und ich erzählte ihr, dass mein Handy kaputt war und dass ich jetzt aber ein neues besaß – ließ aber die alchemistischen Details aus.

Aber Tizi kannte mich zu gut. »Ist irgendetwas passiert?«

»Ehm …« Ich brach ab.

Tizi ließ nicht locker. »Jetzt sag schon.«

»Ich habe einen Typen kennengelernt und dabei mein Handy fallen gelassen. Vorhin. Als ich noch mal zurück ins Museum bin.« Ich musste ihr einfach von Ben erzählen.

Im Hintergrund hörte ich, wie Tizi sich vor Überraschung fast verschluckte. »Und das erzählst du mir erst JETZT? Ich will alles wissen. Sofort.«

»Na ja … dieser Typ stand plötzlich wie aus dem Nichts vor mir. Es war fast unheimlich.« Ich kickte mir die Sandalen von den Füßen und wanderte dann barfuß in die Küche. Mamma hatte schon alles für den Besuch von Natalia vorbereitet. Gläser und eine Flasche Wasser standen bereit, daneben eine Schale mit Süßigkeiten. Ich lächelte unwillkürlich.

»Der war richtig krass. So total von oben herab. Und er hatte diesen Akzent, der ihn noch arroganter klingen ließ. Fast so, als täte er der Welt und mir einen Gefallen, dass er unsere Sprache spricht. Und ich schwöre dir, er hat nicht ein einziges Mal gelächelt. Er kann bestimmt gar nicht lächeln, weil er einfach komplett …«

Aus dem Lautsprecher ertönte ein atemloses Keuchen. »Wie sah er aus?«

»Was?«

»Wie sah er aus?« Schon wieder ein Keuchen, in dem verdächtig viel Begeisterung mitschwang.

»Hast du mir überhaupt zugehört?«

»Ja klar. Und?«

»Ich weiß, du hast eine Schwäche für gruselige Filme, aber glaubst du nicht, dass das jetzt etwas pathologisch wird? Der Typ stand wie aus dem Nichts vor mir, und ich musste mir echt Mühe geben, mich nicht vor ihm zu fürchten.«

»O mein Gott …« Noch mehr atemloses Keuchen. »Wie alt war er? Haarfarbe? Sah er aus wie jemand, den wir kennen?«

»Tizi …«

»Er hat dir nichts getan, außer mit dir zu reden, richtig?«

»Ja, das stimmt …«, *Na ja, so halb …* Und er hatte mir ein Handy geschenkt. Sollte ich ihr auch den Rest erzählen? Nein, lieber nicht. Sie war sowieso schon kurz vorm Durchdrehen.

»Vielleicht ist er bloß etwas unbeholfen beim Flirten. Oh, du hast einen heimlichen Verehrer …« Sie kicherte begeistert.

»Du hast echt nur Jungs im Kopf. Und jeder Einzelne ist ein Held und vollkommener Gentleman.«

»Was spricht dagegen? Und jetzt sag schon … wie sah er aus? Schnell. Ich bin gleich weg.«

»Wieso?«

»Ich bin auf dem Weg zu Friseur. Und jetzt sag schon. Wie sah er aus?«

Ich dachte kurz nach. »Wie eine Mischung aus Captain America und Shawn Mendes.«

»O mein Gott!« Tizis Stimme nahm einen beinahe schrillen Ton an. Ich hielt das Telefon ein Stückchen vom Ohr weg.

Selbst Newton hatte sich auf seinem Platz vor dem Kühlschrank aufgerichtet, und seine Ohren zuckten irritiert.

»Ich will jetzt jedes kleinste Detail wissen. Leg los.«

»Ich dachte, du hast jetzt gleich einen Friseurtermin?« Ich angelte mir ein Glas vom Regal.

»Der muss warten. Wie ist es ausgegangen? Habt ihr jetzt ein Date?«

Gehört dekodieren und alte Texte übersetzen dazu? Ich klemmte mir das Telefon zwischen Schulter und Ohr und nahm mir Wasser aus dem Spender. »Naja, …«

»Findest du, dass er gut aussieht?«, unterbrach sie mich.

»Vielleicht?« *Könnte sein.*

Tizis ausgedehntes Seufzen klang nach Resignation. »Okay, ich muss jetzt los. Aber ich will sämtliche Updates.«

»Alles klar.«

Tizi kicherte zufrieden. »Braves kleines Monster.«

Ich lachte. »Danke, Mama.«

»Gut, dann werde ich mich jetzt mal aufhübschen lassen. Und du meldest dich direkt, wenn irgendetwas Bahnbrechendes passiert. Und zu eurer Hochzeit möchte ich eine Einladung.«

»Hör auf. So war das alles gar nicht.«

»Von mir aus. Dann stelle ihn mir gerne vor.«

»Ich werde dich empfehlen.«

»Perfekt. Bis später!«

»Bis dann!«

Als ich kurze Zeit später Instagram, zumindest vorläufig, installiert hatte, erfuhr ich dort, dass Matti nach dem Rudern noch mit ein paar Leuten in einem angesagten Laden nahe dem Kolosseum gestrandet war. Er saß breit grinsend neben einem ziemlich hübschen Mädchen, das ich noch nie gesehen hatte. Da ich wusste, dass er nun *beschäftigt* war, rechnete ich nicht so bald mit einem Lebenszeichen von ihm. Vermutlich würden wir das morgen in der Schule oder danach klären. So, wie wir bisher alles geklärt hatten.

Mamma war noch immer nicht zurück, obwohl es schon kurz vor drei war, aber ich konnte unseren Gast auch erst mal alleine begrüßen. Ich gab Newton eine Kaustange und leerte mein Wasserglas. Im Wohnzimmer faltete ich eine Decke zusammen und ordnete die Zeitschriften übereinander auf dem kleinen Lesetisch. Dann öffnete ich die Glastür und betrat den Balkon. Ich schüttelte die Liegestuhlauflage auf und fischte eine zappelnde Fliege aus Newtons Wassernapf. Violetta, die junge Friseurin, die über uns wohnte, hatte mittwochs frei, und wie üblich hielt sie sich an ihrem Lieblingsplatz, dem Balkon, auf. Sie schien Herrenbesuch zu haben.

»Du böser Junge, du«, kicherte sie. »Jetzt hör aber auf. Ich werde schon ganz rot.«

»Sehe ich aus, als ob ich lügen könnte?«

Violettas Kichern wurde noch lauter.

Ich hingegen erstarrte. *Nein.* Nein, das konnte nicht sein.

Ich hatte mich getäuscht, ganz gewiss.

Wie ferngesteuert ging ich zum Geländer und blickte nach oben. »Violetta, ich bin's. Ist alles okay?«

Nur wenige Sekunden später zerriss ihr Schrei die Luft, und der hohe Ton hallte gespenstisch über den Innenhof. Danach war es still. Totenstill.

»Violetta!« Ich beugte mich weiter über das Geländer, in dem sinnlosen Versuch, etwas auf ihrem Balkon sehen zu können.

Immer noch kein Ton.

»Violetta!« Meine Stimme überschlug sich.

Etwas Dunkles erschien an den metallenen Streben, bevor es einfach zu fallen schien. Ich schrie auf und wich zurück. Eine dunkle Gestalt drehte sich in der Luft einmal um sich selbst, bevor sie elegant und völlig lautlos auf meinem Balkon landete.

Dieses Mal war er so nah, dass ich den irisierenden Schimmer erkennen konnte, der sich von rechts und links über seine Augen schob. Er schillerte in tausend Farben, wie Öl auf einer Regenpfütze.

»Hallo Schätzchen. Hast du mich vermisst?«

Kapitel 9

Ich wollte schreien, doch da hatte Dario bereits seine Hand über meinen Mund gelegt. »Jetzt mach hier kein Drama, Silberling.« Er lächelte böse. »Gib es zu, du hast die ganze Zeit an mich gedacht.«

Ich war zwar gut beschäftigt gewesen, aber trotzdem hatten mich die Erinnerungen an ihn die letzten Stunden weiterverfolgt. Der Wahnsinn in seinen irisierenden Augen ließ mich fast ohnmächtig werden vor Panik. Wir waren hier ganz allein. Niemand würde mitbekommen, was auch immer er vorhatte. Meine Knie gaben nach, doch Dario drängte mich gegen die Wand neben der Balkontür und presste sich gegen mich, um mich so aufrechtzuhalten.

Er schnalzte missbilligend mit der Zunge. »Weißt du, ich bin es gewohnt, dass Damen in meiner Gegenwart ohnmächtig werden. Wie langweilig. Wo ist das wehrhafte kleine Miststück aus der Gasse von heute Mittag?« Er neigte seinen Kopf noch etwas näher zu mir. »Sich ein wenig zu kabbeln macht doch viel mehr Spaß.«

Obwohl ich bereits an der Wand lehnte, gab er mir einen kleinen Schubs und wich dann von mir zurück. Er machte eine

Geste, dich mich wohl zu ihm locken sollte. »Los, kleiner Silberling, wehre dich. Lass uns ein bisschen spielen, bevor ich dich mit Haut und Haaren fresse.«

Im Wohnzimmer begann Newton zu bellen. Er war wohl mit seinem Leckerli beschäftigt gewesen und hatte Dario erst jetzt erspäht. Obwohl es mich alle Kraft kostete, aufrecht stehen zu bleiben, schob ich mich langsam an der Wand entlang und versuchte mit meinen Fingern den Griff der Balkontür zu erreichen. Ich hatte mehr Angst um meinen geliebten Hund als um mich selbst. Ich drückte sie zu, bis die Gummidichtung quietschte und schließlich einrastete.

»Wie süß, hat Mami Angst um ihren kleinen Schatz?« Darios Stimme troff nur so vor Ironie. »Keine Angst, das Flohtaxi interessiert mich nicht.«

»Was hast du mit Violetta gemacht?«

»Herrje, stammst du von einem heiligen Samariter ab? Erst der Hund und dann deine geschwätzige Nachbarin. Dir ist schon klar, dass ich dich zusammenfalten kann, bis du in eine Frühstücksbrotdose passt, oder?«

»Was ist mit Violetta passiert?«

»Reden wir über uns. Mein Orden möchte gerne mehr über dich erfahren. Du kannst etwas, was mich interessiert. Was meinen Orden interessiert.« Er hielt mir seinen angewinkelten Arm hin, als solle ich mich bei ihm unterhaken. »Also? Gehen wir, oder muss ich dich holen kommen?«

Er machte mir gewaltig Angst, aber solange ich aufrecht stehen konnte, würde ich nicht aufgeben. »Du kannst es ja versuchen.«

Als sich ein breites Lächeln auf seinem Gesicht abzeichnete, wurde mir klar, dass er es genau darauf angelegt hatte. Er wühlte in den Taschen seiner schwarzen Cargohose herum, als suche er etwas. Sein ärmelloses Shirt betonte seine muskulösen Arme dabei deutlich, und ich konnte einen Blick auf das große Zeichen erhaschen, das auf seinem Bizeps tätowiert war: das gehörnte Strichmännchen, das alchemistische Symbol für Quecksilber.

Was hatte Ben noch gesagt? *Wenn du das Zeichen siehst, dann sieh zu, dass du verschwindest.* Niemals hätte ich jedoch damit gerechnet, es so schnell wiederzusehen.

»Was nehme ich denn? Was nehme ich denn?« Er hielt die Amulette so, dass ich sie sehen konnte. Sie ließen sich nur anhand ihrer Farben unterscheiden. Eines schimmerte gelblich, eines bläulich, eines fast weiß und das letzte dunkelgrau. Er sah mich an und schenkte mir ein fast treuherziges Lächeln. »Ich will dich ja nicht gleich ganz kaputt machen.« Er zog gespielt nachdenklich die Stirn kraus. »Chlor hatten wir schon«, sagte er und steckte das gelb-grünlich schimmernde Amulett zurück in seine Hosentasche. »Da wissen wir ja, wie das ausgeht. Jede Menge Geschrei, jede Menge silberne Schuppen und dann dieses ganze Streusalz.« Er bewegte einen seiner schweren Stiefel prüfend über den Boden des Balkons. »Nein, es ist absolut nicht glatt hier. Also lassen wir das.«

Ich horchte in mich hinein, versuchte, nach dieser Schlange zu rufen, die in mir schlummern sollte. Lieber würde ich noch mal diesen unbändigen Schmerz aushalten, als mir von Dario wer weiß was antun zu lassen. Doch da war nichts. Keine Kraft, kein Ziehen, keine Schlange. Was, wenn ich wieder nach der Balkontür greifen würde, ohne dass er es bemerkte? Vielleicht konnte ich mich in das Innere des Wohnzimmers fallen lassen und dann schnell die Tür hinter mir zuziehen. Das würde ihn sicherlich für ein paar Minuten ausbremsen.

Dario hielt das weiße Amulett prüfend ins Licht. »Ich glaube, ich bin in der Stimmung für ein wenig Phosphor. Ein kleines Freudenfeuer lockert die Atmosphäre doch ungemein auf. Was meinst du?« Sein Blick wurde hart, als er mich just in dem Moment ertappte, als ich erneut nach der Klinke tastete.

»Du kleine Spielverderberin.« Er hob drohend seinen Finger, dann steckte er auch das blaue und das graue Amulett zurück in seine Taschen. »Gut, du hast es so gewollt.«

Er schnippte das weiße Amulett nach oben. Die kleine Schlange entrollte sich im Flug und schlängelte sich dann über unseren Köpfen an der Unterseite von Violettas Balkon entlang. Mit einem Zischen zersprang sie, und Sekunden später stand das weißliche Pulver, das aus dem Amulett entkommen war, in hellen Flammen. Ein Funkenregen kam auf uns nieder. Innerhalb eines Wimpernschlags war Dario wieder bei mir und drängte mich gegen die Balkontür. Nur der schmale Rand der eingerollten Markise schützte uns vor den Funken. Grob umfasste er mein Kinn. Um mich herum wirbelten die ersten Flammen auf. Die Funken waren in den Sichtschutz aus Reisig gefallen, auf die Liegenauflagen, auf die kleine Baumwollmatte, auf der Newton immer saß.

Dario grinste mich an, und ein winziger irisierender Stein an seinem Eckzahn blitzte auf. Ich spürte die Hitze der Flammen an meinen nackten Zehen, fühlte, wie sie ihre gierigen Tentakel in Richtung unserer Wohnung ausstreckten.

»Jetzt nehme ich dich mit, während alles, was dir lieb und teuer ist, verbrennen wird.« Dario umfasste meinen Kiefer noch fester und zwang mich so, den Mund zu öffnen. Seine Lippen kamen meinen ganz nah. Als er ausatmete, hauchte er mir einen schimmernden Nebel entgegen – und was auch immer es war, es wirkte sofort. Meine Augenlider wurden schwerer, ich spürte meinen Körper nicht mehr, und wehren konnte ich mich erst recht nicht.

Im Wohnzimmer hörte ich Newton jaulen. Nicht mehr lange und die Feuermelder würden hoffentlich anspringen. Er würde es schaffen, ich würde es schaffen, ich würde …

Da war ein Knall und dann Darios Stimme. Er ließ mich los, und ich rutschte an der Glasscheibe entlang bis auf den Boden und kippte dann mit dem Kopf nach rechts gegen den harten Beton des Rahmens. Hilflos sah ich aus halb geöffneten Lidern dabei zu, wie die Funken Löcher in meine Jeans brannten. Doch ich spürte nichts. Gar nichts.

In Gedanken rief ich nach Newton, betete, dass Mamma und Davine sich verspäten würden. Dass sie sich Dario nicht würden stellen müssen. Ich hoffte, dass das Feuer nicht so rasch auf die obere Wohnung übergreifen würde. Dass vielleicht noch die Chance bestand, Violetta zu helfen.

Noch einmal brüllte Dario wütend auf. Er riss an der Balkontür und stürzte an mir vorbei ins Wohnzimmer. Da waren Geräusche eines Kampfes, und Newton bellte wie verrückt.

Ich komme, Schnuff, sagte ich in Gedanken. Dann knipste irgendetwas in meinem Gehirn das Licht aus.

*

Mein Bewusstsein erwachte zusammen mit dem Schmerz. Hinter mir wurde gekämpft, und Möbel fielen um. Etwas Feuchtes drückte sich gegen meine Handfläche. Ich jammerte auf, weil meine Beine wehtaten. Wieder fiel etwas donnernd um. Ich hörte ein Keuchen und wie Dario wie wild fluchte. Es zischte, und zu gerne hätte ich die Augen geöffnet, um zu sehen, was dort hinter mir vorging. Doch ich schaffte es einfach nicht. Der Wind drehte, und die Hitze der Flammen kam bedrohlich nah. Neben mir hörte ich ein leises hohes Quietschen, bevor ich erneut von der Stille verschluckt wurde.

*

Als ich das nächste Mal zu mir kam, spürte ich einen weichen Stoff an meiner Wange. Er war warm und roch erstaunlich gut. Und wieso schaukelte alles so?

Ich stöhnte auf, weil der Schmerz zurückkam.

»Alles wird gut.« Die Stimme war tief und angenehm. Ich glaubte, sie zu kennen, aber sicher war ich mir nicht. Wieder schaffte ich es nicht, die Augen zu öffnen, doch irgendetwas in mir wollte sich dagegen wehren. Wer auch immer mir so nah war, er sollte verschwinden. Ich konnte niemandem trauen. Dann fiel mir etwas ein. »Violetta«, würgte ich hervor. Mein Mund war ganz trocken, meine Lippen schienen wie Pergament. »Violetta und Newton.«

Jemand drückte mich noch näher an sich. *Ich wurde getragen.* Deshalb schaukelte es so.

»Ruh dich aus.« Etwas berührte meine Schläfe, warm und weich. Dann waren da neue Geräusche. Laufende Motoren, Stimmengewirr, irgendwo eine Sirene. Ich wurde auf ein kühles Polster gelegt.

»Komm, kleiner Mann.« Da war die Stimme wieder. Krallen kratzten über Metall. Etwas Struppiges, Borstiges schob sich an meinen Fingern entlang und dann halb unter meinen Arm. Ein aufgeregtes Hecheln.

Türen schlugen zu, dann grollte ein Motor auf wie ein gerade erwachtes Raubtier. Irgendwo neben mir ließ sich jemand nieder. Sein Gewicht ließ mich ein wenig zur Seite rutschen.

Wieder wurde mir schwarz vor Augen, und ich stand erneut kurz vor der Ohnmacht. Warum war mir bloß so übel?

»Personen- und Objektschutz«, sagte jemand in die Stille. »Sofort.«

Was war nur passiert? Was war mit unserer Wohnung? Wohin fuhren wir?

Ich wollte etwas sagen, doch ich war zu schwach. Mein Körper hatte keinerlei Energie mehr. Ein grauer Schleier legte sich von innen über meine Augen. Ich wollte protestieren, doch ich wusste nicht mehr, wie. Erneut driftete ich in die Tiefen der Dunkelheit.

*

Ein Rucken ließ mich hochschrecken.

Wie lange war ich weg gewesen?

»Wir sind in etwa 20 Minuten da, bereitet alles vor.«

»Es brennt«, murmelte ich. »Es brennt bei uns. Jemand muss …«

Etwas Feuchtes fuhr mir quer durchs Gesicht, und ich schrie auf vor Schreck. Noch mal fuhr der Wagen über eine Bodenwelle, und ich rutschte mit dem Kopf nach links gegen die Scheibe.

»Vorsichtig.« Jemand beugte sich zu mir und umfasste sanft meinen Kopf. Mit der anderen Hand an meinem Rücken wurde ich wieder in meinem Sitz in Position gebracht. Etwas klickte, und als sich ein Seil quer über meine Brust legte, wollte ich mich wehren. Wollten sie mich fesseln?

»Alles gut. Das ist der Sicherheitsgurt.«

Die Stimme klang so überzeugend, dass ich mich etwas beruhigte. Der Gurt rastete ein, und ich bekam wieder Luft.

»Versuche, dich etwas zu entspannen. Bald wird es dir besser gehen.«

»Es brennt«, murmelte ich ein letztes Mal, bevor ich in einen tiefen, traumlosen Schlaf sank.

*

Mir war eiskalt. Mein Körper bäumte sich auf wie ferngesteuert. Und dann sah ich sie. Sie sahen aus wie winzige Hirschkäfer von einem anderen Planeten. Neongrün, mit Beinchen so spitz wie Nadeln, und ihre Mundwerkzeuge gaben ein angriffslustiges Klappern von sich. Sie krabbelten über eine Decke auf mich zu, und ich konnte mich nicht bewegen. Ich wollte schreien, doch kein Laut kam aus meiner Kehle. Dann hatten sie mich erreicht. Es sah so einfach aus und war völlig schmerzfrei, doch als ich zusehen musste, wie einer nach dem anderen in meiner Haut verschwand, war ich kurz vorm Durchdrehen. Ich trat, ich wehrte mich, als ich sie *in mir*, in meinen Adern spürte. Ein sanftes Kitzeln, ein leises Rascheln und dann …

Ein scharfer Stich fuhr durch mein Herz, und im nächsten Moment riss ich die Augen auf. Immer noch war mein Mund ganz trocken, und mein Hals kratzte schrecklich. Hektisch hielt ich nach den neongrünen Käfern Ausschau, betrachtete meine Arme, doch da war nichts.

Alarmiert drehte ich den Kopf nach rechts und nach links. Ich befand mich in einem Raum, der wie ein teures Hotelzimmer eingerichtet war. Cremefarbene Wände und hochfloriger Teppichboden, kleine Lampen an den Wänden, schwere dunkle Vorhänge.

Ich richtete mich auf und drehte mich so weit um, wie ich

konnte, um mich noch mehr umzusehen, doch sofort schmerzten alle meine Muskeln, und erschöpft ließ ich mich zurück in die Kissen sinken. War das mit den Käfern nur ein Traum gewesen? Was war passiert?

Feuer!

Um Himmels willen. Auf einmal saß ich kerzengerade im Bett. Meine Benommenheit war wie weggefegt. «Hallo!«, rief ich panisch. »Hallo, ist da jemand?« Ich wollte meine Beine über die Bettkante schwingen, doch die Decke schien viel zu groß und meine Beine nahezu unbeweglich, also hielt ich inne.

»Hallo!«, rief ich erneut. Erst da bemerkte ich, dass ich zwar noch mein T-Shirt anhatte, aber … Ich stöhnte auf. Ich trug nur noch meine Unterhose! Offenbar hatte ich an einigen Stellen an meinen Unterschenkel, kleine punktuelle Verbrennungen davongetragen. Meine Beine waren nicht verbunden, aber der scharfe Geruch von Desinfektionsmittel stieg mir in die Nase. Die Wunden schienen zwar lästig, aber nicht gefährlich. Ich entschloss mich, einen zweiten Versuch zu starten, um aufzustehen.

Dann sah ich mich nach meiner Kleidung um, denn egal wo ich hier war, halbnackt würde ich ganz sicher nicht herumlaufen. Leider entdeckte ich sie nirgendwo. Alternativ griff ich nach der Bettdecke. Zuerst glitt sie mir aus der Hand, doch dann schaffte ich es irgendwie, die Decke um mich herumzuwickeln und halbwegs sicher um mich zu schlingen. Im nächsten Moment wurde mir schwarz vor Augen, und ich musste mich am Bettgestell festhalten.

Ich fluchte gerade, als es an der Tür klopfte und sie im selben Moment auch schon aufflog.

Ich hob den Kopf.

Da war er wieder – und er sah *echt* sauer aus.

»Das darf doch wohl nicht wahr sein«, sagte Ben zur Begrüßung. Neben ihm erschien ein Mann, der so um die Mitte fünfzig sein musste und dessen warmes Lächeln gerade noch etwas breiter wurde.

»Wo ist Newton? Was ist mit Violetta? Bei uns hat es gebrannt und Dario, er hat die …«

»Es ist alles in Ordnung, ihnen geht es gut«, unterbrach Ben mich fast ungehalten. »Und jetzt leg dich wieder hin.«

Immer dieser Befehlston. Ich fixierte ihn. »Du …«

Ben wollte sich in Bewegung setzen, doch ich fauchte ihn an wie eine tollwütige Katze. »Fass mich nicht an. Was geht hier vor? Ich muss meine Mutter anrufen … und was ist überhaupt passiert?« Mein Arm wollte nachgeben, doch mit allerletzter Kraft klammerte ich mich wieder an das kühle Holz des Bettgestells. Sternchen flimmerten vor meinen Augen, aber trotzdem hob ich den Blick.

»Ich habe doch gesagt, dass ich deinen Hintern rette.« Ben verschränkte die Arme vor seiner Brust. »Und ich pflege mein Wort zu halten.«

Der ältere Mann stellte sich nun wieder neben Ben und nickte mir zu. »Emilia – ich darf doch Emilia sagen, oder?«

Er trug trotz der Hitze Tweed, und mit seinem rundlichen Gesicht und den freundlichen dunklen Augen hinter der Nickelbrille sah er ein bisschen aus wie ein Hauslehrer aus einem Jane-Austen-Film. Ich nickte misstrauisch.

»Emilia, mein Name ist Emmett Thurgood. Ich bin der Meister der Goldloge von London. Ich versichere Ihnen, Sie sind bei uns sicher. Aber Sie haben eine Quecksilbervergiftung erlitten sowie ein paar leichte Verbrennungen. Es wäre daher besser, wenn Sie sich zurück ins Bett legen würden. Benedict und ich verlassen gerne kurz das Zimmer, wenn Sie einen Moment Privatsphäre brauchen.«

Benedict? Ernsthaft? Das klang ja wie ein Heiliger. Der so überhaupt nicht heilige Ben warf mir einen Blick aus schmalen Augen zu, als wüsste er genau, was ich gerade dachte. Etwas unbehaglich wandte ich mich schnell ab.

»Nein, das ist nicht nötig, äh …« Ich wusste nicht recht, wie ich ihn ansprechen sollte. »Mr. Thurgood?«

»Emmett, bitte«, sagte er, und die beiden Grübchen auf seinen Wangen vertieften sich.

»Danke, Emmett, aber das ist nicht nötig.« Ich drehte mich kurz zum Bett um, aber dann hielt ich erneut inne. »Was ist mit meiner Mutter? Sie muss umkommen vor Sorge. Ich muss ihr Bescheid sagen. Es ist schon spät, und sie wird garantiert nicht zur Arbeit gegangen sein nach all dem. Außerdem sollte ich vielleicht in ein Krankenhaus? Ich weiß nicht, was eine Quecksilbervergiftung ist, aber das klingt nicht gut, und ich fühle mich auch nicht besonders.«

»Wir haben einen Arzt vom Orden kommen lassen.« Bens Stimme drang durch das Rascheln, das ich mit meiner Bettdecke veranstaltete. »Er hat dich behandelt, und du kannst seinem Urteil vertrauen.«

Mit neongrünen Käfern? Doch ich war zu schwach, um zu diskutieren. Mühsam hievte ich mich zurück ins Bett und musste aufstöhnen, als der Schmerz erneut durch meine Beine schoss.

Sofort war Emmett an meiner Seite. »Wir sind hier gut ausgestattet, Emilia. Dieses Gebäude verfügt über eine komplett eingerichtete Krankenstation. Wir können kleinere Eingriffe selbst durchführen. Sie sind schon wieder auf dem Wege der

Besserung, glauben Sie mir. Erinnern Sie sich an das, was passiert ist?«

Einige Erinnerungen kamen bei seiner Frage bruchstückhaft zurück, doch an eine Sache konnte ich mich genau erinnern. *Dario.* Ich nickte und schüttelte gleichzeitig den Kopf.

Emmett schmunzelte, dann öffnete er die Schublade des Nachttisches. »Ihre Verbrennungen sind nicht dramatisch. Es reicht, wenn Sie das Schmerzmedikament nehmen, das der Arzt Ihnen hiergelassen hat.« Er reichte mir den Blister. »Es sollten keine Spuren zurückbleiben, und schon übermorgen sind Sie wieder obenauf.«

Trotzdem zögerte ich. »Danke, vielleicht nehme ich sie später.« Ich legte die Tabletten zur Seite, doch Emmetts freundlicher Blick blieb unverändert.

Er nickte knapp. »Ihre Quecksilbervergiftung wurde mit sogenannten Komplexbildnern behandelt. Es sind genetisch veränderte Käfer, die verhindern, dass sich das Quecksilber an lebenswichtige Enzyme anlagert. Sie verlassen den Körper wieder durch die Haut und nehmen das Gift so mit sich. Ansonsten gibt es die üblichen Nachwirkungen. Kopfschmerzen, leichte Übelkeit, vielleicht ein bisschen Halsweh.«

Also hatte ich das mit den Käfern doch nicht geträumt. Ich musste mich unwillkürlich schütteln.

»Sie sind jung und in guter Verfassung, Emilia, das macht es einfach, Sie zu kurieren.« Noch einmal schenkte er mir ein warmes Lächeln. »Das war eine brenzlige Situation. Sie hatten Glück, dass Benedict zur Stelle war.«

»Ich muss trotzdem nach Hause. Meine Mutter …«

Emmett hob einen Finger, um mich zu unterbrechen. »Wir sind eine gut organisierte Truppe, und ich kann Ihnen versichern, dass wir für alles gesorgt haben. Allen Beteiligten geht es gut, alle Beteiligten sind informiert.« Er sah kurz auf seine goldene Armbanduhr. »Es tut mir leid, ich habe noch eine wichtige Skype-Konferenz. Sie sind auf dem Wege der Besserung, und schon morgen früh wird die Welt wieder ganz anders aussehen. Das weitere Vorgehen wird mein Fechtmeister mit Ihnen klären. Alles Gute.« Er nickte mir noch mal zu.

»Vielen Dank Mr. … äh, Emmett.«

Ben gab ein Husten von sich, das verdächtig nach einem kaschierten Lachen klang.

»Ich bin Emmett«, erklärte er erneut, dieses Mal mit einem kleinen, aber sehr süffisanten Lächeln. »Es sei denn, Sie möchten mich Meister nennen, so wie alle anderen.«

Ich mochte den Mann, deshalb spielte ich mit, ohne groß darüber nachzudenken. »Danke, Meister.«

Sein Lächeln teilte sein Gesicht in Dutzende sympathische Lachfalten. »Wenn Sie sich unwohl fühlen, lassen Sie nach mir rufen. Ich leite alles Nötige in die Wege.«

»Vielen Dank.«

Dann drehte er sich um, und Ben deutete tatsächlich ein sehr respektvolles Kopfnicken an, als Emmett ihn passierte.

Interessant.

Kaum, dass Meister Emmett die Tür hinter sich geschlossen hatte, brach die Hölle los.

Kapitel 10

Bens Augen schienen Funken zu sprühen vor Wut. »Glückwunsch, jetzt hattest du deinen großen Auftritt. War es das alles wert? Soll ich dir verraten, wie viele Leute du heute beschäftigt hast? Und es ist noch nicht mal dein eigener Orden, dem du so ein Chaos bereitest. Aber anstatt dich zu entschuldigen oder irgendwie Einsicht zu zeigen, keifst du hier herum und führst dich auf, als hätten wir dir einen Sack über den Kopf gestülpt und wollten dich als Nächstes höchstbietend ins Ausland versteigern.«

»Wie redest du mit mir?« Ich richtete mich empört in den Kissen auf. Er stand inzwischen so nah vor meinem Bett, dass seine Kniescheiben bestimmt schon fast den Lattenrost berühren mussten.

»Und soll *ich* dir jetzt mal was verraten …« Ich machte eine Kunstpause. »Benedict?«

Bei der Nennung seines vollen Namens zuckte sein Kiefermuskel verräterisch. Ich rechnete damit, dass er jeden Moment explodierte.

»Ich habe keine Ahnung von der Welt, in die ich anscheinend hineingestolpert bin. Ihr werft mit Amuletten, die lebendig werden. Ihr kuriert Vergiftungen mit Käfern. So ein Irrer bringt mich fast um und fackelt dabei unseren Balkon fast ab. Ich glaube, ich drehe durch!« Meine Stimme zitterte.

Ben wandte sich wortlos ab und griff dann so unwirsch nach einem massiv wirkenden Holzstuhl neben dem Fenster, dass ich erst damit rechnete, er würde ihn durch die geschlossene Scheibe werfen. Doch er zog lediglich den Stuhl zu meinem Bett, ließ sich dann darauf nieder und atmete zweimal tief durch. Er ließ eine goldene Münze zwischen seinen Fingern tanzen und schien sich energisch zur Ruhe zu zwingen. Die ganze Zeit über würdigte er mich keines Blickes. Ich bemerkte, dass seine rechte Hand mit einem großen Pflaster versorgt war und die Haut ziemlich gerötet aussah. *Hatte er Verbrennungen?*

Irgendetwas in mir wurde ganz still.

»Gut, dann der Reihe nach.« Er klang kühl, betont sachlich, und er sah mich immer noch nicht an, während er die Münze in seine Hosentasche schob. »Die Lage sieht so aus: Deiner Nachbarin geht es gut. Sie ist lediglich ohnmächtig geworden. Dario hat bei ihr, vermute ich, einen ähnlichen Griff angewandt wie ich bei ihm in der Gasse. Wir haben sie zur Beobachtung in ein Krankenhaus bringen lassen. Dario wird vermutlich dafür gesorgt haben, dass sie sich nicht an ihn erinnern kann, was auch unser Glück ist. Aber es geht ihr, wie gesagt, gut. Deinen Hund habe ich mitgenommen. Newton, heißt er, glaube ich, oder? Er ist im Auto mit uns mitgefahren und wollte erst gar nicht von deiner Seite weichen. Er ist jetzt bei Annmary und ihrer Freundin im Zimmer. Sie ist mit Hunden aufgewachsen, und soweit ich das beurteilen konnte, geht es ihm sehr gut.« Ben deutete mit dem Kopf auf den Nachttisch. »In dem mittleren Fach findest du etwas zum Anziehen. Der Arzt musste deine Jeans aufschneiden, weil wir nicht genau beurteilen konnten, wie groß deine Brandwunden waren. Keine Angst, er war mit einer Schwester allein, als sie dich behandelt haben. Niemand hat mehr gesehen, als er sollte, falls dir das wichtig ist.« Seine Stimme blieb immer noch völlig neutral. »Ich musste mich mit Dario auseinandersetzen, was uns wertvolle Zeit geraubt hat. Nachdem Dario durchs Treppenhaus abgehauen ist, habe ich dich vom Balkon geholt und dann das Feuer gelöscht.«

Ich nahm an, dass er den Feuerlöscher benutzt hatte, den Mamma in der Küche unter der Spüle aufbewahrte. Ich hatte sie ein bisschen dafür aufgezogen, aber jetzt war ich froh, dass sie sich nicht von mir hatte beirren lassen.

»Ich konnte die meisten Flammen auf dem Balkon löschen, indem ich ihnen den Sauerstoff entzogen habe.«

Wie cool war das denn?

»Dann habe ich dich und Newton zu unserem Wagen getragen. Alibimäßig habe ich den Feuerlöscher in der Küche kurz benutzt, damit niemand Fragen stellt. Ich habe außerdem deine Tasche mitgenommen. Etwa zwanzig Minuten später kamen auch Murphy und Oliver vor Ort an, um Schadensbegrenzung zu betreiben, sollten ein paar Nachbarn etwas mitbekommen haben. Dein altes Handy war zum Glück noch in deiner Umhängetasche und die SIM-Karte funktionierte einwandfrei. Sie ließ sich komplikationslos in dein neues Telefon einbauen. Das habe ich auf der Rückfahrt gemacht.« Er sah mich kurz an. »Die erste Nachricht war von deiner Mutter, die schrieb, dass eine gewisse Natalia den Termin heute wegen Krankheit abgesagt hat und sie deshalb sofort zur Arbeit fährt, weil sie vorher noch etwas besorgen will. Einen gewissen *Davine* hat sie aber noch sicher in seine Wohnung gebracht.«

Ich atmete auf, daran hatte ich gar nicht mehr gedacht. Was

für ein Glück im Unglück. Wir hatten den Termin mit Natalia nicht verpasst. Obwohl ein Brand in unserer Wohnung sicherlich einer der wenigen Gründe war, die Natalia gelten lassen würde.

»Deine Mutter wird also erst bemerken, dass es gebrannt hat, wenn sie heute Nacht von der Arbeit wiederkommt. Ich habe ihr geantwortet, dass du Bescheid weißt. Ihr werdet ein paar neue Sachen für den Balkon brauchen, aber ansonsten ist das Ganze noch glimpflich abgelaufen.«

Ich sah ihn an, und er musste wohl die Erleichterung in meinem Blick sehen, denn er lächelte knapp.

»Dann trudelten ungefähr zwanzig Nachrichten von einer Tizi ein«, sprach Ben weiter, »die irgendwelche Updates wollte und der ich geschrieben habe, dass du spontan für jemanden bei der Arbeit einspringst. Den berühmten Matti kenne ich ja vom Namen schon. Ihm habe ich das Gleiche geschrieben wie Tizi.«

Als er geendet hatte, hingen seine Worte bleischwer zwischen uns. Er hatte vorhin recht gehabt. All das hätte ich verhindern können, wenn ich länger geblieben, wenn ich auf ihn gehört hätte. Das stechende Gefühl von Schuld und einem schlechten Gewissen breitete sich in meinem leeren Magen aus.

»Wir müssen dich so schnell wie möglich deinem Orden vorstellen. Bis dahin bekommen deine Mutter und du von uns Personenschutz, und wir werden nicht nur einen Feuerkreis um euer Haus legen, sondern auch um den Arbeitsplatz deiner Mutter. Da bräuchte ich dann noch die Adresse von dir. Bitte gehe kein Risiko ein, und halte dich von Dingen fern, die dir komisch vorkommen. Gehe jedem Risiko aus dem Weg.« Er sah mich so lange an, bis ich wie automatisch nickte. »Das ist *wichtig.* Außerdem lassen wir euer Haus und die nähere Umgebung überwachen. Unser Sicherheitsdienst weiß bereits Bescheid. Du wirst sie nicht sehen, aber sie werden da sein. Ebenso wie ich einige Schichten übernehmen werde. Wenn du ihren Anweisungen im Ernstfall folgst, brauchst du keine Angst zu haben, auch nicht um deine Mutter. Sobald Annmary damit fertig ist, wird sie die Feuerkreise legen. Mit einem ähnlichen Schutz ist auch dieses Gebäude gesichert. Quecksilber hat einen wesentlich niedrigeren Schmelzpunkt als Gold oder Silber. Das kommt uns zugute. Quecksilberalchemisten können diesen Feuerkreis zwar spüren, aber nicht überwinden, ohne dass sich ihr Element verflüchtigt und einfach in dem Feuer verpufft. Der Feuerkreis tötet sie. Es ist jedoch keine Falle. Sie werden durch ein Gefühl gewarnt, können zurückweichen und werden nicht heimtückisch getötet. Wir können von Glück sagen, dass wir eine Allianz mit dem Silberorden haben. Gegen sie würde nämlich alles Feuer nichts nützen, denn Silber verflüchtigt sich nicht in Feuer. Man wird dir beibringen, wie du mit einem eigenen kleinen Feuerkreis umgehen kannst. Es ist wie dein persönlicher Schutzschild. Es braucht ein wenig Übung, um schnell genug zu sein, aber es rettet dir das Leben im Ernstfall. So etwas wie heute muss nie wieder passieren. Mein Orden und dein Orden werden ihr Bestes geben, um dich zu schützen. Außerdem solltest du und deine Mutter überlegen, ob ihr umzieht. Vielleicht sogar in eine Wohnung in einem Gebäude des Ordens.«

Mir schwirrte der Kopf. Umziehen? Personenschutz? Mein Leben würde nie wieder dasselbe sein. War es wirklich möglich, dieser permanenten Bedrohung für immer auszuweichen? Und würde es bis zum Ende meines Lebens so bleiben? Ich überlegte ernsthaft, ob ich jetzt lieber weglaufen oder in einen

Heulkrampf ausbrechen sollte. Doch dieses Mal würde ich vernünftig reagieren. Wer weiß, wer alles in diesem Feuer umgekommen wäre, wenn Ben nicht …

»Wie warst du so schnell da?«

Er sah mich kurz an. »Ich war nie weg. Ich hatte da so ein Gefühl, und mein Gefühl täuscht mich selten. Außerdem wussten wir, dass der Quecksilberorden an dir interessiert ist, deshalb war es fahrlässig, dich schutzlos zu lassen.«

Ich holte einmal tief Luft und atmete dann langsam wieder aus. Er hatte recht. Es war alles okay. Sie hatten alles in Ordnung gebracht.

Ben öffnete die oberste Schublade des Nachttisches, dann reichte er mir mein neues Handy, in das er meine alte SIM-Karte eingelegt hatte. Die oberste Nachricht war von Mamma. Es war lediglich ein Daumen-hoch-Smiley. Ich antwortete mit einem Herzchen.

Zwei Nachrichten von Tizi, in denen sie aufrichtig bedauerte, dass ich arbeiten musste, und wieder nach Neuigkeiten fragte.

Eine Nachricht von Matti, der schrieb, dass die Arbeit mir hoffentlich den Verstand zurückbringen würde. Ich schmunzelte, dann ließ ich das Handy auf die Bettdecke sinken.

Als ich den Kopf wieder hob, ruhte Bens Blick auf mir.

Ich hatte vielleicht das Temperament einer rasenden Furie, und manchmal entschied ich viel zu sehr aus dem Bauch heraus, unbedacht und unrealistisch, aber all das hier, all das, was er für mich getan hatte, was sie alle für mich getan hatten, das war so … *viel.* Ich wollte etwas sagen, irgendetwas Großartiges, das ehrlich und reif zugleich klang. Wörter und Sätze, die er scheinbar so mühelos zu formulieren schien. Doch ich war ein Feigling. Denn anstatt endlich den Mund aufzumachen, glitt mein Blick ausweichend über seine große Gestalt. «Was hat es mit dem Pflaster auf sich?«

»Dein Hund hat mich gebissen.« Er sah kurz auf seine Hand und dann zurück in meine Augen. »Während Dario und ich kämpften, hat er sich an dich gedrückt und wollte dich beschützen. Er hatte Todesangst um dich, als ich dich hochheben wollte, um dich vom Balkon auf die Couch zu legen. Doch als er gemerkt hat, dass ich dir nichts Böses will, hat er sich wieder etwas entspannt.«

Wortlos starrte ich ihn an. Ich wusste einfach nicht, was ich sagen sollte. Seine Hände sahen schlimm aus. Es musste schmerzen wie verrückt, und trotzdem saß er einfach da wie eine Statue. Er hatte nicht nur mich gerettet, sondern auch Newton, Violetta, ja vermutlich sogar das ganze Haus.

Ich schrak auf, als er den Stuhl mit einem Ruck nach hinten schob und aufstand.

»Ich sollte mal nachsehen, wie der Stand der Dinge ist.« Er hatte sich schon von mir abgewandt und war auf dem Weg zur Tür.

»Nein, warte«, sagte ich schnell.

Er drehte sich um, doch sein Blick blieb argwöhnisch und wachsam.

»Komm noch mal her.«

Er zögerte.

»Bitte.«

Als er schließlich doch wieder näher kam, richtete ich mich noch etwas mehr in meinen Kissen auf. »Deine Hände sind ganz verbrannt wegen mir. Du hast dich von Newton beißen lassen. Du hast dich wegen mir schon wieder geprügelt.« Vorsichtig griff ich nach seiner rechten Hand und sah mir das Pflaster an.

Ben bewegte sich nicht, aber ich hörte, wie er bei meiner Berührung scharf Luft holte. Dann spürte ich etwas. Es schien, als würde ein Teil meines Körpers auf ihn reagieren, als würde etwas in mir auf ihn übergehen und umgekehrt. Ich hatte keinen Namen dafür.

»Danke.« Meine Stimme klang zwar dünn und belegt, aber ich meinte es absolut aufrichtig und von ganzem Herzen.

Wir sahen uns an, und es schien, als würde er in meinem Blick nach etwas suchen. Als er es gefunden hatte, entspannte seine Haltung sich.

»Gern geschehen.« Dann entzog er mir seine Hand, drehte sich um und verließ den Raum.

*

Kaum, dass Ben gegangen war, war ich in einen erschöpften Schlaf gefallen, aus dem ich jetzt wieder aufschreckte.

Ich griff nach dem Handy, das ich halb unter mein Kopfkissen geschoben hatte. Es war schon kurz nach 21 Uhr. Abrupt richtete ich mich auf.

So viel war passiert. So viel mehr Schlimmes hätte passieren können. Von einer plötzlichen Unruhe ergriffen, sah ich wieder auf mein Handy. Ich öffnete den WhatsApp-Messenger und las die Nachrichten, die Ben an meine Mutter und meine Freunde geschickt hatte. Es war erschreckend, wie genau er meinen Stil kopiert hatte. Die gleichen Smileys, ein Wortlaut, der definitiv mein eigener war – alles war *perfekt*. Wüsste ich es nicht besser, ich hätte geschworen, dass ich es geschrieben hatte. Gedankenverloren sah ich zur Tür. Er hatte mir nicht nur das Leben gerettet, er hatte auch dafür gesorgt, dass alle anderen nicht durchdrehten. Nun waren er und der Orden gerade dabei, den gesamten Vorfall zu vertuschen, um ihre eigene Existenz zu schützen. Waren sie tatsächlich Alchemisten? Gab es das wirklich?

Ich öffnete den Browser meines neuen Handys, doch die Anzahl der Antworten erschlug mich regelrecht. Niemand schien sich so richtig einig zu sein, was Alchemie eigentlich bedeutete und zu was Alchemisten wirklich fähig waren. Oder besser gesagt, fähig gewesen waren. Denn die gängige Meinung war, dass die Alchemie von den modernen Naturwissenschaften abgelöst worden war.

Nach einer Weile kehrten meine Kopfschmerzen zurück. Das Display meines neuen Handys war zwar größer und von der Qualität deutlich besser als mein altes, aber trotzdem war die Schrift zu klein, um lange entspannt zu lesen. Erst recht nicht mit den Nachwirkungen einer Quecksilbervergiftung.

Also öffnete ich erneut WhatsApp und beschloss, meinen Freunden noch mal etwas Unverbindliches zu antworten. Doch Tizi hatte mittwochabends ab 20 Uhr immer einen Regiekurs an einem regionalen Theater und war deshalb gut beschäftigt. Matti hing vermutlich mit Aleandro rum oder traf sich mit einem der vielen Mädchen, die ihn umschwärmten wie Motten das Licht. Ich rechnete also nicht so bald mit Antworten. Ich wollte das Handy gerade an die Seite legen, da erschien eine neue Nachricht auf dem Display. Oben stand: *Unbekannte Nummer* und darunter: *Vielleicht Ben.*

Es schien eine neue Funktion zu sein, die ich wirklich nützlich fand.

Sollen wir Newton holen und dann bringe ich dich nach Hause?

Konnte Ben etwa auch Gedanken lesen? Ich schrieb, **Ja gerne,** bevor ich den Kontakt abspeicherte. Ich hatte morgen um 9:00 Uhr Unterricht, und wenn ich nicht während der letzten Geschichtsstunde meines Lebens blaumachen wollte, sollte ich nicht erst in den frühen Morgenstunden ins Bett fallen. Ich lachte leise auf, und die Nachwirkungen des Rauchs machten sich durch ein Kratzen in meinen Lungen bemerkbar. Mein Blick glitt zu der kleinen Wasserflasche auf meinem Nachttisch. Doch obwohl ich wirklich Durst hatte, rührte ich sie nicht an.

In meiner Jeans hatte ich ein Päckchen Kaugummi gehabt. Doch das befand sich vermutlich jetzt zusammen mit dem aufgerissenen Stoff irgendwo in einem Müllbehälter.

Egal. Ich würde schon nicht verdursten.

Ich wollte gerade aufstehen, als mir einfiel, dass ich immer noch halbnackt war. Ben hatte etwas von Wechselklamotten erzählt. Ich öffnete die mittlere Schublade des Nachtschränkchens und zog etwas Buntbedrucktes hervor. Es war ein einfacher Stoffrock, der knapp über dem Knie endete. Er war weit fallend und mit einem angenehmen Gummizug in der Taille. Das Muster gefiel mir, und es passte hervorragend zu meinem schlichten weißen T-Shirt. Ich war gerade hineingeschlüpft und hatte links neben dem Bett meine Sandalen entdeckt, da klopfte es bereits an der Tür.

»Herein.«

Ben steckte seinen Kopf durch die Tür. »Bereit?« Sein Blick fiel kurz auf den Rock, dann glitt er zurück zu meinen Augen. Es sah aus, als habe er tatsächlich befürchtet, ich würde aus Protest in Unterhosen gehen.

»Bereit«, antwortete ich knapp, schob schnell noch mein Handy in eine der großen seitlichen Taschen und griff dann nach meiner Beuteltasche, die jemand ordentlich an den Nachttisch gelehnt hatte.

Ben hielt mir die Tür auf, und wir betraten einen Gang, der mich wieder mal an ein Hotel erinnerte. Rechts und links gingen Türen davon ab, die tatsächlich nummeriert waren. Wo hatten sie mich hingebracht? War die Loge vielleicht in Wahrheit ein Hotel? Oder war sie nur so getarnt?

Der Teppichboden war dick und flauschig, die Kunst an den Wänden eine Mischung aus Antike und Moderne. Durch die Luft waberte der angenehme Geruch von Orangenöl. Von irgendwoher hallte ein Lachen durch den Flur.

Nach einigen Minuten machte Ben vor einer halbgeöffneten Tür halt und deutete einladend hinein. Dutzende bunte Nagellacke standen auf einer Kommode, vor der unzählige Handtaschen gestapelt lagen. Auf dem Schreibtisch standen zwei Bildschirme und ein Zeichenpad. Als ich das Zimmer betrat, entdeckte ich Newton, der auf einem gemütlichen, breiten Doppelbett saß, das mit bunt-bedruckten Kissen verziert war. Rechts und links von ihm saßen eine blonde und eine dunkelhaarige junge Frau, die ihm abwechselnd irgendwelche Leckereien ins Maul steckten.

Annmary erkannte ich sofort wieder und lächelte ihr zu. Newton schien auf Wolke sieben zu schweben, denn er sah mit glasigen Augen zu mir herüber und brauchte tatsächlich einen Moment, bis er mich erkannte. Er sprang vom Bett und katapultierte sich in meine Arme.

»Schnuff, alles klar? Geht's dir gut, mein Mäuschen?«

Zur Bestätigung presste er mir schnaubend die Nase ans Ohr. Ich lachte, während sein Stummelschwanz wild gegen meinen Arm schlug.

»Geht es dir besser?« Annmary hatte sich zusammen mit

dem dunkelhaarigen Mädchen vom Bett erhoben. »Wir haben uns große Sorgen gemacht.«

»Danke. Mein Kopf tut noch ein bisschen weh, und der Hals kratzt, aber ansonsten geht es.«

Annmary legte besorgt den Kopf schief. »Wirklich? Und was ist mit den Brandwunden?«

Die hatte ich fast vergessen, denn die angenehm kühle Luft, die um meine Beine gestrichen war, als wir über den Flur gelaufen waren, hatte den Schmerz beinahe ausradiert.

Ich winkte ab. »Halb so wild.«

Mein Blick glitt zu dem dunkelhaarigen Mädchen, das nah neben Annmary stand.

»Das ist Sanjena«, stellte Ben sie vor. »Annmarys Freundin.«

Wir begrüßten uns kurz. Sanjena besaß ein unwiderstehliches Lächeln, und zwischen ihren Brauen, einen halben Zentimeter über der Nasenwurzel, schimmerte ein reich verziertes goldfarbenes Bindi. Sie trug eine enge Jeans und ein mit Goldfäden durchwirktes bauchfreies Top. Ein langer dicker Zopf fiel schwer über ihre Schulter. Sanjena musterte mich, und ihr umwerfendes Lächeln verblasste für einen Moment. »Ist gerade alles etwas viel, oder?«

Ich zuckte etwas überfordert mit den Schultern, während ich ihre Hände mit den kunstvoll geschwungenen Hennatätowierungen bewunderte.

»Bist du auch eine Goldalchemistin?«, fragte ich vorsichtig.

Sanjena lächelte. »Ja, aber ich bin längst nicht so mächtig wie die anderen hier.« Noch mal zwinkerte sie. »Das sind alles Maschinen.« Ben schnaubte leise neben mir, doch es klang amüsiert und verdächtig gut gelaunt.

Annmary verdrehte die Augen, doch sie grinste breit.

Sanjena redete unbeirrt weiter: »Ich bin Computerspieleentwicklerin und arbeite für eine internationale Gamingfirma, und es ist egal, von welchem Ort der Welt aus ich arbeite. Deshalb durfte ich mit.«

Vermutlich hatte ich sie fragend angesehen, was mir jetzt im Nachhinein etwas peinlich war. Ich suchte nach einer passenden Erwiderung.

»Unsinn.« Annmary stupste sie kurz an. »Du musstest mit. Ende der Diskussion.«

Die beiden lachten, und sogar Ben schien nicht mehr ganz so bemüht förmlich. Da Sanjena so offen über dieses Thema redete, beschloss ich, dass ich ihr noch eine weitere Frage stellen konnte, ohne dass ich irgendjemanden beleidigte oder Ben mich einen Kopf kürzer machen würde.

»Dann gehörst du zwar zum Goldorden, aber nicht zu ihrer Loge?«

»Richtig.« Sie strich kurz über Newtons Rücken, der sich noch immer an mich geklammert hatte, als wäre er ein Äffchen und kein Hund. »Meine Eltern sind zwar beide Alchemisten, und ich bin ebenso wie sie registriert, aber eine Loge setzt sich immer nur aus sechs Alchemisten zusammen. Diese Posten sind in London alle besetzt, und außerdem bin ich nicht mächtig genug, um in einer Loge mitzuwirken.«

Wie automatisch war mein Blick neugierig zu Annmary gewandert, bevor ich schließlich Ben einen kurzen Seitenblick zuwarf. Sie waren also tatsächlich die Elite einer ganzen Gemeinschaft. Die Mächtigsten und Talentiertesten unter ihnen. Bei dem Wort ›Alchemist‹ hatte ich bisher immer an irgendeinen Rat aus grauhaarigen, langbärtigen alten Männern gedacht, die in ehrfürchtiger Runde zusammensaßen und schwerwiegende Entscheidungen trafen, indem sie verstaubte dicke Bücher wälzten.

Bens Worte hallten in meinem Kopf wider. *Eine Einsatztruppe.* Die Elite des Militärs. Die klügsten Köpfe ihrer Zeit. Ich dachte an meinen mittelmäßigen Notendurchschnitt, meine Schwäche für Seifenopern und Fast Food.

Und ausgerechnet ich sollte eine von ihnen sein?

Kapitel 11

Ich presste Newton an mich, während Ben auf der Rückfahrt unablässig auf mich einredete.

Ich sollte Mamma erklären, schuld am Brand auf unserem Balkon wäre ein Funkenflug gewesen. Jemand habe achtlos irgendwo eine Zigarette vom Balkon geworfen. Ich hätte den Brand selber mit dem Feuerlöscher aus der Küche löschen können, ihr aber nicht direkt davon erzählt, damit sie sich keine Sorgen machte.

Das klang alles so simpel, viel zu einfach. Ob Mamma mir das abnehmen würde? Ich war keine gute Lügnerin, und würde sie mir nicht sofort ansehen, dass alles ganz anders gewesen war?

Die Dunkelheit vor dem Wagenfenster wurde von den in einigen Metern Abstand stehenden Straßenlaternen in breite helle Streifen geteilt. Ich hatte den Kopf an die Scheibe gelehnt, denn mein Hirn schien einfach zum Bersten voll mit neuen Eindrücken und Gedanken, die ich alle noch gar nicht verarbeitet hatte. Das Voynich-Manuskript war eine Anleitung zum ewigen Leben.

Ich schauderte leicht, als mir klar wurde, was für eine Macht sie haben würden, sollte dieses Wissen an die Öffentlichkeit gelangen. Medikamente würden überflüssig werden. Ebenso wie Krankenhäuser und Forschungslabore. Das Ausmaß solcher Möglichkeiten war unvorstellbar.

»Hier, lies dir das durch. Es muss absolut authentisch wirken.«

Ben hielt mir einen Stapel Blätter vor die Nase. Ich schob Newton auf meinem Schoß zurecht, dann griff ich mit der freien Hand danach.

»Vereintes Europa – Jugend forscht«, las ich als Schriftzug über dem geschäftsmäßig aussehenden Brief.

»Sehr geehrte Signorina Emilia Pandolfini …«

Ich überflog den Text. Zugelassen zu einem staatlichen Förderungsprogramm. Subventioniert von der Uni. Förderung von Ausnahmetalenten. Blockseminar.

»Was ist das?«

»Es ist ein Freifahrtschein, um deine Zeit für unsere Sache aufzuopfern.«

»Bitte?«

»Du wirst einige Zeit mit uns verbringen müssen. Nachmittage, Abende. Es ist nicht genau abzusehen, wie lange alles dauern wird. Wir brauchen ein Argument, warum du so lange Zeit am Stück nicht erreichbar sein wirst, sowohl für deine Mutter als auch für deine Freunde.«

Noch einmal ließ ich meinen Blick über das oberste Blatt gleiten.

»Erzähl ihnen, dass du dich irgendwann im Laufe des Schuljahres dafür beworben, es aber dann vergessen hast. Der Brief war dann heute ganz überraschend im Briefkasten. Was zeitlich perfekt passt, denn wenn ich das richtig verstanden habe, ist deine letzte Schulwoche ja schon beinahe rum.«

Ich nickte abwesend. Dann sah ich mir die übrigen Blätter genauer an. Hier wurde das Förderungsprogramm näher beschrieben. Abiturienten, die in der Oberstufe außergewöhnliche mathematische Talente bewiesen hatten, wurden eingeladen, an einem vorbereitenden Blockseminar teilzunehmen. Beteiligt waren nicht nur diverse staatliche und private Universitäten, sondern auch einige große Konzerne und Forschungsinstitute. Es winkte die Aussicht auf Praktika am Forschungszentrum CERN oder dem europäischen Luft- und Raumfahrtprogramm. Und alles sah so verdammt *echt* aus. So echt, dass in mir der Wunsch erwachte, an so etwas tatsächlich mal teilnehmen zu können. Schließlich wusste ich immer noch nicht, ob ich Mathematik studieren sollte oder lieber Informatik. Oder doch Chemie? Davine würde sich auch sicherlich freuen, wenn ich mich für sein Fach, die Physik, entscheiden würde.

»Gibt es das wirklich?« Ich deutete wieder auf den obersten Bogen, auf dem sogar eine Telefonnummer angegeben war.

Ben schüttelte den Kopf. »Ruft man diese Nummer an, landet man bei Oliver. Keine Sorge, er ist ein Profi in so was.«

Daran zweifelte ich nicht, doch ich fragte mich, wie sie das alles in dieser kurzen Zeit geschafft hatten. All die Logos, die den Briefkopf zierten, und die Texte, die so zweifelsfrei überzeugend klangen.

»Wir sind alle gut, in dem, was wir tun«, sagte Ben in diesem Moment. »Das hier ist allein Murphys Werk.«

»Nicht schlecht.«

»Du wirst deiner Mamma sagen, dass du natürlich daran teilnehmen wirst. Auf einem der hinteren Bogen ist erklärt, dass die Teilnahme kostenlos ist und ihr über den Tag verpflegt werdet. Das sollte ihr alle Sorgen nehmen. Außerdem wird es wie eine Art Praktikum vergütet. Dir wird also kein Geld fehlen, wenn du ein paar Mal in deinem Nebenjob fehlst.«

Das war gut, denn ich gab Mamma das Geld, das ich bei meinem Nebenjob in der Uni verdiente, damit wir besser über die Runden kamen. Ich selbst behielt nur einen kleinen Teil davon für mich.

»Interessiert sich irgendeiner deiner Freunde ebenso wie du für Mathematik? Das ist die einzige Variable, die noch zum Problem werden könnte.«

Ich schüttelte den Kopf. »Sie wollen alle etwas ganz anderes machen.«

»Gut.« Ben schien im Kopf eine imaginäre Liste abzuhaken. »Außerdem solltest du bitte den Kontakt zu deinen Freunden zeitweise einschränken. Es dient ihrer Sicherheit. Um deine Mutter und dich kümmern wir uns, aber irgendwo sind unsere Kapazitäten begrenzt. Es wird nicht für immer sein, keine Sorge. Klappt das?«

Ich nickte, obwohl es mir schwerfallen würde. Dennoch wollte ich sie nicht in Gefahr bringen.

Ben jonglierte wieder diese goldene Münze zwischen seinen ruhelosen Fingern hin und her, und mein Blick fiel wieder auf die Brandblasen und die Bisswunde von Newton.

Das Pflaster wirkte nach einigen Stunden bereits etwas lose, und an einer Stelle hatte sich Flüssigkeit durch den hellbraunen Stoff gekämpft. Es rief mir wieder ins Gedächtnis, wie leicht heute alles in einer Katastrophe hätte enden können.

Doch ich war mit dem Schrecken davongekommen und Violetta, soweit ich wusste, auch. Ich hatte eine Erklärung für Mamma und meine Freunde. Alles war gut gegangen.

Ich wollte wieder etwas sagen, mich noch mal bedanken,

doch Ben fuhr bereits fort. »Deiner Nachbarin geht es gut, Emmett hat sich im Krankenhaus nach ihr erkundigt. Wir haben dort Leute, die Informationen weiterleiten.«

»Ihr seid gut vernetzt.«

»Das ist auch nötig, um weitestgehend im Geheimen zu operieren.« Mehr Erklärung bekam ich nicht. »Freitagnachmittag hast du bereits die *Begrüßungsveranstaltung*.« Er ließ die Münze verschwinden und rahmte das Wort in imaginären Anführungszeichen ein. »Ebenfalls nachzulesen in den Unterlagen. In Wirklichkeit werden wir als Erstes die Loge deines Ordens hier in Rom aufsuchen und dich registrieren. In der Zwischenzeit sollte auch Annmary genug Material haben, um die Feuerkreise zu legen. Wie du mit deinem eigenen kleinen Feuerkreis umgehst, werde ich dir zeigen, wenn wir nach der Registrierung in unsere Loge zurückkehren. Der Wachdienst ist jetzt bereits bei euch vor Ort, du musst dir heute Nacht also keine Gedanken machen. Wir werden dich rund um die Uhr beschützen. Der Wachdienst unserer Loge besteht aus Goldalchemisten, sehr erfahrenen Männern und Frauen, deren Aufgabe es ist, für Sicherheit und Ordnung zu sorgen. Du wirst sie nicht bemerken, weil sie in Zivil unterwegs sind, aber sie werden da sein. Egal, wo du morgen hingehst. Und auch an dieser Stelle noch mal die Warnung: Gehe allem aus dem Weg, was dir komisch vorkommt. Gehe kein unnötiges Risiko ein, egal, was passiert. Verhalte dich defensiv und umsichtig. Bitte keine kopflosen Situationen, aus denen wir dich dann freiboxen müssen.«

Das klang wie aus einem Agentenfilm und ziemlich einschüchternd. Ich nickte nur schnell. Als mein Blick erneut auf Bens Hände fiel, bemerkte er es und drehte sie so, dass ich die Wunden nicht mehr sehen konnte.

»Nachdem wir die organisatorischen Sachen geklärt haben, werden wir uns direkt wieder dem Manuskript widmen. Uns läuft die Zeit davon. Du hast ja gesehen, in welch schlechtem Zustand das Pergament ist. Die schwarzen Stellen werden jeden Tag größer. Der Text wird unleserlich und die Pflanzen unbrauchbar.«

»Ich bin mir sicher, ich brauche nicht mehr als zwei oder drei Tage, um den gesamten Text niederzuschreiben. Es sind doch bloß ein bisschen mehr als hundert Seiten. Und das meiste davon sind Zeichnungen oder – wie du meintest – Textpassagen, die für den eigentlichen Teil gar nicht wichtig sind. Sagtest du nicht, dass der letzte Teil, der wie eine Anleitung gezeichnet ist, nur ein Bluff ist? Nur Bilder, die uneingeweihte Betrachter verwirren sollen?«

Ben nickte. »Das stimmt, und schon dieser Hinweis sollte eigentlich klarmachen, dass dieses Manuskript eine Mission darstellt, die größer ist als ein paar Textzeilen.«

Wieder machte sich in mir dieses ungute Gefühl breit. »Wie meinst du das?«

»Maria di Luca war eine ausgezeichnete Kryptografin mit einer Schwäche für Rätsel und Codes … ich vermute, genau wie du.« Er musterte mich, und für den Bruchteil einer Sekunde huschte ein Lächeln über seine Züge. »Stimmt's?«

Ich nickte, ganz überrascht davon, wie er aussah, wenn er seine geschäftsmäßige Miene abwarf.

Er strich sich durch das dunkle Haar. »Es gibt Berichte über Maria. Wer sie war und wie sie war. In der Bibliothek meines Vaters gibt es ein Tagebuch unseres Vorfahren Caleb mit einer Porträtzeichnung von ihr darin.« Wieder die Andeutung dieses Lächelns. »Man sieht deutlich, dass ihr verwandt seid.«

Plötzlich verstand ich. »Du hast mich sofort erkannt im Museum, richtig?«

Er nickte. »Es war, als wäre die Zeichnung aus dem Tagebuch einfach lebendig geworden.« Er schnaubte leise und drehte wieder ausweichend diese goldene Münze zwischen seinen Fingern. Doch dann räusperte er sich energisch. »Jedenfalls war Maria auch ein Logenmitglied. Oder um mal die ›Men in Black‹ zu zitieren: Sie war eine der Besten der Besten der Besten.«

Ich lachte leise auf. Wir sahen uns an, und für einen kurzen Moment hielt mich sein Blick gefangen. Seine Augen wirkten fast schwarz im spärlichen Licht des Wageninneren. Aber mir war, als könne ich den goldenen Schimmer darin immer noch erahnen. Das graue Licht der Nacht ließ sein Gesicht noch kantiger wirken. Der Lichtkegel einer Straßenlaterne malte hauchfeine Schatten seiner Wimpern auf seine Wangen, als er den Kopf senkte und wieder die Münze zwischen den Fingern drehte.

»Hast du es schon mal gesehen?«, fragte er leise.

Ich wusste nicht, worauf er hinauswollte.

Er hob den Blick. »Das Silber in deinen Augen?«

Ich schüttelte den Kopf. Mein Herz begann auf einmal schneller zu klopfen.

Ben wollte etwas sagen, da war ich mir sicher, als er plötzlich einen Schalter in sich umzulegen schien. Er schluckte, und dann blinzelte er, als wolle er seine Gedanken und Worte von seinem inneren Auge radieren.

»Wir Goldalchemisten sind gute Geschäftsleute, das liegt uns im Blut. Wir sind auch Botaniker, aber vor allem sind wir Historiker.«

Ich wusste selbst nicht, was da gerade passiert war, aber es fühlte sich alles andere als gut an, dass er den Moment so gewaltsam unterbrochen hatte.

Ben redete weiter, ohne mich noch einmal anzusehen. Die Münze jonglierte er dabei weiter um seine Finger, ohne wirklich darauf zu achten. »Doch wir kennen nicht nur die Geschichte. Manche von uns haben die Kraft, mittels weniger Informationen aus längst vergangenen Jahrhunderten Persönlichkeitsprofile zu erstellen. Wir sind die Forensiker der Vergangenheit. Die Psychologen lang vergessener Persönlichkeiten. Mein Orden geht davon aus, dass Maria di Luca nicht nur die Textpassagen mithilfe von Kryptografie oder Rätseln gesichert hat. Für sie ist das gesamte Voynich-Manuskript eine Anleitung zu einem großen Spiel.« Er hielt in seiner Bewegung inne, ließ das Handy sinken, und dann sah er mich schließlich wieder direkt an. »Und du bist vermutlich die Einzige, die die Regeln durchschauen kann.«

*

Als mich um halb fünf morgens eine völlig aufgelöste Mamma mehr oder weniger schlaftrunken aus dem Bett zerrte, um zu überprüfen, ob ich noch alle meine Finger und Zehen hatte, hielt ich all die Geschehnisse des letzten Tages fast für einen Traum. Sie war dem Geruch von kaltem Rauch gefolgt und hatte die Bescherung auf dem Balkon entdeckt.

Mein Glück war, dass ich beim Googeln bis halb eins nachts irgendwann zu frieren begonnen hatte, und die Jeansshorts gegen eine lange Yogahose tauschte. Ich hätte nicht gewusst, wie ich ihr meine angesengten Beine erklären sollte.

Zuerst war Mamma aufgebracht, dass ich ihr nicht sofort alles erzählt hatte, doch dann war sie einfach nur froh, dass mir wirklich nichts passiert war. Ich hatte genau vier Stunden geschlafen, und es fiel mir schwer, all das, was ich mir zurechtgelegt hatte, wie vom Band abzuspulen. Doch irgendwie schaffte ich es doch. Mamma glaubte auch die Sache mit dem Förderungsprogramm auf der Stelle. Sie wischte sich die Tränen ab, nachdem sie mich auf beide Wangen geküsst hatte, und dann holte sie mir einen Schokoriegel aus der Küche.

In dem schwachen Lichtschein sah sie schrecklich jung und schrecklich müde aus. Mamma war erst 34 Jahre alt, denn sie hatte mich mit 17 Jahren bekommen, und genauso viele Jahre trennten uns voneinander. Wir bezeichneten uns manchmal gerne als die »Gilmore Girls« von Rom, denn auch wir beide verstanden uns gut, und sie war mehr eine Freundin für mich als eine Mutter.

Als ich den Riegel entgegennahm, zog sie mich erneut an sich und gab mir einen Kuss auf die Schläfe. Und dafür musste sie sich tatsächlich schon ein wenig recken, denn ich hatte sie mittlerweile nicht nur eingeholt, sondern ein Stückchen überragt.

Ihr Haar roch nach Pizzakäse und Oregano. Die Hand, die jetzt an meiner Wange lag, war rau. Mamma war nicht nur kleiner, sondern auch leichter als ich, was daran lag, dass sie einfach vergaß, zu essen. Sie arbeitete jeden Tag zwölf Stunden, und die körperlichen Anstrengungen fraßen mehr Kalorien, als sie zu sich nahm, wenn sie nach ihrem Feierabend zu müde war und einfach nur noch ins Bett fiel.

Was sie jedoch nicht davon abhielt, mir ständig irgendetwas zu essen vor die Nase zu halten. Ich brach den Riegel durch und reichte ihr eine Hälfte.

Sie wollte mir eine Entschuldigung für die Schule schreiben, doch ich lehnte ab. Wir waren gemeinsam auf den Balkon getreten, um uns den Schaden anzusehen. Es wurde gerade hell, und noch herrschte diese Übergangsphase zwischen Nacht und Tag, die die Umgebung immer so unglaublich friedlich wirken ließ. Genau deshalb reagierte Mamma wohl auch nicht über. Sie nahm mich in den Arm und flüsterte mir ins Ohr, wie viel Glück wir gehabt hatten und wie stolz sie auf mich war.

Es war kurz vor fünf, als Mamma und ich alles Wichtige besprochen hatten. Sie hatte sich wieder und wieder die Briefe von dem Förderungsprogramm angesehen, und ich hatte den Stolz in ihrem Blick erkannt. Ich hingegen hatte mich noch schlechter gefühlt. *War ich wirklich eine so gute Lügnerin?* Das war wirklich keine Charaktereigenschaft, auf die man stolz sein sollte.

Mamma war nach diesen Nachrichten viel zu aufgekratzt, um zu schlafen, und ich war zu erschöpft, aber doch zu wach, um mich wieder ins Bett zu legen. Also kuschelten wir uns gemeinsam auf die Couch, und auch Newton kam hinzu und machte es sich auf einem der verschlissenen Zierkissen bequem. Wir sahen uns ein paar Folgen einer Soap an, und Mamma hielt mich im Arm, als müsse sie sich immer wieder rückversichern, dass es mir wirklich gut ging.

In diesem Moment wünschte ich mir so sehr, ihr einfach alles erzählen zu können. Ich war mir nicht sicher, ob man mir bei meiner Registrierung das Versprechen über ein Stillschweigen abnehmen würde, aber ich vermutete es. Sicherlich gab es irgendeinen Kodex, nach dem die Alchemisten lebten und der regelte, was die normalen Menschen wissen durften und was nicht. Ich schnaubte, aber Mamma hörte es wohl nicht. *Die normalen Menschen.* Erstaunlich, wie sich mein Weltbild innerhalb weniger Stunden komplett zu wandeln schien.

Obwohl ich zwischendurch einnickte, ließ mich der Gedanke einfach nicht mehr los. Maria di Luca. Im Internet hatte ich tatsächlich einen Artikel zu ihr gefunden. Sie war in Norditalien geboren und aufgewachsen, das im fünfzehnten Jahrhundert als Hochburg der Kryptografie galt. Doch sie hatte sich auch einer Wissenschaft gewidmet, die man als Vorläufer der Archäologie bezeichnen würde. Sie war viel herumgekommen und war, für eine Frau zu dieser Zeit eher unüblich, oft allein gereist. Sie hatte niemals geheiratet. Man war sich nicht ganz sicher, wo sie gestorben war, aber es musste auf irgendeiner Reise im Ausland passiert sein. Sie hatte kein Grab bekommen. Nicht auf dem Friedhof, auf dem ihre gesamte Familie beerdigt worden war, und auch nicht irgendwo in einem fremden Land. Man vermutete, dass sie an einer Krankheit gestorben war. Vielleicht hatte irgendjemand sie gefunden und begraben. In einer Wüste, im Hochland, am Meer. Vielleicht war sie aber auch einfach wieder zu einem Teil der Natur geworden, und ihre Knochen waren im Laufe der Jahrzehnte nicht mehr vom Wüstensand zu unterscheiden.

Bei diesem Gedanken dachte ich wieder an meinen Vater. Vielleicht würde ich mehr über meine Herkunft erfahren, wenn Mamma mir endlich von ihm erzählte. Bisher hatte sie jedes Mal das Thema gewechselt, wenn ich sie auf ihn ansprach. Ich wusste nichts über ihn. *Hatte sie vielleicht ungeahnt eine Romanze mit einem Alchemisten gehabt?*

»Mamma«, fragte ich schließlich, als die Sonne wie ein orangegelber Flammenball am Horizont auftauchte. »Wie hieß mein Vater?«

Mamma versteifte sich sofort. »Was ist das für eine Frage?«

»Ich weiß nichts über ihn, und bald werde ich achtzehn. Ich bin alt genug, um zu wissen, wo ich herkomme. Um zu wissen, wer der andere Teil ist, der mir dieses Leben geschenkt hat.« Ich richtete mich auf, um mich ihr zuzudrehen und ins Gesicht sehen zu können. »Es ist mir wirklich wichtig.«

Mamma zögerte. »Jetzt?«, fragte sie dann.

Ich nickte. »Bitte.«

Mamma verknotete die Finger miteinander. »Wie du weißt, ging ich noch zur Schule, als ich schwanger wurde. Ich habe deinen Vater beim Ausgehen kennengelernt. In der Altstadt.« Sie sah mich an und lächelte. »Sein Name war Michele. Er war siebzehn, also nur ein Jahr älter als ich, und er war nach Rom gekommen, weil er eine Ausbildung zum Schiffsmechaniker machte. Er wollte Kapitän werden, war ehrgeizig, und ich bin überzeugt davon, dass er mittlerweile riesige Schiffe über die Weltmeere kommandiert. Sie hatten in Rom eine Woche Blockunterricht, bevor sie wieder nach Civitavecchia zurückkehrten, um dort an Bord ihres Ausbildungsschiffes zu gehen.«

Mammas Blick glitt aus dem Fenster in Richtung der Morgensonne. »Ich habe das getan, wovor alle Mädchen immer wieder gewarnt werden. Ich bin in der ersten Nacht mit ihm mitgegangen. Sie waren in Apartments untergebracht, gar nicht weit von hier. Versteh mich nicht falsch, er musste mich nicht überreden oder so.« Sie sah zurück zu mir. »Wir hatten auch beide nicht getrunken. Ich hatte noch zwei Klassenkameradinnen und eine Freundin vom Volleyball mit dabei. Die Jungs waren nett, sie waren süß und charmant. Sie wollten einfach nur eine gute Zeit haben, und wir waren von ihnen fasziniert. Sie wirkten so viel älter als siebzehn, waren schon so weit gereist, und durch die Arbeit an Deck sahen sie schon aus wie … richtige *Männer.* Nicht so kindlich wie die Jungs in meiner Klasse. Jedenfalls führte irgendwie eins zum anderen. Er teilte sich ein Zimmer mit einem Kameraden. Doch der besuchte woanders Freunde. Also hatten wir das Zimmer ganz für uns. Ich habe es gewollt.« Sie sah zurück auf ihre verknoteten Hände. »Wir waren uns beide einig, dass es nur diese eine Nacht sein würde. Er hatte mir direkt erzählt, dass sie nur zwei Tage später wieder auslaufen würden. Dass er monatelang auf See sein würde. Dass er nicht wusste, wohin es ihn verschlagen werde. Und ich war einverstanden, dass es nur der Zauber dieser einen Nacht zwischen uns war.« Sie seufzte leise. »Uns muss das Kondom geplatzt sein, und wir haben es nicht bemerkt. Meine Eltern haben ihn im Nachhinein hingestellt wie einen Vergewaltiger. Wie jemand, der mich betrunken und gefügig gemacht hat. Wie irgendeinen älteren Typen, der die Naivität eines jungen Mädchens ausnutzte. Doch so war das alles nicht. Es war mein erstes Mal, und es war wunderschön. Wir haben uns Zeit gelassen, und er war sehr liebevoll. Am nächsten Morgen hat er mich nach Hause gebracht, und wir haben beide geweint.«

Ich konnte ihre Traurigkeit bis hin zu mir spüren. Ein Teil ihres Herzens gehörte immer noch ihm. Nach so vielen Jahren. Nach so vielen Widrigkeiten.

»Hast du nie versucht, ihn zu finden, nachdem du gemerkt hast, dass du schwanger warst?«

Sie schüttelte den Kopf. »Irgendeiner seiner Freunde hat ihn im Laufe des Abends mal mit seinem Nachnamen angesprochen, und ich bin mir sicher, ich würde ihn wiedererkennen, wenn ich ihn höre, aber …«

»War es di Luca?«, platzte es aus mir heraus.

Sie sah mich mit großen Augen an. »Warum ausgerechnet dieser Name?«

»Mamma? Erinnerst du dich? Kann es dieser Nachname gewesen sein?«

Sie schüttelte den Kopf. Erst langsam, dann immer bestimmter. »Nein, es war etwas Kurzes und kein Doppelname. Wenn ich ihn höre, erkenne ich ihn wieder. Ich weiß es.«

Ich ließ die Schultern sinken. Meine Spur führte ins Leere.

»Warum dieser Name?«

Und jetzt war guter Rat teuer, denn Mamma ließ offensichtlich nicht locker.

»Ich weiß auch nicht«, murmelte ich. »Bei Tizis Friseur arbeitet jemand, und sie meinte, er sieht ein bisschen aus wie ich, und da dachte sie ...«

Mamma lachte auf. »Tizi mal wieder. Sie hat so eine blühende Fantasie. Ich bin mir sicher, dass sich das positiv auf ihr Studium auswirkt.«

Ich nickte zustimmend. »Bestimmt.«

Einem Moment lang sagte niemand etwas.

»Dann weiß er gar nicht, dass er eine Tochter hat?«

Mamma schüttelte den Kopf. »Und es ist besser so. Er wird eine Familie haben. Er wird glücklich sein.« Sie lächelte mich an. »Und wir haben uns beide.« Sie nahm meine rechte Hand in ihre beiden Hände. »Es hat immer nur uns zwei gegeben, und so wird es bleiben.«

2783 vor Christus, Uruk in Mesopotamien

Sie freute sich auf den Besuch. Trismegistos, der oberste Lehrer des Pharaos, reiste aus Esna an. Enmerkar, der Leibarzt des Königs von Arrata, hatte sich ebenfalls auf den Weg gemacht.

»Hohepriesterin?«

»Jetzt nicht.« Sie drehte sich nicht mal zu der jungen Stimme um. Eine der Novizinnen. Was für eine Anmaßung, dass sie von ihr angesprochen wurde.

»Ishtar.« Jetzt war es eine andere Stimme. Älter, voller Selbstbewusstsein und so vertraut.

Sie drehte sich um, und ihre Gewänder raschelten leise, als sie ihrer Bewegung folgten.

»Lass dich nicht verlocken. Macht hat schon ganz andere zu Fall gebracht.«

Sie maßen sich gegenseitig. Die gleichen dunkelbraunen Haare, das gleiche energische Kinn. Sie fand sich selbst in ihrem Antlitz, und dennoch war da nichts mehr, was sie verband. »Du solltest dich ausruhen, Mutter. Zur Mittagsstunde ist es immer besonders heiß.«

So etwas wie Resignation huschte über das Gesicht ihrer Mutter. Doch noch größer war die Angst in ihren Augen.

»Ishtar, höre mich an. Wenn nicht als deine Mutter, dann als jemand, der älter ist. Du hast deinen Ehemann, deine Kinder, deine Stellung hier im Tempel. Riskiere nicht all das für …«

»Für das hier habe ich hart gearbeitet.« Ishtar deutete zu den pompös großen Tempelmauern hinauf. »Nichts davon ist mir in die Wiege gelegt worden. Nichts davon habe ich geerbt. Außerdem habe ich weit über meinem Stand geheiratet. Auch das ist ganz allein mein Verdienst. Und das, was als Nächstes kommt, wird auch ganz

allein mein Verdienst sein. Ich ehre dich, wie es dir gebührt, Mutter, aber gib mir keine Ratschläge zu Dingen, von denen du keine Ahnung hast.«

Die junge Novizin riss erschrocken die Augen auf. Der Mund ihrer Mutter wurde zu einer geraden schmalen Linie. »Wie du wünschst, Hohepriesterin.« Sie wandte sich ab und verließ ohne ein weiteres Wort den Tempel. Die junge Novizin folgte ihr eilig mit gesenktem Kopf.

Kapitel 12

»Alles klar?« Ich schob mich an Matti vorbei. Es hatte bereits zum zweiten Mal geklingelt, als ich in den Klassenraum gestürzt war. Doch ich hatte Glück, denn Signore Badescu schien sich ebenfalls verspätet zu haben. Tizi trug ein verwaschenes Shirt mit dem Namen einer Band, die nur sie kannte, tippte auf ihrem Handy herum und bemerkte mich zunächst gar nicht. Matti grinste mich an und schob sich eine Handvoll Kekse in den Mund. Sein übliches Frühstück, da er hauptsächlich von Süßigkeiten lebte. Aleandro neben ihm wippte gefährlich mit seinem Stuhl und ließ dabei immer die Sonnenbrille auf seiner Nase hinab und hinaufrutschen. Mariagrazia trug mal wieder ihr ›Gucci-Korsett‹, und die Edelsteinexplosion an ihrem Zeigefinger blitzte im Licht der Morgensonne auf. Sie warf mir einen kurzen Blick zu, wandte sich dann aber wieder ab, als hätte sie mich nicht bemerkt.

Mein Blick fiel auf Mattis krümeliges Shirt. »Wie kann man essen, was du isst, und aussehen, wie du aussiehst? Das ist so ungerecht.«

Er grinste noch breiter. »Sorry … life is unfair.« In seinem blonden Man Bun leuchtete das neongrüne Scrunchie.

Aleandro fand es wahnsinnig amüsant, immer dann zu wippen, wenn ich mich an ihm vorbeischieben wollte. Schließlich schnippte ich ihm genervt in den Nacken, und er tat daraufhin so, als hätte ich ihm die Kehle durchgeschnitten. Dann endlich bemerkte auch Tizi mich. Ich ließ mich auf den Platz zwischen ihr und Aleandro gleiten und fühlte mich wie eine hundertjährige Frau, denn ich hatte diese Nacht kaum geschlafen. Denn da war noch die Sache mit Mamma gewesen …

»Mensch, Emilia …« Aleandro interpretierte mein Stöhnen falsch. Er ließ sich mit dem Stuhl nach vorne sinken, bis dieser mit den Holzbeinen auf dem Linoleumboden aufschlug. »Wenn du einen Bodyguard brauchst, bin ich doch immer zur Stelle.«

Einen kurzen Moment hielt ich die Luft an. »Was hast du gesagt?« Wusste er etwa Bescheid? War auch er ein Alchemist? Vielleicht sogar jemand aus dem Silberorden?

Aleandro rammte Matti den Ellbogen in die Seite und lachte wiehernd auf. »Wie sie guckt!« Dann wandte er sich mit übertrieben feierlichem Blick wieder mir zu. »Matti hat erzählt, dass du von komischen Typen verfolgt wirst. Da biete ich doch sofort meine Hilfe an.«

»Witzig«, stieß ich hervor und warf ihm gleichzeitig einen nicht gerade begeisterten Blick zu.

Doch Matti grinste mich nur wieder an.

»Danke, alles gut.« Ich klang zum Glück nicht mehr wie ein Hase, der in der Falle saß.

Um mir nicht noch mehr blöde Kommentare anhören zu müssen, drehte ich mich betont von Aleandro weg und wandte mich endlich Tizi zu. Wie immer nach dem Regiekurs wirkte sie überdreht und zwei Zentimeter über dem Boden schwebend. Jetzt legte sie affektiert eine Hand an ihr Schlüsselbein und seufzte. »Das war so inspirierend gestern. Und es wird mir so viel bringen, wenn ich in London bin. Das weiß ich jetzt schon.« Sie wuschelte sich durch die frisch gestufte Haarpracht und grinste.

Das, was ihr fehlen würde, war ein gewisser Theaterregisseur. In den war Tizi nämlich schon seit Beginn des Kurses verschossen. Doch das sagte ich ihr natürlich nicht, weil ich sie nicht vorführen wollte. Stattdessen nickte ich und versuchte ein wenig Begeisterung aufzubringen. Bei uns waren die Talente ein bisschen unfair verteilt. Tizi war in den klassischen »Laberfächern« ganz vorne dabei, während ich in Mathe und Chemie immer auf glatt eins stand und mich in allen anderen Fächern irgendwie durchmogelte. Nur Matti war in allem gut und würde mit Abstand den besten Notendurchschnitt einheimsen.

Tizi redete weiter, und ich hörte zu, doch innerlich lief ich förmlich über und konnte dem Drang kaum widerstehen, ihr endlich alles zu erzählen.

Doch da Matti und Aleandro mich sowieso schon für verrückt hielten, würde ich ihnen nicht noch mehr Gesprächsstoff liefern.

»Party bei mir morgen Abend«, rief Mariagrazia zu uns rüber. »Zur Feier des letzten Schultages.«

»Yay!« Tizi zappelte auf ihrem Stuhl, als würde sie im Sitzen tanzen. »Kommst du vorher zu mir?«

»Ich weiß nicht, ob ich kann.« *Ich bin da mit ein paar Alchemisten in Kontakt, und wir begeben uns auf eine mysteriöse Mission, um ein Mittel herzustellen, das uns alle unsterblich macht. Ist es okay, wenn ich später komme?*

Ich konnte mich soeben noch bremsen.

»Nichts da, du kommst«, sagte Matti und verschränkte die Arme vor der Brust. »Keine Diskussion.«

»Deine Mamma wird es verstehen, sie weiß doch, dass es unser letzter Schultag ist.«

Tizi dachte, dass ich Mamma wieder zugesagt hatte, ihr beim Putzen zu helfen. Was theoretisch auch der Fall gewesen wäre, hätte ich ihr nicht heute früh schon von dem Förderprogramm erzählt.

Und genau all das wiederholte ich jetzt noch mal vor meinen Freunden. »… und morgen ist schon die Begrüßungsveranstaltung , und ich habe keine Ahnung, wie lange das dauert. Es geht erst am späten Nachmittag los, und ich weiß nicht, wann ich da wegkann. Es würde sicherlich einen schlechten Eindruck machen, wenn ich direkt beim ersten Treffen früher gehe.«

Als ich geendet hatte, sagte erst mal niemand etwas. Matti stand der Mund offen, Aleandro hatte interessiert den Kopf schief gelegt und Tizi sogar ihr ewig blinkendes Handy vergessen.

»Herrgott, was muss es sich gut anfühlen, ein Genie zu sein.« Aleandro schob sich die Sonnenbrille in seine Haare und sah dann zu Matti. »Hat dich irgendjemand angeschrieben, um dich für eine zukünftige Führungsposition klarzumachen?«

»Es geht nicht um Führungspositionen«, wandte ich ein. »Es ist nur ein Förderprogramm während der Sommermonate.«

»Schätzchen.« Aleandro runzelte die Stirn, was die Sonnenbrille veranlasste, wieder auf seine Nase zu rutschen. Warum trug er überhaupt eine Sonnenbrille im Klassenraum? »Das ist eine Tarnveranstaltung. Da stecken große Konzerne dahinter, die checken euch ab und suchen sich schon den Nachwuchs raus. Wenn du da irgendeinem Oberguru auffällst, bezahlt er dein ganzes Studium, nur damit du nachher sofort in seinem

Laden anfängst. Genauso züchten sich die riesigen Unternehmen doch ihren Nachwuchs heran, das habe ich mal in einer Doku gesehen. Pass bloß auf, dass du nicht schon irgendwelche Verträge unterschreibst. Da bist du dann jahrelang dran gebunden.«

Ich sah ihn an. »Ich frage mich gerade wirklich, wer von uns beiden hier unter Verfolgungswahn leidet.«

Aleandro verdrehte die Augen hinter seiner Sonnenbrille, das sah ich genau. Dann ließ er sich in seinem Stuhl zurücksinken. »Ich habe dich gewarnt.«

»Wie? Und jetzt hast du den ganzen Sommer keine Zeit mehr?« Matti lehnte sich an Aleandro vorbei zu mir. »Das geht nicht. Wir hatten doch so viel vor. Wann hattest du vor, mir davon zu erzählen? Erfahre ich jetzt hier zwischen Tür und Angel, dass alles abgesagt ist? Was ist mit unserem kleinen Roadtrip? Wir wollten doch eine Woche bei meiner Tante in Palermo wohnen. Wir hatten sogar überlegt, über die Alpen bis nach Frankreich zu fahren. Du weißt schon noch, wie lange es gedauert hat, Tizis Vater zu überreden, dass er uns die Limousine leiht?«

»Jetzt hör mal auf zu jammern, Bro«, brummte Aleandro. »Du klingst ja wie eine abservierte Exfreundin. Oder hast du deine Tage?«

»Das«, Tizi deutete an mir vorbei auf Aleandro, »will ich nie wieder hören, klar? Auf solche dämlichen Sprüche reagiere ich echt allergisch.«

»Ist ja gut, ist ja gut.« Aleandro winkte ab. »War nicht so gemeint. Ist gestern echt spät geworden. Ich bin wohl noch etwas neben der Spur.«

Hast du eine Ahnung, dachte ich. Mein Schlaf war eh

schon unruhig gewesen, bevor Mamma mich um halb fünf mit tränennassen Wangen aus dem Schlaf gerissen hatte.

»Bei dir wird es doch immer spät«, blaffte Tizi gerade zurück, doch ich war mit meinen Gedanken immer noch bei Mamma. Die Geschichte mit meinem Vater hatte mich berührt. Ich schwankte immer noch zwischen dem Wunsch, nach ihm zu suchen oder es dabei zu belassen, weil es Mamma nicht recht war.

»Los, stups sie mal an, sie schläft im Sitzen.« Eine Hand legte sich auf meine Schulter, und ich schreckte auf.

»Hm?«

Ich drehte mich zu Aleandro, der seine Hand gerade wieder sinken ließ. Matti hatte sich immer noch an ihm vorbei in meine Richtung gebeugt und schien aufgebracht.

»Was ist denn nun?«

»Was ist was?« Ich zog mein Handy hervor, um nachzusehen, ob Violetta mir auf eine meiner Nachrichten geantwortet hatte. Ich hatte ein paar Mal geschrieben und mich nach ihrem Gesundheitszustand erkundigt. Doch bis jetzt war keine Antwort eingetrudelt.

»Wann wolltest du mir das alles erzählen?«

»Matti, ich …« Ich steckte das Telefon wieder weg.

»Jetzt treib sie mal nicht so in die Enge«, sprang Tizi für mich in die Bresche. »Sie hatte den Brief erst gestern im Briefkasten. Das ist alles noch ganz neu. Und es ist eine wunderbare Chance, die ihr sicherlich mehr für ihre Zukunft bringt, als mit uns an irgendeinem Strand abzuhängen.«

»Ja, aber …« Matti klang unnachgiebig. Er konnte ein genauso großer Dickkopf sein wie ich. Und mit Zurückweisung konnte er überhaupt nicht umgehen, das hatte er schon des Öfteren bewiesen. Nicht, dass er eifersüchtig war auf die Jungs, mit denen ich ausging. Oder gar auf meine Freundschaft zu Tizi, Klassenkameraden oder anderen Bekannten. Solange er die Zeit bekam, die er mit mir wollte, war alles gut. Und bisher hatte es auch immer wunderbar funktioniert. Ich war nicht jemand, der einen riesigen Bekanntenkreis besaß, ganz im Gegensatz zu ihm. Für mich gab es hauptsächlich Mamma, Davine und meine besten Freunde. Ich konnte auch schlecht aufgrund einer Reaktion beleidigt sein, die auf meiner Lüge beruhte. Wie konnte ich ihm Vorwürfe machen – richtige, echte, ernst gemeinte Vorwürfe – für etwas, das eigentlich gar nicht existierte. Also hielt ich mich bedeckt und blickte einfach nur vor mich auf mein Pult. »Es tut mir leid.«

Mattis Temperament war zwar ziemlich groß, aber sein Herz war mindestens genauso riesig. Sofort wurde seine Stimme weicher. »Lass uns später mal in Ruhe drüber reden, okay? Ich bin einfach nur gerade etwas verwirrt.«

»Ich bin ja nicht aus der Welt«, sagte ich und sprach mir dabei eher selbst Mut zu. Wer weiß, was die Alchemisten mit mir vorhatten und wie viel Zeit es mich tatsächlich kosten würde.

Matti wollte gerade noch etwas erwidern, da hastete unser Gesichtslehrer Signore Badescu in den Klassenraum. »Verzeihen Sie die Verspätung an diesem Ihrem vorletzten Schultag, Herrschaften.« Er stellte ein Backblech auf dem Tisch ab, das mit einem rot gemusterten Küchentuch abgedeckt war. »Wer möchte zur Feier des Tages ein Stückchen Mandelkuchen? Es ist ein Klosterrezept aus dem 17. Jahrhundert.« Er zog einen Stapel leicht verknautschter Papierservietten aus seiner braunen Ledertasche. »Also los. Wer traut sich?«

*

»Ein Hund ist ein Herz auf vier Pfoten.« Professor Davine Bottaglia sah lächelnd zu mir hoch. Ich knuddelte Newton, der sich mal wieder in meine Arme katapultiert hatte, dann lächelte ich Davine an. Ich war froh, dass bisher alles gut ging. Obwohl ich beruhigt war und der Sicherheitsdienst gute Arbeit leistete, hatte ich mir zunächst Sorgen gemacht. Sie waren da – immer – und mehr oder weniger unsichtbar, genau wie Ben es versprochen hatte. Und wenn sie nah genug waren, spürte ich sie sogar.

Und das war so freaky …

»Hi. Danke, dass du auf Newton aufgepasst hast.« Davine winkte ab und manövrierte seinen Rollstuhl etwas zur Seite. »Komm herein, wenn du magst.«

»Gerne.« Ich folgte ihm in den schmalen Flur. Davine war der Großvater, den ich nie gehabt hatte, und mit seinem runden Gesicht, den wirr abstehenden grauen Haaren und dem Bart sah er tatsächlich aus wie der Professor, der er war. Davine hatte zuletzt einige Jahre lang den Lehrstuhl für Geophysik an einer Universität hier in Rom geleitet. Eine riskante Immobilienspekulation hatte ihn jedoch in große Schulden gestürzt. Davine hatte nie ein Geheimnis daraus gemacht, ebenso wenig wie aus dem Unfall, der ihn vor vielen Jahren für immer an den Rollstuhl gefesselt hatte. Im Gegenteil, er besaß jene stille Erhabenheit, die Menschen umgab, die ihr Leben in vollen Zügen gelebt hatten.

Davine rollte durch sein mit Büchern und nicht zusammenpassenden Möbeln vollgestelltes Wohnzimmer, und ich knuddelte Newton, während ich ihm auf die Terrasse folgte. Die zwei Erdgeschosswohnungen in unserem Haus besaßen ein kleines ummauertes Stückchen Hof, und Davine hatte seinen Bereich in eine grüne Oase verwandelt. Wo andere ausrangierte Buggys und den Christbaum vom Vorjahr vergammeln ließen, hatte er Sträucher und Blumen gepflanzt. Insekten summten in den niedrigen Bodendeckern, und über den schmalen Grünstreifen tanzte ein gelber Schmetterling. Eins von Newtons Stofftieren lag zwischen blühendem Lavendel.

Davine machte vor dem in die Jahre gekommenen Gartentisch halt, und ich ließ mich in den Stuhl neben ihm fallen. Newton hüpfte von meinem Schoß und jagte dem gelben Falter nach.

Davine griff nach einer Kanne mit Saft. »Trink einen Schluck und erzähl mir von deinem Tag. Ich bin so froh, dass es dir gut geht. Diese Sache gestern hätte böse enden können. Hast du etwas von Violetta gehört?«

»Nein, leider nicht. Aber ich bleibe dran. Ich bin auch echt froh, dass nicht das ganze Haus abgebrannt ist.«

»Gehst du heute arbeiten?« Er goss sich auch ein Glas ein. Newton schlich durch den Garten. Er war eine Promenadenmischung verschiedener kleiner Terrier, und denen schien eine ewige Begeisterung für das Schnüffeln in den Genen zu liegen.

»Ja.« Ich nahm einen Schluck und stellte mein Glas zurück auf den Tisch. Ich konnte nicht verhindern, dass meine Gedanken wieder zu den Erlebnissen des gestrigen Tages zurückglitten. Wie automatisch krampfte ich die Hände ineinander, und Angst machte sich in mir breit. Es hätte alles so schrecklich enden können …

Als ich den Kopf hob, betrachtete Davine mich neugierig. Ich hatte vergessen, wie empathisch er war. Er musste meine verkrampften Schultern und die verschlungenen Finger sofort bemerkt haben. Zuerst hatte ich instinktiv weggesehen, war seinem Blick ausgewichen, doch nun sah ich zurück in seine warmen dunkelbraunen Augen. Sie waren umringt von hunderten feinen Linien, und sie erinnerten mich daran, wie viel er schon erlebt und wie viel Unglaubliches ihm schon passiert war. Ich wusste, er mochte mich und er würde mich nicht als verrückt abstempeln, und ich war immer noch so durcheinander … doch im selben Moment war ich wieder unsicher, was Davine von mir halten könnte. Schließlich hatte ich ihm meinen Nebenjob an der Universität von Rom zu verdanken. Er hatte seinen Nachfolger am Institut für Geophysik angerufen und mich als eine vielversprechende Kandidatin mit einem überdurchschnittlichen Talent für Zahlen und Gesetzmäßigkeiten angepriesen. Ihm hatte ich es zu verdanken, dass ich die einzige Schülerin war, die bereits einen Job an der Universität innehatte. Und ich liebte, was ich dort tat. Ich wollte auf gar keinen Fall riskieren, dass Davine seine gute Meinung von mir änderte.

»Du kannst mit mir über alles reden«, sagte Davine, als habe er meine Gedanken gelesen.

»Ich …« Mattis Name leuchtete auf dem Display auf. Bestimmt wollte er jetzt reden. Ich drückte ihn weg.

Davine runzelte die Stirn, als ich es auf den Tisch legte.

Sofort begann es wieder zu klingeln. Matti, dieser Dickkopf. Er wusste, dass ich erst in einer halben Stunde los musste zur Arbeit. Ich seufzte und drückte ihn wieder weg.

Wo bist du?, erklang der WhatsApp-Sound zwei Sekunden später mit dieser Nachricht.

Dickkopf!

Ich sah zu Davine. »Entschuldige, ich muss schon wieder los.«

»Dann geh, Kind«, sagte Davine und deutete auf das Glas. »Ich habe alle Zeit der Welt, um gleich abzuräumen.«

»Danke dir. Vielleicht sieht nachher alles schon ganz anders aus. Bis später!«

*

Ich betrat mein Zimmer, mein kleines Reich voller Fotos, dem Portrait von Marie Curie und einem riesigen Periodensystem an der Wand neben dem Bett. Fairy Lights wanden sich zwischen den Grünpflanzen auf dem Regal, an dem ein Paar unbenutzter rosa Spitzenschuhe hingen. Eine Karte mit den Sternbildern hing von innen an der Tür. Mein Reich war klein, aber ich liebte es. Den Flickenteppich vor dem Bett, den Schreibtisch aus den Kleinanzeigen, meine Bücher über Zahlen und Elemente. Ich sah erneut auf mein Handy. Mamma und ich hatten beide Violetta mehrfach geschrieben, um uns nach ihrem Zustand nach dem »Schwächeanfall« zu erkundigen. Immer noch keine Antwort. Das gefiel mir gar nicht. Mamma war unterwegs, um einen Eimer Farbe zu kaufen, weil wir die Unterseite von ihrem Balkon wieder weiß streichen wollten, bevor sie aus dem Krankenhaus entlassen wurde. Ich war immer noch unendlich erleichtert, dass sie nicht von Dario so wie ich mit Quecksilber schachmatt gesetzt worden war. Ben hatte erklärt, dass es sich gut für Entführungen anderer Alchemisten eignete, weil man über längere Zeit kaum ansprechbar war und sich nicht wehren konnte. Normale Menschen wurden sogar dadurch getötet. Schon wieder jagte mir ein Schauer die Wirbelsäule hinab. Zum Glück hat Oliver Violetta in ein Krankenhaus gefahren, wo man nach ihrem »Zusammenbruch« versprach, sie auf Herz und Nieren zu untersuchen. Doch dass sie sich jetzt nicht meldete, machte mir Sorgen. Ich wollte gerade

Ben texten, um zu fragen, ob er mehr wusste, da klingelte das Handy erneut.

»FBI, Fahrradkeller«, sagte ich zur Begrüßung. Mattis dunkles Lachen erscholl, während ich in die Küche schoss, um mir einen Rest vegetarische Bolognese aufzuwärmen.

»Jetzt mal Klartext, du Genie.« Er klang nicht mehr so empört wie im Unterricht. »Was haben die dir geboten, dass du dafür den Sommer deines Lebens verpfändest?«

Ich lachte, doch innerlich fühlte ich mich so mies. Lügen, noch mehr Lügen, immer noch mehr Lügen.

Wie lange würde ich das durchhalten?

*

Nachts hatte ich noch nie Ballett gemacht. Aber extreme Situationen erforderten wohl auch extreme Maßnahmen.

Um 22 Uhr war ich plötzlich aus dem Schlaf hochgeschreckt. Ich hatte es mir nach der Arbeit zusammen mit Newton auf der Couch im Wohnzimmer gemütlich gemacht und war wohl während der dritten Wiederholungsfolge von *Emergency Room* eingeschlafen.

Jetzt hatte ich mir in meinem Zimmer ein Video von ›Ballet Beautiful‹ auf YouTube angemacht. Ich bewunderte die Tänzerin Mary Helen Bowers und kannte die meisten ihrer Trainingsvideos praktisch auswendig. Dennoch erfüllten sie immer wieder ihren Zweck.

Schon nach einer Viertelstunde spürte ich, wie der Sport wirkte. Mein Kopf drohte nicht mehr zu platzen. Da schien es also wirklich eine Welt zu geben, eine verborgene Gesellschaft, die doch mitten unter uns existierte. Ein weitverzweigtes System, das Einfluss in alle Bereiche unseres Lebens zu haben schien. Bisher kannte ich so etwas nur aus Filmen. Niemals hätte ich gedacht, dass es möglich wäre, so etwas im echten Leben aufrechtzuerhalten.

Ich wusste nicht, was morgen bei der *Registrierung* auf mich zukommen würde, und das machte mich nervös.

Auf dem Weg ins Bad machte ich einen kurzen Kontrollgang durch unseren Wohnbereich. Ich bildete mir immer noch ein, einen leichten Brandgeruch in der Luft des Wohnzimmers zu erahnen. Ich wusste nicht, wer gestern aufgeräumt hatte, nachdem Ben Newton und mich weggebracht hatte, doch ich dachte zuerst an Murphy. Ich konnte mir Oliver einfach nicht vorstellen, wie er Beistelltische aufhob und Zierkissen zurechtrückte. Für einen kurzen Moment ergriff mich ein Flashback. Ich hörte das Kampfgetümmel, Newtons panisches Gebell und spürte die Machtlosigkeit, als ich immer wieder in eine Ohnmacht driftete. Schnell wandte ich mich ab und ging mit festen Schritten ins Bad. Ich vertraute Ben in dieser Hinsicht. Ich fühlte mich sicher in dieser Wohnung. Und die Erinnerungen des gestrigen Tages würden verblassen, genau wie die Brandwunden an meinen Beinen.

*

Ich war eine Heuchlerin. Da hatte ich mir einreden wollen, dass alles nur halb so schlimm war, dass ich cool war, dass ich mich hier sicher fühlte. Trotzdem ertrug ich es, anders als gestern, nicht, meinen Schlafanzug anzuziehen. Ich betrachtete die im Bad bereitgelegten fliederfarbenen Shorts und das passende Trägertop und es fühlte sich falsch an, so *falsch*.

Ich gab einen wütenden Laut von mir. Erst als ich mit Jeansshorts und Shirt wieder komplett angezogen war, beruhigte sich meine Atmung. In diesem Outfit fühlte ich mich wohl. Und es war auch nicht so unbequem, dass ich nicht darin schlafen können würde.

In meinem Zimmer hatte Newton sich auf meinem Bett zusammengerollt und schlief schon wieder selig.

Mein Blick fiel auf das große Fenster, das links von meinem Bett und rechts von meinem Schreibtisch eingerahmt wurde. Plötzlich musste ich mich vergewissern, dass jemand von dem Sicherheitsdienst da war. Ob es die gleichen Leute wie gestern sein würden?

Ich warf den Schlafanzug auf meinen Schreibtischstuhl und stützte mich mit beiden Händen auf der Fensterbank ab. Irgendwo flatterte noch Wäsche an einer Leine im Wind, und in den Schatten zwischen den Mülltonnen auf der gegenüberliegenden Seite machte ich die blitzenden Augen einer Katze aus. Doch ansonsten schien es ruhig und friedlich.

Aber gerade als ich wegsehen wollte, trat jemand in den Lichtkegel der Laterne.

Kapitel 13

Zuerst fiel mir das Herz in die Hose, doch dann erkannte ich ihn. Ben, der in seinen schwarzen Klamotten jetzt selbst wie jemand vom Sicherheitsdienst aussah. Ich grinste und griff spontan nach meinem Handy, das auf dem Schreibtisch lag.

Ich sehe dich.

Ben schickte mir lediglich einen Daumen-hoch-Smiley, dann steckte er das Handy wieder weg. Damit gab ich mich nicht zufrieden und sandte direkt noch eine Nachricht hinterher. Warum sonst hatte er sich mir gezeigt? Ich war mir sicher, er konnte mühelos unsichtbar bleiben, wenn er das gewollt hätte.

Beginnt jetzt deine Schicht?

Das Display leuchtete hell durch den dunklen Stoff seiner Hose. Er sah direkt in meine Richtung, als wüsste er genau, dass diese Nachricht nur von mir sein konnte. Betont aufwendig fischte er das Handy erneut hervor.

Ich bin schon etwas länger in der Gegend.

Und was hast du gemacht?

Dich beobachtet. So, wie es mein Job vorsieht.

Dieses Mal steckte er sein Handy nicht wieder weg.

Meine Schultern sanken herab, als mein Magen sich etwas unangenehm zusammenzog. *Er hatte mich beim Training beobachtet?*

Du Spanner.

Ich wusste nicht, wie viel Ernst und wie viel Spaß in meiner Antwort lag.

Als ich zurück nach draußen blickte, war er verschwunden. Angst wallte in mir auf. Hatte ihn jemand erwischt? Dario vielleicht? Wen konnte ich um Hilfe bitten? Ich riss das Fenster auf und beugte mich in die Gasse. »Hallo?«

Stille.

Ich beugte mich noch weiter vor. »Ben?«

Er hatte mir nicht erklärt, wie ich die anderen Alchemisten erreichen konnte, wenn Gefahr im Verzug war. Ich räusperte mich. »Ähh … hallo, Sicherheitsdienst?«

Sämtliche Nachbarn würde mich ab jetzt als Idiotin abstempeln. Doch zum Glück lagen die meisten von ihnen bereits friedlich in ihren Betten.

Hinter mir quietschte die Zimmertür, und es klang in der Stille wie das Ächzen einer gequälten Seele. Ich schwang herum, während Newton im gleichen Moment von meiner Bettdecke hochschreckte.

»Du hast in deinem Kopf echt nur Luft, oder?« Ben stürmte an mir vorbei und schloss das Fenster mit einem lauten Knall.

Ich überging die Frage, wie er in meine Wohnung gelangt war. »Was fällt dir eigentlich ein, mich ständig zu beleidigen?«

»Du öffnest das Fenster wie eine deutliche Einladung, mal wieder bei dir ein Feuer zu legen. Glaub mir, ich würde dich mit Komplimenten überhäufen, wenn du auch nur *eine* vernünftige Entscheidung treffen würdest.« Er raufte sich die Haare, dann sah er mich an. »Nur eine!«

Bevor ich noch irgendetwas von meinem Schreibtisch nach ihm werfen würde, zwang ich mich energisch zur Ruhe. »Was machst du hier?« Mein Blick glitt kurz an seinem Outfit entlang. Schwarze Jeans und dunkles Hemd mit halbem Arm. Er sah tatsächlich aus wie jemand von der Security.

Newton war inzwischen vom Bett gehüpft und hatte sich wedelnd an Bens Beine geschmiegt. Dieser bückte sich kurz zu ihm herunter und tätschelte ihm den Kopf. »Na, kleiner Mann? Beschützt du dein kopfloses Frauchen?« Er strich ihm über ein Ohr. »Ja, das ist lästig, ich weiß, Kumpel.«

Mir klappte die Kinnlade herunter. »Entschuldige bitte?«

Ben richtete sich wieder auf. »Gut, dass du es ansprichst. Eine Entschuldigung wäre jetzt tatsächlich angebracht.«

Ich schnappte empört nach Luft. »Moment mal.« Ich hob einen Zeigefinger. »Du beleidigst mich hier in einer Tour und willst dafür von mir auch noch eine Entschuldigung?«

»Du hast mich einen Spanner genannt.«

»Hast du mich beim Ballett beobachtet oder nicht?«

Ben legte den Kopf schief. »Ballett war es also. Interessant.«

Er machte mich rasend.

»Hör zu, *Mister Fantastic.* Nicht jeder von uns wurde perfekt geboren und hat dann den letzten Schliff auf irgendeiner überteuerten Privatschule bekommen. Und ich werde mich nicht für etwas schämen, das ich in meinen eigenen vier Wänden mache. Du hättest ja wegsehen können, wenn es deine hochwohlgeborenen Augen beleidigt.«

»Als ich endlich darauf gekommen bin, warst du gerade fertig.«

Ich hatte eine Dreiviertelstunde lang trainiert. So lange hatte er also gebraucht, um zu erraten, was ich da anstellte? Was für eine Frechheit.

»Du könntest Stunden nehmen.« Bens Stimme unterbrach meine Gedanken. Er sagte *könnte*, aber ich hörte, was er wirklich sagen wollte. Du *solltest* Stunden nehmen.

»Genau. Ich greife einfach in die Maschine, die unser Geld druckt, und dann nehme ich Privatunterricht. Außerdem ist es mir egal, dass ich knapp zehn Zentimeter zu groß bin, um Ballerina zu spielen. Mir ist es ebenso egal, dass mich kein Tänzer heben könnte, weil sie alle zu klein für mich wären. Und dann ist es mir schließlich völlig egal, was die Leute sagen würden.« Ich schnaubte und sah an ihm vorbei durch die Tür in unseren winzigen Flur. »Am besten kaufe ich mir von meinem Geld ein riesiges Ego. So eins, wie du hast.«

Newton nieste in die Stille hinein, die darauf folgte. Erst als er sich geräuschvoll hinter dem Ohr gekratzt hatte und dann aus dem Zimmer getrippelt war, sah ich zurück in Bens Gesicht. Sein Blick ruhte auf mir, aber als ich ihn ansah, straffte er schnell seine Schultern. Dann räusperte er sich energisch. »Ich sollte nicht persönlich werden. Das war unprofessionell. Du tanzt sehr …« Dieses Mal spannten sich nicht nur die Muskeln seines Kiefers an, sondern der gesamte Hals, als er das Wort hervorwürgte. »… engagiert.«

Meine Bauchmuskeln begannen zu zittern, als sich ein Lachen mit aller Macht einen Weg aus meinen Lungen hinaufkämpfte.

»Herrgott, was bist du für ein schlechter Lügner.«

Ben fiel nicht in mein Lachen ein, stattdessen ließ ihn mein letzter Satz die Stirn runzeln.

Ich riss die Augen auf. »O. Mein. Gott. Du bist tatsächlich schlecht in etwas.«

Ben fiel immer noch nicht in mein Lachen ein. »Du irrst dich.« Er klang so bestimmt, so absolut sicher, dass ich einen Moment lang verunsichert war.

Ich lachte trocken auf. »Und da ist es wieder: Das Riesen-Ego.« Herausfordernd legte ich den Kopf schief. »Beweise es.«

Er schüttelte den Kopf. »Glaub mir, das willst du nicht.«

»Wieso nicht?« Ich verschränkte die Arme vor der Brust. »Na los. Lüg mich an.«

Wortlos schnippte Ben die ersten vier Knöpfe seines Hemds auf.

Ich wollte gerade fragen, warum er nur halbnackt lügen konnte, als er seine beiden Hände hob und in der nächsten Sekunde eine goldene Schlange aus seinen Handflächen hervorschoss. Sie war genauso groß wie die Schlange, die sich aus mir hervorgekämpft hatte. Doch im Gegensatz zu mir schien Ben keinerlei Schmerzen zu spüren. Die Schlange formte ihren Leib zu einem perfekten Kreis und drehte sich in der Luft, als sie nach ihrem eigenen Schwanz schnappte. Um uns herum schien die Realität zu verblassen. Mein Puls überschlug sich, doch ich blieb wie gebannt stehen, um das Schauspiel zu beobachten. Ben schloss die Augen, und die Schlange löste sich aus ihrem Kreis, um auf seine Schulter zu gleiten. Langsam ließ er die Hände zurück an seine Seiten sinken. Als sich die Schlange in einer fast zärtlichen Geste um seinen Hals ringelte, legte

Ben seinen Kopf in den Nacken und seufzte leise auf. Es war ein sinnliches dunkles Geräusch, das so gar nicht zu ihm zu passen schien. Die Schlange wand sich über seine Brust, als sie den Kopf hob und ihre smaragdgrünen Augen auf mich richtete. Sie öffnete drohend ihr Maul, und ihre langen Zähne wirkten so spitz wie Nadeln. Noch bevor ich zurückweichen konnte, fauchte sie auf und stürzte sich stattdessen auf Ben. Sie schlug ihre Zähne direkt in sein Herz. Er stöhnte auf, als sein Körper sich aufbäumte. Die Schlange riss ihre Zähne aus seiner Haut, um ein weiteres Mal bedrohlich zu fauchen. Dann vergrub sie ihre Zähne erneut in seiner Haut und … verschwand auf seiner Brust. In seinem Herz! Im nächsten Moment wirkte seine Haut wieder makellos. Die goldene Schlange hatte keine Spuren hinterlassen. Ben schien vor unterschwelliger Macht zu vibrieren, als er im nächsten Moment die Augen öffnete. Seine Pupillen waren von strahlendem Gold, als er schließlich seinen Blick auf mich richtete. Ganz langsam kam er auf mich zu.

Ich war so fasziniert von diesem Schauspiel gewesen, dass ich fast vergessen hatte zu atmen.

»Du bist eine wunderbare Tänzerin. Ich habe alles um mich herum vergessen, als ich dir zugesehen habe.« Da war eine Wärme in seiner Stimme, die ich noch nie gehört hatte. Er blieb dicht vor mir stehen. »Und als sich eine Haarsträhne aus deiner Frisur gelöst hatte, habe ich mir gewünscht, ganz nah hinter dir zu stehen, um sie dir erst zurück hinters Ohr zu streichen und dann mit meinen Lippen ganz zart deinen Hals hinabzufahren.«

Selbst die Zeit schien bei seinen Worten den Atem angehalten zu haben.

Tropf. Tropf. Tropf.

In der Küche fielen ein paar Tropfen in das Spülbecken.

Über uns schlug jemand eine Tür zu.

Draußen maunzte eine Katze.

Die Geräusche schienen überlaut in der epischen Stille, die sich zwischen uns auftürmte.

Wow.

Das war … es war … *wow.*

Ben machte einen Schritt von mir weg. Das goldene Feuer in seinen Augen erstarb. «War das Beweis genug?«

Bevor ich ihn weiter anstarrte, nickte ich schnell.

Wow!

»Was war das? Die Schlange und … und dann dein plötzliches Talent zu lügen?«

Er lächelte kurz, und dieses Mal wirkte es nicht abschätzig oder herablassend. Es war jenes echte Lächeln, das ihn vollkommen zu verändern schien. Eine Antwort bekam ich trotzdem nicht. Stattdessen knöpfte er sich in aller Ruhe sein Hemd wieder zu.

»Du *musst* mir das erklären. Ich will alles wissen. Jetzt sofort. Ich kann keinen Moment mehr warten. Ich muss …«

»Ich habe keine Zeit für Erklärungen, ich bin im Dienst«, unterbrach er mich.

»Aber du kannst doch jetzt nicht einfach gehen und …«

»Kann ich und werde ich.«

Sturer Blödmann. »Nur ein Wort, okay?«

Er ließ von seinem nun wieder perfekt sitzenden Hemd ab und seufzte genervt. »Du bist nicht registriert und weißt jetzt schon genug, um uns alle in den Abgrund zu reißen.«

»Bitte.« Ich machte den halben Schritt auf ihn zu, die Stimme weich und einschmeichelnd. »Bitte.«

Mein Charme prallte leider an ihm ab. »Du bist eine Nervensäge.«

Okay, die Taktik funktionierte nicht. Trotzdem blieb ich so ruhig wie möglich. »Was? Aber ich will doch bloß …«

Er schnalzte mit der Zunge, während er einen imaginären Reißverschluss an seinem Mund zuzog.

Ich presste die Lippen aufeinander, während ich versuchte, ihn mit Blicken wenigstens ein bisschen zu töten.

»Und jetzt sag es.«

»Sag was?«

»Ich bin eine Nervensäge.«

Ich schnaubte. »Erpresser.«

»Falsch. Noch ein Versuch.«

Gut. Ich würde mitspielen. Ich holte Luft. »Ich bin eine Nervensäge.«

Er grinste und sah ziemlich zufrieden aus. »Schön, dass du es erwähnst, das sehe ich genauso.«

Ich würde ihn … Ich knirschte mit den Zähnen. *Ich würde ihn ganz langsam …*

Ich baute mich vor ihm auf und machte mich so groß, wie ich nur konnte. «Jetzt sag es.«

Da war es wieder. Dieses Lächeln. Und schon wieder nahm es mich gegen meinen Willen gefangen.

Er neigte den Kopf zum mir, und für den Bruchteil einer Sekunde strich sein warmer Atem über mein Ohr, als er dieses eine Wort flüsterte.

»Kaleidra.«

*

Kaleidra. Es klang, als würde ein sanfter Hauch durch ein Windspiel streichen. Sphärisch, schillernd und glockenhell. Es berührte einen unbekannten Teil von mir. Ich schmeckte Farben auf meiner Zunge, ich hörte die raue Schönheit, die es verhieß, ich fühlte die Kraft in mir leise lachen.

»Kaleidra.« Ich flüsterte das Wort ehrfürchtig. Ben gab ein zustimmendes Geräusch von sich. Seine Haare berührten meine Wange. Er war mir noch immer so nah.

»Was ist es?«

Er wich so hastig zurück, als hätte ich ihn geschlagen. »Du wolltest ein Wort, du hast ein Wort bekommen.« Er strich sich fahrig durchs Haar. »Jetzt spiel nach unseren Regeln, und dir wird jede Frage beantwortet werden.«

Verdammt. Sein Befehlston war zurück.

»Alles Weitere morgen.«

Wenn er jetzt mal wieder den Bürokraten raushängen lassen wollte, dann bitte. Ich konnte genauso sachlich reagieren wie er, wenn ich wollte. Ich zuckte möglichst unbeteiligt die Schultern. »Von mir aus.«

Er warf mir einen prüfenden Blick zu. Vermutlich hatte er mit mehr Protest gerechnet. »Gut, dann werde ich mal wieder gehen.«

»Okay.«

Schon wieder dieser leicht ratlose Blick.

Sehr schön.

Ich ging zu meiner Zimmertür und hielt sie ihm demonstrativ auf. »Buona notte.«

»Ebenfalls.« Er drängte sich an mir vorbei. »Ich melde mich morgen bei dir wegen des weiteren Vorgehens.«

»Sicher doch.« Im Flur hob Newton neugierig den Kopf. Ich sah Ben hinterher, und eine Frage drängte sich dann doch aus meinem Mund. »Wie hast du es eigentlich angestellt, in meine Wohnung zu kommen? Kannst du Schlösser knacken?«

»Ich kann alles.« Er drehte sich nicht um.

Natürlich. Warum hatte ich überhaupt gefragt?

Als ich den Kopf schüttelte, fiel gerade die Wohnungstür leise ins Schloss.

Kaleidra. Ich musste wissen, was es war, und wenn ich das gesamte Internet von innen nach außen krempeln würde. Trotzdem führten mich meine Füße wie automatisch zurück zum Fenster in meinem Zimmer. Ben verließ gerade das Haus. Die Lampe über der Tür tauchte seine große Gestalt in goldenes Licht. Ich dachte an die Schlange zurück, die sich in sein Herz gebohrt hatte. Die Art, wie sie mich angefaucht hatte. Herrisch, drohend, beschützend.

Plötzlich drehte Ben sich um und sah zum Fenster hoch. Unsere Blicke trafen sich.

Schnell wich ich einen Schritt zurück.

Lüg mich an. Ich hörte erst meine eigenen Worte und dann Bens Worte in meinem Kopf widerhallen. *Das willst du nicht.*

Ich setzte mich auf meinen Schreibtischstuhl und zog ein Bein an.

Du bist eine wunderbare Tänzerin.

Ich blinzelte, um seine Stimme aus meinem Kopf zu verscheuchen. Der Bildschirm meines PCs leuchtete auf, und ich zog die Tastatur zu mir heran. Ich hatte es ja so gewollt.

Zurück blieben ein fader Beigeschmack und das Wissen, dass jedes seiner schönen Worte eine Lüge gewesen war.

Kapitel 14

Mein letzter Schultag verging wie im Fluge, vermutlich auch, weil ich schon wieder kaum geschlafen hatte und eher körperlich als geistig anwesend war. Natürlich hatte ich gestern noch »Kaleidra« gegoogelt, und natürlich hatte ich rein gar nichts dazu gefunden. Nachdem ich mich ins Bett verzogen und das Licht ausgemacht hatte, hatte ich immer Ben und seine Schlange vor Augen gehabt. Ihr eifersüchtiges Fauchen, den Moment, in dem sie in seinem Herzen verschwand, seine Worte … Wie hätte ich danach einfach schlafen können? Ich wälzte mich im Bett herum, bis ich Mamma hörte, hatte mich aber schlafend gestellt, als sie kurz in mein Zimmer sah. Danach war ich irgendwann in einen unruhigen Schlaf gefallen, bis der Wecker viel zu früh klingelte und ich schon wieder fast zu spät gekommen wäre.

Nach Unterrichtsende machten wir ein paar Fotos mit unseren Mitschülern, und auch Tizi machte ein Selfie von uns.

Wir passten super zusammen, denn wir trugen Shirts, die wir bei einem unserer letzten Stadtbummel gemeinsam gekauft hatten. Meines zierte der bunte Schriftzug der Serie «Friends«, auf Tizis Shirt prangte eine überdimensional große Minnie

Mouse. Ich grinste, denn Tizis leuchtend türkisfarbene Wimperntusche strahlte mit der Sonne um die Wette. In dem hellen Licht wirkten meine Augen eher grün als braun, was mir sehr gut gefiel. Aber meine beste Freundin hatte schon immer ein Talent für Fotografie gehabt. Ein Grund, warum sie jeden Morgen ihr Frühstück kunstvoll arrangierte, um es dann mit der Welt zu teilen.

Tizi öffnete Instagram, um das Foto direkt in ihre Storys hochzuladen. Der Hashtag #letzterSchultag würde heute sicherlich so einige Male benutzt werden. Es war ein erster Abschied, und er fühlte sich irgendwie komisch an. Die anderen wirkten euphorisch und überdreht, einige Lehrer standen sogar auf dem Schulhof, um uns zu verabschieden. Aleandro musste noch eine Grundkursklausur wiederholen. Der gesamte Englisch-Leistungskurs von Matti und Tizi würde die Abschlussklausur wiederholen müssen, weil irgendwelche Eltern geklagt hatten. Außerdem stand noch unser Abschlussball an, und wir hatten noch einen ganzen Monat Zeit, um unsere Spinde leerzuräumen. Trotzdem. Ich hatte zum letzten Mal in dieser Schule Unterricht gehabt. Am Ende dieses Sommers würde ich vielleicht irgendwo in einem Hörsaal sitzen.

Tizi umarmte mich nochmals stürmisch von hinten und küsste mich herzhaft auf die rechte Wange.

»Das ist alles so spannend!« Sie umgriff mein rechtes Handgelenk und hielt die Katzenuhr hoch. »Los, sag, dass du sie niedlich findest. Ich weiß, dass du sie niedlich findest.«

Ich lachte leise. »Ich weiß, dass du willst, dass ich sie niedlich finde. Das ist etwas ganz anderes.«

»Wie kommst du bloß darauf?« Sie trat nun neben mich und verschränkte lachend die Arme über der Brust. »Das hätte alles noch viel schlimmer ausgehen können. Ich hätte Matti die

Uhr und dir das glitzernde Scrunchie verpassen können. Was wäre die schlimmere Alternative?«

Ich, die allergisch gegen Glitzer war, seufzte auf. »Du hast natürlich recht.«

Neben uns schubsten Matti und Aleandro sich mit ein paar Teamkollegen aus dem Ruderteam herum. Sie wirkten wie ein balgender Haufen junger Hunde, wenn ich sie mit der Ernsthaftigkeit und der erwachsenen Einstellung eines gewissen Goldalchemisten verglich. Ben schien mit diesen Jungs überhaupt nicht vergleichbar, obwohl ich ihn auf maximal neunzehn oder zwanzig schätzte. Er trug bereits richtig viel Verantwortung und war dabei vermutlich kaum älter als Matti.

Keine Frage, Matti war ein großartiger bester Freund, ein lustiger Kerl und ein leidenschaftlicher Familienmensch, aber irgendwie konnte ich ihn mir nicht mit einem Handy voller Termine vorstellen, so wie Ben. Ich wandte mich von den Jungs ab. Ich sollte ihnen den Spaß gönnen. Vielleicht war Ben vor ein, zwei Jahren noch genauso gewesen, als er die Schule abgeschlossen hatte. Doch das alles konnte ich nur vermuten, denn erzählt hatte er bisher fast nichts über sich. Mit ihm hatte ich die meiste Zeit verbracht, doch von allen anderen Goldalchemisten wusste ich mehr als von ihm.

Ich dachte an sein Gesicht, dieses scharfkantig geschnittene Profil in der grauen Dunkelheit des Wagens. Irgendwo tief in meinem Innern kämpfte sich etwas Kleines, Zartes mit aller Macht empor. Unbehaglich schob ich den Gedanken an den Fechtmeister zur Seite.

Fechtmeister. Es war das erste Mal, dass ich ihn so genannt hatte, wenn auch nur in meinem Kopf. Der Begriff klang altmodisch, und doch passte er zu ihm. Er passte zu dieser geheimen Welt, die sich aus mysteriösen Logen und jeder Menge uraltem Wissen zusammensetzte.

Ich wollte irgendetwas Lustiges zu Tizi sagen, doch als ich an das dachte, was mir heute noch bevorstand, blieben mir die Worte im Halse stecken. Wieder kam die Angst vor meiner anstehenden Registrierung in mir hoch. Würden sie verlangen, dass sich mein großer Ouroboros wieder zeigte? Würde es wieder so wehtun? Oder musste ich irgendwelche Blutschwüre leisten? Das alles war mir absolut nicht geheuer, wobei die Unwissenheit fast noch beängstigender war als die Aussicht auf irgendwelche schmerzvollen Rituale.

Ich hatte meinen Freunden nicht erzählt, dass es auf unserem Balkon gebrannt hatte. Was natürlich Blödsinn war, denn ich konnte die Geschichte auch komplett ohne die Alchemie darin wiedergeben – genau wie bei Mamma. Trotzdem brachte ich kein Wort heraus, denn ich wollte nicht noch mehr Menschen belügen. Ich zuckte sogar zusammen, als Tizi sich mir gerade wieder zuwandte. »Versprich, dass du so schnell wie möglich von dieser Einführungsveranstaltung verschwindest, ja? Ich will nicht alleine zu Mariagrazias Party gehen.«

»Aber es kommt doch die ganze Klasse.« Ganz im Gegensatz zu mir war Tizi äußerst kommunikationsfreudig und hielt einen lockeren Kontakt zu fast all unseren Klassenkameraden. Sogar die Hassliebe, die sie mit Mariagrazia verband, war mehr Beziehung, als ich zu den meisten meiner Mitschüler hatte.

»Die ganze Klasse interessiert mich aber nicht«, raunte sie mir zu, während sie einem Dreiergrüppchen Mädels zuwinkte, die das Schulgelände gerade verlassen wollten. »Wir sehen uns nachher!«, rief sie.

Die drei riefen ihr Grüße zurück, doch Tizi hatte sich bereits wieder mir zugewandt. »Nicht mehr lange, und ich bin in London. Uns läuft die Zeit davon, das weißt du aber schon?«

Schon wieder ein Déjà-vu. Ich konnte es nicht verhindern, dass ich zusammenzuckte. Sofort hatte ich Olivers Stimme im Ohr. *Das Manuskript zerfällt. Uns läuft die Zeit davon.*

»Tizi, ich muss los. Ich gebe dir Bescheid, sobald ich da fertig bin.« Weil sie ein enttäuschtes Gesicht zog, sagte ich schnell: »Ich weiß noch gar nicht, wie ich dahin komme. Das liegt in EUR, und du weißt, wie schnell ich mich verlaufe.« Ich hatte mich intuitiv dafür entschieden, so nah wie möglich bei der Wahrheit zu bleiben. Außerdem hatte ich Mamma die Adresse und Telefonnummer gegeben, da ich wusste, dass Murphy sich kümmerte und auch ans Telefon gehen würde. Ich müsste mir also keine Sorgen machen. Es war erschreckend, wie schnell ich mich mit dieser Lüge arrangierte.

Tizis enttäuschte Miene wurde etwas versöhnlicher. »Schon okay.«

Ich war heute mit dem Roller da, und deshalb musste Tizi sich nicht verpflichtet fühlen, mich nach Hause zu fahren. Ich sah mich kurz um. Der Sicherheitsdienst der Loge war nirgendwo zu sehen, doch ich spürte, dass sie da waren. Ich konnte es nicht beweisen, aber ich *fühlte* es immer ganz deutlich, wenn jemand in der Nähe war, der nicht komplett menschlich schien. Fast so, als hätte das Lesen des Voynich-Manuskripts etwas in mir zum Leben erweckt, das schon immer in mir geschlummert hatte. Es war wie ein leichter kühler Schauer, ein Kribbeln. Es war nur eine Sekunde, wenn überhaupt. Aber ich konnte es nicht verleugnen. Noch intensiver waren Berührungen, so wie als ich Bens Hand im Krankenzimmer der Loge genommen hatte. Da konnte ich es noch nicht erklären, jetzt ahnte ich, dass es irgendwie zusammenhing. Und jetzt gerade war es wieder passiert. Ich ließ den Blick schweifen, und ein gutes Stück entfernt auf dem Gehweg spazierte eine Frau mit ihrem Hund an dem Grünstreifen vorbei, der den Schulhof begrenzte. Sie sprach laut in ihr Handy und wirkte eher abgelenkt. Dennoch verriet ihr Blick, dass sie jede Bewegung in ihrer unmittelbaren Umgebung wahrnahm. Sie trug ein weit fallendes Kleid und flache Schuhe, doch die Art, wie sie ging, bestätigte mir noch mehr, was ich bereits vermutet hatte. Da war etwas an ihr, etwas Lauerndes, das ihr legeres Outfit Lügen strafte. Der Hund war groß, mit langen spitzen Ohren und wachen blitzenden Augen. Er sah immer wieder zu seinem Frauchen hoch, als wäre er es gewöhnt, Befehle von ihr zu erhalten. Ich war mir relativ sicher, sollte sich mir eine Gefahr nähern, die Frau würde eine Waffe aus ihrer großen Umhängetasche ziehen und gleichzeitig dem Hund ein paar Kommandos zurufen.

»Ciao! Ich muss wirklich los«, sagte ich schnell zu Tizi, weil ich nicht noch mehr Zeit verlieren wollte. Bevor man mich von zu Hause abholen und zur Silberloge bringen würde, wollte ich noch schnell bei Violetta im Krankenhaus vorbeischauen. Ben hatte mir die Adresse getextet und gesagt, dass sie wohl okay war. Ich brannte darauf, sie zu sehen, hauptsächlich natürlich, um endlich zu erfahren, wie es ihr *wirklich* ging. Aber auch, um vorsichtig nachzuhaken, an wie viel sie sich erinnerte.

Während Tizi und ich uns zum Abschied auf beide Wangen küssten, stellte ich mit Schrecken fest, wie viel Alchemistin tatsächlich in mir zu stecken schien. Ich sorgte mich um das Bewahren ihrer – und seit Kurzem auch meiner – Geheimnisse. Ich wollte alles daransetzen, diesen beängstigenden Zwischenfall mit Dario zu vertuschen, obwohl er Violetta in echte Gefahr gebracht hatte. Ich sagte den Jungs ebenfalls Tschüss, aber ich war nicht richtig bei der Sache. Konnte es sein, dass ich viel schneller zu einer braven Alchemistin geworden war, als mir lieb war? *Unglaublich*, dachte ich kopfschüttelnd, als ich über den Schulhof in Richtung der Rollerparkplätze ging. Ben wäre sicherlich begeistert.

Das Handy in meiner Umhängetasche gab ein leises Glockenspiel von sich. Es war einer der neuen Klingeltöne, ein Klang wie aus dem Elfenreich entflohen, und ich war schwer verliebt in ihn.

Die Nachricht war von Ben.

Annmary hat ihren Job erledigt. Der Feuerkreis bei dir und der Pizzeria steht. Keine Angst, du wirst nur ganz wenig merken, wenn du hindurchgehst. Dir kann nichts passieren. Ich schicke einen Wagen, der dich um 16:00 Uhr abholt. Bis dahin haben wir alles vorbereitet. Gruß, Ben

Er schrieb so förmlich, wie er war. Sogar mit einer Verabschiedung.

16:00 Uhr. Das passte mir gut.

Ich schrieb ein schnelles: **Alles klar. Und danke!**, und steckte das Handy wieder weg.

Der Parkplatz für die Roller befand sich etwas abseits der Hauptstraße hinter dem Schulgebäude. Der Asphalt war hier wellig aufgeworfen, und die Markierung der einzelnen Plätze an den meisten Stellen bereits verblasst. Ein niedriges Gebäude, von Graffiti beschmiert und mit einem Dach, das in der Mitte durchhing wie ein missratenes Soufflé, beherbergte einige Gerätschaften, die der Hausmeister zur Pflege des Grundstückes benötigte. Ich wich gerade einer zerbrochenen Bierflasche aus, die mitten auf dem Weg lag, als ich *ihn* sah.

Als ich *es* sah.

Die Gestalt ging gebückt und schien ein Bein unnatürlich nachzuziehen. Reste von dunkelbraunem Haar standen in Büscheln von ihrem Kopf ab. Die Haut war größtenteils schwarz und schien an einigen Stellen schuppig und aufgerissen. Obwohl es kaum noch zu erkennen war, wusste ich, dass das mal ein Mensch, ein Mann, gewesen sein musste. Die Fingernägel waren viel zu lang und gelblich verfärbt, die Kleider zerrissen und starr vor Dreck. Er hielt den Kopf gesenkt, als müsse er ganz genau auf jeden Schritt achten. Er war noch ein gutes Stück entfernt, schlurfte über den Gehweg in Richtung der anliegenden Kreuzung, und ein raues Stöhnen ertönte bei jedem weiteren Schritt, den dieses Wesen machte. Doch niemand schien es wahrzunehmen. Die Leute gingen an ihm vorbei, als sei er unsichtbar. Aber er war auch kein Geist, denn niemand ging direkt durch die Gestalt hindurch. Vielmehr schien es, als würden die Leute ihm intuitiv ausweichen. Als würde er irgendetwas ausstrahlen, das sie ihren Weg ändern ließ. Ich war viel zu schockiert, um mich noch einen Schritt weiter zu bewegen. Stattdessen blieb ich einfach stehen und sah ihm zu, wie er die Straße entlangschlurfte. Als er näherkam, knickte mein Sichtfeld, als habe sich mein Blick für einen Moment lang zusammengefaltet wie ein Blatt Papier und dann wieder glattgezogen. Ich keuchte auf. *War das etwa ein Alchemist?*

In diesem Moment hatte er die Kreuzung erreicht. Schon im Gehen streckte er seine Hand aus.

Ich erstarrte.

Was passierte denn jetzt?

Auf einmal ging alles ganz schnell. Seine Handflächen berührten die Ampelsäule. Eine durchscheinend bläuliche Energiewelle schien sich von dort auszubreiten, immer größere

Kreise zu ziehen, wie ein flacher Stein, der über eine Wasseroberfläche tanzte.

Und dann brach Chaos aus.

Kapitel 15

Ein Autofahrer schien das Steuer zu verreißen und geriet mit seinem Wagen in den Gegenverkehr. Ein Minivan rammte ihn am linken Scheinwerfer. Überall schrien Menschen. Der Pkw drehte sich halb um sich selbst und geriet noch weiter in den Gegenverkehr. Reifen quietschten, und der beißende Geruch von verbranntem Gummi verbreitete sich rasch in der Luft. Ein Bus konnte soeben noch bremsen, sonst hätte er den Pkw direkt an der Seite erwischt. Stattdessen schob er den Wagen nur ein kleines Stückchen an, bevor beide zum Stehen kamen. Sofort eilten Helfer herbei, und die Türen des Busses flogen auf. Überall strömten Menschen auf die Kreuzung, zückten ihre Handys, um Hilfe zu rufen. Der Verkehr war komplett zum Erliegen gekommen. Männer rissen die Türen des Pkw auf und zogen zwei Frauen und ein Kind heraus. Das Kind weinte, doch es schien ihm nichts passiert zu sein. Eine der Frauen hielt sich ihren Arm, und das Gesicht war schmerzverzerrt. Mein Blick fiel erneut auf das Wesen, das all dieses Chaos offenbar zu verursachen schien. Der Mann ging einfach weiter. Es war ungeheuerlich, aber ich hatte gesehen, was passiert war. Meine Augen hatten mich nicht getäuscht. Er hatte irgendeine Kraft freigesetzt, die dafür gesorgt hatte, dass der Pkw aus seiner Spur ausbrach. Und dabei hatte er mutwillig Menschenleben aufs Spiel gesetzt. Es war dumm, und es war leichtsinnig, doch Wut flammte in mir auf. Da die Beteiligten des Unfalls zum Glück nur leicht verletzt schienen und jede Menge Helfer vor Ort waren, nahm ich, ohne groß darüber nachzudenken, die Verfolgung des Verursachers auf.

»Hey!« Meine Stimme war in dem Chaos kaum zu hören. Ich begann zu rennen. Er war nicht schnell, doch die Kreuzung war ein gutes Stück entfernt, und die vielen Schaulustigen machten mir das Durchkommen nicht leichter.

»Hey!«, rief ich noch mal, obwohl es sinnlos war.

»Signorina!«

Die Leute schrien immer noch wild durcheinander, doch die Stimme ließ mich kurz zusammenzucken. Ich rannte weiter und verringerte so den Abstand zu der schlurfenden Gestalt. Aus einer Intuition heraus fischte ich im Laufen mein Handy hervor, um ein Foto von ihr zu machen. Vielleicht konnte mir einer der Alchemisten erklären, um wen oder was es sich hier handelte. Endlich hatte ich das merkwürdige Wesen erreicht.

»Hallo, bleiben Sie stehen. Sehen Sie denn nicht, was Sie angerichtet haben?«

Keine Reaktion, nur dieses Stöhnen bei jedem schlurfenden Schritt.

»Signorina *Pandolfini!*« Wieder diese Stimme, jetzt viel näher.

Ich machte zwei große Schritte an dem Mann vorbei. Er war ein wenig kleiner als ich, was aber nur an der gekrümmten Haltung lag. Obwohl ich direkt vor ihm stehen blieb, hielt er nicht an. Noch einen Schritt, und er würde mich umrennen.

Moment.

Hatte da jemand meinen Namen gerufen?

Im nächsten Moment hielt er inne, als wäre er vor eine Wand gelaufen. Er gab einen Laut von sich, ein langgezogenes gequältes Heulen, und dann hob er den Kopf.

Ich wich unwillkürlich einen Schritt zurück, als unsere Blicke sich trafen. Seine Iriden waren gelblich, und seine Pupillen zu Schlitzen verformt. Das weiße Drumherum hatte einen gräulichen Farbton angenommen. Es waren tierhafte Augen, die mir ein eisiges Frösteln die Wirbelsäule hinabjagten.

Ich keuchte auf.

Noch mal trafen sich unsere Blicke. *Was geschah hier gerade?* Eine zweite bläuliche Energiewelle wirbelte über seinen Handflächen.

»Fass!«

Etwas Dunkles schoss an mir vorbei.

Wie automatisch duckte ich mich, dann streckte er die Hand in meine Richtung aus, als der Hund ihn im gleichen Moment umwarf. Die Welle traf mich trotzdem, wenn auch nur teilweise. Der größere Rest brandete über mich hinweg und hinauf in den Himmel, weil die Gestalt schon Richtung Asphalt unterwegs war.

Jemand riss mich am Arm brutal zur Seite.

Meine andere Seite fühlte sich seltsam taub an. Die Finger kribbelten, und dann jagte das Kribbeln hinauf in Richtung meiner Schultern.

»Was machen Sie denn da?« Es war die Stimme einer Frau. Die Stimme, die vorhin schon meinen Namen gerufen hatte.

Ich drehte den Kopf, gerade als das Kribbeln meine Schulter überwand und Richtung Kopf schoss. Es fühlte sich an, als würde jemand meinem Gehirn einen Elektroschock verpassen.

Meine Sicht zersplitterte sich, wurde erst pixelig und dann komplett unscharf.

»Signorina, hören Sie mich?«

»Ich rufe die Loge an.« Eine männliche Stimme.

»Wo warst du, Carlos?«

»Zwei Quecks sind gerade angekommen. Sie sind von hinten ins Schulgebäude.«

»Und wo ist Enrico? Ah, na endlich.«

»Ist sie lebensmüde?« Eine dritte Stimme.

Die Frau lachte freudlos auf. »Silberorden. Muss ich mehr sagen?«

Auf einmal sah ich wieder klar, und das Kribbeln ließ nach. Ich entzog meinen Arm dem festen Griff und betrachtete die Leute genauer, die sich um uns herum versammelt hatten. Sie mussten Alchemisten sein, ich spürte es. Meine Vermutung war richtig gewesen. Die Frau, die eben noch nahe der Schule mit ihrem Hund spazieren gegangen war, stand nun direkt neben mir. Zwei Männer standen dicht hinter ihr, und einer von ihnen telefonierte. Er trug Bermudas und ein bunt bedrucktes Shirt und sah mehr aus wie ein Tourist als ein Einheimischer. Doch sein Italienisch war akzentfrei, auch wenn ich nur wenige Worte aufschnappte.

Der dritte Mann war etwas jünger als die beiden anderen, vielleicht so um die zwanzig. Der Blick, den er mir gerade zuwarf, wirkte fast mitleidig. Er hatte lockiges Haar, und der Schatten eines Dreitagebarts umrahmte sein Gesicht. »Und sie soll für eine Mission rekrutiert werden?«, fragte er, ohne mich anzusehen. Aus dem Mitleid war in Sekunden offene Skepsis geworden. »Da scheint der Orden ja wirklich in Nöten zu sein.«

Die Frau folgte seinem Blick. Jemand hatte das Wesen zu

unseren Füßen mit einem schimmernden Seil gefesselt. War es aus Metall? Die Hände des Mannes umgab eine Art heller Nebel. Ich sah, wie sich immer wieder bläuliche Energieblitze über seinen Fingern lösten, doch das helle Gas schien sie zu neutralisieren. Was passierte hier? Mein Herz raste immer noch, und bei jedem Schlag schien mein Sichtfeld zu erzittern. Ich neigte den Kopf.

Der Hund hatte wieder brav neben der Frau Platz gemacht. Selbst er schien mich kritisch zu mustern.

Ich räusperte mich und brauchte einen Moment, bis ich meine Stimme wiederfand. »Ich würde gerne wissen, was hier los ist. Wer oder was ist er?« Ich deutete auf das gefesselte schwarze Wesen. »Und wie hat er das alles angestellt?«

Die Frau schien wenig beeindruckt. »Wir sind nicht autorisiert, mit Ihnen darüber zu sprechen.«

»Das ist eine interne Angelegenheit des Ordens«, fügte der Mann in den Bermudas hinzu und jonglierte einen ziemlich gefährlich aussehenden Dolch mit schwarzer stumpfer Klinge in der Linken. »Wir haben Ihnen einen Wagen gerufen.«

Ich konnte schwören, dass ich in jedem Wort Bens Anweisungen heraushörte.

Der Typ mit den Locken drehte sich schon suchend in alle Richtungen um. Sirenen erklangen, und die empfindlichen Ohren des Hundes zuckten hin und her.

»Wir bringen sie weg von hier.« Die Frau schien das Kommando zu haben. »Enrico, du wirfst ein Auge auf die zwei Quecksilber-Leute. Und ich warte mit ihr auf den Wagen.«

Sie sprachen über meinen Kopf hinweg, als wäre ich gar nicht da.

»Was machen wir mit ihm?« Carlos deutete auf die sich windende schwarze Gestalt.

»Wir lagern ihn zwischen.«

Sie wollen was? Ich hörte atemlos zu. *Sie wollen ihn lagern? Wie einen Sack Reis?*

»Was ist mit dem Schuppen?« Carlo deutete über meinen Kopf hinweg. »Sieht nicht aus, als ob da ständig Leute drin herumspringen. Wenn es dunkel wird, holen wir ihn ab.«

Die Frau nickte knapp.

»Wir bringen ihn rüber, sobald der Wagen das Mädchen eingesammelt hat.« Dann wandte sie sich an mich. »Kennen Sie Ihren eigenen Nachnamen?«

Ich hörte die Wut in ihrer Stimme, und ich sah sie in jeder Falte, die sich auf ihrer Stirn gebildet hatte, als sie die Augenbrauen finster zusammenzog. »Ich habe Sie gerufen – und das nicht nur einmal. Ich habe Sie insgesamt dreimal gerufen. Zweimal sogar bei Ihrem Nachnamen. Was genau hat Sie bewogen, weiterzulaufen? Sind Sie zu oft in der Geisterbahn gewesen, dass Ihnen solcherlei Gestalten keine Angst mehr machen? Oder sind Sie einfach nur …«

Sie brach ab, weil sie vermutlich selbst bemerkte, dass all dies auf eine Beleidigung hinauslaufen würde.

»… einfach nur vom Silberorden?«, fügte Enrico hilfreich hinzu. Was die Beleidigung nicht unbedingt besser machte. Ich ahnte mittlerweile selbst, dass ich wohl gerade Mist gebaut hatte. »Es tut mir leid.« Obwohl ich keine Ahnung hatte, wer so alles zu meinem Orden gehörte, schien er keinen guten Ruf zu haben. »Ich meine ja nur … der Mann sah aus, als ob er Hilfe benötigte, und dann …«

Enrico unterbrach mich. Er lachte, und es klang nicht gerade freundlich. »Und wir meinen ja nur, dass das echt eine typisch dämliche Silber-« Ich drehte den Kopf, um Enrico direkt anzusehen, und dieses Mal verstummte er sofort.

Ich war ihnen dankbar, dass sie mir zu Hilfe gekommen waren, aber war es nötig, dass sie so abfällig redeten? Ich fixierte den Mann, und da war es plötzlich wieder. Dieses Gefühl, das ich auch schon in der Gasse gehabt hatte. Diese Kraft, die darum bettelte, nach außen zu drängen.

»Wow.« Enrico hob abwehrend beide Hände und wich tatsächlich zwei Schritte zurück. »Keinen Grund, die Silberkeule herauszuholen.«

»Und es scheint eine ziemlich große Keule zu sein«, murmelte Carlos und klang tatsächlich ein wenig beeindruckt. »Vielleicht hat der Orden ja doch gute Gründe.«

Enrico kicherte dunkel. »Wofür braucht sie uns?« Er sah zu der immer noch namenlosen Frau. »Hast du das gespürt?«

Sie nickte. »Trotzdem. Wir haben unsere Befehle. Sie mag ja ein schlummernder Vulkan sein, aber wenn der Orden …«

Ich erkannte die schwarze Limousine sofort. Statt über die Kreuzung, die immer noch überfüllt war, kam der Wagen über den Parkplatz vom Schulgelände auf uns zugefahren. Die Reifen rollten noch, da wurde die Beifahrertür auch schon aufgestoßen, und eine große Gestalt sprang auf den Asphalt.

»Ich bin dann mal weg«, rief Enrico und befolgte endlich den Befehl der Frau, die zwei ominösen Quecksilber-Leute im Auge zu behalten. Carlos und sie strafften die Schultern, als Ben mit langen Schritten auf uns zukam.

Der Gesichtsausdruck ließ sich wohl am besten mit düsteren Gewitterwolken vergleichen. Und ich war mir relativ sicher, dass er nicht seinen Leuten galt, sondern mal wieder nur einzig und alleine mir.

Super.

Kapitel 16

Und ich hatte recht. Seinen Leuten nickte er kurz dankend zu, mich strafte er jedoch mit einem funkensprühenden Blick.

Er sah kurz in Richtung der dunklen Gestalt, die immer noch am Boden zappelte.

»Mitkommen«, knurrte er dann, und wieder traf mich so ein Blick, der suggerierte, dass er mich in alle Einzelteile zerlegen würde, sobald wir alleine wären.

»Was ist das?« Ich deutete auf das Wesen auf dem Asphalt.

Ich wusste, dass seine Beherrschung auf Messers Schneide stand, als wieder dieser eine feine Muskel an seinem Kinn zuckte. Er sagte nichts, er streckte einfach nur lang den Arm aus und deutete auf die weit geöffnete Tür der schwarzen Limousine.

Meine Mitschüler waren zum Glück schon alle nach Hause verschwunden. Doch wenn eine Szene es wert gewesen wäre, sie für YouTube zu filmen, dann diese hier. Es sah wirklich aus, als wäre ich mitten in einem Agentenfilm gelandet. Getarnte Spione, irgendwelche durchgedrehten Experimente, die aus irgendwelchen Laboren entkommen waren, ein Superspion, der absolut unausstehlich war, und die coole schwarze Karre, die bestimmt so einige Spezialeffekte vorweisen konnte.

Ganz langsam ließ Ben den Arm sinken.

»Und wieso soll er ›zwischengelagert‹ werden? Das klingt ja fürchterlich.«

Wieder keine Antwort, stattdessen schimmerten seine Augen plötzlich leuchtend golden.

»Wir sollten uns alle beruhigen.« Die Stimme der Frau durchbrach das Dröhnen in meinen Ohren. »Auseinandersetzungen in der Öffentlichkeit verstoßen gegen die Allianz von Gold- und Silberorden.«

Ben blinzelte, und im nächsten Moment waren seine Augen einfach nur tiefblau. »Bitte steig in den Wagen, Emilia.«

Da war eine Anspannung in seiner Stimme, die mich in die Realität zurückriss. Hier war ein Wesen, das Unfälle erzeugen konnte, und ich … ich hatte mich absolut leichtsinnig verhalten. Ich ging mit hängendem Kopf zum Wagen und rutschte auf das Polster. *Verdammt.*

Im nächsten Moment war Ben nachgerutscht, und die Tür fiel zu. Schon gab der Wagen Gas, und wir wurden in die Rückbank gepresst.

»Ich sage es noch mal: Du bist eine Nervensäge.« Er sah mich nicht mal an.

Ich holte tief Luft und strich mir die wirren Haare aus der Stirn. »Und du bist …«

Er sah zu mir herüber. »Los, schnall dich endlich an.« Sein Blick wirkte vielleicht ein wenig neugierig, aber nicht wirklich interessiert.

»Du bist so …« Mir fehlten die Worte, während ich mit dem Sicherheitsgurt hantierte. Es war dumm, aber ich wollte ihn nicht beleidigen. Denn, waren wir mal ehrlich, er machte ja bloß seinen Job. Er sorgte für meine Sicherheit, was gewiss keine leichte Aufgabe war, und ich sollte dankbar dafür sein.

Ben tippte inzwischen auf seinem Handy herum, dann reichte er es mir herüber.

Verdutzt nahm ich es entgegen. Er hatte den Browser geöffnet und oben auf der Seite stand:

Liste aller Adjektive
Aalförmig, aalglatt, aasfressend, aasig, abaissiert, abakteriell, abartig, abatisch …

Sehr witzig.

»Gut, dann nehme ich …« Ich ließ meinen Blick die Liste entlanggleiten. »… aasig. Du bist aasig.« Keine Ahnung, was das bedeutete, aber es klang nicht unbedingt wie das größte Kompliment auf Erden.

Er verzog keine Miene.

»Jetzt du.« Ich reichte ihm das Handy zurück. »Ein Adjektiv mit A für mich.«

Er steckte das Handy weg, ohne auch nur einen Blick auf das Display zu werfen. Wieder war seine Stimme zu einem Knurren vererbt. »Anstrengend.«

Einen Moment lang huschte ein Ausdruck über sein Gesicht, den ich nicht genau deuten konnte. »Weißt du«, sagte er und schien seine Worte mit Bedacht zu wählen. »Es scheint, als würdest du Ärger nicht nur magisch anziehen, sondern ihn regelrecht suchen. Das ist nicht nur leichtsinnig und unklug, es macht auch den Eindruck, als würdest du meinen Job sabotieren. Was wiederum darauf hindeutet, dass dir völlig egal ist, was ich hier mache. Und das wiederum führt zu dem Schluss, dass du mich nicht für voll nimmst.«

Der Wagen hatte mittlerweile eine der Hauptverkehrsadern von Rom erreicht, und die Fahrt wurde etwas ruhiger. Ich wandte mich von ihm ab, setzte mich in meinem Sitz zurecht und ließ dann den Blick aus dem Fenster gleiten. *Er hatte recht.* Und zwar mit allem. Jetzt fühlte ich mich mies, aber ich hatte es wohl verdient. »Du hältst mich für undankbar, richtig?«

Ich hörte ihn leise seufzen.

Keine Antwort.

Ich seufzte innerlich. Wie sagte man: Keine Antwort war auch eine Antwort.

Die Straßen jagten an uns vorbei, und überrascht stellte ich fest, dass wir in Richtung Hauptbahnhof, in Richtung meines Viertels, unterwegs waren. Ich hatte irgendwie angenommen, er würde mich in die Loge bringen, auch wenn es noch zu früh für unseren Termin zur Registrierung war.

Ich hörte sein Handy einmal kurz vibrieren, doch er schien es nicht anzurühren. Die Stille im Wagen war nicht angenehm und wurde unerträglicher, je länger sie dauerte.

Mir war klar, dass mein Temperament mal wieder mit mir durchgegangen war. Dass diese Leute mich vor was auch immer es war beschützt hatten. Dass ich leichtsinnig gewesen war, diesem Wesen überhaupt hinterherzulaufen. Dass es dumm gewesen war, die Gestalt zur Rede zu stellen. Doch so war ich nun mal. Ich konnte Ungerechtigkeiten nicht leiden, und noch schlimmer fand ich es, wenn unschuldige Menschen zu Schaden kamen. Wieder sah ich aus dem Fenster. Ich hatte mich bei den drei Sicherheitsleuten nicht genug bedankt. Vielleicht war diese schwarze Gestalt noch sehr viel gefährlicher als angenommen. Wer weiß, was sie mit mir angestellt hätte. Aber wenn mich mein Temperament packte, dann sah ich alles im Tunnelblick. Dann stürmte ich kopflos vorwärts und dachte keine Minute weiter als nötig. Diesen Charakterzug hatte ich definitiv nicht von Mamma geerbt, denn sie war sanftmütig und schien immer wohlüberlegt zu handeln. Es musste das Erbe meines Vaters sein. Und genau deshalb hatte ich niemanden zum Reden, denn Mamma verstand nicht, wie es sich anfühlte, wenn man einfach nur noch rotsah. Jetzt wünschte ich mir, ich hätte es in meinen fast achtzehn Jahren geschafft, es besser zu kontrollieren.

»Ich weiß nicht, was ich von dir halten soll, Emilia.« Bens Stimme klang angespannt, und sie durchschnitt die Stille so brutal, dass ich zusammenzuckte. Ich wollte ihn ansehen, sein Gesicht sehen, doch ich verbot es mir.

»Du bist leichtsinnig, und es wird der Tag kommen, an dem ich nicht zur Stelle bin.«

Wieder türmte sich dieses allumfassende Schweigen zwischen uns auf. Ich wollte ihn ansehen, doch andererseits hatte ich Angst, dass ich es nicht ertragen würde. Den Ausdruck in seinem Gesicht, die Enttäuschung.

Ich hörte das leise Knarzen des Leders, spürte das leichte Senken des Sitzes, als er sich in meine Richtung drehte.

Ich wollte bis hundert zählen, wollte zählen, bis wir endlich vor meiner Haustür hielten, um mich ja nicht zu ihm zu drehen. Ich kam bis fünf, dann wanderte mein Blick wie von selbst zum ihm.

Da war dieser harte Zug um seinen Mund und die Art, wie er den Kiefer angespannt hatte, der mir verriet, dass seine Wut längst verraucht war. Dass das hier etwas anderes war.

»Wir sind nicht unsterblich.« Seine Augen wanderten über mein Gesicht, als er sprach. »Alchemisten sterben. Sie sterben jeden Tag, jede Nacht auf diesen Straßen. Wir bringen uns gegenseitig um, einfach nur, weil wir verfeindet sind. Wir sterben im Kampf gegen die Crux, jene Wesen, von denen du heute auch einem begegnet bist. Manche sterben schon während der Ausbildung. Wir töten uns mit unseren eigenen Astralelementen, weil sie zu stark für uns sind. Wir sterben, wenn wir die Macht verlieren, sie zu kontrollieren. Dann werden wir zu dem, was du dort gesehen hast. Ein Crux ist ein Alchemist, der den Kampf gegen seine inneren Dämonen verloren hat. Ein Mischwesen, halb tot und halb lebendig, bösartig und ruhelos, bis jemand ihn tötet. Es ist kein schönes Ende, aber es passiert jeden Tag.«

Ich sah ihn einfach nur an, versuchte zu ergründen, was ich da in seinem Gesicht sah.

»Der Tod ist unser täglicher Begleiter.« Er hob ganz leicht das Kinn. »Aber ich bin sehr gut darin, ihm die Stirn zu bieten. Und ich bin sehr gut darin, ihn von anderen fernzuhalten.« Er sah kurz zur Seite, doch dann glitt sein Blick zurück zu mir. »Ihn von *dir* fernzuhalten. Ich werde das nicht zulassen.« Wie automatisch schien er eine Hand zur Faust zu ballen, doch als er es bemerkte, löste er sie ganz schnell wieder. »Du kannst mich deswegen hassen, mich nervig finden und …«

»Nein«, unterbrach ich ihn. »Nein.«

Er sah wirklich überrascht aus.

Jetzt war der Punkt erreicht, an dem ich endgültig verstanden hatte, dass ich mich vorsehen musste. Dass ich noch mehr aufpassen musste als sonst. Dass ich lernen musste, meine Neugier, mein Temperament und all das, was mich kopflos handeln ließ, zu kontrollieren. Ich ertrug die Enttäuschung in seinem Blick einfach nicht.

»Ich werde mich vorsehen«, sagte ich also. »Ich verspreche es«, fügte ich dann noch leise, aber sehr ernst hinzu.

Seine Pupillen wirkten plötzlich riesig. Er schluckte hart, doch er sagte nichts.

Zuerst zögerte ich, doch dann gab ich mir einen Ruck. »Ben?«

»Ja?« Seine Stimme klang rau, als riebe Stein über Stein.

»Ich will nicht mehr streiten.«

Er atmete tief aus, und da war es plötzlich wieder. Dieses Lächeln. Er schob seine Hand in eine Tasche seiner Jeans und zog etwas daraus hervor. »Du hast deine Uhr verloren.«

Das hatte ich noch gar nicht bemerkt, doch ich brachte nur ein »Oh« heraus.

Ich erkannte seine Absicht, und wie automatisch hob ich ihm die Hand entgegen. Er legte die Uhr vorsichtig um mein Handgelenk und schloss das Armband. Dann sah er kurz, aber sehr konzentriert auf das Katzengesicht, die Brauen gerunzelt, als habe er ein schwieriges Rätsel vor sich. Als er mich wieder ansah, blitzte etwas in seinen dunkelblauen Augen auf. »Ein Teil von mir hat Fragen. Ein anderer Teil von mir möchte die Antworten lieber nicht wissen.«

Ich lachte. »Ich habe eine Wette verloren.«

»Du wettest um Uhren mit Ohren?«

Ich erzählte ihm das ganze Drama mit den Lippenstiften und den Geschmäckern.

Er schüttelte den Kopf, den Blick schon wieder gewohnt ernst. »Ich kenne niemanden, der so ist wie du.«

»Aber es ist doch immer nett, neue Leute kennenzulernen. Oder nicht?«

Er sah einen langen Moment an mir vorbei aus dem Fenster, bevor er schließlich murmelte. »Ich weiß nicht. Ich weiß noch nicht, ob mir gefällt, welchem Teil von mir das alles hier so gut gefällt.«

Kurz darauf hatten wir unser Ziel erreicht, und Ben eskortierte mich bis zu meinem Hauseingang. Er grüßte einen Mann in Montur der Stadtreinigung, und nur Sekunden später verriet mir mein neuer Alchemisten-Sinn, dass es jemand vom Wachdienst sein musste.

Ich hatte Ben fragen wollen, ob es schon neue Pläne bezüglich des Voynich-Manuskripts gab, doch jetzt war ich plötzlich aufgeregt. Als ich durch die Tür trat, spürte ich den Feuerkreis wie einen Schwarm Luftblasen, der von meinen Zehen aus in meinen Körper aufstieg. Ben schien zufrieden, als ich mich umdrehte. Er hatte eine Hand prüfend über die Schwelle gestreckt. Jetzt sah er zu mir.

»Läuft«, sagte er knapp. »Ich melde mich später.«

Ich wollte noch etwas sagen. Ihm danken, ihm sagen, er solle den Sicherheitsleuten nochmals meinen Dank ausrichten, da hatte er sich schon umgedreht und ging durch die Gasse in Richtung der Straße, wo die Limousine am Rand mit laufendem Motor gehalten hatte.

Also ging ich weiter in den Hausflur. Es kitzelte regelrecht, und ich fragte mich, wie es funktionierte, obwohl es komplett unsichtbar war.

Als ich bei Davine klingelte, um Newton anzuholen, hatte ich immer noch Bens kryptische Worte im Ohr. *Welchem Teil von mir das gefällt.* Besaß er eine gespaltene Persönlichkeit, oder was?

Als sich die Tür öffnete, strahlte mir überraschenderweise Violetta entgegen. Die Spitzen ihres kurzen braunen Haares waren leuchtend blau gefärbt, und mit den großen Augen und den flippigen Klamotten sah sie immer ein wenig aus wie ein hyperaktiver Pixie. Sie war fast einen Kopf kleiner als ich, und das lange Kleid wirkte riesig an ihr. Vermutlich hätte jede andere Person ein wenig verloren darin gewirkt, doch zu Violettas Charakter passte es hervorragend. Sie quietschte auf, bevor sie mir um den Hals fiel.

»Es ist so schön, dich zu sehen. Geht's dir gut?«

»Das wollte ich dich auch gerade fragen.« Ich schob sie ein Stückchen von mir, um sie anzusehen. Sie war nur drei Jahre älter als ich, und obwohl sie erst seit zwei Jahren über uns wohnte, fühlte es sich an, als würden wir uns schon ewig kennen. »Bist du aus dem Krankenhaus abgehauen? Und ist mit deinem Handy alles ok? Mamma und ich haben dir jede Menge Nachrichten geschrieben.«

Sie winkte ab, während sie mich in den schmalen Flur zog. »Es war wohl nur ein leichter Schwächeanfall. Vor einer Stunde durfte ich schon wieder gehen.« Sie lächelte bedauernd. »Mein Handy lag leider zu Hause. Jemand hatte zum Glück meine Handtasche aus dem Flur mitgenommen, deshalb hatte ich alle nötigen Papiere dabei, aber das Handy lag auf dem Nachttisch und war ausgegangen …«

Ich drückte sie noch mal und war so unendlich erleichtert. »Ist wirklich alles in Ordnung?«

Sie lachte leise. »Es geht mir gut. Ich bin heute noch krankgeschrieben, aber morgen werden wieder den ganzen Tag Haare geschnitten.« Dann löste sie sich von mir und sah mich an. »Ich muss mich bei dir bedanken. Die Ärzte sagten, du hättest gehört, wie ich auf dem Balkon zusammengebrochen bin. Und dann war da noch etwas von einem Brand, aber da blicke ich noch nicht so ganz durch. Eine Nachbarin sagte, deine Mamma hätte etwas von einem Funkenflug erzählt.«

Ich war unendlich erleichtert, dass sie sich nicht an Dario erinnerte. Ich entschied, so vage wie möglich zu bleiben, während wir Davines Flur und das Wohnzimmer durchquerten.

»Ich habe gehört, wie du auf dem Balkon umgefallen bist, und nachdem du nicht mehr geantwortet hast, habe ich mir deinen Schlüssel geschnappt. Ich habe dich ohnmächtig auf dem Balkon gefunden. Als du nicht wieder zu dir gekommen bist, habe ich den Notarzt gerufen. Dann bin ich runter zu uns und stellte fest, dass es bei uns an einigen Stellen auf dem Balkon brannte. Zum Glück haben wir einen Feuerlöscher in der Küche. Damit war der Spuk dann schnell vorbei. Zum Glück waren es nur ein paar kleinere Brandherde.«

Wir traten auf die Terrasse, wo Davine grüßend die Hand hob. Newton buddelte ein Loch in einem der Beete und wedelte nur kurz in meine Richtung, bevor er wieder mit seinem ganzen Kopf in dem Erdloch verschwand.

»Ist das nicht unglaublich, Davine«, sagte Violetta, »was so ein kleiner Funkenflug für eine Katastrophe auslösen kann? Stell dir vor, das ganze Haus hätte abbrennen können, wenn Emilia nicht so schnell reagiert hätte.«

»Das war wirklich großes Glück«, erwiderte Davine, der in seinem Garten saß, und drehte seinen Rollstuhl in meine Richtung. Ich ließ die Tasche gegen den Tisch sinken und umarmte ihn.

»Was für eine Katastrophe«, sagte Violetta und wedelte nervös mit den Händen. Dann sah sie zu mir. »Wir wären heute schon tot, das muss man sich mal vorstellen.«

Davine und ich nickten beide.

»Setzt euch doch.« Er deutete mit dem Kopf auf die Stühle.

»Und jetzt zu den guten Neuigkeiten.« Er lächelte mich an. »Herzlichen Glückwunsch.«

»Danke.« Ich setzte mich und lächelte ein wenig verlegen.

»Oh ja, herzlichen Glückwunsch zum letzten Schultag.«

Violetta rückte ihren Stuhl näher zu mir, dann umarmte sie mich erneut. »Wie aufregend!«

»Habt ihr mal bei eurer Versicherung angefragt, ob sie einen Teil des Schadens übernehmen?«, wollte Davine gerade wissen, da piepte mein Handy.

»Da muss ich Mamma fragen«, sagte ich, während ich das Telefon hervorzog. **Wir müssen sofort in die Loge. Es ist wichtig.**

Die Nachricht war von Ben, und dieses Mal diskutierte ich nicht. Ich schrieb ein schnelles **Okay!** zurück. Da es Violetta gut ging, hatte sich der Besuch erübrigt, und ich hatte Zeit.

»Ist etwas passiert?«, wollte sie wissen.

»Nein, ich habe mich einfach nur etwas in der Zeit verkalkuliert, und jetzt muss ich …«

»Geh ruhig, wir kümmern uns um Newton«, sagte Davine. Ich sah in seinem Blick, dass er davon ausging, dass es irgendetwas mit diesem »Einführungsseminar« zu tun hatte. Ich war froh, dass mir so eine Lüge erspart blieb.

Ich sprang auf. »Vielen Dank noch mal, ich gehe dann jetzt direkt los.«

»Kein Problem«, rief Violetta. »Viel Spaß!«

»Danke!«, rief ich noch ein letztes Mal, während ich Davines Flur entlanghetzte. Mamma war schon wieder einkaufen, deshalb schrieb ich ihr schnell, dass ich zu Hause gewesen war, aber doch lieber etwas eher loswollte. Eigentlich hätte ich Newton mit in die Loge genommen. Ich ließ ihn nicht gerne länger allein, aber da ich heute offiziell das »Einführungsseminar« hatte, konnte ich ihn schlecht mitnehmen. Vielleicht könnte ich es ab morgen so arrangieren, dass ich ihn mitnahm, indem ich Mamma erklärte, dass Hunde dort erlaubt waren.

Vor den Briefkästen im Hausflur traf ich auf Ben. Da ich

wusste, dass er praktisch durch Wände gehen konnte, fragte ich gar nicht erst nach, wie er ins Innere gekommen war. Er hielt mir die Tür auf, und wir verließen das Haus. Da ich jetzt eigentlich Mittagessen wollte, war ich dankbar, dass ich in meiner Tasche noch eine Rolle Oreo-Kekse fand. Ich bot Ben welche an, doch er lehnte ab. Die Limousine wartete schon wieder am gewohnten Platz. Als wir einstiegen, erhaschte ich einen Blick nach vorn in die Fahrerkabine. Am Steuer saß eine Frau mit streng zurückgekämmtem blondem Haar. Sie trug eine Art Uniform und hielt ihren Blick auf die Straße gerichtet. Auch bei ihr fühlte ich sofort, dass sie eine Alchemistin sein musste. Sie kannte wohl unser Ziel bereits, denn sie gab Gas, sobald wir die Tür hinter uns zugezogen hatten.

»Was ist passiert?«

Dieses Mal schnallte ich mich sofort an.

»Ich war schon auf halbem Wege, da hat sich Oliver gemeldet. Er und Murphy waren gerade beim Voynich-Manuskript. Die Sache gestern muss den Verfall extrem beschleunigt haben. Wir müssen jetzt sofort anfangen.«

Ich stutzte. »Was ist mit meinem Orden? Mit der Registrierung? Und du wolltest mir doch zeigen, wie ich meinen eigenen Feuerkreis benutzen kann.«

»Das muss alles warten.« Sein Blick war hart, dann drehte er den Kopf von mir weg und Richtung Fenster. »Du bist mächtig genug, um auch ohne Training diese Mission zu bestreiten. Wir werden versuchen, deine Kraft so gut es geht in die richtigen Bahnen zu lenken. Vielleicht schaffen wir es morgen, dich zu registrieren. Je nachdem, wie gut das Manuskript jetzt noch durchhält.« Ben sah zurück zu mir. »Und wenn es morgen schon verfallen ist, haben wir eh alle Zeit der Welt.«

Kampfgeist erwachte in mir. Ich hatte das Manuskript gesehen, hatte die Zerstörung an ihm wahrgenommen. Aber ich hatte auch die Verbindung gespürt. Dieses zarte Band, das über die Jahrhunderte hinweg von seiner Verfasserin, von Maria di Luca, bis zu mir in die Gegenwart zu existieren schien. Ihre Worte hatten mich berührt, ihre Hingabe gefesselt.

»Willst du etwa aufgeben?«, fragte ich leise.

Als er nicht antwortete, fuhr ich fort. »Sie ist immer noch da, zwischen den Zeilen. Es ist fast, als ob sie mit mir spricht. Ich kann Maria di Lucas Stimme hören, wenn mein Gehirn die verschlüsselten Buchstaben dekodiert. Das ist es, was *mich* nicht aufgeben lässt.«

»Genauso geht es mir mit Caleb.« Bens Blick schien in die Ferne zu gleiten. »Mein Vorfahre Caleb Hastings. Historiker und ein ausgezeichneter Botaniker. Wenn ich seine Zeichnungen sehe, spüre ich, dass da ein Stück von ihm verwoben ist. Man sagt ja, jeder Schriftsteller verschenkt einen winzigen Teil von sich selbst in jedem Buch. Dass er etwas von sich abgibt, etwas, das für immer zwischen den Zeilen bleibt. So geht es mir mit diesen Zeichnungen. Er ist immer noch da. Ich kann Caleb *fühlen* zwischen all den Linien und Farben, und ich weiß, dass er diesen Teil von sich hergegeben hat, um damit einem höheren Zweck zu dienen.« Ein entschlossenes Funkeln trat in Bens Augen. »Nein, ich werde genauso wenig aufgeben.«

Kapitel 17

In der Loge herrschte Aufregung. Ich war so nervös, dass ich mir das hohe Gebäude, das neben der Rampe der Tiefgarage aufragte, kaum ansah und sogar die Bedrohung durch den gruseligen Aufzug vergaß. Wie automatisch legte ich meine Hand auf den Scanner, der wie beim letzten Mal unsichtbar aus der Wand herausglitt. Der Aufzug gab ein zufriedenes Quietschen von sich, und nur Sekunden später betraten wir wieder die imposante Vorhalle mit dem dunklen, glänzenden Boden. Oliver erwartete uns bereits, um uns zu begleiten. Dieses Mal bogen wir in den Raum mit der Aufschrift *Labor* ab. Mal abgesehen davon, dass man die Chemieräume in unserer Schule niemals als Labor hätte bezeichnen können, toppte dieser Saal jede Vorstellung und jedes Bild, das ich jemals von einem Labor gesehen hatte. Alles hier schien antik und hochwertig verarbeitet. Hier war nichts praktisch oder steril. Jeder einzelne Kolben war aufwendig verziert, jede Halterung schien würdig, um in einem Königspalast ausgestellt zu werden. Die Wände bestanden aus hunderten Nischen, in denen Bechergläser standen, die mit dicken Deckeln aus Kork geschlossen waren. Darauf waren altmodische Etikette angebracht, manche so vergilbt, dass man die Schrift kaum noch entziffern konnte. Andere wirkten neuer, aber auch sie waren mit auffälligen goldenen Rahmen verziert. In ihrem Inneren befanden sich Feststoffe, Pulver, Flüssigkeiten, manche enthielten auch Gase, die in allen Farben zu schillern schienen. Von weiter weg hätte es wie eine aufwendig gestaltete Tapete wirken können. Doch in all seiner real existierenden Pracht sah es so viel beeindruckender aus. Auf Tischen lagen kleine Schaufeln, Spatel, Rührstäbe aus Glas, aus Gold und Stein. Auf einem Tisch brannte ein Feuer in einer tiefen Schale. Ihm gegenüber schien alles, sogar die Tischplatte, aus Eis zu bestehen. Als ich den Kopf hob, sah ich über mir verschiedenfarbige Wolken, die sich elegant umeinanderdrehten, aber nicht vermischten. Ein großer durchsichtiger Kessel, in dem blaue Flammen loderten, schwebte in einer Ecke. Große Zuber aus purem Gold hingen an den riesigen Haken an der Decke darüber. Die Luft schien vor lauter Energie fast zu flirren. Wie gerne hätte ich mir alles angesehen, die verzierten Erlenmeyerkolben betrachtet und die vielen kleinen Glasbehälter mit den Elementen.

Annmary und Murphy erwarteten uns bereits, nur Larkin fehlte. Die Begrüßung fiel knapp aus, und Annmary war noch blasser als sonst. Murphy hielt eine durchsichtige Hülle an sich gepresst, und dahinter sah ich die Seiten des Voynich-Manuskripts schimmern.

»Danke«, sagte Annmary nur, als ich meine Tasche gegen eine der Laborbänke lehnte. Ihre Nägel waren heute ich einem leuchtenden Fuchsia lackiert. Da dieser Raum so viel größer war als die sterile Kammer von gestern, vermutete ich, dass nun die Zeit gekommen war, mit dem gesamten Manuskript zu arbeiten.

»Und herzlichen Glückwunsch zum letzten Schultag.« Sie

strahlte mich an. Die anderen, sogar Ben, schlossen sich mit Glückwünschen an, und ich war fast etwas verlegen. Dann ging Oliver nahtlos zum Geschäftlichen über.

»Murphy«, sagte er nur. Hatte ich zuerst vermutet, dass es sich bei der Hülle um Plastik handelte, so wurde ich nun eines Besseren belehrt. Murphy hielt eine Art flüssiges Glas in der Hand. Es gab bei jeder seiner Bewegungen nach, und doch schien der Raum, den das Manuskript innen besaß, immer der gleiche zu bleiben. Murphy nahm die Glashülle in eine seiner beiden Hände, während er mit der anderen wieder diese lockende Bewegung machte. Das Glas öffnete sich, und er konnte die Pergamentbogen entnehmen. Noch während er die Bogen auf einem langen schmalen Tisch ausbreitete, formte sich das Glas wieder zu einer perfekten Kugel und schwebte auf der Höhe seines Kopfes in der Luft, als gehöre es zu ihm.

»Es gibt genau 110 Zeichnungen von Pflanzen in diesem Manuskript.« Olivers Stimme klang fest, doch ich spürte, wie viel Kraft es ihn kostete.

Mit Schrecken sah ich auf die großen schwarzen Flecken, die sich auf dem Pergament weiter ausgebreitet hatten, als wollten sie es langsam, aber sicher verschlingen. In ihrer Mitte brach das Material weg und schien zu Staub zu zerfallen. Verzweiflung machte sich in mir breit. Das Manuskript war innerhalb von wenigen Stunden in einen so schlechten Zustand geraten. Und dann noch diese 110 Pflanzen, von denen keine so aussah, als habe sie jemals auf diesem Planeten existiert. Ich warf erneut einen Blick auf die Zeichnungen. Bei einigen waren die Blätter gigantisch dargestellt und gezackt, wie die Zähne im Maul eines Tieres. Andere Blütenblätter wirkten seltsam verbogen, mit Samen darin, die fast lebendig wirkten. Manche Pflanzen wirkten winzig, ihre Wurzeln dagegen so groß, als könnten sie ein ganzes Haus umspannen. Weil Mamma und ich immer sehr wenig Geld besessen hatten, hatten wir immer viele Ausflüge in die Natur rund um Rom gemacht. Ich hatte schon so viele Pflanzen und Bäume gesehen, und keine einzige davon schien dieses Manuskript abzubilden. Mein Mut sank. Ob diese Mission zum Scheitern verurteilt war, noch bevor sie richtig begonnen hatte?

Ich wollte gerade etwas sagen, da flog die Doppeltür auf, und Larkin kam hereingehastet. Lange Strähnen seines schwarzen Haares hingen ihm ins Gesicht. Er trug nur ein Unterhemd und irgendeine weit fallende Hose, die mich entfernt an Mönche in einem Shaolin-Tempel denken ließ. Und natürlich war er wieder barfuß. »Hier ist es.«

»Danke, Scriptor.« Oliver nahm das Buch und schlug es auf. Es war dunkel und in Leder gebunden, und dessen gewellte Seiten ließen vermuten, dass es schon so einiges erlebt hatte.

»Caleb Hastings, Bens Vorfahre, hatte einen engen Freund namens Thomas Fathermore, seines Zeichens ebenfalls ein Alchemist des Goldordens. Das hier ist die Abschrift seines Tagebuchs. Thomas beschreibt hier die Freundschaft der beiden Männer und das, was Caleb ihm über seine Triapartner Justine d'Avrille und Maria di Luca erzählt hat. Es finden sich detaillierte Angaben zum Manuskript und dazu, wie es aufgebaut ist. Dank ihm wissen wir, dass die 110 Pflanzen zehn Sets bilden. Also immer elf Pflanzen, die sich ähnlich sind und deshalb ein Set bilden. Hier findet sich eine Liste, welche der Pflanzen zusammengehören. Das erleichtert unsere Arbeit zum Glück ein wenig.«

»Kann ich die noch mal eben sehen?«, fragte Ben gerade, und Oliver reichte ihm das Tagebuch.

»Hallo Emilia«, wisperte Larkin nun in meine Richtung gewandt, als Ben vorsichtig den Einband öffnete.

»Hi«, flüsterte ich in Larkins Richtung und schenkte ihm ein Lächeln.

»Ich habe das Tagebuch in einem verstaubten Landsitz in Devonshire aufgespürt«, raunte er mir zu, so leise, dass die Worte nur für meine Ohren zu hören waren. »Na, wie habe ich das gemacht?«

Ich drehte mein Gesicht ein wenig zu ihm. »Du bist ein Held«, flüsterte ich und konnte daraufhin zusehen, wie sich ganz langsam ein immer breiteres Lächeln auf sein Gesicht malte.

Dann zwinkerte er mir zu. »Ich weiß.«

Wir grinsten uns an, und dann wich er wich wieder etwas zurück. Er hielt meinen Blick, und ich spürte, dass es ihm genauso viel Spaß machte wie mir, dass wir so unverbindlich miteinander umgehen konnten.

Oliver hingegen blieb völlig ernst, als er sich mir wieder zuwandte. »Du brauchst eine Einführung, Emilia. Sie wird etwas knapp ausfallen, denn du siehst ja, in welch desolatem Zustand das Manuskript ist. Bisher konnten wir es mit Bens Hilfe immer noch besser konservieren als mit herkömmlichen Mitteln. Wie du ja bereits weißt, ist Sauerstoff sein zweitstärkstes Astralelement. Er konnte die Luft von ihrer chemischen Zusammensetzung her so weit verändern, dass sie das Manuskript nicht noch weiter schwächen würde. Die dunklen Flecken tauchten vor etwa einem Jahr auf, und uns wurde schnell klar, dass wir handeln mussten. Wir entfernten es aus der Bibliothek, ersetzten es durch ein Duplikat und schickten es auf Reise durch die Museen von Europa. Immer auf der Suche nach jemandem wie dir, einer intuitiven Kryptografin. Doch nun …«

Ich warf einen kurzen Blick auf die ausgebreiteten Bogen auf dem Tisch, und obwohl es erst das zweite Mal war, dass ich mit dem Text in Kontakt kam, fühlte ich die rohe Gewalt, die in ihm wütete. Das hier war etwas Aggressives, etwas schnell Voranschreitendes mit einem einzigen Ziel: die vollständige Zerstörung.

Ich kannte sie alle kaum, und das alles hier war noch so neu und fremd, doch dem Zerfall eines solchen Kunstschatzes zuzusehen, traf mich ungewohnt heftig.

Oliver sprach weiter. »Das Wasser des Lebens erfordert eine Tria zur Herstellung, das hatte ich ja schon erzählt. Drei Alchemisten, die jede ihrer einzelnen Kräfte beisteuern, ihr Wissen einsetzen und dennoch nur zusammen erfolgreich sein können. Und gerade deshalb stellt uns dieser Text vor so besondere Herausforderungen. Wir sind nur zu zweit.« Er korrigierte sich. »*Ihr* seid nur zu zweit. Wir werden euch assistieren, so gut es geht, aber im Endeffekt gibt es nur euch beide.« Ben neben mir wurde noch ein Stückchen größer, und ganz im Gegensatz zu mir schien ihn diese Aussicht nicht zu ängstigen.

»Die Schwerpunkte des Goldordens liegen, wie bereits von Ben erwähnt, weitestgehend im Bereich der Geschichte und der Biologie. Ben ist seit dem Kindesalter auf seine Position im Orden vorbereitet worden. Mit ihm hast du einen hervorragend ausgebildeten Historiker an deiner Seite, der nicht nur in Sprachen und Gebräuchen versiert ist, sondern auch in Feinheiten der Geschichte, die selbst auf Universitätsniveau nicht gelehrt werden. Du hast in ihm also einen erfahrenen Partner, der neben seinem umfangreichen Wissen auch noch für deine Sicherheit sorgen wird. Auch das ist seine Rolle in dieser Mission. Er wird für eure Sicherheit sorgen. Ben war schon fast überall auf der Welt und kann sich in neuen Situationen schnell zurechtfinden. Er kann Gefahrensituationen einschätzen.«

Gefahren einschätzen? Sitten und Gebräuche anderer Länder kennen? Und das beim Dekodieren eines alten Textes? Ich wollte Oliver fragen, warum das nötig war, doch ich traute mich nicht, ihn jetzt zu unterbrechen.

»Ich möchte dich bitten, seinen Rat ernst zu nehmen und in brenzligen Momenten im Zweifelsfalle nur auf ihn zu hören«, fuhr er fort. »Ben ist kampferprobt und erfahren genug, um eure Sicherheit zu garantieren. Laut den Informationen, die wir zusammentragen konnten, wird er für die Bergung der einzelnen Bausteine verantwortlich sein. Deine Rolle in der Tria sind die Verschlüsselungen und Rätsel. Der Silberorden hat einige berühmte Archäologen hervorgebracht und noch talentiertere Mathematiker und Chemiker, doch da du bisher keinerlei Ausbildung genossen hast, müssen wir uns darauf verlassen, dass Ben diesen Part übernehmen wird. Archäologie und Geschichte sind eng miteinander verknüpft, und vermutlich wird sein Wissen ausreichen.«

Ich wollte Olivers Monolog nicht unterbrechen, trotzdem glitt mein Blick zu Ben. Wie sollte ich mir das alles merken?

»Für dich bedeutet diese Mission höchste Konzentration«, sprach Oliver weiter. »Wir wissen, dass Maria di Luca nicht nur die Anleitungen neben den Pflanzen verschlüsselt hat.«

Jetzt musste ich doch eine Zwischenfrage stellen. »Wer macht jetzt noch mal was?«

»Du dekodierst den Text und löst alle weiteren Rätsel, die uns begegnen«, sagte Ben. »Ich berge die Bausteine, die das Wasser bilden, und erwecke sie. Pflanzen sind mein Ding.

Und für den dritten Aufgabenteil – das Öffnen der Bausteine und das Zubereiten des Wassers – bräuchten wir jemanden von den Quecks, was wir aber nicht wollen.«

Das warf nur noch mehr Fragen auf.

»Wir gehen davon aus, dass Maria, als Archäologin, die Orte ausgewählt hat, an denen die sogenannten Bausteine, die Zutaten, versteckt wurden. Deshalb rechnen wir damit, dass wir auch hier auf mathematische Rätsel und jede Menge Kryptografie stoßen werden«, erklärte Oliver.

Mir stand der Mund offen. »Ehm ... Moment mal«, unterbrach ich Oliver. »Bisher war davon die Rede, dass ich diese Geheimschrift dekodiere. Dass ich einfach nur übersetze, was da geschrieben steht. Egal, was das sein wird. Was habe ich mit dem Bergen der Pflanzen zu tun?«

»Das habe ich gerade erklärt. Wir gehen davon aus, dass wir vor Ort auf weitere Rätsel stoßen werden. Du wirst Ben zum Bergen der Bausteine begleiten.«

»Wie jetzt? Buchen wir ein Flugticket und fliegen um die halbe Welt? Was glaubt ihr, wie viel Märchen ich meiner Mutter erzählen kann? Sie wird garantiert etwas dagegen haben, wenn ich drei Tage am Stück außer Landes bin, mit dem Argument, dass irgendwelche Universitäten mir ein Blockseminar angeboten haben. Bis jetzt hat ja alles gut geklappt, aber ich bin mir sicher, dass auch ihre Gutgläubigkeit Grenzen hat.«

»Wir reisen bestimmt nicht per Flugzeug, wenn wir gar nicht wissen, wohin wir müssen.«

Ich sah Ben an. »Ihr sagt mir alle immer, ich sei diejenige aus dem Orden der Kryptografen. Aber wenn ich dir so zuhöre, könnte ich mir vorstellen, dass du bei der Geburt vertauscht wurdest.«

Larkin lachte laut auf, und Murphy fiel darin ein. Annmary schüttelte den Kopf, doch ihre Augen leuchteten.

Ben hatte mal wieder Daumen und Zeigefinger über der Nasenwurzel zusammengepresst, als wüsste er einfach nicht, was er mit mir machen sollte.

Doch Oliver blieb eiskalt. »Das war in der Tat ein wenig kompliziert formuliert. Um mich mal anders auszudrücken: Wir nehmen dann nicht das Flugzeug. Wir nehmen den *Stein der Weisen.*«

*

Entschuldigung?

»Wenn du glaubst, dass das jetzt logischer klingt, muss ich dich leider enttäuschen.«

»Die Tria, die das Manuskript erstellt hat, hat damals auch schon mit einem frühen Stein der Weisen gearbeitet«, erklärte Oliver. »Da das Manuskript um 1490 herum in relativ kurzer Zeit entstanden ist und das Reisen damals noch nicht so schnell und angenehm war wie heute, sind wir uns zu fast hundert Prozent sicher, dass es uns überall dahin bringt, wo wir die einzelnen Bausteine finden.«

»Es gibt deutliche Hinweise, dass die Pflanzensets uns zu den Orten führen«, sagte Larkin. »Doch wohin genau und was uns dort erwartet … was *euch* erwartet«, korrigierte er sich, »ist völlig unklar.«

»Der Stein der Weisen«, stieß ich immer noch fassungslos hervor. »Den gibt es wirklich?«

Annmary nickte. »Und er funktioniert ganz hervorragend.«

Larkin neben mir schnalzte mit der Zunge. »Na ja.«

Murphy zuckte die Schultern. »Stimmt. Er könnte besser sein.«

»Ja, was denn nun?«, fragte ich leicht verzweifelt in die Runde. »Macht er, was er soll, oder macht er, was er will?«

»Er macht, was er soll, aber er kann nicht, was er eigentlich will.« Larkin beugte sich ein kleines Stückchen zu mir. »Ist deine Frage damit beantwortet?«

Ich seufzte erneut. »Erinnere mich daran, dass ich dir nie wieder eine stelle.«

»Er ist unvollständig«, warf Annmary ein.

»Anni«, zischte Oliver, und es klang eindeutig wie eine Warnung.

»Ich verstehe deine Skepsis«, erwiderte Annmary ruhig. »Aber sie muss sich auskennen, wenn sie nicht sich und die gesamte Mission in Gefahr bringen soll.« Dann drehte sie sich wieder zu mir. »Schon vor langer Zeit haben es Alchemisten geschafft, den Stein der Weisen zu bauen, ein jahrhundertealtes Multifunktionstool in unserer Welt. Doch ein entscheidender Baustein fehlt. Die *Tabula Smaragdina.* Es ist genau der eine Baustein, der den Stein der Weisen absolut fehlerfrei, sicher und fast allmächtig macht. Doch dieser Baustein gilt seit Jahrtausenden als verschollen. Ich denke nicht, dass wir ihn jemals finden werden. Deshalb begnügen wir uns mit der Betaversion, die immer noch mächtiger ist als die fortschrittlichste Technik, die bei der NASA so herumliegt.«

Das warf zwar ungefähr genauso viele Fragen auf, wie es beantwortete, doch da mein Gehirn nur eine bedingte Aufnahmekapazität aufwies, begnügte ich mich vorerst damit. Oliver hatte sich von Ben das Buch wiedergeben lassen, doch nun runzelte er die Brauen und murmelte etwas in einer unbekannten Sprache.

»Was war das für eine Sprache?«, flüsterte ich Ben zu. »Und was hat er gesagt?«

»Das war altägyptisch«, wisperte er zurück. »Ein Zitat aus dem ägyptischen Totenbuch. Niemand weiß genau, was für eine Macht diese Worte haben. Und Oliver beherrscht die Sprache einfach zu gut, viel besser als wir anderen. Er stammt aus einer Familie, die älter ist als die Zeit. Niemand von uns weiß, was für eine Macht er wirklich besitzt.«

In diesem Moment blickte Oliver vom Buch auf. »Ich habe hier noch etwas Interessantes gefunden.« Er wandte sich vom Voynich-Manuskript ab und drehte sich zu einem der Tische um. »Seht her.« Ich stand ganz links, und die Hitze, die das große Feuer in den Raum abstrahlte, waberte durch die Luft bis her zu mir. Erst da fiel es mir auf. Heute schmeckte ich gar keine Goldpartikel auf meiner Zunge.

»Was ist mit dem Gold in der Luft?«, flüsterte ich zu Ben.

»Es ist eine Sicherheitsvorkehrung, die wir heute zu deinen Ehren ausgeschaltet haben. Normalerweise schwächt das Gold unsere Gäste. Reine Vorsicht. Wir brauchen dich aber mit vollen Kräften. Deshalb.«

Sie geben irgendetwas in die Luft, um ihre Besucher absichtlich zu schwächen?

»Die Liste mit den Pflanzen hat einen Fleck. Hoffen wir, dass wir die Pflanzen richtig sortieren. Sonst sind gleich zwei Sets verloren.«

Ich fand, dass das alles etwas sehr viel Verantwortung für so junge Leute war.

»Wo ist eigentlich Meister Emmett? Wäre das nicht eher eine Aufgabe für ihn? Jemand mit seiner Erfahrung sollte doch …«

»Du täuschst dich«, unterbrach mich Ben. »Emmett hat

vielleicht die meiste Erfahrung, aber am mächtigsten sind wir in jungen Jahren. Unsere Kraft nimmt mit dem Alter ab. Emmett koordiniert alles, Emmett trägt die Verantwortung für die Entscheidungen der Loge. Aber er geht auf keine Missionen, und er ist schon lange nicht mehr so mächtig, wie er einmal war. Das hier müssen wir ganz alleine stemmen.« Oliver nickte, um auch meine letzten Zweifel auszuräumen. Ich schien von Minute zu Minute neue Informationen zu bekommen. Neues dazuzulernen. Ich fragte mich, wann meine Kapazität erreicht sein würde. Ob heute Abend der totale Nervenzusammenbruch fällig wäre?

»Wir müssen es einfach wagen.« Annmarys Lächeln wirkte jetzt etwas bemüht.

Worum ging es denn jetzt?

»Annmary hat recht.« Oliver sah zu Ben. »Wir hatten schon mal darüber gesprochen, erinnerst du dich?«

Er nickte, aber sein Blick war düster.

»Das macht ihr nicht wirklich, oder?« Murphy klang entsetzt.

»Was denn?« Ich sah von einem zum anderen. »Was habt ihr vor?«

»Man weiß inzwischen, dass Caleb die Pflanzen vorgezeichnet hatte. Nicht direkt im Manuskript, sondern auf extra Papier. Die Abbildungen sind im Nachhinein erst auf das Manuskript aufgebracht und koloriert worden. Ich habe die Theorie, dass man die Zeichnungen der Pflanzen vom Originaldokument lösen könnte und trotzdem ein Schatten der Zeichnung auf dem Pergament verbleibt. Es wäre also nach wie vor möglich, den Text der entsprechenden Pflanze zuzuordnen, obwohl man die eigentliche Zeichnung der Pflanze gelöst hat.«

Larkin schien etwas blass um die Nase. »Das ist ein großes

Wagnis. Da kann ich nicht hinsehen. Bis später mal.« Er hob die Hand und verließ leichtfüßig das Labor.

Ben und Oliver hingegen bauten sich um den Tisch auf, wie Chirurgen um einen OP-Tisch.

»Feuerschutz aus Calciumoxid, dann Gasschmelzschweißen mit kaltem Feuer, um die Fügestellen zu lösen«, schlug Oliver vor.

Ben schien einverstanden. »Murphy?«

Murphy nickte, als wüsste er Bescheid, und dann winkte er den gläsernen Kessel zu sich, in dem immer noch das blaue Feuer brannte.

»Ben fügt erst das Calciumoxid hinzu, das sich wie ein Schutzfilm um das Pergament legt, und dann lösen sie gemeinsam die Verbindungen«, erklärte Annmary. »Wenn Ben schließlich hochdosierten Sauerstoff beimischt, kann er sehr schnell und effizient arbeiten und deshalb dem Dokument so wenig Schaden wie möglich zufügen. Die Oberfläche bleibt dadurch fast komplett erhalten.«

»Wird es denn nicht verbrennen?«

»Es ist ein sogenanntes ›kaltes Feuer‹. Das ist ein wenig kompliziert zu erklären. Hier verbrennt ein Ethanol-Wasser-Gemisch. Der Glaskessel hat einen hohlen Rand, in dem kontinuierlich Wasser gebildet wird. Er kühlt das Ethanol schon beim Verbrennen. Die Flamme ist dadurch kalt.«

Die ganze Aktion dauerte nur gefühlte zwei Sekunden. Die Zeichnung der Pflanze löste sich vom Pergament, und als habe Murphy darauf gewartet, hob er ganz leicht die Hand, sodass die Zeichnung sicher aus der Gefahrenzone schwebte.

»Es funktioniert.« Das war mir so herausgerutscht, aber Ben hatte es gehört und drehte den Kopf zu mir. Er wirkte erleichtert. Ich lächelte ihn an, und er erwiderte das Lächeln, bis sein

Blick auf Annmary fiel. Sofort wurde sein Gesicht wieder zu dieser geschäftsmäßigen Maske von vorhin.

Überrascht drehte ich den Kopf zu ihr. Sie wirkte nicht verärgert oder gar wütend, aber es beunruhigte mich noch mehr, dass ich Sorge in ihrem Gesicht erkannte.

»Wenn wir dieses Tempo halten, sind wir in einer Stunde durch«, sagte Murphy in die angespannte Stille hinein. Immer noch schwebte die Zeichnung einen halben Kopf über ihm in der Luft. Er schien nicht mal den kleinen Finger bewegen zu müssen, um sie dort oben zu halten.

»Großartig.« Annmary klang optimistisch. »Dann entführe ich Emilia noch kurz in mein Zimmer. Sanjena soll ihr eine Hose leihen. Ein Rock ist für diese Mission nicht geeignet.«

Da fiel mir ein, dass Sanjenas geborgte Sachen noch zu Hause lagen. Ich wollte mich entschuldigen, doch Annmary winkte ab.

»Aber bitte …« Oliver brach ab, als es erst klopfte und in der nächsten Sekunde die breiten Doppeltüren aufgestoßen wurden. Larkin stand im Eingang, und die nervöse Anspannung, die von seiner Haltung ausging, war fast körperlich im Raum spürbar.

»Die Silberloge ist hier. Sie fordern die Herausgabe ihrer Alchemistin.«

Kapitel 18

Oliver fluchte, wie ich vermutete, wieder auf altägyptisch. Und so, wie Larkin zurückzuckte, musste es etwas wirklich Schlimmes gewesen sein.

Auch jetzt schienen sie wieder einem einstudierten Verhaltenskodex zu folgen. Ben und Oliver ließen alles stehen und liegen. Murphy dirigierte den gläsernen Feuerkessel zur Seite und ließ die Glaskuppel schützend über dem Manuskript niedersinken, bis sie alle Bogen sicher umschloss. Larkin ließ sie passieren, dann deutete er eine höfliche Verbeugung an, um Annmary und mich hindurchzulassen. Er wartete auf Murphy und schloss dann auf.

Mir klopfte das Herz bis zum Hals. Was würde jetzt passieren? Würden mich wieder einfach irgendwelche Leute mitnehmen? An irgendeinen Ort, den ich nicht kannte? Und konnte ich da vielleicht auch mal mitreden?

Die drei Personen, die in der dunklen Sitzgruppe rechts in der Eingangshalle untergebracht worden waren, sprangen alle gleichzeitig auf, als wir aus dem Trakt mit den Laboren traten. In der Mitte stand ein Mann mittleren Alters, mit dem fein gelockten Haar eines Römers und einem Dreitagebart, der vielleicht ein wenig in Form gebracht werden könnte. Sein Shirt wirkte ungebügelt, und das Flanellhemd darüber war eindeutig schon ein paar Mal zu oft gewaschen worden. Die junge Frau neben ihm schätzte ich auf Mitte zwanzig. Sie war so ordentlich gekleidet wie die Goldalchemisten, mit einem khakifarbenen Hemdblusenkleid und Bootsschuhen aus cognacfarbenem Leder. Ihre Kleidung wirkte schlicht, aber sehr gepflegt. Das dunkelbraune Haar hatte sie rechts und links mit zwei Spangen aus dem Gesicht genommen, und ihre großen dunklen Augen musterten uns wachsam, als wir näher kamen.

Der junge Mann links war unglaublich groß und unglaublich dünn. Er trug das hellblonde Haar ähnlich frisiert wie Larkin. Doch anders als er hatte er es nicht nach hinten gekämmt, sondern die langen Strähnen zu einer Seite gescheitelt. So fiel es in einer Art Tolle, die ihn noch größer aussehen ließ. Seine Brauen waren so hell wie seine Haare, seine Augen fast so farblos wie die von Oliver. Anders als die anderen beiden, die hektisch von ihren Sitzen hochgesprungen waren, erhob er sich in der Art eines Menschen, der jeden Muskel seines Körpers genau unter Kontrolle hatte. Es strafte den ersten Eindruck, den ich von ihm hatte, Lügen. Hatte er zuerst mit den überlangen Gliedern ein wenig unbeholfen ausgesehen, musste ich den Eindruck nun revidieren. Er stand aufrecht, aber doch wirkte er sprungbereit, wie ein schmaler Pfeil aus der Dunkelheit.

Oliver ergriff das Wort. »Meister Vincence, willkommen.«

Der Mann in der Mitte, den Oliver angesprochen hatte, plusterte sich sofort auf. Obwohl seine Worte äußerst gewählt klangen, sprach er mit dem harten Akzent, den man nur auf Roms Straßen lernte.

»Ich spreche nicht mit Untergebenen. Wo ist euer Meister?«

»Meister Thurgood wird jeden Moment hier eintreffen.« Olivers höflicher Tonfall hatte sich nicht verändert. »Ich bin sein Sekundant, Oliver Buhari. Dürften wir Euch bitten, noch ein wenig zu warten?«

Der Blick des Mannes glitt zu mir. Seine Augen wurden groß. »Bei allen Heiligen.« Er machte einen Schritt auf mich zu, doch fast im selben Moment glitt Ben ein Stückchen vor mich. Die Bewegung war so geschmeidig, so routiniert, dass es fast aussah, als habe er sich einfach ein Stückchen über den Boden geschoben, anstatt die Füße zu bewegen.

»Oh, bitte«, schnappte der Mann. Er sah zu Oliver. »Pfeif deinen Schießhund zurück, Sekundant. Oder das hier wird unschön enden.«

»Bitte.« Oliver hob beschwichtigend die Hände. »Emilia befindet sich unter unserem Dach und steht somit unter unserem Schutz. Wir sind in diesem Moment für sie verantwortlich. Allen voran für ihre Sicherheit. Die Reaktion meines Fechtmeisters war durchaus angemessen.«

»Sie gehört zu meinem Orden, egal wer sie gerade einsperrt und für seine Zwecke benutzt.«

»Wir haben sie ausschließlich gemäß dem Protokoll …«

»Jaja, schon klar«, unterbrach der Mann Oliver. »Gemäß dem Protokoll. Dass ich nicht lache. Das erste, was ihr *gemäß dem Protokoll* hättet machen müssen, ist, sie in meine Loge zu bringen. Stattdessen schleppt ihr sie hierher, und ich erfahre nur durch eine Rundmail der Großmeisterin, dass ihr die Voynich-Mission plant. Wäre ein Anruf zu viel gewesen? Ist die Zeit des ehrenwerten Goldordens so kostbar geworden, dass sie sich an das von der Allianz geschlossene Protokoll nicht mehr erinnern? Wir haben ein gemeinsames Oberhaupt, wir sind Verbündete. Oder fühlt ihr euch mittlerweile so mächtig, dass ihr glaubt, ihr braucht euch nicht mehr daran zu halten? Dass eure Interessen über allem anderen stehen?«

Die Aggressivität, die von dem Mann ausging, machte mir Angst. Nicht nur, dass er ein wenig ungepflegt wirkte, er schien auch überhaupt gar keinen Wert darauf zu legen, dass dies hier in einer Zusammenarbeit endete.

Ben hatte sich gezwungenermaßen wieder etwas zurückgezogen, doch jetzt waren es Larkin und Annmary, die ihre angestammten Plätze verließen und sich unauffällig ein wenig vor mir positioniert hatten.

»Komm her, Mädchen«, sagte der Mann in meine Richtung. »Lass dich ansehen.«

Ich blieb stocksteif stehen, wo ich war.

»Du sprichst doch unsere Sprache, oder?«

Er sah unwirsch zu Oliver. »Oder ist sie Engländerin?«

»Signorina Emilia Pandolfini ist Italienerin«, antwortete Oliver steif und sah kurz zu mir. »Sie wohnt im Zentrum von Rom.«

»Darf ich Euch ein Getränk anbieten?« Murphy war unbemerkt verschwunden, nun kehrte er mit einem Tablett zurück, auf dem ein paar Tassen feinsten Porzellans Platz fanden. Er hatte sogar an eine Zuckerdose und Milch gedacht.

Der Mann schnaubte. »Ich trinke doch als Italiener keinen Kaffee, den ein Engländer gebraut hat.«

Murphys große grüne Augen weiteten sich für einen kurzen Moment, dann hatte er sich wieder im Griff. »Natürlich«, sagte er dann und ging mit dem Tablett tatsächlich ein paar Schritte rückwärts. Er tat mir so leid.

»Ich nehme gerne eine Tasse, Murphy«, sagte ich. »Das wäre jetzt genau das Richtige.«

Murphys Lächeln schien mit einer aufgehenden Sonne um

die Wette zu strahlen. »Aber natürlich. Gerne.« Er kam mit dem Tablett zu mir, und da ich weder Milch noch Zucker brauchte, nahm ich mir lediglich das Getränk.

»Ich würde auch eine Tasse nehmen, Meister«, sagte der blonde junge Mann. Er sprach mit einem starken, abgehackt klingenden Akzent. »Ich komme aus Finnland und bin mir relativ sicher, dass ich nicht herausschmecken werde, welche europäische Nation dieses koffeinhaltige Heißgetränk gebraut hat.«

Meister Vincence brummte irgendetwas, doch ich verstand nicht genau, was er gesagt hatte. Vermutlich war es auch besser so.

Die beiden Männer waren so ein ungleiches Doppel, dass es wirklich amüsant mitanzusehen war. Beide waren hellblond und eher schlank gebaut, aber Murphy war bestimmt einen Meter kleiner. Dennoch schienen sie gut miteinander auszukommen. Ich hatte sogar das Gefühl, dass sie sich kannten.

»Für mich nicht, Murphy«, sagte die junge Frau und schenkte ihm ein kleines Lächeln. »Aber vielen Dank.«

»Darf ich dir ein Wasser bringen, Francesca?«

Wieder dieses liebenswürdige Lächeln. »Nein, aber vielen Dank für das Angebot.«

»So, da wir jetzt alle geklärt haben, was wir trinken oder nicht trinken wollen, kommen wir zur Sache. Es wäre reizend, wenn mich irgendjemand vorstellen würde.« Der Blick des älteren Mannes glitt auffordernd zu Oliver.

Der schien nun wirklich eisern um Höflichkeit zu ringen. »Natürlich, Meister.«

Er drehte sich halb zu mir. »Emilia, das ist Doktor Eduardo Vincence. Der Meister der Silberloge von Rom. Zu seiner Rechten steht die Pionierin, Francesca Aurelio. Und …« Er brach ab und warf dem blonden jungen Mann einen entschuldigenden Blick zu. »Deinen Namen hatte ich noch nicht …«

»Das ist Yrjo Kalipaa«, bellte Eduardo Vincence. »Unser Austausch-Sekundant aus Finnland.« Er schien nicht unbedingt erfreut über den Umstand, doch der kurze Blick, mit dem er Yrjo bedachte, war dann doch fast väterlich.

»Verstehe«, sagte Oliver. Er nickte Yrjo zu. »Du bist wohl erst kürzlich in die Loge berufen worden? Es freut mich, dich hier begrüßen zu dürfen.«

»Vielen Dank, Sekundant.«

Oliver streckte einen Arm in meine Richtung und winkte mich zu sich. Es war nicht zu übersehen, dass Annmary und Larkin ihre Posten nur widerwillig aufgaben. Was mich wunderte, denn nach den Erzählungen von Ben waren der Silberorden und der Goldorden Verbündete. Anders als der Quecksilberorden, mit dem sie beide verfeindet waren. Aber warum war die Stimmung dann so angespannt? Die Logenmitglieder schienen Francesca und Meister Vincence zu kennen. Ob sie in letzter Zeit Streit gehabt hatten?

Da ich mich nun endgültig nicht mehr drücken konnte, verließ ich meine sichere Position und trat zu Oliver. Die drei Mitglieder der Silberloge, *meiner* Loge, versuchten nicht mal zu vertuschen, dass sie mich ausgiebig musterten. Mir war so viel Aufmerksamkeit unangenehm. Ich blieb links von Oliver stehen, und im nächsten Moment war auch Ben wieder an meiner anderen Seite. Ich wusste nicht, wie gut Oliver darin war, sich und andere zu verteidigen, aber schon Bens Anwesenheit genügte, um mich ein wenig zu beruhigen.

»Mein Gott, was seid ihr alle groß«, murmelte Meister Vincence und musterte uns unverhohlen von oben bis unten.

»Hat man euch etwas ins Wasser getan, da drüben in England?«

Meister Vincence hakte beide Daumen in seinen Hosenbund, als er sich vor mir aufbaute. Er grinste und entblößte dabei erstaunlich weiße, fast scharf wirkende Zähne. »Wir werden dich jetzt in unsere Loge mitnehmen, Emilia. Wir werden dich auf den Kopf stellen, registrieren, und dann werden wir mal gucken, was wir sonst noch so mit dir anstellen ...« Sein nicht gerade freundlicher Blick glitt an mir vorbei. »Wenn der *Goldorden* es denn erlaubt.«

Irgendwo hinter mir schnaubte Larkin.

Meister Vincence sah wieder zurück zu mir. »Glaub mir, es ist zu deinem Besten.«

Ich legte argwöhnisch den Kopf schief, sagte aber nichts.

»Bei allem Respekt, Meister.« Das war Bens Stimme. »Wir haben über die Dringlichkeit dieser Mission niemals hinter dem Berg gehalten. Großmeisterin de Beaufremont wurde eingehend informiert. Unser Antrag bei Eurem Orden war lückenlos und formal einwandfrei.«

Meister Vincences Blick schien erneut Funken zu sprühen. »Ich glaube, ich habe mich undeutlich ausgedrückt. Ich rede nicht mit dem Fußvolk.« Er sah zu Oliver. »Du bist Emmetts rechte Hand, seine Stimme. Wenn er nicht da ist, hast du das Kommando.« Er deutete mit dem Finger auf Oliver. »Und genau deshalb rede ich mit dir. Und du weißt, dass es bereits ein Zugeständnis ist, Sekundant.«

Neben mir schien Ben vor unterdrückter Anspannung förmlich zu vibrieren. Ich konnte spüren, wie sehr es ihn anstrengte, Haltung zu bewahren. Ich warf ihm einen kurzen Seitenblick zu, doch in seiner Miene konnte ich nichts lesen außer höflicher Gleichgültigkeit. Ich beneidete ihn um diese Selbstbeherrschung. Vermutlich hätte ich diesen Kerl schon längst dem Aufzug zum Fressen vorgeworfen.

»Respekt und Höflichkeit sind die Grundpfeiler unserer Orden.« Oliver klang ganz ruhig. »Bei Eurer Ankunft habt Ihr meinem Scriptor Larkin erzählt, Ihr wolltet lediglich eine Frage stellen. Jetzt scheint es, dass wir hier ein ernsthaftes Problem haben. Ihr habt Euch bewusst unter Vortäuschung falscher Umstände einen Weg in diese Loge verschafft.« Oliver deutete auf den Aufzug. »Nur jemand, den wir als unseren Gast akzeptieren, lassen wir in diese Räume. Uns verbindet keine Feindschaft. Im Gegenteil, wir sind Alliierte, Verbündete – und das schon seit einigen Jahrhunderten. Ich respektiere Euch und Euren Orden, aber ich werde es nicht akzeptieren, dass Ihr mit den Mitgliedern meiner Loge so herablassend umgeht.« Er deutete kurz auf Ben und Annmary, dann auf Larkin und Murphy, der das Tablett mittlerweile losgeworden war. »Sie sind Euch mit nichts als Freundlichkeit begegnet. Und da Ihr mich ständig an das Protokoll erinnert, möchte ich dies jetzt ganz offiziell auch tun.«

»Was auch immer«, bellte Meister Vincence. »Soll ich jetzt meine Taschentücher zücken, oder was? Lass deine rührenden Reden und übergib mir Signorina Pandolfini. Wenn ich sie freigebe, wird sie euch zur Verfügung stehen. Ihr schützt eure Leute? Perfekt. Wir schützen unsere. Sag mir, Sekundant, wann wolltest du mit eurer Mission starten? Ab wann wolltet ihr über Signorina Pandolfini verfügen? Und da wir uns ja nicht mehr anlügen wollen, bitte ich um die vollständige Wahrheit.«

Die Muskeln an Olivers Hals spannten sich an. »So schnell wie möglich. Wenn möglich, noch heute und …«

Meister Vincence lachte so laut und so lang, dass sich irgendwann alle unbehagliche Blicke zuwarfen. Sogar Francesca schenkte Murphy einen leicht verzweifelten Blick. Yrjo wirkte angespannt, und er sah immer wieder Meister Vincence an, als versuche er, den richtigen Moment abzupassen, um zu intervenieren. Irgendwann legte er ihm kurz die Hand auf die Schulter. »Meister«, sagte er dann leise. »Bitte, fahrt doch fort.«

Ich rechnete damit, dass er ausholen und Yrjo mitten ins Gesicht schlagen würde. Einfach nur, weil er so völlig unberechenbar wirkte. Doch stattdessen hörte er auf zu lachen, als habe man ihm die Luft abgeschnitten. Er zog die Brauen zusammen, bevor er mich argwöhnisch fixierte. »Oh Mädchen, willst du wirklich so sterben?«

*

Die Türen des Aufzugs flogen auf, und ich atmete erleichtert auf, als Emmett Thurgood auf unsere nette kleine Gruppe zukam. In einer Hand hielt er ein Handy, das er nun hastig in der Tasche seines dunkelblauen Tweed-Jacketts verschwinden ließ.

»Eduardo!«, rief er. Er streckte beide Arme aus, und die Freude in seiner Stimme schien nicht komplett gespielt.

Meister Vincence war herumgewirbelt. »Na endlich.«

Ich vermutete, dass mein Gesichtsausdruck ungefähr dem von Yrjo glich. Überraschung, Ungläubigkeit, Fassungslosigkeit. Er schien Meister Vincence genauso wenig zu kennen wie ich.

Die anderen wirkten nicht überrascht. Die Männer tauschten lachend ein paar Begrüßungsfloskeln aus. »Warum denn so spontan?«, fragte Meister Emmett. »Wir hätten einen Termin ausmachen und zusammen abendessen gehen können. Das hatten wir doch sowieso geplant, seit klar wurde, wann wir in Rom sein würden.«

»Da wusste ich auch noch nicht, dass ihr hier eine Alchemistin meines Ordens in Beschlag nehmen würdet.«

Emmett schien überrascht. »Das kann doch gar nicht sein. Ich habe dir drei Nachrichten auf die Mailbox gesprochen.

Zum ersten Mal schien die Fassade aus Arroganz und Wut zu bröckeln. Meister Vincence kratzte sich ausweichend am speckig wirkenden Kragen seines Flanellhemds. »Es war wieder so viel zu tun und …«

»Ist doch nicht wichtig«, sagte Meister Emmett fröhlich. »Jetzt bist du hier. Es ist so schön, dich wiederzusehen. Wie lange ist es her? Zwei oder drei Jahre? Ach nein, es war bei der Wahl von Isabelle zur Großmeisterin. Weißt du noch? Wir waren alle in Paris und hatten in Montmartre dieses entzückende Hotel, wie hieß es noch gleich? Erinnerst du dich an den Abend, an dem wir …«

Die beiden Meister sprachen über Erinnerungen, und wir standen Spalier, bis Meister Vincence auf Francesca deutete. »Lass uns übers Geschäft reden. Danach gehen wir essen. Francesca wird uns einen Tisch bei Nero reservieren. Dort kochen sie diese ganzen Gerichte speziell für Touristen. Ich weiß doch, wie sehr du überbackene Tagliatelle mit Parmaschinken magst.«

Francesca riss die Augen auf, doch Meister Emmett hingegen schien überhaupt nicht beleidigt deswegen.

»Vielen Dank. Das ist ja so eine reizende Idee.«

»Dürfen sie jetzt über meinen Kopf hinweg über mein Schicksal verhandeln?«, wisperte ich in Bens Richtung. Ich machte mir echt Sorgen.

»Aber das trifft sich doch gut«, unterbrach uns Meister Emmett. Zusammen mit Meister Vincence kam er auf uns zu. Yrjo folgte ihnen, während Francesca leise etwas abseits telefonierte. Vermutlich reservierte sie gerade den Tisch in dem ominösen Touristenrestaurant.

»Also, ich habe folgenden Vorschlag: Eduardo hat völlig recht, wenn er darauf besteht, dass der Silberorden ein Vorrecht auf Emilia hat und dass ihre Registrierung das Wichtigste ist.« Er nickte Eduardo noch einmal zu, der nun sehr zufrieden schien. »Ich weiß, dass Emilia heute ein paar Stunden Zeit mitgebracht hat. Das sollten wir ausnutzen. Eduardo und ich gehen derweil essen, und morgen werden wir Emilia als Allererstes in die Silberloge fahren und sie dort registrieren lassen. Dann ist der Formalität Genüge getan, und wir können in Ruhe weiterarbeiten. Er sah wieder zu Meister Vincence. »Wie wäre es mit einem Schlückchen in allen Ehren in meinem Büro, und wir besprechen mal in aller Ruhe, was man sich in Rom hier so alles ansehen muss? Ich weiß ja nicht, wie lange wir bleiben werden, aber …«

»Danke, aber lass uns doch erst im Nero wieder aufeinandertreffen. Ich habe meine Leute dabei, und sie sind hier überflüssig«, sagte Meister Vincence wenig verbindlich. Francesca stellte sich an seine Seite und wisperte ihm etwas ins Ohr.

Er dankte ihr nicht, stattdessen sah er zu Meister Emmett. »Wir haben einen Tisch um 19:00 Uhr. Das Nero kennt jeder. Dein Fahrer wird dich problemlos dort absetzen können. Dann sehen wir uns nachher.«

»Ich begleite euch noch nach unten«, sagte Meister Emmett und machte eine abwehrende Geste mit der Hand, als Oliver sich ihnen automatisch anschließen wollte. »Ist schon gut. Wir haben viel zu tun, macht einfach weiter.«

Die beiden Meister gingen voraus, und Yrjo und Francesca

murmelten nur ein paar höfliche Worte des Abschieds, während sie ihrem Meister hinterherhasteten.

Erst als sich die Türen des Aufzugs geschlossen hatten, schienen alle aufzuatmen. Larkin und Murphy tuschelten und gingen in Richtung der Büros davon.

»Und dann ausgerechnet heute, wo kein Gold in der Luft liegt.« Annmary schien ein wenig außer Atem. »Da sprich noch mal irgendjemand von Zufall. Gut, dann werde ich mal im Labor ein wenig was vorbereiten.« Sie blickte mich an. »Warte einfach hier, ich hole dich ab, und dann gehen wir zu den Trainingssälen.«

»Okay«, sagte ich vage. Ich hatte immer noch ein wenig Bedenken, was mich erwarten würde. *Feuerkreis* klang nicht gerade harmlos. Leider sorgte Annmarys Abgang dafür, dass ich mit dem düsteren Doppel ›Ben und Oliver‹ zurückblieb. Ben hatte die Arme vor der Brust verschränkt und sah an mir vorbei zu Oliver, und der angespannte Zug um seinen Mund ließ sich nicht länger verstecken. Er sagte nichts, sah ihn einfach nur an. Sie waren Freunde. Sie standen sich nah. Und genau deshalb verstand Oliver alles, was Ben auch ohne Worte sagte. Er nickte knapp, dann sah er zu mir. »Wir sehen uns später.«

Und wie auf ein geheimes Zeichen drehten sie sich beide von mir weg und liefen wieder in Richtung der breiten Doppeltüren, die von der Eingangshalle zu dem Gang mit den vielen Zimmern abging. Sie sprachen dabei leise miteinander, doch leider verstand ich kein einziges Wort. Dennoch konnte ich mein Bauchgefühl nicht komplett ignorieren. Hier ging es um etwas, das mich unmittelbar betraf. Und das mir vermutlich nicht gefallen würde.

*

Ich sah den beiden immer noch grübelnd nach, da war Annmary schon wieder da.

»Kommst du?« Ihr Lächeln war freundlich und offen. Ich war erleichtert, dass ihre vorher so angespannt wirkende Haltung wohl wirklich ausschließlich auf den Überraschungsbesuch der Silberloge von Rom zurückzuführen war.

Sie ging auf den Aufzug zu, und ich folgte ihr. Eigentlich wollte ich sie noch etwas über Meister Vincence ausfragen, verschob das aber auf später. »Was für Räume befinden sich auf der gegenüberliegenden Seite?«

»Ein paar offizielle Räume für Besucher. Außerdem das Büro des Logenmeisters. Du kannst es dir hier fast wie eine Art kleines Tagungszentrum vorstellen. Es gibt eine Garderobe, Räume, in denen der Caterer sich ausbreiten kann, Waschräume. Wir haben mehrere große Tagungssäle, einen Festsaal und ein paar Besprechungsräume mit der allerhöchsten Sicherheitsstufe für Geheimprojekte.«

Wir betraten den Aufzug, und Annmary legte die Hand an die Wand. Im nächsten Moment war das Metall wieder komplett von den goldenen Adern erfüllt. Ich entdeckte eine Kette mit einem hübschen Anhänger um ihren Hals. Unauffällig las ich, was darauf stand. »Best Friends.« Erst da fiel mir auf, dass der Anhänger aus zwei Teilen bestand. Es waren Freundschaftsanhänger. Aber warum trug Annmary beide Teile? Als sie mich ansah, wandte ich den Blick schnell ab und räusperte mich. »Und das nennst du ein kleines Tagungszentrum?« Mittlerweile waren der Aufzug und ich Freunde geworden. Ich tippte an genau die richtige Stelle in der Wand, und der Handscanner erschien. Ich legte meine Hand darauf. Der Aufzug quietschte zustimmend, dann verschwand das technische Gerät, die Türen knallten zu, und wir setzten uns in Bewegung. Ich war überrascht, dass wir nach unten fuhren.

»Wir wohnen in der zweitobersten Etage – darüber hat der Meister noch eine gesamte Etage für sich allein.« Sie seufzte. »Der Ausblick von seiner Dachterrasse ist absolut großartig.«

Ich dachte an die spartanisch gehaltenen Zimmer der Logenmitglieder. »Er wohnt in den privaten Räumen desjenigen, der hier eigentlich wohnt?«

»Nein.« Annmary lächelte liebenswürdig. »Die Etage ist so groß, dass sie in zwei Wohnbereiche aufgeteilt ist. Es gibt eine offizielle Wohnung für den Meister einer anderen Loge. Es kam schon öfter vor, dass die Kommandos kurzfristig getauscht wurden. Wir wohnen auch nicht in den persönlichen Zimmern der anderen Alchemisten. Wir haben zwar ihre Arbeitsplätze übernommen, bewohnen aber nicht ihre persönlichen Räume.«

Der Aufzug gab ein schnurrendes Geräusch von sich, dann öffneten sich die Türen. Und zuerst dachte ich, ich wäre in einem apokalyptischen Paralleluniversum gelandet.

Kapitel 19

Wir betraten einen großen Raum, der wie ein verlassenes Fabrikgebäude wirkte. Stahlstreben ragten aus den Wänden hervor, und das Glas der Fenster schien absichtlich milchig verätzt. Vor den Scheiben ragten Gitter auf, die an einigen Stellen grausam verbogen schienen. Die Atmosphäre in dem Raum jagte mir eine Gänsehaut über den ganzen Körper. Er wirkte wie das Gefängnis eines überdimensional großen Tieres, etwas Unbezähmbarem, irgendetwas Riesigem, das tiefe Kratzer in dem Steinboden und dunkle Flecken an den Wänden hinterlassen hatte. Ein schwacher Geruch von Feuer waberte durch die Luft.

»Es gibt mehrere dieser Hallen«, sagte Annmary. Immer noch sah ich mich unbehaglich um. »In dieser hier trainieren wir mit den reaktiven Elementen, mit denen wir uns verteidigen.« Sie grinste mich an.

»Wenn es um die Feinmechanik der körperlichen Auseinandersetzungen geht, haben wir noch eine andere Halle, in der man nicht ganz so hart fällt.« Sie deutete auf den dunkelgrauen Steinboden zu unseren Füßen. »Aber das wäre dann eher Bens Gebiet.« Sie machte einen Schritt nach vorn, streckte die Arme aus und drehte sich einmal um sich selbst. »Das hier ist mein Reich.«

Mit ihrem hellen Haar und den feinen Gesichtszügen erinnerte sie mich ein wenig an Daenerys aus *Game of Thrones.*

Ich schnupperte noch einmal in die Luft. Feuer und Schwefel. Dann sah ich sie an. »Falls du mich jetzt fragst, ob ich mal deine Drachen streicheln möchte, muss ich leider ablehnen.«

Annmary kicherte, bevor sie erneut die Arme in einer großartigen Geste nach oben reckte. *»Ich werde tun, was Königinnen tun. Ich werde regieren!«*

Wir lachten beide über ihr GoT-Zitat, und plötzlich fühlte ich mich schon nicht mehr ganz so unbehaglich. Tizi, die ungefähr sämtliche private Fernsehsender dieser Welt im Abo bezog, hatte mir erlaubt, die Serie zu gucken, während sie daneben saß und abfällige Kommentare über das »ekelhaftstinkende Mittelalter« abgab, in dem die Fantasy-Serie spielte.

Meistens hatte sie dann irgendwann genug über die Frauen in ihren »lächerlichen Mittelalterkleidchen« abgelästert und sich irgendein YouTube-Video auf ihrem Tablet angemacht. Ich war ihr zwar dankbar, dass ich die Serie bei ihr gucken konnte, aber ihre abfälligen Kommentare hatten mich auch regelmäßig genervt. Und so war ich über das Ende der vierten Staffel noch nicht hinausgekommen.

»So, silberne Königin«, sagte Annmary und winkte mich zu sich. »Dann wollen wir mal.«

»Ist das normal, dass die Trainingsräume so aussehen?«

»Wie hast du dir einen Raum vorgestellt, in dem man mit hochreaktiven Chemikalien um sich wirft? Mit Blümchentapete und einem flauschigen Teppichboden?«

Da hatte sie natürlich auch wieder recht. All das hier, diese ganze Welt, war einfach noch viel zu neu für mich.

Doch Annmary schien nicht genervt von meiner Frage. »Moment.« Sie zog zunächst ihr Handy aus der Tasche, bevor sie danach mit einem kleinen Lächeln ein Armband hervorzauberte. »Ich habe es für dich extra aus Silber gefertigt.« Das Display des Handys leuchtete auf und zeigte Annmary doppelt. Kein Witz. Das Mädchen, das sie im Arm hielt, sah ihr so ähnlich, dass ich es zunächst für eine Reflexion der echten Annmary gehalten hatte. Sie hatte eine Zwillingsschwester? Wie faszinierend!

Annmary schien meinen Blick nicht zu bemerken, denn sie ließ das Armband in meine Hand gleiten. Es sah aus wie eins dieser Bettelarmbänder, die im Moment so angesagt waren. Das silberne Armband sah aus wie eine schmale Kordel und erinnerte mich wieder an den runden Leib einer Schlange. Darauf aufgereiht waren fünf Kugeln aus einem orangeroten Material.

Das war also ein Feuerkreis? Etwas, mit dem sich die Silber- und Goldalchemisten gegen die Quecksilberalchemisten schützten? Mein Blick glitt zu Annmarys Handgelenken. Kein Armband. Auch bei Ben wäre es mir garantiert schon aufgefallen.

»Das ist ein Feuerkreis?«, hakte ich deshalb zur Sicherheit nach.

Annmary hatte meinen suchenden Blick wohl bemerkt. »Wir tragen keine Armbänder, sondern besitzen Implantate. Aber es bedarf Training und Erfahrung, um sie im Ernstfall zu aktivieren. Die Zeit haben wir nicht. Diese Technik hier ist zweihundert Jahre alt, aber sie funktioniert noch immer ausgezeichnet.«

Ich ließ das Armband in meiner Hand hin und her rollen, und auf einmal begannen die Farben sich zu bewegen. Nun sah jede einzelne Perle fast aus wie orangefarbenes Wasser, in das man einen Tropfen Blut gegeben hatte. Die purpurnen Schlieren zogen sich in eleganten Linien durch die Flüssigkeit.

»Eins vorweg.« Annmary Stimme klang ernst. »Ein Feuerkreis ist keine Waffe. Wir kämpfen nicht damit. Es ist so etwas wie unsere letzte Rettung. Es ist kein Türriegel, so wie ich ihn bei eurem Haus angebracht habe. Es ist das Notfallmedikament, das man nimmt, um zu überleben, und bei dem man nur deshalb die starken Nebenwirkungen in Kauf nimmt.«

Ich löste meinen Blick von dem hübschen Armband und sah sie an. Irgendwie hatte ich es als eine Art Ersatz für den Personenschutz gehalten.

»Du musst es dir wie eine Reaktionsgleichung vorstellen. Es muss Gleichgewicht auf beiden Seiten herrschen. Sprich, es gibt viel, aber es nimmt auch viel. Und was es dann nimmt, ist eigentlich das, was dich rettet.«

Ich verstand nur Bahnhof. »Könntest du das noch mal erklären?«

»Der Feuerkreis kann einen tödlichen Angriff eines Quecksilberalchemisten abwehren. Er schützt dich, solange du ihn aufrechterhältst. Doch er ist gleichermaßen eine Falle. Denn sobald du ihn deaktivierst, sind auch all deine anderen Kräfte deaktiviert. Wobei ›deaktiviert‹ es nicht genau trifft. Der Feuerkreis frisst all deine Energie, sodass du keine Kraft mehr hast, die anderen Elemente einzusetzen. Er bietet dir also die Möglichkeit von Schutz und Rettung im Austausch für deine Kräfte.«

Ich sah sie noch immer verständnislos an.

»Nehmen wir einfach mal an, du gerätst in einen Hinterhalt der Quecksilberloge. Du, als untrainierte Silberalchemistin. Sie wollen dich wieder mit Quecksilber vergiften oder werden handgreiflich, ein Alchemist bedrängt dich, kommt dir zu nah. Das ist eine ausweglose Situation für dich. Jetzt benutzt du deinen Feuerkreis. Er ist dein Schutzwall. Er tötet den Alchemisten, wenn er sich in einem bestimmten Umkreis von dir befindet. Er wehrt das Quecksilber ab, weil Feuer sehr heiß ist und Quecksilber, anders als Gold oder Silber, sehr schnell verdampft. *Diesen* Moment musst du nutzen. Du hältst den Feuerkreis aufrecht und flüchtest. Du bist in Sicherheit, weil sie dich in diesem Moment nicht mal anfassen können, ohne zu sterben. In so einer Situation wirst du versuchen, Hilfe zu holen und den Feuerkreis so lange aufrechtzuerhalten. In deinem Fall würde der Personenschutz das übernehmen. Danach, wenn du an einem sicheren Ort bist, kannst du den Feuerkreis deaktivieren. Doch so lange, wie du ihn benutzt hast, so lange wirst du auch im Gegenzug brauchen, um dich davon zu erholen. Du darfst den Feuerkreis also niemals deaktivieren, während du noch in Gefahr bist. Er saugt dir alle Energie aus, er schwächt dich, vermutlich wirst du zusammenbrechen, wenn du ihn deaktivierst. Aber du hast überlebt. Das allein ist die Aufgabe des Feuerkreises.«

»Der letzte Ausweg«, wiederholte ich leise.

Annmary nickte. »Das allerletzte Mittel der Wahl.«

Noch einmal ließ ich die Kugeln vorsichtig umeinander rollen. Sie waren kunstvoll gefertigt und die Innenseite ihrer kreisrunden Öffnung sorgsam mit einer dünnen Schicht Silber ausgekleidet.

Dann fiel mir etwas ein. »Und wenn ich jetzt damit trainiere? Ende ich dann wieder in einem Bett auf der Krankenstation? Wie soll ich euch dann mit dem Manuskript helfen?«

Schon wieder dieses geheimnisvolle Lächeln. Annmary fischte ein weiteres Armband aus ihrer anderen Tasche. »Üben wirst du hiermit.« Die Armbänder glichen einander sehr, doch anstatt des purpurnen Loderns im Inneren der Kugeln waren diese so strahlend klar und hellblau wie der Morgenhimmel. Zarte weiße Kristalle zogen sich durch die Flüssigkeit, und ich konnte mich nicht entscheiden, welches der beiden Schauspiele ich beeindruckender fand.

»Wir üben mit blauem Feuer. Weil es unsere Energiereserven kaum fordert. Andererseits schützt es dich nicht vor einem echten Angriff, da das blaue Feuer nicht warm ist. Das hattest du ja schon im Labor miterlebt.« Sie hielt mir das Armband hin. »Keine Wärme heißt also kein Schutz vor Quecksilber – ganz einfach. Aber zum Üben sind sie hervorragend geeignet. Willst du's mal versuchen?«

»Ja, natürlich«, murmelte ich. Dann sah ich etwas unschlüssig auf das ziemlich gefährliche rote Feuerarmband. »Ich glaube, ich würde das hier lieber irgendwo zur Seite legen. Nur zur Sicherheit.«

»Sie gehen nicht von alleine los, keine Angst.«

Ich gab ein unbestimmtes Seufzen von mir. »Glaub mir, ich schaffe so was.«

Sie grinste, dann griff sie nach dem roten Feuerkreis, schob ihn zurück in ihre Tasche und deutete auf das andere Armband. »Leg es an.«

Die Anhänger waren schwer, obwohl sie wirklich klein waren, doch dank der großen Öse schaffte ich es, den Verschluss problemlos zu schließen.

»Jetzt konzentriere dich. Schließe die Augen, wenn es dir dabei hilft.«

»Und worauf soll ich mich konzentrieren?« Ich sah Annmary an, ihren schlichten Jeansrock, das helle Shirt, die Sneakers. Sie hatte rote Striemen an beiden Unterarmen, die fast wie

Verbrennungen aussahen. Ob sie sich beim Herstellen des Feuerkreises so verletzt hatte?

Sofort meldete sich mein schlechtes Gewissen.

»Es erfordert ein wenig Übung, aber konzentriere dich einfach nur auf dich selbst. Versuche, die Umgebung völlig auszublenden. Ziehe dich in dich selbst zurück. Finde deinen großen Ouroboros.«

Ich machte die Augen wieder auf. »Wirklich? *Das* soll ich machen, wenn ich Todesangst habe? Wenn jemand versucht, mich umzubringen? Genau dann soll ich mich in mich selbst zurückziehen?«

Doch Annmary ließ sich nicht aus der Ruhe bringen und blieb ganz geduldig. »Die Alchemie ist eine Mischung aus Natur- und Geisteswissenschaften. Wir verlassen uns auf unser Wissen, darauf, dass wir das allgemein Bekannte weit überschreiten. Dass das, was wir hier tun, gemeinhin als Magie bezeichnet wird, obwohl wir lediglich die Grenzen der Wissenschaft überschreiten. Aber wir überschreiten auch Grenzen, wenn es um das Thema Geisteswissenschaften geht. Kennst du Freuds Theorie vom ›Es, Ich und Über-Ich‹? Er war einer unserer bekanntesten Denker, ein großer Alchemist, und er hat sich keine Freunde damit gemacht, dass er so vieles, was uns moderne Alchemisten definiert, in seinen Studien als seine eigenen Theorien ausgegeben hat. Dennoch beschreibt er das Verständnis von uns selbst sehr genau. Das ›Ich‹ bezeichnet jedoch nicht die Psyche, sondern die Physiologie. Das, was wir sind, Kämpfer, Wissenschaftler, Beschützer. Das ›Es‹ und das ›Über-Ich‹ bezeichnen unseren Geist. Er ist bei uns zweigeteilt, und wir versuchen ihn so gut es geht voneinander zu trennen. In die niederen Eigenschaften und die guten Eigenschaften. Die guten wollen wir kultivieren und sie zum Wohle der

Menschheit einsetzen. Die schlechten Eigenschaften verbannen wir jedoch in einen anderen Teil unseres Geistes. Doch auch hier verhält es sich wie mit einer chemischen Gleichung. Nichts geht ohne ausgleichende Gerechtigkeit. Ohne das Gleichgewicht. Unser Training, von Kindesbeinen an, erlaubt es uns, unsere schlechten Eigenschaften wegzuschließen. Doch ihr Fehlen hat gleichzeitig auch fatale Auswirkungen auf unseren Körper, auf unsere Kräfte. Es schwächt uns. Es schwächt uns ganz massiv. Wenn wir uns großen Auseinandersetzungen stellen müssen, dann lassen wir es zu, dass ein Teil davon wieder in unseren Geist dringt. Es macht uns stärker, doch gleichzeitig nagt es an uns. Schlimmer noch, es infiltriert unseren Geist. Jedes Mal, wenn wir es an uns heranlassen, brauchen wir doppelt so viel Kraft, um es wieder von uns zu drängen. Wir können uns schützen, indem wir uns in uns selbst zurückziehen. Unser großer Ouroboros, deine silberne Schlange, die Manifestation deines Elements, ist unsere Barriere, unsere Mauer, hinter der wir uns in unserem Innern verstecken können. Wenn du dich konzentrierst, wirst du den Weg dahin finden. Er wird dich schützen. Aber nur, wenn du dich der Herausforderung stellst, in allergrößter Not, in Todesangst, den Weg weit in dein Inneres zu finden. Alles auszublenden, alles zu vergessen und nur noch nach deiner Schlange zu rufen.«

»Ich kann das nicht«, stieß ich hervor. All das war schon wieder zu viel. Zu viel Herausforderung. Viel zu viele Informationen. *Sie teilten ihren Geist? Ich sollte mich in mich selbst zurückziehen? In mich selbst?*

»Ich kann meinen Geist nicht teilen. Ich habe das nie gelernt. Ich habe jede Menge schlechte Eigenschaften – ich habe sogar mal in einem Supermarkt einen Lolli mitgehen lassen, als ich vier Jahre alt war. Ich habe mir die Handtasche von meiner

Mutter geliehen, ihre beste Tasche, und dann ist mir innendrin ein Nagellack ausgelaufen. Das ganze Futter war hinüber, aber ich habe so getan, als wüsste ich nicht, wo das alles herkäme. Ich habe mal einen Impftermin von Newton vergessen, und er hatte zwei Monate lang keinen Schutz gegen Tollwut. Ich liebe meine beste Freundin, aber manchmal bin ich trotzdem ein bisschen neidisch auf sie. Und zuletzt wollte ich meinem besten Freund die Augenbrauen im Schlaf abrasieren.«

Ich begann zu zittern. »Das, was ihr macht, das ist alles zu viel für mich. Ich finde nicht mal meditieren toll, und das ist, glaube ich, eine Voraussetzung dafür, irgendetwas in sich selbst zu entdecken. Und Yoga kann ich auch nichts abgewinnen.«

»Hey …« Annmary machte eine beschwichtigende Geste. »Der Mensch – und ganz besonders der Alchemist – wächst mit seinen Aufgaben.« Sie sah mich ernst an. »Wir üben hier nur. Wir werden ab jetzt jeden Tag üben. Mehrfach. Du hast bisher bewiesen, dass du mutig bist und tapfer. Das sind zwei hervorragende Eigenschaften für einen guten Alchemisten. Ich bin mir sicher, schon morgen wirst du nicht mehr über deine Zweifel nachdenken.«

Ich seufzte, bewegte meinen Arm und ließ die blauen Perlen des Armbands umeinander fallen. »Was genau soll ich jetzt machen?«

»Mach die Augen zu, verlangsame deine Atmung und lass die Gedanken einfach fließen. Denk an die Schlange, die dich in der Gasse beschützt hat. Keine Angst, dieses Mal wird es nicht wehtun. Such sie, bitte sie um Hilfe, und sie wird deine Energie bereitstellen, die den Feuerkreis aktivieren kann.«

Ich folgte Annmarys Anweisungen und versuchte auszublenden, wo ich mich gerade befand. In der ungewohnten Umgebung, mit einem rätselhaften Armband um das Handgelenk und in Gegenwart eines Mädchens, das ich nur ein paar Tage kannte. Ich atmete ein paar Mal bewusst ein und aus, so lange, bis meine Atemzüge ruhig und regelmäßig wurden. Ich ließ die Gedanken fließen. All die Erinnerungen der letzten Tage jagten in bunten Fetzen vor meinem inneren Auge vorbei. Zuletzt landete ich bei dem eben erst zu Ende gegangenen Besuch der Silberloge. Dann wieder glitten meine Gedanken zu dem Moment in der Gasse zurück. Die riesige silberne Schlange mit den saphirblauen Augen. *Wo bist du?* Keine Antwort. Ich ließ meine Gedanken noch weiter zurückwandern, zu der Zeit, bevor all das hier begonnen hatte. Ich dachte an die vielen kleinen Rätsel, die mir jeden Tag begegnet waren. An das Gefühl, das mich überkam, wenn ich mit Zahlen umging. An dieses seltsame Kribbeln in meinen Händen, wenn ich Gleichungen löste. An die Leichtigkeit, mit der sich mir Gesetzmäßigkeiten eröffneten. Und ich bemerkte, wie ich eigentlich gar nicht mehr dabei dachte. Ich *fühlte* sie. Die Zahlen hatten ein eigenes Gewicht, und sie hüpften umeinander, bis sie sich in der richtigen Reihenfolge arrangiert hatten. Es blieb ihnen gar keine andere Wahl. Ich jonglierte sie in meinem imaginären Raum herum wie Murphy das flüssige Glas. Ich sah nicht ihre Striche, mit denen sie gemalt worden waren. Ich sah ihr Gewicht und wie sie gar keine andere Wahl hatten, als mir zu gehorchen, mir, die ich sie anordnete wie auf unsichtbaren Waagschalen.

Ich wusste, dass ich lächelte. Ich stupste die einzelnen Zahlen an, und sie mischten sich untereinander, teilten sich, fügten sich wieder zusammen. Jetzt waren sie nur noch Proportionen, nur noch unerkennbare Linien, und doch sah ich ihr Gewicht. Und wieder wusste ich, was sie darstellten, ohne sie wirklich ansehen zu müssen. Genau das tat ich, wenn ich etwas decodierte. Ich sah nicht das, was geschrieben stand, das, was es darstellte. Ich fühlte es. Ich fühlte, was dahinter verborgen lag, ohne es lesen zu müssen. Das war es. Das war es, was mich ausmachte, was mich erfüllte, was mich forderte. Im nächsten Moment sah ich in die blitzenden blauen Augen meiner silbernen Schlange. Sie war riesengroß und fast so lang wie ein Lkw. Jedes einzelne facettengleich geschliffene Auge so groß wie meine Hand. Ihr Kopf ragte vor mir auf, und ihre Fangzähne waren so lang wie mein Unterarm. Zuerst wollte ich zurückweichen, doch dann löste sie ihren geschmeidigen schweren Körper, und zwischen der Schwanzspitze und ihrem hoch aufragenden Schädel war ein Stückchen frei geworden, ein Durchgang, ein Portal. Ich trat über den konturlosen Boden direkt in ihre Mitte. Dann schloss sich der Kreis wieder, der durch ihren Körper gebildet wurde. Sie hatte mich in ihre Mitte genommen. Silberne Funken stoben in alle Richtungen, als der Körper der Schlange sich zu drehen begann. Ihr Flüstern erfüllte mich vollständig.

Du bist mein, ich bin dein.

Wir sind alles, wir sind nichts.

Wir sind Diener, wir sind Herrschende.

Wir waren, wir sind, wir werden sein.

»Sehr gut!« Irgendwo in weiter Ferne hörte ich Annmarys Stimme. »Sieh es dir an.«

Ich riss die Augen auf. Mein Körper schien gehüllt in blaues Licht. Nein, es war nicht einfach nur eine Hülle. Es schien, als habe jeder runde Anhänger sich um meinen Körper geschlungen. Wie zarte, blaue Linien wanderten sie unablässig an mir hinauf und hinab und bildeten so einen Schutzschild. Ich konnte alles sehen, mich bewegen, denn die Kreise schienen sich meiner Bewegung entsprechend auszudehnen.

Ich stieß ein überwältigendes Keuchen aus.

»Das hast du gut gemacht.« Annmary klatschte einmal in die Hände. »Und in so kurzer Zeit. Du bist ein Naturtalent. Worüber machst du dir Sorgen?«

»Und jetzt?« Ich betrachtete meine Hand, die immer noch völlig in dem blauen Licht gebadet war. »Wie werde ich es wieder los?«

»Im Moment werden deinem Schutz Kräfte zur Verfügung gestellt, die dein Körper normalerweise selbst braucht. Dreh den inneren Hahn einfach zu.«

»Was? Da ist kein Hahn. Nur die Schlange.«

»Das meinte ich ja. Sag der Schlange, dass die Energie nicht länger bereitgestellt werden soll.«

»Sie ist nicht mehr da.« Ich schloss unsicher die Augen. Da war nichts, außer das helle Flirren des blauen Feuers vor meinen geschlossenen Lidern.

»Du hast Macht über sie. Befiel es ihr einfach.«

»Himmel«, murmelte ich leise. Was sollte ich sagen? Wie formulierte man so einen Befehl? Das hier war eindeutig mehr als ein einfacher Crashkurs. Das war ein »Ich lasse dich fallen und mal sehen, ob du überlebst«-Kurs.

Genug. Das war alles, was ich hervorbrachte. Ich war mir nicht sicher, ob ich es nicht sogar laut ausgesprochen hatte. Ich hörte ein Zischen, als das Feuer erlosch. Ich sah gerade noch, wie die blauen Schwaden zurück in die vorher leeren Anhänger des Armbandes zurückflossen, als ich die Augen wieder öffnete.

»Sehr gut!« Annmary schien wirklich zufrieden mit mir. »Und das war doch gar nicht so schlimm, oder?«

Abgesehen davon, dass ich mich erst daran gewöhnen muss, mich regelmäßig Auge in Auge mit einem riesigen Reptil zu befinden …?

»Gleich morgen üben wir noch mal.« Sie rieb sich über die Arme, als sei ihr kalt.

»Dann lass uns mal sehen, wie weit die Jungs mittlerweile gekommen sind.«

Wir gingen zurück zum Aufzug, und ich spürte Annmarys Blick auf mir ruhen, als ich neben ihr herging. »Es ist jetzt alles noch sehr viel, aber du wirst damit klarkommen.«

Es klang nicht wie eine Frage, eher so, als wäre sie überzeugt von ihren eigenen Worten. »Du machst dich gut, Emilia, und du wirst dich schnell mit den Gegebenheiten arrangieren.«

Da ich mir nicht sicher war, ob ich irgendetwas davon tatsächlich bestätigen sollte, bewegte ich nur kurz den Kopf, wie irgendeine Mischung aus Ja und Nein. »Ich habe ständig das Gefühl, ich mache etwas falsch. Ich benehme mich falsch. Ich sage die falschen Sachen.«

Annmary drückte den Knopf des Aufzugs. »Du warst hauptsächlich mit Ben unterwegs. Dass dieser Eindruck entstanden ist, wird zum größten Teil an ihm liegen.« Sie lachte leise.

Ich war mir nicht sicher, ob ich wirklich über Ben reden wollte. Ich zuckte vage mit den Schultern. »Vielleicht.«

Der Aufzug summte, und es würde nicht mehr lange dauern, bis sich die Kabinentüren öffnen würden.

»Aber das ist auch irgendwie verständlich, denn für Ben ist diese Mission in zweierlei Hinsicht eine echte Herausforderung«, sprach Annmary weiter. »Zum einen wird der Erfolg dieser Mission seine Karriere im Orden weiter vorantreiben. Das wusstest du bestimmt noch nicht, aber sein Vater, Barron Hastings, ist Großmeister des Goldordens. Er ist das höchste Oberhaupt, und sogar Meister Thurgood ist ihm unterstellt. Bei Großmeister Hastings laufen alle Fäden des Goldordens zusammen. Und Ben, als sein einziges lebendes Kind, ist der designierte Nachfolger. Zwar werden die Großmeister demokratisch gewählt, doch die Hastings haben eine lange Tradition an Großmeistern in ihrer Familie. Zuletzt war es Bens Urgroßmutter, also die Mutter seiner Oma. Ben soll einmal Großmeister werden, das ist kein Geheimnis, und wir alle wissen, dass er es ebenso will. Sein Herz und sein Leben gehören dem Orden. So war es schon immer, und genau deshalb wird diese Mission seine Nachfolge weiter festigen.«

In diesem Moment flogen die Türen auf, und der launische Aufzug begrüßte uns mit einem mehr oder weniger unbestimmten Knurren.

Ich hatte ja bereits geahnt, wie sehr Ben in der Arbeit für die Loge aufging, aber ich hätte niemals gedacht, dass seine Karriere schon so in Stein gemeißelt schien.

Der Handscanner erschien, und als ich kurz auf die Stelle tippte, schien der Aufzug zufrieden. Es erklang kein Alarm. Ich schien also auch allein damit fahren zu dürfen, denn Annmary hatte die goldenen Adern nicht aktiviert. Sie wirkte gedankenverloren und schon wieder betrachtete sie kurz ihr Handy. Ich wollte sie auf das Foto mit ihrer Zwillingsschwester ansprechen, doch dann zuckte ich zusammen, denn die Türen schnappten zu wie das Maul eines launischen Raubtiers.

»Und dann kommt noch hinzu«, fuhr Annmary fort, als sie das Handy wegsteckte und eine Wahltaste für eine Etage drückte. »Dass das Voynich-Manuskript mit einer der dunkelsten Flecken in der Geschichte der Hastings eng verbunden ist. Wie du ja bereits weißt, hat eine Tria das Voynich-Manuskript erstellt. Es waren also drei Personen unterschiedlicher Orden beteiligt. Maria di Luca, Caleb Hastings und Justine d'Avrille. Es geschah etwas, von dem der Ruf der Familie Hastings sich nur mühsam erholt hat. Caleb und Justine verliebten sich nicht nur, sie wurden ein Paar, während der Voynich-Mission.«

Die Türen des Aufzugs flogen auf, und wir befanden uns wieder in der geräumigen Eingangshalle.

Ich verstand nur Bahnhof. »Aber das ist doch schön. Was ist so schlimm daran, wenn zwei Menschen sich verlieben?«

Wir hatten den Aufzug gerade verlassen, da blieb Annmary abrupt stehen. »Dann weißt du es gar nicht?«

Ich schüttelte vage den Kopf und sah sie verständnislos an.

»Es ist das oberste Gesetz der Orden. Das einzige Gesetz, das zur sofortigen Entregistrierung führt. Zu einer Art unehrenhaften Entlassung, zu einer langen Gefängnisstrafe und danach zum endgültigen Ausschluss aus dem Orden. Ab dann ist man geächtet, vogelfrei, und alle, die man kennt und liebt, wenden sich von einem ab.« Sie sah mich eindringlich an. »Alchemisten unterschiedlicher Orden dürfen niemals zusammen sein, niemals ein Paar werden.«

Kapitel 20

Ich war mir sicher, dass mir meine Ohren einen Streich gespielt hatten. Annmary schien meine Überraschung nicht bemerkt zu haben, denn sie sprach einfach weiter, während sie sich kurz mit einem Taschentuch unter der Nase tupfte.

»Denn Berührungen sind verboten, sie sind gegen das Gesetz. Doch nicht nur das. Die Beziehung zu einem Alchemisten eines anderen Elements schwächt uns empfindlich.«

Dann war es das, was ich gespürt hatte, als ich Bens Hand damals im Krankenzimmer genommen hatte? War er deshalb so erstarrt? »Ihr dürft mich also niemals berühren? Weil es gegen das Gesetz ist?«

Annmary nickte. »Die Allianz zwischen Gold- und Silberorden erlaubt nur eine Ausnahme: Befindet sich ein Alchemist eines anderen Ordens in Lebensgefahr, darf ihm geholfen werden.« Sie zählte an ihren Fingern auf. »Notfall, Rettung, Verteidigung. Das sind die Ausnahmen, die die Regel bestätigen. Natürlich halten sich die Quecksilberalchemisten nicht daran, weil sie unsere Regeln und Gesetze missachten.« Erst jetzt fiel mir auf, dass sie Berührungen tatsächlich vermieden. Nur Dario hatte sich nichts daraus gemacht. Ben hatte mich zwar aus dem Haus ins Auto getragen, allerdings war das offensichtlich eine Notsituation gewesen. Aber sonst hatte keiner von ihnen mir je die Hand geschüttelt, mich am Arm oder an der Schulter berührt, wie man es in Gesprächen manchmal machte. *Wie krass …*

»Je mehr wir körperlich miteinander zu tun haben, desto mehr schwinden unsere Kräfte. Würde ich mit einer Frau, sagen wir mal, aus dem Silberorden eine Liebesbeziehung eingehen, wäre ich in kürzester Zeit nicht mehr fähig, für die Loge zu arbeiten. Abgesehen davon, dass man mich davonjagen oder – im schlimmsten Falle – für immer einsperren würde. In Bens Familie ist mit Justine und Caleb genau so etwas passiert, weil sie aus unterschiedlichen Orden stammten. Hätten beide dem Goldorden angehört, hätte niemand etwas dagegen gehabt, und sie wären nie bestraft worden.« Ihre Augen wanderten über mein Gesicht, als sie sprach. »Auf dieser Mission wird Ben den Ruf seiner Familie wieder komplett rehabilitieren. Er wird sie endlich reinwaschen von jeglichen fiesen Spekulationen, die seit dem 15. Jahrhundert über sie kursieren. Es wird Zeit, sie ein für alle Mal auszuräumen.« Sie lächelte, und ich spürte die ehrliche Zuneigung, die sie für ihn empfand. »Und wenn einer das schafft, dann ist es Ben.«

Ich stand stocksteif da, während das Gewicht ihrer Worte meinen Verstand regelrecht zu erdrücken schien.

Annmary nieste und tupfte dann erneut an ihrer Nase herum. Ich hätte fast vergessen, ihr »Gute Besserung« zu wünschen, so schockiert war ich. Annmary nickte dankbar. Ich konnte es immer noch nicht glauben. Das hier war nicht nur ein offizieller Auftrag für Ben. Es war etwas *Privates.* Etwas Privates, das so viel Raum einnahm, dass für nichts anderes

Platz war. Er lebte diese Mission. Sie war sein Leben, seine Vergangenheit und seine Zukunft.

»Na komm«, sagte Annmary und steckte das Taschentuch weg. Sie tat mir leid, weil sie sich offenbar eine Erkältung eingefangen hatte. »Gehen wir zurück ins Labor. Sollen wir einen kurzen Abstecher in den Aufenthaltsraum machen? Hast du Durst? Oder vielleicht etwas Hunger?«

Ich schüttelte einfach nur stumm mit dem Kopf. Als wir in den Trakt mit den vielen Türen abbogen, schwirrte alles noch immer in meinem Kopf.

Ich weiß noch nicht, ob mir gefallen soll, welchem Teil von mir das hier gefällt.

Jetzt verstand ich, was er damit sagen wollte. Er hatte von dem zweigeteilten Geist der Alchemisten gesprochen. Von dem guten, dem braven Teil. Und von dem bösen Teil, in dem die Abgründe und niederen Instinkte wohnten.

Dann stelle ich mir vor, ganz nah hinter dir zu stehen und …

»Was genau schwächt daran denn eigentlich?«, platzte es aus mir heraus.

»Gute Frage«, sagte Annmary. »Lassen wir das generelle *Berührungsverbot* mal außen vor, dann sieht es so aus: Prinzipiell schwächt uns jede Berührung eines Alchemisten, der nicht unserem eigenen Orden angehört. Wenn ich dich an deinem nackten Arm anfasse, büßen wir beide eine Winzigkeit unserer Kraft ein. Hättest du einen Liebhaber, einen Freund, der dem Goldorden oder dem Quecksilberorden angehört, und ihr würdet eine leidenschaftliche Nacht miteinander verbringen, könntest du dir sicher sein, dass ihr am nächsten Morgen einen empfindlichen Teil eurer Kräfte eingebüßt habt. Sich davon zu erholen, dauert eine Weile. Doch die Kräfte würden zurückkehren. Würdest du mit einem Gold- oder Quecksilberalchemisten durchbrennen und ein Jahr lang auf einer einsamen Insel leben, dann könntest du dir sicher sein, dass eure Kräfte für immer verloren wären.«

»Verstehe«, murmelte ich. »Hier spielt also wieder die Spaltung des Geistes eine Rolle. Wenn du mich berührst, geht die Geste vom braven, *offiziellen* Teil deines Geistes aus. Würde mich jemand berühren, der mich begehrt, geht die Geste jedoch von der dunklen Seite aus. Alles, was dort verankert ist, schwächt uns noch mehr.«

»Sehr gut.« Annmary nickte wie eine zufriedene Lehrerin. »Du lernst schnell. Mit dir macht es wirklich Spaß.«

Die nächste Frage kostete mich mehr Kraft. »Aber was ist, wenn es Liebe ist?« Ich sah sie im Gehen an. »Hier kommen nicht nur ›animalische‹ Gefühle, sondern auch ›gute‹ Gefühle wie Ehrlichkeit, Vertrauen und Hingabe dazu. Die Liebe ist doch eine Verbindung unseres ganzen Seins, aus Gut und Böse. Wie zum Beispiel Vertrauen und Eifersucht, die zeitgleich in fast jeder Beziehung zu finden sind.«

»Ich merke, wir springen in einem rasanten Tempo in die philosophische Meisterklasse.« Sie strich sich einmal über das straff zurückgebundene Haar. »Der Orden hat hier ganz rational nur den daraus resultierenden Kräfteverlust betrachtet, und deshalb ist eine romantische Liebesbeziehung, so wahr und ehrlich sie auch sein mag, untersagt.«

Das war wirklich hart.

»Dürft ihr dann nur untereinander zusammen sein?« Das klang … nun es klang nicht besonders gut. Und die Geschichte hatte schon oft bewiesen, dass es nicht gut ausging, wenn Gemeinschaften zu sehr *unter sich* blieben.

»Oh nein.« Annmary lachte. »Der größte Teil der Erdbevölkerung ist ja kein Alchemist. Da wären unsere Möglichkeiten zu sehr begrenzt. Mal abgesehen davon, was das für eine fatale Auswirkung auf unseren Genpool hätte. Wir dürfen natürlich auch mit jemandem zusammen sein, der kein Alchemist ist. Natürlich müssen wir über den Orden Stillschweigen bewahren. Aber es gibt viele Ehen, die geschlossen werden, bei denen nur einer der beiden ein Alchemist ist. Dann gibt es eine Zeremonie vom Orden, der den Partner, wenn er oder sie kein Alchemist ist, zur Geheimhaltung verpflichtet. Es ist ein kompliziertes Ritual, das auch nicht ganz angenehm ist, aber derjenige kann dann nicht über die alchemistische Welt reden, selbst wenn er über sie Bescheid weiß.« Ich spürte, wie sie schauderte, doch dann drehte sie sich im Gehen zu mir. »Meine Mutter ist Alchemisten. Mein Vater nicht. Sie sind seit über dreißig Jahren verheiratet, und es klappt sehr gut. Die großen alten Familien versuchen natürlich, ihre Kinder mit anderen großen Familien des Ordens zu vermählen. Heutzutage stellen sie sich geschickter an als früher. Aber es gibt immer noch diese klassischen Veranstaltungen, bei denen der Nachwuchs sich kennenlernen soll. Zum Glück stamme ich aus einer ganz normalen Familie. Wir haben keinen ewig langen Stammbaum. Bei mir sind die Kräfte durch einen Zufall der Natur einfach besonders stark ausgeprägt. Bei Ben hingegen glaube ich fest, dass die Familie versuchen wird, ihn möglichst vorteilhaft unter die Haube zu bringen. Ebenso wie die Buharis. Olivers Eltern haben ihm seine jetzige Freundin vorgestellt. Ihr Vater leitet die Goldloge von Kapstadt. Ich habe Naledi zweimal getroffen, und sie wirkt wirklich nett. Die beiden scheinen sich gut zu verstehen und zu harmonieren, auch wenn Oliver nicht wirklich darüber redet. Ben war mal ein halbes Jahr lang mit Lotte, einer Goldalchemistin einer alten norwegischen Familie, zusammen. Ihre Mutter Gilda ist die rechte Hand der Großmeisterin.«

Als sie meinen ratlosen Blick bemerkte, schmunzelte sie.

»Kurz zur Erklärung: Großmeisterin Isabelle de Beaufremont-Calzac leitet die Allianz, sprich den Gold- und den Silberorden zusammen. Sie steht also noch über den Großmeistern der einzelnen Orden und ist somit das Oberhaupt beider.«

Ich nickte. Bens Vater war der Großmeister des Goldordens und unterstand somit direkt der Großmeisterin der Allianz. Langsam bekam ich einen Überblick über ihre Strukturen. »Jedenfalls habe ich Lotte kennengelernt, und sie ist toll«, sprach Annmary weiter. »Ben und sie sahen so wahnsinnig gut zusammen aus.« Als sie sich diesmal zu mir wandte, lächelte sie traurig. »Aber die beiden waren nicht glücklich miteinander. Ich glaube, sie waren einander zu ähnlich. Für beide hat der Orden die höchste Priorität. Sie haben sich kaum gesehen. Und vielleicht hat es sich auch einfach zu sehr wie eine Zweckgemeinschaft angefühlt. Jedenfalls haben sie sich getrennt, was ihre Familien, glaube ich, immer noch sehr bedauern.«

Ich schluckte. »Glaubst du, Ben hat …« Ich brach ab. Annmary erzählte sowieso schon so viel Vertrauliches, dass ich dankbar sein sollte, dass sie mich offenbar für würdig hielt. Ich wollte nicht noch weiter in Bens Privatleben herumstochern. Wozu auch? Vermutlich gab es sogar ein alchemistisches Gesetz, das verbot, an den Alchemisten eines anderen Ordens in mehr als nur freundschaftlicher Art und Weise zu denken.

»Ob Ben es bereut hat?«

Ich nickte.

Annmary schüttelte den Kopf. »Bereut wohl nicht. Sie ist ja ein nettes Mädchen. Aber da war kein Feuer zwischen ihnen. Weißt du, was ich meine?«

Ich wusste nur zu gut, was sie meinte, deshalb nickte ich schnell.

»Manchmal kann man es sehen.« Sie lachte. »Zwischen zwei Menschen. Wie die Funken fliegen. Wenn da nichts ist als diese übergroße Anziehung, die jeglichen Verstand und jegliche Regeln außer Kraft setzt. Das ist das einzige Gefühl, das zuerst da sein sollte. Nicht Familie, nicht Geschichte, nicht Rationalität.«

Jetzt wurde ich doch neugierig. »Dann heißt das, dass du das Gesetz, das Beziehungen verschiedener Ordensmitglieder untereinander verbietet, nicht gutheißt?«

Annmary versteifte sich etwas. Wir hatten das Labor schon fast erreicht, und ich fürchtete, sie würde mir nicht mehr antworten.

»Alles, was uns schwächt, macht uns angreifbar für den Quecksilberorden. Und er möchte uns *alle* übernehmen. Der Orden will uns alle beherrschen, und wenn er uns unterworfen hat, dann nimmt er sich die ganze Menschheit vor. Das ist ihr Plan. All die Forschung, die sie angeblich zum *Wohle der Menschheit* betreiben, das ist alles nur Augenwischerei. Sie wollen Macht. Und haben wir Beziehungen untereinander, berauben wir uns der Macht, die nötig ist, uns ihnen entgegenzustellen. Die Natur hat gezeigt, dass es nicht nur die eine große Liebe gibt. Dass wir mit vielen Partnern, mit unterschiedlichen Partnern, potenziell glücklich werden können. Ich finde es toll, wenn sich Menschen so unglaublich stark zueinander hingezogen fühlen. Aber das ist nur der Anfang von etwas, der Auftakt, die Einladung. Die Kopfentscheidung danach liegt bei jedem Einzelnen. Ich bin der Meinung, wir müssen so viele und so kräftig wie möglich bleiben, um zu verhindern, dass der

Quecksilberorden die Weltherrschaft übernimmt.« Ihr Blick wurde hart. »Sie haben schon genug angerichtet.«

Krass.

Das war das Einzige, was mir dazu noch einfiel.

Annmary schien nicht mit einer Antwort zu rechnen, denn sie betrat das Labor und hielt dann die Tür für mich auf.

Krass!

Alle Köpfe drehten sich in unsere Richtung.

»Du hast es überlebt.« Murphy strahlte, kaute mal wieder einen süß riechenden Kaugummi, und in all seiner Kindlichkeit passte er hervorragend zu den bunt bemalten Zetteln, die in der Luft über seinem Kopf schwebten. Er sah aus wie ein Zauberschüler, der seine erste Prüfung mit Bravour bestanden hatte.

Ben und Oliver machten sofort weiter mit den Pergamentbogen.

Ich war überrascht, auch Larkin hier zu treffen. Er hielt das aufgeschlagene Tagebuch von Thomas Fathermore in den Händen und hatte auf einer der hohen Laborbänke Platz genommen.

»Yay«, machte ich und reckte die Faust. »Ich hoffe jedoch, dass ich es niemals brauchen werde.«

Larkin klappte das Buch zu und rutschte dann von seinem Sitzplatz. »Besser man kann es und braucht es nicht, als dass man es braucht und nicht kann.« Er präsentierte sein Hollywoodstrahlen, das vermutlich Frauen jeden Alters dazu veranlasste, sich einen Fächer zu wünschen. Ich mochte ihn, aber heiß wurde mir bei seinem Blick nicht.

»Hat noch jemand Lust auf ein Escape-Game nachher? Ich habe einen der Trainingsräume programmiert.« Murphy sah erwartungsvoll in die Runde.

Annmary schüttelte den Kopf, Ben reagierte natürlich gar nicht, Larkin formte ein lautloses »Nein« mit den Lippen. Er hatte einen Zeigefinger lang ausgestreckt und schien die schwebenden Zettel unsichtbar anzustoßen.

Murphys Blick glitt zu mir. Ich schüttelte lächelnd den Kopf. Er seufzte, und zuletzt sah er in Olivers Richtung.

Murphys Blick schien durch die Luft zu schneiden wie ein Laserstrahl. Selbst mir wurde langsam unangenehm dabei.

»Ich hasse Rätsel und Zahlen und Gruppen.« Olivers dunkle Stimme klang beiläufig. »Also hör auf, mich anzustarren.«

»Das nenne ich mal ein K-o.-Argument«, brummte Larkin, stupste noch mal eins der fliegenden Blätter an und hüpfte leichtfüßig zurück auf die Laborbank. Während er das Tagebuch wieder aufschlug und umständlich darin blätterte, murmelte Murphy fast lautlos: »Und jetzt wird er wieder einen Toten zitieren.«

Mit der von Larkin abgewandten Hand zählte er mit den Fingern von drei herunter.

3 … 2 … 1 …

»Gesegnet sei der, der nichts erwartet. Er wird nie enttäuscht werden.« Larkin hob den Blick und sah mit feierlicher Miene in die Runde. »Na?«

Murphy und ich grinsten uns immer noch an, Annmary schüttelte den Kopf und schien ein paar Mails auf ihrem Handy zu checken.

»Thomas Pope.« Bens dunkle Stimme drang durch das Zischen des Feuers. »Und hast du eigentlich keine wichtigere Aufgabe?«

»Ich besuche euch.«

»Du hast wohl zu viel Zeit.«

»Wenn man jemanden besucht, vertrödelt man die Zeit desjenigen, den man besucht, und nicht die eigene.«

»Verschwinde, Larkin, du gehst mir auf die Nerven.«

Da waren wir wohl schon zu zweit. Ich warf einen kurzen Blick zu Larkin herüber. Ich hatte schließlich auch die meiste Zeit das Gefühl, dass ich Ben auf die Nerven ging.

Larkin ließ sich ein zweites Mal geschmeidig von der Theke rutschen. Seine nackten Füße quietschten auf dem Steinboden.

»Gut, dann wird der tapfere Krieger sich in seine Welt aus Papier und Wissen zurückziehen.« Er passierte mich und tippte sich salutierend an die Stirn. »Denn nicht jede Schlacht wird an der Front geschlagen, mein Kind.«

»Larkin ...« Bens Stimme war zu einem tiefen Grollen verebbt.

Larkin hob die Hand zu einem stummen Gruß, dann verschwand er.

Ben seufzte und ließ für einen Moment den Brenner sinken. Sein Blick glitt zu mir. »Ich kenne niemanden, der so viel weiß wie er.« Das dunkle Haar war am Ansatz feucht, seine Wangen leicht gerötet. Er wirkte plötzlich erschöpft. »Aber manchmal wüsste ich wirklich gerne, wie man ihn abstellt.«

Ich schenkte ihm ein Lächeln, das er nur knapp erwiderte.

Ich betrachtete ihn, auch nachdem er den Blick längst abgewandt hatte, und war mir ganz sicher: Er würde sich niemals gegen das Gesetz stellen. Er würde den Ruf seiner Familie reinwaschen. Und wenn es sein musste, würde er dafür auf sein privates Glück verzichten.

Etwas in meinem Inneren zog sich zusammen, und ich wusste nicht genau, wie ich diesen Mix aus Gefühlen definieren sollte.

»Wir sollten eine kurze Pause machen und uns besprechen.«

Oliver ließ einen Pergamentbogen sinken. Er winkte Annmary und mich zu sich, und auch Murphy gesellte sich zu uns um den Notenständer, nachdem er den Kessel mit dem blauen Feuer in der Luft zur Seite geschoben hatte.

»Jetzt, da Emilia wieder zu uns gestoßen ist, sollten wir eine erste Bilanz ziehen.« Oliver machte eine höfliche Geste in Richtung Annmary. »Und natürlich du auch, meine Liebe. Wie ist das Training gelaufen?«

»Sie ist sehr talentiert«, sagte Annmary ruhig. »Und sie nimmt das Training sehr ernst. Ich denke, sie ist schon jetzt in der Lage, den Feuerkreis zu nutzen. Dennoch werden wir in den kommenden Tagen weiter trainieren, um ein bisschen mehr Routine zu bekommen. Ich weiß nicht, inwieweit der Silberorden ihr eine weitere Ausbildung zukommen lassen wird.« Als sie meinen überraschten Blick sah, korrigierte sie sich schnell. »Ich meine nicht, *ob*. Es geht hier um den zeitlichen Rahmen. Und vor allem, wo. Du bist doch gerade mit der Schule fertig. Es kann also gut sein, dass du für ein Studium in eine andere Stadt ziehst. Die Loge würde also organisieren, wo und wie intensiv die Ausbildung in deinen alchemistischen Fähigkeiten nachgeholt wird.«

Das klang jetzt zwar schon wieder so, als würde ich den Rest meines Studentenlebens nur noch Hörsäle und Trainingssäle von innen sehen, doch da mich mein eigenes Potenzial interessierte, nickte ich nur zustimmend. Kommt Zeit, kommt Rat, das sagte Mamma immer. Ich war mir sicher, alles würde sich irgendwie finden.

»Wir sind auch gut vorangekommen«, nahm Oliver den Faden wieder auf. Er deutete kurz auf die schwebenden Bilder über uns. »Wir haben gut fünfzig Bilder lösen können.«

Murphy nickte, und die schwebenden Pflanzenbilder folgten ihm zu einem langen Labortisch. Auf ein Handzeichen sanken sie alle nach unten und reihten sich ordentlich nebeneinander auf.

Ben hatte schon das Tagebuch zur Hand. In jeder Pflanze war eine Zahl versteckt. Oder besser gesagt, so in die Zeichnung eingefügt, dass man sie kaum finden konnte. Es dauerte eine Weile, bis wir ein Set gefunden hatten. Schließlich befanden sich noch gut die Hälfte der Pflanzen im Manuskript.

Doch dann atmeten wir alle auf.

»Die Zeichnungen gehören auf jeden Fall zusammen.« Olivers Stimme klang fest. »Ich behaupte jetzt einfach mal, wir haben das erste Set – wenn wir es denn so nennen möchten – gefunden.«

»Und jetzt?«, fragte Murphy. »Wollen wir noch weitere Sätze suchen oder gehen wir aufs Ganze?«

Die anderen schienen sich stumm zu beraten.

»Was bedeutet denn jetzt das Ganze noch mal?« Ich sah sie neugierig an.

»Das, was wir vorhin schon angedeutet haben.« Ben sah mich nicht an, als er sprach. »Wir werden unsere erste Mission jetzt direkt absolvieren. Und das bedeutet …« Unsere Blicke trafen sich. »Wir zwei gehen auf eine kleine Reise.«

Kapitel 21

»Reise?« Und dann fiel es mir wieder ein. Dieser ominöse Stein der Weisen. Der einen sonst wohin teleportierte. Mir war nicht wohl bei dem Gedanken. Erst recht nicht, als mir wieder einfiel, dass sie erzählt hatten, dass er aufgrund eines fehlenden Bauteils gar nicht komplett funktionstüchtig war. Ich schauderte. Ob dieser Stein uns irgendwo wieder ausspucken würde und ich plötzlich einen von Bens Armen und er meine langen Haare auf dem Kopf hätte?

»Ja, wir reisen«, wiederholte Ben. »Gemeinsam neue Orte sehen, die Welt entdecken, klingt doch toll, oder?«

»Ich bin überhaupt nicht darauf vorbereitet.« Es klang wie eine schwache Ausrede, aber im Moment schien jeder Tropfen Mut kontinuierlich aus mir herauszusickern. Als sie das erste Mal davon erzählt hatten, war ich irgendwie neugierig gewesen. Aber jetzt machte die Vorstellung mir Angst.

»Das weiß ich«, sagte Ben. »Und ich reise trotzdem mit dir.« Er legte den Kopf schief. »Ich verspreche dir, es wird dir nichts geschehen, wenn …« Er brach absichtlich ab, um mich erneut zu mustern.

»Wenn?«

Er lächelte knapp. »Du alles machst, was ich sage.«

»Wäre es dir dann recht, wenn ich mein Gehirn hier in der Loge lasse?«

»Reißt euch am Riemen«, brummte Oliver, der soeben die elf zusammenpassenden Pflanzenbilder vom Labortisch eingesammelt hatte. »Ihr arbeitet zusammen, ihr müsst euch nicht mögen.«

Er hatte ja keine Ahnung.

Dann spürte ich, wie sein Blick auf mir ruhte. Oliver räusperte sich. »Es ist unhöflich, denn eigentlich haben wir dich noch gar nicht gefragt, ob du mit uns zusammenarbeiten wirst. Wir können dich schließlich nicht zwingen.«

Die darauffolgende angespannte Stille war mir etwas unangenehm. Dennoch war mir sofort klar, was ich antworten würde. »Ich bin dabei.«

Murphy lachte und klang erleichtert, Annmary strahlte mich an. Sogar Ben lächelte. Oliver nickte mir anerkennend zu, als habe er nie an mir gezweifelt. »Dann verlieren wir keine Zeit.« Er ging voraus in Richtung der breiten Doppeltür. »Murphy, hol du den Knopf im Ohr für Ben. Annmary, packe uns zwei Einsatzrucksäcke und überprüfe, ob sie vollständig sind.«

Murphy und Annmary antworteten schnell und eilten dann an Ben und mir vorbei.

»Wir treffen uns alle am Stein«, rief Oliver ihnen noch hinterher. »Und zwar zügig!«

Ben und ich gingen nebeneinander, aber als wir auf den Flur traten, um Oliver zu folgen, schien mein Mut mich restlos zu verlassen.

»Ich kann das nicht. Ich weiß nicht, was jetzt auf mich zukommt. Ich weiß nicht, was ihr von mir erwartet. Ich weiß nicht, ob ich das alles kann.«

»Emilia, du wirst maßgeblich daran beteiligt sein, dass wir dieses Wissen retten können. Und ausgerechnet *du* zweifelst an deinen Fähigkeiten?«

Was sollte ich darauf erwidern? *Ja ich kann gut mit Verschlüsselungen umgehen, aber die Vorstellung, mit einem magischen Stein quer durch die Welt zu reisen, lässt mich vor Furcht erzittern?*

Er würde mich auslachen. Für ihn war das alles hier normal, er kannte es, seit er ein Kind war. Aber ich war nicht er, und wir waren absolut nicht vergleichbar. Warum sah er das nicht?

Ich folgte ihm in Richtung der reich verzierten Tür, die in die Eingangshalle führte. Oliver war schon längst aus unserem Blickfeld verschwunden, und gerade, als wir sie passieren wollten, blieb er stehen.

Wie automatisch stoppte auch ich.

»Hör zu«, sagt er, als er sich zu mir drehte. »Wir stehen hier alle sehr unter Druck, und manchmal reagiere ich … ich meine, manchmal habe ich nicht richtig reagiert, wenn es um dich ging. Ich habe mich schon einmal für meine Reaktion entschuldigt, vielleicht erinnerst du dich daran?«

Ich nickte.

»Es liegt daran, dass sehr viel an dieser Mission hängt, vermute ich.« Er räusperte sich. »Also sage ich dir jetzt etwas, das du bitte nie vergisst, auch nicht im Eifer des Gefechts und auch dann nicht, wenn hier irgendjemand unsachlich reagiert.«

Ich vermutete, dass er mit *irgendjemand* hauptsächlich sich selbst meinte.

Seine dunkelblauen Augen fixierten mich. »Du bist sehr talentiert und sehr mächtig. Und egal, was gleich passiert, du schaffst das. Verstanden?«

Die ersten zwei Sätze gingen mir fast direkt ins Herz. Das letzte Wort hingegen klang schon wieder wie ein Befehl.

»Was glaubst denn *du*, was ich bin? Los, sag mir deine Meinung. Ich will keine Floskeln hören, ich will wissen, was *du* denkst. Denn wir beide werden zusammen unterwegs sein. Was nützt mir da die Meinung von ›irgendjemandem‹?«

Der Zug um Bens Mund verhärtete sich. »Du bist eine zusätzliche Belastung. Du bist eine Gefahr, in erster Linie für dich selbst, aber auch für die gesamte Mission. Ohne passende Ausbildung bist du eigentlich gar nicht qualifiziert hierfür. Und das bedeutet, dass ich eigentlich für zwei arbeiten werde. Und zusätzlich noch für deine Sicherheit sorgen muss. Ich bin also eigentlich auf mich allein gestellt und habe eine Touristin dabei, die sich bestenfalls nicht umbringt und schlechtestenfalls für das allergrößte Chaos und das Scheitern dieser ersten Mission sorgt.«

Ich würde jetzt gerne einfach nach Hause gehen und mich ins Bett legen. Diese Worte schienen sich in einer Art Endlosschleife immer und immer wieder in meinem Kopf zu wiederholen. *Kann ich bitte einfach ins Bett gehen?*

Doch Ben war noch nicht fertig. »Aber du bist auch sehr intelligent, und du hast eine Gabe, die niemand hier kompensieren kann. Du bist vielleicht leichtsinnig und viel zu unerschrocken, aber das beweist auch, dass da eine Menge in dir schlummert. Du bist unser Mittelpunkt, denn du bist der Schlüssel zu dieser gesamten Mission. Nur aufgrund deiner besonderen Fähigkeiten wird das möglich sein. Wir wissen, dass du es kannst.« Er räusperte sich kurz. »Ich weiß es.«

Ben war mir einen guten Schritt voraus, als wir Oliver schließlich durch die Eingangshalle folgten. Nach dieser wortgewaltigen Rede schien er wohl keinen Bedarf an weiterer Konversation zu haben.

Wir blieben inmitten der ausgestellten Antiquitäten stehen. Jenen Versuchsaufbauten, die aussahen, als wären sie einem anderen Jahrhundert entsprungen.

Zuerst wollte ich fragen, aber mich wunderte in letzter Zeit ja sowieso gar nichts mehr, also ließ ich es und blieb irgendwo halb zwischen Oliver und Ben stehen, als wüsste ich genau, warum wir gerade hier Halt gemacht hatten.

Oliver schien ungeduldig. »Wo bleibt er denn bloß?«

Mir war der Gedanke immer noch nicht ganz geheuer, dass wir eine Mission bestreiten würden, die eigentlich für drei Personen gedacht war. Oder irrte ich mich? Jetzt drängte sich doch eine Frage auf.

»Ben hat gesagt, die Tria schließt einen Bund. Etwas, das sie für immer miteinander verbindet und auch stärker macht, glaube ich. Lassen wir das jetzt aus, weil wir nur zu zweit sind?«

»Wir müssen einen Schritt nach dem anderen machen, jedenfalls so gut es geht«, erklärte Oliver. »Du kannst keinen Bund einer Tria eingehen, wenn du nicht registriert bist. Eine Tria wird im offiziellen Verzeichnis eingetragen. Es ist sozusagen das Sternchen hinter deinem Namen. Die Verwaltung, die der Großmeisterin unterstellt ist, wird sich sehr wundern, wenn wir hier ein Tria-Ritual durchführen, und ein Teil dieser Gruppe jemand ist, dessen Name gar nicht registriert ist.«

»Und wie reagieren sie, wenn wir eine Tria registrieren mit einer Person, die gar nicht existiert?«

Dieses Mal antwortete Ben. »Es gibt einen sogenannten

Härtefallantrag. Und da wir sehr gut belegen können, warum wir auf gar keinen Fall jemanden vom Quecksilberorden dabeihaben wollen, wird man dem ohne weitere Diskussion stattgeben.«

»Bin schon da, bin schon da.« Murphy kam auf den quietschenden Sohlen seiner Sneakers zum Stehen. Er war über und über beladen mit allerlei Ausrüstung. Er hatte nicht nur ein kleines Kästchen dabei, in dem ich vermutete, dass sich dort der sogenannte *Knopf im Ohr* für Ben befand, sondern auch allerlei andere nützliche Dinge. Insektenspray, Sonnencreme, Müsliriegel, Handdesinfektionstücher und zwei Paar dicke Jacken.

»Murphy, wie fahren nicht in den Urlaub.« Ben klang zwar vordergründig ein wenig so, als würde er Murphy hochnehmen, doch ich hörte die Zuneigung in seiner Stimme deutlich heraus.

Murphy zog eine Schnute, und wieder mal konnte ich kaum glauben, dass die beiden gleich alt waren. Murphy mit seinen seidenweichen hellen Haaren, den geringelten Polos und den großen grünen Augen wirkte, als habe er noch ein paar Jahre Schule vor sich. Ben hingegen sah aus, als habe er die Schule schon länger hinter sich und überall auf der Welt gelernt, sich nur mit seinen Fäusten und dem autoritären Gehabe durchzusetzen. Obwohl er sich größte Mühe gab, wie ein glattgebügelter Eton-Absolvent herumzulaufen, sah er selbst in Jeans und T-Shirt verkleidet aus.

»Ihr wisst nicht, wo ihr landet.« Murphy hielt die Sonnencreme und Daunenjacken hoch. »Wüste«, zählte er auf. »Ewiges Eis.« Er ließ die Jacken lautlos zu Boden gleiten, dann hielt er das Insektenspray hoch. »Dschungel.«

Bens Brauen sanken auf Halbmast. »Und die Müsliriegel?«

»Werdet ihr auf Reisen nicht auch immer sofort hungrig?« Er sah uns an.

Oliver tat so, als habe er das gesamte Schauspiel einfach nicht mitbekommen und sortierte stattdessen hingebungsvoll die elf ausgesuchten Pflanzenzeichnungen.

Ich hingegen nickte voller Inbrunst. »Ich sitze kaum in einem Bus oder Auto, schon muss ich etwas essen.« Ich nahm ihm einen der Riegel aus der Hand und lächelte ihn dankbar an. »Geniale Reiseplanung, mal abgesehen davon, dass der Umstand, dass wir wer weiß wo landen können, mich ein wenig beunruhigt.« Ich wedelte mit dem Müsliriegel hin und her. »Aber ich schätze mal, ein Müsliriegel reißt so ziemlich alles raus.«

In diesem Moment flogen die Türen des Aufzugs auf, und Annmary erschien. Sie hatte zwei Rucksäcke dabei, die sie locker über die Schulter gehängt hatte. Sie hatte sich kurz umgezogen. Jetzt waren die roten Striemen unter den Ärmeln eines langen Pullovers verschwunden, dennoch kratzte sie immer wieder unauffällig über den Stoff. Ob sie vielleicht eine Allergie gegen den Feuerkreis hatte? Oder war es eine Reaktion auf das silberne Armband, das sie für mich gefertigt hatte? Mein schlechtes Gewissen wurde lauter. Doch als sie den Kopf hob, strahlte sie mich an, und ich lächelte unwillkürlich zurück.

Sie reichte jedem von uns einen der hochmodernen Rucksäcke, und dann schien auch Oliver endlich wieder am Gespräch teilnehmen zu wollen. »Perfekt. Danke, Annmary. Emilia, Ben ist der Erfahrene von euch. Ich bitte dich deshalb inständig, auf seinen Rat zu hören.«

Ich nickte, obwohl ich gerne ein paar Worte dazu gesagt hätte. »Nur mal kurz am Rande, habt ihr so etwas schon mal gemacht? Eine Mission ins Ungewisse?«

»Wir sind dafür ausgebildet worden«, erwiderte Ben knapp.

»Und von wo startet der Stein der Weisen? Vom Dach?«

Annmary biss sich mit den Schneidezähnen auf die Unterlippe.

Murphy, der gerade dabei gewesen war, die dicken großen Daunenjacken ein wenig umständlich wieder vom Boden aufzuheben, hielt in seiner Bewegung inne. Er sah mich an, als suche er in meinem Gesicht nach Zeichen von rudimentärer Intelligenz.

»Was?« Ich verstaute den Müsliriegel in einem seitlichen Fach, wo ich auch eine schmale Taschenlampe ertastete.

Annmary hatte sich angeboten, derweil auf meine Tasche achtzugeben. Ich hing mir den Rucksack lässig über eine Schulter und deutete dann mit dem Kopf Richtung Aufzug. »Wollen wir dann? Wo befindet sich der Stein?«

Im nächsten Moment schwangen die Türen der Bibliothek auf, und Larkin joggte in unsere Richtung. »Wie schön, da hat die Gemeinde sich ja schon komplett versammelt«, sagte er im gleichen Moment, in dem Ben sich zu mir drehte. »Du stehst mittendrin.«

»In der Eingangshalle«, korrigierte ich ihn.

Ben machte eine Geste, die all die seltsamen antiken Gerätschaften miteinschloss. »Das auch, aber die Eingangshalle beherbergt den Stein der Weisen. Von hier aus führen wir unsere Translokationen durch.«

»Trans… was?«

»Unsere Reisen«, sagte er betont langsam, als wäre ich schwer von Begriff. »Von hier aus verreisen wir.«

»Ach so«, erwiderte ich genauso gedehnt. »Sieht man sofort, wegen der überdimensional großen Schilder, auf denen ›Stein der Weisen‹ geschrieben steht.« Ich verschränkte die Arme vor der Brust. »Sag mal, glaubst du eigentlich, ich kann hellsehen, oder was?«

Wir funkelten uns an, doch Oliver ging mal wieder dazwischen.

»Schön, das hätten wir dann auch geklärt. Dort drüben …« Er deutete auf einen Schrank mit Hunderten kleiner Schubladen, die alle sorgsam beschriftet schienen. »… befindet sich außerdem der sogenannte ›Schlüsselschrank‹. Die Schlüssel bringen uns an alle Orte, die von diesem Stein der Weisen aus bereits katalogisiert wurden. Ein Schlüssel kann ein Stein, ein Stück Holz oder etwas anderes von dem jeweiligen Ort sein. Hält man ihn in die Prima Materia, weiß der Stein der Weisen, an welchen Ort man will.«

»Ich sammle also bei mir um die Ecke einen Kiesel auf und wenn ich ihn in den Stein der Weisen halte, bringt er mich nach Hause?«

»Genau.« Oliver lächelte. »So … aber jetzt sieh zu und staune. Ich werde versuchen, dem Stein das Elferset Pflanzenzeichnungen als Schlüssel anzubieten, in der Hoffnung, dass alles klappt. Seien wir alle optimistisch.«

»Ver-su-chen?« Ich betonte die drei Silben ungläubig. »Seid ihr dann auch so lieb und versucht bitte, uns am Ende dieser Reise wieder richtig zusammenzusetzen? Ich möchte nicht in seinem Körper wieder zu mir kommen.«

Ich deutete auf Ben, doch der grinste nur träge.

Larkin hatte einen Arm über seiner breiten Brust angewinkelt, den anderen auf dem Handgelenk abgestützt und tippte sich mit dem Finger nachdenklich vors Kinn. »Also, wenn ich mir vorstelle, ich würde mit Emilia den Körper tauschen, wäre das bestimmt sehr nett für eine Weile. Ich meine, man hätte die ganze Zeit Brüste und könnte …«

»Larkin.« Annmarys Wangen schimmerten leuchtend rosa.

»Das sehe ich genauso«, sagte Oliver und strich gerade prüfend über einen der Versuchsaufbauten. »Überdenkt die Wahl eurer Worte, Scriptor. In Gegenwart von respektierten und geschätzten Kolleginnen ist so eine Aussage nicht angebracht.«

Ich war mir ziemlich sicher, dass Larkin in seiner völlig schmerzfreien Art einfach nur laut nachgedacht hatte und dass seine Worte nicht darauf abgezielt hatten, uns bloßzustellen. Murphy hatte sich bis zur Nasenspitze hinter dem Berg Daunenjacken versteckt, aber ich war mir relativ sicher, dass er grinste wie ein Honigkuchenpferd.

»Wären wir dann soweit, Loge?« Olivers Stimme klang plötzlich voller und irgendwie … feierlich. Murphy kam hinter seinen Steppjacken hervor und legte sie ordentlich gefaltet auf den Steinboden zu seinen Füßen, worauf er dann auch die restlichen Utensilien platzierte.

»Sieh einfach zu«, meinte Oliver zu mir. »Da dies ein Stein der Goldloge ist, kannst du hier nichts machen.«

»Woraus besteht dieser wirbelnde Nebel dort?«, fragte ich schnell, als mein Blick auf den kleinen grauen Sturm fiel, der sich in einem Reagenzglas anmutig umeinanderdrehte.

»Das ist die *Prima Materia.* Die Ur-Materie, aus der alles andere geformt werden kann. Sie ist unser Transportmedium und Katalysator zugleich. Sagt dir der Begriff ›Einstein-Rosen-Brücke‹ etwas?«

»Ihr erschafft ein Wurmloch?« Mir sackte der Magen sonst wohin. Mal abgesehen davon, dass sowas eigentlich nicht existierte, war es auch noch brandgefährlich. »Ihr erschafft etwas, mit dem man durch Raum und Zeit reisen kann? *Und* euch fehlt ein wichtiges Bauteil?«

»Es ist keine Zeitmaschine«, sagte Ben. »Wir können zwar

überall auf der Erde hinreisen, aber nicht in der Zeit springen. Dass so etwas funktioniert, ist nur ein Gerücht. Es ist weder physikalisch noch mit der Prima Materia möglich.«

Ich sah erneut auf den harmlosen kleinen Nebel. *Das* war also ihre Geheimwaffe? »Funktioniert das denn, obwohl ich zu einem anderen Orden gehöre?« Ich hatte immer noch ziemlichen Respekt vor der Aussage, dass dem Stein zur vollen Funktion etwas Wichtiges fehlte. Wie hatten sie es genannt? Die Tabula Smaragdina? Der Name klang wie aus einem Märchen entsprungen …

»Das klappt«, war Bens knappe Antwort.

Jetzt stellten sich alle vor verschiedenen Versuchsaufbauten auf. Wie von selbst sprang vor Ben das Feuer an, und die Flüssigkeit in dem Becherglas darüber fing fast augenblicklich an zu brodeln. In dem Versuchsaufbau vor Murphy war eine ganze Reihe kleiner Reagenzgläser aufgebaut. In ihnen schien ein dunkler Feststoff zu sein, doch als Murphy sie berührte, stob ein graues Pulver daraus auf. Olivers Gerätschaft bestand aus langen, kompliziert wirkenden Schläuchen, die aus purem Glas gefertigt zu sein schienen. Ein filigranes Schlangenmuster war in die Oberfläche eingraviert, und als jetzt eine klare goldene Flüssigkeit durch sie hindurchfloss, schienen sie fast wie lebendig.

Larkins Versuchsaufbau dagegen war geradezu schlicht. Er stand vor einem hohen Tisch, auf dem ein matter blauschwarzer Stein thronte. Als Larkin eine Hand darauflegte, schien der Stein ganz weich zu werden, und ein grauer Nebel waberte über die Tischplatte hinab auf den Boden.

Annmary stupste eine Schale mit hellem, perlmuttweißem Metall an, doch zuerst geschah nichts. Sie errötete, versuchte es noch mal und dann glomm etwas auf. Sie versuchte es ein drittes Mal, und endlich stoben Funken in die Luft, die sich dort zu einer Art Kreis anzuordnen schienen.

»Jeder von uns kontrolliert hier eins unserer fünf Astralelemente«, hörte ich Oliver sagen. Er klang ein wenig angestrengt, schien aber keine Schmerzen zu haben. »Gold, Sauerstoff, Calcium, Blei und Arsen. Wenn der Stein vollständig aktiviert ist, werde ich als Reagenz die Prima Materia aktivieren und ihr dann unsere Informationen anbieten.«

Im nächsten Moment erloschen in der Halle alle Lichter. Die Luft schien erfüllt von dem Geruch brennender Chemikalien. Eine riesige Stichflamme stob vor Ben in die Dunkelheit, und ich sah die wilde Faszination in seinen Augen, als er ihr mit seinem Blick folgte. Die einzelnen Elemente schienen sich auf unterschiedlichen Ebenen in der Luft zu sammeln. Die dunklen Elemente unten, und je heller sie wurden, desto höher schwebten sie. Dann verließ Oliver seinen Platz und gab Ben ein kurzes Zeichen. Über der Prima Materia bildete sich ein kleiner Luftstrudel. Oliver ließ die Papiere dort hineingleiten. »Jetzt.« Ein kurzes, knappes Kommando. Und im nächsten Augenblick explodierte die Prima Materia, und ihr weißgoldenes Strahlen jagte alle Wände hinauf.

Ich sah ihm noch bewundernd nach, da war Ben auch schon an meiner Seite.

Plötzlich hatte ich richtig Angst. Wir hatten hier eine Loge voller Alchemisten, die uns helfen könnten.

»Je weniger reisen, desto weniger Aufmerksamkeit erregen wir. Und wir wollen das hier so lange wie möglich vor den Quecks geheim halten.«

Ben bedeutete mir ungeduldig, ihm in die Mitte der wirbelnden Nebelringe zu folgen. Zögernd trat ich neben ihn, und ihr kühler Hauch strich über meine Haut. Dann vermischten sich die wirbelnden Nebel, wurden dichter, und ich sah die anderen nicht mehr. Elektrizität wisperte in der Luft.

»Sieh nach oben.« Bens Worte waren kaum mehr als ein dunkles Flüstern. Ich legte den Kopf in den Nacken, just in dem Moment, als das Bildnis der riesigen Schlange auf der Glaskuppel der Halle zum Leben erwachte.

»Hab keine Angst, beweg dich nicht, mach sie nicht nervös.«

Doch als die Schlange plötzlich nach unten stürzte und ihr Maul uns verschlang, schrie ich trotzdem.

Kapitel 22

Der Schädel trug Hut und Goldzahn. Ich war ihm so nah, dass ich durch die knöchernen Reste seiner Nase direkt in ihn hineinsehen konnte.

Der Schrei, der sich aus meinen Lungen ins Freie kämpfte, ließ den Boden unter meinen Füßen erzittern, da war ich mir sicher.

Ich hatte instinktiv die Augen zugekniffen, doch jetzt sah ich genauer hin. Da war ein Toter, eine Leiche, ein Skelett – und ich war eindeutig viel zu nah dran.

Wo bin ich hier? Wie bin ich hierhergekommen? Ich muss weg von hier!

Ich wich panisch zurück und prallte … gegen etwas, gegen jemanden. «Ich bin‘s«, knurrte mir eine Stimme ins Ohr. »Und jetzt hör auf, so zu kreischen. Das ist ja albern.«

Ich schwang herum, wurde aber sofort ruhiger, als ich Ben erkannte. Einen Moment lang musste ich mich sortieren, meine Erinnerungen abrufen. *Was ist passiert?*

Richtig. Da war der Stein der Weisen gewesen. Und dann die riesige Schlange.

Sie hatte sich auf Ben und mich gestürzt.

Seine Worte hallten in meinem Kopf wider.

Moment mal.

Albern?

Plötzlich war alles andere Nebensache. »Ich bin gerade von einer riesigen Schlange gefressen worden, und im nächsten Moment Angesicht zu Angesicht mit einem Toten wieder zu mir gekommen. Wenn das nicht eine Situation ist, um ein klein wenig durchzudrehen, dann hätte ich jetzt gerne ein adäquates Gegenbeispiel von dir.«

»Du hast deinen Rucksack verloren.«

»Also im Gegensatz zu diesem Horrorszenario ist das ja wohl absolut …«

»Dein Rucksack.« Er bückte sich und hielt ihn mir hin.

Ich schob mir die Riemen über die Schultern. »Wo sind wir hier?«

Er tippte auf einen Trageriemen meines Rucksacks, und ein Licht glomm auf. War das eine integrierte Taschenlampe?

»Modifiziertes Xenon«, erklärte Ben, als er meinem Blick folgte. Seine Lampe brannte bereits. Dann sah er auf sein Handy. »Kein Empfang. Wir müssen warten, ob Larkin das Signal verstärken kann.«

»Warten? Wir sind hier vermutlich in einem Massengrab gelandet, und gleich geht uns die Luft aus!«

Bens Blick war inzwischen alles andere als freundlich und erst recht nicht geduldig. »Es dauert nun mal einen Moment, bis alle in der Kommandozentrale online sind. Und leider streikt mein Funkknopf gerade.« Er berührte kurz sein linkes Ohr. »Nicht immer überlebt die Technik den Stein der Weisen.«

Ich sah mich um. Wir schienen uns in einem langen Tunnel

zu befinden. Und überall … ja, wirklich *überall* sah ich mumifizierte Skelette.

»Sieh nur«, flüstere ich. »Sie tragen noch Kleidung. Manche sogar Hüte und Schmuck.«

»Na endlich. Ich habe Empfang.«

»Sieh dir das an. Sie stehen alle aufgereiht an den Wänden. So, als würden sie auf jemanden warten.«

»Wir sind in Palermo.«

»Himmel, in den Regalen darüber sind noch mehr, bis hinauf zur Decke.«

»Dachte ich es mir doch. Wir sind in der Kapuzinergruft von Palermo.«

»Die sehen alle aus wie aus ›Tanz der Vampire‹. Bist du sicher, dass sie nicht lebendig werden?«

»Emilia.«

»Was?«

»Kann es sein, dass wir zwei unterschiedliche Unterhaltungen führen?«

»Keine Ahnung, ich höre dir nicht zu.«

Ich keuchte auf, als er mich an meinem Rucksack zu sich herumdrehte. »Das hier ist *wichtig*. Das hier muss schnell gehen. Konzentrier dich.«

»Weiß ich. Warum? Worauf?«

Er sah mich fragend an.

»Ich habe auf alle drei Sachen geantwortet.«

Er knirschte schon wieder mit den Zähnen. »Erstens: Die Benutzung des Steins der Weisen hinterlässt eine Art Spur. Auch Unbefugte können sie sehen. Stell dir vor, ein Zivilist könnte den Polizeifunk abhören. So in etwa ist das. Wir sind also nicht inkognito unterwegs. Zweitens: Du sollst dich konzentrieren, weil wir nicht zufällig hier gelandet sind. Wir werden hier einen Baustein für das Wasser des Lebens finden. Einen Baustein, den deine Vorfahrin und mein Vorfahr hier versteckt haben.«

Zum Glück hatte auch ich inzwischen Empfang auf meinem Handy und hatte nach der Kapuzinergruft in Palermo gegoogelt, während er sprach. »Das kann nicht sein. Wir sind falsch. Diese Gruft wurde erst im Jahre 1534 erbaut. Sagtest du nicht, dass es um das 15. Jahrhundert ging? Und wie sollen wir hier jemals wieder rauskommen?«

»Die Gruft kann man besichtigen, es ist eine beliebte Touristenattraktion. Um diese Uhrzeit ist sie natürlich schon geschlossen. Aber wir werden sowieso keine Treppe oder Tür nehmen. Wir nehmen den Stein der Weisen.«

»Ich sehe hier weder eine Schlange noch antike Versuchsgeräte.«

Er zog seinen Schlüsselbund hervor und zeigte mir einen Anhänger daran. »Jeder Stein der Weisen hat eine eigene Signatur. Und das Muster der Schuppen der Schlange ist so einzigartig wie ein Fingerabdruck. Das hier ist eine ihrer Schuppen. Die Signatur des Steins und das Muster der Schuppen bilden eine Einheit, sie gehören untrennbar zusammen.« Er hielt die Handykamera so, dass das Licht darauf fiel. Die Schuppe glänzte wie mit Goldstaub begossen. »Sie bringt uns nach Hause, in diesem Falle in die Goldloge in Rom, von jedem Ort der Welt aus.«

»Wow«, sagte ich schon wieder. »Bekomme ich auch eine, für den Fall, dass wir uns verlieren sollten oder so?«

Ben schüttelte den Kopf. »Du bist nur der Beifahrer, ganz bildlich ausgedrückt. Die Schuppe ist auf unser Element geprägt. Da du vom Silberorden bist, funktioniert sie bei dir nicht.«

»Und hat jeder gute Alchemisten-Haushalt so einen Stein der Weisen im Wohnzimmer?«

Ben schnaubte leicht amüsiert. »Es gibt nur wenige, deren Macht groß genug ist, ihn zu bedienen. Eigentlich sind es nur die Logenmitglieder. Und ist eine Loge nicht komplett, wie zum Beispiel im Falle von Meister Vincence, dann können sie ihn nicht bedienen. Er hat nur Francesca und Yrjo. Drei Posten sind aus Mangel an Kandidaten, die machtvoll genug sind, nicht besetzt.«

Mir stand schon wieder der Mund offen. »Also besitzt die Silberloge von Rom im Moment nicht die Möglichkeit, so zu … reisen?« Ich deutete diffus um uns herum.

Ben nickte nur, dann sah er erneut auf sein Handy.

Das waren interessante Neuigkeiten, die mich mal wieder ins Grübeln brachten. Was stimmte mit den Silberalchemisten nicht? Und warum verlor der Orden immer mehr an Macht? Ich wandte den Blick von Ben ab und sah mich noch einmal um. Es gruselte mich noch immer, obwohl die Tatsache, dass die Skelette vollständig bekleidet waren, es irgendwie weniger unheimlich machte. Keine Ahnung, warum. Ich mochte die altertümlichen Klamotten. Sie sahen alle so fein gemacht aus.

»Aber dann sind wir immer noch falsch. Maria oder Caleb können nicht hier gewesen sein, weil es diesen Ort damals noch gar nicht gegeben hatte.«

Ben hielt sich eine Hand ans Ohr. »Ja, alles okay. Ja, ich weiß schon, wo wir sind. Nein, wir sehen uns um. Ich melde mich später.«

Als ich ihn fragend ansah, sagte er: »Murphy. Er und Larkin sind im Kontrollraum. Sie können uns kurzfristig assistieren, Informationen raussuchen, Lagepläne, geschichtliche Dokumente etc. …«

»Ich könnte auch einfach googeln, mein Empfang ist gut.«

Ben schüttelte den Kopf. »Die alchemistischen Bibliotheken verfügen über andere Werke als die menschliche Welt. Ich studiere in Oxford, aber wie in allen Bereichen des täglichen Lebens gibt es auch dort einen speziellen Bereich, der nur den Alchemisten vorbehalten ist. Genauso, wie es bei dem Richmond-Gebäude in Rom ist. Die Hälfte gehört zum offiziellen Geschäft, die andere Hälfte lebt im Verborgenen. Jedenfalls ist mein Geschichtsstudium weitaus aufwendiger und tiefgehender als das normaler Studierender. Und was die Kapuzinergruft betrifft, so sind wir uns relativ sicher, dass die Abspaltung von den Franziskanern bereits viel früher erfolgte. Die ersten Kapuzinermönche lebten vermutlich schon fünfzig bis siebzig Jahre vorher hier auf Sizilien. Allerdings im Verborgenen, was erklärt, warum auch diese Gruft Bereiche haben könnte, die gut versteckt sind und viel älter.«

Mit diesen Infos hatte ich jetzt nicht gerechnet. »Warum haben sie ihre Brüder nicht in einem Sarg in der Erde beerdigt?«

»Wir gehen davon aus, dass es eine Art ›Zufallstreffer‹ war. Die Gruft liegt unter dem Hochaltar, was ein idealer Begräbnisort für einen frommen Christen ist. Es gibt einen Bericht von einem Mönch, der schildert, wie schockiert die Brüder waren, als sie die Gruft betraten und feststellten, dass ihre Brüder gar nicht verwest waren, sondern durch die trockene Luft und die trockene Erde hier perfekt mumifiziert wurden. Danach machten sie ein Geschäft daraus. Viele Adlige und feine Leute aus der näheren Umgebung von Palermo haben hier ihre letzte Ruhestätte gefunden. Rechtsanwälte, Politiker, Offiziere, sogar Künstler.«

»Es ist also quasi ein ›Who is who‹ der damaligen Gesellschaft?«

»Wenn man das so nennen möchte«, antwortete Ben, humorlos wie immer. »Wir sollten uns aufteilen. Es gibt fünf Korridore. Einen für Frauen, einen für Priester, einen für Mönche, einen für Männer, einen für besondere Persönlichkeiten und außerdem noch zwei sogenannte ›Nischen‹ für Jungfrauen und Kinder, sowie eine kleine Kapelle.«

»Das kannst du nicht ernst meinen.« Ich sah ihn mit großen Augen an.

»Könntest du dich etwas genauer erklären?« Er klang schon wieder genervt, und ich sah genau, dass sein Blick auf sein Handy fiel, um die Uhrzeit zu checken.

»Ich soll hier *alleine* herumspazieren? Soll ich auch noch meine Hände auf jede einzelne Leiche legen, um zu gucken, ob es irgendeine magische Reaktion gibt?«

»Das hier sind sterbliche Überreste von Menschen. Das ist nichts, wovor man Angst haben muss. Wenn du stirbst und wir dich hier dazu legen, siehst du genauso aus, wenn wir in neun bis zehn Monaten nachsehen.«

Ich riss die Augen noch weiter auf.

»Wir jagen hier weder Geister noch Kobolde oder Vampire. Wir suchen nach dem ersten Baustein, und wir sollten immer die Zeit im Auge behalten. Maria, Caleb und Justine haben die einzelnen Teile versteckt, und sie haben sie vor den Augen von Menschen verborgen. Sie *wollen*, dass wir sie finden. Sie haben Hinweise platziert, damit wir sie finden. Und genau deshalb sind wir hier. Wir werden sie finden. Alles klar?«

Ich schluckte nur. Sein Tonfall war wirklich barsch.

»Und jetzt los. Man kann sich hier nicht verlaufen, denn …« Er beugte sich zu mir und neigte leicht den Kopf.

»Es ist eine Gruft, und deshalb hat sie den Vorteil, dass sie nicht nur rechts und links hohe Wände hat, damit du nicht vom Weg abkommen kannst, sondern sogar auch ein Dach. Ist das nicht fabelhaft? Egal, wie sehr du es auch darauf anlegst, in Schwierigkeiten zu geraten – es wird dir nicht gelingen.«

Wir starrten einander an, maßen unsere Kraft im Blick des anderen.

»Soll ich dir mal was verraten?«, flüsterte ich nach einer scheinbaren Ewigkeit. Ich war traurig und ein wenig vor den Kopf gestoßen, dass er so mit mir sprach. So als wäre ich ein Kind und man könne mich nicht für voll nehmen. »Ich gehe nirgendwohin. Ich bin kein ausgebildeter Alchemist. Weder im Kampftraining noch in dem ganzen Hokuspokus, den ihr veranstaltet.«

Bens Augenbrauen sanken noch zwei Zentimeter tiefer. Sein Blick war nicht mehr grimmig, er war mordlüstern.

»Und genau deshalb«, sprach ich flüsternd weiter. »Werde ich genau hier stehen bleiben, wo wir gelandet sind. Denn so wirst du mich immer wieder finden. Du wirst mich finden, nachdem du diese gesamte Gruft nach irgendeinem Baustein oder Hinweis oder von mir aus auch einem Post-It abgesucht hast. Ich werde weder alleine gehen, noch werde ich dich begleiten. Und wenn dann irgendjemand von Geistern oder Vampiren gefressen wird, dann wirst das höchstwahrscheinlich du sein.« Ich musste mich zwingen, ihn anzulächeln, denn in mir drinnen flatterte alles vor Nervosität. »Und würde es dir etwas ausmachen, mir deinen Schlüsselbund zu geben? Dann hätte ich den Rückfahrschein für den schuppigen Reisebus. Nein …«, ich hob die Hand, als wollte ich bewusst etwas abwehren. »Mach dir keine Mühe. Wir haben ja keine Zeit. Du brauchst es mir nicht erklären.« Noch mal lächelte ich. »Ich bin mir sicher, das mit der Bedienung klappt bestimmt, obwohl ich Silber bin und die Schuppe Gold. Du weißt ja.« Ich zwinkerte ihm zu. »Man sagt, ich sei wahnsinnig mächtig.«

Stille.

Mordlust.

Der goldene Schimmer, der in seinen Augen erschien.

»Kann ich sonst noch irgendetwas für Sie tun, *Lord Benedict Hastings?*«

Ich hatte vielleicht etwas übertrieben mit meinen Worten, denn eigentlich war ich neugierig auf die Mission. Ich wollte ihm helfen. Ich hatte mich ausdrücklich dazu bereit erklärt. Aber wenn er jetzt wieder den unausstehlichen Blödmann mimen musste und mich nicht für voll nahm, konnte ich genauso unausstehlich sein.

»Weißt du«, sagte er schließlich. »Es ist total in Ordnung, dass du mich nicht leiden kannst. Aber wir sollten nicht das Ziel dieser Mission über unsere persönlichen Befindlichkeiten vergessen.«

»Persönliche Befindlichkeiten? Ausgerechnet *du* sprichst davon?«

Sein Blick war so ehrlich ratlos, dass ich fast gelacht hätte. Er und sein Befehlston hatten tatsächlich keine Ahnung.

»Hörst du dir manchmal selbst zu? Weißt du eigentlich, wie du manchmal mit mir redest? Du gehst mit mir um, als wäre ich deine Leibeigene, dabei habe selbst ich in Geschichte gut genug aufgepasst, um zu wissen, dass die Feudalherrschaft schon lange abgeschafft wurde. Du kommandierst mich herum, und du machst dich über mich lustig. Tut mir leid, aber wenn wir hier darüber sprechen, dass persönliche Befindlichkeiten die Mission ruinieren, dann musst du dir leider an die eigene Nase fassen. Du kannst mich nicht leiden. So sieht es aus.« Ich nickte bekräftigend. »Du kannst mich einfach nicht ausstehen.«

Er sah mich einen Moment lang an, verwirrt und als ob er zum ersten Mal darüber nachdachte, wie er auf andere wirkte. »Das stimmt nicht«, sagte er dann einfach nur, aber seine Stimme war sehr viel weicher als vorher. Er sah erneut auf das Display seines Handys, als müsste er sich an irgendetwas festhalten.

»Deine Argumentation ist logisch«, sagte er dann schließlich. »Du bist nicht ausgebildet, und dies ist deine erste Mission.« Er schluckte, und seine Kiefer mahlten. »Wir durchsuchen die Gruft zusammen.« Erst dann schien ihm aufzufallen, dass sein letzter Satz schon wieder wie ein Befehl klang. Er räusperte sich und fügte dann ein verbindliches »Ja?« hinzu.

Ich war nie jemand gewesen, die lange schmollte. Für mich war es total in Ordnung, Dinge aus der Welt zu schaffen und dann zum Tagesgeschäft überzugehen. Und ihm, keine Ahnung wie er das machte, aber ihm konnte ich sowieso nicht lange böse sein. Außerdem fand ich die Idee, gemeinsam auf die Suche zu gehen, viel besser. Vier Augen sahen mehr als zwei. Also nickte ich. »Lass uns zusammen gehen.«

Er lächelte kurz, dann deutete er nach rechts. »Fangen wir an.«

*

Ben behauptete zwar, dass die Tria wollte, dass wir die Bausteine fanden, aber wenn das stimmte, dann hatten sie sich trotzdem verdammt viel Mühe beim Verstecken gegeben. Wir hatten alle Gänge durchsucht. Und obwohl sie wirklich beeindruckend und gruselig zugleich gewesen waren, hatten sie ihr

Geheimnis nicht preisgegeben. Ich war immer noch völlig fasziniert von den antiken Trachten, den aufwendig gestalteten Kleidern und der Art, wie die Mumien ausgestellt worden waren. Manche schienen einfach so aus der Wand zu treten, bekleidet in den reich geschmückten liturgischen Gewändern eines Priesters. Andere trugen Stoffe, die nach Jahrhunderten noch hochwertig und fast neu wirkten. Halstücher mit Spitze, Schmuck und aufwendig gestaltete Kopfbedeckungen. Die Nische, die für die Kinder reserviert war, berührte mich am meisten. Ein Baby trug einen Strampler, der mit seiner geschmackvollen Verzierung auch heute noch in einem Laden liegen könnte. Mein Hals schnürte sich zu, und ich wurde ganz traurig bei diesem Anblick. Ben schien das zu spüren, denn er ließ mich am Eingang stehen und ging schnell alleine durch den halbrunden Bereich der Nische. Als er wieder da war, war sein Blick ernst, und er sagte eine längere Zeit nichts, während wir weitersuchten.

Zuletzt strandeten wir in einem reich geschmückten Raum, dessen Bodenplatten florale Muster schmückten. Ein einziger Sarg stand darin. Ich hielt inne, weil der Raum beeindruckender wirkte als die anderen Gänge. Er war so üppig dekoriert, und dennoch schien er mit nur einem Sarg darin so minimalistisch, dass der Kontrast automatisch für eine ganz besondere Stimmung sorgte. Der Sarg stand da wie ein seltenes Schmuckstück.

»Das ist die letzte Ruhestätte von Rosalia Lombardo.« Ben war genau wie ich am Eingang des Raumes stehengeblieben. »Sie wurde nur knapp zwei Jahre alt. Sie ist an der Spanischen Grippe verstorben. Komm …« Gemeinsam traten wir näher. Ursprünglich musste es ein einfacher Holzsarg mit einem gläsernen Deckel gewesen sein. Interessanterweise war er innen mit einem Metall ausgekleidet. Mittlerweile wurde der Sarg durch eine moderne Hülle geschützt. Metall und eine halbrunde Glaskuppel, die es erlaubten, den Sarg trotz der Schutzmaßnahmen bis zum Boden hin anzusehen.

»Ihr Vater Mario Lombardo, ein hochrangiger Offizier, hat sie damals so aufwendig und mit modernsten Methoden mumifizieren lassen«, sagte Ben leise.

Ich betrachtete das hübsche kleine Mädchen, das fast aussah, als würde es schlafen. Sie war bis zum Kinn zugedeckt, und das Schutzamulett einer Heiligen ruhte auf ihrer Brust. In ihr sorgfältig frisiertes Haar war eine große Schleife gebunden.

»Er muss sie sehr geliebt haben.«

Ben schnaubte, aber es war ein kleines, eher trauriges Schnauben. »Liebe macht uns zu Egoisten.«

Was? Ich sah ihn ungläubig an, da sprach Ben schon weiter.

Er deutete mit dem Kopf wieder auf Rosalia. »Ihr Vater war ein Egoist, weil er sie nicht gehenlassen wollte. Er wollte sie sehen, sie besuchen können, bis zum Ende seines Lebens nicht vergessen, wie sie aussieht. Es war ein eigensüchtiger Wunsch, und sieh dir an, was daraus geworden ist.« Er fuhr mit dem Finger über den Glasrand. »Sie ist an einer schweren Krankheit verstorben, und doch hat sie keine Ruhe gefunden. Noch heute gehen tagtäglich Dutzende Touristen an ihr vorbei und starren sie an.« Ben deutete mit dem Kopf hinter uns, in die Gänge mit den Mumien. »Sie sind gesichtslose menschliche Überreste. Aber Rosalia … Sieh dir ihr Gesicht an. Sie ist immer noch hier, in all ihrer Verletzlichkeit, der Erschöpfung nach dem Kampf gegen die Krankheit, zurechtgemacht wie eine Puppe, mit Schleife im Haar und sorgsam drapierten Locken. Ihr Vater war ein Egoist, denn er hat ihr ihren Frieden geraubt, nur damit er sich an der Vorstellung festhalten kann, dass sie vielleicht doch nur schläft. Dass sie eines Tages den gläsernen Deckel anhebt und zu ihm zurückkehrt.«

Ich hatte ihn betrachtet, während er sprach, völlig fasziniert davon, wie gefühlvoll er über Dinge nachdachte, die alle anderen als gegeben hinnahmen.

Nun drehte er den Kopf zu mir, und unsere Blicke trafen sich. Als ich nichts sagte, lächelte er irgendwann.

»Keine Gegenargumente? Keine flammende Rede zugunsten der großen Macht der Liebe?«

Ich erwiderte sein Lächeln. »Die Liebe ist so groß, dass sie Platz für jede Art von Theorie hat. Wenn Liebe für dich Egoismus ist, dann ist es eben so.«

»Was ist sie für dich?«

Für einen kurzen Moment glitt mein Blick zur Seite, bevor ich wieder hoch in sein Gesicht sah. »Hingabe.«

Sein Mund lächelte, doch sein Blick war ernst. »Sich aufgeben für jemand anderen?«

Ich schüttelte meinen Kopf. »Sich hingeben in jemand anderen, ohne sich selbst aufzugeben, ohne den anderen zu ändern.«

Er musterte mich, schien über meine Worte wirklich nachzudenken. »Du erlaubst mir ziemlich tiefe Einblicke in dein Seelenleben, dafür, dass du mich nicht leiden kannst.«

Ich beantwortete seine Frage mit genau den gleichen Worten, mit denen er meine vorhin beantwortet hatte: »Das stimmt nicht.«

Er lächelte, und für den Bruchteil einer Sekunde senkte er tatsächlich den Blick. Wahrscheinlich wusste er genau, wie unwiderstehlich er war, wenn er zwischen all dem Selbstbewusstsein und großartigem Gehabe zwei, drei Sekunden dieser epischen Schwäche zuließ.

Ich wandte mich entschieden ab. Er war auf so viele Arten tabu, dass ich mir nicht einen weiteren Gedanken über ihn und die tausend Facetten seiner Persönlichkeit machen wollte. Und erst, als ich ihn gewaltsam aus meinem Kopf geworfen hatte, war da plötzlich ein anderes Gefühl.

»Hier *ist* etwas.«

Ben sah mich verständnislos an.

»Spürst du es nicht? Die Luft ist hier anders, hier ist …« *Was war es? Konzentrier dich, Konzentrier dich.* Ich atmete ein, schmeckte.

»Hier ist Silber in der Luft.«

Ben sah sich suchend um, leuchtete mit der Lampe in alle Ecken und hinauf zur Decke. Mein Blick jedoch ging instinktiv zum Boden.

Silber. Silber in der Luft ist eine Spur. Intuitiv ging ich in die Hocke und legte meine flache Hand an das Ornament zu meinen Füßen. Die mit floralen Mustern verzierten Bodenkacheln schienen zu erzittern.

Sofort war Ben neben mir in die Hocke gegangen. »Mach das noch mal.«

Ich konzentrierte mich wieder, versuchte, die gleichen Empfindungen erneut zu erspüren. *Wo ist es? Wo habt ihr es versteckt?*

Ben keuchte auf. »Das, was du fühlst, das geht tiefer. Das, was für mich bestimmt ist … es liegt …« Er brach mitten im Satz ab und sah mich an, dann zog er hektisch sein Handy hervor. »Es liegt darüber. Warte.« Er stützte sich mit einer Hand auf dem Boden ab, und noch mal keuchte er auf. »Erstaunlich. Der Boden muss so viel älter als der eigentliche Raum hier sein.« Das Handy hatte er neben sich abgelegt, und wie ein Scheinwerfer erhellte es die Dunkelheit um uns. »Ich hab's.« Er hob beide Hände vom Boden hoch, seine Augen leuchteten strahlend golden. Wie in einem einstudierten Tanz lösten sich sämtliche Ornamente von den Kacheln zu unseren Füßen und stiegen hinauf in die Luft. Ich hielt mein Handy so, dass wir die tanzenden Fragmente sehen konnten. Der Boden war jetzt nur noch einfach weiß. Ben und ich kamen zeitgleich wieder auf die Füße und sahen zu, wie sich die einzelnen weich geschwungenen Linien verbanden. Sich zu Figuren formten, plötzlich vertraute Formen annahmen. Mit einem Mal schwebten Pflanzen über uns in der Luft, und Ben kannte sie alle.

Er zählte ihre Namen auf, und jede einzelne Pflanze schien ein Stückchen größer zu werden, wenn er sie bei seinem Namen nannte. Mein Verstand hingegen arbeitete schon wieder auf Hochtouren.

»Alraunen«, sagte ich. »Beifuß, Chrysantheme, Dahlie, Enzian, Fingerhut, Glockenblume.« Ich sah ihn an. »Das ist ein Alphabet.«

Kapitel 23

Doch irgendetwas stimmte nicht. Irgendetwas störte die Ordnung. Ich sah noch mal nach, dann stockte ich. »Das *S* fehlt.«

Als hätte der Boden uns verstanden, als wäre mein letzter Satz ein Geheimcode, erzitterten erneut die Fliesen unter uns. Dann, etwas weiter hinten im Raum, erschienen die Umrisse einer Luke. Sie war schmal, aber gerade groß genug, dass eine Person hindurchpassen würde. Wir stürzten beide los. Ben klaubte noch sein Handy vom Boden und hielt es dann so, dass wir im Strahl des Lichts die Verzierungen in Form von geschwungenen Linien auf der Luke erkennen konnten. Sie waren inmitten der Bodenkacheln aufgeprägt, nein, sie schienen daraus emporzutauchen. Ben fuhr mit dem Finger die Linien entlang, die bei seiner Berührung golden aufglommen und ihre Konturen verschärften. »Eine Stechpalme«, flüsterte er. »Das ist das fehlende S.«

Als wären seine Worte das geheime Lösungswort, schimmerte mit einem Mal die gesamte Luke golden, und eine Art Öse erschien. Ben zog daran, um die Luke zu öffnen, doch nichts geschah.

Ich hingegen konnte meine Gedanken nicht bremsen. Warum das gesamte Pflanzenalphabet, wenn doch die fehlende Pflanze, das »S«, einfach nur hier auf dieser Luke erschienen war? Das war zu einfach.

»Nichts zu machen.« Ben klang resigniert. »Und wir haben kein geeignetes Werkzeug dabei.«

»Warum das Alphabet?«, fragte ich. »Warum dieses ganze Trallala mit den fliegenden Pflanzen?«

»Keine Ahnung.« Ben zuckte die Achseln. »Uns ist aufgefallen, dass es ein Alphabet ist und dass eine Pflanze fehlt. Jetzt ist sie hier drauf erschienen.«

»Ja, aber die Tür geht trotz alledem nicht auf.«

Ben zog noch mal an dem Griff, und ich sah, wie die Muskeln an seinen Armen hervortraten, als er all seine Kraft einsetzte.

»Du wirst gleich noch den Henkel abreißen, und dann stehen wir noch blöder da.«

»Hast du eine bessere Idee?«

»Es fehlt ein dritter Schritt. Wie bei einer Tria. Die Pflanzen haben reagiert, als wir erkannt haben, dass es sich um ein Alphabet handelt. Als wir gesagt haben, dass das S fehlt, ist die Pflanze hier auf der Luke erschienen. Und als du sie benannt hast, ist diese Öse erschienen, mit der wir die Luke öffnen können. Vielleicht ist es aber nur das Werkzeug, um den Deckel anzuheben. Vielleicht haben wir die Luke noch gar nicht wirklich geöffnet. Vielleicht bedarf es dafür noch eines dritten Schritts.«

Ben kniff die Augen zusammen. »Fällt dir denn noch irgendetwas ein?«

Rätsel, dachte ich. *Maria hatte Rätsel geliebt, genau wie ich. Kreuzworträtsel, denk nach, Emilia …*

Denk nach!

Pflanzen.

Pflanzen haben Namen.

Super.

Sie haben manchmal komplizierte Namen, aber manchmal sind sie aus dem Umgangssprachlichen entstanden.

Und manchmal gibt es für eine Pflanze mehrere Namen.

Synonyme!

Das könnte es sein.

Ich sah zu ihm. «Die Stechpalme, wie heißt sie noch? Hat sie noch einen anderen Namen?«

»Ilex«, sagte Ben.

Über uns begannen die Pflanzen zu zittern.

Ben sah mit großen Augen nach oben.

»Es ist ein Alphabet«, wiederholte ich. »Und was macht man mit einem Alphabet?«

Ben sah mich an, als verstünde er nicht ganz.

»Man bildet Worte durch die Buchstaben des Alphabets. Es ist ein Rätsel. Finde ein anderes Wort für Stechpalme. Wie bei Scrabble: Du hast die Buchstaben da liegen – in unserem Falle schweben sie. Das muss der Schlüssel sein. Die Rätsel sind mein Part, die Sache mit der Botanik ist eindeutig deine Sache«, sagte ich. »Das ist Calebs Werk.«

»Einen Versuch ist es wert«, meinte Ben, dann hielt er die Hände in die Luft. Er deutete auf die Iris. Wie auf Befehl kam sie zu ihm heruntergesunken. Dann auf die Lilie, den Enzian und die Xanthium. Auch sie folgten seiner Geste. Es war surreal und schön, wie sie über seiner Hand schwebten und die Blätter sich bewegten, als würde ein unsichtbarer Wind durch den Raum wehen. Nun hatten sich die Pflanzen so angeordnet, dass ihre Anfangsbuchstaben das Wort »Ilex« bildeten: Iris, Lilie, Enzian und Xanthium schwebten nebeneinander. Ben drehte sich erneut in Richtung der Luke, und auf einmal begannen die Pflanzen, sich umeinander zu drehen. Ihr Wirbel wurde schneller und erinnerte mich fast an die Prima Materia. Dann sprangen sie auseinander, und in einem goldglänzenden Wirbel aus Farben sanken sie hinab auf die Bodenluke, um sich mit der Zeichnung der Stechpalme zu verbinden. Jetzt schien sie plötzlich dreidimensional zu sein, raschelte auf der Fliese, als sei sie lebendig, dann stieg sie langsam nach oben. Im nächsten Moment öffnete sich die Bodenluke.

Ben stieß einen triumphierenden Laut aus, dann drehte er sich zu mir. »Gut gemacht.«

Ich lächelte ihn an, bevor mein Blick in die bodenlose Dunkelheit glitt, die sich vor uns aufgetan hatte. »Wollen wir wirklich da runtergehen?« Ich erkannte die morschen Stufen einer Holztreppe, die nicht besonders vertrauenswürdig aussahen.

»Natürlich«, sagte Ben und schien voller Tatendrang. Und anstatt auch nur eine Minute länger zu zögern, ging er die Stufen hinab. Ich folgte ihm, obwohl mir mulmig dabei war. Hier unten roch die Luft wirklich wie in einem Grab, feucht und modrig. Der Raum, der sich vor uns ausbreitete, war nur spartanisch in das Erdreich geschlagen worden. Die Wände waren zwar gekalkt, aber inzwischen großflächig abgebröckelt. Immer wenn ich dachte, ich hätte schon alles gesehen, belehrte mich diese Reise eines Besseren. Ich schrie auf, als ich die Mumie sah. Irgendwie hatte ich nach all diesen hübschen Pflanzen nicht mit noch mehr … Tod gerechnet. Ben hingegen stand schon längst interessiert vor der Totenbahre. Von Weitem konnte ich erkennen, dass der Mann vornehm gekleidet war, gehüllt in ein weißes Hemd, wollene Hosen und einen tiefroten Umhang.

Plötzlich hörte ich Ben aufkeuchen, und sofort kam ich näher. Hoffentlich war ihm nichts passiert.

Doch er starrte nur ein Wappen an, das auf die linke Brust des Hemdes gestickt war. Als ich den Ouroboros sah, stockte auch mir der Atem. In dessen Mitte waren die Buchstaben B und T gestickt.

»Das muss Bernhardus Trevisanus sein«, flüsterte Ben. »Er war ein bekannter Alchemist und zeitweise ein Reisebegleiter von Maria. Sie waren zusammen in Spanien, Griechenland und dem Orient. Niemand wusste, wo er verschollen ist. Bis jetzt. Wir dachten, er wäre wie Maria auf einer Reise umgekommen. Doch hier in Palermo ist seine Heimatstadt. Wir wissen, dass Maria etwa zum Zeitpunkt, als er verschwand, in Italien war. Er muss während eines Besuches von ihr verstorben sein, und die Loge hat ihn hier begraben. In einem Gewölbe, lange bevor die Kapuziner ihre Gruft darüber errichteten.« Er sah sich hektisch um. »Hier ist überall Gold. Konzentriertes Gold, sehr reines Gold.« Er sah zu mir. »Alchemistisches Gold von höchster Qualität. Ich kann es fühlen, es liegt wie ein beständiges Summen in der Luft.« Vorsichtig beugte er sich zu der Mumie hinunter.

»Pass auf, womöglich holst du dir eine Krankheit.«

»Höchstens eine Staublunge«, erwiderte Ben und beugte sich unerschrocken noch ein Stückchen näher zu dem Alchemisten.

»Es wird stärker.« Er war dem Skelett nun so nah, dass es fast aussah, als wolle er seine Wange an dessen löchrige Brust legen.

»Von hier aus sieht das wirklich gruselig aus, was ihr zwei da macht.«

Ben gab ein missbilligendes Schnalzen von sich.

Dann schob er seine Hand in den Ausschnitt des Hemdes.

Ich presste eine Hand auf den Mund.

»Da ist es.« Er zog etwas an einer langen Kette hervor. Es war ein Amulett, das, ähnlich wie der Sarg von Rosalia, aus Metall und einem Glasdeckel bestand. Im Inneren befand sich ein winziger Zweig, der ziemlich vertrocknet aussah. Er wirkte, als könne er jeden Moment zu Staub zerfallen. Das Amulett schien wie ein Mikrokosmos, der die Pflanze über Jahrhunderte in ihrer Form konserviert hatte.

»Das ist er.« Vorsichtig löste er den goldenen Anhänger von der Kette. Dann hielt er ihn mir hin, damit ich ihn betrachten konnte. »Das ist er ganz bestimmt.«

Ich starrte auf das Amulett. »Der erste Baustein?«

»Das könnte Styrax sein«, murmelte Ben feierlich. »Eine Pflanze, so alt, dass sie schon in der Bibel erwähnt wird. Und doch ist sie noch so viele Tausend Jahre älter. Man nennt sie auch *flüssiges Amber.*« Er hob den Kopf.

»Wahnsinn.«

Doch da zuckte Ben zusammen und presste sich die freie Hand ans Ohr. »Ach verdammt«, murmelte er. »Der Empfang ist hier quasi nicht existent. Aber ich glaube, da will uns jemand etwas sagen.« Er sah zu mir. »Könnte wichtig sein.«

»Dann lass uns schnell nach oben gehen.«

Ben nickte, doch dann drehte er sich noch mal zu Bernhardus Trevisanus um. »Danke«, sagte er leise. »Ihr habt es gut behütet.«

Der Moment rührte mich, und auch ich neigte daraufhin kurz den Kopf. »Danke.«

Dann folgte ich Ben die Treppe hinauf. In der Luft schwebten immer noch die Pflanzen. So konnten wir diesen Ort doch nicht verlassen?

»Was?« Ben schien plötzlich nervös, als er mit einem unbekannten Sprecher kommunizierte. »Alles klar. Ja, wir verschwinden.« Schnell ließ er das Amulett in seinem Rucksack verschwinden.

Er sah zu mir. »Der Funkknopf scheint die Translokation durch den Stein der Weisen doch überlebt zu haben. Glück gehabt. Jedenfalls war das Murphy. Die Quecksilberloge in Rom hat gerade ihren Stein der Weisen aktiviert.«

»Aktiviert? Du meinst, sie benutzen ihn?«

»Nein, sie haben bisher nur die Prima Materia in Schwingung gebracht.«

»Wie bitte?«

»Es braucht eine Weile, bis der Stein einsatzbereit ist. So ähnlich wie man sich vor dem Sport aufwärmen muss. Aber durch das …« Er hielt inne und suchte nach den richtigen Worten. »Stell es dir wie ein Netzwerk vor. Man kann sich dort nicht tummeln, ohne Spuren zu hinterlassen. Einer spioniert den anderen aus, und das ist völlig normal. Ich gehe davon aus, dass sie versuchen werden, uns nachzureisen. Sie haben zwar nicht die genauen Koordinaten, aber es reicht schon, wenn sie hier irgendwo in der Nähe ankommen.« Er sah auf die Luke. »Wir sollten die Spuren verwischen.«

»Der Boden hat keine Muster mehr. Das wird irgendjemandem auffallen.«

Doch Ben schloss mit einem Ruck die Luke, und in derselben Sekunde war der ganze Zauber vorbei. Die Blumen zerfielen in ihre Einzelteile und ordneten sich in den ursprünglichen Mustern auf den Kacheln an. Die Umrisse der Luke verschwanden. Alles sah aus wie vorher.

»Schnell. Wir müssen sofort verschwinden. Ich transportiere uns beide mit der Schuppe.« Ben schien weitaus weniger von dem Schauspiel beeindruckt als ich. Er zog seinen Schlüsselbund hervor, und die Schuppe der Schlange blitzte im Schein des Xenonlichts auf.

»Komm näher.«

Ich zögerte.

»Es funktioniert sonst nicht«, sagt er leise, aber eindringlich.

… und ganz nah hinter dir zu stehen, um sie dir erst zurück hinters Ohr zu streichen und dann mit meinen Lippen ganz zart deinen Hals hinabzufahren.

Warum dachte ich ausgerechnet jetzt daran?

Warum konnte ich diese Worte nicht einfach aus meinem Kopf radieren? Sie als das akzeptieren, was sie waren?

Eine hübsche Lüge. Süßholzraspeln auf Bestellung.

Und seit wann stand ich eigentlich auf solch pseudopoetischen Kitsch?

Ich wollte mich von ihm wegdrehen.

»Nein, bleib hier.« Seine Stimme klang dunkel und abgehakt. »Beweg dich nicht.«

Könnte er bitte einfach aufhören zu reden? Könnten wir einfach nur von hier verschwinden? So schnell wie möglich?

»Wir müssen nah beieinanderbleiben.«

»Okay«, flüsterte ich.

»Willst du ihn sehen?«

Was war das denn für eine unanständige Frage? »Was denn?«

»Unseren Rücktransport.«

Puh! »Ja, klar.«

Er lächelte. Und er war definitiv viel zu nah.

»Dann sieh zu und staune.« Er hob den Anhänger mit der Schuppe hoch, und obwohl es fast komplett dunkel um uns herum war, leuchtete die Schuppe hell auf. Ben blies einen Lufthauch in ihre Richtung. So zart und leicht, dass ich vermutete, die Schuppe würde sich nicht mal bewegen. Doch das Gegenteil war der Fall. Sie bog sich unter seinem goldenen Atem, dehnte sich aus, wurde immer größer und größer, beinahe überlebensgroß.

»Jetzt«, flüsterte Ben in mein Ohr, als die überdimensional große Schlangenschuppe uns wie ein gazegleicher Vorhang einhüllte und die Umgebung mit einem goldenen Strahlen verblasste.

*

Unsere Landung inmitten der antiken Versuchsaufbauten in der Eingangshalle der Loge war perfekt, aber das war auch schon alles. Sternchen tanzten vor meinen Augen, und irgendetwas schnürte mir den Hals zu. Ich rang nach Luft, und meine Sicht verschwamm zu einem Tunnelblick. Ich hörte ihre Stimmen, die Aufregung und wie Ben irgendeinen Befehl brüllte. Mir knickten die Knie weg. Es fühlte sich an, als habe jede Zelle meines Körpers Feuer gefangen.

Ben verhinderte soeben noch, dass mein Kopf auf dem Boden aufschlug.

»Das kann doch gar nicht sein!«, hörte ich Larkin rufen. »Wo sollte sie sich eine Atropium-Vergiftung geholt haben? Sie hatte nie Kontakt zu einem Crux.«

»Doch, hatte sie«, hörte ich Ben noch antworten. »Kurz bevor wir in die Loge gekommen sind.« Und dann wurde vor meinem inneren Auge erst alles schwarz, dann feuerrot und dann gleißend hell, bevor sich alles in mir zusammenzog und ich mich auf den kostbaren Fliesenboden übergab.

So langsam macht es echt keinen Spaß mehr.

Fakt war, ich hatte nicht nur den Fliesenboden erwischt. Als ich wieder geradeaus gucken konnte, trug Ben eine frische Jeans und wirkte etwas blass um die Nase.

Ich entschuldigte mich bei allen, besonders bei ihm, während Meister Emmett mir irgendeinen grauenhaften Saft einflößte, der hoffentlich dieses Mal ganz ohne irgendwelche leuchtenden Insekten auskam. Sie hatten mich auf eine Couch in der blauen Sitzecke verfrachtet und bemutterten mich alle gleichzeitig.

Nachdem ich mich in einen von Murphy bereitgestellten blauen Putzeimer übergeben und ganz erbärmlich geschnieft hatte, bekam ich endlich eine Erklärung, während Ben das Amulett mit dem Styrax in seiner Hand drehte. »Atropium ist ein mächtiges, der Menschheit völlig unbekanntes Element, das sich im Periodensystem nahe dem Quecksilber befindet. Genau deshalb können es die Quecksilberalchemisten, im Gegensatz zu uns übrigen, für sich nutzen.«

»Es handelt sich um ein Gift, das bei Aufnahme in den Körper zu Ohnmacht und starker Übelkeit, Verfärbung der Fingernägel, Muskelkrämpfen und sogar bis zur Erblindung führen kann«, ergänzte Meister Emmett.

»Du bist noch glimpflich davongekommen, der Crux hat dich mit dem Atropium nur gestreift«, sagte Ben. »Ich hatte bisher angenommen, er habe dich verfehlt, weil die Symptome bei dir nicht spontan, sondern verzögert aufgetreten sind, was ungewöhnlich ist.«

Natürlich. Ich seufzte lautlos.

»In der Natur ist Atropium noch viel mächtiger«, mischte Murphy sich jetzt ein und gestikulierte wild. »Es kann die Erde in ihrem Innersten erschüttern. Es kann feste Kristallstrukturen aufbrechen und sie in Schwingung versetzen. Es kann so den vorbestimmten Lauf der Dinge ändern.«

Jetzt meldete sich Oliver zu Wort. »Das ist die große Sorge der Allianz. Sollten die Quecksilberalchemisten lernen, das Atropium auch für diese Zwecke einzusetzen – Erdbeben auszulösen, Gebäude mit nur einem Fingerschnips einstürzen zu lassen, Flugzeuge vom Himmel zu holen – würde der Grad ihrer Bedrohung der Menschheit gegenüber ein ganz neues Level erreichen.«

Als ich wissen wollte, ob die Crux mit den Quecksilberalchemisten zusammenarbeiteten oder wie man sonst an das Atropium kam, wurde sein Blick verschlossen.

Einen Moment lang schwiegen sie alle betreten, bevor Ben mit ernstem Blick das Wort ergriff. »Wie du bereits weißt, sind die Crux selbst mal Alchemisten gewesen. Obwohl sie jetzt nur noch Kreaturen sind, die Unheil anrichten wollen, so ist es doch ethisch verwerflich, ihnen mehr Schmerzen zuzufügen als nötig, wenn man sie jagt. Wir holen sie von den Straßen, weil wir verhindern wollen, dass sie mit der Macht ihres Elements Atropium-Katastrophen auslösen, so wie auf der Kreuzung heute. Dabei ist es egal, wie klein oder groß diese ist. Sei es ein Autounfall oder Flugzeugunglück, in den seltensten Fällen entstehen Katastrophen ganz ohne das Zutun eines Crux. Deshalb jagen und töten wir sie. Aber wir quälen sie nicht. Einem Crux das Atropium zu entziehen, bringt ihn um. Der Schmerz, wenn ein Quecksilberalchemist einem Crux gewaltsam Atropium aus dem Körper reißt, ist so groß, dass dieser daran stirbt.« Er sah mich eindringlich an. »Er stirbt an seinen Schmerzen. Es ist ein qualvoller Tod, den niemand verdient hat. Nicht mal so ein Wesen, das nur noch aus Bosheit besteht. Wir – die Allianz aus Gold- und Silberorden – lehnen das ab. Der Quecksilberorden aber hält sich nicht an solche Regeln. Das Atropium macht sie mächtiger, deshalb nutzen sie es für sich, wenn ein Crux stirbt.«

Ich übergab mich erneut in den Eimer, den ich in weiser Voraussicht auf meinem Schoß umklammert hielt, und redete mir ein, dass es bloß die Vergiftung war und nicht mein Ekel über die Grausamkeit der Quecksilberalchemisten. Mir wurden Taschentücher und ein Glas mit Wasser gereicht. Sie waren alle so lieb, und ich bedankte mich erneut. Um mich von der Übelkeit etwas abzulenken deutete ich auf das Amulett. »Und was machen wir jetzt damit?«

Larkin schnappte es sich aus Bens Hand. »Wenn wir den Styrax daraus bekommen, ist alles gut.«

Ich kam mal wieder nicht mit. »Es ist doch bloß ein kleines Amulett, das wird doch leicht aufzubekommen sein, oder? Und seid ihr sicher, dass es noch funktionieren wird? Das Pflänzchen sieht ungefähr so aus, wie ich mich fühle.«

Murphy unterdrückte ein Lachen, wofür Annmary ihm einen tadelnden Blick schenkte. Larkin grinste breit und faltete dann seine Beine auf der Couch zu einem Schneidersitz. »Dich kann nichts entstellen, Silberschatz.«

Ich lächelte zurück, worauf er mir verschwörerisch zuzwinkerte.

Ben gab ein unbestimmtes Brummen von sich, bevor er sich das Amulett von Larkin zurückschnappte. »Das ist nur Tarnung. Ich hoffe, es klappt.« Er legte seine Hände um das Amulett, sah konzentriert darauf, und plötzlich schob sich wieder der goldene Schimmer über seine Augen. Ich sah völlig fasziniert zu, wie das Amulett größer wurde und sich veränderte, bis es eine durchsichtige quadratische Box mit goldenen Kanten war. Der Styraxzweig darin jedoch war immer noch braun und vertrocknet. Ben kniff die Augen zu und hielt die Box fest umklammert. Plötzlich erschienen goldene Adern über dem durchsichtigen Material, für einen Moment war die Oberfläche komplett golden, dann klarte sie wieder auf. Jetzt war der Styraxzweig so strahlend grün, als sei er eben erst gepflückt worden.

Ein »Wow« entkam meinen Lungen, zusammen mit einem atemlosen Keuchen.

»Versuchen wir es?«, schlug Larkin vor und sah zu Meister Emmett. Der nickte knapp, während er sich nachdenklich über einen imaginären Kinnbart strich. Das schien Bens Signal zu sein. Er zog vorsichtig an einer Kante des Würfels, die etwas dicker schien als die anderen. Nichts geschah. Er versuchte es noch mal. Die Muskeln an seinen Unterarmen traten hervor, doch wieder geschah nichts. Im Gegenteil, je mehr Kraft er anwandte, desto deutlicher erschienen nun irisierend schimmernde Linien über dem Gold. Sie sahen aus wie flüssiges Quecksilber, das die goldenen Nähte wie ein Kleber zusammenhielt.

»Verdammt.« Ben ließ das Kästchen auf seinen Schoß sinken. Der Styraxzweig drehte sich anmutig darin.

»Wir finden eine Lösung.« Meister Emmett schien seiner Loge Mut zusprechen zu wollen, doch er klang nicht besonders siegessicher.

»Wie wäre es mit einem Hammer?«, schlug ich vor.

Larkin schüttelte den Kopf. »Das Material ist unzerstörbar, weil es durch die Energie des Quecksilbers geschützt ist. Die Tria beruht auf diesem Prinzip. Nur zu dritt sind wir erfolgreich.« Sein Blick glitt zu Meister Emmett, der gerade leise mit Oliver sprach. »Sollen wir doch mit ihnen sprechen?«

»Noch nicht.« Ben reichte den Würfel an Larkin, dann

sprang er auf. »Wir finden eine andere Lösung.« Er sah zu mir. »Jetzt solltest du dich ausruhen.«

Da fiel mir etwas ein. »Ich brauche den Roller.«

Sie alle sahen mich an, als wären mir gerade Hörner gewachsen.

»Wie bitte?«, fragte Annmary dann, so perfekt höflich wie immer.

»Mein Roller steht noch an der Schule, und Mamma braucht ihn morgen.«

Ben nickte. »Alles klar. Anni, du kommst mit uns. Wir bringen Emilia nach Hause und holen vorher den Roller von der Schule ab. Ich rufe uns einen Wagen.« Er zog sein Handy hervor, ließ es dann aber wieder sinken. »Ist deine Mutter zu Hause?«

Da die Frage nur mir gelten konnte, schüttelte ich den Kopf.

»Sollen wir sie noch hierbehalten, Meister?« Jetzt glitt sein Blick zu Meister Emmett.

»Sie hat es überstanden. Etwas Ruhe reicht.«

Ich fühlte mich auch gar nicht mehr so elend. »Wo kann ich den Eimer sauber machen?« Ich stand auf. »Oder sollen wir ihn lieber direkt entsorgen?«

»Hier wird nichts entsorgt.« Ben schnaubte. »Da ich keine Lust habe, mich ein drittes Mal umzuziehen, wirst du den Eimer mitnehmen und brav umklammert halten, bis du im Bett sitzt.«

Annmary verdrehte hinter seinem Rücken die Augen und machte eine »Blabla«-Geste. Ich kicherte, und wieder mal fand ich Annmary total super. Tizi und sie würden sich gut verstehen, und da ich sowieso vorhatte, Tizi an der Uni in London zu besuchen, könnten wir Annmary zu unseren Treffen mitnehmen.

»Er hatte heute kein Mittagessen«, raunte sie mir zu. »Komm, ich helfe dir.«

Handelsbeziehungen sorgten einst dafür, dass sich ihre Wege kreuzten. Trismegistos, der Lehrer des Pharaos, hatte den Austausch mit anderen Gelehrten seiner Zeit gesucht und sie ins wohlhabende Esna eingeladen. Ishtar war noch nie in Ägypten gewesen und hatte den Gedanken daran als aufregend empfunden. Ihre Reise von Mesopotamien in Richtung des Nils war nicht unbedingt angenehm gewesen, doch es sollte sich herausstellen, dass diese Begegnung sie zu dem größten Triumph ihres Lebens führen würde. Schnell hatte sich herausgestellt, dass Trismegistos, den Leibarzt Enmerkar aus dem Hochland von Arrata und sie mehr verband als nur der intellektuelle Austausch. Es passierte auf einem Fest in den Gemächern des Pharaos. Trismegistos, der Ishtar mit seinen kohlrabenschwarz umrandeten Augen immer ein wenig an eine der furchteinflößenden Tempelstatuen erinnerte, hatte einen seiner vielen goldenen Ringe spielerisch auf der Handfläche herumrollen lassen. Sie hatten getrunken und gelacht, und irgendwann hatte er erst sie und dann Enmerkar angesehen. Ganz langsam hatte er die Handfläche ausgestreckt. Und dann war der Ring zu einer schillernden Pfütze geschmolzen, bevor das Gold komplett in seiner Haut verschwand.

Sie erstarrte. Zu vertraut war dieses Schauspiel.

Trismegistos, der anmutige, blitzgescheite Lehrer des Königshofes, hatte mit seinen perlenweißen Zähnen geheimnisvoll gelächelt, bevor er die Faust schloss und nur die eine Frage stellte: »Ihr beide könnt es auch, richtig?«

Kapitel 24

Atropium. Schon wieder hatte ich ein neues Wort gelernt. Es klang definitiv so giftig, wie sich die Wirkung in meinem Körper angefühlt hatte. Ich betrachtete meine rot lackierten Fingernägel. Am Daumen war eine Ecke abgesplittert, und das tiefe Violettblau meines Nagels verriet, dass das Gift immer noch in meinem Körper zirkulierte. Da ich ausgesehen hatte wie ein Zombie, hatte ich mir heute noch schnell zwischen einer WhatsApp-Unterhaltung mit Matti und vor einem frühen Mittagessen mit Mamma die Nägel lackiert, damit die Leute mich nicht für tot hielten.

Zum Glück war die Übelkeit heute gänzlich verflogen, doch ich fühlte mich immer noch, als wäre ich vor einen Bus gerannt. Hatte mich gestern der Gedanke an die Registrierung in der Silberloge noch verunsichert, so war ich heute viel zu fertig, um mir irgendwelche Gedanken darüber zu machen. Ich war jetzt innerhalb von drei Tagen gleich zweimal vergiftet worden, und so langsam war es nicht mehr lustig. Wäre ich nicht so fasziniert von dieser völlig unbekannten Welt, die sich mir eröffnet hatte, ich wäre einfach im Bett geblieben und hätte mir die Decke über den Kopf gezogen.

Eine große schwarze Limousine hatte zwei Straßen weiter auf mich gewartet, und der Fahrer hatte sich freundlich an die Mütze getippt, als er mir die hintere Tür öffnete.

Ben saß auf der Rückbank. Mittlerweile hatte ich verstanden, dass er quasi so etwas wie mein erster Ansprechpartner im Goldorden war – wohl auch, weil wir zwei Drittel der Tria bildeten. Ich hatte aufgegeben, darauf zu hoffen, dass auch mal Annmary dabei sein würde. Ich war kaum auf meinen Sitzplatz gerutscht und hatte ihm einen Guten Tag gewünscht, da stellte Ben mir einen kleinen roten Plastikeimer auf den Schoß.

Ich warf ihm einen Blick zu. Er grinste träge. »Nur für alle Fälle.«

Sehr witzig.

Aber das Rot gefiel mir, und auf den Rand waren kleine silberne Schlangen gedruckt. Wo konnte man so einen niedlichen Eimer kaufen? Ich stellte ihn trotzdem in den Fußraum.

»Sollen wir vielleicht mal kurz durchgehen, was dich erwartet?«

Überrascht sah ich zu Ben. Bisher hatte mir das noch niemand angeboten. Ich hatte angenommen, es wäre ein großes Geheimnis, das beängstigend und so schmerzhaft war, dass niemand einem vorher etwas darüber erzählte. Irgendetwas mit epischen Schwüren von ewiger Treue und dem Unterzeichnen eines dicken Vertrags mit dem eigenen Blut. Ich schauderte und rutschte unbehaglich auf dem Polster meines Sitzes hin und her. Mein Fuß stieß gegen den Eimer, und das Plastik kratzte über meine nackte Haut.

»Wo kauft man eigentlich Eimer mit silbernen Schlangen drauf?« Wenn Mamma und ich Putzutensilien kauften, gingen wir in den nächsten »1-Euro-Laden«, und dort hatte ich so etwas noch nie gesehen.

Ben zuckte teilnahmslos die Schultern, dann sah er kurz auf sein Handy, bevor er es zurück in seine Tasche schob. »Hast du Fragen?«

Wenn man praktisch nichts über etwas wusste, wie sollte man da die richtigen Fragen stellen? Ich beschränkte mich also auf das, was mir gerade so einfiel. »Was ist dieses ominöse Kaleidra? Wie genau wird jetzt ein Alchemist zu einem Crux? Wie kann ich diese silberne Schlange in mir kontrollieren? Wann bekomme ich meine eigenen kleinen Ouroboros-Amulette und lerne damit umzugehen? Und was ist der Unterschied zwischen der ›Allianz der Orden‹ und dem ›Gläsernen Pakt?‹»

Ben lächelte schief. »Oha. Da hat sich wohl jemand heute Nacht einen Spickzettel gemacht, was?«

Ich schüttelte den Kopf.

»Respekt. Gut, dann beginnen wir mit dem Einfachsten. Die Allianz ist eine Art Vertrauensvertrag zwischen Gold- und Silberorden. Das weißt du ja bereits. Der Gläserne Pakt hingegen ist eine Duldungserklärung zwischen allen drei Orden. Während Gold und Silber ihre Informationen freiwillig austauschen, funktioniert der Austausch zwischen der Allianz und den Quecksilberalchemisten nur auf Anfrage. Mehr oder weniger. Eigentlich funktioniert nicht mal das, denn sie lügen – und das ohne Skrupel. Da sie sich jedoch niemals den strengen Regeln der Allianz unterworfen haben, können wir sie nicht belangen. Im Endeffekt sind sie wie ein Rudel wilder Hunde, die machen, was sie wollen.«

»Aber sie sind genauso streng wie ihr organisiert?«

»Ja, die Strukturen haben sie übernommen. Sie haben Logen, Meister und sogar einen Großmeister. Aber das ist auch schon so ziemlich alles.«

»Und was ist ihr Schwerpunkt? Ich weiß, dass ihr euren Fokus auf den Bereich Naturwissenschaften und Geschichte legt. Und der Silberorden beschäftigt sich im Wesentlichen eher im Bereich Mathematik, Ingenieurwesen und Technik. Was ist ihre Stärke? Wie finanzieren sie ihren Orden?«

»Der Silberorden war auch mal so was wie die Polizei der alchemistischen Welt. Die Aufgaben übernehmen wir aber nun größtenteils. Die Quecks wirken hauptsächlich im Bereich Medizin und Pharmazie. Es gibt ein paar wirklich schlaue Köpfe unter ihnen, doch leider sind sie, anders als wir, nicht im sozialen Bereich tätig und forschen nicht, um die Welt für die Menschen zu verbessern. Sie haben ihre Finger vor allem in der Schönheitsindustrie mit im Spiel. Sie nutzen ihr Wissen und ihr Talent, um mit der Eitelkeit der Menschen Geld zu verdienen. Forschung interessiert sie wenig, es sei denn, es dient ihrem eigenen Nutzen und materiellem Zugewinn.«

Während ich immer noch all diese Informationen verdaute, sah Ben nachdenklich aus dem Fenster. »Was war das noch? Ach ja. Die Schlangen. Also erst mal: Es ist sehr ungewöhnlich, dass dein großer Ouroboros sich von ganz allein manifestieren kann. Normalerweise bedarf es intensiven Trainings für so was, denn wir nutzen ihn nur, um unsere Kräfte zu verstärken, sollten unsere Astralelemente, die in den kleinen Amuletten sind, nicht ausreichen. Aber ich hatte dir schon mal gesagt, dass wir dich für sehr mächtig halten. Vermutlich wird dich die Silberloge direkt in ein Trainingsprogramm stecken, wenn die Runde macht, was in dir schlummert. Jedenfalls hängt alles mit der speziellen Ausbildung zusammen, die wir alle durchlaufen haben. Der große Ouroboros, der silberne, aber auch die Handhabung der anderen Astralelemente, die in den kleinen Ouroboroi stecken, lassen sich eigentlich nicht von selbst nutzen. Du musst lernen, sie zu kontrollieren. Die große Schlange formt sich aus dem Silber, dass in deinem Körper vorkommt. Die Kleinen werden von deinem Orden angefertigt und mit den entsprechenden Astralelementen befüllt. In jeder Loge ist es zum Beispiel auch die Aufgabe des Pioniers, dafür zu sorgen, dass die kleinen Ouroboroi gewartet werden und immer ausreichend zur Verfügung stehen. Das lernt man, wenn man für den Posten des Pioniers berufen wird. Du siehst, wir alle machen eine eigenständige Ausbildung, studieren und lernen zusätzlich die speziellen Anforderungen unseres Postens in der Loge.«

Ich zog etwas verunsichert die Augenbrauen zusammen. »Und das soll man schaffen?«

»Wenn man es wirklich will.« Er sah mich an. »Viele Jugendliche machen Leistungssport neben der Schule. Ich glaube, das ist ganz ähnlich. Ich mache eben neben der offiziellen Ausbildung noch eine Zusatzqualifikation. Dafür geht Zeit drauf, die ich normalerweise freihätte, aber mir macht es Spaß, und das ist es mir wert.«

Ich nickte langsam. Das leuchtete ein. »Und du bist so was wie der Mann für die Sicherheit?«

»Richtig. Bei mir ist es allerdings so, dass ich mich schon immer für einen Posten in der Loge interessiert habe. Ich habe schon als Kind mit dem Kampftraining angefangen und während meiner Teenagerzeit schon diverse Ausbilderscheine gemacht. In London verantwortete ich das gesamte Sicherheitspersonal, das für den Schutz der Loge tätig ist. Außerdem koordinierte ich die Cruxjagd.«

Ich war dezent beeindruckt. »Und Annmary ist eure Pionierin, richtig?«

»Genau. Sie ist die Expertin für die Waffen, aber sie ist auch, genau wie ich, eher im Außendienst tätig. Wenn es irgendwo brennt und besonders gut ausgebildete Alchemisten mit besonders großen Kräften benötigt werden, sind wir meist die Ersten vor Ort. Oliver ist als Sekundant die rechte Hand von Meister Thurgood und außerdem unser Finanzbuchhalter. Er koordiniert die Vergabe von Mitteln aller Art. Er ist der Diplomat unserer Truppe. Gerade bei Problemen der Diskretion gegenüber der Menschenwelt ist er der erste Ansprechpartner. Außerdem regelt er die internen und externen Beziehungen zu den Ordensmitgliedern – unserer eigenen und die der anderen Orden.«

»Und Murphy?«

»Murphy ist der Hüter des Protokolls. Heutzutage könnte man es wohl eher als *Hüter des Internets* bezeichnen. Er kann Hackerangriffe der Quecks frühzeitig aufspüren und koordiniert ein Team von anderen Alchemisten, die sich den Quecks online an die Fersen heften. Die Quecks benutzen ihre alchemistischen Kräfte, um Software zu beeinflussen, Computer zu manipulieren oder ganze Server zu ihren Gunsten arbeiten zu lassen. Murphy kann ihre virtuellen Energiesignaturen aufspüren und so oft Schlimmeres verhindern. Zuletzt haben er und sein Team einen weiteren Börsencrash verhindert.«

Das klang alles nach so viel Verantwortung. Ich war fast etwas eingeschüchtert. Sie wirkten alle so sympathisch und unkompliziert und hatten doch schon so viele Verpflichtungen.

»Na ja, und Larkin …«, sagte Ben und grinste. »Ihn haben wir ja schon in seinem Hoheitsgebiet besucht.«

Ich grinste zurück. »Ein Bibliothekar mit Leib und Seele.»

»Richtig. Wenn es darum geht, irgendetwas herauszufinden, das jemals irgendwo aufgeschrieben wurde, sei dir sicher, unser Scriptor weiß es – oder er findet es. Außerdem wartet er die Bibliothek und übersetzt Texte aus längst ausgestorbenen

Sprachen. Er *fühlt* es, das ist seine alchemistische Gabe. Er fühlt den Inhalt, und nach zwei Seiten spricht er die Sprache und kann das Wissen für uns konservieren.« Ben lachte dunkel. »Nur beim Voynich-Manuskript war er genauso ratlos wie wir.«

Ich kicherte.

»Und dann ist da noch Meister Thurgood, der alles, was wir tun, verantworten muss.« Er lachte kurz. »Manchmal ist er nicht zu beneiden.«

»Das glaube ich.«

»Haha«, machte Ben und schüttelte tadelnd den Kopf.

»Wieso? Bedenkt man, dass ihr sogar Schilder aufhängen müsst, damit Larkin sich nicht ständig seiner Kleider entledigt, scheint ihr ja ein ziemlich wilder Haufen zu sein. Wenn jeder von euch so eine exzentrische Macke hat, wird es bei euch garantiert nicht langweilig.«

Ben legte den Kopf schief. »Und falls *du* eine exzentrische Macke hast, wäre jetzt die richtige Gelegenheit, davon zu erzählen.«

Ich schüttelte den Kopf. »Niemals. Mir hängt dein Spruch über meine Ballettkünste noch nach.«

Ben machte den Mund auf, und eigentlich wollte er etwas ganz anderes sagen, da war ich mir sicher, stattdessen schnalzte er nur und grinste dann.

»Das werde ich mir jetzt noch die nächsten Jahrzehnte anhören können, richtig?«

»Vermutlich. Aber du hast es verdient.«

Er seufzte. »Das wird mir hier jetzt zu gefährlich. Lass mich doch einfach weiterreden, bis wir bei deiner Loge sind, und auf dem Rückweg tue ich so, als würde ich die ganze Zeit dösen.«

Ich lachte. »Feigling.«

Er schüttelte den Kopf, doch seine Augen blitzten amüsiert. »Also das hat auch noch niemand zu mir gesagt, ohne dass er dafür auf Briefmarkengröße kleingefaltet wurde.«

»Kannst es ja versuchen.«

Wir sahen uns einen ewigen Moment an.

»Du und ich«, sagte er dann. »Heute Nachmittag. Trainingshalle. Wir spielen mit deinem Feuerkreis, und ich bringe dich ein wenig ins Schwitzen.«

Der Gedanke an den roten Feuerkreis machte mir ein wenig Angst.

»Und dann werden wir sehen, was genau ich *versuche* und wie genau du dich dagegen wehren kannst.«

»Pass bloß auf«, flüsterte ich. »Nicht, dass du dir noch wehtust.«

Ich sah das stumme Entzücken in seinem Blick, die leise Faszination darüber, dass ich nicht zurückwich. »Diese Herausforderung nehme ich doch gerne an.« Ich hatte mich schon abgewandt, als er noch leise hinzufügte: »Wenn du kämpfst wie du tanzt, mache ich mir da allerdings keine Sorgen …«

Ich sah ihn an, diese blitzenden Augen, das süffisante Lächeln, das um seine Mundwinkel spielte. Da war etwas zwischen uns. Und es machte ihm genauso viel Spaß wie mir.

»Du solltest dir aber Sorgen machen. Ich habe eine Strategie.«

Das leicht überhebliche Lächeln vertiefte sich. »Ich wusste gar nicht, dass Verlieren eine Strategie ist.«

Ich wollte gerade etwas erwidern, da fuhr der Wagen über eine Bodenwelle, und das Lächeln auf Bens Gesicht verschwand, als habe man es ausradiert. »Was möchtest du noch wissen? Wir sollten die Zeit auf der Fahrt nutzen.«

Rumms. Das war ein Themawechsel, bei dem man sich fast das Genick brach.

»Also, ja …« Ich sortierte meine Gedanken. »… diese Sache mit Kaleidra und den Crux, das habe ich noch nicht so ganz verstanden. Wie ein Alchemist zu einem Crux wird. Und wer oder was Kaleidra ist.«

Ben lehnte sich in seinem Sitz zurück und wiegte dann den Kopf von rechts nach links, sodass seine Nackenwirbel knackten. »Ach, diese Kleinigkeit.« Noch mal ließ er seine Wirbel martialisch knacken.

Das hörte sich gar nicht gut an.

»Das hängt alles irgendwie zusammen und ist gleichzeitig wahnsinnig kompliziert.«

Super. Ich seufzte leise. »Das passt doch zu euch. Bei euch ist ja so gar nichts kompliziert.«

Noch einmal ließ er die Wirbel knacken. »Ich versuche es mal möglichst einfach. Wir Alchemisten bekommen von Kindesbeinen an nicht nur eine Ausbildung, die sich mit den physischen Möglichkeiten der Alchemie auseinandersetzt. Für uns gehören auch Psychologie und Philosophie dazu. Es macht einen großen Teil der Alchemie aus.«

So etwas Ähnliches hatte ich bereits von Annmary gehört, und nun platzte ich fast vor Neugier, noch mehr darüber zu erfahren.

»Wir trennen unseren Geist in gute und schlechte Eigenschaften. Das Fatale ist, dass es die schlechten Eigenschaften sind, die uns stärker machen. Die unsere Kräfte verstärken. Sogar den inneren großen Ouroboros. Dennoch leben wir nach dem Motto, die schlechten Eigenschaften so weit weg wie möglich von uns zu verbannen. Und hier kommt Kaleidra ins Spiel. Kaleidra ist eine Art Konstrukt, deren Ursprung bei den ersten Alchemisten liegt. Und wir reden hier ungefähr von einer Zeit um viertausend vor Christus. Zuerst war es einfach nur ein Ort, den man sich vorgestellt hat, um einen geistigen Anker zu haben. Einen Anker, an den man die schlechten Eigenschaften binden und irgendwo weit weg von sich verankern kann. Stell dir vor, du kaufst dir einen Luftballon und füllst ihn nicht mit Luft, sondern mit deinen schlechten Eigenschaften. Dann bindest du ihn zu, machst ein Band daran und befestigst ihn draußen bei dir im Garten. Du weißt, dass er da ist, du kannst ihn dir jeden Tag vom Fenster aus ansehen, und wenn du ihn brauchst, kannst du in den Garten gehen und ihn zu dir ins Haus holen. So ähnlich funktionierte Kaleidra zunächst. Es war der Ort, an dem man seine schlechte Seite parkte. Doch die Kräfte der ersten Alchemisten waren unvorstellbar groß, und immer mehr Macht und Magie konzentrierte sich auf Kaleidra. Jeder Mensch kämpft mal mit sich, jeder hat mal einen schwachen Moment, in dem er sich wünscht, nicht nur edel und gut zu sein. Das sind die Momente, die starke emotionale Macht besitzen. So erging es auch den Alchemisten. Das Ende vom Lied war, dass Kaleidra sich zu manifestieren begann. Kaleidra war erst ein kollektives Bewusstsein, das dann zu einer Welt wurde. Nun ist sie eine existierende Astralwelt, die man real betreten kann und in die wir den schlechten Teil von uns verbannt haben. Diesen Teil nennen wir Twin. Er ist im Geist jedes Alchemisten angelegt. Wir lernen schon als Kinder, unseren Geist geteilt zu halten und unseren Twin in- und auswendig zu kennen, um ihn weit weg nach Kaleidra zu verbannen. Wir haben Kaleidra selbst geschaffen, eine Welt, die aus unseren größten Kräften besteht, den Elementen. Wird ein Alchemist geboren, bekommt er einen eigenen Platz in Kaleidra. Etwas, das nur ihm und seinem Twin gehört. Doch die Astralwelt hat noch viele weitere Orte … Noch mehr Möglichkeiten, um Ordnung in unsere Welt zu bringen – und sie auch zu halten. Und das ist auch der Grund, warum wir unsere schlechten Eigenschaften so weit wie möglich von uns verbannen. Denn die Macht, diese Verlockung, scheint so viel stärker und mächtiger zu sein, sodass sie uns zum Verhängnis werden kann. Greifen wir darauf zu, werden diese schlechten Eigenschaften immer versuchen, unseren Geist zu übernehmen. Man muss äußerst willensstark sein, wenn man während des Kampfes auf die schlechten Eigenschaften zugreift, um stärker zu werden. Denn man muss sie danach zurück nach Kaleidra verbannen können. Ist man emotional angeschlagen, durch eine Krankheit geschwächt oder einfach nur schlecht ausgebildet, und lässt man die böse Macht einfach nur ein wenig zu sehr in seinen Geist, übernimmt sie ihn. Wenn der Twin es schafft, sich mit dem Alchemisten, mit seiner guten Seite, wieder komplett zu verbinden, dann wird ein Alchemist zu einem Crux. Und dieser besteht nur noch aus schlechten Eigenschaften, sein Körper zerfällt, bildet Atropium, und er ist freigegeben zur Jagd, um zu verhindern, dass er Unheil anrichtet.« Ben machte eine Geste mit der Hand. »Und so schließt sich der Kreis zwischen Kaleidra und einem Crux. Wir werden mit all unseren Eigenschaften geboren und trennen sie sehr bewusst. Doch gleichzeitig ist man geliefert, wenn sie sich wieder komplett verbinden. Es ist ein Cut, der so nützlich wie fatal ist.«

Als Ben schließlich geendet hatte, konnte ich ihn nur mit offenem Mund anstarren. Es war alles so faszinierend, auch wenn ich das Gefühl hatte, dass ich nur die Hälfte von allem verstand. Es gab eine Art bösen Zwilling im Kopf, der in eine Fantasiewelt verbannt wurde, den man aber zu Besuch kommen ließ, wenn man mächtiger sein wollte, als es eigentlich erlaubt war. Kompliziert war in diesem Zusammenhang die Untertreibung des Jahrhunderts.

Ich sah ihn an. »Du erklärst mir gerade, dass ein zweiter, böser Teil von dir in einer Astralwelt namens Kaleidra … wohnt? Und dass du zum Crux wirst, wenn dieser sogenannte *Zwilling* von dir es schafft, deinen Geist zu übernehmen?«

»Im Prinzip ist das richtig so.« Er klang, als wäre es das Normalste der Welt. So als hätte jeder irgendeine Art bösen Doppelgänger in einer Parallelwelt.

Das brachte mich auf eine Idee. »Ist er … ich meine, dein Twin, ist er so was wie dein Doppelgänger? Wenn ich ihn jetzt in Kaleidra besuchen würde, würde ich dann einen Typen antreffen, der genauso aussieht wie du, aber raucht und trinkt und Motorrad fährt?«

Ben kaschierte sein Lachen in einem Husten. »Nein, so extrem ist es nicht. Wir haben keine Doppelgänger. Es ist nur ein winziger Teil von uns, der dort existiert. Mal abgesehen davon, dass Kaleidra kein exotischer Urlaubsort ist. Es ist dort wild und gefährlich. Ein Ort ohne wirkliche Zivilisation. Es ist mit nichts auf der Erde zu vergleichen. Eine Welt, die nur aus Elementen besteht, ist kein Platz, an dem man lange sein will. Alles ist mehr oder weniger giftig oder zu unwirklich, um darin zu überleben. Es ist eher wie eine Art One-Way-Ticket. Wir schicken unsere schlechten Eigenschaften dorthin und greifen dann nur noch darauf zu, sollten wir sie in einer Notsituation dringend brauchen. Das heißt, Energie fließt nur von Kaleidra hierher. Aber niemals andersherum. Erst wenige von uns haben es gewagt, durch die Tore von Kaleidra zu gehen. Es ist gefährlich, denn man verändert sich komplett. Hinzu kommt, dass man einen nicht geringen Teil seiner guten Eigenschaften als Anker in dieser unserer Welt lassen muss. Wenn man in

Kaleidra ankommt, ist man also vielleicht gar nicht mehr derjenige, der man zu sein glaubt. Es ist auch nicht unüblich, dass man sich dort ganz anders verhält als sonst. Bisher haben es nur eine Handvoll Alchemisten gewagt, und noch weniger haben es überlebt. Wer es vermeiden kann, betritt Kaleidra niemals, außer im Geiste.«

Ich wusste nicht, was ich darauf sagen sollte. Das wurde alles immer krasser. »Dann habe ich auch so einen Doppelgänger?«

»Twin«, berichtigte mich Ben. »Wir nennen es Twin, weil es die einfachste Bezeichnung ist. Es ist aber kein Doppelgänger. Und ja, du hast auch einen Twin. Jeder Alchemist besitzt einen. Das ist das, was uns von den Menschen unterscheidet.«

»Und wie kann ich überprüfen, ob mit meinen schlechten Eigenschaften in Kaleidra alles in Ordnung ist?«

»Der Twin ist in jedem Alchemisten quasi unvollkommen angelegt. Unser Geist existiert zu Beginn in Form von …« Er überlegte. »Na ja, nennen wir es zwei Ablagefächer. Menschen sind ja von Geburt an nicht böse. Die meisten schlechten Eigenschaften eignet man sich erst an, wenn Verstand und Charakter sich herausbilden. Im Kindesalter lernen wir als Alchemisten aber schon lange, wie man die unterschiedlichsten Eigenschaften in diese zwei Ablagefächer sortiert. Außerdem trainieren wir nebenbei immer wieder, wie man das eine Ablagefach, das böse, nimmt und immer wieder ein Stückchen weiter weg von sich hinstellt. Am Anfang taucht es am nächsten Tag immer wieder an der alten Stelle auf, aber irgendwann funktioniert es. So lernen wir, unseren Twin zu nutzen und ihn gleichzeitig auf Abstand zu halten. Bei dir werden sich genau die gleichen rudimentären Anlagen finden, nur dass du eben noch kein Training hattest.«

»Werde ich dann ein besserer Mensch?«

Ben schüttelte bedächtig den Kopf. »Es ist eher so, dass die Versuchung kleiner wird. Dass sie nicht die erste Option ist.«

»Hm.« Das klang jetzt ziemlich kryptisch.

Ich wollte gerade noch etwas sagen, da richtete Ben sich auf, als der Wagen langsamer wurde und dann hielt. »Wir sind da. Da ist Francesca.« Er zwinkerte mir zu, kurz bevor er ausstieg. »Hab keine Angst vor der Registrierung. Das meiste ist wahrscheinlich ein wenig seltsam und ungewöhnlich, aber es ist noch niemand dabei gestorben. Und wenn du die Erste bist, gehst du für immer in unsere Geschichte ein. Das ist doch auch was.«

Kapitel 25

Francesca begrüßte uns so formvollendet und perfekt, dass ich mich wirklich fragte, ob ich jemals auch nur annähernd in ihre Gesellschaft, in das System der Orden passen würde. Mir schüttelte sie sogar die Hand, was hier live bewies, dass Berührungen unter Mitgliedern desselben Ordens erlaubt waren. Voller Überraschung stellte ich fest, dass wir in Pigneto waren. Der Stadtteil galt schon lange als sozialer Brennpunkt, von der Regierung vergessen und als ein nicht unbedingt sicheres Pflaster. Tizi, Matti und ich waren zusammen mit ein paar Freunden dort mal im »The Factory« am Piazza dei Condottieri essen gewesen. Das Restaurant war sehr schön, aber die Gegend drumherum wirklich »gewöhnungsbedürftig«, wie Tizi es ausgedrückt hatte.

Da ich annahm, dass die Logen alle ähnlich gestaltet waren, konnte ich mir kaum vorstellen, dass sich die Silberloge in diesem Stadtteil befand.

Ich warf Ben einen fragenden Blick zu, doch er sah mich nicht an. Francesca führte uns durch einen nur notdürftig asphaltierten breiten Gang, der rechts von einem Internetcafé und links von einem Wasserpfeifen-Geschäft flankiert wurde.

Wir liefen direkt auf einen etwas schmuddelig wirkenden Laden zu, dessen Putz schon von seiner breiten Front bröckelte. Das Glas schien auf den ersten Blick schmierig, doch beim Näherkommen wurde mir klar, dass es lediglich ebenso alt war wie der Rest des Hauses. Darüber prangte ein Schild, dessen Plastik an einer Seite von einem schweren Gegenstand getroffen schien und grausam abgesplittert war.

Ankauf, Instandhaltung und Reparatur von Unterhaltungselektronik

Was hatte das zu bedeuten?

Als ich einen Blick ins Schaufenster warf, konnte ich uralte Playstations erkennen, daneben einen Computer, der aussah, als habe ein Bill Gates der Steinzeit ihn erfunden – und war das da hinten tatsächlich ein Videorekorder?

Ben verzog keine Miene. Entweder war er einfach zu gut erzogen worden – oder er war schon mal hier gewesen. Er schien jedenfalls völlig unbeeindruckt von dem Bild, das sich uns bot.

Francesca stieß die Tür zum Laden auf, und das Glöckchen am Eingang klang, als reibe man ein Stück Pappe über eine metallene Gemüsereibe. Das Geräusch erschien sinnbildlich für das gesamte Interieur des Ladens. Ich sah mich mehr oder weniger fassungslos um. *Trödel* wäre noch ein Kompliment gewesen. Wenn dies kein Technikmuseum sein sollte, dann konnte ich mir nicht vorstellen, dass man mit irgendetwas hier noch Geld verdienen konnte.

»Ach, … willkommen.« Über einer Theke rechts von uns lehnte Meister Vincence, wieder in dem gleichen speckigen Flanellhemd gekleidet, das er auch gestern schon getragen hatte. Während er uns musterte, hantierte er wenig motiviert mit einem winzigen Schraubendreher an etwas herum, das aussah wie eine Aufbewahrungskiste für Disketten. Und die waren nun wirklich längst überholt.

»Danke, dass Ihr uns empfangt, Meister«, sagte Ben in seinem höflichsten Ton.

Auf der Theke stand ein Schild. *Dr. Eduardo Vincence. Promovierter Mathematiker und Ingenieur.*

Ich beschloss, mir meinen Schock über das Interieur nicht anmerken zu lassen und presste ein »Vielen Dank« hervor.

Meister Vincence winkte ab. »Kommen wir zur Sache. Ich habe nachher noch Termine.«

Hoffentlich einen Termin mit einem Entrümpler und danach mit einem Innenarchitekten.

Ich fragte mich, wo sie hier die riesigen Hallen verbargen.

»Gehen wir.« Der Meister kam hinter seiner Theke hervor und bedeutete uns, ihm in ein Hinterzimmer zu folgen.

Der Raum war klein, stank nach Zigarettenqualm, und alle Wände waren vom Boden bis zur Decke mit irgendwelchen Akten vollgestellt. Papiere jeden Alters quollen daraus hervor. Es war das erste Mal, dass auch Ben sichtbar zusammenzuckte.

Meister Vincence ließ sich hinter einen winzigen Schreibtisch fallen, bevor sein Blick zu mir glitt. »Ausweis?«

»Eine amtliche Urkunde, die die Identität des Inhabers schriftlich darstellt?«

Ben kaschierte sein Lachen mit einem Husten, im gleichen Moment, in dem Meister Vincence aufsprang. »Hör zu, Mädchen. Ich mache das hier auch nicht zum Spaß. Bringen wir es hinter uns, und dann kannst du wieder spielen gehen.« Er ließ sich zurück in den zerfledderten Drehstuhl fallen. »Und dann hoffentlich auf Nimmerwiedersehen.«

Jetzt war ich doch irgendwie persönlich getroffen. Das letzte Mal in der Loge hatte er noch so getan, als sei ihm mein Schicksal, meine Registrierung wichtig. Warum war er jetzt so unfreundlich? Oder war alles nur Show gewesen? Zeigte er nun sein wahres Gesicht?

»Was habe ich denn falsch gemacht?« Die Frage war gewagt, aber das Leben war nun mal nichts für Feiglinge.

»Soll ich dir was sagen? Ich sehe in deinen Augen, dass du das alles hier für einen großartigen Witz hältst. Dass du das, was wir tun, überhaupt nicht ernst nimmst.«

»Sie reparieren Videorekorder.«

Er deutete mit seinem Finger auf mich. »Und genau *das* meine ich. Diesen unterschwelligen Sarkasmus in allem, was du sagst. Der in jedem deiner Blicke liegt. Herrgott, warum ist sie ausgerechnet bei mir gelandet.« Den letzten Satz schien er mehr zu sich selbst zu sagen, als er sich mit einem Ächzen wieder in seinen Drehstuhl sinken ließ.

»Meister, sollten wir nicht vielleicht einfach versuchen, mit Emilia …«

»Wer hat dich zum Sprechen aufgefordert, Pionierin?«, blaffte er in ihre Richtung. Francesca wurde knallrot und senkte den Blick.

»Meister, bei allem Respekt«, warf sich jetzt auch Ben ins verbale Getümmel. »Es geht hier nur um eine Formalität. Ihr seid ihre Loge, wir haben sie in Rom entdeckt, sie lebt hier, und deshalb muss sie auch hier bei Euch registriert werden.« Und nach kurzem Zögern fügte er noch hinzu. »Sie müsste auch hier trainiert werden. Dringend – wenn das möglich ist?«

»Machst du dich über mich lustig?« Meister Vincence verschränkte die Arme vor der Brust. »Außerdem dekodiert sie das Voynich-Manuskript für euch. Wenn ihr wollt, dass sie nicht über die eigenen Füße fällt, trainiert sie selbst. Was kann sie überhaupt?«

»Meister, als sie von Dario und seiner Loge angegriffen wurde, hat sich ihr großer Ouroboros von ganz allein manifestiert.« Bens Blick war nun eindringlich. »Sie hat einen Chlorangriff überlebt, ohne Training. Sie hat die ganze Straße mit Salzkristallen versehen.«

Francesca neben mir holte erschrocken Luft. Meister Vincences Nasenflügel blähten sich, dann beugte er sich in seinem Stuhl nach vorn und legte beide Unterarme auf dem Schreibtisch ab. »Ist das wahr?«

Noch einmal glitt sein Blick zu mir.

Ich nickte stumm.

Er ließ seine Augen an mir hinauf- und hinabwandern, als wäre ich ein Stück Fleisch, von dem er nicht wusste, ob er es sich leisten konnte. Es war erniedrigend, und er machte nicht mal einen Hehl daraus.

Ben warf mir einen eindeutigen Blick zu. *Halte dich aufrecht. Zeig keine Schwäche.*

»Soso«, knurrte er dann. »Ein kleiner Tausendsassa, Hans Dampf in allen Gassen, ein Überflieger.«

Bitte was?

Er seufzte. »Gut, dann eins nach dem anderen. Erst die Registrierung, dann testen wir sie auf Herz und Nieren, und dann sehen wir weiter.« Er zog ein leicht verknittertes Formular aus einem Ablagekasten und spuckte dann auf die metallene Spitze eines Kugelschreibers, bevor er am Rand des Formulars ein paar Mal unordentlich herumkritzelte, bis er zufrieden war. Alle drei, die wir ihm dabei zusehen mussten, rümpften angekelt die Nase.

Dieses Mal sah er mich noch nicht mal an, als er seine freie Hand in meine Richtung ausstreckte. »Ausweis.«

Ich wollte das hier hinter mich bringen. Und in meiner Position konnte ich nur verlieren. Also griff ich in meine Tasche, holte mein Portemonnaie hervor und reichte ihm den Ausweis.

Er hielt ihn ins Licht, als wolle er tatsächlich überprüfen, ob er echt war. Das war so lächerlich. Was hatte ich mir Großartiges vorgestellt, an dem Tag, an dem ich meinen Orden kennenlernen würde, meine geistige Heimat? Ein beeindruckender, schöner Ort, wo ich vielleicht mehr über meine Wurzeln erfahren konnte. Nette neue Bekanntschaften, inspirierende Kontakte, einen Platz, an dem man lernen und trainieren konnte. Ein Ort, an dem man seine Wurzeln finden und Sicherheit gewinnen konnte. Erst da fiel mir auf, welches Bild ich vor meinem inneren Auge gesehen hatte. *Die Goldloge von Rom.* Ich wusste nicht, wer die übrigen Alchemisten waren, die ihr angehörig waren. Für mich würden es immer Annmary, Murphy, Oliver, Larkin und Ben sein, die ich mit diesen ehrwürdigen Hallen verknüpfte. Ich sah zu Ben, als mir klar wurde, wie sehr ich mich von ihnen angenommen fühlte. Wie willkommen … und behütet. Ben schien meinen Blick zu spüren, denn er drehte kurz den Kopf zu mir und lächelte aufmunternd.

Ich erwiderte gerade sein Lächeln, als mir Meister Vincence das Formular gegen den Bauch stieß. Der Ausweis, der darauf gelegen hatte, fiel zu Boden.

Ben bückte sich sofort, um ihn aufzuheben, und ich griff reflexartig nach den Papieren.

»Unterschreiben.«

»Darf ich es mir vorher durchlesen?«

»Du bekommst einen Durchschlag.«

Er wollte mich wohl für dumm verkaufen. Man unterschrieb nichts, was man nicht durchgelesen hatte.

Ben schob den Ausweis in meine Umhängetasche. »Es sind nur deine Daten, keine Angst. Unterschreib es einfach.«

Ich vertraute ihm. Mein Blick fiel auf den Kuli, den Meister Vincence gerade angespuckt hatte. *Igitt. Kann das hier eigentlich noch schlimmer werden?*

Von links schob sich ein hübscher silberner Füllfederhalter in mein Sichtfeld. »Francesca« war auf der Kappe eingraviert. Ich lächelte sie unendlich erleichtert an und formte ein »Danke« mit den Lippen.

Nach dieser Formalität beobachteten wir Meister Vincence, wie er das Dokument gegenzeichnete und dann das Deckblatt samt zweier Durchschläge aufwendig voneinander trennte. Er warf die zwei oberen Blätter in eine Schublade, den untersten Bogen gab er mir. »Und jetzt zum spaßigen Teil.«

*

Mit einer einzigen Handbewegung fegte er alles, was auf dem kleinen Schreibtisch stand, zu Boden. Ich gab ein erschrockenes Geräusch von mir und machte einen Schritt nach hinten, Ben schüttelte den Kopf, und ich spürte die Missbilligung, die von ihm ausging. Francesca sah angestrengt zu Boden. Ihr schien das alles sehr unangenehm zu sein.

Mit fahrigen Fingern schob ich mein Registrierungsdokument in meine Tasche und ließ Meister Vincence dabei nicht aus den Augen.

»Komm her.« Er winkte mich zu sich.

Würde es ihn umbringen, mir vorher zu erklären, was er mit mir vorhat?

Im nächsten Moment schien der vorher so unauffällige Metallschreibtisch zum Leben zu erwachen. Seine Beine zitterten, und auf seiner Oberfläche entstand ein wildes Muster aus unterschiedlichen Farben. Silbrig schimmernde Adern flossen um zartgelbe Kristalle. Ein durchsichtiges Gas schmiegte sich um helles Gestein. Ein dunkles Metall hob sich scharfkantig davon ab. Als ich das Schauspiel näher betrachtete, wurde es mir klar. Es waren die fünf Astralelemente des Silberordens. Stickstoff, Lithium, Schwefel, Natrium und natürlich Silber. Sie schmiegten sich umeinander wie Farbschlieren in einer Murmel. Es war ein faszinierendes Spektakel. Irgendwo fielen ein paar Aktenordner aus dem Regal. Die Luft schien vor Macht und Energie zu vibrieren.

»Hand.«

Wieder sah Meister Vincence mich nicht mal an. »Hand.«

Als ich nicht reagierte, umfasste er mein Handgelenk und zog mich sogar noch etwas näher heran. Ich keuchte wieder erschrocken auf. Dann presste er meine Handfläche auf den Tisch, mitten in die wirbelnden Elemente.

Sie schienen alle gleichzeitig in mich hineinzuströmen. Ich bäumte mich auf, doch er hielt meine Hand mit all seiner Kraft fest. Ich fühlte, wie sie in mir umherwirbelten, unkontrollierbar und wild.

»Na los. Zeig mal, was du kannst.« Ich hörte die diebische Freude in Meister Vincences Stimme, als mir kurz schwarz vor Augen wurde. Dann hatte ich auf einmal Annmarys Worte in meinem Kopf: *Zieh dich in dich selbst zurück. Finde deinen Ouroboros in deiner Mitte.* Doch das war gar nicht so einfach, denn die Elemente tobten durch meinen Körper wie Kinder auf einer Schnitzeljagd. Sie versuchten nicht, mir zu schaden, denn sie waren ein Teil von mir, aber in ihrer Konzentration waren sie viel zu mächtig. Ich musste sie vertreiben. Vor meinem inneren Auge explodierte erneut ein Sternenregen. *Konzentrier dich*, hörte ich Annmarys warme Stimme in mir. *Deine Mitte, finde die Mitte.*

Und ich fand sie. Da war sie. Der wunderschöne silberne Ouroboros mit den strahlend blauen Edelsteinaugen. Unsere erste Berührung war vorsichtig, ein freundliches Anklopfen. Dann spürte ich ihre Wut, ihre Kraft und ihre Bitte, sie all das übernehmen zu lassen. Es war klar, dass sie eine »sie« war, ich wusste es einfach. Sie war hübsch und anmutig und unbezwingbar zugleich.

Und dann ließ ich sie los.

Meister Vincence konnte meine Hand nicht mehr festhalten. Die Kraft in mir schien übermächtig. Mein Körper folgte einem Bewegungsablauf, den er instinktiv zu kennen schien. Ich spreizte wie ferngesteuert meine Hände, hielt sie etwa eine Armlänge auseinander, die Handflächen einander zugewandt. Und da war sie. Der Kopf tauchte aus meiner linken Hand auf, ihr Schwanz aus meiner Rechten. Sie war riesig, und sie fauchte. Irgendwo neben mir hörte ich Francesca zur Seite stolpern.

Das Zischen der Schlange war so laut, dass sämtliche Ordner im Zimmer umfielen und die Papiere in einem wild tanzenden Reigen durch die Luft wirbelten. Sie schnappte einmal nach ihrem eigenen Schwanz, bevor sie nach vorne stieß und gleichzeitig immer größer wurde. Meister Vincence sprang auf und schaffte es sogar, den Drehstuhl dabei umzuschmeißen.

Mein großer Ouroboros verschlang den gesamten Schreibtisch mit einem einzigen zischenden Geräusch. Als sie sich zu mir umdrehte, war da das verräterische Funkeln von Triumph in ihren Edelsteinaugen.

Gut gemacht.

Sie riss das Maul auf und ihre silberglänzenden Zähne schienen die Luft zu durchschneiden.

Komm zurück zu mir.

Ihr Blick war triumphierend, bevor sie auf mich zustürzte. Je näher sie kam, desto kleiner wurde sie. Die Luft wurde aus meinen Lungen gepresst, als sie sich in mein Herz bohrte. Ich bäumte mich auf, als sie komplett in mir verschwand, und dann war die Realität plötzlich wieder da.

Ich atmete aus, und Silberpartikel flirrten in der Wolke meines Atems.

Kommt, tanzt für mich.

Ich drehte mich zu Ben. Sein tiefgoldener Blick schien mich zu verbrennen. Ich wusste, dass er das Silber in meinen Augen sah.

Wir waren zwei Naturgewalten, die aufeinander zurasten.

Wir waren zu groß für diesen Raum. Wir waren zu mächtig, um Feinde zu sein.

Wir waren dafür gemacht, Seite an Seite die Welt aus ihren Angeln zu reißen.

*

Mein Hochgefühl wich jäher Ernüchterung.

Das Büro war ein Trümmerfeld. Keine einzige Akte lag mehr auf der anderen, und Meister Vincence hatte seinen magischen Schreibtisch eingebüßt.

Francesca war kreidebleich und stand mit dem Rücken an eine Wand gepresst. Sie sah aus, als würde sie ohne diesen Halt einfach umfallen. Meister Vincence saß auf seinem Hintern auf dem Boden, und sein Blick wechselte sekündlich zwischen Ehrfurcht und rasender Wut.

Ben neben mir hatte die Arme vor der Brust verschränkt, stand aufrecht und schien vor Stolz fast zu platzen. Dann straffte er entschlossen die Schultern, bevor er sich zu Meister Vincence begab. »Ich helfe Euch auf, Meister.«

Doch dieser schlug seine Hand weg, bevor er sich allein zurück auf die Füße rappelte und Ben böse ansah.

»Sie schuldet mir einen Astralpool.« Er deutete auf die Stelle, an der der magische Schreibtisch soeben noch gestanden hatte.

Jetzt schien selbst Ben fassungslos. »Das ist alles, was Ihr dazu zu sagen habt? Sie hat gerade einen Astralpool in sich aufgenommen, und es schien sie nicht mal zu kitzeln.«

»Und womit soll ich zukünftig eine Registrierung durchführen zum Beispiel?«

»Wenn Sie mir verraten, wo ich so einen magischen Schreibtisch kaufen kann, dann …«

»Halt bloß den Mund, du … du …«, fuhr er mich an.

»Der Pool war komplett falsch eingestellt, dafür dass sie noch untrainiert ist.« Jetzt klang Ben nicht mehr so unverbindlich. »Die Kräfte, die davon ausgingen, hätten selbst einen erfahrenen Alchemisten zu Fall gebracht. Wolltet Ihr sie umbringen?«

Meister Vincence zuckte die Schultern. »Wollte nur mal testen, ob das Wunderkind auch hält, was es verspricht.«

Ben schüttelte den Kopf, er schien immer noch entsetzt über das, was der Meister getan hatte. »Das war verantwortungslos. Ich bin froh, dass alles so glimpflich verlaufen ist. Froh auch für Euch, Meister. Dieses Verhalten hätte jederzeit einen Beschwerdeantrag beim Orden gerechtfertigt.«

»Droh mir nicht, Bürschchen. Ich mache das schon eine

Weile länger als du.« Er zupfte an seinem Hemd. »Jetzt kommen wir zum letzten Test.«

»Ich möchte jetzt gerne gehen.« Meine Stimme klang fest, obwohl alles in mir zitterte. Gerade hatte ich mich noch großartig gefühlt, übermächtig – und jetzt brach irgendwie alles über mir zusammen. Ich hatte Angst vor einer weiteren Attacke von dem Meister, und ich fühlte mich nicht in der Lage, mich noch einer weiteren Aufgabe zu stellen.

Meister Vincence lachte trocken auf.

»Keine Experimente mehr.« Bens Stimme hatte alle Freundlichkeit verloren. Kein Funke Höflichkeit steckte mehr in ihr. »Bleiben wir professionell.«

Der Meister deutete mit dem Kopf auf mich. »Es liegt jetzt an ihr.«

Ben kam mir ganz nah, als er flüsterte: »Das ist jetzt nur noch eine Formalität. Keine große Sache. Sollte er sich irgendetwas einfallen lassen, greife ich ein. Das verspreche ich.«

Ich nickte schnell, dann drehte ich mich wieder zu Meister Vincence, der ohne seinen Astralpool-Schreibtisch zwischen uns und dem umgefallenen Drehstuhl aussah wie ein verlorener Schauspieler, der auf die falsche Bühne gestolpert war.

Er zog etwas hervor, das aussah wie ein Taschentuch aus schwarzem Stoff, machte eine Handbewegung, als wolle er mit einem Lappen über eine Fensterscheibe wischen, und wie von allein erschien vor ihm ein halbdurchsichtiges Gitternetz. Die Linien waren so filigran wie Spinnweben, wenngleich sie streng symmetrisch angeordnet waren.

Ich erkannte die chemischen Elemente und ihre Anordnung sofort. Er hatte hier ein ganzes Periodensystem aufgerufen. Das war absolut faszinierend! Ich bestaunte die bunten Formationen und dass jedes Element sich wie lebendig in dem vorgesehenen Kästchen drehte. Jetzt griff er mit seiner Hand in die radioaktive Gruppe, aber ich sah nicht genau, welches Element er erwischte. Mit der freien Hand schnippte er, sodass das Periodensystem wieder zu einem Stückchen schwarzen Stoffs wurde, den er in seiner Tasche verschwinden ließ. Dann zerrieb er das Element zwischen den Fingern und legte seine beiden Hände an meine Schläfen. Zum Glück spürte ich fast gar nichts. Ich rechnete immer noch damit, dass irgendetwas passieren würde, doch da war nichts, außer einem leichten Ziehen. Erleichterung durchflutete mich. Ich wollte schon aufatmen, als eine Hand in meinen Kopf zu greifen schien. Ich erschrak, wollte mich wehren, schreien, treten und fliehen, doch ich konnte mich nicht rühren.

Erinnerungen tanzten plötzlich vor meinem inneren Auge, als würde die Hand sie sortieren und achtlos zur Seite werfen.

Mamma und ich in einem Park, ich war noch klein und trug ein rotes Sommerkleid. *Freude.* Dann waren wir Tiere streicheln im Zoo. *Glück.* Ich hatte geweint, als ich trotz Stützräder von meinem ersten Fahrrad gefallen war. *Schmerz.* Der erste Schultag, mein erster Blick zu Matti. Er war winzig, noch leicht pummelig und so strohblond, dass sein Haar mit der Sonne um die Wette leuchtete. *Freundschaft.* Tizi weinend auf dem Bett mit Liebeskummer in dem steril weiß eingerichteten Luxusloft über den Dächern von Rom. *Mitgefühl.* Gitterstäbe, Hundebellen und ein strubbeliges Fellknäuel, das neugierig näherkam. *Newton.* Der Besuch im Tierheim, Liebe auf den ersten Blick. Regen, warmer Wind und nachts auf dem Balkon nur überdacht von einem umfunktionierten Sonnenschirm. *Zufriedenheit.* Grillen bei Matti im Garten im Kreise seiner Familie. *Geborgenheit.* Der erste Kuss. Der erste Schluck von einem ekelhaft süßen Cocktail. Das erste Mal verliebt sein. *Auf-*

regung. Das letzte Mal mit Puppen gespielt. *Abschied*. Der erste Tag bei meinem neuen Job an der Uni. *Neugier*. Ben in meinem Zimmer. *Spannung*. Ben und ich gemeinsam im Auto. *Sympathie*.

Dann wechselte die Szenerie. Eine karge Landschaft, Seen aus Gold und Quecksilber, metallisch schimmerndes Gestein, ein tobendes Firmament, Luft, die vor Energie zischte. Das Gefühl von Überraschung, von Erkennen, von Heimat und …

Auf einmal wurde ich weggestoßen und taumelte überrumpelt zurück. Übelkeit stieg in mir auf. Ich hatte gar nicht gemerkt, dass ich die Augen geschlossen hatte. Die Realität war wieder da.

Meister Vincences Stimme klang tonlos, als er sagte: «Sie hat keinen Twin.«

Kapitel 26

»Das kann doch überhaupt nicht sein«, brüllte Ben jetzt zum dritten Mal in sein Handy.

Ich hatte den Ellenbogen auf der Innenverkleidung des Wagens abgelegt und stützte meinen Kopf in der Hand ab. Der kleine rote Eimer mit den silbernen Schlangen stand zwischen meinen Beinen im Fußraum. Warum musste mich dieser ganze Alchemistenkram immer körperlich so auseinandernehmen? Warum konnte ich nicht einfach irgendwo seitenlange Anträge ausfüllen und sie bei irgendeinem wichtigen Amt einreichen? Das funktionierte in der Menschenwelt doch auch ganz hervorragend. Stattdessen benutzten sie lebendige Tische und wühlten mir mit den Fingern im Gehirn herum.

Ich glaube, ich brauche Urlaub, dachte ich gerade, da hatte Ben wütend aufgelegt und sein Handy auf das Lederpolster neben sich geknallt.

»Entschuldige«, er sah zu mir. »Dein Kopf tut dir sicher weh, richtig?« Er nahm das Handy wieder hoch, so, als könne er das Geräusch ungeschehen machen.

»Geht schon«, murmelte ich. »Und was nun? Ich bin das

große Mysterium, und wenn wir in eurer Loge ankommen, werdet ihr mich auf einen Tisch schnallen und aufschneiden?« Ich war so fertig, ich hätte mich vermutlich nicht mal gewehrt.

»Unsinn«, blaffte Ben und klang dabei wirklich verärgert. »Das alles war eine riesengroße Frechheit. In meinem Bericht an Meister Thurgood werde ich das alles haarklein auflisten. Die Freundschaft der beiden hin oder her, aber es gibt Regeln.«

»Und was besagen eure Regeln für den Fall, dass jemand keinen Twin hat?«

»Das war unglücklich formuliert von Meister Vincence. Du kannst ja noch gar keinen Twin haben, weil du nie gelernt hast, deine Charaktereigenschaften zu trennen. Bei dir waren aber die Anlagen zur Trennung der Eigenschaften nicht erkennbar.« Es klang ausweichend, und er wirkte viel zu nervös dafür, dass es nichts Ungewöhnliches sein sollte. Ben brummte irgendeinen Fluch, dann wandte er sich wieder zu mir. »Vermutlich hat er sich vertan. Du bist zu mächtig, das kann gar nicht sein.«

»Ich will das bitte heute nicht noch mal überprüfen lassen.« Mir war immer noch schwindelig von der Hand, die meine Gehirnwindungen von rechts nach links sortiert hatte. Ob Meister Vincence all das gesehen hatte? Ob er all die Gefühle gespürt und die Erinnerungen gesehen hatte?

Ich stöhnte leise, obwohl es meinem Kopf schon wieder viel besser ging. Dann richtete ich mich in meinem Sitz auf. »Was ist ein Astralpool, und was hätte ich eigentlich damit machen sollen?«

Ben sah mich prüfend an. »Waren das nicht schon genug Infos für heute? Und dann das Chaos gerade noch. Sollen wir das nicht besser verschieben?«

Ich fand es lieb, dass er sich irgendwie um mich sorgte. »Vielleicht nur eine Kurzfassung?« Ich war einfach zu neugierig, warum sie jetzt alle so aufgeregt waren.

»Na gut.« Er seufzte schwer, doch um seine Mundwinkel spielte ein Lächeln. »Der Astralpool ist mit dem kollektiven Bewusstsein aller Alchemisten verknüpft, also auch mit Kaleidra. Bei der Registrierung, die normalerweise in der frühen Kindheit stattfindet, wird dein Profil angelegt und so ein Platz für deinen Twin in Kaleidra gesichert. Du musst ein Teil dieses kollektiven Bewusstseins werden. Der Pool trennt mithilfe deiner Astralelemente deine guten und schlechten Eigenschaften. Das hat Meister Vincence danach per Hand versucht. Eigentlich ist es nur eine Überprüfung, ob alles geklappt hat.«

Ich war schockiert. »Er hat also tatsächlich in meinen Kopf gefasst?« *Kann mich mal jemand kneifen, bitte?*

Ben nickte. »Du hättest die Elemente des Pools einfach nur zurückdrängen sollen. Das reicht eigentlich schon.«

»Stattdessen hat meine Schlange ihn gefressen«, wisperte ich tonlos. »Ist das okay? Wird sie krank davon?«

»Da passiert nichts. Es ist nur ein Werkzeug. Der Hahn der Energie versiegt, sobald der Tisch die Bodenhaftung verliert.«

»Oh Mann.« Ich sank tiefer in meinen Sitz.

»Er wird einen neuen bekommen.« Ben klang fast, als wolle er mich trösten. »Und es geschieht ihm recht.«

»Danke.« Ich sah ihn von der Seite an. »Habt ihr auch so einen magischen Schreibtisch? Ich habe ihn noch nie gesehen.«

Ben grinste. »Du hast so einiges in der Loge noch nicht gesehen. Wir kennen uns schließlich erst ein paar Tage, und einige wenige Geheimnisse muss es noch geben, damit es für dich spannend bleibt.«

Ben lachte, als er meinen Gesichtsausdruck sah. »Hey, sonst platzt dein Kopf doch noch, und dann stehen wir dumm da.«

»Haha.« Ich fiel in sein Lachen ein. »Also dieser Pool ist eine Art Registrierungswerkzeug?«

»Nicht nur. Die mächtigeren Alchemisten, also wir Logenmitglieder, speisen den Pool regelmäßig mit unserer Energie, damit andere Alchemisten darauf zugreifen können.«

»Ihr spendet Energie und Macht an das kollektive Bewusstsein?«

Er machte einen Daumen hoch. »Perfekt zusammengefasst.« Dann klingelte sein Handy, und er war sofort dran. »Ja?« Pause. »Nein.« Er schnaufte. »Das musst du noch mal nachgucken. Das kann nicht stimmen.« Er wollte etwas sagen, wurde aber wohl vom Gegenüber am anderen Ende der Leitung unterbrochen. »Nein«, sagte er dann erneut nach einer Pause. »Larkin, häng dich mehr rein. Sie hat hier den ganzen Laden auseinandergenommen.«

Schon wieder sah ich etwas verschämt zur Seite, und mein Blick glitt aus dem Fenster. Es war doch wirklich zum Verzweifeln. Nicht nur, dass ich keine Ahnung hatte, woher meine alchemistischen Kräfte kamen, nun war ich auch noch ein Mysterium, das so eigentlich gar nicht existieren dürfte.

Wunderbar.

Ben telefonierte noch, als ein weiteres Handy ertönte. Zuerst war ich mir sicher, dass es ebenfalls seins sein musste. Vielleicht hatte er ja ein Diensthandy und ein privates? Ben drehte den Kopf und sah mich an. Er deutete auf meine Tasche. Erst da machte es bei mir Klick. Das neue Handy. Ein neuer Klingelton. Ich war definitiv immer noch nicht wieder richtig klar im Kopf.

Tizis Name leuchtete auf, und da wir uns in letzter Zeit viel zu wenig gehört hatten, ging ich dran.

»Du hast die beste Party deines Lebens verpasst«, eröffnete sie das Gespräch.

Falls du nicht auch eine silberne Schlange besitzt, die Tische frisst und Räume verwüstet, solltest du dieses Statement noch mal überdenken. Stattdessen gab ich einige Worte des Bedauerns von mir und war sehr erleichtert über die Ablenkung.

»Es waren so viele süße Typen da. Du hättest einfach nur auf einen zeigen müssen, und dann hättet ihr zusammen in den Sonnenuntergang reiten können.«

»Mit wem bist du denn geritten?«

Ben ließ das Handy von seinem Ohr sinken und sah interessiert zu mir herüber.

Tizi kicherte. »Nein, nein, ich war brav. Ich habe mir sogar diesen ganzen Vintage Couture Hype von Mariagrazia erklären lassen. Das ist wirklich eine Wissenschaft für sich. So viel Intellekt hätte ich ihr gar nicht zugetraut.«

Ich lachte. »Und Matti?«

»Oh, er und Aleandro waren wieder in Höchstform. Sie haben beide so megahübsche Blondinen abgeschleppt. Die sind alle vier zusammen gegangen.« Sie kicherte erneut. »Böse, böse Jungs.«

Matti hatte sich also gut amüsiert, Tizi schien es nichts ausgemacht zu haben, dass sie solo auf der Party erschienen war. Eigentlich könnte ich zufrieden sein.

»Sie sind zu viert abgehauen?«, fragte ich extra noch mal nach. Wie vermutet, ließ Ben das Handy erneut sinken. Ich verkniff mir ein Grinsen.

»Ja, wenn ich das doch sage. Und was machst du? Wo steckst du? Was hast du heute noch vor?«

Ich fahre gerade in eine Loge und lasse dort überprüfen, warum mir ein Stückchen Gehirn fehlt. Nein, lieber nicht. »Wir haben Blockseminar«, sagte ich, gerade als Tizi noch hinzufügte: »Aleandro hat sturmfrei, und wir sind heute alle bei ihm.«

Die Nachricht hatte ich schon bekommen und auch schon abgesagt, obwohl auch Matti direkt protestiert hatte, als er das in unserem Gruppenchat mitbekam.

»Sogar am Samstag?«, maulte Tizi prompt. »Was sind das denn für Verbrecher?« Sie schimpfte leise vor sich hin. »Ach so, warte. Das ist ja ein Kurs für Nerds. Wahrscheinlich gehen sie davon aus, dass die keine Freunde haben, mit denen sie am Wochenende etwas unternehmen können.«

»Herzlichen Dank, Sonnenschein.«

»Dich meine ich doch nicht. Du bist ein netter Nerd. Ein liebenswerter Nerd. Und du hast mich als Freundin. Was will man mehr?«

»Absolut.«

»Wann hast du denn endlich mal wieder tagsüber frei?«

»Morgen zum Beispiel.« Das hatte ich gerade entschieden.

Sie seufzte. »Mist. Mammas Cousine dritten Grades hat Geburtstag, und wir fahren zum Mittagessen aufs Land. Du weißt doch, die mit dem entzückenden Weingut, das sie vor ein paar Jahren gekauft haben.«

»Oh, oh, das entzückende Weingut mit dem entzückenden Winzersohn?«

Schon wieder spürte ich den Blick von Ben.

Tizi gurrte in den Lautsprecher wie ein verliebtes Perlhuhn. »Dieses Mal ist er fällig.«

»Am helllichten Tag? Stell bitte vorher sicher, dass ihr nicht verwandt seid.«

Bens Blick war Gold wert. Ich musste lachen und den Lautsprecher meines Handys zuhalten. »Was ist denn?«

Er blinzelte. »Da tun sich ja Abgründe auf.«

»Ach ja? Eure Lordschaft ist doch beim Thema Blondinen auch kein Kind von Traurigkeit.« Dario hatte während des Zwischenfalls in der Gasse ja so einiges erzählt, aber *das* hatte ich behalten.

Ben verdrehte die Augen. »Das ist alles Ewigkeiten her.«

»Wie alt bist du eigentlich? Doch höchstens zwanzig.«

»Neunzehn«, brummte er.

Erst da fiel mir auf, dass Tizi immer noch sprach. »... und dann sind wir abends alle bei Matti. Haben wir sowieso schon ewig nicht mehr gemacht. Dann sehen wir uns spätestens da.«

Da hörte man mal eine halbe Minute nicht hin und verpasste das Wichtigste. »Was hast du gesagt?«

»Das Grillen bei Matti. Morgen Abend, da bin ich auf jeden Fall wieder zurück. Hat Matti dir nicht geschrieben?«

Erst da fiel mir wieder ein, dass wir heute Morgen deswegen getextet hatten. »Oh doch, alles klar.«

»Dann mach mal schön weiter und lerne, wie man die Welt rettet.«

»Mache ich.«

Wir verabschiedeten uns, und als ich auflegte, ruhte Bens Blick schon wieder auf mir.

»Habe ich was im Gesicht oder wachsen mir vielleicht spitze Ohren?«

Er schüttelte einfach nur den Kopf, doch sein amüsiertes Lächeln sprach Bände.

Dann klingelte sein Handy erneut, und dieses Mal brüllte er Murphy an, der wohl, ähnlich wie Larkin, ernsthafte Zweifel angemeldet hat.

Ich fragte mich, ob sie sich vertan hatten oder ob ich wirklich ein Freak war, den sie wie eine exotische Lebensform untersuchen und Studien darüber veröffentlichen würden.

Was für eine reizende Vorstellung.

*

Ben hielt sein Wort. Zurück in der Loge banden sie mich weder sofort auf einen Seziertisch noch schnitten sie mir den Kopf auf.

»Neuigkeiten?«, blaffte Ben, als Larkin an uns vorbeirauschte, gerade als wir aus dem Aufzug traten.

Der hob theatralisch die Hand, in der er ein paar ausgedruckte Seiten Papier hielt. »Die Menschheit ist dem Untergang geweiht!«

»Neuigkeiten!«, rief Ben ihm hinterher, doch da war Larkin schon wieder weg.

Ben wirkte nervös, und als Murphy auftauchte, der irgendetwas über eine Datenbank erzählte, parkte er mich kurzerhand in der blauen Sitzecke und ließ mich allein zurück. Ich war selbst viel zu unruhig, deshalb spazierte ich am Stein der Weisen entlang bis zu dem ominösen »Schlüsselschrank«. Er sah aus wie einer dieser Schränke mit den vielen Fächern für Karteikarten, die man in alten Bibliotheken fand. Die Reihen waren mit den unterschiedlichen Ländern beschriftet. Ich fuhr gerade mit meinen Fingern über das Schildchen für »Italien«, als Oliver auftauchte. Ich hatte meine Tasche auf dem Boden abgestellt und wollte eigentlich meine Registrierungsdokumente durchlesen, hatte mich dann aber für den Schrank entschieden. Den kleinen roten Eimer hatte ich daneben auf den Boden gestellt.

Auf Oliver Gesicht stahl sich ein kleines Lächeln, als er darauf deutete. »Gefällt er dir?«

Ich nickte. »Er ist so niedlich und die silbernen Schlangen passen perfekt.«

»Dafür hat Ben auch lange genug an der Schablone gebastelt.«

Überrascht sah ich zu ihm hoch, doch Oliver betrachtete gerade eins der Etiketten am Schrank. Ich wollte weiter nachfragen, traute mich dann aber doch nicht. Als Oliver mich ansah, tat ich so, als ich wüsste ich das schon und lächelte unverbindlich. Doch innerlich raste mein Herz. Ben hatte den Eimer für mich mit kleinen silbernen Schlangen verziert? Wie lieb war das denn bitte?

Oliver schlug schließlich einen Besuch im Labor vor, in dem sich das Voynich-Manuskript befand und zeigte mir dort, was er und Ben gestern Nacht noch geschafft hatten. Sie hatten tatsächlich alle Bilder der Pflanzen aus dem Manuskript lösen können. Auf den großen Pergamentbogen war, neben dem Text in der dunkelbraunen Schrift, immer noch deutlich das Echo der Zeichnungen zu sehen. Man würde also die Texte immer noch zuordnen können. So gehörten alle elf Texte von gestern zu einer gemeinsamen Anleitung des Styraxbaum-Fragments, das sich im Amulett von Alchemist Bernhardus Trevisanus befunden hatte. Oliver zeigte mir die Pflanze, die in dem Glaskasten sanft hin und her schwebte. Sie schien schon ein Stückchen gewachsen zu sein und wirkte nicht vertrocknet, wie nach hundert Jahren Aufbewahrung, sondern grün und lebendig. Ich war ganz fasziniert davon, wie viel Magie in all dem zu stecken schien, und ich wollte Oliver darüber ausfragen, doch er wimmelte mich höflich ab, mit dem Argument, dass ich von Ben im Auto schon mehr als genug Informationen für einen Tag erhalten hatte. Offenbar standen sie alle permanent in Kontakt miteinander und wussten über jeden einzelnen Schritt des jeweils anderen Bescheid. Er fragte mich, ob ich Zeit und Lust hätte, jetzt weitere Pflanzensets zusammenzustellen. Ich stimmte zu, denn es machte mir Spaß, aus den vielen Bildern jeweils die elf Zeichnungen zu finden, die zusammengehörten. Und es lenkte mich vermutlich auch gut von der Aufregung gerade ab. Oliver verschwand, und ich sah mich zögernd um. Obwohl der brodelnde Feuerkessel mir durchaus Respekt einflößte, so wirkten die vielen kleinen Fläschchen und Tiegel in den winzigen Fächern, die in der Wand eingelassen waren, eher wie eine fantasievolle Tapete als wie ein Saal voller instabiler Materie.

Es war herrlich ruhig hier, kühl, und das leise Summen der Klimaanlage hatte etwas Beruhigendes. Ich berührte das Pergament, auf dem die unzähligen Pflanzen gemalt waren. Caleb Hastings hatte sich so viel Mühe gegeben. Wie viel Arbeit in diesem ganzen Projekt steckte, war unvorstellbar. Allein die Reisen um die Welt, um alle Bausteine des Tranks zu verstecken. Um sie vor den Augen Unbefugter zu bewahren.

Ich zog die bereitgelegten weißen Handschuhe an und breitete alle Zeichnungen auf dem langen Tisch an der Wand aus. Dann nahm ich das Tagebuch und suchte die Liste im hinteren Teil. Sofort fand ich weitere Elfersets.

Es entspannte mich tatsächlich, und auch die besondere Atmosphäre im Labor schien dazu beizutragen. Alles hier wirkte so magisch wie kostbar. Ich fühlte mich nicht fremd hier, sondern … heimisch. Ich lächelte. Ja, das traf es gut.

Gerade schob ich die letzten elf Abbildungen hin und her, als mir eine Art Schwefelgeruch in die Nase stieg. Schwefel roch unangenehm, ein bisschen wie faule Eier, und es wunderte mich, dass dieser Geruch von dem gesamten Manuskript auszugehen schien. Ich verließ meinen Platz am Tisch und stellte mich zu den Bogen, die mittlerweile wieder sicher und sauerstofffrei unter ihrer Glaskuppel aufbewahrt wurden. Die dunklen Stellen waren seit gestern noch mal etwas größer geworden. Wie hatte es so zerfallen können? Fast alle Organismen der Welt benötigten Sauerstoff zum Überleben. Sogar die Kleinsten, wie Bakterien. Bisher hatten sich die dunklen Flecken auf den Rand konzentriert. Doch viel Zeit würde uns nicht mehr bleiben, bis sie sich bis zur Schrift ausgebreitet hatten. Ich würde die Anleitungen bald übersetzen müssen, da ich nur das Original lesen konnte. Noch mal schnupperte ich. Der Geruch von Schwefel war penetrant, und vermutlich hatte er sich über die Jahrhunderte hinweg in dem ganzen Manuskript ausgebreitet.

Ich rümpfte die Nase und ging zurück zu meinem Tisch, um die Sortierung ein letztes Mal zu überprüfen. Machte ich nur einen Flüchtigkeitsfehler, landeten wir nicht am richtigen Ort, um den entsprechenden Baustein zu bergen. Ein Fehler bedeutete immer gleich zwei verlorene Orte, da die Pflanzenbilder im Stein der Weisen für die Reise *verbraucht* wurden. Ich musste also wirklich ganz sicher sein. Ich schnüffelte ein letztes Mal in Richtung des Voynich-Manuskripts. Ob sie es mit Schwefel imprägniert hatten?

*

Irgendwann im Laufe des Nachmittags erschien Ben, um mich mit dem Versprechen auf Kuchen aus dem Labor zu locken. Ich zeigte ihm die Sets der Pflanzenbilder, und es freute mich ungemein, dass er nicht einen Moment daran zu zweifeln schien, dass ich alles richtig sortiert hatte. Er lobte mich nicht, aber die Anerkennung in seinem Blick war mehr wert als freundliche Worte.

Das bestärkte mich, und ich nahm all meinen Mut zusammen. «Du hast den Eimer mit den silbernen Schlangen verziert?«

Einen Moment lang schien er tatsächlich etwas aus dem Konzept gebracht. So, als hätte ich das niemals herausfinden sollen. Dann nickte er knapp. »Du warst gestern so blass und fertig, und ich wollte, dass du wieder lächelst, wenn du neben mir im Wagen sitzt.«

»Danke. Das war wirklich lieb von dir.«

Wieder nickte er nur knapp, doch dann sah er mich an und lächelte. Dennoch spürte ich, dass er irgendwie traurig war.

»Was ist los?«, fragte ich leise.

Ben seufzte und presste kurz die Kiefer aufeinander. »Es gab Verluste gestern Nacht. Vorhin kam die Meldung, dass auch der zweite Sicherheitsbeamte an der Atropiumvergiftung verstorben ist.

»Oh mein Gott, was ist passiert?« Ich sah ihn entsetzt an.

»Es war ein Zweierteam. Sie sind auf drei Crux gestoßen. Sie hätten Verstärkung rufen sollen, aber sie dachten wohl, sie würden es schaffen. Zwei Crux konnten sie töten, der dritte hat sie beide erwischt. Außerdem hat er mit dem Atropium einen Rohrbruch ausgelöst. Die ganze Straße stand voller Wasser, was eine schnelle Bergung unserer Leute erschwert hat.«

»Das klingt ja furchtbar. Und sind … Unbeteiligte … zu Schaden gekommen?«

»Für Menschen ist es ungiftig. Sie spüren es nicht mal. Es besitzt aber, wie schon gesagt, die Kraft, die Welt der Menschen zu beeinflussen. Katastrophen auszulösen, die Umwelt zu beeinflussen. So wie der Unfall nahe des Schulhofs das Werk des Crux war. Er hat die Ampeln verrücktspielen lassen.«

»Das tut mir alles sehr leid.« Gerne hätte ich kurz die Hand auf seinen Arm gelegt, erinnerte mich dann aber noch rechtzeitig an ihre »Nicht-anfassen-Politik«.

Ben zuckte die Schultern, sein Blick war undurchdringlich. »Es ist Teil unseres Lebens. Auch wenn es einem immer wieder wehtut, gute Alchemisten an so etwas zu verlieren.«

*

In der Eingangshalle, die offenbar der Allzweckraum der Loge war, hatten sich bereits alle wieder eingefunden. Meister Thurgood ließ sich entschuldigen, denn er war in komplizierte diplomatische Gespräche mit dem Silberorden verwickelt, nachdem Ben ihm wohl in aller Ausführlichkeit das ganze Drama erzählt hatte. Die Sitzecke im Eingangsbereich war weder besonders groß noch besonders gemütlich, aber irgendwie hatte ich den Verdacht, dass sich die Alchemisten in der Nähe des Steins der Weisen am wohlsten fühlten. Oliver schob gerade rustikale Kaffeebecher und filigrane Teetassen samt Untersetzer auf dem niedrigen Tisch in der Mitte der Sitzgruppe zurecht, als der garstige Aufzug seine Pforten öffnete und Annmary hinaustrat. Sie hatte einen großen Karton dabei, der zum Schutz noch mal in eine weiße Plastiktüte gehüllt war.

»Seid gegrüßt«, zwitscherte sie, und balancierte den großen Karton elegant auf einer Hand. Larkin, wie immer barfuß und dieses Mal in Cargohose und Unterhemd gekleidet, verschränkte die tätowierten Arme vor der Brust und lehnte sich dann zu Murphy herüber, der in seinen roten Bermudas und dem gestreiften Poloshirt aussah wie ein Privatschüler, der zwischen Debattier-AG und Golfunterricht eine halbe Stunde Zeit hatte erübrigen können. Dieses Mal hatte er seine blonde Wuschelmähne mit einem Haargummi notdürftig gebändigt. Er hatte seinen gepimpten Gameboy dabei, aus dem die Musik von Zelda dudelte.

»Fruchtschnitten«, sagte Larkin. »Jede Wette. Irgendwas mit Obst.«

Murphy schüttelte den Kopf, sein Gesicht war ganz ernst. »Etwas Leichteres. Vielleicht Windbeutel?«

»Niemals. Sieh dir den Knick ihres Handgelenks an.«

»Sag ich doch.«

»Okay, dann maximal Sandkuchen. Oder ein belegter Tortenboden. Biskuit, kein Mürbeteig.«

»Niemals.« Murphy schien absolut sicher. »Brandteig oder Biskuit, aber auf jeden Fall ohne Früchte.«

»Hier kommen die Donuts.« Annmary drehte sich einmal elegant um sich selbst, bevor sie in Richtung Tisch schwenkte, um uns Gesellschaft zu leisten.

»Verdammt«, brummten sie beide einstimmig.

»Ist ein Hobby von ihnen«, murmelte Ben, der das Schauspiel wohl schon zur Genüge kannte.

Sie erraten den Inhalt einer Kuchenverpackung anhand des geschätzten Gewichts? Was haben sie sonst noch für Hobbys?

»Wie macht ihr das?«, fragte ich lachend.

»Wir können hellsehen«, erwiderte Larkin leichthin. Er hielt drei Finger hinter Murphys blonden Schopf. »Wie viele Finger?«

Murphy zögerte keine Sekunde. »Drei.«

Jetzt wäre mir doch fast die Kinnlade auf die Brust geklappt. Die beiden grinsten bis zu den Ohren.

Hatten sie Augen am Hinterkopf? Hatte ich so etwas auch,

und musste ich ihre Benutzung lernen, genauso wie diese ganze Magie und die Sache mit dem nicht existenten Zwilling?

»Sehr schön, das reicht, Leute.« Ben dirigierte mich von den beiden weg, die hinter meinem Rücken in Gelächter ausbrachen. »Emilia hatte heute schon genug Mist um die Ohren, da braucht sie nicht auch noch euch ertragen.«

Noch mehr Gelächter.

»Aber wie … ?«, fragte ich.

Annmary holte gerade die Donuts aus ihrer Verpackung, und Oliver hatte ein paar Thermoskannen von einem Tablett genommen und sie völlig symmetrisch auf dem Tisch verteilt. Er hatte eine Augenbraue steil nach oben gezogen. »Es sind immer drei Finger. Immer.«

Oh. Das ergab Sinn. Sie hatten es einstudiert.

Oliver nickte noch mal bedeutungsschwer.

Wie ein kleiner Blitz stand Murphy am Tisch. »Ach verdammt, jetzt habe ich diese Orgie des Frohsinns verpasst.«

Ich sah ihn vermutlich an, wie Ben mich vorhin im Auto angesehen hatte.

»Das Schönste ist doch das Auspacken«, fügte er hinzu. Was irgendwie genauso unbewusst anzüglich klang und es nicht besser machte.

Ben verdrehte deutlich hörbar die Augen. »Setz dich einfach, bevor du alles noch viel schlimmer machst.« Er schien genauso amüsiert über das Schauspiel wie Oliver, was ungewöhnlich war, da ich die beiden bisher doch eher als ernst und verschlossen erlebt hatte.

»Ich wollte doch bloß beim Auspacken der Donuts helfen.« Murphy griff nach einer der zwei großen Platten und hielt sie Annmary hin, sodass diese die Donuts einfach nur aus dem Karton nehmen musste. »So geht es viel schneller.«

Oliver deutete auf die Kanne. »Wir haben Kaffee, Matcha, Oolong, Pu Erh und Earl Grey. Bedient euch.«

»Oliver ist unser Experte für Tee«, raunte Annmary mir zu. »Niemand kennt sich besser aus als er. Sein Zimmer sieht aus wie ein Teegeschäft.« Es klang nicht, als mache sie sich lustig über ihn, und auch ich war beeindruckt.

Larkin schlenderte zu uns herüber, nachdem er noch einige Minuten lang auf seinem Handy herumgetippt hatte. Er ließ sich auf der Lehne meines Sessels nieder, obwohl noch genug Plätze frei waren. Ben registrierte es, ebenso wie Oliver, der den Kopf zur Seite neigte, als solle Larkin von dort verschwinden. Der tat so, als hätte er das alles nicht verstanden. Stattdessen angelte er nach einem Kaffeebecher, goss sich aus der Kanne ein und nahm einen großen schlürfenden Schluck der heißen Flüssigkeit.

»Da drüben sind doch noch zwei Sessel frei.« Ich deutete nach vorn.

Er seufzte, bevor er den Kaffeebecher auf sein linkes Knie stellte und mir dann ein Lächeln schenkte. »Liebes, du bist so wunderbar bürgerlich.«

»Larkin«, brummte Ben. »Lass Emilia in Ruhe.« Der Spruch entwickelte sich mittlerweile zu einem echten Klassiker.

Ich spielte mit, weil Larkin nun mal Larkin war und die Wortgeplänkel zwischen uns so unterhaltsam wie bedeutungslos waren. Ich schenkte ihm den Augenaufschlag, den ich schon immer mal hatte einsetzen wollen. »Wenn du direkt neben mir sitzt, kann ich mir doch gar nicht richtig deine Tattoos angucken.«

Larkin erstarrte für den Bruchteil einer Sekunde, dann zeichnete sich ein breites Lächeln auf seinen Gesichtszügen ab.

»Wolltest du nicht sowieso wissen, wo ich sonst noch überall tätowiert bin?«

»Oh, aber unbedingt«, antwortete ich und imitierte Tizis gurrenden Tonfall von vorhin.

»Emilia«, knurrte Ben. »Und du lässt Larkin in Ruhe. Wenn er sich jetzt wieder auszieht, schwöre ich, dass das hier kein gutes Ende nimmt.«

Larkin stand dennoch auf und spazierte die wenigen Schritte zur gegenüberliegenden Seite der Sitzgruppe. »Und dann reißt Emilia dir deinen Hintern auf.« Er grinste. Sein Blick glitt zurück zu mir. »Du bist wie Barbie auf Badesalz, wie Schnitzelpizza morgens im Bett, wie eine Blume, die nur bei Nacht blüht.«

Ben sah zu Oliver. »Darf ich ihn erwürgen?«

Oliver ließ sich in seinen Sessel sinken und nippte vornehm an seiner filigranen Tasse. »Nicht vor dem Fünf-Uhr-Tee.«

»Larkin kann doch nichts dafür«, sprang Murphy ein. »Er hat da so einen genetischen Defekt.«

»Ich verpasse dir gleich einen physischen Effekt.« Larkin sah Murphy aus schmalen Augen an, doch um seine Mundwinkel spielte ein Lächeln, das seine Drohung verpuffen ließ.

Oliver behielt wie immer den Überblick. »Emilia, ich nehme an, dir steht heute nicht der Sinn nach irgendeiner weiteren Zeremonie?«

Ich seufzte auf. »Nein, bitte nicht noch mehr.«

»So gesehen können wir das Tria-Bündnis auch irgendwann nachholen«, sagte Ben. »Es ist ja nur eine formale Sache. Für die Mission an sich hat es gar keinen Nutzen. Da gibt es Dinge, die im Moment wichtiger sind.« Er sah in die Runde. »Emilia hat übrigens alle Pflanzen zugeordnet. Ab jetzt sind wir vollkommen startklar.«

Die anderen gaben Glückwünsche und Worte des Lobes von sich, und ich wurde fast ein wenig rot. »So krass ist das gar nicht.«

»Du bist ein Genie«, sagte Larkin. »Das schwöre ich beim Bart meiner Großmutter.«

»Danke.« Ich wurde nur noch verlegener.

»Wir sollten dringend die Prima Materia an die exakte Zeitzone kalibrieren. Wollen wir das Raumzeitkontinuum exakt ausnutzen, muss jeder verdammte Breitengrad stimmen. Da werde ich mich gleich noch mal dransetzen.« Murphy kippte seinen Kaffee auf ex, nachdem er in Windeseile zwei Donuts inhaliert hatte. Er sprang auf. »Bis später, Mitstreiter.«

Oliver sah ihm hinterher. Der Blick, den er Ben danach zuwarf, schwankte zwischen Resignation und Ungläubigkeit. »Verstehst du, wovon er redet?«

Ben biss die Hälfte von seinem Donut ab, dann zuckte er die Schulter. »Gelegentlich.«

Kapitel 27

Der Gedanke an das Voynich-Manuskript ließ mich auch nicht los, als wir fertig waren mit dem Kaffeetrinken. Ich hatte angeboten, beim Aufräumen zu helfen, doch Oliver hatte erklärt, dass sie das Geschirr lediglich in die Küche bringen würden und sich dort das Personal darum kümmerte. Bis jetzt hatte ich all diese guten unsichtbaren Geister des Hauses nicht gesehen. Aber es schien sie tatsächlich zu geben. Da Oliver meine Hilfe nicht brauchte, saß ich etwas nutzlos herum, und meine Gedanken wanderten wie von selbst wieder zum Voynich-Manuskript. Irgendetwas störte mich an diesem Gesamteindruck, doch ich wusste einfach nicht, was es war. Ich hatte es so klar vor Augen, so deutlich, dass ich es gar nicht ansehen musste, um die dunklen Flecken wie unter einem Mikroskop zu sehen. *Was stimmte nicht damit?*

»Kommst du?«

Bens dunkle Stimme riss mich aus meinen Gedanken. Ich sah ihn fragend an.

Er hatte sich erhoben, verschränkte die Arme über der breiten Brust, und ein träges Lächeln spielte um seine Mundwinkel. »Du und ich haben noch eine Verabredung. Hast du das vergessen?«

*

»Es klappt einfach nicht.« Niedergeschlagen betrachtete ich den kleinen Ouroboros, der in meiner Handfläche lag. Ich hatte jetzt bestimmt zehnmal erfolglos versucht, ihn in die Luft steigen zu lassen, aber er rührte sich einfach nicht.

Wir befanden uns in der großen, dunklen Trainingshalle, in der laut Annmary *mit dem schweren Gerät*, sprich mit hochreaktiven Chemikalien, trainiert wurde.

»Was daran liegt, dass du dich nicht richtig konzentrierst«, erwiderte Ben ungnädig. Ich wollte gerade erwidern, dass er der Menschheit einen großen Gefallen tat, weil er nicht vorhatte, Lehrer zu werden, da sprach er auch schon weiter. »Das Prinzip ist doch so einfach. Die Ouroboroi sind mit einem deiner Astralelemente gefüllt. Deshalb kannst du sie kontrollieren. Außerdem befindet sich ein sogenanntes ›Traggas‹ in dem Ouroboros, das leichter ist als Luft. Deshalb kann der Ouroboros fliegen. Es ist das gleiche Prinzip wie bei einem Heißluftballon. Die einzige Kunst darin besteht, das Traggas zu aktivieren, damit der Ouroboros in die Luft steigt.« Er schnippte eins seiner kleinen Schlangenamulette in die Luft, und es schwebte anmutig zwischen uns.

»Ja, und die sieben magischen Schritte danach«, murmelte ich. »Ich schaffe nicht mal Schritt eins.«

»Das hier ist kein Hexenwerk. Magie ist das, was der normale Mensch mit den Naturwissenschaften nicht mehr erklären kann. Wir Alchemisten beherrschen viel mehr von dem, was generell als Naturwissenschaft bezeichnet wird. Wir sehen die Welt in einem perfekten Zustand. Und wir erkennen die Imperfektionen wie einen Riss in der Realität. Wie etwas, das nicht zu übersehen ist. Wenn du dich jetzt konzentrierst, dich darauf einlässt und dem, was in dir schlummert, vertraust, wirst du erkennen können, was mit dem Ouroboros nicht stimmt. Warum er nicht fliegt, obwohl er eigentlich sollte. Doch er liegt in deiner Hand. Du bist kein Mensch, du bist eine Alchemistin. Vertrau darauf, höre auf dein Gefühl. Betrachte deinen Ouroboros, und du wirst sehen, was damit nicht stimmt, und dann ändere es, korrigiere es. Korrigiere den Fehler in der Realität, und die Materie wird dir gehorchen.«

Wieder stand er ganz nah vor mir, und hinter seinem eindringlichen Blick erkannte ich so viel mehr. Ich hörte die Begeisterung, die hinter alldem steckte. Fühlte, wie sehr er an all das hier glaubte. Wie wichtig es ihm war, mich wirklich einzuweihen, mir wirklich alles zu erklären.

Meine Skepsis und mein Missmut verschwanden ganz leise. Plötzlich war da wieder dieser Kampfgeist, den ich auch schon gespürt hatte, als wir über die Rettung des Voynich-Manuskripts gesprochen hatten. Als mir plötzlich klar geworden war, dass sein Schicksal nun auch zu meinem geworden war. Das mir nicht egal war, was mit ihm passierte. Und jetzt fühlte ich das Gleiche. Ich wollte das hier. Ich wollte diese neue fremde Welt hinter meiner gewohnten Realität erkunden, ich wollte sie zu meiner eigenen machen.

»Vergiss nicht«, sagte Ben nun leise. »Die Alchemie verbindet Geist und Körper. Das hier funktioniert nicht, wenn nur dein Körper dabei ist. Du musst dich konzentrieren, du musst mit all deinem Willen und all deinen Gedanken dabei sein, dich fokussieren und konzentrieren. Ich weiß, es ist schwer, in einem Kampf den Blick so sehr auf sich selbst zu richten. Das ist etwas, das wir von Kindesbeinen an trainieren. Du bekommst nur den Crashkurs, um im Notfall dein eigenes Leben zu retten.« Plötzlich war da wieder dieses Lächeln. »Ich bin vielleicht streng mit dir, aber das bedeutet nicht, dass du es mit dir selbst auch sein musst.«

Ich erwiderte sein Lächeln. »Ich versuche es noch mal.«

Sein Lächeln wurde breiter, dann trat er zwei Schritte zurück, und der kleine Ouroboros kehrte zurück in seine Hand. »Dann auf ein Neues.«

Doch auf einmal verließ mich erneut der Mut. Ich reichte ihm meinen Ouroboros. »Kannst du's mal versuchen? Vielleicht ist meiner kaputt. Oder liegt es vielleicht daran, dass ich keinen Twin habe?«

Ben schüttelte den Kopf. »Nein und nein. Das hier ist keine Frage nach Gut oder Böse. Und es erfordert nicht so viel Kraft, dass du dafür deinen schlechten Eigenschaften mehr Raum in deinem Geist geben müsstest, weil sie dich mächtiger machen. Das hier ist reine Physik – mehr oder weniger.« Er ließ seinen Ouroboros noch mal auf seiner Hand hüpfen. »Und nein, ich kann deinen Natrium-Ouroboros nicht kontrollieren. Natrium ist keins meiner Astralelemente. Annmary kann zwar die kleinen Ouroboroi mit allen Elementen befüllen, aber wir können jeweils nur die fünf Astralelemente unserer eigenen Orden in einem Ouroboros kontrollieren.«

Ein Gedanke schoss mir durch den Kopf. »Werde ich dann auch Training beim Silberorden bekommen? Besitzt die Loge von Rom eine Trainingshalle?« Irgendwie konnte ich mir nicht vorstellen, dass in Meister Vincences schmuddeligem Laden sich auch nur irgendetwas verbarg, das von Nutzen war.

Ben ließ seinen eigenen kleinen Ouroboros um die Finger tanzen. »Vielleicht kannst du Francesca mal danach fragen. Ihr habt ja Handynummern getauscht. Aber andererseits gehe ich nicht davon aus, dass das möglich ist, denn sonst hätten sie es dir längst angeboten. Fakt ist …« Das Spiel mit dem Ouroboros stoppte, und er sah mich an. »Es werden immer weniger Silberalchemisten. Nein, falsch.« Er schob den Ouroboros in die Tasche seiner Jeans. Das, was nun kam, schien ihm schwerzufallen. »Eigentlich ist es so, dass ungewöhnlich viele Silberalchemisten zu Crux werden.« Er hob wieder den Kopf, und nun schien sein ganzer Körper plötzlich angespannt. »Wir prüfen das bereits seit einiger Zeit. Bislang konnten wir jedoch keinen Grund dafür finden. Es sind Alchemisten, die niedere Positionen bekleiden oder lediglich im Orden registriert sind. Menschen, die ganz normale Leben führen, ganz normale Jobs haben und mit der alchemistischen Welt eigentlich kaum Kontakt haben. Genau deshalb ist es so ungewöhnlich. Gefährdet sind die, die mit großen Kräften zur Welt kommen. Bei denen Gut und Böse ständig um die Oberhand ringen. Menschen, die mit wenig alchemistischem Talent geboren werden, sind kaum der Gefahr ausgesetzt, zu einem Crux zu werden. Und dennoch sind die Crux seit einiger Zeit zu mehr als zwei Drittel vom Silberorden.«

»Das ist ja schrecklich.« *Wie kann das sein?*

»Wir sind dran«, sagte Ben, und es klang, als wolle er mich beruhigen. »Du stößt in einer schwierigen Zeit zu deinem Orden. Die Meister der einzelnen Silberlogen sind untereinander zerstritten, und viele Logenposten nicht besetzt. Das haben wir live erlebt. Meister Vincence hat nur Francesca und Yrjo. In anderen Hauptstädten sieht es ähnlich aus. Und jetzt kommst du, und vermutlich sind sie heillos überfordert mit dir.«

»Meister Vincence schien regelrecht böse auf mich zu sein.«

Ben zuckte die Schultern. »Lass dich von dem Griesgram

nicht beeindrucken. Es war falsch und in höchstem Maße unprofessionell, was er dir angetan hat. Die Ermittlungen gegen ihn laufen.«

Er sah mir wohl an, dass mich die traumatischen Erinnerungen an meine Registrierung wieder überfielen, also deutete er schnell auf meinen Ouroboros. »Jetzt lass uns die Zeit nutzen und etwas trainieren.«

Ich verkniff mir ein Lächeln und tat übertrieben genervt. »Jetzt drängt mich nicht, *Lord Hastings.*«

Seine Miene blieb unbewegt. »Ben reicht. Lord Hastings ist mein Vater.«

Das war mal wieder so typisch Ben. »Du trägst den Titel nicht?«

Er schüttelte den Kopf. »Man braucht keinen Titel, um Gutes zu tun.«

Schon wieder war ich gegen meinen Willen fasziniert. Und wieder gingen mir seine Worte durch den Kopf. *Du bist wie niemand, den ich kenne.* In diesem Moment hätte ich gerne *dito* gesagt.

»Stehst du auf so was?«

Jetzt war ich überrascht. Es war so ziemlich die persönlichste Frage, die er mir jemals gestellt hatte. Es ging weder um Belange des Ordens noch um meine Sicherheit. Es ging einzig und allein um mich.

»Gehörst du zu der Sorte Mädchen, die gern eine Prinzessin wären?« So was wie Argwohn schimmerte in seinem Blick.

Doch ich schüttelte bloß den Kopf. »Ich war immer mehr vom Typ ›Vergiss den Prinzen, ich nehme das Pferd.‹«

Ben lachte, und es war eins dieser seltenen, echten Lachen, die ihn vollkommen veränderten. Einer der seltenen Momente, in denen er tatsächlich so alt wirkte, wie er war. In denen die

Verantwortung von seinen Schultern zu fallen schien und er einfach nur er selbst sein konnte.

Sein Lächeln hielt an, als sein Blick über mein Gesicht wanderte. »Du bist ein bisschen verrückt, hat dir das schon mal jemand gesagt?«

Ich grinste. »Stellen Sie sich hinten an, Eure Lordschaft.«

Er schnaubte leise. »Du leugnest es zwar, aber das mit dem Titel gefällt dir irgendwie.« Seine Augen blitzten amüsiert.

»Nein«, sagte ich. »Und du leugnest es zwar, aber es gefällt dir, wenn ich dich so nenne.«

Einen atemlosen Moment lang war da nichts als Stille zwischen uns. Aber Ben lächelte immer noch, als er sich abwandte und sagte: »Trainieren wir weiter, Silberfee.«

Keine Prinzessin, dafür eine Fee.

Damit konnte ich leben.

*

Es dauerte noch weitere fünf Versuche, bis der Ouroboros auf meiner Handfläche leicht zu zittern begann.

»Habe ich ihn jetzt kaputt gemacht? Er sieht so aus, als wolle er platzen. Was benutzt ihr eigentlich für ein Traggas?« Ich wusste, dass Wasserstoff das leichteste Gas war, und deshalb eigentlich das erste Mittel der Wahl sein sollte. Jedoch war es leicht entzündlich und gerade mit Sauerstoff hochreaktiv.

»Wir benutzen Helium.« Bens Miene war immer noch freundlich, der Blick aus seinen Augen jedoch scharf. »Das sollte dir aber eigentlich klar sein, oder? Mit Wasserstoff fliegt uns hier alles um die Ohren.«

Ich nickte schnell.

Sein Blick lag immer noch prüfend auf mir. »Ich glaube, es hat dich bisher noch niemand konkret gefragt, deshalb übernehme ich das mal.«

Ich sah ihn erwartungsvoll an. *Was kommt denn nun?*

»Dass du gut in Mathe bist, wissen wir. Aber wie steht's mit Chemie? Das beginnt an dieser Stelle nämlich echt wichtig zu werden. Kennst du dich mit den Eigenschaften der Elemente aus? Weißt du, was mit was reagiert und was nicht? Das alles solltest du wissen, wenn du mit den Elementen kämpfen willst. Das jetzt alles nachzuholen grenzt an Unmöglichkeit. Jedenfalls in der Kürze der Zeit.« Er runzelte leicht die Brauen. »Ich unterstelle dir nichts, das vorweg. Aber wäre es okay, wenn ich dich ein paar Sachen frage?«

Da ich in Chemie immer gute Noten gehabt hatte, machte ich mir keine Gedanken. »Klar.«

Und er legte auch sofort los. »Wasserstoff?«

»Symbol H, Ordnungszahl eins, Elementkategorie Nichtmetalle. Element mit der geringsten Atommasse.«

»Lithium?«

»Symbol Li, Ordnungszahl drei, Elementkategorie Alkalimetalle. Kommt aufgrund seiner hohen Reaktivität eigentlich nicht elementar vor.«

Ben lächelte, und er schien nicht mehr ganz so ernst. »Womit reagiert Stickstoff?«

»Mit praktisch gar nichts.«

Sein Lächeln wurde breiter. »Und Chlor?«

»Am liebsten mit Wasserstoff. Das knallt so schön.«

Er grinste. »Letzte Frage. Jemand greift dich mit Antimon an. Mit welchem Element wehrst du dich?«

Jetzt musste ich kurz überlegen. »Schwefel«, erwiderte ich

schließlich. »Oder besser noch Schwefelwasserstoff, denn er neutralisiert dessen giftige Eigenschaften.«

»Sehr gut.« Ben zeigte mir einen Daumen hoch. »Den Punkt können wir von unserer Liste abhaken.«

Ich freute mich ehrlich darüber, denn es war eins der wenigen Male, in denen sich mein zweitliebstes Schulfach als nützlich erwies. Die Mathematik war nicht ganz so nerdig wie Chemie, und ich hatte so manch schrägen Seitenblick von Tizi kassiert, wenn ich mal wieder über ein Element im Periodensystem schwärmte, das nur ich zu kennen schien. Jetzt aber erwiesen sich mein Wissen und meine Fähigkeiten als nützlich. *Endlich!* Irgendwie fühlte es sich wie Ankommen an. Der Nerd-Express hatte endlich seinen Bahnhof gefunden. Station »Alchemie und Codes«. Ich grinste innerlich. Und plötzlich schien alles ganz einfach.

Ich öffnete meine Handfläche und sah auf das kleine Ouroboros-Amulett hinab. Ich konzentrierte mich ganz darauf, bis es in meiner Hand auf einmal schwerer zu werden schien. *Ich kann es. Meine Talente, mein Wissen sind für etwas nützlich. Plötzlich weiß ich, wo ich hingehöre. Plötzlich weiß ich, wofür all das gut ist.* Der kleine Ouroboros begann erneut zu zittern, diesmal stärker. Plötzlich konnte ich die Luft darunter spüren. Diesen winzigen Abstand, als er abhob. Ich konzentrierte mich noch mehr, ließ mich darauf ein und konnte zusehen, wie mein Blick sich erneut veränderte. Es war das gleiche Gefühl wie bei dem Aufzug, den nur wir Alchemisten sehen konnten. Und dann sah ich den Fehler, die unsichtbaren Stränge, mit denen der Ouroboros durch die Schwerkraft gebändigt wurde. Ich zupfte daran, wollte den Fehler korrigieren und schob die fast unsichtbaren Stränge aus Schwerkraft zur Seite. Ohne meine Hände, ich benutzte einfach nur meinen Geist. Im nächsten

Moment flog der Ouroboros hoch über meinen Kopf und verharrte dann drehend in der Luft.

»Yes!« Ben reckte eine Faust nach oben. »Das ist es.« Er sah wieder zurück zu mir. »Und jetzt lass die Verbindung nicht abbrechen. Du hast ihn, ich weiß es. Denke an das Gefühl, wie er auf deiner Handfläche lag, wie er ein Teil von dir war. Und dann gib ihm jetzt den Befehl, zu erwachen. Es ist das Gleiche wie vorhin. Sein schlafender Zustand ist nicht das, was richtig ist. Korrigiere es.«

Ich schloss die Augen, so sehr konzentrierte ich mich. Ich brauchte den kleinen Ouroboros nicht zu sehen, um zu wissen, wo er über mir schwebte. Ich konnte die Verbindung plötzlich fühlen, als habe jemand einen Teil von mir nach dort oben in die Luft gehoben.

»Wach auf«, wisperte ich. Nichts geschah. Ich näherte mich ihm, genauso wie ich mich meiner inneren Schlange genähert hatte. Vorsichtig und langsam. *Du bist jetzt ein Teil von mir, also höre mich.* Nichts. Ich dachte an das Hochgefühl von gerade zurück, an diesen Ansturm von Selbstbewusstsein und Erkenntnis. Und im nächsten Moment spürte ich, wie der Ouroboros über mir zum Leben erwachte. Ich fühlte es wie einen zweiten Herzschlag. Ich riss die Augen auf. Die kleine Schlange hatte sich entrollt, und ihre Augen blitzten. Sie schien abzuwarten.

»Sehr gut.« Ben klang fast enthusiastisch. »Du machst das gut. Jetzt fixiere den Ort, wo sie auftreffen soll, und befiehl es ihr.« Die kleine Schlange war mit einem meiner Astralelemente, mit Stickstoff gefüllt, einem ziemlich harmlosen Gas. Ich fixierte die Wand seitlich von uns. Wieder kostete es mich einige Anstrengung, und erst wollte sich die kleine Schlange nicht bewegen. Es schien so surreal, wie sie da halb über meinem Kopf in der Luft schwebte und sich leicht bewegte. Einmal öffnete sie sogar das winzige Maul und zischte. Ich hätte niemals gedacht, dass sie so lebendig war, und fast tat es mir leid, dass ich sie nur benutzen würde, um das Astralelement freizusetzen.«

»Sie leben nicht wirklich«, fügte Ben gerade hinzu, als habe er mein Zögern gespürt. »Es ist nur eine Art Illusion, die das Traggas in ihnen erzeugt.«

Das war mir Erklärung genug. Noch mal sammelte ich all meine Kraft, das Gefühl des Dazugehörens, und im nächsten Moment schoss die Schlange vorwärts, bis sie mit einem leisen Puffer explodierte und das Gas in Richtung Wand schoss. Ich fühlte es mehr, als dass ich es sah. Zurück blieben keine Spuren.

Danach fühlte ich mich so erschöpft, als käme ich gerade von einem Marathon. Ich strich mir über den feuchten Haaransatz.

Und Ben bewies erneut, dass er ein guter Beobachter war. »Machen wir Schluss für heute.« Er jonglierte wieder diese goldene Münze zwischen seinen Fingern.

Jetzt war ich doch neugierig. »Was ist das eigentlich?«

Das Spiel stoppte und irgendwie wirkte er plötzlich ertappt. »Das ist ein Écu d'Or.« Als ich ihn verständnislos ansah, ergänzte er. »Eine alte französische Münze.«

»Und du trägst sie nur so herum, oder …?«

Wieder zögerte er. »Nein«, sagte er schließlich und senkte den Kopf, um sie zu betrachten. »Die Münze hat meinem Vorfahren Caleb Hastings gehört. Henry der Siebte, König von England, belagerte 1492 die französische Grafschaft Boulogne, und Caleb arbeitete als sein Berater, nachdem seine … meine Familie ihn nach der Sache mit Justine verstoßen hatte. König

Henry war schon fünfunddreißig Jahre alt. Aber Caleb und Charles der Achte, damals König von Frankreich, waren beide erst zweiundzwanzig, und sie hatten wohl einen Draht zueinander, obwohl England und Frankreich verfeindet waren. Jedenfalls war Caleb maßgeblich an dem beteiligt, was man heute als ›Frieden von Étaples‹ kennt. Zum Dank dafür schenkte Charles ihm diese Münze, bevor Caleb mit König Henry nach England zurückkehrte. Und so erinnere ich mich an ihn.«

Ich sah ihn fassungslos an.

Er trug die Erinnerung an das dunkelste Kapitel seiner Familiengeschichte mit sich herum. Damit er vor Augen hatte, was passierte, wenn man die Regeln brach.

Jeden Tag.

Kapitel 28

Als ich am Sonntag mit Ben in die Eingangshalle trat, waren alle anderen schon versammelt. Eine weitere Mission stand an, und Murphy und Annmary hatten sich wie immer um unsere Ausrüstung gekümmert. Das ganze Team schien Hand in Hand zusammenzuarbeiten und perfekt wie ein Uhrwerk ineinander zu greifen. Ich fand das immer noch ziemlich beeindruckend. Ich durfte wieder ein Pflanzenset aus dem Labor holen, was mich sehr freute. Nicht nur, dass sie mir die Wahl ließen, sie schienen mir auch wirklich zu vertrauen. Ich konnte einfach nicht widerstehen und trat erneut an die Glaskuppel heran, unter der sich das Voynich-Manuskript verbarg. Die Flecken waren größer geworden, der Zerfall schritt unaufhaltsam voran. So schnell. Mein Magen krampfte sich zusammen. Zu schnell. Irgendetwas stimmte hier nicht. Wieder war da diese kleine Stimme in meinem Kopf. *Vertraue auf dein Bauchgefühl und dann suche nach Beweisen.*

Draußen auf dem Gang hörte ich Murphy nach mir rufen. Ich griff gedankenverloren nach einem Pflanzenset, blickte ein letztes Mal auf die Glaskuppel und rief: »Ich komme!«

Ich ließ mir nichts anmerken, als ich zu den anderen an den

Stein der Weisen trat. Sie alle arbeiteten Hand in Hand und auch Annmary, die wieder mal Schwierigkeiten mit ihrem Element hatte, lächelte mich aufmunternd an, als ich etwas nervös in die Runde blickte.

Als Ben sich zu mir stellte, schien er meine Aufregung zu spüren. Vielleicht schob er es auf das beeindruckende Spektakel des Steins oder meine Nervosität vor der anstehenden Mission. Doch mein Herz schlug immer noch aufgeregt, als die goldene Schlange von der Decke stieß und uns beide verschlang.

*

Uns bot sich ein Anblick der puren Verwüstung. Wir landeten in einer Art zerstörten Ruinenstadt. Von den ehemals großen antiken Bauten, die hier einst gestanden haben mussten, war das meiste dem Erdboden gleichgemacht.

Dennoch spürte ich sofort etwas. Etwas, dass das Silber in mir zum Schwingen brachte. »Wo sind wir?«

Ben schien einen Moment lang starr vor Schreck. Dann zückte er sein Handy, um ganz sicher zu sein. »Das ist nicht gut«, murmelte er dann. »Das ist überhaupt nicht gut.«

»Wo sind wir?« Dieses Mal klang ich schon eindringlicher.

Er sah sich hektisch um. »Wir sind in Palmyra. Stehen mitten im Tetrapylon. Verdammt, das ist nicht gut.«

»Was ist so schlimm daran?«

»Palmyra ist eine antike Oasenstadt ungefähr zweihundert Kilometer nördlich von Damaskus in Syrien. Und …«

»Aber das klingt doch schön.«

»Und«, fuhr er fort und sah mich eindringlich an, »sie wurde 2016 zum Kriegsschauplatz. Die Truppen haben hier Hunderte Sprengfallen und Landminen zurückgelassen, nachdem sie den größten Teil dieses Weltkulturerbes in die Luft gejagt hatten.«

Es war das erste Mal, dass er wirklich beunruhigt wirkte. »Wir stehen hier auf einem Minenfeld. Wir befinden uns hier auf einem offenen Gelände, und das bedeutet freie Sicht. Jeder hier, egal wo er sich versteckt, wird uns als einen Eindringling sehen. Das hier ist keine Touristengegend. Das ist eine Gegend, in der selbst Helfer, Ärzte, Krankenpfleger, Sozialarbeiter aus dem Hinterhalt erschossen werden. Wir müssen weg von hier. Sofort.« Er fischte seinen Schlüsselbund heraus.

»Aber hier ist etwas«, rief ich. »Ich fühle es. Wir stehen direkt daneben.«

»Du hast mir zugehört, oder? Sagen dir die Begriffe Sprengfallen oder Heckenschützen etwas? Erkennst du den Ernst der Lage, oder sollen wir erst auf eine Mine treten? Haust du erst ab, wenn dir ein Bein fehlt?«

»Nein. Wir können sofort verschwinden, ich wollte ja nur sagen, dass hier irgendetwas *ist.* Hier in diesem … ehm …«

»Tetrapylon«, vervollständigte er meinen Satz. »Ursprünglich bestand es aus sechzehn Säulen aus rosafarbenem Granit. Bis auf eine sind inzwischen alles Nachbildungen. Das sagen zumindest aktuelle historische Quellen.«

»Dann kann es nur die antike Säule sein.«

»Das ist völlig egal, denn ich bringe uns jetzt hier raus.« Er bückte sich, nahm einen kleinen Kiesel in die Hand, dann pustete er gegen die goldene Schuppe, und im nächsten Moment hatte sie uns eingehüllt, und wir verschwanden in ihrem goldenen Strahlen.

*

Die anderen hatten uns längst nicht so schnell zurückerwartet und wirkten dementsprechend überrascht.

»Alles in Ordnung?« Oliver kam auf uns zu. »Ist was passiert?«

»Ich musste sie rausbringen«, erklärte Ben. »Wir sind mitten in Syrien gelandet. Genauer gesagt, in Palmyra.«

»*Was?*« Larkins Stimme schien sich zu überschlagen. »Ach du heilige …«

»Es war richtig, dass du so reagiert hast«, sprach Oliver schnell, bevor Larkin seinen Fluch beenden konnte. »Wir werden sehen, wie wir das Problem angehen.«

»Wir gehen das Problem folgendermaßen an«, sagte Ben. »Emilia setzt sich da drüben in den hübschen kleinen Sessel, und ihr schickt mich noch mal hin.«

»Niemals«, sagten Murphy und Annmary gleichzeitig.

»Ich brauche euer Einverständnis nicht.«

»Aber meines«, sagte Oliver. »Und ich weiß noch nicht, was ich davon halten soll.«

Ben jonglierte den kleinen Kiesel, den er eben aufgehoben hatte, in seiner Handfläche. »Ich habe einen Schlüssel mitgebracht. Ich kann also problemlos dort wieder hin. Außerdem hat Emilia sofort etwas in einer der Säulen am Tetrapylon gespürt. Ich halte einfach mal meine inneren Antennen scharf und hoffe, dass ich das richtige Stück Granit greife. Dank der rosa Farbe des Granits ist er sehr gut von den anderen zerstörten Säulen des Tetrapylons abzugrenzen. Wenn nicht, muss ich es eben häufiger versuchen.«

»Gefällt mir nicht«, sagte Larkin. »Gefällt mir überhaupt nicht.«

»Können wir loslegen?« Ben schien nicht mit sich reden zu lassen. Auch ich war bestürzt darüber, dass er sich alleine dorthin begeben wollte. Vorhin war ich viel zu überrascht und überrumpelt gewesen, um zu realisieren, in was für eine Krisenregion wir da gestolpert waren. Ich war absolut dagegen, dass er dort noch mal einen Fuß hinsetzte.

»Ben, ich finde wirklich …«

»Jetzt fang du nicht auch noch an.« Er nahm mir meinen Rucksack ab und warf ihn auf einen kleinen Sessel der Sitzgruppe. »Dein Part kommt gleich noch. Also setz dich da drüben hin, und mach dich bereit.«

Doch so schnell gab ich nicht auf. »Da sind Landminen.«

»Ich hätte dir das alles gar nicht erzählen sollen.« Er seufzte, dann sah er mich wieder an. »Mir passiert schon nichts.«

Mit diesen Worten ließ er mich stehen und nötigte die anderen dazu, ihn mittels des Steins der Weisen zurück ins Kriegsgebiet zu katapultieren.

Ich zählte die Minuten, nein, die Sekunden, bis er wieder auftauchte. In meiner Fantasie hatte ich mir das Allerschlimmste ausgemalt. Ben, nur noch mit einem Bein, blutend und vor Schmerzen schreiend. Ben mit einer schlimmen Schusswunde.

Stattdessen stand er auf einmal wieder da, etwas staubig und grinste schief. Unterm Arm das Stück einer zerbrochenen Säule geklemmt. »Was sagst du dazu?«

Ich musste nur einen Blick darauf werfen, um zu wissen, dass es das nicht war, also schüttelte ich den Kopf. Er hatte zwar den antiken rosafarbenen Granit erwischt, aber den falschen Teil der Säule.

Er verzog sein Gesicht und ging zurück zum Stein der Weisen.

Es brauchte noch drei nervenaufreibende, herzzerschmetternde und wahnsinnigmachende Versuche, bis er endlich das richtige Stück Säule gefunden hatte.

Mein Herz begann wie wild zu klopfen und das nicht nur, weil Ben endlich wieder in Sicherheit war. Ich sah mir das Stück genauer an. Es dauerte nur Sekunden, und ich wusste, was ich vor mir hatte. »Das ist eine dissipative Struktur, die der Granit bildet.«

»Eine was?«, wollte Murphy wissen, der sich neben mich gestellt hatte.

»Es ist eine besondere Struktur, ein Muster. Nur hier«, ich deutete mit dem Finger darauf, »hier befindet sich ein Quarz, der nicht ins Muster passt. Es fällt mir sofort auf.«

»Aha«, machte Murphy und klang, als wäre das bei ihm eindeutig nicht der Fall. Ich schmunzelte, während mein Finger den Granit berührte. Und plötzlich schienen sämtliche hundert Millionen Quarzteilchen, aus denen er bestand, einfach aus ihrer Formation zu fallen. Als hätte der Gesteinsbrocken tief ausgeatmet und einfach losgelassen. Jetzt lagen sie, funkelnd und schimmernd, wie feiner Sand auf dem Boden der Loge. Und inmitten der hin- und herwogenden Kristalle befand sich ein kleiner durchsichtiger Kristall mit einem Einschluss darin.

»Ich habe es.« Es sah fast aus wie ein in Bernstein gefangenes Insekt. Ich reichte es an Ben weiter. Der hielt es kaum in der Hand, als sich wieder diese goldenen Linien bildeten. Der Kristall formte sich zu einer quadratischen Struktur, und etwas Dunkelbraunes schwebte darin. Nur Sekunden später wandelte es sich zu einem winzig grünen Zweig.

»Dattelpalme.« Ben klang immer noch angespannt.

»Gut gemacht«, sagte Oliver und nickte mir zu.

»Gar nichts ist gut.« Ben reichte unseren Fund an Larkin, der ihn hochhielt, damit er ihn zusammen mit Annmary und

Murphy betrachten konnte. Oliver bückte sich gerade und ließ dann betont unauffällig einen kleinen Stein in seine Tasche gleiten.

»Ich werde in Ruhe drüber nachdenken müssen, wie wir weitermachen.« Ben klang sehr ernst.

»Meinst du, wir bringen Emilia in zu große Gefahr?« Oliver klang ebenfalls besorgt.

»Sie könnte sich nicht mal selbst mit ihren eigenen Elementen schützen.« Ben schüttelte resigniert den Kopf. »Das sind extrem schlechte Voraussetzungen.«

Ich hob die Hand, als säße ich wieder im Unterricht. »Und was, wenn wir Verstärkung mitnehmen?«

Ben schoss mir einen funkensprühenden Blick zu. »Erstens«, holte er aus, »würde ich niemanden meiner Leute dermaßen in Gefahr bringen. Und zweitens erregen wir viel zu viel Aufmerksamkeit, wenn wir mit zehn Leuten reisen. Die Quecks haben uns eh schon auf dem Kieker, und das wird nicht besser, wenn sie herausfinden, was wir tatsächlich vorhaben. Bislang konnten wir verhindern, dass sie über unsere Pläne Bescheid wissen. Das sollten wir ausnutzen. Wir werden sie uns gar nicht mehr vom Leib halten können, wenn sie merken, dass wir sie bei diesen Missionen ausschließen.« Er raufte sich die dunklen Haare, sodass sie in zwei wilden Tollen von seinem Kopf abstanden. So ernst die Situation auch war, ich musste mir ein Schmunzeln verkneifen.

»Du fährst nach Hause.« Schon wieder so ein funkensprühender Blick.

Ich zog die Augenbrauen hoch. »Kann ich sonst noch was für dich tun?«

Er schnaubte, dann drehte er sich wieder Oliver zu. »Ich

muss das in Ruhe abwägen. Lass uns morgen weitermachen. Sie ist zu wichtig, um bei so was zu sterben.«

War ihm klar, dass ich immer noch hier saß? Ich machte hinter seinem Rücken eine »Meint er das ernst?«-Geste zu Annmary.

Sie bedeutete mir ein »Nimm es ihm nicht übel« zurück.

Ich seufzte. Wie gut, dass ich heute mit meinen Freunden verabredet war, sonst würde ich mich vermutlich den Rest des Tages darüber ärgern, wie ein kleines Kind nach Hause geschickt worden zu sein.

*

»Alles klar?« Matti stupste mich an. »Du wirkst so abwesend.« Wir lagen nebeneinander in einer großen Hängematte, die zwischen zwei alten Laubbäumen gespannt war. Kleine Lichterketten leuchteten zwischen den Blättern in der heraufziehenden Dunkelheit. Um Punkt 18 Uhr hatte ich mich auf den Weg gemacht und bis jetzt um kurz nach zehn nichts mehr von den Goldalchemisten gehört.

Die Gegend rund um die Piazza Bologna war ein bürgerliches, aber auch sehr gemischtes Quartier. Mattis Mutter Antonia hatte ein Haus geerbt, erbaut noch vor dem Ersten Weltkrieg und lange bewohnt von gut gestellten Anwälten oder Professoren. Die Giordanos waren beide Lehrer und konnten es sich nicht leisten, das gesamte Haus zu bewohnen. Die zwei oberen Etagen waren in einzelne Wohnungen umgebaut worden, und die Familie Giordano bewohnte nur die untere Etage.

Mattis Vater Pedro stand am Grill und wendete die letzten Würstchen, die niemand mehr wollte.

Aleandro und Antonia waren auf der Terrasse in ein ernstes

Gespräch über irgendeinen unbekannten Renaissance-Maler verstrickt, der sich wohl im Stadtpalais seiner Eltern in Form einer Wandmalerei verewigt hatte. Antonia, die Kunst unterrichtete, schien brennend interessiert, mehr über die Restaurationsarbeiten zu erfahren. Tizi hing über ihrem Handy und textete, seit sie angekommen war, quasi nonstop mit dem süßen Winzersohn. Ich gönnte es ihr. Ihre letzte Beziehung hatte nicht schön geendet, und es freute mich, dass sie jetzt so strahlte.

»Hey … du träumst ja mit offenen Augen.« Noch mal ein Stupsen. »Bist du verliebt, oder was? Tizi sagt, du hast noch Kontakt zu dem komischen Typen aus dem Museum?«

»Er hat mir sein Handy geschenkt, weil ich meins wegen ihm fallengelassen habe.«

»Und da hat er dann direkt seine Kontaktdaten eingetragen?«

Ich sparte mir eine Antwort.

Matti stöhnte. »Was ne billige Nummer.«

Ich zuckte nur mit den Schultern. Es kitzelte mich so sehr, ihm alles zu erzählen. Er war mein bester Freund, er würde mich verstehen. Genau wie Tizi mich nicht für verrückt abstempeln würde. Bei Mamma würde ich besser planen müssen, was ich ihr wie erzählte. Jedoch würde ich keinesfalls zulassen, dass an einem von ihnen dieses »Ich-kann-über-nichts-reden»-Ritual der Alchemisten durchgeführt wurde. Und genau das war das Problem. Wieviel durfte ich ihnen erzählen? Ich konnte unmöglich den Rest meines Lebens lügen.

»Und jetzt?«, fragte Matti weiter. »Datet ihr euch?«

Oh ja, denn Chemie und magische Ouroboroi sind unser gemeinsames Hobby. »Wir kennen uns erst seit Mittwoch.«

»Und wie oft habt ihr euch gesehen?«

Jeden Tag. »Nur ein paar Mal.«

»Ein paar Mal?« Matti zählte die Wochentage an den Fingern ab. »In fünf Tagen?« Er drehte sich noch etwas mehr zu mir. »Muss ja was Ernstes sein. Und da hältst du so dicht? Was ist los?«

Ich wich seinem Blick aus, hin- und hergerissen zwischen meinen Gefühlen. »Es ist kompliziert.«

Matti zupfte an dem sonnengebleichten Lederarmband mit dem winzigen blauen Stein. Er hatte es mir am Ende der Grundschule geschenkt, und es war an meinem Handgelenk quasi mitgewachsen. »Wenn er dir wehtut, töte ich ihn.«

Ich schmunzelte und sah ihn wieder an. Matti war so ungefähr der friedliebendste Kerl, den ich kannte. »Das wird nicht nötig sein, aber ich weiß dein Angebot zu schätzen.« Ich wuschelte ihm durch die hellen Haare, die er zur Abwechslung mal offen trug. »Ich erzähle dir bald mehr, versprochen?«

Er nickte. »Abgemacht.« Dann richtete er sich in der Hängematte auf und schwang die Beine über den Rand. »Ich hole uns mal was zu trinken.«

»Geniale Idee.«

Ich hatte gerade gedankenverloren in Richtung der Baumkronen gestarrt, als Mattis jüngere Schwester plötzlich an der Hängematte stand. Matti hatte noch eine ältere Schwester, die bereits in Florenz studierte und nicht mehr zu Hause wohnte. Die kleine Philomena war mit ihren acht Jahren ein typischer Nachzügler, aber auf ihre ganz besondere Art unglaublich niedlich. Mit den durch die dicken Brillengläser größer wirkenden Augen sah sie immer aus wie ein gelehrter Maulwurf, der ernst in die Welt blickte. Sie war mit einem Herzfehler zur Welt gekommen und sehr viel kleiner und dünner als ihre Klassenkameraden, aber sie schien in ihrer eigenen Welt sehr zufrieden. Für ihr Alter war sie unglaublich belesen, was mich ziemlich beeindruckte.

»Was hast du?«

»Ich?« Ich drehte mich in der Hängematte noch mehr zu ihr.

»Ja. Du hast was.« Phili sah mich ernst an, was ihr süßes Kindergesicht noch entzückender machte. Die Ponyfransen fielen ihr schon bis auf den Rand ihrer Brille, und gerade pustete sie sie mit einem fast unwirschen Lippenspitzen zur Seite. Da ich es doof fand, wenn man Kinder nicht für voll nahm, beschloss ich, so nah wie möglich bei der Wahrheit zu bleiben.

»Ich würde gerne jemandem ein Geheimnis erzählen, aber ich weiß nicht, ob ich es wirklich machen soll.«

Phili musterte mich, und fast rechnete ich damit, sie würde das für Psychiater typische Notizbuch zücken. »Würdest du dich danach besser fühlen?«

»Ja.«

»Wäre der andere danach böse auf dich?«

»Nein, ich denke nicht. Ich glaube, es würde ihn freuen.«

»Dann solltest du es machen.«

Ich kaute auf meiner Unterlippe. »Ich glaube, ich werde noch ein paar Tage darüber nachdenken.«

Phili zog eine ihrer rotblonden Augenbrauen steil nach oben. »Du weißt schon, dass du komisch bist?«

Ich seufzte. »Das weiß ich, kleine weise Phili.«

»Was weißt du?« Matti war mit unseren Getränken wieder da.

»Dass sie komisch ist«, sagte Phili mit ihrer piepsigen Stimme.

Matti seufzte gespielt, als trüge er das Gewicht der Welt auf seinen Schultern. »Das wissen wir doch alle.«

Ich fiel in ihr Lachen mit ein. Das hier … es hatte mir nach all der Aufregung der letzten Tage so sehr gefehlt.

Kapitel 29

Am Montag waren Mamma und ich mit dem Bus in einen Baumarkt gefahren, um ein paar neue Sachen für den Balkon zu kaufen. Während wir uns durch den Stapel Liegenauflagen wühlten, bekam ich einen Anruf, der vermutlich jeden anderen Menschen an seinem Verstand hätte zweifeln lassen. Ich hatte Larkin dran, der fröhlich in den Hörer posaunte: «Hey Silberschatz, der Fechtmeister steht in einer Zisterne und fragt, ob sich aus Tetraeder und Hexaeder ein Muster bilden lässt?«

Ich deutete entschuldigend auf mein Handy und ließ Mamma bei den Liegenauflagen zurück. In meinem Kopf ratterten alle Zahnräder. »Sind das die einzigen geometrischen Formen dort? Dreiecke und Würfel?«

Larkin fragte nach, vermutlich in Bens ungeliebtem Funkknopf. »Es ist eine Steinwand und etwas schwer zu erkennen. Ah Moment, jetzt sagt er, er sieht weiter oben auch etwas, das wie ein doppeltes Dreieck aussieht.«

»Ein Oktaeder.« Ich zog die Unterlippe zwischen meine Zähne. Wie automatisch drehten sich die drei Formen in meinem Kopf umeinander, während ich das Gelernte vor meinem inneren Auge reproduzierte. *Gemeinsamkeiten? An jeder Ecke stoßen mindestens drei Flächen aneinander. Jeder Körper setzt sich aus gleichseitigen Dreiecken zusammen und …* Ich wusste es, ich kam nur nicht drauf. *Denk nach, denk nach, denk nach.* Ich blendete alles aus. Die dudelnde Musik im Hintergrund, das leise Geräusch einer Kreissäge aus der Holzabteilung, die schwatzenden Kunden. Denk nach! Nochmals drehte ich die Figuren in meinem Kopf. *Endlich!* Ich hatte es. Das war die Definition der fünf platonischen Körper. Fünf. Fünf? Larkin hatte nur von drei gesprochen.

»Larkin? Sag Ben, er soll nach einem Dodekaeder und einem Ikosaeder suchen.«

Larkin seufzte. »Was? Deinocheirus und Ichthyosaurus? Klingt wie fröhliches Dinosaurierraten.« Dennoch hörte ich, wie er sich an Ben wandte. Der schien so ratlos wie Larkin.

»Wenn er Empfang hat, schick ihm Bilder von den Figuren aufs Handy«, schlug ich vor und fühlte mich in diesem Moment so, als hätte ich mein Leben lang schon Dutzende solcher Missionen bestritten. Wie schnell man sich doch an die seltsamsten Dinge gewöhnte …

Sogar Larkin schien beeindruckt. »Aye aye, Ma'am«, schnurrte er. Während im Hintergrund leise eine Tastatur klapperte, fragte er ganz beiläufig. »Wie läuft das Shopping? Ist deine Mamma so hübsch wie du?«

»Untersteh dich, Casanova«, erwiderte ich halb lauernd, halb amüsiert.

»Hey, ich überprüfe nur, was die Jungs vom Sicherheitsdienst so gesagt haben.«

»Ich will nichts mehr dazu hören. Hat es geklappt?«

»Läuft alles«, erwiderte er lachend. »Aber der Empfang ist gerade schlecht bei Ben. Dauert wohl noch ein bisschen, bis er die Fotos hat.« Ich platzte vor Neugier, und obwohl es hier um meine Sicherheit ging, schmollte ich doch irgendwie. Besser gesagt: Ich fühlte mich überflüssig.

Ben hatte also entschieden, die Bausteine allein zu bergen, und bisher schien es wohl gut zu laufen.

»Ansonsten alles okay?«, fragte ich möglichst beiläufig, obwohl ich auf weitere Informationen brannte. Ben hätte mir doch sicherlich mitgeteilt, wenn meine Hilfe nicht mehr gebraucht wurde, oder? Es piekte unangenehm in meinem Bauch.

»Das erste Pflanzen-Set heute hat ihn in die Parker Library gebracht. Sie gehört ja zur Universität von Oxford, wo wir alle studieren, und deshalb hatte Ben leichtes Spiel. Ein Bibliothekar, ebenfalls ein Goldalchemist, hat ihn in den ältesten Teil der Bibliothek geführt. Ben hat sich dort umgesehen und ist aus Versehen gegen den Grundstein gelaufen – und da ging ein Fach auf, und der Baustein fiel ihm entgegen.«

»Oh wow, klingt ja super.« Der Knoten in meinem Bauch wurde größer. Ben hatte nur die Lage checken wollen und war über den nächsten Baustein im wahrsten Sinne des Wortes »gestolpert«. Ich schien tatsächlich überflüssig. Aus der Gartenmöbelabteilung winkte Mamma ungeduldig. Ich bedeutete ihr, dass ich gleich wieder da sein würde.

»Warte mal, Ben sagt gerade was«, unterbrach Larkin meine Gedanken. »Also, es gibt wohl diese beiden Formen jeweils nur einmal in der Wand.«

»Okay, das ist ein eindeutiger Hinweis. Es handelt sich hierbei um die platonischen Körper. Er soll sie mal in aufsteigender Reihenfolge berühren. Den Tetraeder, also das mit den wenigsten Ecken zuerst, dann den Hexaeder und so weiter.«

Sekunden später war Larkin wieder da. »Also er sagt, jedes Mal, wenn er die Steine berührt, beginnen sie zu zittern, silberne Adern wandern darüber, und er bekommt eine Art Stromschlag.« Er kicherte dunkel. »Nicht schön.«

»Okay.« Jetzt war ich auch ratlos.

Ich hörte Larkin noch ein paar weitere Worte mit Ben wechseln, bevor er sich wieder an mich wandte. »Scheint nicht zu klappen. Er kommt zurück. Hast du heute Zeit? Ohne dich kommt er nicht weiter.«

Ich fühlte, wie sich ein breites Lächeln auf meine Züge malte. Ich war doch nicht überflüssig. »Mamma und ich kaufen jetzt zu Ende ein, und dann sind wir bei einer Freundin von ihr zum Mittagessen eingeladen. Danach komme ich vorbei.«

»Soll ich dir einen Wagen schicken?«

Ich lachte. Ich fand es immer noch seltsam, mit einem Chauffeur durch die Gegend gefahren zu werden. »Danke, ich nehme den Bus.«

»Oh, Moment«, warf Larkin ein. »Ben sagt gerade, du sollst dich bei ihm melden, wenn du Zeit hast. Er holt dich ab.«

»Aber das ist wirklich nicht …«

»Man diskutiert diesbezüglich nicht mit dem Fechtmeister«, unterbrach Larkin mich sanft. »Vertraue seinen Entscheidungen.«

Ich verabschiedete mich, und als ich das Handy wegsteckte und mich wieder Richtung Mamma drehte, konnte ich einen Gedanken nicht aus meinem Kopf verjagen. Würde es ab jetzt immer so sein? Würde ich für den Rest meines Lebens Schutz brauchen?

*

»Leute, könnt ihr bitte damit aufhören?«

Annmary hatte gestern vorgeschlagen, die Silberloge zu einem Training mit mir einzuladen, und ich hatte daraufhin Francesca getextet. Jetzt standen zwei Pionierinnen und ein Fechtmeister vor mir, und sie alle drei redeten gleichzeitig auf mich ein. Was vermutlich gar nicht so schlimm gewesen wäre, wenn heute auch nur irgendetwas geklappt hätte. Fakt jedoch war: Ich war ein Loser. Ich brachte es nicht mal fertig, einen kleinen Ouroboros schweben zu lassen, obwohl Francesca sogar welche aus unserem Orden eigens für mich mitgebracht hatte.

Und dabei war ich nach dem gestrigen Tag eigentlich so in Hochstimmung gewesen. Ben hatte zwar besagten Teil des Grundsteins in Oxford bergen können, dennoch ließ sich das Kästchen mit dem Baustein nicht von ihm daraus lösen. Erst als ich es in die Hand genommen hatte, war das kleine Gefäß herausgebrochen. Nur kurze Zeit später hatte es sich in einen durchsichtigen Würfel verformt, der, so schien es, einfach nur mit Erde gefüllt war. Trotzdem, es war einer der Bausteine und somit wichtig. Die folgende Mission in Kampanien war zu zweit dann auch schnell beendet gewesen. Die *Piscina mirabilis*, eine Zisterne aus römischer Zeit, war ein wirklich beeindruckendes Bauwerk. In diesem antiken unterirdischen Trinkwasserreservoir hätte ich Stunden verbringen können. Doch leider fanden hier regelmäßig Führungen für Touristen statt, und Murphy hatte vorher die Pläne herausgesucht, damit wir nicht zufällig inmitten so einer Gruppe landeten. Ben hatte bei seinem ersten Versuch schon unglaubliches Glück gehabt, und das wollten wir nicht herausfordern. Nach Berühren der geometrischen Formen in aufsteigender Reihenfolge hatten wir ein winziges Gefäß aus der Wand geborgen. Ein kleines durchsichtiges Kästchen, mit einem einzigen Schilfblatt darin. Das Hochgefühl hatte mich durch den Rest des Abends getragen, und auch heute Morgen war ich voller Tatendrang aufgewacht. Aber jetzt wäre ich gerne einfach wieder zurück ins Bett gekrochen.

»Heute ist irgendwie nicht mein Tag«, fügte ich noch hinzu, weil ich das Gefühl hatte, mich bei ihnen entschuldigen zu müssen.

»Das hat nichts mit irgendwelchen Tagen zu tun«, sagte Ben ungnädig. »Entweder man kann es oder man kann es nicht. Und du …« Er deutete mit dem Zeigefinger auf mich. »… bist mal wieder nicht bei der Sache.«

Das Schlimme war, er hatte recht. Ben hingegen betrachtete mich, als rechnete er fest mit einer Erwiderung meinerseits. Als ich nichts sagte, runzelte er finster die Augenbrauen.

»Sollen wir eine Pause …«, begann Annmary.

»Wir hatten schon zwei Pausen«, unterbrach Ben sie scharf. Dann schnippte er einen Ouroboros in die Luft, der in der nächsten Sekunde mit einem ziemlichen Knall an der nächstbesten Wand aufprallte. Die Druckwelle ließ meine Haare fliegen.

»Üben wir doch ein bisschen mit dem Periodensystem.« Francesca, die in ihren schwarzen Leggings und dem enganliegenden Tanktop aussah, als wolle sie in einen luxuriösen Fitnessclub gehen, schob eine Handvoll Ouroboroi zurück in die Bauchtasche und zog dann den Reißverschluss energisch zu. »Das ist eine schöne Abwechslung, und man muss sich auch nicht so sehr konzentrieren.« Sie trug ein Lederband um den Hals, an dem ein schlichter Anhänger in Form eines Halbmondes hing. Er gefiel mir sehr, und ich hatte vorhin schon überlegt, auch das Symbol meines Ordens als Schmuckstück zu tragen.

Ben war anscheinend noch nicht fertig mit mir. »So kann ich sie nicht auf die Missionen mitnehmen.«

»Rede nicht über mich, als wäre ich nicht da.« Das hatte mich das letzte Mal schon so genervt. Mein Herz raste immer noch, und Zweifel stiegen in mir auf. War ich vielleicht doch überfordert? Würde ich das hier alles nicht schaffen? Hatte Ben recht, wenn er mich hierließ? Weil ich nicht nützlich war, sondern mich nur in Gefahr brachte? Ich schluckte hart, dann wandte ich mich von der Gruppe ab. »Ich trinke mal eben einen Schluck«, würgte ich hervor, dann hastete ich über den unebenen Boden davon.

Zwischen den beiden Trainingshallen befand sich eine winzige Küche, fensterlos und spartanisch eingerichtet. Hier holten wir uns Wasser oder Snacks zwischen den Trainingseinheiten. Ich machte nicht mal das Licht an, denn den Kühlschrank fand ich auch im Halbdunkel. Ich nahm eine kleine Flasche Wasser heraus und lehnte mich an die Arbeitsplatte, während ich ein paar große Schlucke nahm.

Als ich Schritte hörte, rechnete ich damit, dass Annmary mir gefolgt war. Doch eine breitschultrige Silhouette erschien im Türrahmen.

Mit *ihm* hätte ich als Letztes gerechnet. Wortlos ging Ben an mir vorbei und nahm sich ebenfalls ein Wasser. Dann lehnte er sich mit dem Rücken an die Arbeitsplatte, genau wie ich. So nah, dass ich spüren konnte, wie die Energien unserer Elemente umeinanderstrichen wie zwei launische Katzen.

Er nahm einen Schluck und dann noch einen. Ich hielt meine Flasche mit beiden Händen umklammert und versuchte angestrengt, ihn nicht von der Seite anzusehen.

Ich hörte, wie er langsam ausatmete. »Ich hatte mit allem gerechnet, aber nicht mit *dir.*«

Es war wie ein Schlag in den Magen. »Das hast du mir bereits gesagt, schon vergessen?« War er mir nur hinterhergekommen, um noch mal Salz in die Wunde zu streuen?

Ich spürte seinen Blick auf meinem Gesicht ruhen. »Emilia, sieh mich an.«

Ich rührte mich nicht.

»Bitte.«

Langsam drehte ich mich ihm zu und hob den Kopf.

»Ich bin es gewohnt, immer die Kontrolle zu haben. Ich arbeite hart, ich bin immer der Beste, und deshalb habe ich alles im Griff.« Mit einer seltsam endgültigen Geste stellte er die halb geleerte Flasche zwischen uns auf die Theke. »Ich wäge sorgsam ab, treffe rationale Entscheidungen, klammere alles, was mich ablenkt, einfach aus. Und jetzt bist *du* da, und die Quecks sind dir auf den Fersen und ich …«

»Ihr bringt euch aber nicht gerade um, oder?« Annmary platzte in die Küche. »Huch, hier sieht man ja gar nichts.«

Sie knipste das Licht an, in dem Moment, in dem wir auseinanderfuhren.

Sie musterte uns, eine steile Falte hatte sich zwischen ihren hellen Brauen gebildet. »Alles okay hier?«

»Alles bestens.« Ben stieß sich von der Arbeitsplatte ab und stapfte mit drei großen Schritten aus der Küche.

»Alles super.« Ich zwang mich zu einem Lächeln.

Annmary wirkte nicht überzeugt.

*

»Gibt es eigentlich Neuigkeiten bezüglich dieser Twin-Sache?«, fragte ich, als wir wieder zu Francesca stießen. Ich wollte gerne das Thema wechseln, und das erschien mir eine gute Alternative.

Francesca und ich hatten bei der Verabschiedung vor der Silberloge Handynummern getauscht und lose Kontakt gehalten. Sie hatte mir versichert, dass ihr das Verhalten des Meisters sehr leidtat und mir angeboten, mich irgendwann mal herumzuführen, sollte er außer Haus sein. Bisher hatte ich mich davor gedrückt, dieses Angebot anzunehmen. Doch irgendwann würde ich meinen Orden kennenlernen müssen. *Obwohl ich lieber zum Goldorden gehören würde.* Mein Blick fiel auf Annmary und glitt dann weiter zu Ben.

»Meister Vincence holt zurzeit weitere Erkundigungen ein.« Francesca blieb diplomatisch.

»Hat es eigentlich unmittelbare Auswirkungen auf meine Kräfte?«

Die drei wechselten einen Blick. »Theoretisch …«, begann Annmary dann vorsichtig, »… sollte dich die Berührung eines Alchemisten eines anderen Ordens nicht so sehr schwächen.«

»Was aber irrelevant ist, da solcherlei *Beziehungen* sowieso verboten sind«, ergänzte Francesca.

»Genau.« Annmary nickte ihr dankbar zu.

Ben sagte gar nichts.

»Nun, dann sollten wir dir mal das tragbare Periodensystem erklären.« Francesca zog etwas Dunkles aus ihrer Bauchtasche.

»Eine gute Idee.« Auch Annmary fischte etwas aus den Taschen ihrer Jeans.

Ben schien immer noch mit seinen eigenen Gedanken beschäftigt.

Das Ding, das Francesca in ihrer Hand hielt, sah fast aus wie ein schwarzes Taschentuch aus sehr dünnem Stoff. Genau so etwas hatte Meister Vincence bei meiner Registrierung benutzt. Sie ließ es von ihrer Handfläche gleiten, und dann machte sie eine Bewegung, als wolle sie Kondenswasser von einer Fensterscheibe wischen. Das gazegleiche Material dehnte sich aus und wurde größer. Als es schließlich vor ihr schwebte, war es etwa so lang wie mein Unterarm. Es war wie ein zum Leben erwachtes Periodensystem. Die Edelgase wirbelten anmutig an ihrem Platz, die Metalle schimmerten, und die Halogene leuchteten in den unterschiedlichsten Farben. Jedes Element befand sich in einem kleinen Quadrat und schien dabei so dreidimensional, dass ich versucht war, danach zu greifen.

»Das tragbare Periodensystem ermöglicht es uns, einen kleinen Vorrat der Elemente verfügbar zu haben, die nicht zu unseren Astralelementen gehören. Wir können sie nicht so wie unsere Ouroboroi kontrollieren, aber manchmal ist es ganz nützlich, eine größere Auswahl dabeizuhaben, wenn auch nur in begrenzter Menge. Das hier ist kein Instrument, mit dem man einen Kampf beginnt. Es dient eher der Verteidigung, wenn man in einen Hinterhalt gerät. Oder wenn man in einer anderen Situation ist, in der man mehrere Elemente kombinieren muss, um zum gewünschten Ergebnis zu kommen.«

»Also quasi *Elemente to go.*«

Francesca lächelte. »Genau.« Sie schnippte mit dem Finger, und das Periodensystem war wieder ein kleines Stückchen schwarzen Stoffs. »Jetzt probier du mal. Stell dir einfach vor, dass du es vor dir sehen willst. Und dann lass es fallen.«

Das kleine Stückchen Stoff segelte anmutig zu Boden, ohne dass sich auch nur ein Element zeigte.

Annmary bückte sich und hielt es mir hin. »Man braucht ein paar Versuche, bis man den Dreh raushat. Du musst schon vorher wissen, was du sehen willst, bevor es vor dir erscheint. Das klappt schon.«

Ich wartete auf irgendeinen ungeduldigen Kommentar von Ben, doch es kam keiner.

Ich probierte es noch mal. Und noch mal. Und noch mal.

Insbesondere Annmary schien die Geduld einer Heiligen zu besitzen. Immer wieder gab sie mir Tipps, und ihr aufmunterndes Lächeln ließ es mich immer wieder versuchen.

»Stell dir vor, dein Leitungswasser ist dir heute zu langweilig. Du willst, dass es sprudelt«, erklang Bens Stimme plötzlich halb hinter mir. »Und jetzt nimm dir, was du brauchst.« Er streckte seinen Arm an mir vorbei und ließ sein dunkles Stück Stoff vor mir fallen.

»Kohlenstoff, Sauerstoff, Wasser«, murmelte ich und machte wieder diese streifende Handbewegung. Im nächsten Moment schwebte ein perfektes Periodensystem vor mir. Ich keuchte auf vor Begeisterung.

»Bravo!« Francesca klatschte in die Hände.

Ich lachte und drehte mich zu Ben um.

Er ließ den goldenen Écu d'Or um seine Finger tanzen und lächelte schief. »Gut gemacht.«

»Danke.«

Bevor er etwas erwidern konnte, griff Annmary in das Periodensystem und nahm das kleine Stückchen Gold heraus. »Du siehst, der Vorrat ist klein, aber es ist eben nur für unterwegs.« Sie setzte das Gold zurück in sein Fach.

Ich war mutig und griff nach dem Heliumgas. Es wirbelte über meine Hand.

»Du kannst es selbst auffüllen, wenn du ein Labor hast, aber du kannst es vom Orden auch an verschiedenen Orten kostenlos auffüllen lassen.«

Ich hatte das Helium gerade zurück an seinen Platz im System gesetzt, da schnippte Ben mit den Fingern, und es verschwand. »Noch mal.«

Wieder ließ er den dunklen Stoff fallen.

Ich dachte an Bronze. »Kupfer und Zink«, sagte ich aus Versehen laut. Und da war es wieder, kaum dass ich durch die Luft gewischt hatte.

»Dann stelle ich dir jetzt dein eigenes her«, sagte Annmary gerade, als ein leises Geräusch uns die Köpfe drehen ließ.

Oliver machte nur einen halben Schritt aus dem Aufzug raus, bevor er mit ernster Miene verkündete. »Das war‘s für heute mit dem Training. Wir haben einen Notfall.«

Kapitel 30

»Ich habe keine Lust mehr.« Meine Stimme ging in dem Getöse einer weiteren Schlammlawine unter. Ich spannte meine Oberarmmuskeln an, damit sie mich nicht mit sich riss. Der Strom hellbrauner Erde war lauwarm, und er roch ekelhaft. Zu allem Überfluss hielt ich mich an zwei aus dem Erdreich ragenden Lanzen fest, während ihre metallenen Spitzen gefährlich über meinem Kopf schwebten. Unter mir gähnte uns ein bodenloser schwarzer Abgrund entgegen. Bald schon würden meine Finger abrutschen und ich in die Dunkelheit fallen.

»Du hast es so gewollt«, brüllte Ben, der sich ungefähr zwei Meter links von mir an aus der Wand ragenden Wuzeln festhielt.

Laut Bens GPS befanden wir uns im Haupttempel von Calakmul, einer prähistorischen Stadt der Maya mitten in Mexiko.

Allerdings in einem Bereich, den wohl seit mehreren Jahrhunderten niemand mehr betreten hatte. Zumindest vermuteten wir das, denn Bens Handyempfang brach immer wieder ab, und den Funkknopf hatte der Schlamm davongespült. Wir waren irgendwo weit unter der Erde angekommen, und gerade als

Ben unseren ungefähren Standort herausgefunden hatte, waren wir von einem riesengroßen rollenden Stein überrascht worden. Unser Gang war dunkel und klein, und wir versuchten uns irgendwie in Sicherheit zu bringen, bis Ben uns beide in eine winzige Nische geschubst hatte. Kaum, dass der Stein an uns vorbeigerollt war, waren wir durch die Wand hinter uns gebrochen. Seitdem hingen wir hier, und woher der ganze Schlamm kam, war mir immer noch nicht klar. Ob wir eine Art verborgenen Mechanismus ausgelöst hatten?

»Ich sehe was!«, rief Ben.

Meine Schultergelenke brannten vor Schmerz. Ich drehte den Kopf erneut zu ihm, und nur das Weiß seiner Augen verriet, dass unter dem Schlamm ein menschliches Wesen steckte. »Rechts von dir, ungefähr einen Meter unter dir ist ein Loch in der Wand. Versuch, dich hin und her zu schwingen und dann dort zu landen.«

Wie bitte? Ich war froh, dass mich die antik wirkenden Speere überhaupt noch trugen. »Und was ist mit dir?«

»Wenn du dort unten angekommen bist, schwinge ich mich rüber, und dann komme ich zu dir runter.«

Nun, das klang optimistisch.

»Ich helfe dir. Der Sauerstoff wird dich tragen.« Er streckte eine Hand aus, und durch den Schlamm sah ich einen kleinen Ouroboros schimmern. »Sag, wenn du bereit bist.«

Er meinte das ernst. Doch welche Wahl hatte ich? Ich sah nach unten und entdeckte schemenhaft den Eingang im Erdreich. Davor war eine Art kleines Plateau. Mit sehr viel Glück würde ich mich stark genug hin und her schwingen können, um es zu erreichen. Andernfalls würden meine Arme bald nachgeben und ich zusammen mit dem Schlamm in die Tiefe stürzen.

»Okay, ich mach's.«

»Braves Mädchen.«

Ich verdrehte die Augen, begann mich aber hin und her zu schwingen, als wäre ich im Turnunterricht. »Jetzt«, rief ich, kurz bevor ich losließ, und dann spürte ich, wie Bens Sauerstoffgas unter mir waberte wie ein durchsichtiges Luftkissenboot. Ich schwankte zwar ziemlich, doch meine Füße hatten plötzlich wieder festen Boden. Ich schüttelte meine Hände aus, dann rieb ich mir über mein Gesicht, um wieder besser sehen zu können. Ben hatte schon bemerkt, dass ich sicher gelandet war, denn nun begann er sich an seinen Wurzeln hin und her zu schwingen. Einen ewigen Moment lang zweifelte ich, dass die aus dem Erdreich ragenden Speere sein Gewicht tragen würden. Er passte das Ende einer weiteren Schlammwoge ab, dann schwang er sich herüber. Schon wurde er von einer weiteren Schlammlawine verschluckt. Ich hörte, wie er prustend Luft holte. Doch das Holz schien ihn zu tragen. Dann hielt er sich nur noch mit einer Hand fest, als der Schlamm erneut versiegte. Er schnippte den Ouroboros nach unten, während er sich hin und her schwang, und nur einen kurzen Moment später landete er neben mir. Wir duckten uns in den finsteren Gang, der durch die in den Trageriemen unserer Rucksäcke integrierten Xenon-Taschenlampen schemenhaft erhellt wurde. Erleichterung durchflutete mich. Noch mal wischte ich mir übers Gesicht. Wir sahen uns an, und plötzlich fing Ben an zu lachen.

»Herrgott, Silberfee, wie siehst du eigentlich aus?«

»Haha. Darf ich dir einen Spiegel reichen, Eure Lordschaft?«

Ben strich sich den Schlamm von Gesicht und Hals.

Ich sah auf meine von Dreck verschmierten Hände. »Diesen

Punkt können wir von unserem Wellnesswochenende nun abhaken. Das Schlammbad haben wir hinter uns.«

Wir sahen uns erneut an, und seine weißen Zähne blitzten inmitten der trocknenden Erde in seinem Gesicht auf.

»Sehen wir uns mal um«, sagte er im selben Moment, in dem die ersten Pfeile aus den Wänden schossen. Ich kreischte auf und wich einem der Geschosse gerade noch aus, das mir ansonsten unfreiwillig ein drittes Ohrloch verpasst hätte. Schnell duckten wir uns wieder in Richtung des Abgrunds, während Ben eine kleine sehr helle Taschenlampe aus seinem Rucksack kramte.

»Frühe byzantinische Armbrustfallen.« Bens Stimme klang verdächtig nach Begeisterung. »Wie kommen die hier hin?«

»Ich glaube, das ist gerade nebensächlich.«

»Ist es nicht.« Ben tastete an der Wand entlang. »Erstens: Sie müssen rechts und links hinter dieser Wand irgendwo verankert sein. Und das heißt, dass sich hier noch mehr Räume befinden. Dieser Gang führt zu etwas Bedeutendem, deshalb schützten die Mayas ihn. Zweitens haben sie alle einen gemeinsamen Auslöser. Einen Mechanismus, der sich immer gleichzeitig neu spannt. Die Grabräuber früher wussten das nicht, aber heutzutage sind diese Mechanismen sehr gut erforscht. Das ist unsere einzige Chance, hier lebend durchzukommen.« Er deutete auf mich. »Los, nimm du die linke Wand. Aber pass auf, dass du dich nicht zu weit vorwagst.«

»Wonach suchen wir? Ein Knopf? Ein Hebel?«

»Irgendetwas Simples, das leicht zu verstecken ist. Vermutlich eine Art Knopf.« Ben ließ seine Hand über das befestigte Erdreich gleiten. »Hier ist nichts.«

Er kam zu mir, und gemeinsam tasteten wir uns vor. Hoffentlich war der Schalter nicht aus Holz und durch jahrhundertelange Feuchtigkeit morsch geworden und verfault. Doch meine alchemistischen Sinne spürten das Metall, noch bevor meine Hand es unter der dünnen Erdkruste ertastete. »Hier.«

Ich ging in die Hocke, und Ben ließ sich neben mir nieder. »Sehr gut.«

Ich legte den grob behauenen metallenen Knopf frei, traute mich aber nicht, ihn zu drücken. »Soll ich?«

»Du hast ihn gefunden«, erwiderte Ben, als würde das alles erklären. Zu meiner Erleichterung ließ der Knopf sich mühelos ein gutes Stück ins Erdreich drücken. Irgendwo klickte es dumpf neben uns. »Und jetzt ist es sicher?«

Wir kamen wieder hoch. »Sie werden durch eine Druckveränderung im Boden ausgelöst. Uns bleibt wohl nichts anderes übrig, als es zu testen.« Ben machte einen vorsichtigen Schritt in den Gang.

Mir sank das Herz in die Hose. »Um Himmels willen, *pass auf.* Willst du unbedingt sterben?«

»Wir haben sie deaktiviert. Die Maya waren hervorragende Baumeister. Wenn es der richtige Knopf war, dann funktioniert er auch noch nach Jahrhunderten.« Er machte noch einen Schritt in den Gang. Irgendwo im Erdreich quietschte es.

»Komm sofort zurück, es ist zu gefährlich.«

Ben drehte sich um, grinste und ging dann tatsächlich zwei Schritte rückwärts. »Vertrau mir, ich bin der Fechtmeister.«

Er sprach noch, als sich über ihm eine Luke öffnete und er im nächsten Augenblick über und über mit schwarzen Krabbeltieren übersät war.

Ich schrie laut auf, und Ben fluchte und begann sofort, die schwarz glänzenden Insekten von sich herunterzuschlagen.

Sogar ein Skorpion war zu sehen. Ben brauchte meine Hilfe, und ich verschwendete keinen weiteren Gedanken an irgendwelche Armbrustfallen. Ich stürzte zu ihm und half, die Insekten loszuwerden. Zum Glück bot der trockene Schlamm einen Schutz, sollten die überraschten Insekten versuchen, ihn zu stechen oder beißen. Einer der Käfer war fast so groß wie mein Handteller, und als er die Flügel spreizte und in dem niedrigen Gang davonfliegen wollte, stattdessen aber gegen mich prallte, schrie ich ein weiteres Mal.

»Hier ist zu wenig Platz«, rief Ben. »Das macht sie aggressiv. Wir müssen raus hier.« Er packte einen Trageriemen meines Rucksacks und zog mich neben sich her, während er mit der freien Hand immer noch die Insekten von sich herunterschlug.

Der Anblick, der sich uns bot, ließ sämtliche Krabbeltiere für einen ewigen Moment vergessen. Dieser winzige dunkle Gang öffnete sich in einen großen Raum. Fackeln flammten rechts und links an seinen Wänden auf, als wir ihn betraten. Erst dann sah ich, dass sie von überlebensgroßen Statuen gehalten wurden, die die Wände säumten. Wächter. Sie trugen aufwendigen Kopfschmuck, und ihre Gesichtszüge waren so lebensecht ausgearbeitet, dass ich jeden Moment damit rechnete, dass sie erwachen und uns zertreten würden wie Käfer.

Ben machte einen Schritt zur Seite und schüttelte sich, um so die letzten Insekten loszuwerden. Dann atmete ich das erste Mal wieder tief durch, während ich all die Pracht auf mich wirken ließ.

Zwischen den Statuen mit den brennenden Fackeln war der graue Stein vom Boden bis zur Decke mit bunten Wandmalereien verziert. Bodenplatten mit dem Durchmesser eines Kleinwagens ließen den Raum noch größer und beeindruckender wirken. In seinen Fugen waren regelmäßig seltsame Gebilde eingelassen. Da waren lange Stäbe aus Metall, die jeweils in einem runden Kreis endeten. Und es gab Dutzende davon überall im Raum verteilt. In den großen runden Kreisen war buntes Glas eingelassen, erkannte ich jetzt. Mal in dunklem Grün, in kräftigem Rot oder in strahlendem Gelb. Sie sahen fast so aus, als könne man überdimensional große bunte Seifenblasen entstehen lassen, wenn man sich davorstellen, pusten würde und das Glas flüssig gewesen wäre.

Ein Altar stand an der Kopfwand, der mit Elementen aus Gold reich verziert war. Ich sah das Gold, doch ich spürte gleichzeitig Silber. »Hier ist etwas.«

Ben starrte immer noch fasziniert in den Raum. »Das ist ein bislang unentdeckter Bereich der Tempelanlage. Keine Ahnung, wie tief unter der Erde wir uns befinden, aber hier funktioniert nicht mal das GPS richtig. Der Empfang bricht immer wieder ab.« Er ließ den Blick erneut schweifen, dann zückte er sein Handy und machte ein paar Fotos. »Larkin flippt total aus, wenn ich ihm das hier zeige.«

Ich sah nach unten, wo die letzten Insekten gerade in den Fugen verschwanden. Gott sei Dank waren es eher kleinere Käfer und Ameisen gewesen. Vor Spinnen hatte ich eine panische Angst, doch zum Glück hatte ich keine entdeckt. Matti wäre vermutlich vor Begeisterung ausgerastet. Er hatte sich schon als Kind für Insekten interessiert und besaß immer noch eine kleine Sammlung, die er von seinem Opa geerbt hatte. Die Glaskästen mit den bunt gepanzerten Krabbeltieren hingen noch heute über seinem Schreibtisch – was mich so manches Mal hatte schaudern lassen, wenn mein Blick auf eine der haarigen Spinnen gefallen war. Wieder mal bereute ich es, meinen Freunden von all dem nichts erzählen zu können.

»Machen wir uns auf die Suche, bevor es wieder Schlamm, Pfeile oder Insekten regnet.« Ben unterbrach meine Gedanken und sah zu mir. »Bleib auf der Hut. Die Mayas sind bekannt für ihre berüchtigten Fallen. Es ist zwar typisch, dass eher der Weg zu wichtigen Hallen oder Räumen geschützt ist als der Raum selbst, aber wir sollten vorsichtig bleiben.«

Ich nickte knapp, dann glitt mein Blick wieder zu den im Raum aufgestellten Gläsern. Ob sie geschliffen waren und man sie wie Lupen benutzen konnte? Ich betrachtete die bunten Lichtpunkte auf dem Boden, die durch den Schein der Fackeln erzeugt wurden. So sahen die bunten Flecke fast aus wie Zielscheiben. *Was hatte das zu bedeuten?*

*

Ich wünschte mir, wir wären nicht so überstürzt aufgebrochen. Doch Oliver hatte uns aus der Trainingshalle geholt und erklärt, dass eins der Elfer-Sets über Nacht so zerfallen sei, dass wir es sofort benutzen musste, bevor es unbrauchbar wurde. Ich war lediglich in meine Outdoorboots geschlüpft, während Murphy in aller Eile unsere Rucksäcke vorbereitet hatte. Zum Glück hatte ich mein Handy noch zur Seite gelegt. Das Schlammbad hätte es, anders als Bens Hightech-Outdoor-Handy, garantiert nicht überlebt.

Ben wurde immer unruhiger, sah abwechselnd auf sein Handy und die Digitaluhr an seinem Handgelenk. Dass wir hier völlig von der Außenwelt abgeschnitten waren, schaffte zusätzlich eine bedrückende Atmosphäre.

Bisher waren wir von keinen weiteren Fallen überrascht worden, doch mir stand das Adrenalin noch immer bis in die Haarspitzen.

»Wir müssen uns beeilen.« Ben hatte eine der großen Bodenplatten untersucht, jetzt kam er auf mich zu. »Wir können davon ausgehen, dass die Quecks versuchen werden, die Translokation von unserer Loge aus nachzuverfolgen. Sie werden mittlerweile gecheckt haben, dass du schon mehr als einmal bei uns warst. Sie werden versuchen, unseren Stein der Weisen zu hacken und unsere Route zu verfolgen.« Er sah mich eindringlich an. »Und das wollen wir auf gar keinen Fall.«

»Können sie denn gleich mit einem ganzen Bataillon hier einfallen?« Ich wusste, was Ben konnte, und ich traute ihm durchaus zu, mit ein paar plötzlich auftretenden Quecksilberalchemisten fertig zu werden.

»Man kann maximal zu dritt reisen. Aber sie haben, genau wie wir, Logen mit einem Stein der Weisen überall auf der Welt. Sie brauchen bloß zum Handy greifen, wenn sie wissen, wohin wir gereist sind, und uns von Rom, aber auch Paris, Istanbul oder von sonst wo folgen. Und dann bekommen wir hier auf einmal ordentlich Gesellschaft.«

»Aber könnten wir das nicht genauso machen?«

»Es ist die Macht, die das Atropium ihnen gibt. Bisher waren wir nicht in der Lage, einen Stein der Weisen so zu hacken wie sie.« Er wirkte leicht frustriert.

Ich drehte mich noch mal um mich selbst, ließ den Raum erneut auf mich wirken und versuchte, mit einem unvoreingenommenen Blick vielleicht etwas zu erfassen, das mir bisher durch die Lappen gegangen war. Was hatten diese bunten Gläser zu bedeuten? Lupen waren es nicht, das hatte ich schon getestet. Sie schienen einfach nur bunte Lichtpunkte auf den Boden zu projizieren. Ihre Halterungen waren flexibel, sodass man das Glas nach unten oder oben ausrichten konnte. Doch das ergab gar keinen Sinn, denn sie schienen auf nichts Wichtiges zu deuten.

»Komm schon, Silberfee, jetzt ist es Zeit für deinen großen

Auftritt.« Ben berührte mich nicht, natürlich, stattdessen umfasste er beide Träger meines Rucksacks, als er sich vor mir aufbaute. Er sah immer noch aus wie ein Schlammmonster, mit dem man kleine Kinder erschrecken konnte, und deshalb musste ich unwillkürlich lächeln. Die hellbraune Erde war mittlerweile getrocknet, und feine Risse zogen sich über seine Haut. Ich hätte ihn gerne spielerisch von mir gestoßen, doch ich wollte die Regeln der Alchemisten nicht einfach so missachten. Ich wollte dazugehören, und auch wenn ich mich hin und wieder daran erinnern musste, so versuchte ich doch, ihren Verhaltenskodex einzuhalten. Ich ließ die Hand, die ich schon hatte heben wollen, wieder sinken.

Ben bemerkte es trotzdem. »Du hast dich schnell daran gewöhnt.« Seine Stimme klang plötzlich ernst.

»Deine Welt ist jetzt auch meine Welt.«

Er umfasste die Trageriemen meines Rucksacks jetzt fester, zog mich noch ein wenig näher. Wir waren erschöpft, dreckverschmiert, und wir stanken zum Himmel. Doch in diesem Moment war es egal. »Niemals hätte ich mit jemandem wie dir gerechnet.« Seine Augen leuchteten, als er die Hände ganz langsam sinken ließ.

Und plötzlich war es ein Kompliment.

*

Irgendwann zwang ich mich wegzusehen, und dann endlich fiel mir etwas auf. Die Wandmalereien, die zwischen den Fackeln prangten, wechselten sich in ihrer Farbgebung ab. Die einen waren bunt und stellten alltägliche Szenen der Mayas dar. Händler boten Töpferwaren an, Tiere trugen Lasten, die mit Seilen gesichert waren. Frauen, die Speisen aus Mais zubereiteten. Doch die Bilder dazwischen waren eher minimalistisch, es waren grobe Umrisszeichnungen, die aus wenigen Farben bestanden. Auch hier waren Tiere und geometrische Symbole dargestellt. Doch sie waren lange nicht so lebendig und detailgetreu wie die anderen Bilder. Auf einer dieser minimalistischen Zeichnungen fiel mir plötzlich etwas auf. Hier schien ein zweites Rot verwendet worden zu sein. Ein Rot, das eindeutig nirgendwo anders zu finden war. Zur Sicherheit drehte ich mich noch einmal um mich selbst. Nein, ich lag richtig. Dieses Rot war etwas dunkler als die anderen. Es schien dickflüssiger und lag auf dem Stein auf, sodass man es förmlich greifen konnte. Neugierig ging ich näher. Tatsächlich, das Gemälde wirkte, als wäre es in einem zweiten Arbeitsschritt noch mal übermalt worden. Einige Figuren waren sogar ausgemalt, andere schraffiert oder aufwendig mit Schnörkeln verziert. Dennoch war es die Farbe, die mich am meisten zum Nachdenken brachte. Ich drehte mich von dem Gemälde weg und sah zurück in den Raum. Die Tria war hier gewesen, eindeutig. Sie hatten etwas versteckt, *Maria di Luca* hatte etwas versteckt. Scheinbar für die Ewigkeit und doch vor aller Augen.

»Hast du etwas entdeckt?« Ben kam neugierig näher. Ich hob kurz die Hand, um ihn um Ruhe zu bitten. Ich wollte den Gedanken nicht abreißen lassen. Hier ging es um Farben. Dessen war ich mir plötzlich sicher. Ich ging in die Mitte des Raumes, spazierte zwischen den hohen Metallstäben mit den bunten Gläsern. Die Fackeln waren so angebracht, dass ein Licht durch das Glas schien, egal wie man es drehte. Es *musste* einfach zusammenhängen. Prüfend griff ich nach dem nächstbesten Glas und drehte es zu einem der Gemälde. Eine Fackel im Hintergrund warf grünes Licht auf die Wandmalerei. Ich ging zu einem anderen Glas, und wieder konnte ich es so drehen, dass das Licht einer Fackel perfekt hindurchfiel. Nun schimmerte das Gemälde gelb. *Rot*, dachte ich. *Denk nach. Das Rot ist nachträglich aufgebracht worden. Sie haben es hier gemischt, aber erst Jahrhunderte, nachdem die Maya-Kultur untergegangen war. Deshalb sieht es neuer aus und ist besser erhalten.* Mit festem Schritt ging ich zu einem der großen Metallstäbe, der eins der roten Gläser hielt. Es war ein wenig eingerostet, aber mit etwas Anstrengung konnte ich es plötzlich doch drehen.

Der rote Lichtstrahl fiel auf die Zeichnung – und nichts geschah. Ich hätte es vermutlich übersehen, wenn ich mich nicht noch einmal hinter das Glas gestellt hätte, um es genauer auszurichten. Und dann plötzlich sah ich es. Das Rot in dem Gemälde schien komplett verschwunden. Dahinter war die mit blauer Farbe gemalte Zeichnung einer Schlange sichtbar geworden. Ich juchzte kurz auf. »Komm her, sieh dir das an. Es ist wie bei dem Spiel, bei dem man die richtige Antwort nur lesen kann, wenn man so eine Brille mit roten Gläsern trägt.«

Im nächsten Atemzug stand Ben neben mir. »Wow.« Er sah an dem roten Glas vorbei auf die Zeichnung, dann wieder zurück durch das Glas. »Na, das nenne ich mal einen raffinierten Trick.«

»Man nennt es visuelle Kryptografie. Etwas wird nicht durch Zahlen verschlüsselt, sondern …«

»Durch die Gesetzmäßigkeiten der Optik«, ergänzte Ben. Er sah mich an. »Verdammt, bist du gut.«

Ich wackelte triumphierend mit den Augenbrauen, bevor wir zusammen wieder durch die rote Scheibe sahen.

»Eine Schlange«, murmelte ich. »Das passt ja.«

»Besonders, da Calakmuls historischer Name *Chan* lautet, dessen Symbol ein Schlangenkopf ist. Die Maya nannten diesen Ort das ›Königreich der Schlange‹.«

»Dann waren es auch Alchemisten?«

Ben nickte. »Wir vermuten es.«

Immer noch sahen wir durch das rote Glas. Das Bild war riesig, deshalb musste ich die Scheibe ein wenig verschieben, damit wir alles sehen konnten. Erst jetzt wurde sichtbar, dass die Schlange etwas zwischen ihren langen Reißzähnen trug. Etwas, das verdächtig aussah wie eins der quadratischen Kästchen, in denen sich die Bausteine für das Wasser des Lebens befanden. *Das ist der Hinweis.* Ben und ich sahen uns kurz an, bevor wir praktisch gleichzeitig losliefen. Ich hatte mir gemerkt, wo sich der Kopf der Schlange befunden hatte, denn jetzt, als wir davorstanden, konnte man nichts sehen als Muster und geometrische Strukturen in rot und blau. Vorsichtig legte ich meine Hand an die Stelle. Ich fühlte die Energie des Silbers und wie es auf meines reagierte. Ich erhöhte den Druck, und schließlich konnte ich in die Wand hinein fassen. Das Kästchen war über und über mit Lehm bedeckt, doch dann konnte ich eine Art durchsichtige Struktur freilegen, die mich wieder an Bernstein erinnerte.

»Bingo«, sagte Ben, als ich es ihm reichte. Goldene Adern wanderten über das durchsichtige Material, und nur wenig später hatte es sich in ein perfektes Quadrat gewandelt. Wieder jagten goldene Adern über das Kästchen, bevor die Pflanze in seinem Inneren zum Leben erwachte. Es war ein Zweig mit dunklen Beeren daran.

»Das ist Wacholder.« Ben drehte das Kästchen in Richtung des Fackelscheins. »Faszinierend.« Er warf noch einen verzückten Blick auf den eher unscheinbaren Zweig, bevor er wieder ernst wurde. »Und jetzt raus hier.« Wie zur Bestätigung begann der Boden unter uns zu schwanken.

»Oh nein, nicht schon wieder«, entfuhr es mir.

»Los, dreh dich um.« Ben verstaute das Kästchen mit der Pflanze in meinem Rucksack und zog den Reißverschluss mit einem einzigen Ruck zu.

»Beeil dich«, bat ich, während er in den Taschen seiner Hose nach dem Schlüsselbund mit der goldenen Schuppe suchte.

Die ersten Bodenfliesen hoben sich, und ein paar der gläsernen Scheiben zerschellten auf ihrer Oberfläche. Die Splitter flogen bis zu uns herüber. Ich schützte mein Gesicht mit den Händen. »Beeilung!«

Dann endlich war Ben so weit. Er stellte sich nah zu mir und pustete gegen die Schuppe. Zwei weitere der großen gläsernen Scheiben fielen krachend um. Neben uns stürzte ein Stalaktit zu Boden.

»Geht sofort los.«

»Glaub mir, ich zähle die Sekunden.« Schnell prüfte ich den Sitz meines Rucksacks. »Wenn wir das hier überleben, habe ich nämlich vor, den Rest des Nachmittags zu duschen.«

Noch mehr nadelspitze Stalaktiten lösten sich von der Decke, als wollten sie uns bei lebendigem Leib aufspießen.

Bens leises Lachen hallte in mir nach, als die goldene Schuppe uns endlich davontrug.

Kapitel 31

Am Mittwoch saßen Tizi und ich auf meinem Bett und hatten uns zu einem späten Frühstück getroffen, das schon fast als frühes Mittagessen durchgehen konnte. Tizi hatte für uns je ein mit Schokoladencreme gefülltes Cornetto mitgebracht, dazu eine Auswahl an Tramezzini, Bruschetta und Panini, sowie eine kleine Schale mit gegrillter Paprika. Ich hatte uns French-Press-Kaffee gemacht, frische Oliven entkernt und eine kleine Honigmelone aufgeschnitten.

Mamma färbte sich derweil im Bad die Haare und sang laut und schief. Newton lag mit zuckenden Ohren auf meinem Bettvorleger und beobachtete uns mit Argusaugen.

Ich kannte Tizi lange genug, um zu wissen, dass sie etwas auf dem Herzen hatte.

Mir ging es genauso, und dazu hatte ich noch ein schlechtes Gewissen. Obwohl erst so wenige Tage vergangen waren, hatte ich das Gefühl, dass wir uns unbemerkt entfremdet hatten. Die Unbeschwertheit zwischen uns war verloren gegangen, und es lag ganz allein an mir. Ich musste ganz dringend mit Ben oder Annmary reden, obwohl ich bereits wusste, was sie mir sagen würden. Über die Geheimnisse des Ordens durfte ich nur mit

Eingeweihten reden. Und Eingeweihte waren solche, die sich dem Ritual unterzogen hatten, das verhinderte, dass sie über die alchemistische Welt sprechen konnten. Die Lage war aussichtslos, und es zerriss mich innerlich.

»Wie läuft es mit Luca?« Mittlerweile hatte ich den Namen des süßen Winzersohns herausgefunden.

»Gut«, erwiderte sie knapp. »Wir sehen uns morgen wieder.«

Ich nickte, und dann erstarb das Gespräch schon wieder. Ein unangenehmes Schweigen breitete sich zwischen uns aus. Ich nahm eine Olive, um einfach irgendetwas zu machen, bis Tizi den Kopf hob und mich direkt ansah. »Meine Mutter hat dich gesehen.«

»Aha«, gab ich vage zurück. Sofort hatte ich ein komisches Gefühl im Magen.

»Ja ...«, sprach Tizi weiter und sah mich immer noch so komisch an. »In EUR. Sie sagt, du bist aus einer schwarzen Limousine mit Chauffeur ausgestiegen. Und du hattest einen großen dunkelhaarigen Typen dabei, von dem ich jetzt einfach mal annehme, dass es der geheimnisvolle Ben war?«

Bevor ich mir eine Antwort zurechtgelegt hatte, sprach sie weiter. »Das war zu einer Zeit, zu der du eigentlich ein Seminar gehabt hättest.« Sie legte den Kopf schief. »Stimmt das?«

»Ja«, ausweichend zupfte ich an den Fransen meiner Tagesdecke. »Da war ein Kurs ausgefallen, und wir haben uns spontan getroffen.«

»Davon hast du gar nichts erzählt.« Ich hörte den unterschwelligen Vorwurf in ihrer Stimme. »Und auch nicht, dass ihr mit einem Chauffeur durch die Gegend gefahren werdet.«

»Das war nur eine Ausnahme«, erklärte ich schnell. »Der

Wagen gehört eigentlich seinem Vater.« *Lügen, noch mehr Lügen.*

»Verstehe.« Tizi musterte mich mit einem kühlen Blick. Ein scharfer Schmerz durchfuhr mich, als es mir klar wurde:

Sie glaubte mir nicht.

*

Der himmlische Salniter wird gefangen und leibhaftig gemacht durch einen großen Spiegel in Gestalt eines weißen Salzes …
So sei er unser schwarzer und schwerer Klumpen, unser Albanon, woraus das Blut des Alten und das mondweiße Wasser erwächst.
… wird das Blut des grünen Löwen benötigt zur Weißmachung der schwarzen Materie nach der Nigredo-Phase.

Wie konnte man aus so etwas jemals schlau werden? Ich betrachtete meine eigene Handschrift und rollte dabei gedankenverloren den kleinen silbernen Ring auf meiner Handfläche, den ich mal auf einem Schulausflug irgendwo am Meer gekauft hatte. Die Worte ergaben nicht nur keinen Sinn, sie klangen auch ziemlich furchteinflößend. Ich seufzte laut und tief, was Oliver dazu veranlasste, hinter mich zu treten und mir über die Schulter zu sehen.

Ich saß schon seit dem frühen Nachmittag über dem schriftlichen Teil des Voynich-Manuskripts, und bisher hatte ich kein Wort verstanden. Hier ging es nicht um die Pflanzenabbildungen, die hatten wir bereits alle sortiert. Hier ging es um die Anleitung, wie man das Wasser des Lebens zubereitete. Nur ich konnte die seltsamen verschlungenen Zeichen lesen, doch das war auch schon alles.

Oliver fiel in mein Seufzen ein. «Eigentlich stehe ich hinter dem Prinzip für Gerechtigkeit, aber in unserer Situation würde ich mir wünschen, wir könnten diese Rezeptur sichern, ohne den Quecksilberorden hinzu bitten zu müssen.« Ich drehte mich ein Stückchen zu ihm. »Kannst du denn gar nichts davon verstehen?«

Oliver schob beide Hände in die Taschen seiner hellen Chinos. »Der Text beschreibt verschiedene chemische Prozesse. Doch der Teufel liegt halt im Detail. Einige Formulierungen sind Geheimnisse, und bei manchen Passagen kommt es auch auf die Intonation und eine spezielle Formulierung an. Es ist ein komplizierter Prozess, der sich aus der Zubereitung und dem Aufsagen der betreffenden Zeilen zusammensetzt.«

»Also ist es nicht nur eine reine Anleitung, sondern man muss den Text währenddessen auch sagen?«

Oliver nickte. »Und genau das macht es kompliziert.«

Ich wandte mich wieder meiner Übersetzung zu. Beim Wort »kompliziert« dachte ich automatisch an mein Treffen mit Tizi heute Morgen. Kompliziert war hier gar kein Ausdruck. Der Argwohn in ihrem Blick schmerzte immer noch. Wieder ließ ich den kleinen Ring auf meiner Hand hin und her rollen. Bedauern durchströmte mich. Im nächsten Moment war der Ring flüssig geworden, und meine Haut hatte das Silber absorbiert. Ich gab ein überraschtes Geräusch von mir und drehte automatisch die Handfläche um, um mit einem Schütteln herauszufinden, ob der Ring wieder auftauchen würde. Er war schließlich ein Erinnerungsstück.

Oliver schwankte zwischen Amüsement und Bedauern. »Oje, das hier scheint dich sehr mitzunehmen, oder?«

Ich korrigierte ihn nicht. Stattdessen fühlte ich, wie das Silber durch meinen Körper jagte. Auch meine Sicht veränderte sich, das spürte ich. Vermutlich zeigte es sich in dem silbernen Schimmer über meinen Augen.

»Aber sieh es als Kompliment.«

Jetzt drehte ich mich doch wieder neugierig zu ihm. Er fächerte gerade sein tragbares Periodensystem auf und nahm das kleine Stückchen Gold aus dem Quadrat mit dem AU-Zeichen. Kaum dass es auf seiner Handinnenfläche lag, schmolz es und verschwand dann in seiner Haut. Er lächelte mich an. »Du musst verdammt mächtig sein, um das zu können. Sowas können eigentlich nur die Mitglieder der Logen.« Er betrachtete mich eine Weile. »Es ist ein Jammer, dass der Silberorden so sehr im Zerfall begriffen ist, denn eigentlich sollten sie dir einen roten, nun ja vielleicht einen silbernen, Teppich ausrollen und dich mit allen Ehren aufnehmen und ausbilden.«

Trotz des Verlustes meines Ringes war ich gerührt.

»Versprich mir etwas.« Olivers strahlend hellblaue Augen wanderten über mein Gesicht.

Ich nickte.

»Versprich mir, dass du all dies als Chance begreifst. Es sind Alchemisten wie du, die dem Silberorden zu neuer Größe verhelfen können. Die ihn unserem Orden wieder ebenbürtig machen können. Gemeinsam sind wir stark und können uns der Übermacht des Quecksilberordens entgegenstellen. Versprich mir, dass du dich diesen Widrigkeiten stellen wirst, wenn diese Mission hier vorbei ist.«

Ich schluckte, doch dann nickte ich erneut. Ich ließ meinen Blick über das Interieur des Labors gleiten. Über die vielen Tiegel und Töpfe, die Erlenmeyerkolben und das blaue Feuer, das in dem durchsichtigen Kessel hoch über uns schwebte. *Wenn diese Mission vorbei ist.* Vor genau einer Woche hatte ich diese Loge zum ersten Mal betreten. Und sie hatte sich von

Anfang an wie ein Zuhause angefühlt. Wie ein Ankommen. Wie ein Ort, von dem ich immer gewusst hatte, dass es ihn gab. »Oliver?«

Er umrundete den Tisch und stand mir nun gegenüber. »Ja?«

»Ich will nicht mehr lügen müssen.«

Oliver ließ sich Zeit mit seiner Antwort. »Weißt du«, sagte er schließlich. »Auch auf die Gefahr hin, nun wie Larkin zu klingen: Voltaire hat mal gesagt ›Alles, was du sagst, sollte wahr sein. Aber nicht alles, was wahr ist, solltest du auch sagen‹.« Er schob den Kuli neben meinem Block so zurecht, dass beide Objekte perfekt parallel zueinander lagen, bevor er merkte, was er da tat. Er sah wieder hoch zu mir und räusperte sich. »Was er damit meint, ist: Erzähle, du hast auf dem Seminar hier im Gebäude neue Leute kennengelernt, alles Engländer, die überlegen, hier zu studieren. Tutoren, die internationale Seminare halten. Erzähle, dass du viel Neues gelernt hast. Erzähle ihnen, wie gut du dich mit Annmary verstehst, dass Larkin ein verrücktes Huhn ist und am liebsten barfuß ist. Erzähle ihnen, dass du mit Ben eine Zisterne besichtigt hast. Aber konfrontiere sie nicht damit, dass du mit einem Wurmloch um die halbe Erde reist und eine silberne Schlange kontrollierst. Du bist jetzt registriert, und Gesetzesverstöße können geahndet werden. Es mag dir falsch vorkommen, aber du bist jetzt ihrer Wahrheit verpflichtet, genauso wie du unserer Wahrheit verpflichtet bist. Und da sie sich nicht miteinander komplett vereinbaren lassen, finde Schnittpunkte. Bleibe so wahr wie möglich und so wenig wahr wie nötig.«

Ich schätzte es, dass er mir so eine ausführliche Erklärung gab. Doch selbst als er kurz darauf verschwunden war, um unsere nächste Mission vorzubereiten, konnte ich das Gefühl in meinem Bauch nicht vertreiben: Es fühlte sich falsch an.

*

Meiner Meinung nach war es völlig in Ordnung, als Abendbrot einen Becher Eis zu essen. Ben war da anderer Meinung. *Natürlich.*

Also startete ich abends nach einer weiteren Mission eine repräsentative Umfrage in der Loge. Annmary war absolut dafür, hatte aber bereits mit Sanjena gegessen. Murphy war nur dafür, wenn es dazu auch noch Pommes gab, die er in das Eis tunken konnte. Ich schüttelte mich immer noch bei dem Gedanken daran. Oliver hatte bloß die Augen verdreht, während Larkin erklärt hatte, dass er Eis gar nicht mochte, in der Zeit in Rom aber bereits eine hübsche Kellnerin aus einem Eiscafé und einen *wirklich* schnuckeligen Eisverkäufer gedatet hatte. Somit blieb nur Ben übrig, und ich zwang ihn mehr oder weniger, mich zu begleiten, weil er kurz vor unserer Rückreise aus einem durch den Vesuv verschütteten Haus in Pompeji erklärt hatte, dass er bis jetzt noch kein Eis hier gegessen hatte. Dabei war Italien berühmt für seine Spezialitäten. Ich konnte ihm das unmöglich durchgehen lassen. Ich hatte außerdem darum gebeten, mal nicht wie eine Hundertjährige bis in die Innenstadt kutschiert zu werden und den Bus genommen. Ich war ein klein wenig stolz auf mich. Ich entführte Ben zu meiner Lieblingseisdiele in der Nähe der Piazza della Repubblica. Das hier war eine belebte Touristengegend, und dass die Quecks uns hier vor aller Augen angreifen würden, war mehr als unwahrscheinlich. Auch sie bemühten sich, ihre Welt vor der der Menschen geheim zu halten.

Ben schien ein wenig überrascht über die Schlange, die noch zu dieser Zeit vor dem Laden herrschte, und jetzt, als wir endlich dran waren, konnte ich mir ein triumphierendes Grinsen nicht verkneifen. Da ich seit dem späten Frühstück mit Tizi nichts mehr gegessen hatte, knurrte mein Magen deutlich. Ich deutete auf die größte Eiswaffel, die sie hatten, und sagte: »Fünf Kugeln, bitte.«

»Das passt doch nie und nimmer in dich rein«, brummte Ben hinter mir.

Ich drehte mich nicht mal zu ihm um. »Siehe zu und staune.«

Ich kannte den jungen Eisverkäufer vom Sehen und schenkte ihm ein charmantes Lächeln. »Ciao Raffaele, ich nehme einmal Schlumpf, einmal Cola und einmal Pikachu.« Ich ließ den Blick schweifen. »Und dann noch eine Kugel Eiskönigin und eine Kugel Hannah Montana.«

»Versteh mich nicht falsch, aber von hier hinten klingt das irgendwie, als wolltest du dich quer durch eine Spielzeugabteilung essen«, erklang Bens Stimme schon wieder.

»Bloß kein Neid. Wenn du lieb bist, bestelle ich dir noch Spiderman-Soße dazu. Die ist rot und blau.«

»Wann hat dir das letzte Mal jemand gesagt, dass du komplett verrückt bist?«

»Sonntag«, erwiderte ich leichthin. »Die kleine weise Phili.«

Ben stöhnte leise. »Warum hab ich bloß gefragt?«

»Seit wann führst du Touristen rum, Bella?«, wollte Raffaele jetzt wissen. Er grinste erst mich und dann Ben an.

»Seit sie ihr Eis kaufen«, erwiderte Ben knapp und stand plötzlich ziemlich nah neben mir. »Wären wir dann so weit?«

Raffaele zuckte bloß mit den Schultern und reichte mir meine Waffel herunter. »Was darf es für dich sein?«

Ben ließ seinen Blick über die Auslage gleiten. Hier gab es fast vierzig Sorten, eine exotischer als die andere, und die Auswahl fiel selbst mir nicht leicht, obwohl ich mir mindestens einmal pro Woche hier eine Kugel holte.

»Okay, ich nehme vier Kugeln im Becher. Erdbeere, Vanille, Schokolade …«

Ich gab leise Schnarchgeräusche von mir. »Laaaaaaaaaaangweilig.«

»Iss dein Eis und lass mich in Ruhe aussuchen.« Ben ließ sich von mir nicht irritieren. »Und Stracciatella.« Es war das erste Mal, dass ich mitbekam, dass er ein wenig über die Aussprache stolperte. Raffaeles Grinsen trug eine Spur von Mitleid. »Kommt sofort.«

»Warte.« Ich drückte Ben meine Eiswaffel in die Hand. »Ich lade dich ein.«

Ben gab ein trockenes Lachen von sich. »Das denke ich nicht.«

»Doch klar.« Ich zog mein Portemonnaie hervor und fischte einen Zehneuroschein heraus. »Ich entführe dich in die Stadt, ich kaufe dir ein Eis. Emanzipation und so.«

Ben wollte zuerst diskutieren, klappte beim Stichwort Emanzipation den Mund aber schnell wieder zu.

»Hey Amico, man diskutiert nicht mit einem Mädchen, das einem Eis kauft«, mischte Raffaele sich ein.

»Ich danke dir.« Ich reichte ihm das Geld über die Theke und schenkte ihm nochmals ein strahlendes Lächeln. Raffaele zwinkerte mir zu, während Ben uns aus schmalen Augen beobachtete. Es sah fast niedlich aus, wie er die zwei großen Eisportionen in der Hand hielt. So machtlos. Wie kämpfte man wohl mit zwei Eistüten in der Hand?

Wir schlenderten zum Najaden-Brunnen und fanden an

dessen Rand zum Glück noch ein Stückchen, wo wir uns niederlassen konnten. Es war immer noch rappelvoll, und die Luft war erfüllt von Stimmengewirr.

»Ich möchte dir ein paar Fragen stellen«, eröffnete ich das Gespräch.

»Fragen?« Ben stocherte mit einem kleinen roten Plastiklöffel in seinem Becher herum. »Warum?«

»Du bist mein Tria-Partner, ich sollte dich etwas besser kennenlernen.«

Er musterte mich einen Moment, dann zuckte er die Schultern. »Schieß los.«

»Okay.« Ich leckte einmal quer an Pikachu, Cola und der Eiskönigin entlang und genoss das prickelnde säuerliche Gefühl auf der Zunge. »Welche Eigenschaft bewunderst du bei anderen?«

Ben schluckte einen Löffel Eis herunter, dann überlegte er noch ein paar Sekunden lang. »Geduld.«

Ich probierte Hannah Montana und das blaue Schlumpfeis.

»Welche Eigenschaft hättest du gerne?«

Er grinste. »Geduld.«

Ich schüttelte den Kopf. »Warum wundert mich das nicht? Okay, jetzt denk an eine Person, die du bewunderst. Welche Eigenschaft magst du besonders an dieser Person?«

Die Antwort kam praktisch sofort. »Geduld.« Sein Grinsen war noch breiter geworden.

»Du machst es absichtlich so, dass es keinen Spaß macht, oder?«

Wieder nur ein Grinsen als Antwort.

»Zur Strafe musst du jetzt alle meine Eissorten probieren.«

»Das Blaue sieht echt giftig aus.« Ben deutete auf mein Schlumpfeis.

»Unsinn.« Ich zog den kleinen blauen Plastiklöffel hervor, den ich eingesteckt hatte, kurz bevor wir uns vom Tresen abgewandt hatten. »Schau. Ich nehme extra einen Löffel für dich mit, damit du all meine Sorten probieren kannst.«

Ben lachte, stellte seinen Eisbecher auf dem Rand des Brunnens zwischen uns ab und beugte sich dann zu meiner Eiswaffel. »Das ist völlig egal, weil du es eh schon überall angeleckt hast.«

Ich beugte mich ebenfalls ein Stückchen vor. »Ich bin nett zu dir, also diskutiere nicht mit mir. Was willst du zuerst?«

Er runzelte die Augenbrauen. »Dann nehme ich das Blaue. In der Hoffnung, dass ich vorher tot umfalle, bevor ich all die anderen probieren muss.«

»Gut.« Ich hielt ihm den Löffel mit dem blauen Eis hin. Er schnappte danach wie ein Raubfisch, dann lutschte er tatsächlich bedächtig darauf herum, bevor er das Gesicht verzog. »Schmeckt wie ein Duftbäumchen.«

»Das wirft Fragen auf, auf die ich keine Antworten möchte.« Ich lehnte mich wieder zurück. »Gut, aber weiter im Text.«

»Weißt du die alle so auswendig?«

»Meine beste Freundin Tizi und ich gehen manchmal so Fragenkataloge auf Pinterest durch. Daher bin ich relativ gut im Training.«

Ben runzelte schon wieder die Brauen. »Das heißt, dass hier wird länger dauern?«

»Mindestens so lange, bis ich mein Eis aufgegessen habe.«

»Herrje. Dann will ich noch eine Sorte«, sagte er und deutete auf mein Eis. »Ich nehme das Gelbe.«

»Pikachu. Eine sehr gute Wahl.« Ich hielt ihm seinen Löffel hin. Wieder probierte Ben und ließ sich bei seinem Urteil Zeit. »Fanta«, sagte er schließlich. »Schmeckt wie eingefrorene Fanta.« Er leckte sich über die Schneidezähne. »Könnte schlimmer sein.«

»Es schmeckt dir. Und daher gibt es noch eine neue Frage.«

»Dir schmilzt das ganze Eis, Silberfee.« Er tippte mit seinem Löffel gegen meinen. »Iss deine Comiccharaktere und feuere deinen Fragenkatalog danach auf mich ab. Ich will nicht, dass es Tränen gibt, wenn die bunte Pampe durch die Spitze deiner Eiswaffel tropft.«

Wo er recht hatte, hatte er mal wieder recht. Typisch Fechtmeister. Es wurde schon ein wenig dämmrig, und die ersten Restaurants an der Piazza schalteten die Innenbeleuchtung an. Ich ließ den Blick schweifen, aber als ich mich wieder umwand, ertappte ich Ben dabei, wie er mich ansah.

»Ich habe buntes Eis irgendwo im Gesicht kleben, richtig?«

Er lächelte und schüttelte einfach nur den Kopf.

Plötzlich war ich etwas verlegen und beeilte mich, die Reste meines fast geschmolzenen Eises noch zu erwischen. Die Temperaturen waren immer noch hoch, selbst am Abend, und die Eiskugeln ein sehr vergängliches Kunstwerk. Auf die Waffel hatte ich dann plötzlich keinen Hunger mehr. Ben war viel schneller fertig als ich, und ich legte meine Waffel in seinen leeren Becher.

»Etwas zu trinken?«, fragte er.

Ich schüttelte den Kopf. »Nein danke, das ist lieb.«

Hinter Ben wurde es turbulent, weil sich zufällig Leute kannten, die vorbeigeschlendert waren. Sie wollten nun neben den anderen auf dem Brunnen Platz nehmen, und wir mussten alle etwas zusammenrücken. Ben rückte gerade so nah, dass unsere angezogenen Knie Millimeter voneinander entfernt waren.

»Ich warte.« Ben stupste mir mit seinem roten Löffel vors Knie.

»Was wolltest du werden, als du klein warst?«

»Großmeister der Allianz von Gold- und Silberloge.«

»Was für ein bescheidener kleiner Junge. Was für Filme guckst du am liebsten?«

»Actionfilme.«

Ich musste ihn wohl etwas überrascht angesehen haben, denn er lachte. »He, was hast du erwartet? Dass ich nur Dokus über Kunst gucke, bloß weil ich Teil der Loge bin?«

Darauf wusste ich nicht so recht eine Antwort. Also fragte ich schnell weiter. »Worüber redest du gerne?«

Er grinste. »Über die Arbeit.«

Ich ließ wieder den Kopf in den Nacken fallen und gab Schnarchgeräusche von mir. Wieder stupste er mir mit dem Löffel vors Knie.

»Was lässt dich die Zeit vergessen?«

»Die Arbeit.« Dieses Mal hätte ich ihn gerne mit meinem Löffel gepiekst, doch den hatte ich leider in meiner Eistüte versenkt.

»Was motiviert dich dazu, über dich selbst hinauszuwachsen?«

»Die Arbeit.«

Irgendwie schaffte er es, total ernst zu gucken, obwohl seine Mundwinkel zuckten.

»Du machst es schon wieder extra, oder?«

Jetzt lachte er doch. »Das ist eine ganz böse Unterstellung.«

»Dann mal was ganz anderes. Welche Suchbegriffe gibst du im Internet ein?« Ich lehnte mich nah zu ihm. »Na?«

Ben reckte das Kinn vor und wirkte ungemein amüsiert. »Tagsüber oder nachts?«

»Uuhhhhhhhhhhh.« Ich lachte. »Nächste Frage. Was machst du, wenn du wütend bist?«

»Ich rede mit mir selbst oder ich werfe mit instabiler Materie um mich. Oder beides.«

»Du führst Selbstgespräche? Ehrlich?«

»Na ja, so hat man immer den schärfsten Kritiker dabei.«

Ich ließ schon wieder den Kopf in den Nacken sinken. »O mein Gott. Bitte sag mir, dass du echt bist und kein Roboter.«

Er lachte und reichte mir seinen roten Löffel. »Du könntest mir ein Auge ausstechen und nachgucken, ob sich dahinter Kabel befinden.«

Das tat ich nicht. Stattdessen piekte ich ihm ins Knie. »Angeber. Nächste Frage. Bist du immer ehrlich zu dir selbst?«

Das Lachen verschwand, und sein Blick wurde plötzlich ernst. »Nein«, sagt er schließlich. »Nein, das bin ich nicht.«

»Was bereust du?«

Seine Augen fanden meine, und jetzt war sein Blick weich und so voller Gefühle. Zu viele, um sie zu benennen, zu viele, um sie auf eine Emotion zu reduzieren. »Frag mich das in einer Woche noch mal.«

Dieser Moment hatte mich ein wenig aus dem Konzept gebracht, deshalb musste ich kurz nachdenken, bis mir die nächste Frage einfiel. »Wie sieht dein perfekter Abend aus?«

Er wandte den Kopf ab und sah in Richtung Brunnen. »Meine Familie besitzt Ländereien in Northumberland. Eine wilde, wunderschöne Gegend. Und in manchen Teilen so einsam, dass nicht mal das Internet funktioniert. Ich würde den Abend in einem der Cottages verbringen, vielleicht noch ne Stunde arbeiten, Papiere durchgehen und dann etwas Einfaches kochen. Vor dem Kamin sitzen, den Flammen zusehen, die Ruhe und den Frieden genießen.«

»Allein?« Die Frage war einfach so aus mir herausgeplatzt.

Jetzt sah er mich wieder direkt an. »Nein.«

»Wenn du heute sterben würdest, was würdest du bereuen, niemals getan zu haben?«

»Wenn Regeln und Gesetze keine Rolle spielen würden?«

Ich nickte.

Er betrachtete mich, ließ seinen Blick über mein Gesicht wandern, als wolle er sich jedes Detail genau einprägen. Als wolle er dieses Bild, ich auf dem Rand des Brunnens und die untergehende Sonne am Himmel, niemals vergessen. Mein Herz krampfte sich zusammen, als ich spürte, was ihm das hier bedeutete. Wir zwei hier gemeinsam. Und als ich schon fast mit einer Antwort rechnete, senkte er den Blick und schüttelte ganz leicht den Kopf. »Ich passe. Nächste Frage.«

Die ausgelassene Stimmung war wie ausradiert. Und plötzlich fiel mir nicht eine einzige Frage mehr ein. »Du könntest mich auch etwas fragen«, schlug ich leise vor.

Ben betrachtete mich einen Moment lang schweigend, als würde er sehr ernsthaft über eine passende Frage nachdenken. »Wenn du die Zeit zurückdrehen und die Zukunft ändern könntest, würdest du irgendetwas anders machen?«

Obwohl ich die Antwort sofort wusste, ließ ich mir Zeit damit. Wieder stupste ich ihm mit dem Löffel vors Knie. Er fing das andere Ende ein und hielt es fest. Beide hielten wir nun den kleinen Löffel, unsere Finger nur Zentimeter voneinander entfernt. *Eine Berührung ohne eine Berührung.* Erst dann sah ich ihm wieder in die Augen. »Nein.«

Kapitel 32

Als wir aufbrachen, glommen gerade die Straßenlaternen auf und tauchten die bunt gekleideten Touristen in ein warmes Licht. Das Potpourri aus Farben erinnerte mich an die Mission, die wir noch wenige Stunden zuvor – zum Glück ziemlich entspannt – hinter uns gebracht hatten. Wir waren in Pompeji gelandet, genauer gesagt, in einem der Häuser, die durch den Ausbruch des Vesuvs im Jahr 79 nach Christus verschüttet worden waren. Es schien teilweise in eine Erdspalte gerutscht und dann vor aller Augen gut durch die Asche verborgen. Szenen aus der »Ilias« schmückten das ehemalige Atrium, und ich hatte die so lebendig wirkenden Mosaiken fasziniert betrachtet. Dieser Kunstschatz schien bisher von Archäologen und anderen Forschern unentdeckt geblieben. Es war ein einfaches Zahlenrätsel, das dafür sorgte, dass sich die Mosaiken der bunten Meerestiere in dem Wasserbecken verschoben und ein schimmerndes Stückchen Perlmutt offenbarten. Kurz darauf verwandelte es sich in eines der durchsichtigen Quader. Die Blume war darin erwacht, als Ben erneut darüberstrich. Und obwohl er sofort beunruhigt wirkte, weil diese Art der Flockenblume mittlerweile als ausgestorben galt, waren wir zufrieden und mit vielen neuen Eindrücken zurück in die Loge gereist.

»Heute war es regelrecht entspannt.« Ich sah ihn kurz von der Seite an, während wir aus dem Trubel auf der Piazza herausspazierten. »Obwohl diese Mosaiken echt beeindruckend waren in der Villa des deprimierten Philosophen.«

Ben lachte. »Im *Haus des tragischen Dichters*, Silberfee. Wie kann man so einen erhabenen Namen nur so verunglimpfen.« Er lachte erneut, als könne er sich einfach nicht bremsen, dann sah er zu mir. Seine Augen blitzten amüsiert. »Ich glaube, ich habe im gesamten letzten Jahr nicht so viel gelacht wie mit dir in dieser einen Woche.«

Ich wollte den Blick abwenden, doch sein warmes Lächeln ließ es nicht zu. Ich versank förmlich darin, und die Zuneigung in seinem Blick ließ einen tanzenden Reigen kleiner Schmetterlinge in meinem Bauch aufsteigen. »Musst du gleich noch arbeiten?« Ich wusste, dass Ben öfters noch eine Nachtschicht übernahm, um die Stadt von den Crux zu befreien. *Wann schlief dieser Junge eigentlich?*

»Ja«, sagte er und klang plötzlich ein wenig müde. »Aber morgen habe ich einen freien Abend.«

Weil ich mich in dieser Gegend gut auskannte, bogen wir in eine der kleineren Straßen ein, die von den Touristen kaum genutzt wurde. Ich wollte gerade etwas erwidern, als Ben wie angewurzelt stehen blieb.

Mit dem Blick eines Raubvogels machte er einen halben Schritt nach vorn und blickte dann in eine Gasse, die halb von einem schwarzen Transporter verdeckt wurde. »Spürst du's auch?«

Ich merkte es erst, als er mich darauf hinwies. Dieses Prickeln im Nacken, das plötzliche Gefühl von Aufregung. Hier irgendwo war ein Alchemist.

Ben deutete meinen Blick richtig, denn er nickte. Aus der Gasse erklang ein heiseres Keuchen. Ben legte einen Finger an die Lippen und sah mich eindringlich an. Wortlos bedeutete er mir, hier zu warten, dann machte er zwei vorsichtige Schritte in die Gasse, blieb aber absichtlich hinter dem Transporter. Natürlich war ich viel zu neugierig. Nach einem kurzen inneren Disput folgte ich ihm. Bens Augen sprühten Funken, und er bedeutete mir, mich zurückzuhalten. Ich schüttelte den Kopf. Er kniff die Augen zu Schlitzen und noch mal deutete er sehr eindringlich auf den hell erleuchteten Gehweg hinter uns. Ich verschränkte die Arme vor der Brust und schüttelte den Kopf.

Er gab auf. Ich spürte es mehr, als dass ich es sah. Er ignorierte mich und schlich weiter vorwärts. Dann lehnte er sich vorsichtig am Heck des Transporters vorbei. Ich stellte mich hinter ihm auf und tat das Gleiche. Ich musste eine Hand auf den Mund pressen, denn sonst hätte ich über das Bild, das sich uns bot, laut aufgeschrien. Ich spürte das Quecksilber in den drei Männern bis zu mir herüber. Sie hatten fünf dunkle Gestalten vor die Wand gedrängt. Crux, wie ich entsetzt feststellte. Genau wie die Leute vom Sicherheitsdienst der Goldalchemisten schienen die Männer die Hände der Crux bereits mit einem unsichtbaren Gas gefesselt zu haben. Die Crux gaben Laute von sich, die kein bisschen menschlich klangen.

»Dann nimm dir halt was«, rief der eine, ein großgewachsener Typ, den ich auf Mitte zwanzig schätzte. Sein ehemals blondes Haar hatte er leuchtend blau gefärbt. Das schien dem anderen, einem kleinen untersetzten Typen mit wirklich beeindruckenden Oberarmmuskeln, Erlaubnis genug. Er strich sich das dunkle Haar zurück, dann stürzte er sich auf einen der

Crux. Die anderen Crux jaulten auf und wollten zur Seite ausweichen, doch die Männer stoppten sie. Der kleine Typ, er konnte kaum älter als ich sein, packte den Crux am Hals und drückte zu. Der Crux würgte, und seine Augen traten unnatürlich hervor. Ein Zittern lief durch seinen Körper. Plötzlich waren sämtliche Adern auf der Haut des Quecksilberalchemisten sichtbar. Tief rotbraun und mit einem grünlichen Schimmer. Er ließ den Kopf in den Nacken sinken und öffnete den Mund, als würde er genießen, was gerade geschah. Der Crux hingegen jaulte gequält auf und wand sich unter dem erbarmungslosen Griff.

Ich ahnte, was hier passierte, auch wenn Ben im nächsten Moment leicht den Kopf zu mir drehte. »Er entzieht ihm das Atropium. Es verursacht fürchterliche Schmerzen.«

Der Schrei des Crux wollte gar nicht enden. Mittlerweile war er kraftlos auf die Knie gesunken. Die Augenlider flatterten über den gelben Augen. Mir zog sich das Herz zusammen. »Wir müssen etwas tun«, wisperte ich und entdeckte in diesem Moment, dass Ben bereits sein Handy gezückt hatte. Er tippte zwei schnelle Nachrichten, dann steckte er es wieder weg.

»Ich habe ein paar Leute in der Gegend. Wir werden einen Wagen für die Crux brauchen. Sie sollten gleich da sein.«

Immer noch schrie der Crux so jämmerlich, und die anderen fielen darin ein. Der Quecksilberalchemist mit den blauen Haaren lachte. Der Typ, der noch gar nichts gesagt hatte, hatte die Hände in beide Hosentaschen geschoben und schien eher teilnahmslos. Auch er war jung, ungefähr so alt wie Ben, und trat gerade nach einem Crux, der zur Seite ausweichen wollte. Sein Blick war dabei völlig emotionslos, als habe er nach einem im Wind tanzenden Blatt getreten.

Mir traten Tränen in die Augen. Das waren mal Menschen

gewesen, und ich konnte es einfach nicht ertragen, wie die Quecks mit ihnen umgingen.

»Wir müssen doch irgendetwas tun«, flüsterte ich, und meine Stimme zitterte. Im nächsten Moment manifestierte sich eine Waffe in Bens Hand. Keine Ahnung, wo sie vorher gewesen war und wo er sie versteckt hatte, aber plötzlich war sie da. Eine Klinge aus spröde wirkendem grauen Metall. Er hielt sie von mir weg, als ich mich neugierig näherbeugte.

»Pass auf. Das ist Antimon. Eine kleine Berührung ist schon tödlich. Für Menschen, für Alchemisten und für Crux.«

Ich wich zurück.

Ben deutete mit der Klinge in Richtung der Crux. »Wir haben sie markiert. Siehst du das?«

Ich entdeckte einen kleinen goldenen Punkt am Hals des einen Crux. Dann sah ich, dass auch die anderen Crux auf diese Weise markiert worden waren.

»Du hast ja schon mitbekommen, dass wir sie nicht tagsüber jagen können. Es erregt einfach zu viel Aufmerksamkeit, wenn ein paar ganz in schwarz Gekleidete sich auf etwas stürzen, das die Menschen nicht sehen können. Trotzdem patrouillieren wir natürlich am Tag. Treffen wir auf Crux, markieren wir sie auf diese Art und Weise, denn so können wir sie orten.« Er drehte sich noch ein wenig mehr zu mir. Er wirkte aufgewühlt, und das gefiel mir gar nicht.

»So, und jetzt ist Schluss mit der Party«, rief der Blauhaarige plötzlich. Wie automatisch wichen wir hinter den Transporter zurück.

»Los, packt sie ein und dann Abfahrt.«

Ben fluchte leise. »Wir müssen weg hier.« Es zischte leise, als die Klinge in seiner Hand verschwand und nichts übrig blieb als eine Art schwarzer Schlüsselring.

»Leise«, flüsterte er dann und bedeutete mir, neben ihm zu bleiben. Wir drückten uns an die Wand, die der Schiebetür des Transporters abgewandt war. Dann machten wir einen Schritt nach dem anderen langsam in Richtung der Straße zurück.

Die Quecksilberalchemisten plauderten, und zum Glück hatten die Schreie des Crux aufgehört. Dennoch hörte ich ihre kehligen Laute zwischen der Konversation der Männer. Eine Tür wurde aufgerissen. Wir wichen in den Schatten eines Hauseingangs zurück, als ein Motor aufjaulte und die Quecks kurze Zeit später aus der Gasse brausten.

Bens Blick war ungläubig. »Wir haben uns seit Wochen gefragt, warum es immer weniger Crux werden. Jetzt weiß ich es.« Er sah mich an, und er schien immer noch nicht glauben zu können, was er da gerade gesehen hatte. »Die Quecks entführen sie. Aber warum?«

*

Ich wurde wach, als Mamma mitten in der Nacht nach Hause kam. Und irgendwie spürte ich, dass etwas nicht stimmte. Normalerweise stand ich nicht auf, selbst wenn ich sie nachts hörte, doch jetzt raste mein Herz plötzlich, und wie automatisch schwang ich die Beine über die Bettkante.

Mamma stand in der Küche, ihre Umhängetasche einfach neben sich auf den Boden gestellt. Sie umklammerte ein Glas mit Wasser wie einen Rettungsanker.

»Ist alles okay?«, fragte ich, als ich die Küche betrat.

Mamma zuckte zusammen, so tief schien sie in ihren Gedanken versunken zu sein. Sie wollte etwas sagen, klappte den Mund aber einfach nur wieder zu. Sie sah schrecklich blass aus.

Ich ging zu ihr, um sie besser betrachten zu können. Sie

hatte kein Licht angemacht, und ihr Gesicht schien nur aus scharfkantigen Schatten zu bestehen.

»Was ist denn los? Ist etwas passiert?«

Mamma befeuchtete die Lippen, und sie sah mich nicht an, während sie sprach. »Ich habe den Müll rausgebracht, so wie ich es immer zum Schluss mache. Du weißt schon, den kleinen Eimer unter der Ladentheke.« Sie schluckte, und die Muskeln an ihrem Hals traten deutlich hervor. Fast so, als müsse sie sich zwingen, weiterzureden. »Ich hatte gerade den Deckel von einer der Industriemülltonnen nach oben geschoben, als plötzlich dieser junge Mann auftauchte. Dunkle Klamotten, lange schwarze Haare und er stank bis zu mir rüber nach Alkohol.« Wieder schluckte sie. »Er sah mich an, als ob er mich kennen würde. Und dann hat er …« Sie brach ab, als ein Zittern über ihren Körper lief. »Er hat gesagt, dass er weiß, wer ich bin. Und dass sie ihm einen verdammten Orden verleihen werden, wenn er mich jetzt mitnimmt.«

Mir wurde eiskalt. Bevor ich etwas sagen konnte, sprach Mamma weiter.

»Ich habe ihm gesagt, dass er mich verwechseln muss. Ich habe den Müll gepackt und bin wieder zurück zum Hintereingang gelaufen. Er ist hinterhergekommen, dann hat er die Whiskyflasche vor eine der Hauswände geschmissen und gesagt: ›Du kannst nicht ewig vor uns weglaufen.‹

Ich habe ihn angeschrien, dass er betrunken ist und verschwinden soll. Du weißt, ich mache die hintere Tür immer zu, selbst wenn ich nur zum Müll gehe. Und dann habe ich den Schlüssel nicht sofort in den Taschen meiner Schürze gefunden. Er kam immer näher und dann plötzlich …« Sie brach wieder ab. »Er taumelte, wie Betrunkene eben gehen, aber dann … Er ist über irgendetwas gestolpert, eine unsichtbare

Barriere, aber ich habe es genau gesehen. Und dann sah er einfach nur überrascht aus. Er hat noch irgendetwas gesagt … und dann ist er einfach in Feuer aufgegangen.« Endlich hob sie den Blick und sah mich an. »Es waren nur Sekunden, und dann war nichts mehr von ihm übrig. Er war weg, als habe es ihn nie gegeben.«

Ich brach innerlich zusammen. Irgendein betrunkener Quecksilberalchemist hatte Mamma für mich gehalten und nicht bemerkt, dass Annmary einen Feuerkreis um Giovannis Pizzeria gelegt hatte. Bis jetzt hatte es mir immer gut gefallen, dass wir uns ähnlich waren, jetzt plötzlich fühlte es sich unerträglich an. Und ich hatte sie dadurch in Gefahr gebracht.

Mamma stellte ihr Wasserglas mit einem Knall auf der Spüle ab. Sie sah mich immer noch an, und so etwas wie blindes Entsetzen machte sich auf ihren Gesichtszügen breit.

»Du bist nicht überrascht«, flüsterte sie dann. Sie atmete aus, und dieser ewige Moment der Stille hing schwer zwischen uns. »Du zweifelst nicht an meinen Worten.« Jetzt klang sie fast panisch. »Du glaubst mir, *warum* glaubst du mir?«

»Mamma«, begann ich und bemühte mich um einen beschwichtigenden Tonfall, obwohl ich im Inneren selbst nur noch ein Scherbenhaufen war.

»WARUM glaubst du mir?«

Wieder suchte ich nach einer passenden Antwort.

»Ich fühle mich verfolgt«, sprach sie plötzlich weiter. »Wenn ich mich umgucke, ist da niemand. Wenn ich den Blick schweifen lasse, fällt mir niemand auf. Aber ich weiß, dass sie da sind. Ich weiß, dass da jemand immer in meiner Nähe ist. Es ist nur ein Gefühl, aber es lässt sich nicht mehr verdrängen. Und jetzt geht jemand vor mir in Flammen auf.«

Ich sah sie an, und mein Blick verriet mich noch mehr.

Mamma keuchte auf, und dann hielt sie sich mit beiden Händen an der Arbeitsplatte fest. »Was ist hier los, Emilia?«

2784 vor Christus, Hochland von Arrata

Sie wussten von der großen Flut, sie hatten es auf Wandmalereien gesehen, davon gehört, es gelesen. Doch die Höhle war ein gut gehütetes Geheimnis der Hirten. Enmerkar hatte ihnen ein Vermögen bezahlt. Und jetzt, da sie an ihrem Eingang standen, schlug Ishtars Herz wie wild.

Sie ging voraus, Trismegistos und Enmerkar folgten ihr. Es war kaum mehr als eine kleine unterirdische Grotte, und dennoch fühlte sie die Energie. Da war es.

Sie ging vor dem Wasser in die Hocke, nahm eine Handvoll des kühlen Nass, dann glitt ihr Blick nach oben. Grüne Edelsteine schmückten die Decke. Ishtar holte ehrfurchtsvoll Luft. Trismegistos war neben ihr in die Hocke gegangen und füllte etwas davon in einen Trinkschlauch ab, bevor sie sich beide ansahen. Er nahm etwas Wasser in seine hohle Hand, und dann tranken sie gleichzeitig. Es war süß und salzig zugleich, schmeckte nach Erde, Sand und Blumen.

Sie erschauerte, als ein goldener Schimmer über Trismegistos' Augen glitt.

Enmerkar gesellte sich zu ihnen. Da er viel älter war, reichte Ishtar ihm etwas von dem Wasser an.

Trismegistos hatte seine Tunika angehoben und watete langsam in das Wasser. Er lachte auf und drehte sich um sich selbst.

Nein!

Ishtar sah sich aufgeregt um.

So sollte es nicht sein.

Sie wollte nach ihm rufen, da brachen bereits die ersten grünen Edelsteine aus der Decke. Trismegistos schrie auf, als sie ihn trafen. Enmerkar wollte ihm helfen, doch Ishtar hielt ihn zurück, gerade als ein Felsbrocken vor ihnen ins Wasser fiel. Sie flüchteten und erreichten gerade den Ausgang, als hinter ihnen alles in sich zusammenbrach.

Kapitel 33

Ich hatte die Anleitung für das Wasser des Lebens fertig dekodiert, obwohl ich mit meinen Gedanken ganz woanders war. Zum Glück waren die Sätze und die allermeisten Begriffe für mich eh unverständlich. Ich hatte Mamma beruhigen können. Wie ich das geschafft hatte, war mir im Nachhinein nicht mehr ganz klar. Ich hatte es auf ihre Überarbeitung geschoben und mich dabei schäbig gefühlt. Gleichzeitig hatte sich ein anderer Gedanke in mir manifestiert. Ich würde ihr alles erzählen. Sobald wir alle Bausteine für das Wasser des Lebens geborgen hatten, würde ich ihr alles erzählen, genau wie Tizi und Matti. Wahrheit hin oder her, für mich gab es nur diese eine, so verwirrend und unglaubwürdig sie auch klingen mochte. Ich schob die Bogen mit meiner Übersetzung in einen bereitgelegten Ringordner und stand auf. Murphy würde sie später noch digital speichern. Auf einer Laborbank lagen sorgsam aufgereiht die sechs durchsichtigen Quader. In ihnen schwebten die einzelnen Bausteine. Ich trat noch etwas näher. Styraxbaum aus Palermo, Schilf aus der Zisterne in Kampanien, Erde aus Oxford, Dattelpalme aus Syrien. Der Wacholder aus Calakmul und zuletzt die Flockenblume aus Pompeji. Ich beugte mich etwas näher zu der hübschen Pflanze, denn sie war etwas ganz Besonderes. Bens erste Vermutung hatte sich nämlich bestätigt. Diese Unterart der Flockenblume galt als mittlerweile ausgestorben. Sie war jetzt die einzige ihrer Art. Ich wanderte weiter zu dem kleinen Tisch, auf dem sich das Voynich-Manuskript befand. Ich runzelte die Brauen, weil mich ein Gedanke nicht mehr losließ. Sie sagten, dass sie es praktisch ohne Sauerstoff lagerten. Wie genau kam dann dieser aggressive Zerfall zustande? Ich beugte mich noch etwas näher heran, bis meine Nase fast die Glaskuppel berührte. Der Kessel mit dem blauen Feuer schwebte in meiner Nähe, und deshalb war es plötzlich ungewöhnlich hell, als ich den Kopf etwas zur Seite neigte.

Blau.

Ich wich keuchend zurück. Die Flecken waren nicht schwarz. Sie schimmerten bläulich, wenn genug Licht darauf fiel. Normalerweise vermied man es, alte Texte einer starken Lichteinstrahlung auszusetzen. Das war Zufall gewesen, auf gar keinen Fall von mir gewollt. Doch nur so hatte ich den tiefblauen Schimmer in der Substanz gesehen, die sich so unbarmherzig durch das Manuskript fraß. *Blau.*

Etwas Blaues, das einen ziemlich strengen Geruch produzierte, jedenfalls für mich. Ich hatte Ben vor ein paar Tagen möglichst unauffällig auf den strengen Geruch im Labor angesprochen. Er hatte mich bloß komisch angesehen und mir dann geraten, im Zweifelsfalle mal duschen zu gehen.

Jetzt richtete ich mich kerzengerade auf. Obwohl ich mein Leben lang in Bio gedöst hatte – es sei denn, es ging um Biochemie – klingelte da etwas ganz hinten in der letzten staubigen Ecke meines Verstandes. Blau … da war irgendetwas mit blau und irgendwelchen … Bakterien? Algen? Pflanzen? In diesem Moment wünschte ich mir, auch mal in anderen Fächern außer Chemie und Mathe etwas besser aufgepasst zu haben. Ich zog mein Handy aus der hinteren Tasche meiner Jeans und öffnete den Browser. Ich schämte mich fast vor mir selbst, als ich «blau« und »Schwefel« googelte. Doch dann hatte ich es. Die sogenannte »Blaualge« war ein Bakterium und konnte verschiedene Farben haben, von grün bis hin zu dunklem Blau. Und es gab Arten, die selbst Schwefel produzieren konnten. Daher kam der Geruch. Doch sie waren winzig, und deshalb nahm niemand hier den Geruch wahr außer … Ich musste mich setzen. Außer mir, weil Schwefel eins meiner Astralelemente war. Niemand vom Goldorden würde diese winzige Konzentration von Schwefel bemerken, während es für mich wie eine Fabrik roch, die faule Eier produzierte. Beim Stichwort «bemerken« krampfte sich alles in mir zusammen. Das hier war kein natürlicher Zerfall. Es war auch keine Krankheit. Das hier war ein absichtlich zugefügter Schaden. Denn wie sonst sollten sich die Blaualgen auf einem staubtrockenen Manuskript halten?

»Das darf doch alles nicht wahr sein«, flüsterte ich. Meine Vermutung war zu ungeheuerlich, um sie zu formulieren. Zuerst musste ich mir ganz sicher sein. Ich würde die ganze Loge in Panik versetzen. Womöglich würden sie irgendjemanden beschuldigen. Das konnte eine riesige diplomatische Katastrophe geben, und ich hatte schon für genug Wirbel gesorgt. Mein Verstand ging mal wieder mit mir durch, vermutlich litt ich unter Verfolgungswahn. Ich war keine Biologin, keine Expertin, bloß eine Abiturientin, die gerne die wildesten Theorien glaubte. Nein. Meine Fantasie war einfach zu groß. Ich wandte mich entschieden ab, um mich auf unsere nächste Mission vorzubereiten.

Dennoch verließ ich das Labor mit einem unguten Gefühl. *Was, wenn ich doch recht hatte?*

*

Ich schlug die Augen auf und dachte gerade noch, dass hier wirklich sehr viel Staub durch die Luft flirrte, da brachen wir auch schon durch den morschen Holzboden – und fielen. Ich gab ein erschrockenes Geräusch von mir. Mittlerweile hatte ich mich fast daran gewöhnt, grundsätzlich irgendwo im Dreck zu landen. Doch das hier setzte allem die Krone auf. Wir landeten in einem Haufen Müll, der irgendwann mal ein Tisch und acht Stühle gewesen sein musste. Ich würde morgen von blauen Flecken übersät sein. Als ich sah, wie knapp ich an einem immer noch sehr robust aussehenden Stuhlbein mit dem Kopf vorbeigeschlittert war, drückte ich mich nach oben. Ben ging es gut, er rappelte sich gerade neben mir auf, also sah ich mich um. Am liebsten hätte ich mich sofort wieder nach unten sinken lassen. Mir tat alles weh. Nicht nur die komplette rechte Seite, inklusive Hüfte und Schulter, auch mein Kopf schmerzte. Kein Wunder, dass die Logenmitglieder so jung und trainiert sein mussten, wenn man sie auf solche Missionen schickte. Ich wollte mir gar nicht vorstellen, was passiert wäre, wenn Meister Emmett aus so einer Höhe gefallen wäre.

»Alles okay?« Ben kämpfte sich aus dem Sperrmüll hervor und zog mich mehr oder weniger an meinem Rucksack direkt mit sich auf die Füße, bevor ich auch nur nicken konnte. In der anderen Hand hielt er schon das Handy, um herauszufinden, wo wir uns befanden. Er stutzte.

»Chateau d'Avrille.« Er sah mich an, als müsste ich wissen, was daran so besonders war.

Ich klopfte mir gerade den Dreck vom Shirt und sah ihn verständnislos an.

»Das ist der ehemalige Sitz der Familie d'Avrille.«

Bei mir machte es immer noch nicht Klick. Vermutlich war ich etwas zu hart auf den Kopf gefallen.

»Justine d'Avrille?« Ben strubbelte sich Staub und kleine Holzreste aus den Haaren. »Sie war die dritte Partei der ursprünglichen Tria.«

Oh. Stimmt. »Natürlich«, sagte ich schnell. »Entschuldige, ich falle so selten ein Stockwerk tief, ich schätze, mein Körper muss sich erst noch daran gewöhnen.«

Ben schnaubte amüsiert, dann sah er sich weiter um, in dem, was, wie ich vermutete, mal ein großzügiges Speisezimmer gewesen war.

»Chateau wie Schloss?«, fragte ich.

»Kein richtiges Schloss.« Ben drehte sich einmal um sich selbst. »Nennen wir es einen großzügigen Landsitz. Aber die Lage ist wirklich schön hier mitten in der Provence. Es ist schade, dass die Familie nicht mehr genug Geld hat, um es richtig instand zu halten. Aber vermutlich wollten sie auch …« Er brach ab, dann sah er erneut auf sein Handy. »Wir sollten uns beeilen. Wer weiß, wer sich an unsere Fersen heftet.«

»Warum haben sie den Landsitz verlassen?«

Bens Miene schien, wie so oft, unlesbar, als er sagte: »Als die Geschichte mit Caleb und Justine ans Licht kam, wurden fürchterliche Strafen verhängt. Die Schlimmste jedoch war, dass sie entregistriert werden sollten. Sie wären für immer vom Orden verstoßen und von ihren Familien getrennt worden. Am Morgen vor ihrer Entregistrierung hat Justine sich umgebracht. Hier. Im Musikzimmer des Hauses.« Er sah erneut ausweichend auf sein Handy. »Für Caleb war es doppelt schmerzlich, denn es war der einzige Ort, an dem sie zusammen Zeit verbracht hatten, während ihre Familie in der Hauptstadt weilte. In seinen Tagebuchaufzeichnungen erzählt er viel davon, wie sehr er die Provence geliebt hat. Wie sehr er dieses Haus gemocht hat. Wie schön es hier mit ihr war.«

Mein Hals schnürte sich zu vor Mitgefühl und Traurigkeit. Ben erwiderte meinen Blick, und etwas an dieser unlesbaren Fassade schien zu bröckeln. Da kämpfte sich etwas an die Oberfläche, das über sein übliches Lächeln hinausging.

»Was ist aus Caleb geworden?«

Ben blinzelte, als wollte er seine Gedanken mit aller Macht verscheuchen. »Er hat Kontakt zu Maria gehalten, auch nach dem Tod von Justine. Eigentlich war es ihr verboten, doch sie hielten die Konversation ihr Leben lang geheim. Caleb hat ein wenig gearbeitet, unter anderem für den König, das hatte ich dir ja schon erzählt, aber dann hat er sich irgendwo in die englische Provinz zurückgezogen. Wir Hastings haben kleinere Ländereien überall auf der Insel. Vielleicht hatte er irgendwo ein Cottage gefunden, an das sich niemand mehr erinnerte. Seine Spuren verschwinden im Laufe der Jahrzehnte. Die Briefe zwischen ihm und Maria wurden immer weniger. Und als Maria auf einer ihrer Reisen verschwand, tauchte auch Caleb in den Wirren der Geschichte ab. Man weiß nur, dass er nie wieder eine andere Frau in sein Leben gelassen hat.«

»Er ist nie über Justine hinweggekommen?«

Ben steckte sein Handy mit einer seltsam endgültigen Geste zurück in die Taschen seiner Jeans.

»Man kann sein Herz nur einmal verschenken.« Er sah mich nicht an, als er an mir vorbei ging. »Und genau deshalb sollte man umso weiser wählen.«

Die Grundmauern des Chateaus waren unversehrt, und doch hatte der Zahn der Zeit einigen Schaden in den ehemals so prachtvoll eingerichteten Räumen angerichtet. Obwohl ich protestiert hatte, balancierte Ben über die wacklige breite Freitreppe hoch hinauf in die erste Etage. Einige Stufen waren eingebrochen, und die gesamte Konstruktion wirkte nicht mehr besonders vertrauenserweckend. Ich rechnete die ganze Zeit mit einem ohrenbetäubenden Krachen und mit Ben, der irgendwann wieder nach unten fallen würde. Wenn die Decke in dem einen Zimmer brach, warum sollte der Boden in einem anderen nicht genauso morsch sein?

Doch ich hatte Glück, und irgendwann erschien Ben an der obersten Stufe. Spinnenweben klebten an seinem Haar und Shirt, aber er war unversehrt. Er sah wohl die ehrliche Erleichterung in meinem Blick, denn für einen kurzen Moment war da wieder dieses Lächeln. Dann machte er einen eleganten Satz nach vorn und rutschte das Geländer hinab bis knapp vor meine Füße.

Das Lächeln war nun einem Grinsen gewichen, das allzu deutlich »Los, schimpf mit mir wegen dieser Leichtfertigkeit. Sag, dass du dir Sorgen gemacht hast« zu rufen schien.

Ich hatte die Arme vor der Brust verschränkt und schüttelte gespielt tadelnd den Kopf, innerlich jedoch schlug mein Herz wie wild.

Das Grinsen wurde noch breiter. Das hier machte ihm unübersehbar Spaß.

»Leichtsinnig, unvernünftig, kindisch.«

Er pustete sich eine verirrte Strähne aus der Stirn, dann wandte er sich ab. »Du stehst wohl sehr auf Adjektive.«

Darauf fiel mir absolut nichts Schlagfertiges ein.

»Komm schon, Silberfee«, rief Ben lachend über seine Schulter. »Oder willst du da festwachsen?«

Überheblich, unmöglich, unwidersteh-

Ich zwang meine innere Stimme energisch zum Schweigen.

»Weißt du schon, warum die Quecks die Crux entführen?«

Ben schüttelte im Gehen den Kopf. Er sah niedlich aus, mit dem wild zerzausten Haar, in dem silbrige Spinnwebfäden hingen. Als er sich zu mir drehte, sah ich schnell weg. »Wir haben uns schon länger gefragt, warum es immer mehr Crux werden, wir aber weniger fangen. Hin und wieder finden wir die Markierungen, aber bisher dachten wir, dass die Crux derweil gestorben sind. Sie leben ein paar Jahre, aber irgendwann lösen sie sich auf. Sie verschwinden einfach. Dennoch …« Er brach ab. »Diese neue Erkenntnis wirft viele Fragen auf.«

Er wirkte ehrlich besorgt, und das gefiel mir gar nicht. Was planten die Quecks?

Die untere Etage barg so einige Überraschungen, zum Beispiel eine noch fast intakt wirkende altmodische Küche. Ich kannte einige Videos über diese sogenannten »Lost Places« von YouTube, aber das Ganze live zu erleben war so viel aufregender und faszinierender. Die Zeit schien hier wie stehengeblieben.

»Dem Stil nach zu urteilen wurde das Chateau in der viktorianischen Epoche verlassen.« Ben machte ein paar Fotos mit dem Handy. Er wirkte wirklich interessiert, und auch ich machte ein paar Bilder. Tizi hatte sich eine Zeitlang mal fürs »Geocaching« interessiert und das hier wäre garantiert eine Location, die ihr gefallen würde. Matti würde vermutlich ähnlich wie Ben reagieren und das Ganze als einen riesengroßen Spielplatz betrachten. Ich machte ein paar Aufnahmen der großen

Treppe speziell für ihn. Hoffentlich würde ich ihnen die Aufnahmen bald zeigen können.

Doch trotz aller Begeisterung und jeder Menge Fotos fanden wir keinen Hinweis auf ein Versteck. Immer wieder hielten wir an, versuchten etwas zu fühlen, irgendwo, doch da war nichts.

Jetzt gerade blieb Ben abrupt in einem Türrahmen stehen. Neugierig versuchte ich über seine Schulter in das Halbdunkel zu linsen. Der Raum war halbrund in Richtung eines völlig verwilderten Gartens gebaut worden. Es war keine Einrichtung mehr vorhanden, nur ein prunkvoll gestalteter Kamin schmückte eine seitliche Wand, und unmittelbar vor den fast bodentiefen Fensteröffnungen lagen die morschen Überreste einer kleinen Bank. Bretter waren vor die Fenster genagelt, dennoch ließen sie genug Platz, um das Grün dahinter zu erkennen. Mir fiel sofort ein, was Ben über Justine erzählt hatte. Was in diesem Zimmer Schreckliches geschehen war. Doch ich wollte jetzt nicht an ihren Tod denken. Stattdessen stellte ich mir vor, wie sie und Caleb gemeinsam auf dieser Bank hinaus in den Garten geblickt und sich eng aneinandergeschmiegt hatten. Die Bank war aus einer anderen Zeit, die Liebesgeschichte viel älter, aber dennoch gefiel mir diese Vorstellung. Dass sie stundenlang nach draußen auf die blühende Pracht gesehen und sich gewünscht hatten, dass der Frieden des Gartens auch ein Teil ihres Lebens werden würde.

»Es ist der einzige Raum, den wir uns noch nicht angesehen haben. Das Chateau ist sicherlich unterkellert, aber dahin würde ich gerne als Allerletztes gehen, und nur, wenn es sein muss. Ich traue dem Sandstein nicht, der diesen Boden bildet.«

Ich gab mir einen Ruck und betrat das Zimmer. Umso überraschter war ich, dass Ben hinter mir tatsächlich zu zögern schien. Irgendwo tief in mir drinnen erwachte ein leises Kribbeln. »Hier ist irgendwo Silber.«

Jemand rief etwas. Ich brauchte einen Moment, um zu realisieren, dass es nicht Ben gewesen war. Alarmiert drehte ich mich zu ihm um. Wir waren nicht mehr allein.

*

Stein knirschte unter schweren Schuhsohlen. Holz knarrte. Es waren mehrere Leute, und sie unterhielten sich auf Französisch. Ich verstand kein Wort. Ich wusste nur eins: Wir saßen hier in der Falle. Wir könnten uns höchstens durch die zugenagelten Fenster einen Weg ins Freie schlagen. Doch das würde nicht unbemerkt bleiben. Sofort dachte ich an die Quecks. Ob sie uns verfolgt hatten? Ob sie die Energiesignatur des Steins der Weisen kopiert hatten?

Der Lichtkegel von Taschenlampen strich über die Wände der Eingangshalle. Über Bens Hand schwebte ein Ouroboros. Er legte seinen Fingern an die Lippen, dann schlich er vorwärts.

Die Stimmen lachten, unterhielten sich weiter, und ich hörte Papier rascheln. Mir klopfte das Herz bis zum Hals.

Ben hatte sich eng an den Türrahmen gepresst, der kleine Ouroboros schwebte auf Höhe seines Kopfes. Ben warf einen kurzen Blick in den Flur, dann drehte er sich zurück zu mir. Etwas Spannung schien von ihm abgefallen zu sein, was auch mich für einen kurzen Moment durchatmen ließ. Wären es die Quecks, hätte er sie vermutlich sofort angegriffen.

Ben schlich auf lautlosen Sohlen zurück zu mir.

»Ein Verwalter mit einer Gruppe von Bauleuten. Scheint so, als wolle die Familie das Anwesen abreißen lassen, ihrer

Unterhaltung nach zu urteilen.« Offenbar hatte Ben in Französisch nicht so oft geschlafen wie ich. Wir drängten uns in die Schatten nahe des Kamins, als erneut Stimmen lauter wurden.

»Trotzdem sollten sie uns hier nicht erwischen. Das ist Privatgrund, und wir begehen gerade Hausfriedensbruch.« Ben sah in Richtung der vernagelten Fenster. Die Streifen dazwischen ließen zwar genug Raum, um den Garten dahinter zu erkennen, doch für eine Flucht waren sie eindeutig zu schmal. Mal abgesehen von dem ohrenbetäubenden Lärm, den es machen würde, wenn wir das Holz entfernten.

Die Männer schienen zuerst nach rechts abgebogen zu sein, doch jetzt näherten sich die Schritte. Ben löschte die Taschenlampe an meinen Rucksack und dann seine eigene.

»Und was jetzt?«, zischte ich.

Ben warf einen Blick auf den Ouroboros, der ihm durch die Luft gefolgt war.

»Du wirst ihnen nichts antun.«

»Für wen hältst du mich?«, brummte er, doch der Ouroboros verschwand nicht.

»Ben.« Meine Stimme klang eindringlich. Ein Handy klingelte, und jemand nahm das Gespräch an. Es klang noch näher als zuvor. Schatten erschienen zwischen dem Türrahmen.

Verflixt. Wir saßen in der Falle, wie hilflose Mäuse.

Verzweifelt versuchte ich, das Silber zu erspüren, dass hier irgendwo im Raum versteckt war. Es war ein eindeutiger Hinweis gewesen, doch warum nur fand ich es nicht? Hier gab es nichts, außer … den Kamin.

Ich drehte mich hastig um. Figuren von Gargoyles waren als Relief in den Stein eingearbeitet. Sie sahen fast aus wie die legendären Wasserspeier von Notre-Dame. Ich fuhr mit der Hand darüber. Das Gefühl von Silber wurde stärker.

»Hier ist etwas«, wisperte ich. Ben drehte sich zu mir um, just in dem Moment, als ein Mann im Türrahmen erschien. Er entrollte etwas, das aussah wie ein Grundriss, und schien ganz darin vertieft. Zum Glück schenkte er dem Raum keinen Blick. *Was machen diese Wasserspeier an dem Kamin?*

Ich deutete darauf und sah Ben fragend an.

Er betrachtete sie einen Moment lang intensiv, strich über die kleinen grauen Figuren mit den spitzen Ohren und den Reißzähnen.

Lautlos holte er sein tragbares Periodensystem hervor. Es entrollte sich, und die Elemente schwebten lautlos vor unseren Augen.

Mein Herz raste. Sobald der Mann den Kopf hob, würde er uns entdecken.

Ben griff in das Fach mit dem Elementsymbol H, dem Wasserstoff, dann fiel der kleine Ouroboros in seine Handfläche und zersprang lautlos, sodass sich die beiden Gase mischten. Sauerstoff und Wasserstoff ergab Wasser, und jetzt schimmerte es auf seiner Handfläche. Er bedeutete mir, ihm die Hand entgegenzustrecken.

Was denn nun?

Das Wasser lief in meine gekrümmte Hand, und erst jetzt fühlte ich die Spuren von Gold darin. Ben hatte es durch seine Haut mit Gold versetzt. Ben deutete erst auf mich, dann auf das Relief der Gargoyles. Ich ahnte nur, was er von mir wollte, dennoch traute ich mich nicht, noch ein einziges Wort zu flüstern. Da ich keine Ahnung hatte, wie ich Wasser mit Silber versetzen sollte, hoffte ich, dass die Berührung meiner Haut ausreichte. Ben deutete nun eindringlicher auf das Relief. Ich hob die Hand und ließ das Wasser über die Figuren laufen. Die Reaktion setzte sofort ein. Der Stein schien zu schmelzen, zu zerfallen, das schimmernde Wasser lief in die Figuren und ließ ihre Augenhöhlen unnatürlich aufblitzen. Es knirschte, das Relief zerbrach, und dann erhob sich etwas Dunkles in die Luft. Klauen, Zähne, ledrige Flügel. Ich wollte mir gerne einreden, dass es ein Schwarm Fledermäuse war, der hinter dem Relief im Schacht des Kamins gekauert hatte. Doch sicher war ich mir nicht. Der Schreckenslaut des Mannes, als der dunkle Schwarm in Richtung Tür drängte, verklang in dem Knirschen von Stein, als die Rückseite des Kamins zur Seite glitt. Wir zögerten keine Sekunde. Ben duckte sich, machte einen großen Schritt über die Feuerstelle und verschwand in der Dunkelheit, ich blieb ihm dicht auf den Fersen. Der Stein glitt unmittelbar hinter mir wieder vor die Lücke und schloss uns ein. Ich berührte meine Taschenlampe am Trageriemen meines Rucksacks, und sie glomm im gleichen Augenblick auf wie die von Ben. Der schmale niedrige Raum roch nach Feuer. Seine Wände waren geschwärzt, der Steinboden roh und aufgerissen. In seiner Mitte stand ein Musikinstrument, das seltsam verloren und fehl am Platz wirkte.

»Das ist ein Cembalo, der Vorläufer des Klaviers«, flüsterte Ben begeistert, als sein Blick über das filigrane Musikinstrument glitt. Und es sah tatsächlich aus wie ein Klavier im Miniformat. Man konnte zwar davorsitzen, aber es wirkte viel zierlicher und weniger raumfüllend. Das Polster der schmalen Bank war verfallen, doch ihr Rahmen schien stabil.

»Es war das beliebteste Musikinstrument der Renaissance.« Er ging einmal um das Instrument herum, dann ließ er sich vorsichtig auf der Bank nieder. Ich stellte mich neben ihn, doch er rückte zur Seite und bedeutete mir, mich neben ihn zu setzen.

Mir fielen die hübschen Verzierungen auf, und ich fragte

mich, ob es echte Edelsteine waren. Ich hatte noch nie ein Instrument gesehen, in dessen Holz Edelsteine eingefasst waren.

»Die Edelsteine.« Er strich mit dem Finger darüber. »Siehst du ihre Farben?«

»Ja, natürlich«, erwiderte ich. Meine Lampe am Rucksack strahlte sie direkt an.

»Die Farben«, flüsterte er erneut. »Das kann doch nicht...« Er drehte seinen Kopf und sah mich direkt an. »Die Farben.« In seinen Augen glomm ein wilder Funke auf. »Jede Note hat eine Farbe.«

Leider ergaben seine Worte für mich absolut keinen Sinn. Außerdem hatte ich immer noch Angst, dass uns jemand gesehen haben könnte. Doch hinter der Steinwand des Kamins war es ruhig.

»Sie haben am Cembalo gesessen, genau wie wir jetzt.«

Er strich erneut über das Holz.

»Sie hat die Musik geliebt, und er konnte Töne sehen.« Seine dunkelblauen Augen schienen von innen heraus zu strahlen.

»Was?« Meine Stimme klang undeutlich und irgendwie sehr weit weg.

Ben strich mit dem ausgestreckten Zeigefinger über die kunstvollen, nebeneinander in das Holz eingelassenen Edelsteine. Der erste war grün, der nächste gelb, dann wieder zweimal grün, dann ein roter, violetter, wieder ein gelber, dann ein schwarzer und schließlich ein blauer.

»C A C C F H A D E«, flüsterte Ben. »Man nennt es Synästhesie. Es liegt in unserer Familie. Jede Note, jeder Ton hat eine Farbe. Caleb und ich sind unmittelbar miteinander verwandt. Ich bin mir sicher, dass wir die gleichen Farben und Töne miteinander assoziieren, auch wenn es bei mir nicht so stark ausgeprägt ist.«

Niemals hätte ich so eine Verbindung herstellen können. Niemals hätte ich gedacht, dass Ben so etwas konnte.

Behutsam öffnete er den Deckel über den Tasten. Das Elfenbeinweiß schimmerte fast wie unbenutzt.

»Ich versuche es.« Er sah erneut auf die Edelsteinverzierung, als würde er ein Notenblatt studieren. Dann schlug er die entsprechenden Tasten an. Es war eine einfache Melodie, und doch bedeutete sie so viel. Ich hatte nicht mal geahnt, dass er Noten lesen konnte, und wieder mal wurde mir bewusst, dass ich viel zu wenig über ihn wusste. Dass ich ihn eigentlich kaum kannte. Und dass da so viel mehr war.

Es knarrte und quietschte. Der Hinterdeckel des Cembalos hob sich wie von Zauberhand. Ben und ich saßen bewegungslos da und beobachteten das Schauspiel. Als er schließlich einrastete, erhob Ben sich, und ich folgte ihm. Wir sahen in den Bauch des Cembalos, der nun entblößte, was die Tasten in seinem Inneren bewegten. Und da, glitzernd wie die Edelsteine, die an dem Äußeren des Cembalos angebracht waren, schlummerte in seinem Inneren ein Glasgefäß, das mit einem durchsichtigen Quarz gefüllt zu sein schien. Vorsichtig hob Ben das Gefäß heraus. Er sah mich an.

»Ich hätte es wissen müssen. Das hier war ihr Reich. Das hier hat nur Justine und Caleb gehört. Wir haben nach Spuren von Maria gesucht und dabei völlig vergessen, in wessen Leben wir hier eigentlich eingefallen sind.«

Ich betrachtete den glitzernden Quarz durch das dicke Glas, als es sich zu einem Quader formte und dann von goldenen Adern durchzogen war. Zufriedenheit durchflutete mich für einen Moment, bevor jemand mit etwas Schwerem an die Rückseite des Kamins schlug. Wir waren wohl doch entdeckt worden.

Der Stein knirschte, und lange würde er nicht mehr halten.

»Weg von hier.« Ben steckte den Quader in seinen Rucksack, dann zog er den Schlüsselbund mit der Schuppe daran hervor.

»All das hier dürfte nicht einfach dem Erdboden gleichgemacht werden.« Ich sah Ben eindringlich an, als ich mich nah zu ihm stellte. Wieder erzitterte der Stein unter einem schweren Hieb. Dumpf drangen Stimmen durch die Wand. »Es ist ein Teil deiner Geschichte, ein Teil der Geschichte deiner Familie. Vielleicht ist es ein dunkler Fleck, aber das hier, das sind Erinnerungen, die wertvoll sind.«

Ben wich meinem Blick aus. Er wirkte plötzlich abweisend und in sich gekehrt. »Du meinst also, ich sollte meine Familie darum bitten, ein Anwesen zu retten, das den Handlungsmittelpunkt eines der dunkelsten Kapitel unserer Geschichte darstellt?«

Ich seufzte resigniert, weil ich selbst nicht wusste, was ich denken sollte.

»Emilia.« Da war etwas Bittendes in seiner Stimme, das ich noch nicht kannte.

Ich sah zurück in sein Gesicht. »Es ist einfach nicht richtig.«

Die Rückwand des Kamins barst mit einem Krachen.

Seine Finger strichen kurz über mein Haar, mehr eine Ahnung als echte Gewissheit, als die goldene Schuppe uns sicher einhüllte.

»Ich weiß«, flüsterte er leise.

Kapitel 34

Wir waren kaum zurück in der Loge, als Larkin den Nagel auf den Kopf traf. »Was hat euch denn die Laune verdorben?«

»Hast du nicht heute noch ein Bibliothekartreffen?«, blaffte Ben zurück.

Larkin musterte ihn irritiert. »Ja, aber erst um 17 Uhr.«

»Dann lauf doch schon mal los.«

»Ben, sag mal, geht's noch?« Ich sah ihn empört an.

Er brummte etwas, das vage nach »duschen« klang und stiefelte davon.

»Dann viel Spaß, Benedict Theodore Hastings!«, brüllte Larkin ihm hinterher. Ich war immer noch über Bens Unfreundlichkeit schockiert, als Larkins Worte in meinen Verstand rieselten.

»Theodore?«, wiederholte ich tonlos. »Sag, dass du dir das gerade ausgedacht hast.«

Der Umstand, dass Ben noch aus dem geöffneten Aufzug heraus eine alles andere als charmante Geste machte, die hauptsächlich seinen Mittelfinger betraf, radierte jedoch alle Zweifel aus.

Zum Glück hatten sich die Türen geschlossen, bevor ich

mehr oder weniger lachend am Boden lag. Das verräterische Funkeln in Larkins Augen verriet, dass diese Offenbarung nicht nur Rache war, sondern genau auf diese Reaktion meinerseits abgezielt hatte.

»Vergeltung ist eine Art wilde Gerechtigkeit.« Er sah mich triumphierend an. »Na?«

Ich hatte natürlich keine Ahnung, welche wichtige Persönlichkeit der Geschichte diesen weisen Spruch von sich gegeben hatte.

»Francis Bacon«, erklang Olivers Stimme hinter mir. »Der übrigens auch gesagt hat ›In der Nächstenliebe gibt es kein Übermaß‹.«

Larkin zog ein Gesicht, erwiderte aber nichts.

Oliver wandte sich mir zu. »Ich habe schon gehört, dass ihr wieder erfolgreich wart. Gratulation. Ich hatte gar nicht so früh mit euch gerechnet.«

»Uns sind keine größeren Katastrophen oder Rätsel begegnet.« Ich erzählte ihm kurz, was wir im Chateau d'Avrille erlebt hatten. Murphy hatte den Quarz schon sicher im Labor untergebracht.

Er sah zu Larkin. »Wann musst du los?«

»Erst in zwei Stunden.«

Oliver schien mit seinen Gedanken schon wieder woanders zu sein. »Sehr schön«, murmelte er, bevor er uns noch mal zunickte und dann in Richtung der Büros verschwand.

Larkin begleitete mich bis zum Aufzug. Die Loge hatte mir zum Glück eins der voll möblierten Gästezimmer zur Verfügung gestellt. Ich wollte duschen und etwas von dem Staub und den Holzresten aus meinen Haaren loswerden, bevor ich nach Hause fuhr. Ich beantwortete schnell eine WhatsApp von Tizi, in der sie mir ihre neuen Nagellacke – alle natürlich mit

Glitzer – fotografiert hatte und eine von meiner Mamma, die nur wissen wollte, ob alles okay war.

»Dann bis später, Larkin«, murmelte ich, als ich in den Fahrstuhl trat. Es gefiel mir nicht, dass die Stimmung zwischen mir und Ben mal wieder so angespannt war.

»Geoffrey«, sagte Larkin feierlich.

Ich sah ihn fragend an.

»Das ist mein zweiter Vorname. Geoffrey.«

Ich lachte. »Mit so einem Upperclass-Feature kann ich leider nicht dienen.«

»Ich werde dir einen geben.« Larkin grinste. »Macht dir diese Vorstellung Angst?«

Ich wartete genau den Moment ab, als die Türen sich aufeinander zu bewegten. »Gefühle sind ein chemischer Defekt, der auf der Verliererseite zu finden ist.«

Rums. Die Türen knallten zu. Der Aufzug setzte sich in Bewegung.

Von irgendwoher unter mir hörte ich Larkins Stimme. »Sherlock!«

Er war wirklich gut.

Und ich vermutlich die ungekrönte Königin aller Bluffs, denn wenn jemand Gefühle für weitaus mehr hielt als Chemie, dann war das ganz alleine ich.

*

Es war bereits dunkel geworden. Die Häuserfront gegenüber meines Zimmers schimmerte feucht. Hitzegewitter wie diese waren häufig im Sommer, und ich liebte die frische kühle Luft, die sie zurückließen. Ich wollte mich gerade vorbeugen und das Fenster öffnen, als da plötzlich ein Geräusch war. Ein Rascheln von Stoff, eine Bewegung. Ein Geräusch, das jemand absichtlich machte, um sich bemerkbar zu machen. Ich schwang auf meinem Drehstuhl herum.

Den Türrahmen versperrte eine große dunkle Silhouette, und sie hielt Newton auf dem Arm. Angst und Sorge explodierten in mir.

Ich sprang alarmiert auf, während er in den Lichtschein meiner Fairy Lights trat.

Augen so dunkelblau, dass sie fast schwarz wirkten.

Mir entfuhr ein Laut, der Ärger und Erleichterung zugleich war. »Ben!«

Er würde mich noch mal umbringen mit seiner Heranschleicherei. Ich hielt eine Hand über mein rasendes Herz.

Ben strich Newton über den Kopf, bevor er ihn auf dem Boden absetzte. »Guten Abend.«

Ich bat ihn nicht herein, stattdessen ging ich die paar Schritte durch mein Zimmer auf ihn zu. »Ich spare mir die Frage, wie du in diese Wohnung gekommen bist und möchte einfach nur wissen, warum du deinen Besuch nicht angekündigt hast.«

»Habe ich.«

»Nein.«

»Doch.«

Ich schnaufte und nahm das Handy von meinem Bett. *Oh.* Vier Nachrichten, zwei Anrufe, alle von ihm.

Bist du da? Ich komme eben vorbei.
Emilia? Ich bin fast da.
Guck auf dein Handy, Silberfee.
Ich komm jetzt rein.

Ich warf das Handy zurück aufs Bett. »Das geht trotzdem nicht. Ich hätte nackt sein können.«

Er verzog keine Miene. »Oder in gewaltigen Schwierigkeiten. Oder tot.«

Ich ließ die Schultern hängen. »Es ist lieb, dass du dich um mich sorgst. Aber du kannst nicht einfach ständig in meinem Zimmer auftauchen, wir sind hier nicht bei Twilight.«

Er runzelte die Brauen, als sage ihm das nichts. Alchemisten! Sie lebten wirklich in ihrer eigenen Welt.

Gerade guckte er, als mache er sich eine gedankliche Notiz, das nachzulesen.

Oh Mann.

»Versteh mich nicht falsch«, wiederholte ich mich. »Es ist total lieb, dass du dir um meine Sicherheit Gedanken machst. Du hast schon so viel für mich getan, und ich weiß das sehr zu schätzen, aber …« *Was rede ich da?* Wollte ich ihm wirklich verbieten, diese Wohnung zu betreten, wenn von mir keine Antwort kam? Ich erinnerte mich zu gut, dass er mich von unserem brennenden Balkon getragen hatte. Seine Welt würde auch meine Welt sein, und ich sollte mich wohl endlich daran gewöhnen, dass ihre Uhren anders tickten. Gefährlicher und tödlicher. Ich wäre gestorben, hätte Ben mich nicht gerettet.

»Wenn du Angst hast, dass ich dich ohne Klamotten sehe, könnten wir uns kurz nackt ausziehen. Dann haben wir das hinter uns.«

Konnte mich bitte mal jemand kneifen? Ich starrte ihn an. Er meinte das ernst. Sein Blick war offen, und ich erkannte keinen Spott darin.

»*Wie bitte?*«

»In London haben wir Gemeinschaftsduschen neben den Sporthallen. Wenn ich dort mit den anderen trainiere, duschen wir immer zusammen.« Er zuckte die Schultern. »Ich weiß, wie alle nackt aussehen, und es ist überhaupt nicht …«

Ich hob den Finger, um ihn zu unterbrechen. »Wir werden jetzt nicht gemeinsam duschen.«

Ben blieb immer noch völlig gelassen. »Das ist nicht nötig, da wir nicht trainiert haben. Aber wenn wir uns hier und jetzt ausziehen, haben wir uns gegenseitig nackt gesehen und dir muss es nicht mehr unangenehm sein.«

Mir fehlten die Worte.

Ben öffnete den obersten Knopf seiner Jeans. »Sollen wir?«

Endlich strömte wieder Sauerstoff in mein Gehirn. »Untersteh dich.« Ich drehte mich von ihm weg, sollte er noch mehr Knöpfe aufmachen. »Darf ich nach dem Grund deines Besuchs fragen?«

»Ich habe etwas für dich.«

Hoffentlich nicht sein großartiges Sixpack. Ich schwang wieder herum. Zu meiner Erleichterung war Ben vollständig bekleidet. Er hielt mir etwas Dunkles hin.

Ich stutzte, dann gab ich ein entzücktes Quietschen von mir. »Mein altes Handy?«

Ben nickte. »Ich konnte es reparieren.«

»Wahnsinn! Danke dir.« Ich drehte es in meiner Hand. Es sah fast aus wie neu. »Total super, vielen Dank. Das Plastik war komplett geschmolzen. Wie hast du das hinbekommen?«

Er lächelte träge. »Alchemistengeheimnis.«

Ich legte den Kopf schief. »Ich bin auch eine Alchemistin. Du könntest es mir verraten.«

Er tat so, als müsse er überlegen, dann lächelte er schief. »Nö.«

»Unfair.«

»Du kannst deine alte SIM-Karte dort wieder einlegen und

bekommst noch eine weitere vom Orden. Dann hättest du ab heute ein Diensthandy.«

»Diensthandy.« Ich drehte das Telefon in meinen Händen. »Klingt spannend.«

»Und es erhöht die Chancen, dass man dich erreicht.«

»Haha.«

»Das ist wichtig.« Jetzt sah er mich ernst an. Ging es hier um Ordensangelegenheiten oder hatte er sich wirklich Sorgen gemacht?

»Ich lasse mein Handy ab jetzt immer auf laut«, versprach ich und meinte es auch so.

Sofort wurde sein Blick weicher. »Das klingt gut.«

Ich hielt noch mal das Handy hoch. »Danke, ich meine es ernst.«

Ich betrachtete ihn, als er kurz in Newtons Richtung lächelte, und eine Frage drängte sich auf.

»Heute ist dein freier Abend, oder?«

»Ja.« Sofort schien er wieder von einer subtilen Spannung umgeben.

»Du hättest mir das Handy morgen geben können.« *Was macht er hier?*

Ben lehnte sich mit der Schulter an den Türrahmen. »Hätte ich.«

»Aber warum …«

»Weil ich es wollte«, unterbrach er mich. Seine Stimme klang harsch, und mein Gesichtsausdruck sprach wohl Bände, denn dann fügte er hinzu: »Die Familie ist unser Rückgrat. Sie sind die, die uns Halt geben, die uns am besten kennen, in unseren hellsten und unseren dunkelsten Stunden. Hätte ich vorher gewusst, was das Handy dir bedeutet, dann …«

Schon wieder schien er nach den richtigen Worten zu suchen.

»Ich weiß«, erwiderte ich leise. Unsere Blicke trafen sich. Ich wusste, dass es nicht einfach nur eine Floskel war. »Danke.«

Er lächelte.

»Möchtest du vielleicht etwas trinken?«

»Ich sollte gehen.«

»Jetzt sei kein Frosch.« Ich drängte mich durch den Türrahmen an ihm vorbei und wollte ihn an seinem Shirt hinter mir herziehen. Der Stoff dehnte sich, doch Ben bewegte sich keinen Zentimeter.

»Alles im grünen Bereich. Es werden keine offiziellen Regeln verletzt.« Ich deutete mit der freien Hand auf den Zipfel Stoff zwischen meinen Fingern. »Ich fasse dich nicht an.«

»Nein, du ziehst mich aus.«

Ich lachte, obwohl er recht hatte. Ein gutes Stück zart gebräunte Haut lugte über dem tiefen Bund seiner Jeans hervor. Es schien, als habe die Sonne Italiens bereits ihre Spuren hinterlassen. Ich riskierte einen zweiten Blick, bevor ich zurück in sein Gesicht sah.

»Hör endlich damit auf. Niemand wird heute irgendjemanden nackt sehen.« Dann zog ich noch mal auffordernd an dem Stoff. »Und jetzt komm, Frosch. Und guck bitte nicht, als wolle ich dich vergiften.«

Ben seufzte, doch er ließ sich von mir mitziehen. In der Küche bemühte er sich, sich nicht allzu auffällig umzusehen.

»Ja, ich weiß, es ist nicht wie bei ›Schöner Wohnen‹«, sagte ich, während ich mich in den Kühlschrank beugte, um nach dem Saft zu suchen.

Ich hörte ihn leise lachen. Die Tür des Kühlschranks fiel

klappernd zu, während ich nach einem Glas angelte. Unauffällig beobachtete ich ihn. Ben ließ den Blick über die bunten Blumentöpfe mit den Kräutern am Fenster gleiten. »Es ist gemütlich.«

»Danke.« Ich reichte ihm ein Glas mit Saft. »Zum Glück haben Mamma und ich einen ähnlichen Geschmack und kriegen uns nicht oft in die Haare deswegen.«

Newton kam in die Küche getrippelt und setzte prompt seinen besten Bettelblick auf, indem er abwechselnd zu uns und auf den altersschwachen Kühlschrank guckte.

»Darf ich ihm was geben?« Ben stellte sein halb geleertes Glas auf den Küchentisch.

»Klar.« Ich schwang herum und riss das Kühlfach auf. Ich hörte seine Schritte auf den Fliesen. Dann stand Ben auf einmal direkt hinter mir, sodass er über meine Schulter in das etwas tiefer liegende Kühlfach gucken konnte.

Ich hatte gerade eine blaue Eiswürfelform aus einem der beiden Fächer gezogen.

»Was ist das denn?«

»Ich habe kleine Leckerli in Eiswürfelformen eingefroren. So kann Newton sich abkühlen, wenn es so warm ist wie heute, und er ist auch länger beschäftigt.« Vorsichtig ließ ich einen Eiswürfel aus der Form in meine Hand gleiten. Sofort begann er auf meiner Handfläche zu schmelzen. Ich schob die Form zurück und schloss das Kühlfach, dann drehte ich mich zu Ben um. Er wich nicht zurück, und so standen wir uns direkt gegenüber.

Ben hielt seine Handfläche gefährlich nah an meine. So nah, dass ich die Wärme seiner Haut fühlte und die Energie, die sich prickelnd zwischen unseren Elementen entlud. Ganz langsam rutschte der Eiswürfel über meine Handfläche weiter in seine.

Neben uns fiepte Newton von Aufregung, doch ich nahm ihn kaum wahr.

Noch immer berührten wir uns beinahe.

Um den Eiswürfel bildete sich eine kontinuierlich größer werdende Pfütze. Newton sprang an uns hoch, und sein Fiepen war energisch geworden.

Immer noch strichen unsere Elemente neugierig umeinander, umkreisten sich wie Raubtiere, die gleichermaßen fasziniert voneinander waren. Ich sah zu Ben hoch und erkannte in seinen Augen, dass er es ähnlich intensiv spürte.

»Ist es immer so?« Meine Stimme klang belegt, als ich mir im gleichen Moment auf die Zunge biss.

Ben betrachtete kurz unsere Hände, dann sah er zurück in mein Gesicht. »Es gibt keine Möglichkeit, sich davor zu schützen. Unsere Elemente wollen sich gegenseitig schwächen, so ist es nun mal.« Das war nicht die Antwort auf meine Frage gewesen, und er wusste es genau. Ich sah es, hörte es in dem heiseren Kratzen seiner Stimme.

Langsam zog ich meine Hand weg. »Verstehe.«

Ben sah aus, als wolle er noch etwas hinzufügen, doch dann schloss er die Hand mit dem Eiswürfel zur Faust, und seine Miene wurde undurchdringlich.

Als Wassertropfen auf die Fliesen trafen, klang es übermächtig laut. Sogar Newton war einen Moment lang still geworden.

Ben machte einen halben Schritt an mir vorbei und ließ den fast geschmolzenen Eiswürfel ins Spülbecken fallen. »Sorry, Kumpel.« Er fischte das Leckerli aus dem Becken und hielt es ihm dann hin. »Ich muss wohl noch etwas üben.«

Newton kaute geräuschvoll, während Ben sich wieder zu voller Größe aufrichtete. »Gibst du mir noch einen?«

Einen Moment lang sah ich ihn perplex an. »Äh, … klar.« Dieses Mal fischte ich den Eiswürfel direkt im Tiefkühlfach aus der Form, dann drehte ich mich zu ihm um.

Wieder kam seine Hand meiner so nah wie eben möglich, wieder berührten wir uns fast.

Ich konnte ihm vor Nervosität nicht in die Augen sehen. Deshalb glitt mein Blick an seinem Shirt entlang nur knapp bis zu seinem Herzen. Es schlug so stark und heftig, dass ich das Pulsieren durch den Stoff erahnen konnte. *Warum klopft es so schnell?* Sein Herz sollte nicht so rasen.

In meinem Kopf jagte ein Gedanke den anderen.

Er war hier. An seinem freien Abend. Er hatte mir ein Geschenk mitgebracht. Wir hatten uns fast berührt. Und jetzt schien sein Herz fast aus seiner Brust zu springen.

Es verband sich mit dem rasenden Takt meines eigenen Herzens.

Ich hob den Kopf, sah ihm in die Augen.

Da war etwas zwischen uns. Gefährlich, verboten … aber eindeutig nicht mehr zu verleugnen.

Der Himmel stehe uns bei.

Newton fiepte leise, und irgendwo über uns knallte eine Tür.

»Und jetzt?« Seine melodische Stimme schien zu klein für diesen Raum. »Soll ich es ihm in eine Schale legen oder …?«

Es ist verboten. Was machen wir hier?

Wieder war ich es, die zurückwich und die Hand langsam sinken ließ. »Nein, du kannst es ihm einfach geben.«

Ben betrachtete mich kurz, dann nickte er knapp und reichte Newton den Eiswürfel. Wir beobachteten ihn dabei, wie er ihn fallen ließ und dann mit wachsender Begeisterung durch die Küche schob, während er immer wieder über den schmelzenden Würfel leckte.

Ben schaffte es, gleichzeitig die Nase zu rümpfen und zu grinsen. »Das wird ne ziemliche Sauerei.«

Ich zuckte die Schultern. »Ja, aber er sieht so niedlich aus dabei, und es macht ihm so viel Spaß. Dann putze ich nachher lieber, so groß ist der Raum ja nicht.«

Ben sah zurück zu mir. Er hatte den Kopf leicht schief gelegt, und ein paar seiner dunklen Strähnen lösten sich aus seiner Frisur. Sein Blick hatte etwas Fragendes, Neugieriges, fast so, als betrachte er mich zum ersten Mal. Er schnaubte leise, als er sich abwandte, um wieder Newton zuzusehen.

Ich betrachtete sein gut geschnittenes Profil und fragte mich erneut, warum er hier war.

Ich sah weg, als mir klar wurde, dass ich die Antwort darauf nicht wissen wollte.

Newton angelte mit der Pfote nach dem Eiswürfel, der ein Stückchen unter einen Schrank gerutscht war, und seine Krallen kratzten über die Fliesen. Er hechelte vor Begeisterung.

»Gut gemacht, Schnuff«, rief ich etwas zu begeistert, als er das Eis zu packen bekam. »Man sollte keine Fragen stellen, auf die man keine Antworten wollte.« Der Spruch war so alt, dass er schon staubte. Ich seufzte lautlos.

Den Rest des Würfels zerbiss Newton mit einem Knacken, dann schlang er das Leckerli herunter. Ich beugte mich zum Unterschrank der Spüle, um ein Wischtuch zu holen.

»Ich mach das eben.« Ben streckte die Hand nach dem roten Lappen aus. Als er auf die Knie ging, sprang Newton begeistert an ihm hoch. Ben lachte, wich ihm aus, doch Newton schaffte es, ihm halb durchs Gesicht zu lecken. Ben schnaubte amüsiert, wischte sich übers Gesicht und begann dann auffordernd mit dem Lappen zu wedeln. Newton legte trotz seiner kleinen Größe einen werwolfartigen Hechtsprung auf den Lappen hin, der uns noch lauter in Gelächter ausbrechen ließ. Er zerrte daran, bis ich ihn hochnahm, damit Ben die Wasserspuren aufwischen konnte.

»Danke dir.« Als Ben fertig war, ließ ich Newton runter und warf den Lappen zurück unter die Spüle.

»Kein Ding.«

Newton stellte sich an Ben hoch und wedelte.

»Er mag dich.«

»Dito.« Ben tätschelte Newtons Kopf, dann räusperte er sich. »Dann werde ich mich jetzt verabschieden. Danke für den Saft.«

Und da war er wieder. Der kühle Alchemist, der nur aus Verantwortungsgefühl und Pflichtbewusstsein bestand.

»Hast du noch was vor?«

Er ging zur Tür, Newton und ich blieben ihm dicht auf den Fersen. Bens Blick war so ehrlich ratlos, dass ich keine Antwort brauchte.

Er sah kurz auf sein Handy, steckte es dann wieder weg und legte seine Hand an die Klinke. »Es bleibt ja immer irgendwas liegen. Unikram, weil ich die Vorlesungen im Moment nicht besuchen kann. Familienangelegenheiten. Und so richtig frei hat man mit einer Logenposition sowieso nicht.«

»Das war es also? Das war dein freier Abend für heute?«

»So ziemlich.«

»Und du hast Küchenböden gewischt.«

Er grinste schief, dann beugte er sich nah an mein Ohr. »Irrtum. Ich habe gelernt, wie man im Sommer Hundeleckerli pimpt, und dem Zustand meines ausgeleierten Shirts nach zu urteilen, wird Larkin mir sicherlich einen ausschweifenden Abend unterstellen.« Er neigte sich wieder zurück, dann zwinkerte er mir zu. »Den besten Abend seit Langem.«

»Mit Verlaub, Ihr seid unmöglich, Lord Hastings.«

Schon wieder so ein leicht überhebliches Grinsen.

»Hab einen schönen Abend, Silberfee.« Noch einmal sah er auf sein Handy, dann runzelte er die Stirn. »Wie komme ich jetzt zurück in die Loge?«

Er hatte offensichtlich vergessen, sich einen Wagen kommen zu lassen. Ich schüttelte gespielt den Kopf. »Wie habt ihr Briten eigentlich die halbe Welt erobert?« Ich legte die Hand an die Stirn, als spähte ich zum Horizont. »Kurs auf Norwegen.« Ich sah zurück zu ihm. »Ankunft in Indien.«

Er lachte, und dann salutierte er, bevor er sich umwandte. »Wir sehen uns morgen. Wenn ich es nach Hause schaffe.«

»Kompass!«, rief ich ihm hinterher. »Immer dem Polarstern nach!«

Die Tür fiel ins Schloss, und ich hörte sein dunkles Lachen noch im Hausflur. Ich lehnte mich gegen das kühle Holz, mein Gesicht immer noch erhitzt und mit einem Kribbeln im Bauch, das nur langsam verklang. Innerlich war ich absolut zwiegespalten. Es fühlte sich *gut* an, und ich mochte Ben wirklich. Seufzend stieß ich mich von der Tür ab. Das war nicht gut. Das war alles überhaupt nicht gut, denn es würde uns in unendlich große Schwierigkeiten bringen. Noch einmal seufzte ich leise auf.

Steuerten wir beide auf eine riesengroße Katastrophe zu?

Kapitel 35

Larkin hatte für alle Pizza geholt und ein paar entzückende Törtchen und Macarons mitgebracht. Die Pizza war schon lange verputzt, und wir bereiteten die nächste Mission vor. Die Halle war erfüllt von geschäftigem Trubel. Nur Annmary fehlte, da sie kurz auf ihr Zimmer gegangen war, um ihre Kamera zu holen. Sie wollte von den kleinen Törtchen professionelle Fotos machen.

Ben und Oliver unterhielten sich über die turbulente Mission gestern – besonders unseren Fall in das Esszimmer.

»Und das Beste ist, dass ihr völlig ›symptomfrei‹ zurückgekehrt seid.« Oliver rahmte das Wort in imaginäre Anführungszeichen. Die beiden lachten über diese lustige Bezeichnung. Ich … hielt inne.

Symptome.

O mein Gott.

Ich kam auf die Füße und strich mir eine imaginäre Fluse vom Shirt.

»Ich muss mal kurz nach oben.«

Die Jungs waren so beschäftigt, dass sie mich kaum beachteten.

Ich hingegen konnte nicht aufhören, an das Wort »Symptome« zu denken.

Blaualgen konnten starke Giftstoffe bilden, das hatte ich gestern gelesen.

Noch im Aufzug googelte ich die Symptome, die Blaualgentoxine hervorrufen konnten.

O. Mein. Gott.

Oben angekommen steuerte ich direkt Annmarys Zimmer an. Je näher ich ihm kam, desto langsamer wurde ich. Das hier war nicht leicht. Im Gegenteil. Sanjena schien unterwegs zu sein, und so traf ich Annmary ganz alleine an. Genau das hatte ich gehofft. Sie putzte sich gerade mal wieder ihre Nase, die Kamera hing startklar über ihrer Schulter.

»Hast du Schnupfen?«, fragte ich.

»Ach, das ist nichts.« Sie schüttelte den Kopf und steckte das Taschentuch schnell weg. Stattdessen kratzte sie sich ausweichend an ihrem Unterarm.

Meine Atmung beschleunigte sich, mein Blut rauschte mir in den Ohren. Ich machte einen vorsichtigen Schritt in ihr Zimmer. Das hier war mir so unangenehm. Ob ich doch zuerst mit Ben reden sollte? *Nein.* Das hier ging jetzt erst mal nur sie und mich etwas an. Danach würden wir weitersehen. »Du hast keinen Schnupfen, Annmary.«

»Wie bitte?« Jetzt wirkte sie doch etwas verunsichert.

»Du hast gereizte Schleimhäute, aber aus einem ganz anderen Grund.« Ich deutete auf ihren Arm. Die Gewissheit tat mir fast körperlich weh. »Ich habe erst gedacht, dass du dich bei der Herstellung des Feuerkreises verletzt hast. Ich habe das für Brandwunden gehalten.«

Ganz langsam legte Annmary die Kamera zurück auf den Tisch. Ihre Hand zitterte leicht.

Ich sah auf den Boden und schluckte. »Dir ist auch manchmal schlecht, und du hast Kopfschmerzen, oder?«

Sie reagierte nicht, stattdessen schien sie ganz starr zu werden.

»Deshalb fehlt dir am Stein der Weisen manchmal die Kraft, dein Element in Schwingung zu bringen. Weil du zu geschwächt warst.«

Annmary umgriff die Kette mit den beiden »best friends« – Anhängern wie einen Rettungsanker.

»Es fällt mir schwer, dich darauf anzusprechen, denn ich mag dich sehr, und du warst immer so lieb zu mir«, sagte ich.

Sie nickte nur.

»Und wenn du jetzt denkst, ich renne sofort nach unten und erzähle alles, dann liegst du falsch.«

Wieder nickte sie nur.

»Ich weiß gar nicht genau, was ich jetzt machen soll. Aber ich wollte gerne erst mal mit dir darüber reden. Einfach nur …« Ich brach ab. Himmel, das hier war so schwer.

Noch mal ein zaghaftes Nicken.

Unsere Blicke trafen sich, und ich sah die Schuld in ihren Augen. Ich sah, wie ihr klar wurde, dass jemand ihre Symptome durchschaut hatte. Dass die Blaualge für ihren Ausschlag verantwortlich war. Dass die Blaualge für ihre gereizten Schleimhäute verantwortlich war. Und dass sie deshalb so nach Schwefel roch, weil sie die Blaualgen, die das Voynich-Manuskript zerstörten, immer wieder nachdosierte. Solange, bis der Schwefel an ihr selbst hängen geblieben war.

Ich schluckte, weil mir plötzlich Tränen in den Augen standen.

Konnte ich das hier wirklich? Wollte ich es? Oder sollte ich den Dingen seinen Lauf lassen und mich nicht einmischen?

War es dafür bereits zu spät?

Annmary ging langsam zum Bett, immer noch zitterte sie so stark, dass ich sie gern gestützt hätte. Sie ließ sich zwischen den bunten Kissen nieder und seufzte leise. Dann griff sie nach einem gerahmten Foto, das sie und ihre Zwillingsschwester zeigte.

»Egal wie weit entfernt sie ist, sind wir uns immer nah.« In Annis Augen stiegen Tränen, als sie zärtlich über die Fotografie strich.

Ich setzte mich zu ihr, betrachtete das Foto und ließ dann meinen Blick schweifen. Zu den bunten Nagellacken auf dem Nachttisch, den vielen Taschen, die neben dem Schreibtisch gestapelt waren, zu den ordentlich gebügelten Blusen an der Kleiderstange. Da war so viel von der Annmary, die ich kannte und so viel von der Annmary, die sie sorgsam vor mir verborgen hatte. Mein Blick glitt weiter. Zu den durchgeweinten Taschentüchern, den Schlaftabletten, den Vitaminen, die Appetit anregen sollten.

Wie hatte ich all das übersehen können?

Warum hatte ich mich so lange blenden lassen?

Ich wollte ihr eine Freundin werden und hatte mir doch nicht die Mühe gemacht, sie wirklich kennenzulernen.

»Es tut mir so leid«, flüsterte ich, obwohl ich nur ahnte, was passiert sein könnte. »Es tut mir alles so leid, und ich will verstehen ... ich will *dich* verstehen. Würdest du-«

»Wo bleibt ihr denn?« Ben steckte seinen Kopf ins Zimmer. »Larkin möchte übrigens später Haggis kochen, und wenn wir genug Leute sind, können wir ihn vielleicht noch aufhalten. Habt ihr ...«

Er brach ab, als er Annmarys Tränen sah.

Sie hingegen sprang so hektisch auf, dass das Foto zu Boden fiel. Sie straffte die Schultern. »Ich möchte jemanden anklagen, Fechtmeister.«

Bens Blick glitt zu mir, die ich gerade das Foto aufgehoben hatte und mich jetzt neben Annmary stellte. Er wirkte irritiert. Schließlich konnte Annmary doch eigentlich nur mich meinen.

»Wen klagst du an, Pionierin?«

Annmarys Haltung wurde noch etwas gerader, und sie sah genau zwischen uns beiden hindurch. »Ich klage mich selbst an.«

Bens Blick war absolut fassungslos. Noch einmal sah er kurz zu mir. Ich rührte mich nicht. Doch Annmary sprach schon weiter.

»Ich klage mich an, vorsätzlich dafür gesorgt zu haben, dass das Voynich-Manuskript zerfällt. Ich gestehe, all das geplant zu haben. Ich gestehe, dass ich dafür eine modifizierte Blaualge benutzt habe. Etwas, das ich über Kontakte auf dem Schwarzmarkt der Quecksilberalchemisten gekauft habe.«

Ben gab ein Geräusch von sich, dass klang, als habe ihm jemand mit aller Kraft die Luft aus seinen Lungen gepresst.

Annmary hob den Kopf und sah plötzlich fast trotzig aus. »Lillyann braucht ein Heilmittel.«

Ben schien sich einen Moment sammeln zu müssen. Er starrte sie fassungslos an, und seine Stimme klang tonlos, als er endlich sprach. »Lillyann ist tot, Annmary.« Sein Blick wurde weniger starrend, die Stimme sanfter, als er ein wenig auf sie zukam. »Sie ist vor vier Monaten verstorben.«

Mein Magen krampfte sich zusammen, als ich nun die traurige Gewissheit hatte. Annmary hatte einen schrecklichen Verlust erlitten. Ich schluckte, denn plötzlich stiegen auch in meinen Augen Tränen hoch.

Annmary sah Ben beinahe hasserfüllt an. »Sie hätte es gebraucht. Das Wasser des Lebens hätte sie gerettet.« Ich sah den stummen Vorwurf in ihrem Blick und wie sehr die Sorge um ihre Schwester ihr rationales Denken erschwert hatten.

Ben jedoch blieb ganz ruhig. »Deine Zwillingsschwester war unheilbar krank.«

»Ja.« Annmary funkelte Ben wütend an, machte sogar einen angriffslustigen Schritt auf ihn zu. »Aber dieser Trank hätte sie gerettet. Ich hätte sie nicht verloren. Ich hätte nicht einen Teil von mir verloren.« Ihr Blick glitt in die Ferne, und ihre Augen füllten sich erneut mit Tränen. Dann griff sie sich an den Bestfriends-Anhänger an ihrem Hals, und plötzlich war mir klar, warum sie beide Hälften trug. Die andere Hälfte musste Lillyann gehört haben. Mir brach es fast das Herz. Zwillinge besaßen eine ganz besondere emotionale Bindung, das war allgemein bekannt.

»Ich hätte alles für sie getan, und deshalb habe ich den Prozess beschleunigt. Ich wollte, dass die Loge noch intensiver, noch dringender nach einem Kryptografen sucht. Und zuerst war ich optimistisch, als beschlossen wurde, dass Manuskript auf Wanderausstellung um die Welt zu schicken. Aber ich wollte den Prozess des Verfalls nur beschleunigen, ich wollte es nicht zerstören. Doch dann …« Ihre Stimme brach. »Dann ist Lillyann gestorben, und alles ist außer Kontrolle geraten. Ich konnte den Verfall nicht mehr aufhalten, ich hatte die Blaualge zu hoch dosiert. Mir ging es schlecht wegen der Toxine, die sich in meinem Körper angereichert hatten und mir Monate später immer noch gesundheitliche Probleme verursachen. Ich habe jeden Tag überlegt, wann und wie ich euch …« Sie brach ab und zitterte jetzt so stark, dass ihr fast die Beine wegknickten. Wieder sah sie Ben an. »Aber ich stehe gerade, für das, was ich getan habe. Hiermit klage ich mich selbst an.«

Der Schock über Annmarys Verrat hing am Nachmittag wie eine erdrückend schwere Stille über den Räumen der Loge. Ich hatte Matti aus Sentimentalität ein altes Foto von ihm geschickt, ohne genau zu wissen warum. Vielleicht einfach nur, um mir zu versichern, dass er da war, dass er schon immer da gewesen war und dass er mir so viel bedeutete. Das Foto zeigte ihn in der zweiten Klasse, mit dem abgetragenen Pulli seiner Schwester und dem Mund verschmiert mit Eis und Schokosoße. Als Revanche schickte auch er ein Bild zurück. Ich mit sechs Jahren, wie ich gerade luftschnappend aus einem Planschbecken auftauchte. Ich erinnerte mich noch genau an den Tag. Die Giordanos hatten ein Planschbecken gekauft, und ich war eingeladen gewesen. Und natürlich hatte Matti mich als erstes reingeschubst. So war dieses Foto entstanden. Mir hing der Pony über den Augen und meine Lippen waren so rund gespitzt wie die eines Fisches. Ich schickte Matti ein grinsendes Smiley zurück und fühlte mich ein klein wenig besser. Ganz im Gegensatz zu den anderen. Larkin wirkte ungekämmt und trug eine verbeulte Jogginghose, als wir uns alle am Stein der Weisen trafen. Aber was noch viel beunruhigender war: Seine Füße steckten in Hightop-Sneakers. Er hatte sogar die Schnürsenkel gebunden.

Murphy stand mit rot verweinten Augen vor seinem Astralelement, und als Annmary in Begleitung von Sanjena und einer Sicherheitsbeamtin in die Eingangshalle geführt wurde, brach er lautlos in Tränen aus. Olivers Miene war wie versteinert. Er war so korrekt gekleidet wie immer, aber irgendetwas an seiner Haltung wirkte plötzlich gebrochen. Meister Emmett war blass, und seine Lippen wirkten blutleer. Er sah plötzlich zehn Jahre älter aus. Vermutlich hatte er ununterbrochen mit verschiedenen Ordensmitgliedern gesprochen, um das weitere Vorgehen abzustimmen.

Ben, der neben mir stand, versteifte sich sichtbar. Mir war auch unglaublich unwohl. Ich rechnete damit, dass sie mich anschreien und beschimpfen würde. Doch sie wirkte ganz ruhig, geradezu unheimlich beherrscht. Die Frau ganz in Schwarz stand dicht neben Annmary und ließ sie nicht aus den Augen.

Sanjena stand an ihrer anderen Seite. Ihr Haar wirkte nur nachlässig hochgesteckt, und sie trug eine Brille mit dickem schwarzem Gestell.

Meister Emmett nickte den Frauen grüßend zu. »Wir sind vollzählig.«

Sie hatten sich alle um ihre jeweiligen Elemente aufgestellt, denn obwohl der Verrat von Annmary die Loge in ihrem Innersten erschüttert hatte, so würden wir doch weitermachen.

Zuerst hatte ich gerätselt, ob sie die Mission nicht vielleicht unterbrechen würden. Doch Ben hatte mich aufgeklärt. Annmary würde nicht hier einem Richter vorgeführt werden. Sie würden sie mit nach London nehmen, und dort würde sie sich für ihre Tat verantworten müssen. Dort würde sie ihre Strafe antreten. Solange sie alle noch hier in Rom waren, war es nur sinnvoll, ihre Kräfte weiterhin für die Mission zu nutzen.

»Der Stand der Dinge ist folgender«, resümierte Meister Emmett. »Annmary hat Stubenarrest. Sprich, sie wird auf ihrem Zimmer bleiben, es sei denn, wir benötigen ihre Mithilfe zur Bedienung des Steins der Weisen oder für eine andere Tätigkeit, die ihr Amt als Pionierin beinhaltet. Sie wird die gesamte Zeit durch Mitarbeiter des Personenschutzes beaufsichtigt. Ebenso durch Sanjena, die sich bereit erklärt hat, ein Projekt zu verschieben, um sich die restliche Zeit hier in Rom ganz um Annmary zu kümmern. Annmary wird außerdem ab heute einen Psychologen zur Seite gestellt bekommen, der mit ihr an ihrer Trauerbewältigung arbeitet. Außerdem werden die Symptome der Vergiftung behandelt und ein Mittel beschafft, dass die Toxine, die sich in ihrem Körper angesammelt haben, entfernen kann. Wir kümmern uns darum. Außerdem reisen ihre Eltern an.«

Ich dachte an ihre aufgekratzten Arme, und sie tat mir trotz allem so leid. Sie hatte ihre Schwester so sehr geliebt.

Sanjenas Lippen bebten, während Meister Emmett sprach, und es war offensichtlich, dass sie ihre Tränen nur mit Mühe zurückhalten konnte. Annmary hingegen rührte sich überhaupt nicht. Sie starrte ins Nichts, als wären wir alle gar nicht da.

»Zurück in London werden wir sie einem Richter vorführen.«

Jetzt begannen auch Murphys Schultern wieder zu beben.

Meister Emmett räusperte sich und riss seinen Blick von Annmary los. »Der Orden hat es vorgeschlagen, aber wir als Loge haben es einstimmig abgelehnt, Annmary in einer der Gefängniszellen dieser Loge unterzubringen.« Er sah zu mir.

Ich nickte schnell. Ich hätte genauso abgestimmt.

»Wir sollten jetzt zum Tagesgeschäft übergehen.« Es schien ihm schwer zu fallen, diese Worte zu sagen. »Der Stein der Weisen ist schon aktiviert, ihr solltet jetzt damit beginnen, die Einstein-Rosen-Brücke aufzubauen.« Er sah erst zu Ben und dann zu mir. »Viel Erfolg. Passt auf euch auf.«

Ich nickte, dann glitt mein Blick ein letztes Mal zu Annmary. Ich erschrak. Ihr Blick war nicht mehr leer. Er schien wie tot.

*

Das Wasser war eiskalt, und es presste mir die Luft aus den Lungen. Ich riss die Augen auf. Irgendwo rechts von mir spürte ich eine Bewegung. Es war so dunkel, dass ich kaum die Hand vor Augen sah.

Dunkelheit. Immer wieder diese verdammte Dunkelheit!

Im nächsten Moment realisierte ich, dass ich nicht atmen konnte. Wir waren unter Wasser.

Ich klammerte mich an den letzten Rest Sauerstoff in meinen Lungen, paddelte mit beiden Händen um mich zu drehen, doch das Gewicht meiner Kleidung schien mich nach unten zu ziehen.

Ich spürte Ben neben mir, der ebenso schockiert wie ich schien. Wo waren wir? Dieses Wasser schien undurchdringlich, und ich wusste nicht mal, wo oben und unten war. Nicht mal die Taschenlampen an unseren Rucksäcken funktionierten.

Mein Sauerstoff war so gut wie aufgebraucht. Die Erkenntnis war so simpel wie fatal.

Panisch sah ich zu Ben. Er streckte eine Hand nach mir aus, doch ich versuchte nach oben zu gelangen. Licht schien in feine Quadrate geschnitten zu werden, und egal, was dieses Muster produzierte, dort oben musste sich die Oberfläche dieses Wassers befinden. Ich ließ mich höher und höher steigen, bis mein Kopf hart gegen Stein stieß. Meine Hände umfassten Gitterstäbe. Gitterstäbe, die viel zu nah nebeneinander angebracht worden waren, um hindurch zu passen. Wir waren hier eingemauert. Die Fenster waren vergittert.

Weiße Sternchen tanzten vor meinem inneren Auge, als alles in mir schrie, den Mund zu öffnen und Luft zu holen. Doch das würde mich umbringen. Ich würde so viel Wasser schlucken, dass meine Lungen bis zum Rand gefüllt waren. Todesangst überwältigte mich und blendete jedes vernünftige

Denken aus. Ich schlug gegen die Gitterstäbe, ignorierte den Schmerz in meinen Händen und versuchte dann sogar, sie aufzubiegen. Beweg dich, beweg dich endlich. Ich will hier nicht sterben.

Dann war Ben neben mir. Er streckte seine Hand aus, und kleine Luftblasen vereinten sich zu einer großen, die sich vor meinen Lippen sammelte. Reflexartig öffnete ich leicht den Mund. Ich war so erleichtert, als ich wieder Luft bekam. Ben zeigte erst auf mich, dann deutete er auf sich. Er malte einen großen Bogen um seine Brust und deutete dann auf seinen Mund.

Was?

Er wiederholte die Bewegungen.

Erst da dämmerte es mir. Richtig. Sauerstoff. Sein Astralelement war Sauerstoff. Er trug einen größeren Vorrat davon in seinem Körper. Es wurde in jeder seiner Zellen beherbergt.

Wieder deutete er auf mich, dann sandte er mir noch eine weitere Luftblase. Ich würde doch nicht sterben. Erleichtert und dankbar zugleich lächelte ich ihn an.

Ben fasste in eine seiner Taschen und zog einen kleinen, fast durchsichtigen Ouroboros hervor. Er deutete erst darauf, dann auf mich. Ich verstand nicht, denn wie sollte ich durch einen Ouroboros atmen?

Ben schüttelte den Kopf. Dann zeigte er auf mein Herz. Wieder schüttelte ich den Kopf, und die Angst kehrte zurück.

Als hätte er meine Panik bemerkt, sandte er mir noch eine schillernde Sauerstoffblase mit einer raschen Bewegung seiner Hand. Dann wedelte er mit dem kleinen Ouroboros und deutete entschieden auf meinen Körper. Er machte einige Bewegungen im Wasser, die mir wohl suggerieren sollten, dass es mir danach gut gehen würde. Ich nickte vage, obwohl ich keine

Vorstellung davon hatte, wie das hier funktionieren sollte. Ich hatte immer noch Mühe, nicht wieder in Panik auszubrechen.

Ben ließ den kleinen Ouroboros ins Wasser gleiten, dann machte er eine Bewegung mit der Hand, die das Amulett aktivierte. Die kleine Schlange schoss auf mich zu und prallte direkt über meinem Herzen auf den Stoff meines Shirts. Im nächsten Moment war sie in mir verschwunden.

Und plötzlich war alles wieder gut. Ich atmete nicht, aber mein Herz schlug ruhig, und ich hatte nicht das Bedürfnis, Luft zu holen. Er hob die Hand und deutete dann auf seine fünf Finger.

Fünf Minuten? Das war nicht viel.

Dann bedeutete er mir, ihm zu folgen. Wir schwammen an der Decke entlang und fanden nur noch mehr vergitterte Fenster. Was war das hier? Der Raum war hoch, aber gleichzeitig langgezogen und massiv erbaut. Wie eine Art Versammlungshaus. Aber warum hatte man die Fenster so sorgsam vergittert? Waren wir etwa doch in einem Gefängnis gelandet?

Ich spürte, wie meine Luft schon wieder knapp wurde. Ich sah bittend zu Ben und deutete auf meine Lunge. Er fischte einen weiteren hellen Ouroboros hervor, und kurz darauf konnte ich wieder atmen.

Er bedeutete mir, ihm hinterherzuschwimmen. Wir tauchten jetzt tiefer hinab, weg von der Decke und in Richtung dessen, was, so vermutete ich, der Boden war. Und richtig. Schemenhaft tauchten Bruchstücke von altem Holz auf. Es ließ sich nicht mehr erkennen, um was es sich gehandelt hatte, um Sitzmöbel oder vielleicht doch Überreste eines riesigen Saals, doch auch hier schien es keinen Ausgang zu geben. Die eine Seite der Halle bestand aus massivem Stein. Also schwammen wir in Richtung der anderen Seite, um dort hoffentlich ein großes

Tor vorzufinden. Es war anstrengend, in dem eiskalten Wasser zu schwimmen, und ich zitterte heftig. Der Sauerstoff war viel zu schnell aufgebraucht. Noch mal ließ Ben einen kleinen Ouroboros auf mich zusausen. Er hatte bis jetzt kein einziges Mal Ersatz gebraucht.

Wir stießen tatsächlich auf eine Tür, gefertigt aus massivem Metall, doch als Ben mit aller Kraft daran rüttelte um sie zu öffnen, bewegte sie sich keinen Zentimeter. Es wirkte fast so, als würde etwas Großes, sehr Schweres vor der Tür liegen, das sie versperrte. Ich wollte gerade komplett durchdrehen, als ein Kribbeln durch meinen gesamten Körper lief. *Nicht jetzt*, dachte ich. *Jetzt ist einfach nur noch wichtig, dass wir hier lebend rauskommen. Vergiss den Baustein. Nichts ist es wert, hier unten zu sterben.*

Auch Ben schien etwas gespürt zu haben, denn er kam näher, und sein Blick war eindringlich.

Ich versuchte ihm klarzumachen, wie lebensmüde diese Situation war, und ob er noch ganz richtig im Kopf sei, jetzt an irgendwelche Bausteine zu denken. Ich zitterte mittlerweile noch heftiger, und Ben beugte sich zu mir, und nahm mir meinen Rucksack ab. Der war zwar nicht besonders schwer, aber trotzdem hatte diese Geste etwas Fürsorgliches.

Ich bedeutete ihm ziemlich eindeutig, dass unsere Flucht aus diesem Gefängnis die allerhöchste Priorität hatte. Schon wieder war mein Sauerstoff verbraucht. Ich sollte mich wirklich nicht so viel bewegen.

Ben griff tief in seine Taschen und holte dann die verbliebene Anzahl Ouroboroi hervor. Es waren nur noch drei mit Sauerstoff übrig. Er zog kritisch seine Stirn kraus, während er den einen wieder auf mich zuschnippte. Er verstaute die letzten Amulette in seinen Taschen. Dann zog er das schwarze Tuch heraus und machte die Bewegung mit der Hand, mit der er für gewöhnlich das Periodensystem aufrief. Nichts geschah. Noch einmal machte er die Bewegung. Wieder nichts, das Tuch sank einfach nur zu Boden.

Nun sah er zum ersten Mal beunruhigt aus. Mit immer noch kritisch zusammengezogenen Augenbrauen musterte er die massiven Wände und die vergitterten Fenster. Wir mussten uns dringend etwas einfallen lassen.

Dann war da wieder dieses Kribbeln, so übermächtig und fordernd, dass es kaum zu ignorieren war. Und es befand sich eindeutig in der Tür. *Sei still*, schimpfte ich. *Das ist jetzt wirklich Nebensache.*

Ben schien es auch zu spüren, denn er legte seine Hände flach auf das Metall, und irgendwo erschien ein schwaches Leuchten. Er versuchte erneut, sie zu öffnen, doch vergebens.

Als er zu mir sah, bat ich ihn um den vorletzten Ouroboros. Ben sah kaum hin, als er ihn zu mir schnippte. Er betrachtete die Tür, dann legte er erneut eine Hand darauf. Wieder ein Leuchten. Er suchte einen weiteren Ouroboros aus seinen Taschen und hielt ihn mir wie zum Beweis hin. Ich hatte mittlerweile viel gelernt und wusste, dass der graue Ouroboros mit Blei gefüllt war. Das hier war eine Bleitür?

Ben sah die Erkenntnis in meinem Blick, denn er nickte heftig. Wieder legte er seine Hand daran, und das Metall schien jetzt unter ihm zu erzittern. Doch statt sich endlich zu öffnen, tauchten einzelne Punkte aus dem Dunkel des Metalls hervor und waren dann immer deutlicher zu erkennen. Sie schienen von einem goldenen Strahlen umgeben zu sein. Immer mehr Punkte leuchteten auf, die wild durcheinander angeordnet waren. Ich versuchte krampfhaft, mich trotz der anhaltenden Kälte zu konzentrieren. Vielleicht öffnete sich die Tür und ließ uns in die rettende Freiheit, wenn wir dieses Rätsel lösten? Wo hatte ich diese Art von Punkten, diese besondere Anordnung schon mal gesehen? Sie schienen in ihrer Größe unterschiedlich, manche von ihnen mit wenig Punkten, andere sehr viel heller und mit vielen Punkten. *Konzentrier dich, konzentrier dich!*

Ganz sicher hatte ich sie schon mal gesehen. Irgendwo. Ich wusste es einfach, und jetzt musste ich die Information nur noch abrufen. Doch die Kälte lähmte mich. Die goldenen Punkte bewegten sich nicht, bildeten aber scheinbar zusammenhanglose Formen.

Du kennst das.

Du weißt, was es darstellt.

Konzentriere dich, blende alles aus, auch im Moment der größten Gefahr ...

Die Macht der Erkenntnis raste durch mich hindurch wie ein Stromschlag. Eine schwarze Tür, helle Punkte in besonderen Anordnungen, unterschiedlich groß und doch so winzig für das Auge des Betrachters. Winzig und doch eigentlich riesengroß.

Es waren die Sternbilder. Das hier war der Nachthimmel.

Ich würde den letzten Ouroboros brauchen, jetzt. Als ich aufgeregt wieder in Bens Richtung sah, erschrak ich. Sein Gesicht schien beinahe eingefallen, die Augen wirkten müde, und seine Bewegungen waren plötzlich fahrig. Ich ahnte das Schlimmste. Sein Sauerstoff war verbraucht.

Und zwischen uns schwebte der letzte Ouroboros.

Ich schüttelte protestierend den Kopf, da hatte Ben ihn schon in meine Richtung geworfen. Ein Zittern lief durch seinen Körper.

Ich würde mich beeilen, ich würde mich einfach ganz fürchterlich beeilen. Die goldglänzenden Gebilde aus Lichtpunkten folgten meinem Finger, sobald ich sie nur antippte. Ich hatte das Bild ganz deutlich vor Augen. Der Himmel bei Nacht, die Anordnung der Sternbilder, die Art, wie sie in der Unendlichkeit verankert zu sein schienen.

Sortiere sie, du kannst das. Konzentriere dich … was ist es, und wie soll es sein? Korrigiere den Fehler in deiner Realität.

Da war der große Wagen, sieben Sterne.

Ich beeilte mich, arbeitete so präzise wie möglich, und trotzdem schien es Ben immer schlechter zu gehen. Ich sah, wie er sich immer wieder krampfhaft verschluckte.

Rechts von dem großen Wagen befand sich das Sternbild des Drachen. Ich schob das Gebilde mit den dreizehn Sternen an seine Position. Darunter der kleine Wagen mit dem Polarstern an der Spitze. Dann noch Kepheus und der Schwan.

Konzentriere dich!

Dann war ich fertig.

Im nächsten Moment strahlte die Tür hell auf, und wir waren ein paar Sekunden lang völlig geblendet. Dann sprang eins der Scharniere auf, und etwas Schimmerndes segelte durchs Wasser. Ich griff danach, weil Ben schon gar nicht mehr zu reagieren schien. Ich fing es auf, und das Material in meinen Händen war durchsichtig und fühlte sich an wie Wachs. Darin erkannte ich eine Pflanze, die mich entfernt an einen Getreidehalm erinnerte. Ich stopfte sie irgendwo in Bens Rucksack, und er lächelte mir zu, als wolle er sagen: *Gut gemacht.*

Und jetzt? Ich machte eine fragende Bewegung mit der Hand.

Ben schien seine letzten Kräfte zu mobilisieren, stemmte sich mit aller Gewalt gegen die Tür, trat dagegen, doch nichts bewegte sich. Er legte die Hand darauf, doch das Blei erzitterte nur wieder unter seinen Händen. Die Tür öffnete sich nicht.

Mein Sauerstoff wurde knapp. Ich gestikulierte aufgeregt, wollte ihm zeigen, dass wir es vielleicht noch mal oben in Richtung Dach versuchen sollten, doch ich wusste auch nicht, was uns letztendlich retten könnte.

Ben schien immer noch fieberhaft nachzudenken, hatte alle seine übrigen Ouroboroi aus den Taschen gezogen. Doch dann klappten ihm für einen kurzen Moment die Augen zu. Die Ouroboroi glitten ihm aus den Händen und verschwanden in den Tiefen des schwarzen Wassers.

Mein Sauerstoff war ebenfalls aufgebraucht. Ich schwamm in seine Richtung, ich musste einfach in seiner Nähe sein, wenn meine Angst so groß war. Da waren sie wieder, die weißen Sternchen. Das Stechen in meinen Lungen und die Schmerzen in meinem Bauch. Ben schluckte noch mal krampfhaft, und seine Lippen schienen nun völlig blau.

Mir wurde schwindelig. Das war's jetzt also. Wie brave Soldaten hatten wir den Baustein geborgen und uns selbst dafür aufgegeben. Sollten sie unsere Leichen finden, würden sie wenigstens in unseren Rucksäcken das Gesuchte entdecken.

Ben deutete plötzlich auf mich und malte dann einen kleinen Kreis in die Luft. Mit letzter Kraft fischte ich meine Ouroboroi aus den Taschen hervor. Ben kam zu mir und suchte nach etwas. Er nahm einen von meiner Hand und die anderen sanken ebenfalls in die Dunkelheit. Ich betrachtete den Ouroboros. Stickstoff. *Was sollten wir mit Stickstoff?* Ben zeigte auf die Tür und bedeutete mir, dass er noch mal mit aller Kraft versuchen würde, irgendetwas mit dem Blei anzustellen. Dann deutete er an, dass ich den Ouroboros auf die Tür werfen sollte. Er gab ihn mir wieder und nickte schwach.

Und dann plötzlich verlangte jede Zelle meines Körpers nach Sauerstoff. Ich bäumte mich auf, meine Lunge schien zu explodieren, und ich sah Sterne. Ich hatte keine Kraft mehr. Irgendwie ließ ich mich nach vorne sinken, weil ich zu schwach war, um den Ouroboros zu werfen. Ich presste ihn gegen die Tür und fühlte die Erschütterung, als er zersprang. Sauerstoff. Ich brauchte Sauerstoff … Ich würde genau *jetzt* Luft holen. Ich würde dem Reflex nicht länger widerstehen können.

Jetzt …

Ein greller Lichtblitz zerriss die Dunkelheit.

Ich fühlte noch, wie ich zur Seite gerissen wurde, als das Wasser mit brutaler Kraft nach vorne schoss. Erst da wurde es mir klar. Wir hatten Bleiazid hergestellt, und das war extrem explosiv. Dann stürzten die ersten Steine herab. Ich blinzelte ein letztes Mal und sah durch meinen verschleierten Blick, dass Ben an der Wange blutete. Seine Augen waren geschlossen, seine Haut ganz blass.

Dann wurden die Gesteinsbrocken größer. Einer traf knapp neben mir auf, und eine spitze Ecke riss am Stoff meiner Jeans. Das hier konnten wir gar nicht überleben. Fallende Gesteinsbrocken, keine Luft und Dunkelheit.

Immer wieder diese Dunkelheit.

Kapitel 35

Luft strömte in meine Lungen. Luft. Sie weckte mich, erfüllte mich, rettete mich.

Atmen.

Einatmen, ausatmen.

Luft. Sie war angenehm frisch und kühl.

Ich lebte.

Vorsichtig öffnete ich die Lider.

All das hier war echt.

Ben. Ich konnte ihn neben mir atmen hören. Schnell sah ich zu ihm, es ging ihm gut. Wir lebten. Wieder starrte ich nach oben, konnte mich nicht rühren.

Ich lag auf einem kalten, weichen Untergrund. Meine Lungen brannten, mein gesamter Körper schmerzte wie nach einem Dauerlauf. Ich dachte noch, *Wie magisch blau der Himmel hier ist*, als alles über mir zusammenbrach. Mein Hirn bekam wohl endlich genug Sauerstoff, um das Geschehene zu rekapitulieren. Ich war fast gestorben, *wir* wären fast gestorben, ertrunken in eiskaltem Wasser, in fast völliger Dunkelheit.

Ich schluchzte laut auf, und Tränen traten in meine Augen.

Ben, der direkt neben mir lag, drehte sich zu mir.

Die dunkle, feuchte Erde der Uferböschung unter uns roch wie faulendes Holz. Schilfbüschel raschelten leise im Wind. Mein Bein brannte, meine Lungen schmerzten.

»Alles gut.« Bens Stimme klang heiser und erschöpft.

»Gar nichts ist gut.« Ich zitterte. »Wir wären fast gestorben, und Annmary, sie …«

Es war die Emotionalität des Augenblicks, die mich diese zwei erschreckenden Momente verbinden ließ.

Ich sah den Schmerz in seinem Blick. Sah, wie sehr ihn Annmarys Verrat aus der Bahn geworfen hatte. Wie sehr es ihn in den Grundfesten seiner Weltordnung erschüttert hatte. Seine Augen waren so feucht wie meine.

»Ich weiß …« Und dann zog er mich in seine Arme. Die Intensität der Berührung war kaum zu beschreiben. Nicht nur die Wärme seines Körpers, die Intention dahinter, seine Hände auf meinem Rücken ließen mich ganz still werden. Sofort spürte ich, wie unsere Elemente aufeinanderprallten, wie sie sich umkreisten und Funken warfen.

Er berührte mich, berührte mich *wirklich*, er hielt mich, er streichelte beruhigend meinen Rücken. Die Geste war so zärtlich, so liebevoll … so hoffnungslos unvernünftig, töricht und verboten.

Ich holte tief Luft, und es tat so weh. Es tat *alles* so weh.

Wen klagst du an?

Ich klage mich an.

Der Schock in Bens Gesicht hatte meinen eigenen exakt widergespiegelt. Ich klammerte mich an ihn und ließ es einen Moment zu, alles andere auszublenden. Unsere Elemente lieferten sich einen wilden Tanz, und alles in mir schien vor unterschwelliger Energie zu beben. Es machte mich stark, es machte mich schwach, es warf mich vollkommen aus der Bahn.

Ben streichelte meinen Rücken, und ich hörte seinen schnellen Atem, fühlte seinen rasenden Herzschlag, spürte, was all das mit ihm machte. Der Moment war so brutal unperfekt. Die Kälte, die Angst, die Schmerzen. Ich war pitschnass und verheult dazu. Gerade wäre fast ein riesiges Gebäude komplett über uns zusammengebrochen. Gerade wären wir fast ertrunken. Und jetzt gab es nur uns.

Ich lehnte mich so weit zurück, dass ich ihm in die Augen sehen konnte. Sein Gesicht war meinem nun ganz nah. Erde trocknete auf seiner Stirn, und der Kratzer quer über seinem Wangenknochen blutete immer noch leicht. Wassertropfen rannen ihm vom Haaransatz in die Augenbrauen.

»Du wärst fast gestorben.« Meine Worte klangen wie durch Watte. Leise und undeutlich. »Du hast mir all deine Sauerstoffreserven gegeben.«

Einen Moment lang sah er mich einfach nur an, der Blick offen und verletzlich. »Ich hatte keine Wahl.«

Keine Wahl? Wir hätten den Sauerstoff teilen können. »Doch. Du hättest …«

Er schüttelte den Kopf, kurz, aber sehr bestimmt, und schnitt mir so das Wort ab. »Nein. Ich hatte keine Wahl …« Er atmete tief aus. »Ich vergesse mich selbst, wenn du da bist.« Da war eine Ernsthaftigkeit, eine Eindringlichkeit in diesen Worten, die mir fast das Herz zerriss.

Plötzlich bewegte er sich und unterbrach so den Moment. Er löste sich von mir, vorsichtig, aber so abrupt, dass ich verstand. Er richtete sich auf, und dann kam er fast hastig auf die Füße.

… *ich vergesse mich selbst* …

Ich wollte etwas sagen, doch mein Kopf war wie leer.

»Kannst du aufstehen?«

Ich nickte schnell und drückte mich von dem feuchten Boden hoch. Ich war etwas wacklig auf den Beinen, doch ich fühlte mich nach jedem tiefen Atemzug etwas besser. Ben sah sich kurz um, dann wandte er sich ab und sammelte im Gehen unsere Rucksäcke ein.

Wie reagierte man auf solche Worte? Ich sah ihm nach, war absolut sprachlos und überfordert, während er unter einem großen Baum unweit des Ufers haltmachte. Er nahm Platz, dann kontrollierte er, ob mit dem Baustein alles okay war. In seinen Händen verwandelte sich dieser sofort in den kleinen Glasquader. Danach schob Ben eine Hand prüfend in seine Jeanstasche, und ich hörte ihn leise fluchen, als er sie wieder hervorzog. Ich schlang meine Arme um mich, weil ich trotz der milden Temperaturen fröstelte.

Ich wollte etwas sagen. Irgendetwas, das ihm zeigte, wie viel mir seine Worte bedeuteten. Doch ich traute mich nicht. Ob er vielleicht schon bereute, was er getan hatte? Ob er diesen Regelverstoß gar melden würde? Ich war hin- und hergerissen. Deshalb nahm ich lediglich neben ihm unter dem Baum Platz. Mein Blick fiel auf das Glaskästchen. Ein Getreidehalm schwang anmutig darin.

»Hirse«, sagte Ben, ohne mich anzusehen.

»Okay.« Ich wand mich etwas unbehaglich. »Was machen wir jetzt?«

»Warten.« Er zog die Knie an und legte die Arme darauf ab. »Ich habe unter Wasser meinen Schlüsselbund verloren, an dem die Schuppe für den Stein der Weisen hing. Wir haben keine Ouroboroi mehr, unsere Speicher sind leer, und das tragbare Periodensystem wird in Wasser unbrauchbar. Mein Handy ist hin, obwohl es wasserfest sein sollte, du hast keins mit, und meine Uhr hat wohl einen Stein abbekommen, und das

Display ist Schrott. Das nenn ich mal *Glück.*« Ben sah mich nicht an, sein Blick glitt über das trügerisch friedliche Wasser des Sees, seine Miene wirkte unergründlich. »Wenn sie in der Loge unser GPS-Signal komplett verlieren, werden sie eine Weile warten und dann mit dem Stein der Weisen zum nächstgelegenen Punkt in unserer Kartei reisen, um nachzusehen, ob mit uns alles in Ordnung ist. Ich weiß nicht, wie viele Punkte in dieser Gegend erfasst sind, deshalb kann es ein bisschen dauern, aber …« Bens Stimme klang belegt und nicht so selbstsicher wie sonst. »Sie werden uns finden.«

Ich betete, dass er recht behielt.

*

Es dauerte noch über zwei Stunden, bis Murphy und Larkin durch das hohe Gras stapften und wir erfuhren, wo wir tatsächlich gelandet waren. Wir waren in Norwegen, genauer gesagt in Norangsdalen, einem Tal, das zwei Orte mit schier unaussprechlichen Namen trennte: Hellesylt und Oye. Dort, wo sich heute der See ausbreitete, hatte sich einst eine kleine Ortschaft befunden. Doch im Jahr 1908 löste sich eine gewaltige Steinlawine von den Bergen und staute einen Wildbach. Das Tal samt Ortschaft verschwand in den Fluten. Erst jetzt wurde mir klar, warum die Fenster des Versammlungsgebäudes so engmaschig vergittert waren. Es waren Schutzgitter gegen abgehende Steinlawinen gewesen. Der Umstand, dass dieses Naturereignis erst 1908 stattgefunden hatte, erklärte auch, warum wir inmitten des Sees gelandet waren. Zu den Zeiten von Maria und Caleb war dies noch ein blühendes Tal gewesen.

Wir hatten die Wartezeit genutzt und gegenseitig unsere Wunden mit den kleinen Erste-Hilfe–Sets aus den Rucksäcken versorgt. Dort hatten wir auch zwei dünne Decken aus Folie gefunden, die sich wie von Zauberhand erwärmten, als wir sie entfalteten. Ich hatte meine dankbar um meine Schultern gelegt und so beinahe vergessen, wie pitschnass meine Klamotten waren. Ben hatte mir seine ebenfalls angeboten, doch ich hatte energisch abgelehnt und darauf bestanden, dass er sich selbst wärmte.

Murphy und Larkin arbeiteten routiniert zusammen. Der Stein der Weisen konnte immer nur drei Personen zeitgleich transportieren, aber die beiden hatten zur Sicherheit lieber zu zweit reisen wollen. Sie hatten sogar Handtücher dabei, weil das GPS-Signal noch verraten hatte, dass wir mitten in einem See gelandet waren, bevor es erlosch. Die Freude, dass wir trotz allem den Baustein hatten bergen können, hielt sich in Grenzen. Sie schienen sich wirklich Sorgen um uns gemacht zu haben, und das rührte mich.

Zurück in der Loge entpuppte sich mein Allgemeinzustand doch als etwas *gravierender* als angenommen. Die Wunde am Bein war nicht groß, tat aber ziemlich weh, und ich war immer noch schockiert von unserem Nahtoderlebnis, sodass ich zweimal innerhalb kürzester Zeit vor allen in Tränen ausbrach. Meister Emmett verordnete mir Ruhe. Es hätte nicht viel gefehlt, und Larkin und Sanjena hätten mich gemeinsam ans Bett gefesselt. Alle waren dafür, dass ich die Nacht über in der Loge blieb, weil ich zu Hause ganz allein gewesen wäre. Larkin verordnete mir außerdem eins seiner, wie er behauptete, »weltberühmten Sandwiches«, das ich dankend annahm. Ben schien wie vom Erdboden verschluckt, nachdem Larkin und Sanjena mich in die Finger bekommen hatten.

Zum Glück hatte ich Violetta schon vor Beginn unserer heutigen Mission gebeten, Newton bei Davine abzuholen und ihn in unsere Wohnung zurückzubringen, wenn sie am frühen Abend von der Arbeit kam. Also schrieb ich jetzt nur noch Mamma, dass ich bei Tizi übernachten würde.

Ich fand es ziemlich befremdlich, um 19:30 Uhr bereits mit Schlafanzug im Bett zu liegen, doch als ich unter den warmen weichen Decken lag, den Bauch voll Sandwiches und den muffigen Geruch des Sees endlich von mir gewaschen, da hätte es eigentlich sogar ganz gemütlich sein können. Doch mein Kopfkino, meine Gedanken an Ben und seinen Regelbruch, ließen mich nicht zur Ruhe kommen. War er in diesem Moment bei Meister Emmett und erzählte ihm alles?

*

Nein!

Ich schreckte auf. Ich hatte wirres Zeug geträumt, von schwarzem Wasser und einstürzenden Gebäuden. Und da war Ben gewesen, irgendwo in den gurgelnden Fluten, und seine Augen waren ganz langsam erloschen.

Abrupt setzte ich mich auf.

Mittlerweile war die Umgebung vertraut genug, dass ich selbst im Halbschlaf wusste, dass ich in der Loge war.

Mein Herz raste. Ich *musste* mit ihm reden. Er hatte mich *umarmt*, und wir hatten es beide gewollt. Hatten uns nach der Berührung des anderen gesehnt. Ich musste jetzt mit ihm reden. Sofort.

Ein Blick auf mein Handy verriet mir, dass es erst 22 Uhr war. Er war bestimmt noch wach. Ich textete ihm, doch die Nachricht bekam nur ein Häkchen. Ich wartete. Und wartete. Nichts.

Wenn er nicht außer Haus war, sagte mir ein intuitives Gefühl, dass er vermutlich in den gefängnisgleichen Trainingshallen im Keller sein musste.

Ich schwang die Beine über die Bettkante und schlüpfte – mal wieder – in geliehene Klamotten von Sanjena.

Im Flur war es still, alle Türen zu den Schlafzimmern waren geschlossen.

Ich schlich bis zu dem Aufzug, der nicht protestierte, als ich den Handscanner betätigte.

Ich wählte die Etage.

Die Aufzugtüren glitten auf. Die Trainingshalle war spärlich beleuchtet.

Pam, Pam, Pam.

Ich drehte den Kopf in Richtung des Geräuschs. Da war ein großer Boxsack, der elastisch im Boden verankert zu sein schien.

Und dann entdeckte ich Ben. Die schwarze Trainingshose saß tief auf seinen Hüften. Schweiß glänzte auf seinen Brustmuskeln. Er trug keine Boxhandschuhe, und selbst in dem wenigen Licht konnte ich erkennen, dass seine Knöchel tiefrot verfärbt waren.

»Ben.«

Pam, Pam, Pam. Rechter Haken, linker Haken, rechter Haken, ducken, rechter Haken.

»Ben!«

Endlich hatte er mich gehört, denn er fing den Schwung des Sandsacks ab und sah zu mir herüber. Er erwiderte nichts, er kam auch nicht näher. Er stand einfach da und sah mich an.

»Wir sollten reden.«

Wieder einen ewigen Moment lang Stille.

»Bitte.«

»Geht's dir besser?« Er wich mir aus.

»Ja, danke, aber wir sollten wirklich …«

Er wandte sich ab, sah kurz auf den Boxsack, und dann schüttelte er den Kopf. »Geh wieder ins Bett, Emilia.«

Unsere Blicke trafen sich, und ich sah den Kampf in seinem Inneren, wusste, wie sehr er mit sich rang.

»Was, wenn ich nicht will?«

Er griff nach dem Handtuch, das um seine Schultern hing und warf es dann achtlos in eine Ecke, bevor er langsam auf mich zuging.

»Du verschwindest jetzt sofort.«

Ich war schon lange über den Punkt hinweg, an dem mich sein Befehlston verunsichert hätte.

Aber als er mich fast erreicht hatte, sah er immer noch so wütend, so aufgebracht aus, dass ich ihm den Rücken zuwandte. Da betrachtete ich lieber die Aufzugtüren als seine Miene, die so voller Gefühle und so undurchdringlich zugleich war. Mein Herz raste, und ich hörte, wie er stehenblieb. Er war so nah hinter mir, dass ich die Hitze spürte, die sein Körper abstrahlte. Er beugte sich an mir vorbei zur Seite und hämmerte mit der Faust auf den Knopf des Aufzugs.

Ich wollte mich gerade wieder zu ihm umdrehen, ihn mit meinen Fragen bombardieren, als sich eine Haarsträhne aus meinem Knoten löste. Es kitzelte, als sie über meinen Hals glitt. Ich erstarrte. Die Situation war wie ein Déjà-vu von etwas, das nie passiert war. Dennoch erinnerten wir uns beide sofort an seine Worte in meinem Zimmer, dessen war ich mir sicher.

Ganz nah hinter dir stehen und …

Der Aufzug summte leise, als ich plötzlich seine Finger an meiner Schläfe spürte. Ganz sanft schob er mir die verwirrte Strähne hinters Ohr.

Der Aufzug kam gerade zum Halt, als er den Kopf senkte.

»Geh«, wisperte er. »Ich bitte dich. Du musst jetzt sofort gehen.« Sein Atem strich warm über meinen Hals, dann hob er wieder den Kopf.

Die Aufzugtüren öffneten sich, und einen kurzen Moment lang sah ich seinen Gesichtsausdruck im Spiegel der Kabinenwand. Die Art, wie er mich ansah, weil er annahm, ich bemerkte es nicht. *Niemand* hatte mich jemals so angesehen. Als wäre ich das kostbarste Wesen auf diesem Planeten, und eine simple Berührung würde ausreichen, um mich für immer verschwinden zu lassen. Ich sah die Sehnsucht, die Wut, den Schmerz.

Und ich ging.

Kapitel 37

Am Samstagmittag trainierte ich noch mal mit den kleinen Ouroboroi, dem tragbaren Periodensystem und dem Feuerkreis. Mir ging es wieder gut, und mein Bein tat nicht mehr weh. Ben hatte das Training vorgeschlagen, Francesca hatte angeboten, ihn nochmals zu unterstützen. Es war mir ganz recht nach gestern Nacht. Doch Ben verhielt sich ganz normal, und er schien Meister Emmett nicht alles gestanden zu haben, also entspannte auch ich mich irgendwann wieder. Meinen großen Ouroboros fand ich mittlerweile beinahe mit Leichtigkeit. Ich hatte zwischendurch immer mal wieder in unserem Badezimmer trainiert, und die Schlange hatte sich anmutig zwischen meinen Handflächen gedreht, bevor sie wieder in meinem Herzen verschwand – und das ohne Verwüstung im Raum zu hinterlassen. Ich hatte viel gelernt in den letzten Tagen, und das neue Wissen und die neuen Fähigkeiten beflügelten mich.

Ben hatte derweil das rote Feuerkreis-Armband von Annmary besorgt, und als er es hervorzog, überfiel mich erneute Traurigkeit. Annmary verbrachte die Zeit jetzt hauptsächlich auf ihrem Zimmer. Man rief nur nach ihr, wenn sie, zusammen mit den anderen Mitgliedern der Loge, den Stein der Weisen aktivieren musste. Aber sie fehlte mir. Ich hatte mir ihre Handynummer besorgt und nahm mir immer wieder vor, ihr zu schreiben, doch gleichzeitig fühlte ich mich schuldig, dass ich sie quasi enttarnt hatte.

Ich schaffte es inzwischen, die fünf blauen Ringe des Feuerkreises um mich aufrecht zu erhalten. Ben ermutigte mich, anstelle des blauen jetzt den roten Feuerkreis dauerhaft zu tragen. Nur dieser könnte mich im Ernstfall schützen. Auch Francesca war dieser Meinung. Also gab ich Ben das blaue Armband zurück und legte das rote an, wenn auch immer noch mit ein wenig Herzklopfen. Das, was es konnte, klang immer noch so respekteinflößend.

Auch die kleinen Ouroboroi gehorchten mir mittlerweile, und dem schlechten Bauchgefühl rund um Annmary folgte ein aufgeregtes Hoch. Francesca wollte ein paar Treffen mit anderen hochrangigen Ordensmitgliedern organisieren, um gemeinsam mit mir zu besprechen, ob und wie ich mir eine Zukunft im Silberorden vorstellte. Man hielt mich für mächtig genug, irgendwann in eine Loge berufen zu werden, was mich wahnsinnig freute. Ich bewunderte die Arbeit, die die Orden vollbrachten, ihren Dienst an der Menschheit, ihre Forschungen. Es war die Position des Pioniers, das Herstellen der Ouroboroi, die Wartung der Periodensysteme, das sorgsame Hantieren mit den Elementen und anderen chemischen Stoffen, das mich am meisten interessierte. Im Labor begann mein Herz zu klopfen, und dort fühlte ich mich wohl. Doch ich würde zunächst vage bleiben und mir auch die Aufgaben der anderen Positionen genau ansehen, bevor ich eine Entscheidung treffen würde. Ich dankte Francesca für ihr Engagement und bewunderte immer noch, wie sie es mit ihrer ruhigen, aber sehr zielstrebigen Art schaffte, wichtige Angelegenheiten des Silberordens zu organisieren. Sie hatte sich nach Annmary erkundigt, doch Ben hatte lediglich erklärt, dass sie sich heute nicht wohlfühlte. Francesca hatte ihr beste Grüße bestellt und war jetzt bereits auf dem Weg zurück in die Loge. Ben und ich liefen den langen Gang mit den Privaträumen entlang, um uns auf unsere nächste, unsere vorletzte Mission, vorzubereiten. Der Zerfall der Pergamentbogen des Voynich-Manuskripts war nicht mehr aufzuhalten, auch nicht, nachdem Murphy bestätigt hatte, dass es sich tatsächlich um Blaualgen handelte. Unsere Zeit drängte also noch immer.

Ben wollte noch seine inzwischen wieder reparierte Uhr holen, und ich begleitete ihn.

Wir fuhren nach oben und gingen an ein paar geöffneten Türen vorbei. Larkins Zimmer mit der Yogamatte vor dem Fenster und den Tattoo-Zeitschriften am Bett. Murphys Zimmer mit der quietschbunten Yoshi-Bettwäsche und den Kaugummipackungen überall. Drei Bildschirme standen auf dem Schreibtisch, und Zahlenreihen jagten wild über die Displays.

Vor Olivers Zimmer hielt ich kurz inne, als ich die Bleistiftradierungen an dem großen Korkbrett entdeckte. Steine. Es waren alles Steine in unterschiedlichen Formen, Dutzende! Ansonsten bot das Zimmer wenig Überraschung. Überall standen Dosen mit Tee herum, ordentlich symmetrisch sortiert, wie der Rest der Einrichtung. Auf dem Nachttisch stand das Foto einer jungen Frau mit brauner Haut in einem langen blauen Kleid, daneben zwei Flaschen Parfum.

»Ja, er malt Steine.« Ben klang schon wieder ungeduldig und der »Komm-darauf-klar-Tonfall« in seiner Stimme verriet, dass er das völlig okay fand und auch nicht darüber reden wollte. »Er sagt, es entspannt ihn.«

Jetzt endlich verstand ich auch, warum Oliver nach der Palmyra-Mission den Kiesel vom Boden aufgehoben hatte. Er brauchte eine neue Vorlage. Innerlich schüttelte ich ein klein wenig mit dem Kopf. Ich folgte Ben bis zum Ende des Gangs. Es war das erste Mal, dass ich sein Zimmer betrat. Es war ganz in Weiß und in kühlen Blau- und Grautönen gehalten. Ich vermutete stark, dass er sich ganz bewusst genau diesen Raum ausgesucht hatte, denn die Farben passten hervorragend zu ihm. Es überraschte mich nicht, dass in dem Zimmer kaum persönliche Gegenstände zu finden waren. Ordentlich gestapelte Bücher und Materialien, die zu seinem Studium gehörten. Ein teuer aussehender Füller auf ein paar Blättern Papier. Ein T-Shirt, das über einem Stuhl hing. Das Bett war mit geradezu militärischer Präzision gemacht, und der ganze Raum roch schwach nach dem zitronig-herben Deo, das er immer benutzte.

Was mich überraschte, war der Stapel Graphic Novels, der von den dunklen Dielen des Holzbodens knapp bis zur Kante seines Nachttisches reichte. Ben wühlte in einer Schublade seines Schreibtisches, während ich interessiert den Kopf schieflegte. *Graphic Novels.* Damit hätte ich ja so gar nicht gerechnet. Ich las die Titel. »Sandman« von Neil Gaiman, Charles Burns' »Black Hole«, Garth Ennis' »Preacher«, Alan Moores »From Hell«, …

»Wenn du dir den Nacken verbiegst, muss die Mission heute ausfallen.«

Etwas ertappt sah ich wieder hoch zu Ben. »Coole Bücher.«

Er kniff die Augen halb zu. »Alle ziemlich düster.«

»Gefällt mir.«

»Was?« Er schien überrascht, lächelte aber.

Ich betrachtete ihn neugierig. »Was ist so ungewöhnlich daran?«

Er zuckte mit den Schultern. »Hätte nicht gedacht, dass dir so was gefällt.«

Als ich nicht antwortete, sprach er weiter. »Ich kenne niemanden, der sich dem Leben so positiv und unbeschwert entgegenstellt wie du und das, obwohl du so …« Er stoppte sich selbst in letzter Sekunde.

»Arm bist«, soufflierte ich.

Er lachte und wirkte etwas verlegen. »Entschuldige. Ich sollte denken, bevor ich spreche.«

»Vielleicht ist es genau das.«

»Hm?«

»Manchmal sollte man einfach Dinge sagen, ohne viel darüber nachzudenken.« Ich sah ihn neugierig an. »Zum Beispiel jetzt. Was denkst du jetzt gerade?«

Sein Blick wurde weich. »Das kann ich dir nicht sagen.«

»Siehst du, jetzt denkst du drüber nach.«

»Du hast winzige Sommersprossen auf der Nase, die man nur sieht, wenn man dir ganz nah ist«, stieß er hervor. »Sie sind nur eine Nuance dunkler als deine Haut und-« Er schien sich auf die Zunge zu beißen. »Verdammt, vergiss das bitte. Ich klinge wie ein mondsüchtiger Spinner.«

»Weißt du«, sagte ich leise und senkte den Blick. »Du kannst beides sein. Die knallharte Kampfmaschine und der mondsüchtige Spinner. Du musst dich nicht entscheiden. Ihr trennt eure guten und schlechten Eigenschaften, aber genau deshalb ist es so offensichtlich, dass man nicht nur eins ist: Der perfekte Alchemistensoldat. Oder der düstere Graphic Novel-Fan. Da ist doch so viel mehr. Du bist auch ein loyaler Freund, ein liebender Sohn, ein nerviger Musterschüler.«

Er grinste schief, doch ich sprach weiter. »Du bist wie Richard Löwenherz. Ich kenne niemanden, der mutiger ist als du. Du kannst knallhart sein, aber auch unglaublich sensibel.« Ich sah ihn an. »Verletzlich. Du versteckst so viel hinter deiner Maske aus Geschäftsmäßigkeit. Aber ich sehe es. Ich sehe dich.«

Er wandte sich mir jetzt komplett zu, sein Blick offen, völlig ehrlich. »Willst du wissen, was du für mich bist?«

Ich nickte.

»Kennst du dieses Spiel, in dem man aus Holzsteinen einen hohen Turm baut? Und dann zieht man immer mehr Bausteine aus dem Turm, bis …« Er brach ab. Doch ich wusste, wovon er sprach, ahnte, was er damit meinte. Und es berührte mich zutiefst. »Es ist bloß dieser eine Stein«, sagte er leise. »der dafür sorgt, dass etwas, das so sicher stand, komplett in sich zusammenbricht.«

*

Als wir eilig aus dem Aufzug traten, rannten wir in Larkin hinein. Besser gesagt, *ich* rannte fast in Larkin hinein.

»O mein Gott.« Ich keuchte vor Schreck auf.

»Nicht ganz, aber nah dran.« Larkin wich zwar genau wie ich zurück, lächelte jedoch und wackelte mit den Augenbrauen. Obwohl er sich alle Mühe gab, heiter zu wirken, sah ich die dunklen Ringe unter seinen Augen. Und er trug Sandalen. Die Trauer um Annmary hatte uns alle verändert.

Ben verdrehte die Augen. »Diese Behauptung ist so vage, dass sie an Bedeutungslosigkeit grenzt.«

Damit das hier nicht noch ausartete, und um uns alle etwas abzulenken, beschloss ich, Larkin nach seinen Dates auszufragen. Er traf sich fast jeden Tag mit irgendwelchen – nach seiner Aussage – *reizenden menschlichen Wesen, die ihn um den Verstand brachten*, und er schlief auch die meiste Zeit nicht in der Loge. Ich hatte recht gehabt, als ich ihn schon vor ein paar Tagen als Casanova betitelt hatte. Andererseits wunderte es mich auch nicht. Larkin könnte vermutlich auch eine Eisstatue dazu bekommen, mit ihm auszugehen.

Larkin lächelte verträumt. »Rom beherbergt einfach viel zu viele schöne Menschen. Wie geht's deiner hübschen Mamma?«

»Ich sag's noch mal: Untersteh dich, Casanova.« Ich schüttelte den Kopf, während Larkin zu seinem Element am Stein der Weisen ging. Die anderen waren auch alle pünktlich erschienen, obwohl der Anblick von Annmary, eingerahmt von Sanjena und der Security-Frau, immer noch schwer zu ertragen war.

Ich stand wie immer erst allein in dessen Mitte, und für einen kurzen Moment drifteten meine Gedanken wieder ab. Ich hatte mich so schnell an all das hier gewöhnt. Selbst die riesige Schlange, die vom Dach der Kuppel auf uns hinabfiel, um uns zu verschlingen, ließ mich nicht mehr an meinem Verstand zweifeln. Ich kniff zwar im rechtzeitigen Moment die Augen zu, weil mir die langen Giftzähne immer noch Angst machten, aber ich geriet nicht mehr in Panik. Mein Blick glitt zu Ben, dessen riesige goldene Flamme wie eine Stichflamme emporschoss.

Wo ist die Zeit geblieben?

Die letzten Tage erschienen mir wie ein einziger Augenblick. Heute schon würden wir zu unserer vorletzten Mission aufbrechen, und vermutlich würden wir schon Anfang nächster Woche alle zehn Bausteine gefunden haben. Dann würden sie nach London zurückkehren.

Ben stellte sich neben mich, und wir sahen uns kurz an. Er lächelte.

Wenn dieses Abenteuer irgendwann zu Ende ging … wie würde es ohne ihn sein?

*

Der Petersdom ragte in beeindruckender Schönheit vor mir auf. Um mich herum blätterten Touristen in Reiseführern. Sie unterhielten sich in allen Sprachen der Welt, die Mittagssonne schien warm auf uns herab, und von schräg gegenüber grinsten uns die Mitglieder der Quecksilberloge an.

Moment.

Irgendetwas passte hier nicht ins Bild.

Und dann spürte ich sie sogar … der kühle Schauer im Nacken.

Oh verdammt.

»Beweg dich nicht.« Ben klang alarmiert, und das war nie ein gutes Zeichen. Ich hatte so gezweifelt, ob wir direkt am nächsten Tag eine weitere Mission bestreiten sollten. Das gestrige Abenteuer war noch zu präsent. Aber ich hatte mich dafür entschieden.

Und das hatte ich nun davon.

»Wie konnten sie gleichzeitig mit uns hier ankommen?« Ich starrte sie mit angsterfülltem Blick an. »Wir wussten nicht mal selbst, dass wir mitten im Vatikan landen würden.«

»Theoretisch besteht die Möglichkeit, die Route einer Translokation zu berechnen, während sie geschieht.«

Dario, Rosso, die bulligen Zwillinge Lapo und Vito sowie Marcesa feixten und schienen sich über unsere Überraschung köstlich zu amüsieren.

»Aber das ist brandgefährlich. Sie werfen ihren Stein der Weisen an, während unserer ebenso warmläuft. Dann hacken sie ihn und hängen sich an unsere Fersen. Es ist schon ein paarmal probiert worden, aber immer fürchterlich schief gegangen. Alle Beteiligten wurden zerrissen und sind eines schrecklichen Todes gestorben.«

»Na toll«, wisperte ich matt. »Und ausgerechnet die Oberbösen schaffen das Unmögliche.«

Ben und Dario fixierten sich, als wollten sie jeden Moment aufeinander losgehen.

»Ist nur ein bisschen dumm gelaufen«, sagte er dann, ohne den Blick von Dario abzuwenden. »Sie haben vermutlich gehofft, uns in einem dunklen Versteck auf engstem Raum anzutreffen, irgendwo an einem verlassenen, menschenleeren Ort, aber öffentlicher geht es wohl kaum. Sie können uns nicht angreifen, ohne Gefahr zu laufen, dass die halbe Welt es filmt. Sie sind zwar ein Haufen skrupelloser Idioten, aber blöd sind sie nicht. Sie wollen ihre Welt genau so geheim halten wie wir die unsere.«

»Und was machen wir jetzt? Sie werden uns verfolgen, wenn wir gehen.«

Dario ließ einen Mini-Ouroboros auf den Boden zu seinen Füßen fallen, und ein helles Strahlen jagte durch die Erde bis zu uns. Eine kleine Warnung, dass er nicht davor zurückschrecken würde, sich mit uns anzulegen, sobald es die Situation zuließ.

»Wir gehen.«

»Heißt das, wir brechen ab?«

»Nein. Wir gehen, wir suchen das, warum wir hier sind, und ganz nebenbei hängen wir sie ab.«

»Du willst eine Schnitzeljagd quer durch den Vatikan veranstalten? Ich meine, um es mal in deinem Militärjargon zu sagen: Willst du wirklich das Leben so vieler Zivilisten aufs Spiel setzen?« Ich deutete um mich. »Hier sind Kinder, Senioren in Rollstühlen, gerade ist jemand mit einem Blindenhund an der Leine an uns vorbeispaziert. Wenn die Hölle losbricht, können sie nicht flüchten. Wir sind nicht in einer Militärkaserne, in der alle darauf vorbereitet sind, dass sie regelmäßig jemand angreift.«

»Wie gesagt«, brummte Ben. »Sie sind Idioten, aber blöd sind sie nicht.«

»Ist man als Idiot nicht immer blöd?«

»Du weißt, was ich meine.« Er sah von Dario zu mir. Lapo und Vito machten anzügliche Gesten in meine Richtung.

»Ich halte das für keine gute Idee. Lass uns verschwinden.«

Ben zögerte. »Sie werden sich kaputtlachen, wenn wir vor ihnen weglaufen.« Er knurrte einen Fluch. »Aber sie werden sich in Grund und Boden ärgern, wenn wir sie abhängen.«

Das leuchtete ein, klang aber total lebensmüde. »Bist du dir sicher, dass sie überhaupt wissen, was wir hier machen? Bisher hatte es immer so ausgesehen, als hätten sie es nur auf mich abgesehen.«

»Genau deshalb sind sie jetzt dieses Risiko eingegangen. Sie wollen wissen, was wir zusammen machen und was wir vorhaben. Wenn sie dich ganz nebenbei noch einkassieren und mich zu Brei schlagen können, wäre das doch ein erfolgreicher Nachmittag für sie.«

Die Leichtigkeit, mit der Ben darüber sprach, ließ mich frösteln. Ich wollte gerade etwas erwidern, als Bens Blick starr wurde.

»Was ist?«

»Da sind Cayden und Hailey.«

Und wer war das nun? Ich folgte seinem Blick. Und erschrak schon wieder fast zu Tode. Cayden sah aus wie der Prototyp eines Quecksilberalchemisten. Komplett in verschiedene Grautöne gekleidet, vom Stil her ähnlich post-apokalyptisch wie die gesamte Loge von Rom herumzulaufen schien. Sein weißblondes Haar war kurz rasiert und bestimmt vier Nuancen heller als seine Augenbrauen.

»Fechtmeisterin und Pionier der Quecksilberloge von London«, fügte Ben noch hinzu.

Hailey trug eine hautenge Lederleggings, Boots bis zu den Knien geschnürt und ein Bandshirt, das absichtlich so aussah wie schon zweihundert Mal zu oft gewaschen. Ihr leuchtend violettfarbenes Haar hatte sie zu einer aufwendigen Flechtfrisur aufgesteckt. Sie fixierte mich mit einem bösen Lächeln und ließ die Kappe eines Sturmfeuerzeugs immer wieder drohend auf- und zuschnappen.

Es schien das inoffizielle Motto das Quecksilberordens zu sein, sich grundsätzlich so zu kleiden, dass man nach Ärger aussah.

Die buntgekleideten Touristen drumherum drehten sich alle nach ihnen um. Im besten Falle wirkten sie wie Rockstars, die direkt von der Konzertbühne hier auf dem Petersplatz gelandet waren.

Bens Kopf flog zur anderen Seite. »Verdammt.«

Ich folgte seinem Blick. Auch von links kam eine Gruppe Quecksilberalchemisten auf uns zu. Dieses Mal eine komplette Loge, fünf junge Leute um die zwanzig, wie immer beim Außeneinsatz ohne ihren Meister.

»Das sind die Franzosen«, knurrte Ben. »Wieso sind Paris und London hier?«

»Da sind noch mehr«, sagte ich tonlos, obwohl mir das

Herz bis zum Halse schlug. Ich deutete mit dem Kopf nach vorn.

»Amsterdam und Helsinki«, knurrte Ben. »Ist hier heute ein verdammtes Klassentreffen, und wir sind mitten hineingeplatzt?«

Wohl kaum, wenn man bedachte, dass sie uns alle fixierten, kaum dass sie uns erspäht hatten. Und dass sie mittlerweile allesamt auf uns zuliefen.

»Wir verschwinden. Sie werden uns nicht hier draußen in aller Öffentlichkeit angreifen.« Ben sah sich erneut kurz um. »Wir müssen im Gedränge untertauchen.«

»Na klar, du bist so groß wie ein Leuchtturm. Das wird super einfach.«

»Wo ist jetzt das größte Gedränge?«

Ich zuckte die Schultern. »Vermutlich im Petersdom. Die meisten werden aus der Mittagshitze raus wollen, und der Dom ist so beeindruckend, dass man eine Menge Zeit dort verbringen kann.«

»Dann ab in den Dom.«

Wir hatten mit der Schule den Petersdom sogar zweimal besichtigt, doch ich war immer wieder aufs Neue beeindruckt. Diese hohen Decken, die unendlich vielen Verzierungen, Täfelungen und Zeichnungen, das viele Gold, all der Protz und die Herrlichkeit. Hier war es angenehm kühl, obwohl es doppelt so voll war wie auf dem Platz davor.

»Und was nun? Hier gibt es nur diesen einen Ausgang. Jetzt sitzen wir quasi in der Falle.«

»Erstens, kein Gebäude hat nur einen Ausgang. Erst recht nicht der Petersdom. Wir haben die Baupläne aus jedem Jahrhundert, und hier gibt es mehr geheime Wege herauszukommen, als du dir vorstellen kannst.« Ben klang erschreckend ruhig. »Und zweitens werden wir sie abhängen.«

»Und wie? Sollen wir uns auf der Toilette verstecken und warten, bis es dunkel wird? Das können wir doch unmöglich …«

Halt.

Meine innere Stimme schlug Alarm. Nicht wegen der Quecks, sondern weil …

Warum?

Alle Zahnräder in meinem Kopf ratterten. Was hatten meine Augen im Vorbeigehen entdeckt, das mich jetzt so beunruhigte? Ich blieb stehen und bremste Ben so aus.

»Warte mal eben. Wir müssen umdrehen.«

Mittlerweile waren wir fast ein eingespieltes Team, und er vertraute meinen Worten blind. Wir befanden uns jetzt nahe dem Altar, und hier schien die Pracht aus Gold und bunten Farben noch mal zugenommen zu haben. Dann wusste ich, was ich gesehen hatte. Auf der linken Seite, an der äußeren Wand, beinahe versteckt von all dem Prunk und der Herrlichkeit, hatte ein Ornament unbewusst meine Aufmerksamkeit erregt. Die Ecke war nicht besonders spektakulär, aber trotzdem standen auch hier Touristen herum. Vorsichtig ging ich so nah wie möglich an die Wand heran. Sie schien komplett bemalt und unglaublich üppig, doch das hier … Ich deutete mit dem Finger in Richtung des Kunstwerks. «Das ist eine Penrose-Kachelung«, raunte ich. »Sieht aus wie ein Bild, besteht aber aus kleinsten Kacheln. Wie ein Mosaik.«

»Es ist eine was?«

»Eine Penrose-Kachelung sieht aus wie ein Muster, ist aber keins. Es besteht aus zwei verschiedenen Arten von Kacheln unterschiedlicher Formen, die sich lückenlos aneinanderlegen lassen, ohne dass sich dabei je ein geometrisches Muster wiederholt. Es ist also quasi die ›Kachelung der unbegrenzten Möglichkeiten‹.«

»Ich komme nicht ganz mit«, sagte Ben. »Aber ich bewundere deine Art zu denken.«

»Weißt du, wie es aussieht?«

Ben lehnte sich noch etwas weiter zu mir. »Wie denn?«

»Wie eins dieser Bilder, die, wenn man sie lange genug anstarrt, geometrische Formen oder etwas anderes preisgeben. Man erkennt aber erst, was sie dreidimensional darstellen, wenn man sich ganz darauf einlässt. Wenn der Blick verschwimmt und man keinen Fixpunkt mehr hat.«

Ben schien skeptisch. »Ich sehe da nichts als ein ziemliches Chaos.« Er hob rasch den Kopf, dann bedeutete er mir, mich zu ducken. Ich ging in die Hocke und tat so, als hätte ich etwas fallengelassen. Schon war Ben neben mir. Durch die Beine der Touristen sahen wir ein paar geschnürte Boots, die nur zu einem Queck gehören konnten. Er sprach leise mit irgendjemandem. Vermutlich hatte auch er einen Funkknopf im Ohr.

»Keine Spur«, sagt er knapp. »Ich gehe wieder Richtung Eingang.« Englisch schien nicht seine Muttersprache zu sein, denn es klang abgehackt und nicht sehr flüssig. Doch es verriet mir, dass sie diesen Einsatz von einer gemeinsamen Zentrale aus koordinieren mussten. Dass sie so viele Leute aufgeboten hatten, um *uns* zu stoppen. Mein Magen zog sich vor Angst zusammen. Wir sollten das hier so schnell wie möglich hinter uns bringen.

Ben kam wieder hoch, und nach einem kurzen Blick über die Menge bedeutete er mir, dass die Luft rein war. Wie immer, wenn ich Angst hatte, fiel es mir schwerer, mich zu konzentrieren. Trotzdem ließ ich es zu, dass mein Blick verschwamm. Es war für mich immer noch faszinierend, wie ich intuitiv zu fühlen schien, wie ich mit den einzelnen Rätseln umgehen musste.

»Da steht es«, flüsterte ich. Plötzlich waren die Buchstaben ganz klar erkennbar. Eigentlich sahen sie aus wie ein wildes Muster, das entfernt an das Design einiger berühmter Rosenfenster erinnerte. Doch jetzt sah ich, wie die Kacheln einen Schriftzug bildeten: *Kaleidra.*

Ich trat zur Wand und hoffte inständig, dass nicht jeder Quadratzentimeter des Doms mit einer Alarmanlage gesichert war. Ben sah sich kurz um und stand kurz darauf dicht hinter mir, als ich mit dem Zeigefinger am ersten Bogen des K ansetzte. »Kaleidra«, flüsterte ich und fuhr den aus Kacheln gemalten Schriftzug nach. Bei jeder weiteren Berührung schienen sie mehr und mehr in Schwingung zu geraten. Dann wichen sie auf einen Schlag alle auseinander und bildeten ein großes schwarzes Loch. Und im nächsten Moment erwischte uns ein scharfer Wind.

Er packte uns.

Er zog uns hinein in die Mauer, bevor die Kacheln sich lautlos wieder davorschoben.

Wir fielen ungefähr ein Stockwerk tief und landeten ein wenig unsanft in völliger Dunkelheit.

Die Taschenlampe von Bens Rucksack leuchtete auf. »Alles okay?«

»Ja.« Ich sah mich um, während ich auch meine Lampe aktivierte. Wir saßen auf einem Boden aus langen Holzplanken, die zwar grob, aber sorgfältig gezimmert schienen. Wir waren mitten in einem Gang gelandet, der rechts und links von aufwendig verzierten Bücherregalen gesäumt war. Dennoch wunderte mich die Krümmung des Bodens. Ich sah den Gang hinab und bemerkte, dass die Bücherregale sich zu beiden Seiten anzunähern schienen. Fast so, als würde der Gang vorne und hinten ein wenig aufeinanderzulaufen. Unweit der Stelle, wo wir aufgekommen waren, ragte ein massiver dicker Holzstamm durch den Boden und durchbrach die Decke. War das ein … Mast?

Wir sind in einem Schiff?

Ich sah völlig perplex zu Ben. Ein Schiff? *Kann das wirklich sein?*

»Es scheint eines der geheimen Archive des Vatikans zu sein«, murmelte Ben. »Spürst du das auch? Die Lufttemperatur ist reguliert, und auch der Gehalt an Sauerstoff deutlich reduziert.« Er drehte sich prüfend um. »Das alles hier scheint gepflegt und viel zu gut in Schuss, um Jahrhunderte unbetreut gewesen zu sein. Die Bücher wären verrottet oder zu Staub zerfallen.«

Ich sah mich erneut um. »Aber warum sieht es aus wie auf einem Schiff?«

»Keine Ahnung. Da hinten ist eine Treppe.« Ben ging voraus. Die Bodendielen knackten, aber niemand schien unsere Anwesenheit zu bemerken. Wir gingen einen Stock tiefer, doch auch hier fanden sich nur Dutzende Regalreihen, der Boden war jedoch deutlich abgenutzter, die Decke dafür aber viel höher. Es waren Spuren in dem weichen Holz zu sehen. Ich erkannte Hufspuren, die Krallen von Tieren, die über das weiche Material geschrammt hatten, und dunkle Flecken auf dem Boden. Obwohl der Geruch der Bücher alles zu überdecken schien, roch ich noch etwas anderes. Hatte man hier unten Tiere untergebracht?

Ben war wie erstarrt und heftete seinen Blick auf ein Schild. Es schien von innen, ebenso wie von außen, an einer Tür angebracht zu sein. Einer massiven hochmodernen Feuerschutztür, die keinen Zweifel daran ließ, dass diese Räume auch heute noch genutzt wurden.

Bibliotheca Arca Noe

Mir stockte der Atem. *Arca wie Arche und Noe wie Noah?* Die Bibliothek war nach einem Noah benannt, und wir befanden uns ganz eindeutig auf einem ziemlich großen Schiff.

Ich hätte mich fast an meiner eigenen Zunge verschluckt vor Schreck, doch Bens Blick verriet, dass er dasselbe dachte. »Sie haben die Arche Noah unter dem Petersdom versteckt?«

Kapitel 38

Einen Moment lang hielten wir ehrfürchtig inne. Was für ein Kunststück. Was für ein Weltkulturerbe von unschätzbarem Wert. Und sie hatten es hier unten … was? Eingemauert?

Das Schiff schien keinen direkten Kontakt zum Erdreich zu haben, denn das Holz der Außenwände wirkte nicht brüchig oder morsch. Vielleicht hatten sie es durch irgendeine Art von Imprägnierung geschützt oder …

»Wir sollten nach dem suchen, wofür wir hier sind. Hier unten ist nichts, sehen wir oben gründlich nach.« Ben riss seinen Blick von dem Schild los und marschierte zurück zur Treppe. »Hier haben sie den Kahn also versteckt …«, murmelte er im Gehen. »Oh Mann … Larkin wird sowas von ausrasten …« Ich gab ihm stumm recht und dachte daran, was Tizi und Matti wohl dazu sagen würden. Schließlich hatten wir den Dom schon öfters besichtigt und niemals geahnt, dass sich so etwas Unglaubliches direkt im Erdreich darunter befand.

Im obersten Stock des Schiffes gingen wir wieder in Richtung Bug. Hier ragten marmorne Grundpfeiler durch die Decke. Und sicher umschlossen von ihnen befand sich die Statue einer Frau.

Wir blieben stehen und starrten das Gesamtkunstwerk an. »Das sind die tragenden Grundpfeiler des Altars oben im Petersdom«, sagte Ben leise. Ein weiterer Beweis dafür, dass wir uns unmittelbar unter der Kirche befanden. Was für eine absolut faszinierende Vorstellung.

»Wer ist sie?«

Die Frau war wunderschön, gehüllt in eine elegante Tracht mit einem Gesicht so liebreizend und freundlich, das nicht so recht zu den abweisend blickenden Statuen passte, die ich bisher in Museen gesehen hatte. Sie hatte uns ihre beiden Hände entgegengestreckt, als wolle sie uns hier in ihrem Reich willkommen heißen.

»Vielleicht finden wir den Künstler.« Ben beugte sich vor. »Da ist eine Inschrift.«

Als er hochkam glänzten seine Augen. »Bernardo Rosselino«, sagte er feierlich, als wüsste ich, wovon er sprach.

Ich sah ihn fragend an.

»Bernardo Rosselino war ein Florentiner Architekt und Bildhauer, der unter Papst Nikolaus V. zwischen 1451 und 1455 an der Erweiterung und Renovierung des Petersdoms beteiligt war. Und das Beste daran ist«, er lachte kurz auf, »Bernardo und mein Vorfahre Caleb kannten sich. Er hat Unterricht bei ihm gehabt.«

»Wer ist sie? Seine Frau? Warum steht sie denn dann in einer Kirche?«

Ben legte prüfend eine Hand an die Schulter der Statue. Er neigte den Kopf und richtete das Licht seines Rucksacks genau auf ihr Gesicht. Dann wich er mit einem Laut zurück. »Nein.« Er klang ungläubig und begeistert zugleich.

»Sie ist Helena di Catania.«

»Wer?«

»Einige alchemistische Geschichtsschreiber munkeln, dass Papst Nikolaus V. eine Geliebte hatte.« Er deutete mit dem Kopf auf die Statue. »Die schöne Helena. Als die Stimmen zu laut wurden und sich alles zu einem Skandal entwickeln schien, brach der Papst auf Anraten seiner Berater den Kontakt ab. Aber offensichtlich hat er den talentierten Bernardo gebeten, seine Liebste vorher in Stein zu verewigen, damit er sie ansehen konnte, wann immer er wollte.« Ben grinste. »Männer sind doch alle gleich.«

Ich schüttelte den Kopf. »Da sage ich mal lieber nichts zu.«

Er lächelte mich an, und selbst im schemenhaften Licht unserer beider Rucksack-Taschenlampen sah ich die Zuneigung in seinem Blick. Gestern noch hatte er mich in seine Arme gezogen und getröstet, nachdem wir halb ertrunken und bis auf die Knochen durchnässt an einem schlammigen Seeufer zu uns gekommen waren. Ich hatte geweint, er hatte ein bisschen geweint, und das Band zwischen uns, jene zarte Verbindung, die niemals hätte entstehen dürfen, schien seit gestern noch fester geworden. Wir empfanden etwas füreinander. Und es war ehrlich. Und echt.

Wenn doch nur …

Das Licht meiner Taschenlampe flackerte kurz und riss mich zurück in die Wirklichkeit. Nun ja … eine Wirklichkeit, in der ein riesiges Schiff unter einer Kirche begraben lag.

»Da steht etwas in ihrer Hand. Es ist ein wenig verschwommen, aber die Buchstaben sind trotzdem noch gut erkennbar.« Ben hatte sich zu der schönen Helena gebeugt. »*Wo einer stark ist, müssen zwei nun schwach sein*«, las er vor.

»Und?«, fragte ich, als Ben sich zur rechten Hand der Statue beugte.

»*Weil hier die Schwäche Mut bedeutet.*«

Die Bedeutung der Worte schien nur langsam in meinen Verstand zu sickern. Buchstabe für Buchstabe, Silbe für Silbe, ihre Aussage so überwältigend und beängstigend zugleich, dass ich erschrocken Luft holte. *Maria di Luca wollte, dass wir schwach waren? Jetzt, da uns die Quecks unmittelbar auf den Fersen sind?*

Ben sprach das aus, was ich ahnte. »Nimm ihre Hand.«

Der Stein war kühl, doch seine Oberfläche so glatt wie poliert. Ich hatte meine Finger kaum mit denen der Statue verschlungen, als ich bereits spürte, wie sie sich an meinem Silber bediente. Es war ein beinahe unangenehmes Ziehen, das mich kurz nach Luft schnappen ließ. Ich fühlte, wie sich der silberne Schimmer über meine Augen legte. Ein weiteres kräftiges Ziehen. Am liebsten hätte ich losgelassen, doch ich zwang mich, nicht zurückzuweichen. Bens Augen leuchteten so golden wie nie zuvor. Er hatte die Lippen aufeinander gepresst, sein Kiefer wirkte verkrampft. Mit Schrecken stellte ich fest, dass ihn das alles hier viel mehr zu fordern schien als mich. Zumal er von gestern noch etwas geschwächt sein musste. Jetzt schien es fatal, dass die Alchemisten einen Teil ihrer Macht abgaben, weil dieser mit ihren schlechten Eigenschaften verknüpft war. Jenen Eigenschaften, die die Alchemisten so sicher nach Kaleidra verbannten, obwohl sie sie doch stärker machten. Jenen Kräften, die Ben jetzt gebraucht hätte.

Ich hingegen besaß keinen Twin, Berührungen schwächten mich nicht, und die schöne Helena schien meinen Kräften auch nichts anhaben zu können.

Jetzt begannen seine Knie zu zittern.

»Halte durch«, flüsterte ich. Er nickte knapp, und mein Blick glitt zu der Statue, weil ich ihn nicht weiter anstarren wollte. Goldene und silberne Fäden durchzogen sie, wanden sich zwischen die Quarzkristalle und füllten die kleinen Hohlräume aus. Wieder ein kräftiges Ziehen.

Ich hörte Ben mühsam Luft holen.

Wie lange soll das hier noch dauern?

Plötzlich war es taghell.

Wir fuhren auseinander, und ich blinzelte geblendet, als wir die Hände der Statue losließen. Jetzt war sie komplett in Gold und Silber getaucht. Sie leuchtete und schimmerte, als die beiden Elemente abwechselnd immer wieder die Plätze zu tauschen schienen. Im nächsten Moment bewegten sich ihre beiden Hände wie lebendig geworden aufeinander zu. Die Statue zog die Falten ihres Gewandes auf. Dieses schien plötzlich ganz weich und fast wie aus Stoff zu sein. Ihr Körper war rund und feminin geformt, die detailreich ausgearbeiteten Kurven ästhetisch und kunstvoll zugleich. Sie schien fast trotzig das Kinn zu recken, als ihr Gewand mit einem lautlosen Rascheln zu Boden glitt. Im nächsten Moment schien alles Gold und Silber zu verpuffen. Noch einmal wurde es taghell, und ich blinzelte erneut. Die Statue war wieder zu Stein erstarrt, gänzlich nackt, doch mit stolzem, selbstbewusstem Gesichtsausdruck. Eine Hand hatte sie erhoben, und darauf thronte eine reich verzierte Karaffe aus Glas. Mit der anderen Hand stützte sie den Henkel. Die Karaffe war mit einem Korken verschlossen, und in ihr schwankte eine durchsichtige Flüssigkeit.

Wir starrten sie beide ehrfürchtig an, als im nächsten Moment ein ohrenbetäubender Knall die Stille zerriss.

*

Ben und ich sahen uns alarmiert an. Das Geräusch schwerer Stiefel hallte über die Holzdielen.

Ben griff nach der Karaffe, und im nächsten Moment verwandelte sie sich in einen Quader mit durchsichtigen Wänden. Die Flüssigkeit – ich hielt sie für Wasser – schwankte darin. Bens Augen wurden groß, als goldene Adern auf dem Quader erschienen. Ich konnte die Energie, die die Flüssigkeit plötzlich abzustrahlen schien, wie ein Hochofen bis zu mir spüren. »Deuterium«, wisperte er. »Schweres Wasser.«

Er zuckte nicht mal, als irgendwo nahe der Tür die ersten Bücherregale umfielen.

Ich sah mich ängstlich um und dann zurück zu ihm. »Aber das ist radioaktiv.« *Kann das wirklich stimmen?*

Doch Ben zuckte bloß mit den Schultern und stopfte den Quader in seinen Rucksack.

»Wo seid ihr, ihr Hübschen?«

Mit einem Schaudern erkannte ich Darios Stimme. Sie hatten uns gefunden!

Ben fluchte. »Sie müssen meinen GPS-Sender gehackt haben.« Er fluchte noch mal.

»Jetzt seid doch nicht so schüchtern!« Das war die Stimme von Marcesa. Sie kicherte böse. Noch mehr Bücherregale wurden umgeworfen. Sie schienen die Tür zur Bibliothek aufgebrochen zu haben, und nun zerstörten sie alles, was sich ihnen in den Weg stellte.

»Ich bringe uns raus hier.« Ben angelte nach seinem Schlüsselbund.

»Na, da seid ihr ja.« Ein eisiger Schauer jagte mir die Wirbelsäule hinab, als ich sie spürte, noch bevor ich mich ganz langsam umdrehte. Die Quecks hatten mit Xenongas eine leuchtend helle Wolke erschaffen, die sich an der Decke der Bibliothek ausbreitete wie ein waberndes Feld aus gleißendem

Licht. Und sofort hatten sie uns in dem Schatten der Statue erkannt.

»Ben«, wisperte ich eindringlich und sah zu ihm hoch. Sein Gesichtsausdruck erschreckte mich. Er schien erkannt zu haben, dass es zu spät für eine Flucht war.

Jetzt, da es so hell war, sah ich mich erneut panisch um. Hinter uns, direkt am Bug, entdeckte ich eine Tür. Schmal und klein, aber immerhin. Wir hätten eine Tür zwischen uns. Das könnte die Quecks lange genug ausbremsen, um mit der Schuppe zu flüchten.

»Ben«, rief ich, doch er hörte mich nicht mehr. Zwei Ouroboroi schwebten über seinen Handflächen, doch gerade als ich dachte, sie würden hoch in die Luft abheben, sanken sie zurück nach unten.

Verdammt. Meine Beunruhigung wuchs. *Was stimmte nicht mit ihm?* Mir wurde eiskalt, als mir klar wurde, dass er einen großen Teil seiner Kräfte für die Statue gebraucht hatte.

»Zur Seite«, knurrte Ben in meine Richtung. »Beweg dich nicht.«

Dario johlte irgendwas, und schon flogen die ersten Chemikalien in unsere Richtung, als Ben die Arme spreizte und seine Handflächen parallel hielt. Sofort tauchte die goldene Schlange aus seiner Haut hervor. Sie drehte sich zwischen seinen ausgestreckten Händen, schnappte nach ihrem eigenen Schwanz, und ich spürte ihre ungebändigte Kraft. Dann fauchte sie und vergrub sich in seinem Herzen. Das alles war so schnell gegangen, dass ich alldem mit den Augen kaum folgen konnte. Im nächsten Moment schossen die Ouroboroi erneut in die Luft. Die Elemente knallten funkensprühend aufeinander und wehrten die giftige Wolke, die sich auf uns zubewegte, ab, und überrollten dann unsere Angreifer.

Die Quecks fluchten, einige schwankten und fielen auf die umgeschmissenen Bücherregale, doch die meisten von ihnen standen immer noch aufrecht.

Ben öffnete sein tragbares Periodensystem, zerrte einige Elemente heraus und verwob sie zu einem vor Energie knisternden Feststoff, den er in Richtung der Quecks warf. Die Explosion ließ meine Haare fliegen.

Ich wollte nicht untätig danebenstehen, während er uns verteidigte, also zog auch ich mein tragbares Periodensystem hervor. Ich brauchte drei Versuche, bis es tatsächlich endlich vor mir schwebte. Ich versuchte mich zu erinnern, was ich herstellen konnte, um sie irgendwie auszubremsen. Mein Blick fiel auf den Stickstoff.

Elementsymbol N, Ordnungszahl 7, Elementkategorie Nichtmetalle. Denk nach, denk nach. Ich griff in das Fach und dann nach dem Sauerstoff und mischte sie zu gleichen Teilen. Ich wollte Lachgas herstellen. Ich wollte niemanden töten, das konnte ich niemals, aber das Lachgas würde ihre Sinne verwirren und sie vielleicht lange genug ausbremsen, um uns die Zeit zu geben, zu der kleinen Tür zu gelangen.

Mit einem wütenden Schrei warf ich es in ihre Richtung.

Ich traf einige der Quecks, aber es waren einfach zu viele, und es schienen immer noch mehr zu werden.

Ben hingegen schien es nicht mal bemerkt zu haben. Er wirkte abwesend, fast wie ferngesteuert, als er erneut zwei seiner Ouroboroi in die Luft warf. Als sie zersprangen, mischte er ein weiteres Element aus seinem Periodensystem dazu und warf es im selben Moment auf unsere Angreifer. Die Säure war so ätzend, dass sie sich durch den Holzboden fraß. Einige der Quecks schrien schmerzvoll auf. Ihre Haut warf Blasen, die rot gerändert waren und sofort nässten.

Ich warf ihm einen entsetzten Blick zu, den er wohl gespürt haben musste. Als er mich ansah, wich ich reflexartig vor ihm zurück. Seine Augen glühten vollständig golden, seine gesamte Haut schien zu strahlen. Es … das hier … schien ihm Spaß zu machen. Ich wich noch mehr zurück. War es das? War er so, wenn er seine Kraft aus Kaleidra zog? Wenn er auf Messers Schneide kämpfte, immer mit der Gefahr, dass sie seinen Geist übernehmen und ihn für immer in einen Crux verwandeln würden?

Er sah mich immer noch an. Ich kannte ihn, und ich kannte ihn kein bisschen.

Ich riss mich von seinem Anblick los. «Da ist eine Tür«, rief ich. »Hinter uns.«

Ich könnte es nicht ertragen, wenn er jemanden tötete.

Schon wieder zischte irgendeine giftige Substanz zwischen seinen Fingern. Er wandte sich von mir ab, gab nicht mal eine Antwort. Das hier, der Kampf, die Elemente, das Messen ihrer Kräfte – in diesem Moment gab es nichts anderes für ihn.

»Ben!«

Ich hörte die Quecks brüllen, irgendjemand schrie einen Befehl, und nur Sekunden später raste ein nadelspitzer Kristallteppich auf uns zu, der uns garantiert von den Füßen reißen und schwer verletzen würde.

»Wir müssen weg hier!«

Ben ignorierte mich immer noch und parierte den Angriff, indem er die Substanz zwischen seinen Fingern nach vorne schleuderte. Ein heiseres Lachen löste sich aus seiner Kehle, als die Substanz zwischen Holzboden und Kristalle drang. Der schwarze Kristallteppich wurde auseinandergerissen, und die Spitzen flogen in alle Richtungen.

Ich duckte mich und konnte soeben noch ausweichen. Ben

wurde am Oberarm getroffen, doch es schien ihn nicht zu kümmern. Einem Quecksilberalchemisten war ein Kristall direkt ins Auge geschossen. Blut quoll hervor, und er schrie erbärmlich auf. Ich konnte all das nicht mehr ertragen. Es war wie im Krieg.

»Ben!« Ich rief ein letztes Mal seinen Namen, doch dieses Mal nicht energisch, sondern voller Angst.

Er drehte den Kopf zu mir.

»*Bitte*, wir müssen verschwinden.« Ich deutete auf die Tür hinter unserem Rücken. »Zwei Sekunden, mehr brauchen wir nicht, dann sind wir weg von hier.«

Die Quecks waren jetzt so nah, dass sie die Statue fast erreicht hatten.

Ich sah den Kampf in seinem Inneren, als sein Blick abschweifte, fühlte, wie gerne er sich weiter mit ihnen gemessen hätte. Wie gerne er sie alle dem Erdboden gleich gemacht hätte. Wie wenig es ihn kümmerte, dass sie um Leben und Tod kämpften. Doch dann sah er zurück in mein Gesicht und nickte knapp. Er wedelte mit der Hand, warf den durchsichtigen Ouroboros mit dem Sauerstoff nach vorn und sorgte so dafür, dass die letzten Bücherregale rechts und links in dem Gang vor der Statue krachend ineinander fielen. Einige Quecks wurden darunter begraben, die wenigen übrigen von ihnen ausgebremst. Wir hingegen hatten die Tür jetzt erreicht. Ben riss daran und stieß dagegen, und als sie sich nicht bewegte, knurrte er wütend auf. Nur wenig später schmolz der metallene Handgriff, und das Gold, das sich darin befunden hatte, sickerte durch Bens Handfläche in seine Haut. Der Rest tropfte zu Boden.

Wir stürzten in die Kammer, die dunkel und winzig war. Sie lief spitz zu, genau wie ich es vom Bug des Schiffes erwartet hatte. Ben packte die Kartons mit den Ersatzglühlampen und warf sie heraus, bevor er die Tür hinter sich mit dem Fuß zutrat.

Die Taschenlampen, die an den Riemen unserer Rucksäcke angebracht waren, spendeten das nötige Licht.

»Jetzt bring uns weg von hier.«

Die Kammer war so schmal, dass wir kaum hätten näher rücken müssen, damit die Schuppe des Steins der Weisen uns davontragen könnte.

Ben hatte seinen Schlüsselbund gezückt, doch dann hielt er einen Moment lang inne, während das Gebrüll der Quecks durch die Tür hallte. Er schien immer noch vor Macht förmlich zu vibrieren.

»Du hast gekämpft wie eine echte Alchemistin.« Da war etwas in seinem Blick, das ich noch nie zuvor gesehen hatte. Etwas Wildes, Rohes, das mir für einen Moment den Atem raubte. Ihn umgab ein Aura gefährlicher, dunkler Macht, die nicht zu zähmen war. Sie waren bestenfalls ebenbürtig, rangen immer um die Oberhand. Erst jetzt wurde mir bewusst, wie riskant es wirklich war, der Verlockung von größerer Macht zu widerstehen.

Dann schlug jemand mit aller Kraft gegen die Tür. So stark, dass das Holz in seinen Scharnieren erzitterte.

Ich wich wie automatisch zurück, Ben drehte sich mit mir, folgte meinem Körper wie magisch angezogen, und dann war ich zwischen ihm und der Wand gefangen. Das Gold der Schuppe hüllte uns in ein magisches Strahlen, als sie sich aufblähte und immer größer wurde.

Ben stützte seine Hände rechts und links neben meinem Kopf ab. Die Hitze strahlte förmlich aus seinem Körper, er roch nach Feuer und glühendem Metall.

Ich sah zu ihm hoch, mir seiner beunruhigenden Nähe überdeutlich bewusst. »Beeil dich, Ben, lange hält die Tür das nicht.«

»Ist mir grad scheißegal«, murmelte er.

Und dann küsste Ben mich.

Ich schmeckte das Gold in seinem Atem, spürte die Macht, der er freie Bahn gelassen hatte, um uns zu verteidigen, fühlte, wie sie ihn *ganz* machte, Gut und Böse, Licht und Schatten, Verstand und Gefühl, Kopf und Herz …

Es war ein tiefer und ungestümer Kuss, so intensiv, dass ich ihn in jeder Zelle meines Körpers spürte. Er zog mich zu sich, schlang seine Arme um mich, und ich konnte alle zehn Finger durch den dünnen Stoff meines Shirts fühlen. Wir ließen uns fallen in diesen Kuss, in diesen Ausbruch von Sehnsucht, in diese verbotene Fantasie. Wir ließen uns fallen und die Schuppe trug uns davon, ließ die Geräusche verblassen und unsere Umgebung zu einem Kaleidoskop aus Gold und Silber werden.

*

Irgendwo keuchte jemand entsetzt auf. Die Realität war wie eine kalte Dusche. Wir konnten nichts dementieren, denn unsere Körper sprachen für uns. Ben hatte seine Arme um mich geschlungen, seine linke Hand lag um meine Mitte, die Rechte besitzergreifend um meinen Nacken. Meine Wange ruhte an seiner Brust. Die kühle Luft in der Eingangshalle strich über mein erhitztes Gesicht.

Alle starrten uns an. Murphy hatte eine Hand über den Mund gelegt, und seine Augen wirkten riesig. Larkin sah aus, als habe er einen Geist gesehen. Oliver hatte die Augen aufgerissen und die Lippen leicht geöffnet vor Fassungslosigkeit.

Nur Meister Emmett schien wie versteinert, denn sein Gesicht zeigte keinerlei Regung. Alles, war er sagte, war: «In mein Büro, Benedict. Sofort.«

Kapitel 39

Zu Hause wäre mir wohl der Kopf geplatzt, umso dankbarer war ich, dass Tizi mich am nächsten Morgen überredete, zusammen mal wieder über einen Flohmarkt im Universitätsviertel zu schlendern. Matti würde auch mit von der Partie sein. Aber dann hatte Luca Tizi mit einem romantischen Frühstückspicknickkorb überrascht, und die beiden wollten lieber zu Hause bleiben. Doch es war schön, auch mal wieder nur etwas mit Matti zu unternehmen.

In der Loge herrschte Funkstille. Ben hatte mich gestern noch ein paar Mal angerufen, doch ich war nicht drangegangen. Ich wusste nicht, was ich denken sollte, ich wusste nicht, was ich fühlen sollte, und ich schämte mich vor den anderen. Das alles war ein Spiel auf Zeit, denn eine letzte Mission stand noch an. Ich hatte Angst vor den Strafen, die uns erwarten könnten, und ich hatte Angst vor meinem rasenden Herzen, jedes Mal, wenn ich an Ben dachte. Es waren nicht nur die Minuten unter dem Petersdom, jede einzelne unserer Begegnungen schien in Endlosschleife vor meinem inneren Auge abzulaufen. Unser erstes Treffen im Museum, das erste Mal in der Loge, die Missionen … Neugier und Sympathie, die langsam und fast unbemerkt zu mehr geworden waren. Bis zu diesem Kuss, den ich gewollt und ersehnt hatte. Und den ich nicht bereute. Dennoch erfüllte mich Angst, wenn ich nur daran dachte. Hatte Ben Meister Emmett alles erzählt? Oder hatte er versucht, es wie eine Art Notsituation darzustellen – der einzigen Option, die eine Berührung gestattete? Nein, den Gedanken hatte ich rasch wieder verworfen. Unsere Umarmung war eindeutig gewesen. *Was erwartete uns jetzt?* Ich wollte es verdrängen, wollte es nicht wissen.

Ich war froh, dass Matti ständig auf den Tischen etwas entdeckte, von dem er ausgiebig zu überlegen schien, ob er es nicht vielleicht gebrauchen könnte. Gerade drehte er ein winziges Modellauto zwischen den Fingern, völlig begeistert davon, dass er so ein ähnliches als Kind ebenfalls besessen hatte. Ich lächelte, ich hörte ihm zu, doch ich konnte meinen Kopf nicht abschalten. Würde man meine Registrierung rückgängig machen? Würde man Ben einsperren?

»Und?« Matti stellte das kleine Auto zurück auf den Tisch. »Was gibt's Neues? Und ich möchte jetzt keinen Lagebericht von deinem Streber-Seminar.«

Ich sah ihn an, musste mich kurz sortieren. Jemanden zum Reden zu haben wäre so gut. Einfach alles erzählen und die Sorgen und Ängste teilen.

Jetzt. Jetzt ist die Gelegenheit. Ich hatte sowieso beschlossen, ihnen alles zu erzählen. Mamma, Tizi und Matti.

Sag es.

Fang einfach irgendwo an. Der Rest wird sich finden.

Ich wollte es ihm erzählen. Alles.

Doch ich schwieg.

»Was ist mit dem ominösen Fremden aus dem Museum?

Top oder Flop?« Matti kniff ein Auge halb zu. »Das würde mich interessieren.«

Ich sagte etwas, doch meine Stimme klang fremd in meinen eigenen Ohren: »Es ist kompliziert.« Ich lachte verlegen.

Matti tätschelte meine Schulter. »Mensch, Ems, was haben wir gelernt? Kompliziert ist nix für dich. Das ist was für Tizi. Du bist das leicht verrückte Nerdmädchen, das nicht auf Spielchen steht.«

»Ja, ich weiß …«, murmelte ich ausweichend und tat so, als würde ich mir eine alte Lederhandtasche ansehen.

Obwohl es erst 10 Uhr war, schien es auf dem Flohmarkt schon rappelvoll zu sein.

»Wahnsinn«, rief Matti. »Sieh dir mal diese riesige Kiste mit Legosteinen an. Wow. Die hatte ich auch. Guck mal, das Männchen, das aussieht wie ein Wikinger.« Er schien total aus dem Häuschen, der Verkäufer beäugte ihn misstrauisch. Vermutlich nicht nur aufgrund des leuchtend neongrünen Scrunchies in seinem Haar, sondern auch, weil er so über alle Maße begeistert wirkte.

»Total cool«, sagte ich, doch meine Gedanken drifteten schon wieder davon.

Ich klage mich selbst an.

Die Erinnerung war so real, dass ich zusammenzuckte. Jetzt sah ich Annmary vor meinem inneren Auge. Die völlige Ruhe, diese unheimliche Stille, die sie umgeben hatte, als sie diese Worte ausgesprochen hatte. Wie jemand, der mit etwas abgeschlossen hatte. Der nur noch nach vorne sah, nur noch aufrecht stand, um sich mit dem letzten Rest verbliebener Ehre den Konsequenzen zu stellen.

Es hatte mir das Herz zerrissen. Es hatte alles in mir zerrissen. Sie hatte ihre Schwester so sehr geliebt, dass sie alle, die ihr vertraut hatten, betrogen und in Gefahr gebracht hatte. Sie hatte Lillyann auf gar keinen Fall verlieren wollen und deshalb alle Mauern eingerissen.

Liebe macht uns zu Egoisten. Bens Worte hallten in meinem Kopf wider. Ich hatte nicht daran glauben wollen, doch jetzt begann ich zu zweifeln.

Ich lächelte mechanisch, als Matti mir gleich zwei der kleinen Figuren unter die Nase hielt. Auch ich war egoistisch gewesen. Ich hätte Ben eine Abfuhr erteilen können. Ihn auf Distanz halten. Doch ich hatte ihn näher kennenlernen wollen, und das war nun daraus geworden.

»Hier, die eine bist du, und die andere ist Tizi.« Die Figuren trugen aufwendige kleine Kleidchen und hatten sogar Flügel. Wo genau Matti dort die Ähnlichkeit sah, erschloss sich mir nicht, doch es sollte vermutlich ein Kompliment sein.

»Dankeschön, wie süß von dir.« Ich grinste ihn an. »Doch die Flügel lasse ich sonntags immer zu Hause. Sie sollen sich auch mal ausruhen.«

Er lächelte, hocherfreut darüber, dass mir seine Worte zu gefallen schienen. Das war so typisch Matti. Mir ging das Herz auf. Er war einfach so ein lieber Kerl.

Wieder tauchte er in die Kiste ab und wühlte enthusiastisch darin herum.

Ben war zu einer längeren Fahrradtour aufgebrochen, das hatte er mir heute früh am Morgen kurz geschrieben. Irgendwo im Umland von Rom. Allein. Er hatte sich einen Pick-up der Loge geliehen und das Mountainbike auf die Ladefläche gepackt. Ich hatte wieder nicht geantwortet, doch ich machte mir Sorgen, dass er ausgerechnet heute allein unterwegs sein wollte, nach dieser … Sache … gestern unter dem Petersdom, die ihn garantiert mehr geschwächt hatte, als in solchen Zeiten gut für ihn war. Ich seufzte innerlich. Diese Radtour klang so sehr nach Flucht.

Und eigentlich hatte ich dasselbe getan, indem ich seine Anrufe und Nachrichten ignorierte. Ich fühlte mich mies dabei, doch ich war so verunsichert und auch ängstlich, dass mir die einzige Möglichkeit schien, wegzulaufen. Es war feige, und ich wusste es.

Himmel, warum muss alles so kompliziert sein?

»Ich liebe es hier.« Matti bezahlte die kleine Wikingerfigur bei dem Verkäufer, und dieser schien erleichtert, dass wir schließlich weiterzogen.

Ein Stand ganz am Ende einer Reihe, kurz vor dem Beginn eines Parkplatzes, erregte dann doch meine Aufmerksamkeit. Alte medizinische Geräte waren dort ausgestellt. Das meiste schien verrostet und in keinem guten Zustand zu sein, dennoch fesselte mich der Anblick, weil er mich irgendwie an den Stein der Weisen erinnerte. Fehlten nur noch überall die Schuppen-Verzierungen.

»Ist ja der Hammer«, quietschte Matti und schien plötzlich wieder zwölf Jahre alt zu sein. »Guck dir das ganze krasse Zeug an.«

Der ältere Herr hinter dem Stand lächelte uns freundlich zu, erhob sich aber nicht aus dem Klappstuhl, der einen Sonnenschirm integriert hatte. Er hielt uns ganz offensichtlich nicht für potenzielle Kunden.

Matti hob Pinzetten hoch, antike Arterienklemmen und verrostete Nadelhalter.

»Und jetzt mach brav den Mund auf.« Er wedelte mir mit einem dunkel verfärbten Spatel vor den Lippen herum. Dieser hier war aus Metall, doch ich kannte ihn in der Variante aus

Holz vom Arzt. Man drückte damit die Zunge herunter, um sich den Rachen besser ansehen zu können.

»Igitt.« Ich wich zurück und zog ein Gesicht, lachte aber trotzdem. »Führ deine Experimente an dir selbst durch.«

Matti kicherte dunkel und ließ den Zungenspatel zurück in die kleine Holzkiste fallen. Zu unseren Füßen hatte der Verkäufer große, antik wirkende Arzttaschen aufgebaut. Manche sogar komplett mit ihrem Inhalt. So etwas faszinierte mich dann doch, und meine Ängste und Gedanken rückten einen Moment lang in den Hintergrund.

Ich griff in eine der Taschen und holte ein altmodisches Fieberthermometer heraus. »Wenn du meine Mandeln angucken willst, dann mach dich bereit für das hier.«

Matti stutzte einen Moment, dann brach er in Gelächter aus. »Denk nicht mal daran.«

»Oh nein, wirklich? Ich glaube, wir sollten dringend deine Temperatur messen.« Ich kam ihm mit dem uralten Fieberthermometer gefährlich nah. »Schön brav sein und den Mund aufmachen.«

»Niemals.« Matti wich mir aus, wedelte mit den Armen, als wolle er einen Schwarm Moskitos verscheuchen. Ich, die dank *Ballet beautiful* und dem Training bei den Alchemisten flinker war als je zuvor, ließ nicht von ihm ab.

»Herrschaften«, sagte der Verkäufer freundlich, aber bestimmt. »Das hier ist kein Spielplatz.«

»Sie haben recht. Ich werde ihr das abnehmen«, sagte Matti. »Dann hat der Zirkus ein Ende.«

Doch ich war schnell, und Matti hatte mal wieder nur eine Handvoll Kekse gefrühstückt. Er versuchte mich zu packen, versuchte nach meinen Händen zu greifen, doch ich wich ihm immer wieder geschickt aus, während wir beide kicherten, als wären wir Kindergartenkinder, die endlich zum Spielen nach draußen durften.

Und dann passierte es.

Matti traf meine Hand mit seiner. Nicht absichtlich und auch ganz gewiss nicht vorsätzlich mit so viel Kraft. Meine Finger öffneten sich und das Thermometer hob in einem hohen Bogen in die Luft ab.

Wie von selbst griffen wir beide danach, weil wir versuchen wollten, es zu fangen. Das Thermometer war aus Glas, und ganz gewiss würde es Schaden nehmen, wenn es auf den asphaltierten Boden fiel.

»Ich hab's.« Matti streckte die Hand aus, just in dem Moment, als das Thermometer die Tischkante traf.

Ich hörte das leise Knirschen, als das Glas in der Mitte durchbrach. Das Quecksilber, das sich im Innern befand, um die Temperatur des Patienten zu messen, quoll in dunklen schillernden Tropfen hervor.

»Herrschaften.« Nun war der Verkäufer doch aufgesprungen.

»Das ist giftig, Matti. Pass auf!«

Ich sah das Quecksilber in seiner hohlen Hand. Beobachtete, wie es sich zu einem einzigen großen Tropfen zusammenfügte. Und wie es dann in seiner Haut verschwand.

Um mich herum wurde es ganz still.

Unsere Blicke trafen sich.

Ein irisierend silbriger Schimmer schob sich von rechts und links über seine Augen. Er glänzte wie der Regenbogen am Ende eines schweren Gewitters.

Mir wurde eiskalt. Irgendwo neben uns schimpfte der Verkäufer.

Ich holte erschrocken Luft und sah zurück in sein Gesicht.

Ich erkannte bei ihm Überraschung und einen Anflug von Panik, genau wie bei mir. Das hier war nicht absichtlich geschehen, es war ein Versehen, ein Missgeschick, dessen war ich mir sicher.

Quecksilber, hämmerte es in meinem Kopf. Matti konnte Quecksilber absorbieren. So wie ich Silber und Ben Gold. Er konnte Quecksilber in seinen Körper aufnehmen ... genau wie Dario. Wie alle Quecksilberalchemisten!

»Emilia ...« Seine Stimme klang plötzlich fremd.

Ich zückte weder meine Ouroboroi noch mein tragbares Periodensystem. Ich nahm die Beine in die Hand und flüchtete kopflos, als hätte ich noch nie in meinem Leben von Alchemie gehört. Ich drängte mich zwischen den Ständen hindurch und rannte auf den großen Parkplatz mit den vielen geparkten Autos. Mein Herz schien mir fast aus der Brust zu springen.

Matti war mein ganzes Leben lang an meiner Seite gewesen. Wir hatten mehr Stunden zusammen verbracht, als ich jemals würde zählen können. Wir kannten uns in- und auswendig. Und trotzdem hatte er es geschafft, dieses Geheimnis sein ganzes Leben vor mir zu verbergen. Wieso hatte ich nicht gespürt, dass er ein Alchemist war? Wie hatte er das geschafft? Wieso hatte ich bei ihm nichts gespürt?

»Emilia!« Mattis Schritte hinter mir kamen näher, er holte auf.

Ich flüchtete, doch vergebens. Als er mich plötzlich von hinten packte und mich zu sich umdrehte, schrie ich auf. Mein Rücken stieß hart gegen einen geparkten Van. Quecksilber flammte immer noch in seinen Augen. Ich spürte nichts. *Warum* spürte ich nichts?

Er verstärkte den Griff um meine Schultern. Da war eine verzweifelte Entschlossenheit in seinem Blick, die mir panische

Angst machte und mir gleichzeitig versicherte: Das zerbrochene Thermometer war Zufall gewesen, ungeplant. Es hatte ihn genauso so aus der Bahn geworfen wie mich.

Das war vielleicht meine einzige Chance. Reagiere, wie du es gelernt hast. Reagiere wie eine Alchemistin, hämmerte eine Stimme in meinem Kopf.

Mein Feuerkreis.

Matti verstärkte den Griff noch mal. Er tat mir weh.

»Warum?« Meine Stimme klang brüchig. Warum hatte er mich nicht schon früher getötet? Mich früher entführt?

Der Blick aus Mattis schillernden Augen war plötzlich kalt. »Wir brauchen bloß die Bausteine und deine Übersetzung. Die Arbeit haben wir euch überlassen.«

Ich starrte ihn an. *Die Arbeit haben wir euch überlassen.*

Natürlich. Nur sie wussten, was diese kryptischen Sätze bedeuteten. Wie automatisch hallten die Worte in meinem Kopf nach. *Wenn der Drache den Mond verschlingt …*

Und nur sie konnten die Boxen mit den Bausteinen öffnen. Sie hatten warten wollen, bis wir die Anleitungen dekodiert und alle zehn Bausteine geborgen hatte, und dann …

Ich schluchzte auf, als die Erkenntnis mich zerriss, wie die scharfe Klinge eines Schwertes.

Die Quecks hatten es gewusst, sie hatten *alles* gewusst. Es war ein perfekter Bluff gewesen. Sie hatten sich so verhalten, wie wir es von ihnen erwartet hatten. Mich bedroht, uns verfolgt, uns ihre technische Überlegenheit bewiesen.

»Clever, oder?« Matti zog mich ein wenig näher. »Aber jetzt muss ich leider …«

Tu es jetzt, bevor er nach deinen Händen greift!

Ich schob eine Hand in meine Jeanstasche und zog das Armband mit den roten Kugeln hervor. Wie der Angsthase, der ich war, hatte ich es heute nicht angelegt, weil ich immer noch fürchtete, es könne sich verselbstständigen. Ich holte Luft, sammelte all meinen Mut und umgriff meinen Feuerkreis. Der letzte Ausweg. *Konzentrier dich, zieh dich in dem Moment größter Angst in dich selbst zurück.*

Unsere Blicke trafen sich.

Es würde ihn töten. Das Feuer würde sein Quecksilber verbrennen lassen, und er würde sterben. Ich würde ihn töten.

Das war der Moment, in dem ich zögerte. Mattis Bewegungen hingegen waren blitzschnell. Er wusste zweifellos, was ich dort in meiner Hand hielt. Im selben Moment ließ er mich los und entriss mir das Armband. Er warf es über den Van hinter mir. »Das wird wohl nichts.« Seine Rechte umklammerte jetzt meine beiden Handgelenke, die Linke legte er mühelos um meinen Hinterkopf.

»Gute Reise«, flüsterte er, und ein schillernder Nebel stieg um ihn auf. Er drang in jede Pore meines Körpers, er zerriss mich.

Dann löschte er mein Bewusstsein aus.

Ende

DANKESCHÖN

… dem ONE-Verlag, bei dem ich mich mit meinen Büchern wirklich zu Hause fühle. An dieser Stelle sei besonders Programmleiterin Linde Müller-Siepen und meiner Lektorin Annika Grave gedankt. Ich bin mit einer verrückten Idee im Verlag angerauscht, Linde, du hast Nussecken verteilt, wir haben Kaffee getrunken und saßen zeitweise zu fünft am Tisch. Und ich habe vom Voynich-Manuskript erzählt, einem noch nie entschlüsselten Rätsel, real existierend, uralt und so voller Geheimnisse. Ich hatte eine Idee dazu, die mich drei Jahre lang nicht losgelassen hat. Ihr habt mir zugehört, nachgefragt und im Voynich-Manuskript geblättert. Ich wollte diese Idee zu Papier bringen, ich wollte Emilias und Bens Geschichte aufschreiben, doch der Umfang des Projekts machte mir ein wenig Angst. Es war genau dieses Treffen und die Gespräche mit euch, die mir diese Angst genommen haben. Danke, dass ihr mir das zutraut und dass ihr Livia und Maél und jetzt Emilia und Ben ein Zuhause gegeben habt.

Anni, das Lektorat mit dir war wunderbar, und ich bin froh, dass wir so absolut auf einer Wellenlänge sind. Egal, ob abends oder am Wochenende, du bist für mich immer auf kurzem Wege erreichbar. Du bist klug und kreativ zugleich und das zusammen mit deiner freundlichen, offenen und liebenswerten Art ist absolut Gold wert. Du hast Emilia von Anfang an verstanden und dir sämtliches Fachwissen zur Alchemie in Rekordzeit angeeignet. Wir haben zusammen so viel geschafft und meine Angst vor Misserfolg und Versagen ist ganz leise ein Stückchen in den Hintergrund gerückt.

… der Meller Literary Agency und hier besonders Franziska Hoffmann, meiner wunderbaren und knallharten Agentin, die sogar in ihrer Elternzeit immer erreichbar war und auch Leonie Schöbel, die sie ganz hervorragend vertreten hat. Franzi, du bist einfach der Hammer!

… an Fabienne Graf (@enny_booklover), die mit dem Namen «Philomena« perfekt ins Schwarze getroffen hat, als ich auf Instagram nach einem passenden Namen für Mattis kleine Schwester gesucht habe. An dieser Stelle auch noch mal ein großes Dankeschön, an alle, die Vorschläge gepostet haben. Ich habe jetzt für immer die schönste Namenssammlung der Welt.

… an meine Testleserin Alisa (@zeilenschloss), die mir aus Leser-Perspektive wertvolle Anmerkungen und Hinweise geben konnte. Alisa, du bist großartig! Danke für deine Zeit.

… vier zauberhaften, wunderschönen und unfassbar talentierten Kolleginnen, die so viel mehr sind: Lena, uns verbindet mehr, als ich Worte finden kann, und deshalb ist dir dieses Buch gewidmet. Manchmal weiß man erst, was einem fehlt, wenn man es gefunden hat. Stella, mein verrücktes kleines Hühnchen, danke, dass du mir immer ein Lächeln ins Gesicht zauberst. Du fehlst mir und ich hab dich lieb! Mona, danke für deine Ratschläge und dass du immer ein offenes Ohr für Gejammer hast. Es ist so schade, dass du so weit weg wohnst. Kathi, unsere Gespräche bereichern meinen Tag, und es ist schön, einfach echt sein zu können in einer Welt voller Erfolgsdruck und perfekten Instagrambildern.

… meinem Ehemann und meiner ganzen Familie, dass sie meine verrückten Ideen und mich ertragen. Danke für euren Rückhalt.

… euch, meinen lieben Lesern, die ihr mir so viel gebt. Viel mehr, als ihr euch vorstellen könnt. Es sind vielleicht meine Ideen, aber meine Geschichten gehören ganz euch. Jede Nachricht, jeder Kommentar und jedes liebe Wort bedeuten mir so viel!

Glossar

Allianz: Die Allianz wurde gegründet, um die Freundschaft und Zusammenarbeit von Goldorden und Silberorden schriftlich zu fixieren. Die beiden Orden schwören sich Treue, Ehrlichkeit und Zusammenarbeit, um gemeinsam gegen das Unrecht der Welt vorzugehen.

Astralelemente: Die Astralelemente bezeichnen die fünf Elemente des Periodensystems, die bei den jeweiligen Orden am stärksten ausgeprägt sind. Beim Goldorden sind es: Sauerstoff, Kalzium, Blei, Arsen und Gold; beim Silberorden sind es: Stickstoff, Lithium, Schwefel, Natrium und Silber; beim Quecksilberorden sind es: Chlor, Phosphor, Xenon, Bor und Quecksilber.

Astralpool: Ein Astralpool ist mit dem kollektiven Bewusstsein aller Alchemisten verbunden. Er wird zum Beispiel zu einer Registrierung benutzt oder auch, um dem Twin eines Alchemisten seinen Platz in Kaleidra anzulegen. Logenmitglieder können den Astralpool mit Macht aufladen, sodass andere Alchemisten darauf zugreifen können.

Antimon: Antimon ist das giftigste Element im Periodensystem. Aus diesem Element sind die Waffen gefertigt, mit denen die Cruxs getötet werden.

Atropium: Atropium ist ein der Menschheit unbekanntes Element. Es bildet sich im Körper eines Alchemisten, wenn er zum Crux wird. Es kann Katastrophen auslösen, ist aber für Menschen ungiftig. Bei Goldalchemisten und Silberalchemisten kann es schwere Folgen haben, während die Quecksilberalchemisten immun sind.

Crux: Zum Crux wird ein Alchemist, wenn er seinen Kampf gegen seinen Twin verliert, also wenn sich seine guten Eigenschaften mit seinen schlechten Eigenschaften komplett wieder vereinen. Sein Körper verfällt, sein Wesen wird bösartig.

Gläserner Pakt: Der Gläserne Pakt ist ein Vertrag zwischen der Allianz von Goldorden und Silberorden und dem Quecksilberorden. Die beiden Parteien verpflichten sich zum Informationsaustausch, sind jedoch nicht freundschaftlich miteinander verbunden.

Loge: Eine Loge ist eine Arbeitsgemeinschaft der mächtigsten Alchemisten eines Ordens. Sie besteht immer aus sechs Alchemisten: Dem Meister, dem Sekundanten, dem Fechtmeister, dem Pionier, dem Hüter des Protokolls und dem Scriptor. In jeder Hauptstadt der Welt besitzt jeder Orden eine Loge. Die Alchemisten selbst bezeichnen ihr Hauptquartier, in dem sich unter anderem der Stein der Weisen befindet, ebenfalls als Loge.

Ouroboros: Ein Ouroboros, Plural Ouroboroi, bezeichnet die kreisrunde Form einer Schlange, die nach dem eigenen Schwanz zu schnappen scheint. Es ist eins der Erkennungszeichen der Alchemisten.

Twin: Der Twin ist das angelegte Profil eines Alchemisten, in dem er seine schlechten Eigenschaften von sich trennt. Ein Twin ist keine real existierende Person.

Voynich-Manuskript: Das Voynich-Manuskript existiert tatsächlich und ist nach seinem letzten Besitzer Wilfrid Voynich benannt. Es datiert vermutlich in einen Zeitraum von 1450 bis 1520. Bisher ist es nicht mal Computern gelungen, die Geheimschrift zu dekodieren. Aufbewahrt wird es zurzeit in der Beinecke Rare Book and Manuscript Library der Universität Yale in den USA.

Du willst noch mehr über
Kaleidra erfahren? Tauch ab in
ihre magische Welt ...

Paris, die Stadt der ... Götter!

Kira Licht
GOLD UND SCHATTEN
Das erste Buch der Götter
DEU
544 Seiten
ISBN 978-3-8466-0080-1

Gerade erst nach Paris gezogen, verliebt sich die Diplomatentochter Livia Hals über Kopf in Maél. Der draufgängerische Typ ist ein „Cataphile“, deren Welt die Katakomben der Großstadt sind. In der aufregenden und gefährlichen Unterwelt kommen sich die beiden schnell näher, doch Maél geht immer wieder auf Abstand. Was hat er zu verbergen? Und warum, um alles in der Welt, kann Livia seit Neuestem mit Pflanzen kommunizieren? Als es ihr gelingt, die einzelnen Fäden miteinander zu verbinden, kann sie es nicht glauben. Denn dass sie ausgerechnet Maél kennengelernt hat, war alles andere als Zufall

ONE

Wie weit würdest du für deine große Liebe gehen?

Kira Licht
STAUB & FLAMMEN
Das zweite Buch
der Götter
DEU
624 Seiten
ISBN 978-3-8466-0090-0

Livias Welt steht Kopf: Seit sie in den Katakomben von Paris den geheimnisvollen Maél getroffen hat, ist in ihrem Leben nichts mehr wie zuvor. Er offenbart ihr nicht nur, dass die griechischen Gottheiten mitten unter den Menschen leben, sondern hat ihr ganz nebenbei auch noch ordentlich den Kopf verdreht. Als Maél eines Vebrechens angeklagt und im Olymp eingekerkert wird, zögert Livia nicht lange. Sie wird Maéls Unschuld beweisen. Ausgerechnet Maéls Halbbruder Enko scheint der Einzige zu sein, der ihr helfen kann. Zusammen machen sie eine unglaubliche Entdeckung: Nicht nur Maél ist in Gefahr, sondern die gesamte Menschheit …

ONE

Der Auftakt einer neuen fesselnden Dilogie von Erfolgsautorin Valentina Fast!

Valentina Fast
SECRET ACADEMY
Verborgene Gefühle
DEU
448 Seiten
ISBN 978-3-8466-0106-8

Als angehende Agentin der Londoner Secret Academy – einer Schule für Menschen mit außergewöhnlichen Begabungen – steht die 19-jährige Alexis im Dienst der Krone. Als sie jedoch erfährt, dass ihre kleine Schwester entführt wurde, wirkt auf einmal jeder in ihrem Umfeld verdächtig. Alexis kann niemandem mehr trauen. Nicht ihrem Mitschüler Dean, und erst recht nicht dem Neuen, der Ärger magisch anzuziehen scheint. Doch als ihr klar wird, dass es um mehr als die Rettung ihre Schwester geht, muss sie sich entscheiden. Für die Pflicht – oder für ihr Herz.

Der Auftakt einer epischen High-Fantasy-Dilogie voller Liebe, Elementarmagie & Verrat

Isabell May
SHADOW TALES - DAS LICHT DER FÜNF MONDE
Band 1
DEU
400 Seiten
ISBN 978-3-8466-0096-2

Die verträumte Lelani wächst in einem kleinen Dorf im Königreich Vael auf. Schon immer spürt sie eine starke Verbindung zu den fünf Monden, die nachts am Himmel erstrahlen. Doch in der Nacht ihres 18. Geburtstags überschlagen sich die Ereignisse, und sie gerät in einen Strudel aus dunklen Geheimnissen und gefährlicher Magie. Zusammen mit ihrem besten Freund Haze macht sie sich auf, ihrer wahren Bestimmung zu folgen – und muss dabei alles infrage stellen, was sie je über sich und ihr Leben zu wissen schien ...

ONE